KB099318

김이석전집
시 소설 수필 논문 논술
글 잘 쓰는 방법
김이석 지음

동서문화사

자기 성찰의 시간

글은 바로 그 사람 자신이라는 말이 있다. 어니스트 헤밍웨이. 문학지망 영국과 미국의 젊은이들은 그의 작품들을 교과서 삼아 습작하며 작가의 꿈을 키운다. 그러나 그런 헤밍웨이도 한 작품을 집필할 때 무려 200번이나 고치고 다듬고 다시 쓰기를 거듭했다는데… 이렇게 탄생한 작품이 바로 노벨문학상 수상작인 《노인과 바다》였다.

당송문학 8대가인 구양수는 자신이 쓴 글을 고치고 다듬어 완성시키는 것을 커다란 자랑으로 여겼다. 그는 자신이 쓴 글을 문에 붙여놓고 드나들 때마다 보면서 수시로 고치고 다듬었다. 그는 글 잘 쓰는 비결을 세 가지로 요약했다. 그것은 많이 읽고 많이 쓰고 많이 생각하는 것, 여기서 많이 쓰고 많이 생각하라는 말은 자신이 쓴 글을 거듭 읽으며 고치기를 게을리 하지 말라는 뜻이다.

우리는 하루하루 문장 속에 파묻혀 살고 있다. 아침에 일어나면 저마다의 방식—신문이나 텔레비전 또는 스마트폰 포털 검색 등—으로 아침 뉴스를, 하루 일이 끝난 저녁에는 저녁 뉴스를 읽거나 본다. 그리고 소셜네트워크(SNS)에 일상을 기록하고 모바일 메신저로 친구들과 대화를 나눈다. 또한 여전히 많은 사람들이 노트에 일기를 쓰고 이따금 편지도 쓰며 여러 형태로 자기 '이야기'를 하고 있다. 이렇게 우리는 하루도 문장을 접하지 않고는 살 수가 없다. 만일 문장이 우리 생활에서 사라져 버린다면 얼마나 불편하고 쓸쓸한 일일지 상상조차 할 수 없다. 굳이 비유를 하자면 지팡이를 잃은 시각장

애인의 처지, 갑작스러운 정전으로 멈추어 선 열차와도 같다고 할 수 있으리라.

문장이 우리 생활에 미치는 영향을 생각해 보면 새삼스레 놀라게 된다. 한마디로 문장은 오늘날 우리에게 없어서는 안 될 손과 발이며, 소중한 눈이다. 또한 이 세상에 태어나 죽을 때까지 인간은 글을 통해 정신적 양식 대부분을 얻게 된다.

그러면 우리 삶에 이토록 중요한 역할을 하고 있는 글은 무엇인가? 그것은 "입으로 말하는 대신에 글로 쓴 것이다" 간단히 대답할 수 있으며, 그 대답에는 조금도 틀림이 없다. 그러나 우리는 그 대답만으로는 무언가 모자라는 듯한 느낌을 받게 된다.

글은 "자기 표현"이다. 지금 우리에게 필요한 것은 자기 표현인 문장이 지닌 가치에 대한 대답이며, 이 책에서 여러분에게 이야기하고자 하는 것이 바로 그 대답이리라.

1443년 세종대왕이 훈민정음을 만들고 1446년 반포한 뒤로 우리 글이 한문의 그늘 밑에서, 일제의 탄압 속에서 불행하게 자라온 것은 사실이다. 그러나 1894년 갑오개혁을 계기로 유럽과 미국의 근대 사조가 흘러들면서 우리 글도 중요한 자리를 차지하게 되었으며, 외국 여러 나라 문장의 영향도 많이 받게 되었다.

마침내 예부터 내려온 고유한 문장에 동서양 문체를 섞어놓은 독특한 문장을 이루게 된 것이다. 이것을 가리켜 어떤 사람은 아직도 우리 문장은 혼란의 시대 속에 빠져 있다고 하지만, 혼란의 시대는 이미 지나서 나름대로 새로운 문체를 이루고 있다고 생각한다.

하지만 문장의 원칙은 결코 변하지 않는다. 글은 어디까지나 그 글을 쓴 사람을 있는 그대로 나타내고야 만다. 연암 박지원의 《도강록(渡江錄)》은 그 나름대로 문장이 가진 맛이 있고, 현대 작가의 문장 또한 그 나름대로 가진 맛이 있다.

"그렇다면 문장의 맛은 참으로 무엇인가?"

누군가 되묻는다면, 사실 "문장의 맛이란 사과 맛 같아서 한 마디로 이야기할 수 없다"고 대답할 수밖에 없다. 즉, 문장이 아주 좋다고 느꼈다 해도 말로 설명할 수는 없는 것이며, 결국 먹어보고 나서야 그 맛을 알 수 있을 뿐이다.

그러나 사과가 덜 익었다든가 잘 익었다든가, 벌레가 먹었다든가 거름을 많이 주었다든가, 사과 맛과 관계되는 온갖 이유들은 우리가 연구해서 알아낼 수 있다.

마찬가지로 문장에서도 이런 것에 중점을 두는 게 좋다든지, 이렇게 표현하는 것이 더 낫고 이런 낱말이 더 어울린다는 따위의 연구는 얼마든지 할 수 있다. 곧 사과 맛을 설명할 수는 없어도 맛있는 사과를 열리게 하는 방법과 효과적인 거름에 대해서는 찾아낼 수 있으리라.

이 책에서 나는 문장의 맛을 내게 하는 거름과 그 거름을 써서 가꾸는 방법을 이야기함으로써 이 책을 읽는 여러분을 보다 좋은 글을 쓰는 길로 이끌어 보려한다. 무엇보다 문학 이야기부터 시작해야 한다. 문학의 기본을 터득하게 되면 거기에 따르는 문장 표현도 자연스레 배우고 익힐 수 있기 때문이다.

글쓰기는 자기 성찰·자기 표현의 시간이다. 힘주어 다시 말해도 지나침이 없으리라. 자기 감정과 생각을 올바르게 표현하고 소통하는 능력을 갖추기 위해 우리는 진실된 글을 써야만 한다. 여러분 모두가 자기 글을 쓰게 됨으로써 풍요로운 삶을 누리기를 바란다.

글 잘 쓰는 방법
차례

자기 성찰의 시간

제1장 문학과 문장 … 11
[1] 문학의 성장 … 11
[2] 문학과 언어 … 15
[3] 문학의 표현 … 18
[4] 언어의 사랑 … 22
[5] 좋은 문장 쓰기 … 24

제2장 문장의 5가지 기본원칙 … 28
[1] 표현의 의욕 … 28
[2] 집필의 자신 … 30
[3] 집필의 습관 … 33
[4] 독창적인 문장 … 37
[5] 문장과 책읽기 … 41

제3장 문장의 표현 … 44
[1] 문장의 단계 … 44
[2] 성실성과 실감 … 46

[3] 관찰이란 무엇인가 … 50

[4] 개성이란 무엇인가 … 62

[5] 용어란 무엇인가 … 70

[6] 간결성이란 무엇인가 … 75

제4장 문장의 구조 … 79

[1] 글감이란 무엇인가 … 79

[2] 구상이란 무엇인가 … 85

[3] 글머리(書頭)와 결말 … 93

제5장 작품이 되기까지 … 97

제6장 문장의 수사법 … 112

[1] 비유법 … 114

[2] 강조법 … 129

[3] 변화법 … 141

제7장 문체를 갈고닦기 … 160

[1] 문체의 발생 … 160

[2] 문체의 종류 … 161

[3] 문체의 선택 … 182

[4] 문체 발견의 요점 … 183

제8장 여러 문장의 작법 … 186

[1] 문장 양식의 구별 … 186

[2] 기사문 쓰는 법 … 189

[3] 서정문 쓰는 법 … 199

[4] 감상문 쓰는 법 … 214

[5] 수필 쓰는 법 … 224

[6] 서간문 쓰는 법 … 243

[7] 일기문 쓰는 법 … 267

[8] 기행문 쓰는 법 … 275

[9] 설명문 쓰는 법 … 284

[10] 논문 쓰는 법 … 291

제9장 논술문 쓰는 법 … 307

[1] 논술 글짓기의 본질 … 307

[2] 논술 글짓기의 요점 … 308

[3] 논술 글짓기의 제목 … 314

[4] 논술 글짓기의 모범 예문 … 322

제10장 퇴고·글다듬기 … 375

[1] 퇴고·글다듬기·교열·교정 … 375

[2] 퇴고의 방법 … 378

[3] 퇴고의 시기 … 379

제11장 시 공부 어떻게 할 것인가 … 380

[1] 시란 무엇인가 … 380

[2] 시 어떻게 쓸 것인가 … 386

소설 공부 어떻게 할 것인가

문학을 지망하는 이들에게 … 417

소설 공부 어떻게 할 것인가 … 420

　[1] 네 가지 어려움 … 420

　[2] 작가의 조건 … 425

　[3] 이중성의 장점 … 429

　[4] 습관에 대한 조언 … 437

　[5] 무의식 활용법 … 440

　[6] 일정한 시간에 글쓰기 … 443

　[7] 첫 번째 검토 … 445

　[8] 자기 글 비평하기 … 450

　[9] 작가로서 책 읽기 … 455

　[10] 바람직한 모방 … 458

　[11] 순수하게 바라보기 … 461

　[12] 독창성의 뿌리 … 465

　[13] 작가의 휴식 … 473

　[14] 습작의 정석 … 476

　[15] 무의식과 천재 … 481

　[16] 재능의 해방 … 485

　[17] 작가의 비법 … 489

　[18] 몇 가지 잔소리 … 494

문장부호 … 496

제1장 문학과 문장

[1] 문학의 성장

문학은 자기 성찰로 이루어지는 삶의 표현 형식 가운데 하나이다. 사람들의 삶 속에서 생겨난 것이며, 사람들의 삶이 없다면 문학이란 것이 생겨날 수도 없다. 이 즈음에서 문화의 하나인 문학이라는 것이 사람들의 삶 속에서 생겨났다는 점을 먼저 머릿속에 잘 기억해 둘 필요가 있다. 문학과 같이 사람들의 삶 속에서 생겨난 것을 문화라고 한다면 이 세상 속에 있는 문화와 또 다른 무엇이 있을까? 이렇게 이야기한다면 누구나가 곧 알 수 있는 대로 '자연'이 있다. 문학도 그 속에 포함되어 있는 문화는 자연과는 언제나 맞선 곳에 서 있는 자기성찰의 개념이라고 생각한다면 틀림이 없다.

그러나 그 자연을 바탕으로 삼지 않고, 자연과 동떨어진 사람들의 삶이라는 것은 있을 수 없다. 예를 들어 말한다면 인간에게 가장 중요한 목숨이라는 것도 따지고 보면 자연에 속한 것이기 때문이다. 문화는 사람의 삶 속에서 생겨난 것이지만 그 삶 또한 자연이 없으면 있을 수 없기에, 말하자면 자연과 맞서고 있는 것이 문화라 해도 그것은 자연과 아예 아무런 관련이 없다고 말할 수는 없다. 이는 곧 문화라는 것은 사람들에게 준 자연이라는 것을 재료로 하여 자기가 세상을 살아가는 목적과 이루고자 하는 이상을 향해 돌진해 나가는 삶 속에서 생겨나는 것을 말하는 것이다.

문학도 물론 마찬가지이다. 그러나 문화는 다만 문학뿐만이 아니라 과학과 종교, 도덕과 경제, 법률 또한 문학 이외의 다른 예술도 모두 사람이 만들어 낸 것이다.

이것으로써 문화라는 용어의 개념을 대체로 알았으리라고 생각되지만, 한마디 덧붙이자면 문화라는 말과 비슷한 개념을 지닌 문명이라는 말이 있다는 것이다. 이 두 말은 우리 일상생활에서는 따로 구별해 쓰지 않고, 서로 넘나들면서 쓰고 있지만 학자들은 분명히 구별해서 쓰고 있다. 앞에서 문화가 어떤 것이라고 예를 들은 것을 보아도 알 수 있지만 문화라는 말이 주로 정신적인 것에 쓰는 것이라면, 문명이라는 말은 정신에 상대되는 것으로 물질적인 것, 예를 들면 전기나 기계 등을 통해서 사람들의 삶을 향상시키는 것을 말한다.

그러므로 이른바 '생활문화'라면 생활 속의 정신적인 것에 중점을 둔 것이라고 하겠다. 따라서 문학도 문화의 하나이자 인간의 정신에서 생겨난 것이라고 할 수 있다. 다시 말하면 문학은 이 문화를 이루는 예술의 한 갈래이다. 음악이 '소리'로 이루어지고 어우러진 예술이고, 미술이 '선과 색'으로 이루어지고 어우러진 예술인 것처럼 문학은 '말'로 이루어지고 어우러진 예술이다.

그러나 문학자라면 글을 쓰는 사람을 생각하게 되고, 문학을 즐기기 위해서는 반드시 책을 생각하게 된 오늘에는 문학이라는 것은 말에 의한 예술이라기보다는 '문자에 의한 예술'이라고 하는 것이 더 좋으리라고 생각된다. 말을 떠나서 문자가 있을 수 없는 것은 더 말할 필요도 없다.

사실 문학은 처음부터 문자로 이루어지고 어우러진 예술이 아니고 말에서 시작된 예술이다. 문자는 예술을 표현하는 하나의 수단이자 나중에 사람이 발명한 것이며, 문자가 발명되기 전에도 문학은

있었다. 예를 들면,

　　새야 새야 파랑새야, 녹두밭에 앉지마라. 녹두꽃이 떨어지면, 청
　　포장수 울고간다.

　이와 같은 민요나 옛날이야기는 문자가 생기기 전부터 있었다. 그
러나 오늘에는 그런 것을 구전문학 또는 구비문학(口碑文學)이라고 하
며, 이른바 문학이라고 하면 쓰고 읽는 것을 생각하게 되기에 오늘의
문학은 문자에 의해 이루어지는 예술이라고 해도 거리낄 게 없다.
　여기서 문자에 대하여 깊이 생각할 여유는 없지만 문자가 생기게
된 것을 이야기한다면, 말이란 언제나 잊어버리기 쉬운 것이고 또한
거리가 떨어진 곳에서는 쓸 수가 없는 말의 불편을 보충하기 위해서
우리들의 먼 조상들은 '문자'를 생각해 내게 된 것이다. 물론 처음부
터 지금과 같은 훌륭한 문자를 생각했을 리는 없고 무엇을 기억해
두는 표시나 특징 같은 것이며, 그림과 같은 것에서부터 점점 발달
하여 오늘의 문자와 같은 꼴을 갖추게 된 것이다.
　그러므로 처음에 쓰기 시작했던 문자로서는 아직 문학은 문자로
만 이루어질 수가 없었던 것이다. 그러나 문자가 발달하여 어떠한 생
각이라도 그것으로 완전히 표현할 수 있다 하더라도 그것만으로는
문학이 될 수는 없다.
　쓴다는 것은 읽히기 위한 것이 목적이다. 그러므로 그 문자를 많
은 사람들이 읽지 않으면 문학을, 다시 말하면 작품을 썼다고 할 수
는 없다. 그렇기 때문에 문자의 발명보다는 보급이 대단히 중요한 것
이다. 문자와 사람들의 삶이 밀접한 관계가 없다면 지금 누구나가
재미나게 읽고 있는 대중소설 같은 문학도 생겨났을 리가 없다.
　이미 문자가 없는 삶이라는 것은 생각할 수 없게 된지도 오래 되

었지만, 이렇게 문자를 보급할 수 있었던 것은 인쇄문명의 발달 덕분이었다. 만일 인쇄문명이 오늘날처럼 발달하지 못하였다고 하면 오늘날 문자에 의한 문학의 발달은 전혀 생각할 수도 없는 것이다.

어떤 외국 문학자는 문학의 문장은 그것을 쓴 것으로는 아직 완성되었다고는 할 수 없으며, 인쇄가 되고 나서야 비로소 완성되는 것이라고 말한 만큼 인쇄와 문학은 깊은 관계가 있는 것으로, 이런 뜻에서 오늘의 문학을 '활자의 예술'이라고도 말할 수 있을 것이다.

문학이 문자의 예술이라는 것을 좀 더 분명히 이야기한다면, 문자로 나타내는 것을 목적으로 삼은 예술이라 할 수 있다. 예술은 곧 표현이다. 그러므로 표현이 없고서는 문학도 있을 수 없다고 할 수 있다.

그 표현을 하기 위해서 문자에 의한 말을 쓰게 되는 셈이다. 여기서 우리들은 문학의 말이라는 것을 생각할 필요가 있다. 즉 문학의 말은 어째서 읽는 사람의 마음을 감동시킬 수 있는가를 알 필요가 있다는 것이다. 그것을 생각하는 것이 문학이 무엇이라는 것을 알아내는 것이며, 또한 문학의 '맛'을 알게 되는 길이라고 하겠다.

문자는 그것이 처음에 발명된 동기를 생각해 보더라도 그것은 말을 기록해 두기 위한 부호였다. 그러므로 그것은 세상 사람들 사이에서 하나의 약속으로 이루어진 것이다. 예를 들어 '大'라는 글자를 '대'로 읽고 '크다'는 뜻을 표시하는 것은 약속인데, 만일 이 글자를 '소'로 읽고 '작다'는 뜻으로 표시하는 것이 약속이라면 '소'로 읽어도 문제는 없다. 그런 것을 '문자'라는 부호의 약속으로 맞추어 놓은 것을 배우는 것이 말하자면 우리가 문자를 배우는 것이다.

그러므로 문자라는 것은 생각 없이 가슴 속에서 우러나는 것이 아니고, 외워야 되는 것이다. 예를 들면 놀랐을 때 생각 없이 저절로 '어머!' 하고 소리치는 것은 그 경우와 장소와 때와 사람에 따라서 같다고 할 수는 없다.

문학은 부기(簿記)와 같이 문자 속에서 생겨난 것이 아니고, 오히려 놀랐을 때 '어머!' 하고 소리치는 그 말을 모태로 하여 생겨난 것이다.

[2] 문학과 언어

오늘 우리들은 말과 문자를 거의 구별없이 쓰게 되었지만, 그러나 문학은 부기처럼 문자에 의하여 생긴 것이 아니고 '어머!' 하고 놀라는 말처럼 그 뒤에 있는, 그 말 속에 숨어 있는 사람의 감동에 의하여 생겨난 것이다. 문학의 말은 단순히 사무를 보기 위한 목적으로 손만을 움직여 되는 노력으로 쓰는 것이 아니다. 다시 말하자면 감동하기 때문에 말이 생겨나게 된 것처럼, 그 말 또한 마음에서 우러난 노력이 반드시 있어야 하며 문학은 그러한 말로써 씐 것이다.

나는 세상에서 부호로만 쓰는 말, 곧 손끝의 노력으로만 쓰는 말과 '문학의 말'을 구별하여 '문학의 말'을 '산 말'이라 하고 싶다. 문학 또한 널리 약속된 문자를 사용해야 하는 것이지만, 그러나 널리 약속된 문자로써 마음속에 느낀 것이나 생각한 것을 쓰는 것이 문학이다.

예를 든다면 편지를 쓸 적에도 첫 머리에 안부를 묻고 중간에 편지를 쓴 목적을 쓰고 끝에 가서 마무리를 짓는, 남이 쓴 서간체를 본떠 기계적으로 쓴 편지를 통해서는 문학이 생겨날 수가 없다. 그러나 그런 형식을 밟아 쓴다 하더라도 그것이 자기 마음속에서 비롯된 표현이라면 그것은 문학이라고 할 수 있다. 문학은 형식을 갖춘 인사(人事)보다도 기뻐하는 모습과 슬퍼하는 심정 속에 숨어 있는 것이다. 왜 그런가 하면 그런 곳에서 사람 됨됨이가 나타날 수 있기 때문이다.

　어머님 전 상서

　저와 인수는 어제 저녁에 무사히 도착하였습니다. 제 동생의 결혼식은 예정대로 6일에 거행한다고 하오며, 인수도 할머니가 보고 싶다고 하므로 결혼식이 끝나는 대로 곧 서울로 올라가겠습니다.

　명수가 눈을 고치러 병원 가는 일은 어머니께서 잊지 마시고 일러주시기 바라며 이만 쓰고 붓을 놓겠습니다.

× 월 × 일

○○○ 올림

　어머님 전 상서

　인수와 저는 어제 저녁 무사히 도착하였습니다.

　도착하는 대로 곧 편지를 쓰겠다는 생각이면서도 또 제가 게으름을 피웠답니다.

　그러나 지금 어머니에게 편지를 쓰기 위해 붓을 들고 보니, 어머니 옆에서 꼭 이야기를 하는 것만 같은 기분인걸요. 그러면서도 무슨 말부터 써야 할는지‥‥‥‥

　참 어제 찻간에서 인수가 대단했답니다. 차를 처음 타 보니까, 모두가 무서운 모양으로 눈이 둥그레져서 내 품에만 기어 들어오는 것이 아니겠어요. 그러다가 창밖으로 지나가는 풍경에 차츰 눈이 익게 되자, 그때는 그 풍경이 이상한 모양이에요. 둑에 서 있는 나무들이 어정어정 걸어오는 것 같고, 길 가는 사람들이 달려오는 것 같으니 그렇게도 생각되었겠지요.

　"엄마, 엄마, 저것 봐, 전봇대들이 달려와" 하고 무서워하는 얼굴을 하겠지요.

그래서 "응, 그건 기차가 달리니까 그렇게 보이는 것이란다"라고 말해 주었더니, "기차가 가는데 전봇대가 왜 달려 와?" 하고 저도 대답을 못할 말을 물어, 옆의 사람들을 모두 웃겨 놓았답니다.

오늘은 벌써 동네 아이들과 사귀어 시골이 좋다면서 자기는 이곳에서 늘 산다고 하지 않겠어요. 그러면서도 밤이 되자, 스르멍덩한 얼굴이 되어 할머니가 보고 싶다고 하는 걸요.

저는 동생의 결혼식이 끝나는 대로 곧 올라가겠습니다. 어머니께서는 집의 일에 너무 걱정하시지 마시고, 어지간한 일은 분회에게 맡겨 두셔요.

명수는 날마다 눈을 고치러 다니는지요. 꾸짖어서라도 날마다 병원에 다니게 해 주셔요. 그 동안에도 몸 건강하시기 바라며 오늘은 이만 쓰겠습니다.

× 월 × 일
○○○ 올림

이것은 자기 동생의 결혼식으로 친정에 가서 시어머니에게 올리는 편지다. 앞의 편지와 뒤의 편지가 시어머니에게 알리는 사연은 같겠지만, 나중의 편지가 받은 사람의 마음을 좀 더 즐겁게 할 수 있으리라는 것은 더 말할 필요가 없다. 즉 나중의 편지에는 며느리의 진심이 나타나 있기 때문이다.

이것을 보아서도 문학은 표현이라는 것을 분명히 알 수 있을 것이다. 그렇다면 문학에서 말하는 '표현'은 어떤 것인가. 물론 어떤 것을 접하면서 느낀 바를 있는 그대로 쓰는 것이 가장 훌륭한 표현 방법이다.

그러므로 느낀다는 이 말을 생각해 볼 필요가 있는데 이것을 다른 말로 말한다면 마음의 체험이요, 그런 일이 이미 세상에는 전부터 있었는지는 몰라도 자기로서는 처음 발견하는 일이다. 신록의 아름다움을 새삼스럽게 느껴 본다면 그 신록이 언제부터 있었는지는 몰라도 자기로서는 그때서야 비로소 처음 발견하는 마음의 체험인 셈이다.

이런 발견의 체험이 감동이라는 충동을 낳고, 문자를 매개로 표현된 것이 문학이다. 그러므로 사물을 표현하는 문학에서 무엇보다도 중요한 것은 본대로 느낀 대로 감동하는 그 마음이라고 하겠지만, 그와 동시에 자기가 살고 있는 주변을 늘 날카롭게 관찰하면서 사물을 음미하는 태도도 중요하거니와 그런 마음부터 먼저 길러야 한다. 그러기 위해서는 늘 진실한 것을 찾고, 스스로 깊이 반성을 하면서 여유 있는 마음을 길러야 한다.

이 말은 문학을 공부한다거나 좋은 글을 쓴다는 사람뿐만 아니라 문학을 마음의 양식으로 삼고자 하는 사람에게도 필요하다.

[3] 문학의 표현

사람은 자기가 체험한 일, 생각한 일은 선명히 알고 있는 것처럼 생각하기 쉽지만 실제로 그런 것을 말로 표현하고자 하면 요령을 잡을 수 없어서 어떤 말로 어떻게 표현해야 좋을지 모르는 경우가 더 많다. 이렇듯 느낀 것을 느낀 그대로 남에게 말하기란 좀처럼 쉽지 않다. 또한 여러 가지 생각을 하면서도 그것을 말로 나타내지 못하는 사람도 있다.

느낀 것을 느낀 그대로 쓸 수 있는 것이 문장의 표현이다. 흔히 우리는 이런 경험을 하는 수가 있다. 어떤 소설 속에 자기와 꼭 같은 인물이 그려져 있으며, 그 사람의 마음속 추이(推移)를 읽고 있으면 자기가 평소 생각하고 느껴 온 정도보다 더 분명하고 세밀하게 그려져 있을 수도 있다.

그런 경험이 우리에게 있었다면 문학가는 곧 '사람을 연구하는 사람'이라는 것을 알 수 있다. 여기에서 '연구'라는 말을 '탐구'로 바꾸어 생각해 보면 문학가가 표현하려는 것은, 대상이 자연계일지라도 핵심은 인생사일 것이니, 인생을 탐구한다는 말은 사람을 탐구한다는 말과 통한다. 따라서 남의 마음의 움직임까지 알아내려면 그에 앞서 항상 자기 자신을 먼저 알도록 노력하여야 한다. 자기 자신을 언제나 지켜 나간다는 것은 다른 사람이나 인생 전반을 아는 데도 기본 발판이 되는 것이다. 그러므로 남의 글을 읽는 것도 글쓴이의 삶을 간접적으로 느껴보는 것이며, 생각하는 것이라고 할 수 있다.

느낀 것을 느낀 대로 쓴다는 말은 느낀 것을 마음속에 흐리멍덩한 채로 두는 것이 아니라, 자기 마음속에 꼭 잡아두는 것이다. 그러기 위해서는 문장공부와 아울러 자기 마음을 길러 나가는 공부도 함께 해나가야 한다. 마음의 깊이가 따르지 못하는 문장은 아무리 문자를 그럴 듯하게 나열하여도 단지 문자의 나열에만 그칠 뿐, 좋은 문장으로 다시 태어날 수는 없다.

여기서 표현이라는 것을 좀 더 쉽게 이야기하기 위해서 영화관에서 본 뉴스를 예로 들어 이야기해 보려고 한다. 그 뉴스에는 여러 장면이 있었으나, 그 중에서 가장 인상에 남은 것은 우리나라에서 처음 만들었다는 큰 기선의 진수식(進水式) 장면이었다. 그것을 가령 글로 나타낸다고 하더라도 모든 장면을 글로 담을 수는 없다. 만일 그것을 그대로 다 쓴다면 오히려 지나치게 복잡해져서 그 장면에서 받은 느낌을 제대로 나타낼 수 없다고 생각한다. 그 진수식 장면에서 나의 마음을 가장 크게 끌었던 것은 완성된 배가 바다로 미끄러져 들어가는 그 찰나, 바로 그 뒤에서 그 배를 바라보고 서 있는 몇몇 직공(職工)들의 모습이었다. 물론 카메라도 그 사람들을 위주로 촬영한 것이 아니어서 그들의 모습은 분명치 않았고 얼굴 또한 잘 보이지는 않았으나, 나는 그들이 매우 감개무량했으리라는 생각이 들었다. 만일 내가 그 장면을 글로 나타낸다면 그때에 느낀 것을 위주로 쓸 수밖에 없다. 느낀 것을 씀으로써 내가 쓰지 않은, 그 장면에 숨어있는 것까지도 독자들이 느낄 수 있다고 생각하며, 곧 이것이 작품의 표현이라고 생각한다.

　여기서 이효석의 《들》이란 작품 속에서 몇 줄 인용해 본다. 이렇게도 선명한 문장 속에서 문장의 중요한 것을 배울 수 있을 것이다. 밑줄 친 것은 이 지은이가 특히 느낀 부분으로 이것이 문장 전체를 살렸다고 하겠다.

　언제까지든지 푸른 하늘을 우러러 보고 있으면 나중에는 <u>현깃증이 나며 눈이 둘러 빠질 듯싶다. 두 눈을 뽑아서 푸른 물에 채웠다가</u> 라무네 병 속에 구슬 같이 차진 놈을 다시 살 속에 박아 넣은 것과도 같이 <u>눈망울이 차고 어리어리하고 푸른 듯하다. 살과는 동떨어진 유리알이다.</u> 그렇게도 하늘은 맑고 멀다. <u>눈이 아픈 것은 그 하늘을 발칙하게도 오랫동안 우러러 본 벌인 듯싶다. 확실히 마음이 죄송스럽다.</u> 반나절 동안 두려움 없이 하늘을 똑바로 쳐다볼 수 있는 사람이란 세상에서도 <u>가장 착한 사람이거나,</u> 그렇지 않으면 <u>가장 용기 있는 악한</u>이어야 할 것이다. 그렇게도 <u>하늘은 거룩하다.</u>

이효석 《들》

물론 이 글은 지은이의 마음과 눈으로 붙잡은 것이지만 이러한 현상이 세상에는 이미 있은 일이라 하더라도 지은이에게는 첫 발견이기 때문에 이 표현의 기둥이 되어 있는 것이다. 그리고 이러한 문장 속의 말을 '산 말'이라고도 한다.

흔히 문학가는 늘 자기가 느낀 것을 쓰기 때문에 그들의 말은 자기의 말이라고 할 수 있다. 바꾸어 말하면 자기는 아무 느낀 것도 없으면서 말을 다만 어떤 부호로 쓴다면, 그것은 자기 말이 아닌 것이 되고 만다.

그러므로 무엇을 발견한다는 자기의 마음을 자유자재로 표현할 수 있기까지 '내 말'이라는 것을 몸에 지니게 되자면 어지간한 수업이 필요한 것이 아니다. 문학가들은 모두 그것을 해 온 사람들이다. 음악가는 '음'으로 자기 말을 이루어가고, 화가는 '빛깔'로 자기의 말을 이루어가기 때문에 거기에는 수업이 따라야 하고, 아무리 마음씨가 훌륭하고 아는 바가 많다고 할지라도 그것으로써 곧 훌륭한 그림이 되고, 아름다운 노래를 만들어 낼 수 있다고는 할 수 없다. 어려운 말인지는 몰라도 어느 하나의 표현 형식을 오롯이 자기 것으로 만든다는 것은, 이미 예술가로서 그것이 그 사람 자신을 표현하는 하나의 길이다. 그러므로 예술가에게는 그 사람의 말이야말로 그의 생명이다.

따라서 글을 짓는 사람에게 말은 단순한 부호가 아니라 살아 있는 것이니, 글이 글로서의 생기를 지닐 때는 그 말은 이미 그 사람에게는 단순한 부호로만 그치지 않는다는 뜻이다.

<u>내 방은 침침하다</u>. 나는 이불을 뒤집어쓰고 낮잠을 잔다. <u>한번도 걷은 일이 없는</u> 내 이부자리는 <u>내 몸뚱이의 일부분처럼 내게는 참 반갑다</u>.

이상《날개》

이것은 이상이 지은 《날개》라는 작품에서 몇 줄 따온 것이지만 이 것만으로도 이 작품 속의 '나'라는 사람의 생활이 눈앞에 분명하게 떠오른다. 물론 이것은 부호로써 글자를 나열한 것이 아니라 자기의 호흡이 흘러가는 살아 있는 문장으로 쓴 글이기에 사람들을 감동 시킬 수 있다. 즉 문학이 문학으로서 살려면 단순한 부호로 쓴 것이 아니고 살아 있는 문장으로 써야 한다는 것이다.

[4] 언어의 사랑

자기의 호흡이 흐르는 살아있는 문장을 쓰기 위해서는 가장 중요 한 것은 책을 많이 읽는 것이다. 우리의 일생은 한정되어 있다. 한정 된 삶 속에서 체험을 넓히는 데는 책읽기처럼 좋은 방법이 없다. 책 을 통하여 여러 문제를 알고 그것에서 얻는 지식으로 생활을 더욱 윤택하게 할 수 있을 뿐만 아니라, 문학작품 같은 데서는 지은이의 호흡은 물론 그 작품을 읽는 사람 또한 그것이 무엇이라는 것을 느 낄 수도 있다. 우리가 말의 호흡을 알게 되면 말의 애정을 갖게 되 는 것도 자연스러운 사실이다.

그림을 알기 위해서는 색채의 아름다움을 분간할 줄 알고 그것을 사랑하는 마음이, 음악을 알기 위해서는 역시 음의 아름다움과 그 것을 사랑하는 마음이 필요하다. 글의 표현도 그것과 마찬가지로 말 의 아름다움을 알고 거기에 깊은 애정이 사무쳐야 한다. 말의 아름 다움을 느낄 줄 모르는 사람이라면 자기가 글을 쓴다는 것은 고사 하고, 남이 쓴 글도 제대로 알 수 없는 사람이라고 할 수 있다.

말이라는 것에 대하여 사실 아무것도 미워해야 할 까닭이 없지만 자기도 알지 못하는 사이에 좋아하는 말과 싫어하는 말이 생기는 것은 말의 '맛' 때문이다.

나는 지난 봄에 서울 어느 중학교에 시험을 치러 시골에서 올라온 학생에게서 이런 이야기를 들은 일이 있다.

그 학생은 1.4후퇴 때 평양에서 그의 가족들과 함께 나오다 가족을 잃어버리고 그와 그의 누나 단 둘이만 남쪽으로 피난 왔으며, 그 뒤로 시골에서 담배 장사로 죽 살아 온 것이다. 그러므로 그들의 삶이 어떠했으리라는 것은 대충 알 수 있었지만, 그래도 그의 누나는 초등학교를 마친 동생이 중학교 입학시험을 치를 수 있도록 서울로 올려 보냈던 것이다. 그 학생이 합격자 발표를 보게 되었을 때 누구에게 보다도 빨리 알리고 싶은 것은 누나였다. 그리하여 전보를 치려고 우체국으로 달려가서 전보용지에 '합격'이라고 써서 보내려니 왠지 마음에 들지 않아서 용지를 다시금 달라고 하여 '누나야 합격이다'라고 써서 보냈다고 한다.

나는 이 야야기를 들었을 때, 그 짧은 전문(電文) 속에서 그 학생이 두 팔을 벌리고 누나에게 달려가는 모습이 눈에 보이며 눈시울이 뜨거워짐을 느꼈다. 실상 이때의 '누나야'라는 말은 얼마나 아름답고도 귀한 말인가. 그 말에는 그들의 가슴 속에 스며있는 설움과 기쁨이 한꺼번에 터지는 듯한 애정이 가득 찬 말이라는 것을 알 수가 있다.

'누나야'라는 말이야말로 숨소리가 우리 가슴 속에 당겨지는 '살아 있는 문장'이라고 하겠지만, 이런 말은 결코 그냥 생기는 것이 아니고, 자기의 체험을 통하여 진실을 그대로 밝힐 때 비로소 이루어질 수 있는 것이다.

'잘 있냐, 소복 보낸다. 네 서방도 잘 있느냐, 아이도 잘 있느냐.'

이 글은 조선 제2대 임금인 정종이 출가한 조카에게 보낸 편지글이다. 아주 짧은 글이면서도 전달하고자 하는 내용이 선명하게 드러나 있다. 뿐만 아니라 절제된 표현의 뒷면에는 조카 가족의 삶을 걱정하는 마음이 깔려 있음을 알 수 있다.

[5] 좋은 문장 쓰기

어떻게 해야 '좋은 문장'을 쓸 수 있을까? 뛰어난 문장력이 하루아침에 키워지는 건 아니다. 하지만, 무엇을 어떻게 해야 할지를 분명히 안다면 좀 더 효과적으로, 좀 더 짧은 시간 안에 문장력을 키워 낼 수 있지 않을까?

생생한 표현력
책읽기를 통해 온갖 문장들을 접해 보고, 번쩍 띄이는 낱말을 늘 눈여겨보아두며, 말솜씨와 감수성을 키우자.

솔깃한 설득력
단락을 명쾌하게 배열하고, 자신이 잘 알고 있는 재미있는 이야깃거리를 고르며, 부드럽고 변화로운 표현을 사용하자. 이때 감각에 알맞은 설득 요령을 익혀 두면 더욱더 효과적이다.

메모하고 관찰하기
글의 소재를 잡을 수 있는 가장 효과적인 방법이다. '메모광'이라야 좋은 문장을 쓸 수 있다는 사실을 명심하고 언제나 메모하는 습관을 기르자. 또한 예리하게 사물을 관찰하여 소재가 지닌 매력에 늘 '감동'하여라. 덧붙여, 번득이는 착상을 놓치지 말고 자신이 관찰한 것, 자기 표현에 미소 지을 수 있는 여유를 가져라.

다시 읽기

글이 완성된 뒤에는 뜸을 들이고 되읽어 본다. 장소를 바꿔서 읽어 보고 미심쩍은 부분은 형광펜으로 밑줄을 긋는다. 그리고 기회가 된다면 가족이나 친구들에게 읽혀 본다.

쓰고 또 쓰라

'많이 쓰는 것'만이 문장력을 기를 수 있는 지름길이다. 편지나 일기를 쓰면서 글 쓰는 습관을 들이고, 신문사에 투고를 해본다면 글쓰기의 즐거움은 나날이 커져만 가리라.

문장력을 키우는 12가지 방법

1. 어휘력이나 표현력 늘리기
   - 글을 읽다가 눈에 번쩍 띄는 낱말, 재미난 표현은 표시해 둔다.
   - 글을 쓰다가 막히면 꿈에서도 물고 늘어진다.
   - 자신도 감동할 수 있는 표현을 찾는다.

2. '메모'는 글솜씨를 향상시켜주는 보증수표
   - '명작'의 뒤안길엔 반드시 '메모의 광주리'가 있다.
   - '메모'는 글짓기의 첫 관문인 글감을 찾는 데 도움을 준다.
   - '생활의 주변'—모두가 메모의 대상.
   - 메모는 번득이는 순간적 '영감'을 붙잡아 준다.

3. 애매한 말은 사전을 찾아가며 쓰기
   - '정확한 문장'은 정확한 언어에서.
   - 글을 쓸 때 '사전'은 절대적 필수품.
   - 낱말의 '사전적 의미'보다 '문맥적 의미'에 유의하라.

- 언젠가 써먹을 말이면, 붉은 줄을 치거나 공책에 적어 두어라.

4. 모범이 될 만한 글이나 신문의 칼럼을 신중히 읽기
- '좋은 글'의 장점을 분석―그를 모방한다.
- 참신한 주제, 인상적인 화제, 변화 있는 구성, 운치 있는 표현은 글 쓰는 사람들의 영원한 꿈이다.
- 무엇보다 '표현술'에 유의하며 읽는다.

5. 글을 쓰고 고쳐 보는 것만이 글짓기의 왕도.
- 뜸을 들이고 되읽으라.
- 장소를 달리해서 읽으라.
- 가족이나 친구들에게 꼭 읽혀 보라.

6. '설득의 기법' 익히기
- 논리적으로 명쾌하게 구성한다.
- 쉽게 묻어갈 어휘·표현을 쓴다.
- 튼실하고 구체적인 화제를 선택한다.
- 참신한 표현 기교를 구사한다.

7. 구체적 실례를 머리에 그리면서 쓰기
- 독자는 '구체적 경험'이나 '실례'를 좋아한다.
- 구체적 내용은 눈앞에서 보고 듣는 듯한 느낌을 준다.
- 독특한 경험, 재미있는 화제는 독자들이 오래오래 기억한다.
- 이론에 치우친 글은 어렵기만 하고, 전달 효과가 없다.

8. 소리내어 읽으면서 쓰기
- 산문에도 '가락'과 '흐름'이 있다. 부드럽게 읽히도록 쓰자.
- 자기 글을 독자의 위치에서 바라보게 된다.
- 여러 번 읽으면 글의 내용에서 한쪽으로 치우치거나, 자기 만족에 그친 점을 반드시 발견하게 된다.

9. 시간을 정해서 쓰기
- 집중력을 발휘할 수 있다.
- 숙달하면 논문 쓰기에도 크게 도움이 된다.
- '속도'는 가치있는 것이다.
- '몰아붙여 쓰기'에 익숙해지면 글쓰기의 순서·요령이 몸에 배어 글쓰기가 손쉬워진다.

10. 참고가 될 만한 책은 세 권 사기
- 글짓기에 도움이 되는 내용은 카드나 노트에 오려 붙인다. 한 권은 짝수쪽 용으로, 한 권은 홀수쪽 용으로.
- 나머지 한 권은 보관용으로 간직한다. 복사하는 데 걸리는 시간을 계산하면 사는 게 쌀 수도.

11. 유의어, 반의어 알아두기.
12. 헷갈리기 쉬운 표현은 암기하기.

제2장 문장의 5가지 기본원칙

[1] 표현의 의욕

누군가가 나에게 묻는다.

"글을 쓰고 싶은데 좋은 방법이 있는가?"

그럴 때마다 나는 이렇게 되묻는다.

"쓰고 싶은 이야기가 있는가? 쓰지 않고는 못 견딜만한 그런 이야기가 있는가?"

그러면 그 중에는 별로 그런 것이 있는 것은 아니지만 무작정 글이라는 것을 써 보고 싶다는 대답을 아무 거리낌 없이 하는 사람들이 있다.

그러나 이래서는 말이 안 된다. 무엇을 쓰려는 구체적인 재료도 없이 글을 써 보자는 말은 글을 쓰고자 하는 참된 요구가 있어서가 아니다. 그러므로 그런 사람들에게는 글쓰는 법을 이야기해 보아야 쓸 데 없는 일일 뿐만 아니라 가르쳐 줄 수도 없는 노릇이다. 왜냐하면 글이라는 것은 앞에서도 이야기한 것처럼 그저 문자를 나열한 것이 아니기 때문이다. 글이야말로 그 글을 쓴 사람의 호흡이며, 그 사람의 생명이 글이란 형식으로 나타난 것이기 때문이다. 속 알맹이가 없는 형식만을 갖춘 글이 세상에 있을 수 없듯이, 아니 가령 있다고 해도 그런 것은 하나의 겉모양에 지나지 않으며, 살아 있는 글이 아닌 죽은 글이다. 그런 글은 아무리 써 보아도 소용이 없는 것이다.

"이것을 꼭 쓰고 싶은데, 그 생각이 글로 잘 표현되지 않는다"라는 사람이야말로 "글을 쓰고 싶은데 어떻게 하면 좋겠는가?" 하고 당당하게 물어볼 수 있다. 그런 사람들은 자기의 생명이라고 말할 수 있는 그 무엇을 표현해 보고 싶다는 욕구를 가지고 있으면서도, 방법을 모르고 있기 때문이다. 그런 사람은 그 방법만 알게 되면 생명을 지닌 생각들이 저절로 흘러 나올 수 있다.

해가 솟는다. 사람들이 가리켜 새해라 하는 아침 해가 솟는다. 금선 은선을 화성같이 쏘면서 바뀐 해 첫날의 새해가 솟는다.

누리에 덮인 어둠을 서쪽으로 밀어치면서 새로운 생명의 새해는 솟는다. 오오, 새해다! 아침이다! 우리의 새 아침이다.

어둠 속에 갇힌 만상을 구해 내어 새로운 광명 속에 소생케 하는 것이 아침해이니, 계림 강산에 찬연히 비치어 오는 신년 제일의 광명을 맞이할 때, 누구라 젊은 가슴의 뛰놂을 금할 자이냐!

새해의 기쁨은 오직 아침 햇발과 같이 씩씩한 용기를 가진 사람뿐만의 것이니 만근 천근의 무게 밑에서도 오히려 절망의 줄을 넘어서는 사람만이, 온갖 설움 속에서도 앞으로 내딛는 사람만이 새 생활을 차지할 수 있는 까닭이다. 용기다! 용기다! 용기 있는 그만큼 밖에 기쁨은 더 오지 못하는 것이다. 용기다! 아침 햇발같이 내 뻗을 줄만 아는 용기다.

네가 부잣집 자식이니 돈이 있느냐. 양반 집 자식이니 세력이 있느냐. 네가 태평한 사회에 났으니 정해진 업이 있느냐. 무엇에 마음이 끌려 용기를 못낼 것이냐. 아무것도 없는 사람의 강력은 여기서 나는 것이니 아무런 용기를 내기에도 꺼릴 것이 없고, 얼마만한 용기를 내어도 아까울 것이 없으며, 내어서 밑질 것이 없지 않느냐.

없는 이의 행복은 여기에 있다. 한없는 용기밖에 내어놓을 것 없는 데에 있다. 부자가 돈 쓰듯 용기를 내기에 거침없는 데에 있다.

용기다. 용기로 맞이할 우리의 새해다. 아침 햇발보다도 더 씩씩한 용기를 내자! 어둠을 밀쳐낼 용기를 가지자.

아아, 해가 솟는다. 우리의 새해가 솟는다.

방정환 《없는 이의 행복》

이러한 의욕과 정열이 있다면 바위 틈을 뚫고서라도 그가 쓰고 싶은 글은 뿜어 오르고야 마는 것이다. 의욕이 왕성하면 할수록 또한 그만큼 읽는 이도 큰 감명을 받게 된다.

[2] 집필의 자신

"글은 쓰고 싶은데 글재주가 없어서 쓸 수가 없다"라고 하는 사람도 많이 있다. 그러면 나는 그런 사람에게 이렇게 말해 준다.

"그건 글재주가 없기 때문이 아니라 스스로가 글을 쓰려고 하지 않기 때문이다. 그런 말은 그만 두고, 어쨌든 붓을 들고 글을 써보게나, 그러면 반드시 무엇이고 글이 써질 터이니."

입으로 말하는 대신에 글자로 쓴 것이 글이라면 말을 알고 글을 아는 사람으로서 글을 쓰지 못할 리는 없다. 종이와 연필을 가지고 자기가 말하는 것을 그대로 받아쓰면 문장은 저 혼자 이루어지게 되는 것이다.

그러나 세상에는 이야기할 땐 쉽게 떠들어 대면서도 붓을 들고 글을 쓰려면 마치 벙어리가 된 것처럼 편지 한 장도 쓰지 못하고 쩔쩔 매는 사람이 뜻밖으로 많다. 이는 문장과 가까이 하려는 생각이 없고 아예 처음부터 자기에겐 글재주가 없다고 단정하고 글이라면 겁부터 내기 때문이다.

글재주는 누구에게나 있다. 다시 말하면 문장은 누구나가 쓸 수 있다. 미친 사람에게도 글재주는 있을 수 있기 때문에 보통 사람들은 생각하지 못하는 이상한 세계를 글로 쓸 수 있다. 자기에게 글재주가 없다고 생각하는 것은 결국 글을 쓰는 것에 대한 자신이 없기 때문이다. 예를 들어 말한다면 헤엄은 누구나 칠 수 있는 타고난 능력의 하나지만, 연습 없이는 배울 수 없다는 점에서 문장을 쓰는 것과 같다고 하겠다. 헤엄을 치지 못한다는 것은 물에 대한 두려움과 헤엄에 자신이 없기 때문이다. 그러므로 먼저 물에 익숙해져서 그두려운 마음을 털어버리고 헤엄을 배우는 것이 가장 좋은 방법이다. 아무리 장판 온돌에서 헤엄을 배운다고 발버둥을 쳐봤댔자 그것이 해로울 것은 없을지 몰라도 이로울 것도 없다.

이와 마찬가지로 글쓰기에서도 글을 못 쓴다는 미신적인 두려움을 버리고, 글과 가까워짐으로써 글 쓰는 자신을 키우는 것이 유일한 방법일 것이다.

사실 글재주를 갖고 태어난 문재(文才)는 수백만 명 가운데 한 사람이나 있을까 하는 것으로, 프랑스의 문호 '플로베르'나 '모파상'도 타고난 글재주보다는 꾸준한 노력의 결과로 명작을 쓸 수 있게 된 것이다.

내가 중학교에 다닐 때 글짓기를 담당했던 선생은 제목을 내 주는 일이 없으면서도 그 시간에 짧게 쓰면 크게 화를 냈다. 틀에 짜인 문장을 쓰라는 것이 아니고, 생각나는 대로 쓰라는 것이었다. 그래서 3장 넘게 쓰면 무조건 A를 준다는 식으로 내용 같은 것은 별로 문제삼지 않았다. 그러므로 우리들은 무턱대고 써버렸다. 그러면서 그 표준이 점점 달라졌지만, 처음에 그렇게 배웠으므로 문장에 대하여 아주 대담(大膽)하게 되어 무슨 글이나 쓰면 쓸 수 있다는 자신감도 갖게 되었다.

구상을 짜서 멋있는 글을 쓰겠다는 생각은 나중에 해도 되고 중요한 것은 처음부터 좋은 글을 쓰겠다는 생각보다는, 자기가 생각한 것을 그대로 자꾸 써서 문장에 익숙해 져야 한다는 점이다.

사람들은 강가에 죽 늘어섰습니다. 얼음이 어느 정도 얼었는지 몰라 돌을 던져 봅니다.

강 건너서 경비하는 국군 아저씨들이 빨리 건너오라고 손짓을 하며 소리 지릅니다.

모두들 주저주저하며 건너는 사람은 없습니다.

"여러분들 무거운 짐은 벗어 놓고 건너시오! 적은 뒤에 달려 왔습니다."

주먹 나팔을 하고 국군 아저씨는 소리칩니다. 모두 짐들을 추립니다. 추리고 남은 것을 그대로 버리기가 아까운지 그 자리를 떠나려 하지 않고, 이리저리 만져 봅니다. 국군 아저씨가 달려 건너옵니다.

"여러분 빨리 건너오시오! 목숨이 시간에 달렸습니다" 하며 재촉합니다. 대포 소리는 전보다 더 요란하게 쿵쿵 납니다.

… 중략 …

일남이 아버지는 소 잔등을 쓰다듬으며, 고삐를 끄르기 시작합니다. 일남이가 여기까지 타고 온 소를 버리고 가게 된 것입니다.

"일남아, 소를 버려야겠다. 얼음 위를 같이 건너다가 사람이 죽어서야 되겠니?"

… 중략 …

무거운 소가 건너다가는 얇은 얼음이 꺼져 사람이 위험해지는 것입니다. 사람들은 띄엄띄엄 건너갑니다. 남들이 알뜰한 짐들을 버리고 가는 것을 본 일남이 아버지는 그대로 소를 놓아 줍니다. 일남이는 눈물이 글썽글썽해서 소를 어루만집니다. 일남이도 아버지에게 손을 잡힌 채 뒤를 돌아보고 또 돌아보며 건너갑니다. 엄마와 언니와 나도 서로 서로 떨어져서 건너갑니다.

이때였습니다! 두고 온 소가 일남이네 뒤를 따라 오질 않습니까. 큰일 났습니다. 그러지 않아도 쨍쨍 얼음판이 갈라지는데 어찌하면 좋습니까. 그것도 모르고 소는 따라옵니다. 엄마는 우리들을 오른 편으로 가라고 소리치며 갑니다. 소는 그대로 따라 옵니다. 쩌엉 쩌엉 쩌엉 얼음 쪼개지는 소리가 전보다 많이 납니다. 언니는 겁이 덜컥 들었는지 걸음도 잘 못 옮깁니다. 엄마는 안타까워 "애들아 빨리 이리 오너라."

소리를 지릅니다. 강 건너 사람들은 소가 못 오게 "와앗 와앗" 하고 고함을 칩니다. 그러나 소는 무슨 소리냐는 듯 그냥 달려옵니다.

김영자《임진강과 일남이네 소》

이것은 초등학교 학생의 글짓기 글이다. 우리가 이 글을 읽고서 깊은 감명을 받는 것은 솔직하게 썼다는 데서 오는 것밖에 없다. 어쨌든 자기가 써야만 이야기가 되는 것이다.

[3] 집필의 습관

앞에서 글은 쓰면 쓸수록 숙달된다고 했지만, 그러나 아무런 목적

없이 무턱대고 자꾸 쓴다는 것은 그리 쉬운 노릇이 아니다. 학생들이라면 공부에, 사무원이라던 회사일에 쫓겨서 그럴 시간도 없을 것이다. 그러나 다른 사람의 글을 읽는다고 해도 실제로 자기가 붓을 들어 써보지 않고서는 글실력은 늘지 않는다. 다른 사람의 작품은 곧잘 핵심을 짚어서 적절하게 비평하면서도 정작 자신이 글을 쓰려면 단 한 줄도 쓰지 못하고 끙끙거리는 경우를 어렵지 않게 찾아볼 수 있는 것도 이 때문이다.

그것은 이해하는 방법은 알고 있으면서도 자기의 사상을 문장으로 구성하는 힘을 키우지 못한 때문으로, 절름발이와 같다. 문장을 쓸 수 있는 방법은 글을 자꾸 써보는 것이고, 글을 쓸 기회를 자주 만들어 문장에 익숙해지는 길 밖에는 다른 방법이 없다.

그러면 어떻게 해서 그 기회를 만들 수 있는가. 그것은 일기를 쓴다거나 편지를 쓴다는 등으로 직접 자기생활에 필요한 목적이 있어서 쓸 수 있는 수련의 기회를 먼저 만들어야 한다. 일기는 자기 생활을 반성하는 자료가 될 뿐만 아니라, 자기생활의 귀중한 기록도 되는 것이므로 문장수련에 이보다 더 좋은 것이 없다.

일기를 쓰게 되면 날마다 적어도 한번은 글을 쓸 짬이 생기는 것이기에 글쓰기에 겁을 집어먹을 일도 없어질 것이고 문체에 얽매일 것도 없으며, 남에게 보여주는 글이 아니므로 마음대로 쓸 수 있다. 다시 말하면, 글을 쓸 때 거치적거릴 게 없는 것이다. 그뿐만 아니라 일기는 그날그날의 일을 순서대로 서술하는 것이므로 서사(叙事)의 간결한 표현도 배워서 익힐 수 있다. 또한 '하이킹'이라도 간 날이라면 간단한 '스케치'도 쓸 수 있다. 오래간만에 친구를 만나 기분 좋게 이야기를 나눈 그날의 감상문도 쓸 수 있다. 그러면서 글쓰기에 익숙해지면 내용도 자연스럽게 풍부해져서 재미난 글을 써보고 싶은 생각도 생기게 될 것이고, 다른 사람의 문장에 대해서도 전보다는 더 관심을 갖게 될 것이다. 어쨌든 일기는 쓰고 볼일이다.

편지 또한 일기와 크게 다르지 않다. 직업에 따라 날마다 편지를 써야 하는 사람도 있지만, 대부분은 한 달에 대여섯 통의 편지를 쓰자면 쓸 수 있을 것이다. 편지는 일기와 달라서 받는 사람이 반드시 있으므로, 문장을 바로 쓰는 태도를 무심결에 알려주는 것이다. 되는대로 쓴다면 받는 사람에게 실례가 되는 것이고, 편지의 목적도 충분히 나타낼 수가 없다. 편지는 대체로 자기의 감정을 상대에게 전달하는 문장이라고 하겠다. 그리운 마음이라든가, 고마워하는 마음이라든가, 그 밖에 여러 가지 마음을 나타내는 글이다. 물론 문체는 서정(抒情)의 문장도 될 수 있고, 서사(敍事)의 문장도 될 수 있겠지만 되도록이면 명확하고 간결하게 써야 한다.

일기와 편지를 쓰는 버릇은 자기도 모르는 사이에 문장에 숙달될 수 있는 가장 좋은 방법이다.

"4월 7일. 그날은 무엇을 했던가? 날씨는?"

나는 머리를 기웃거렸다.

"옳지, 그날은 교복을 찾아왔고, 날은 흐렸지. 그리고 다음날은? 영화를 본 것이 그날인가? 영화는 그제니까 10일이 되지 않는가?"

나는 잠시 생각해 보다가 "귀찮다. 그대로 집어 치워라"

오늘뿐만이 아니라, 때때로 이런 일이 있다.

나는 일기장을 집어던졌다. 그러고는 별다른 생각이 없이 책장 구석에서 지난해 일기장을 뽑았다. 아무것도 쓰지 않은 흰 종이만 벌컥 눈에 띈다. 어쩐지 나의 게으름을 꾸짖는 것만 같다. 그 속에서 문득 보니, 며칠동안 계속해서 쓴 것이 눈에 띈다. 나는 호기심에 끌려 읽기 시작했다.

3월 9일. 어머니의 병은 더 나빠졌다. 의사는 "혈뇨(血尿)가 대단하니 절대로 진정하도록 주의해야겠어요" 하고 아버지에게 이야기를 한다. 걱정이 돼서 한잠도 못잤다.

3월 10일. 서울대학의 결과가 발표되었다. 나는 떨어졌다. 아버지는 "할 수 없지, 그러나 어머니에겐 잠자코 있어"라고 말했을 뿐이다. 별로 화난 기색은 아니었지만 그럴수록 나의 마음은 더욱 괴로웠다. 어머니의 병세는 더욱 나빠지는 모양이다. 내가 방으로 들어오자, 어머니는 "어떻게 되었니?" 하고 힘없이 내게 눈을 돌려 물었다. "발표가 사나흘 늦게 나온데요. 그 보다도 어머니가 빨리 나으셔야지요. 그래야만 저도 학교에 들어가서 어머니와 같이 이번 봄엔 교외로 꽃구경도 갈수 있지 않겠어요."

나는 이렇게 줏어댔다. 어머니는 기쁜 듯이 웃었다. 쓸쓸한 웃음. 나 또한 쓸쓸하기 그지없었다.

나는 여기까지 읽었을 때, 지난 해의 일이 생각되었다. 돌아가신 어머니의 그때의 웃음이 눈 앞에 떠올랐다. 쓸쓸한 가슴 속에서 반성의 물결이 몰아쳤다. "그렇다" 나는 다시 붓을 들어서 일기를 썼다. 그 글은 대체로 다음과 같다.

4월 13일. 만물이 소생하는 봄에 너는 아직도 자고 있느냐. 불효한 놈. 게으른 놈. 이 더러운 이름을 지우기 위해서는 나는 부지런히 사는 수밖에 없다. 반성의 기회를 주는 일기부터 날마다 계속 쓰기로 하자. 봄과 함께 나도 앞으로 나아가자.

이 글을 읽으면 여러분도 공명(共鳴)되는 바가 많을 줄로 생각한다. 이것도 일기에서 얻은 하나의 자각이다.

[4] 독창적인 문장

글쓰기에서 모방이 연습과정으로 허용되는 수가 있다. 그러나 나는 이 모방은 결코 좋은 것이 아니라고 생각한다.

사람들은 어린아이들이 말을 배우기 시작할 때, 흔히 그것을 어른의 말을 흉내 내는 것이라고 한다. 그러나 그것은 어른의 말을 흉내 내는 것이라기보다는 어린아이들이 성장함에 따라 자기를 표현하려는 하나의 요구라고 보는 것이 옳을 것이다. 그리하여 자기를 표현하려는 편리한 방법으로 말을 쓰게 되는 것이다. 이 언어라는 것은 다만 공통으로 쓰이는 하나의 부호일 뿐이다. 그러므로 공통으로 쓰이는 부호를 사용했다고 그것이 모방이 될 수는 없다. 아니, 그 부호의 사용 여하에 따라 모방에 그칠 수도 있으니, 즉 그 부호를 자기 생각에 따라 사용하지 못하고, 남이 한 말을 아무 생각 없이 막연히 되풀이하였을 때처럼 사용한다면 그것이 바로 모방이다. 그러기에 말을 배우기 시작하는 어린아이들의 말흉내는 결코 창의없는 말의 모방이랄 수는 없다. 그들은 자기를 표현하고자 하는 욕구를 만족시키는 방편으로 어른의 말을 자꾸 흉내 내고 있다는 것을 알아야 한다.

따라서 문장 공부에서도 마찬가지다. 남과 똑같은 말을 쓰는 것은 어쨌든 상관없는 일이다. 아니 상관이 없다기보다 남과 같은 말을 사용하지 않고는 아무것도 쓸 수 없다. 다만 이 언어의 사용이 자기표현이라는 근본적인 요구를 충족시키는데에 목적이 있어야 한다.

논문은 이렇게 써야 한다. 서사문은 이렇게 써야 한다. 서정문은 이렇게, 편지글은 이렇게, 하고 모든 것을 형식으로 규정지었던 때라면 모방이 문장 연습에 필요했을지는 모르지만, 이미 그런 때는 지나가버렸다. 문장을 짓는 데 첫째 요건은 어떻게 자기—다시 말해서 자기의 사상·관찰·감정·용건—를 보다 잘 나타낼 수 있을까의 문제이다. 남의 문장을 흉내 내는 대신에 아무리 유치하여도 좋으니 자기 말로써 자기 생각으로 바르게 나타내야 하는 것이다. 그래야만 그 사람 특유의 문체가 싹을 틔우는 법이다.

그러면 여기서 독창이라는 힘이 우리에게 얼마나 큰 감명을 준다는 것을 좀더 분명히 알기 위해서 10살짜리 재일교포 소녀의 일기글 한 구절을 인용해 본다.

6월 22일 (월) 날씨 맑음
학교에서 돌아오니 집안이 깨끗이 치워져 있고, 언니가 가루반죽을 하고 있습니다. 솥에는 팥을 넣어 끓이고 있었습니다.

"언니 뭐야? 단팥죽?"

하고 물으니까,

"응. 오빠가 동무를 데리고 오신대. 방을 어지럽히면 안 된다" 하고 말하기에 나도 그러라고 대답했습니다.

단팥죽이라고 들으니 좋아서 견딜 수가 없군요.

"말숙인 오늘로 마지막이니까 맛을 잘 봐."

하는 말을 언니는 했습니다. 나는 가만히 듣고만 있었습니다.

팥 세홉, 설탕 한근, 가루 삼백몸메, 떡 스무개, 이렇게 넣어서 끓였습니다. 목에 침이 꿀꺽 넘어갔습니다. 큰 오빠가 잔업을 하기 때문에 여섯시까지 기다리자니 군침이 자꾸 삼켜지면서 먹고 싶어서 죽을 지경이었습니다.

나는 '손님이 오지 않았으면 좋겠다' 하고 생각했습니다. 집이 더러운 것쯤은 또 좋지만, 첫째 단팥죽을 떠드릴 그릇이 없는 걸요. 밥그릇이 꼭 하나만 있어요. 오빠하고 손님하고 둘이서 먹는 것입니다. 그러니 오빠는 무엇으로 떠 드려야 하겠어요.

가난한 사람은 가난한 대로, 잘 사는 척 할 필요가 없지요. 우리들끼리라면 도시락 뚜껑으로 먹든지 솥을 안고 먹든지 상관없지만 아무리 그래도 남의 앞에서야 그렇게 하고 먹을 수가 있어야지요. 그러니 오지 않는 것이 좋다는 것이에요.

밥그릇이 없어서 오늘밤도 점심밥 그릇으로 먹었습니다. 손님이 오시지 않아서 마음을 놓았습니다. 팥물이 들어서 팥빛이 되어 있었습니다. 너무나 맛이 있어서 물이 두홉이나 들어가는 점심밥 그릇에 네번이나 떠서 먹어 치웠습니다. 오늘의 단팥죽 맛은 잊을 수가 없도록 맛이 있군요.

야스모토 스에코(安本末子)《구름은 흘러도》

이 글은 남의 문장을 모방하거나 여기저기 책 속에서 끌어 모아 맞추어 놓은 겉보기에 번지르르한 문장보다는 생명이 더 강하다고 할 수 있다. 아무런 꾸밈도 없이 정직하게 자기 생각을 적어 나가고 있다. 가난한 형제들이 어쩌다 한번 단팥죽을 쑤어 놓고, 그 단팥죽을 대하게 된 기쁜 마음과 슬픈 마음이 그대로 우리 마음에 부딪쳐 오지 않는가. 참다운 문장은 이렇게도 솔직한 자기표현에서 오는 것이다.

눈

이 겨울
내 고향 앞뒷산에
눈이 몇 자나 쌓였노.

겨우내

쌓일대로 쌓여도 쓸 리 없는
어머니 무덤의 차디찬 눈.

내 고향 뒷산
어머니 무덤엔
이 겨울 눈이 얼마나 쌓였노.

양주동 시 〈눈〉

오시는 눈

땅 위에 새하얗게 오시는 눈
기다리는 날에는 오시는 눈
오늘도 저 안 온 날 오시는 눈
저녁 불 켤 때마다 오시는 눈

김소월 시 〈진달래〉

눈

어제밤 궂은 비가 새벽 찬 눈이로다
한 아이 손뼉 치며 소금 뿌렸다 하니
한 아이 뛰어나가며 설탕이라 하더라.

개와집 덮는 눈과 모옥(茅屋)에 뿌리는 눈이
뉘라서 한눈이라노 한눈은 아닌 것이
모옥에 뿌리는 눈은 녹아 눈속 되더라.

검은 북한산이 눈 덮여 희었세라
밉던 그 얼굴을 꾸몄다 하지 마소
그래도 녜 보던 얼굴을 못내 그려 하노라.

이광수 시조 〈눈〉

남국의 눈

푸른 나뭇잎에 내려 쌓이는
남국(南國)의 눈이 옵니다.
오늘 밤을 못 다 가서 사라질 것을
설은 꿈같이 흔적도 없이 사라질 것을
푸른 가지 위에 피는 흰 꽃은
설은 꿈 같은 남국의 눈입니다.
젊은 가슴에 당치도 않은
남국의 때 아닌 흰눈입니다.

주요한 시 〈남국의 눈〉

위의 네 글이 모두 눈을 소재로 한 글이지만 모두 다른 글들이다.
눈은 한 가지 눈이나 그 눈에 대한 느낌과 생각은 서로 경지(境地)
가 다르다. 모두 자기들의 느낌, 자기들의 생각만을 내세웠다. 모두
내것을 쓴 것이다.

[5] 문장과 책읽기

우리들은 책을 통해서 여러가지 일을 알며, 거기서 얻은 지식으로
우리들의 생활을 풍부하게 하고, 우리들의 교양도 키울 수 있을 뿐

만 아니라, 또한 사상과 감정 같은 것을 표현하는 방법도 자연스레 알게 되어 문장 공부에도 큰 도움이 된다.

그러므로 글을 잘 쓰려면 책을 많이 읽어야 한다는 말은 누구나가 하는 소리다. 그러나 우리들이 이러한 성과를 얻자면 책을 읽는 방법도 생각해야 한다. 어떤 책을 어떻게 읽어야 하는가? 하는 물음에 대한 답은 대개 일치된다. 좋은 책을 골라서 정독하라!

그러나 나는 오히려 그와는 반대되는 이야기를 하고 싶다. 즉 손에 들어오는 책부터 읽어 나가라고. 아무리 훌륭한 책이라도 자기에게 없는 책이라면 소용이 없다. 그런 책을 구해 읽겠다는 생각보다는 집에 굴러다니는 낡은 잡지라도 읽으면 그만큼 얻는 것이 있다. 좀 더 극단적으로 이야기하면 물건을 싸 온 헌 신문지 조각에서도 무엇을 얻으려면 얻을 수 있다고 말할 수 있다. 요컨대 우리는 향상하겠다는 마음을 갖는다는 것이 무엇보다도 중요하다. 그 마음만 있다면 몇번이나 되풀이해 읽은 대중잡지나 여성잡지에서도 다시금 읽고나면 반드시 새로운 무엇을 찾아낼 수 있다. 처음부터 대중잡지를 경멸하는 사람이었다면 좀 더 훌륭한 관점에서 대중잡지를 경멸할 수도 있게 될 것이다.

다음엔 남들이 좋다는 책보다도 자기가 재미있다고 생각하는 책을 읽으라는 것이다. 우리들이 통속소설을 읽는 것을 보고 친구가 경멸할는지도 모른다. 그리고 좀 더 높은 수준의 소설을 권할는지도 모른다. 우리들은 그 소설을 읽기 시작했으나 도대체 무슨 소린지 알 수가 없다. 책을 펴들기만 해도 골치가 아프다. 자기는 소설 하나도 읽지 못한다고 그만 비관하고 싶은 생각이 난다. 그러면서 전에 읽던 통속소설을 다시 꺼내 읽고 싶은 데 친구가 "그런 것은 아편이다"라고 하던 말이 떠오른다. 통속소설을 펴들고서도 해가 된다는 것을 일부러 읽을 필요가 무엇이냐고 주저하게 된다. 어떻게 될지 몰라 슬퍼지기도 한다.

나는 그 통속소설을 읽고 싶다면 거리낄 것 없이 마음 놓고 읽으라는 것이다. 힘든 것을 이해하려는 노력과 분발하는 마음은 인간 진보의 한 요소라고 하겠으므로, 독서에서도 필요한 정신이라고 하겠지만 거기에 무리와 허영이 있어서는 안 된다는 것이다. 알지도 못하고 재미도 없는 것을 억지로 읽는 것 보다는 알 수 있고 재미있는 것을 읽어 조금이라도 얻을 것이 있다면 결국에는 도움이 된다. 뿐만 아니라 그것은 다음 계단으로 올라가는 발판도 충분히 될 수 있다. 사실 아편처럼 작용하는 통속소설은 너무나도 많다. 그러나 나의 궤변(詭辯)이 아니라, 아편도 병을 앓는 사람에겐 훌륭한 약이 될 수도 있다는 것이다. 우리에게 해독을 준다는 통속소설도 읽어 나가면 그것이 우리에게 교육을 시켜, 마침내는 그런 것이 싫어지게 되고 읽어서 보람을 찾을 수 있는 소설을 찾아서 읽게 된다. 자기의 독서력이 유치하다고 비관한 체, 자기가 보고 싶은 책도 집어던졌다면 죽도 밥도 안되고 말았을 것이다. 그러나 무엇이든지 읽으면 반드시 성장하는 것이다. 따라서 친구의 비판을 참다운 말로 듣게 될 때가 오는 것이고, 정말로 통속소설이 싫어지게 된다. 그렇게 되면 바른 길로 들어선 셈이다.

우리들은 독서를 통해서 전쟁도 알 수 있고—단순히 알 뿐만 아니라 크게 감동하며—전쟁에 대한 확고한 생각도 가질 수 있다. 또한 거기에 대해서 무엇을 써 보고 싶은 욕망도 생길 것이다. 그렇게 되면 전보다도 좀 더 문장에 관심을 갖게 될 것이다.

제3장 문장의 표현

[1] 문장의 단계

문장에는 남다른 매력이 있다. 한번 흥미를 느끼게 되면 어디까지나 따라가고 싶어지는 데가 있다. 그러나 그것을 따라간다 해도 언제나 즐거운 일은 아니다. 문장에 흥미를 느끼면서도 한편으로는 실망을 할 수도 있다. 자기도 모르는 동안에 문장력이 좋아졌다고 기뻐할 때도 있지만, 다른 한편으로는 아직은 멀었다는 생각에 기분이 가라앉을 때도 있다. 이런 생각을 몇번이나 되풀이하면서도 문장을 버릴 생각은 하지 않는다. 자기도 남처럼 글쓰는 데 자신을 갖고 싶다, 무엇이나 쓰고 싶은 대로 술술 쓰고 싶다, 편지를 써도 남이 부러워할 만한 편지를 쓰고 싶다, 문장의 맛도 알고 싶고 글의 멋도 부리고 싶다느니 하는 이런저런 생각과 함께 문장의 매력을 좀처럼 잊을 수가 없다. 이렇게 문장의 매력을 느낄 때는 문장력이 향상된다. 그러면서 자기도 모르는 사이에 문장이 아주 좋아지지만, 그렇게 되기까지는 대체로 4단계를 지나야 한다.

① 본 대로 있는 대로 쓰라.

무엇이나 있는 그대로 쓰라는 것이다. 문장의 내용도 재료도 깊이 생각할 필요 없이 자기 눈앞에 보이는 것, 자기 주변에서 일어나는 것을 찾아서 쓴다. 본대로 들은 대로 행동한 것을 쓴다는 것을 두려

위하지 말고, 꾸미려고도 하지 않고 그대로 쓴다. 자기 마음의 세계라면 느낀 것, 생각한 것, 머리에 떠오른 것을 숨기지 않고 감출 것도 부끄러워할 것도 없이 그대로 쓴다.

이것도 말만으로는 쉬울지 몰라도 이 뜻을 스스로 깨닫게 된다는 것은 그리 쉬운 노릇이 아니고, 또한 그대로 쓴다는 기술도 그렇게 쉬운 게 아니다. 그러나 그것을 무릅쓰고 어쨌든 실행해 보면 뜻밖의 곳에서 방법이 생겨날 것이다.

② 다음에는 그대로만 쓴다는데 싫증이 나게 되면 기사문으로 쓸 것인지, 감상문으로 쓸 것인지의 글쓰기 형식의 선택에도 눈을 뜨게 된다.

예를 들어 봄비가 부슬부슬 내리는 날에 문득 무엇을 쓰고 싶은 생각이 났을 때, 이전 같으면 '오늘은 아침부터 비가 내린다'라고 쉽게 쓰기 시작할 것을 '봄비를 맞으며……'라는 감상문을 쓰는 게 더 좋을지, 아니면 비를 피하기 위해서 뛰어 갔던 남의 집 처마 아래에서 본 거리의 풍경을 기사문으로 쓰는 게 더 좋을지를 생각하게 된다.

③ 다음 단계로 넘어가면 다시금 비약을 하게 된다.

지금까지는 자기 자신의 경험과 사상, 감정에 충실하게 쓰면 된다고 생각했지만 그것만으로는 특별히 남다를 것도 없어서 만족할 수가 없게 된다.

예를 들어 처음으로 경주를 여행했다고 하자. 이것은 새로운 경험이자 자기만의 경험이다. 그러나 그 일기나 기행문은 자기가 보기에는 꽤 잘 썼다고 생각돼도 다른 동행자들도 그 정도는 썼고, 내용도 비슷하게 썼을 경우가 많다. 자기만의 생각과 느낌을 담았다고 해도 '이것은 정말 나만의 독특한 글이다'라는 자신감은 가질 수가 없다. 이것을 느끼게 되면 다른 사람들과 같은 경험을 하고서도 다른 사람들과는 다른 각도에서 표현해 보려는 생각도 하게 된다. 그러면 문장의 수사(修辭)도 생각하게 되고, 인상적으로 쓰기 위해서 재료의 취사선택(取捨選擇)도 생각하게 된다.

④ 앞의 세 단계를 지나 이 단계에 이르게 되면 자기의 생각을 제대로 쓰게 된다.

예를 들어서 말하자면 한껏 꾸밈으로써 얻게 되는 인공적인 아름다움보다도 자기의 본 얼굴의 아름다움을 알게 되어 비로소 개성이 나타나는 문장을 쓸 수 있게 된다.

이것으로 첫 단계에서는 '사생(寫生)'에 주의하게 되고, 두 번째 단계에서는 글의 '형식'에 관심을 갖게 되고, 세 번째 단계에서는 '표현'에 고심하게 된다. 그리고 나서야 비로소 자기의 글을 쓸 수 있게 되는 것이다.

[2] 성실성과 실감

글을 쓸 때 가장 경계해야 할 것은 지나치게 잘 쓰겠다는 생각이다. 이렇게 썼다가 남이 웃으면 어떻게 하나, 그러므로 되도록 훌륭하게, 또 남을 놀라게 하는 글을 쓰겠다는 마음(욕심)을 말한다.

자기 실력보다 더 잘 써보겠다는 것부터가 벌써 거짓이다. 남이 볼 것을 걱정하는 것은 허영이다. 허영은 문장을 쓰는데 먼저 멀리해야 할 것이다. 자기를 잘 보이기 위해서 거짓말을 쓴다든지, 이렇게 썼다가 남이 어떻게 생각할까 등의 솔직하지 못한 생각으로 글을 쓴다면 우리 마음속 생각을 있는 그대로 쓸 수 없으므로 진심이 흐르는 문장을 쓸 수 없게 된다.

마음속에 생각한 바를 글로 나타내면 문장이 되는 것인데, 남을 감동시키고, 인상에 깊이 새겨지는 문장은 무엇보다도 참된 마음을 나타낸 것이어야 한다. 쉽게 '마음'이라고 말하지만 그것은 무한히 넓고도 깊다. 슬픔이라는 말에는 부모와 헤어졌을 때, 친구와 헤어졌을 때 외에도 이런저런 슬픔이 있으며, 기쁨이라고 해도 저마다 다르고 또 크고 작은 것이 있다. 그러므로 문장은 이런 슬픔이나 기쁨을 그때그때 장소와 경우에 따라서 조금도 꾸밈없이 있는 그대로 성실하게 표현해야 한다.

사실 이상으로 문장을 꾸민다든지, 남의 웃음을 사면 어떻게 할까 등을 생각하게 되면 성실성이 흐려져서 좋은 문장을 쓸 수가 없다.

달 밝은 밤. 귀뚜라미 구슬피 우는 이 밤에도 나는 나의 고독을 고스란히 가슴 속에 감춘 채, 달을 쳐다본다. 그러나 달과 나는 아무 말없이 쳐다만 본다. 그 무엇을 기다리면서……

이런 글은 보기에는 아름다운 것 같으면서도 무엇을 썼는지 전혀 알 수가 없다. 무엇을 썼는지 알 수 없으니 실감(實感)이라는 게 있을 리 없다. 문장을 쓰는데 성실성이 필요한 이유는 실감나는 문장이어야만 생생한 필자의 마음이 엿보이기 때문이다.

문학에서 이 성실성을 일컬어 바로 실감이라고 하는데, 실감은 문장의 생명과도 같다. 아무리 아름다운 말이나 멋진 말이라도 그 밑바닥에 흐르는 실감을 느낄 수 없는 문장은 죽은 문장이다.

실감은 글쓴이의 마음 속 진실이 문장 속에 그대로 느껴지는 호흡과도 같다. 그것은 글쓴이의 생명이 문장이라는 것을 빌려0 표현된 것으로, 그런 문장을 읽고 있으면 저도 모르는 사이에 읽는 사람은 글쓴이의 호흡을 느끼고 그것에 흥분되는 것이다.

그러나 이 실감과 심각성은 다른 것이며, 비탄이나 고통 따위와도 다르다. 슬픈 것이나 기쁜 것이나, 그때그때의 거짓 없는 마음의 흐름을 말한다. 덧붙인다거나 사실을 비틀어 표현한 것은 아무리 심각한 문제를 다룬 대목일지라도 실감을 느끼지 못한다. 사나흘 동안 고향에 다녀온다는 친구를 정거장까지 바래다주고 가벼운 애수(哀愁)같은 것을 느꼈다고 하자. 그 감정을 다시는 보지 못할 친구와의 이별처럼 비통하게 썼다면 그 문장이 아무리 아름다운 문구로 채워졌다 할지라도 실감이 없는 문장, 죽은 문장이 되고 만다. 가벼운 헤어짐은 가벼운 헤어짐으로 그 감정을 있는 그대로 느낀 그대로 쓴 문장이라야 실감을 주는 문장이 된다.

〈문장의 단계〉라는 데서 이야기한 '본대로 쓴다'느니 '있는 대로 쓴다'라는 것은 뒤집어 말하면 '거짓을 버리고 사실대로 쓴다'는 것이다. 말하자면 우리들의 일상 속 대화일지라도 거짓말을 보태거나 필요 이상으로 과장을 하면 듣는 사람은 그 거짓말이나 과장을 반드시 알아차리게 되어 말한 사람에게 좋은 인상을 가지지 못한다.

따라서 이야기에 별반 감동도 느끼지 못할 뿐 아니라 상대를 믿을 마음조차 없어지고 만다. 이와 반대로 거짓말이나 과장이 없는 말에는 감동하거나 하지 않는 것은 별문제로 하고, 듣는 사람은 반드시 그 말을 그대로 받아들인다. 그러고 보면 이 점은 절대로 소홀히 할 수 없는 문제이다.

……그렇듯 '순수문학'을 하던 내가 돌변하여 역사소설로, 역사 이야기로 막 붓을 놀리어서 적지 않은 사람을 뒤따르게 하여 발전 과정에 있던 신문학을 타락케 한 나로서는, 내 이론이 따로 있

다하더라도 또한 스스로 후회하여 마지않는 바이다.

　김동인이 문단생활을 하면서 느꼈던 감상의 한 부분이다. 꾸밈이 없는 고백이기 때문에 이 짧은 문장 속에서도 인품과 심경을 충분히 느낄 수 있다.

　노끈으로 매어놓은 닭을 풀었다. 닭은 뒤룩거려 나를 바라보았다. 갑자기 느끼는 일이 있다. 무엇에서 자극을 받았는지도 알 수 없었다. 나는 가슴 속이 홀홀 떨려서 손이 제대로 말을 듣지 않았다. 입술을 꾹 다 물었다. 손이 떨렸으나, 힘을 주려고 애썼다. 닭을 노려보았다. 다짜고짜로 죽지를 뒤로 제쳤다. 손아귀에 힘을 주어 목을 꽉 비틀었다. 닭은 한결 푸득거렸다.
　나는 선뜻 닭의 목에다 부엌칼을 댔다. 검붉은 선지피가 파르르 솟아 올랐다. 뜨거운 물에다 얼른 담가 버렸다. 닭은 다리를 쪽 모아 폈다.
　"다 됐소."
　흥분에 싸여 나는 아내에게 말하였다.
　그 순간이었다. 푸득하며, 닭이 물에서 튀어 나왔다. 닭은 눈을 감은 채 온 마당을 좁다 하고 뛰어 올랐다가 땅에 떨어지기를 여러 차례 하는 것이었다. 그럴 때마다 피를 뿜듯 튀겼다.
　"저를 어째?"
　아내가 발을 굴렀다.
　그래도 나는 물끄러미 씨근거리며 서서 바라보았다. 아니, 어찌 했으면 좋을지를 몰랐다. 그만치 내 머리 속은 텅 비어 있었다. 판단력이 휘몰려 나간 것인지도 알 수 없는 일이었다. 손끝은 아까보다도 사뭇 바르르 떨렸다. 또 닭에서 눈을 뗀 것은 더욱 아니었다.

튀기는 핏방울 하나도 놓치지 않고 바라보았다.

"이거……"

나는 웅얼거리며, 빠른 동작으로 부삽을 손에 잡았다.

피를 튀기는 것도 문제 아니라 싶었다. 뛰어 오르다 땅에 떨어지는 닭의 머리통을 몇번이나 후려 갈겼다. 그제사 닭은 죽 뻗어 버리고 마는 것이었다.

죽은 닭에는 태양 광선이 내려 쪼였다.

우두커니 서 있는 하얀 내 양복바지에 물든 핏 자죽도 한결 선명히 돋아 보였다.

박연희《닭과 신화》

생생한 실감을 느낄 수 있는 글이다. 보고 느낀 것을 그대로 써나간 것으로, 읽는 이의 마음을 그러잡는다. 절실한 맛이 있는 문장이란 이런 문장이다.

[3] 관찰이란 무엇인가

A. 관찰의 응시

"쿠앙!"

공이 공중으로 쑤욱 올라갔다. 양팔을 쭉 뻗치고 바른편 다리를 치켜든 모양새로 보아서 진우가 찬 것 같다. 진우랑 그 밖의 축들이 공중에 올라간 공이 떨어지기를 대기하고 있다. 떨어지면 한번 멋지게 차 보려고 낯짝들을 잔뜩 재껴들고 공중을 응시하는 것이다. 공이 떨어질 듯한 방향으로 몸을 이동해 가면서…….

최정희《찬란한 한낮》

이 글을 읽으면 누구나가 아이들이 공을 차는 정경(情景)을 그대로 느낄 것이다. 이렇게도 실감나게 쓰는 근거가 되는 것은 관찰이다. 평범한 일상생활 속에서 언제나 문장의 재료를 얻는 것은 관찰의 힘이다. 자기의 경험으로 얻은 일이나 자기 주변에서 일어난 일 등이 문장이 될 수 있는 것은 관찰의 힘 덕분이다.

프랑스의 '파브르'라는 곤충학자는 꾸준한 연구 끝에 《곤충기》라는 대단히 재미있고 유익한 책을 썼다. 이 책을 통해서 개미와 거미, 나머지 여러 가지 곤충의 생활을 무미건조한 교과서와 같은 설명이 아니고 생생하게 살아 있는 곤충들의 생활을 눈앞에 보듯이 이해할 수 있게 되었지만, 이것도 그가 늘 곤충을 보고 사랑해온 관찰의 결과로서 이루어진 것이다. 우리가 날마다 산과 거리와 내[川]와 하늘과 별을 보고 있으면서도 붓을 들고 막상 그것을 쓰려면 기껏해야 대여섯줄(원고지로는 많아야 한두 장) 밖에 쓸 수 없다면 평소에 관찰이 부족하기 때문이다.

관찰은 응시의 준비이다. 열심히 보고 밑바닥까지 세밀히 관찰함으로써 사물의 참된 모습과 생명을 관찰하는 것이 응시이다. 관찰은 주의(注意)의 뜻에 그치지만 응시는 무엇을 깊이 생각한다는 뜻이 포함된다. 잘 보고 잘 생각한다는 것이 문장에서는 무엇보다도 중요하다.

관찰하고 응시한 것은 좀처럼 잊히지 않으며, 마음 어느 한구석에 남겨지게 마련이다. 이 기억이 쌓이고 쌓이면서 마음의 세계가 넓어지고, 따라서 시야가 넓어지고, 이해력이 빨라지고, 감각이 예민해진다. 무엇이든 쓴다는 정도가 아니고, 무엇이든 반드시 문장으로 만들어 보겠다는 생각을 갖게 되고, 그것도 억지를 부리지 않고 술술 쓰게 된다. 그러면서 무엇을 쓰겠다는 대상도 잡을 줄 알게 된다. 이렇게 자연을 보면 그 속에서 새로운 것이 눈에 띄고, 사람을 대하면 그의 진실과 진상을 가려낼 수 있는 것이 관찰력이다. 즉 우리는 이 관찰력으로써 사물을 바로 볼 줄 알게 된다.

　내[川] 방천을 따라 쭉 벋어나간 신작로, 그 신작로를 내다보고 앉은 초가집, 초가집 돌각담 밑에 파아란 움이 터져 나오는 수양 버들 밑에 동네 아이들은 옹기종기 모여서 논다. 아버지 없는 복 돌이도 그 패들 중에 한몫 끼어서 논다.
　아이들은 자 재먹기 돌치기 숨바꼭질로 흥에 겨워 놀다가 자동 차 소리만 나면 너나 할 것 없이 귀들이 쫑긋하여 길 아래 윗편 을 두리번거린다.

최인욱 《개나리》

아무 것도 아닌 듯이 있는 그대로 쓴 글이지만 섬세하고도 정확 한 관찰이 있다. 그 때문에 이 풍경이 눈앞에 분명하게 떠오르는 것 이다. 세밀한 관찰은 반드시 무엇을 발견하게 마련이며, 평범한 것에 서 특수한 무엇을 찾아내는 것이다.
　그렇다고 덮어놓고 세밀하게 쓰기만 하면 좋은 것은 아니다. 중요 한 곳에 눈이 미치지 못하고 쓸데없는 것을 장황스럽게 늘어놓는 것 은 옳은 관찰이 아니다.

　오래간만에 돋보기 장난도 하였다. 거울 장난도 하였다. 창에 든 볕이 여간 따뜻한 것이 아니었다. 생각하던 오월이 아니냐.

이상 《날개》

이것은 이상의 소설 《날개》의 첫머리의 일절이다. 그저 읽으면 별 로 뜻이 없는 것 같으면서도 읽고 읽고 생각해 보면 이 짧은 글에 얼마나 많은 뜻이 내포되어 있는가. 창가에 앉아서 거울로 햇빛 장난이나 하는 청년이라면 그의 생활이 얼마나 따분하리라는 것도 알 수 있고, 또한 그런 장난을 하는 것을 보면 귀여운 청년이라는 것도 알 수 있다. 그러나 이것만으로는 그의 생활에 대한 확실한 인상을 얻을 수가 없으나 '창에 든 볕이 여간 따뜻한 것이 아니었다. 생각하면 오월이 아니냐'에서 그는 날이 가는 것조차 일일이 기억하기도 귀찮은 생활을 하고 있다는 것을 분명히 알려 줬다. 뿐만 아니라 5월이 되어서도 햇빛을 그리워할 정도이니 그의 방이 아주 어둡고 침침하리라는 것도 짐작이 간다. 또한 마지막 구절에서는 계절도 알려주었으니 그야말로 삼중사중의 효과를 나타냈다고 하겠다.

관찰은 부분적이 아니라 종합적이라야 한다. 사물의 미묘한 맛은 언제나 서로 연관되어 있게 마련이다. 예를 들어 화가가 탁자 위에 놓인 사과를 초벌그림으로 그릴 때 사과만 그리지는 않는다. 사과와 함께 탁자와 배경도 그린다. 때로는 사과 옆에 하얀 접시라든지, 과일 깎는 칼 등을 놓기도 한다. 그 화가는 탁자나 배경을 그리는 것이 그림을 그리는데 필요한 형식이라고 해서 그렇게 하는 것은 아니다. 사과의 색깔과 아름다움이 칼, 배경 등 이런 것과 서로 조화를 이루어 한층 더 돋보이기 때문에 함께 그리는 것이다. 하얀 접시나 칼을 그리는 것도 마찬가지다. 사과의 붉은 색과 하얀 접시의 빛깔, 칼이 서로 잘 어울리면서 미묘한 아름다움을 나타내는 것이다.

관찰은 또한 중복되는 것을 피해야 한다. 관찰은 많이 할수록 좋지만 문장으로 옮길 때에는 같은 이야기가 되풀이 되어서는 안 된다는 것이다. 예를 들어 아침 출근길 버스 안의 혼잡을 관찰하여 간략하게 그린다고 하자. 앞 사람도 옆 사람도 뒷 사람도 모두 사람에 치여서 서로 죽는다고 아우성치고 발이 밟힌다, 치마가 밟힌다, 어린아이는 운다. 그렇건만 차장은 이런 혼란은 아랑곳하지 않고 다음 정거장에서 또 몇 사람이 타고, 다시 전처럼 난리가 벌어지고……
이런 식의 사실 묘사를 한다고 하자. 그러나 여기에는 특정한 날의
특정한 광경은 볼 수 없고, 한낱 지루한 사실 묘사에 그치고 마는
것이다. 그것보다는 어른들 사이에 끼어서 숨도 못 쉬는 초등학교 어
린이의 모습을 그려 보자. 학교 앞에 이르러 어린이는 내려야 한다면
서 죽을 힘을 다해 사람들 사이를 뚫고 나가려고 하지만 꼼작도 못
하고, 배차시간에 쫓기는 차장은 덮어놓고 "오라이"를 외친다. 어린이
는 울상이 되어서 쉬지 않고 "내려요, 내려요!" 하고 소리를 지르지
만 자기가 내려야 할 정거장은 이미 지난 뒤였다. …… 같은 버스 안
의 혼잡이지만, 나중의 이야기에서 우리는 더 생생한 광경을 되살릴
수 있다.

관찰은 세밀하고 날카로울수록 좋으나 그것을 문장으로 옮길 때
에는 가장 특징적이고 인상적인 점을 들어서 쓰고 나머지 부분은
과감히 생략해야 한다. 무엇이고 관찰한 것을 하나에서 열까지 모두
쓴다면 지루하고 죽은 문장이 될 뿐, 사람의 마음을 붙잡을 새롭고
살아 있는 문장이 되기는 어려운 법이다.

다른 예문을 들어본다.

바다는 지금 파도가 약간 셀 뿐 크고 작은 흰 물머리가 깔려 있
는 망망한 바다에는 일견 아무 것도 없다. 그저 이 바다와 맞닿은
하늘에 솜반을 아무렇게나 뜯어 흐트러친 것 같은 구름이 몇 조
각 떠 있다. 그리고 이 구름에서 떨어져 나온 듯한 것이 또 몇 점
떠 있다. 갈매기다. 그리고는 아무 것도 없다.

그러나 실은 아무 것도 없는 게 아니었다. 저어기 까마득히 머언
수평선 너머에 검정 점 같은 게 하나 찍혀 있다. 마치 사진의 흠집
인양 그러나 그것은 또 사진의 흠집은 아니었다. 자세히 보면 이

점은 아련한 연기 같은 것을 끌고 가고 있는 것이다. 배였다. 수평선 너머로 가는 것인지, 이리로 오는 것인지는 도저히 분간하기 어려우나 배임에는 틀림없었다.

황순원 〈꿈 많은 시절〉

먼 수평선에서 배가 아물거리는 실경(實景)이 그대로 눈앞에 벌어진다. 이렇게도 평범한 것에서 가장 특색 있고 인상적인 것을 잡아 내서 써야 하는 것이다.

'수평선 너머로 가는 것인지, 이리로 오는 것인지는 도저히 분간하기 어려우나 배임에는 틀림없었다.'

이것으로써 수평선의 먼 거리도 분명히 알 수 있다. 그 때문에 이 풍경이 눈앞에 뚜렷이 떠오른다. 관찰을 하다 보면 반드시 무엇이든 발견하게 된다. 평범한 것에서 특수한 무엇을 찾아 내게 된다.

티룸 '아네모네'의 마담으로 있는 영숙이가 귀걸이를 두 귀에 끼고 카운터 뒤에 나타난 날, '아네모네' 단골 손님들은 영숙이가 머리를 움직일 때마다 한들한들 춤을 추는 그 자줏빛 귀걸이의 아름다움에 탄복하였다. 아니 그보다도 그 귀걸이가 가져온 영숙이 자신의 아름다움에 황홀하였다.

주요섭 〈아네모네의 마담〉

귀여운 귀걸이를 내세워 예쁜 마담의 얼굴을 그린 글이다. 이렇게도 남이 쓴 것을 보면 알 수 있다고 고개를 끄덕일는지 모르지만, 이런 기묘한 표현도 평소에 관찰력을 키워오는 데서 생긴다는 것을 알아야 한다.

B. 관찰의 3가지 요점

관찰에는 3가지 요점이 있다.

① 대상과 자기 사이에 거리를 두어야 한다.

② 대상을 보는 관점이 늘 바뀌어야 한다.

③ 냉정한 태도로 자기를 잊어야 한다.

① 거리는 공간적으로나 시간적으로도 필요하다. 예를 들어서 인왕산이나 삼각산의 전경(全景)을 보고 싶을 때는 어떻게 해야 하는가? 그 산 아래에서는 전경을 볼 수 없다. 산에서 멀리 떨어진 곳에서 산을 바라보아야 한다. 또한 사람들이 어떤 행동을 할 때에도 그 행동을 할 그 즈음에는 인식하지 못하지만 나중에 시간이 지나서 생각할 때 자신의 어리석음이나 경솔함에 낯을 붉히거나 후회하곤 한다.

어려서 야간열차를 멀리서 보는 것이 그지없이 서러웠다. "저 기차는 어디로 가며 어떤 사람들이 타고 있는가?" 그 불켜진 찻간에 마주 앉은 사람들이 어떤 까닭인지 나의 어린 환상에는 모든 근심과 걱정을 가득히 지닌 불행한 사람들로만 생각되었다.

나 자신이 불행했기 때문인지도 모른다. 나는 1~2원 돈을 손에 쥐고 어떤 때는 빈 손으로 일 수 집을 떠나기를 잘 했다.

김소운 〈분홍 행건(行巾)〉

어렸을 때 느낀 애수(哀愁)를 쓴 글로서 설명 없이도 관찰의 거리가 필요한 것을 알려준다.

② 관점을 바꾼다는 것은 사물을 여러 가지로 바꿔 본다는 것이다. 하나의 대상을 여러 면과 각도로 보아도 좋고, 새로운 것을 찾아서 한쪽으로 보면서 깊이를 찾아내도 좋다. 같은 모델을 그린 그림이라 해도 보는 각도와 그리는 사람의 기량에 따라 달라지는 것처럼, 문장도 보는 각도와 교양에 따라 차등(差等)이 지는 것이다.

꽃다지·질경이·냉이·민들레·솔구장이·쇠민장이·길오장이·달래·무릇·시금치·씀바귀·돌나물·비름·능쟁이 들은 온통 초록 전에 덮혀 벌써 한 조각의 흙빛도 찾아볼 수 없다. 초록의 바다. 초록은 흙빛보다 찬란하고 눈빛보다 복잡하다. 눈이 보얗게 깔렸을 때에는 흰빛과 능금나무의 자줏빛과 그림자의 옥색빛 밖에는 없어 단순하게 옷 벗은 여인의 나체와 같던 것이…… 봄은 옷 입고 치장한 여인이다.

흙빛에서 초록으로…… 이 기막힌 신비에 다시 한번 놀라볼 필요가 없을까? 어디서 어느 때 그렇게 많은 물감을 먹었길래 봄이 되면 한꺼번에 그것을 이렇게 지천으로 뱉어 놓을가.

이효석 《들》

사물은 보는 관점에 따라서 얼마든지 새로운 것을 발견할 수 있다는 것을 그대로 알려준 글이다. '초록은 흙빛보다 찬란하고 눈빛보다 복잡하다'의 한 절만 해도 얼마나 청신한가.

③ 관찰을 할 때 가장 중요한 것은 자아를 잊어버리는 것이다. 사사로운 마음과 정(情)을 갖고서 보고 즐기는 것은 관찰이 아니다. 관찰에는 과학자의 냉철한 태도와 모성애와 같은 따뜻한 애정이 필요하다. 우리들이 목장에 가서 여남은 마리의 소를 볼 때 모두 같아

보이지만, 목장 주인은 한 마리마다 분별할 수 있다. 이것은 말할 것도 없이 소를 늘 주의해서 보고 또한 애정을 갖기 때문이다. 관찰도 이 수준에까지 이르러야 한다—여남은 마리의 소가 모두 같아 보인다는 것은 생김새를 기준으로 판단한 것일 뿐, 한 마리 한 마리 개체는 어딘가 분명히 다른 점이 있게 마련이고, 그것을 발견해내야 한다는 것이다.

이렇게 관찰은 표면만 보는 것이 아니라, 사물의 특색과 개성을 성실하고 심각하게 그리고 예민하게 봐야 하는 것이다. 이런 점에서 본다면 애정은 모름지기 사사로운 마음을 넘어선 주의 깊은 관찰력의 다른 표현이라고 할 수 있다.

창문사에서 집무랍시고 하는 중에 떠억 나를 찾아온다. 와서는 내 집무 책상 앞에 마주 앉는다. 앉아서는 바위덩어리처럼 말이 없다. 낸들 또 무슨 그리 신통한 이야기가 있으리오. 그저 서로 벙벙히 앉아 있는 동안에 나는 나대로 교정등속(校正等屬)의 일을 한다. 가지가지 부호를 써서 내가 교정을 보고 있노라면 그는 불쑥

"김형! 거 지금 그 표는 어떻게 하라는 표인가요?"

이런다. 그럼 나는 기가 막혀서

"이거요, 글자가 곤두섰으니 바로 놓으란 표지요."

하고 나서는 또 그만이다. 이렇게 평소의 유정은 뚱보다. 이런 양반이 그 곤지곤지만 시작되면 통성(通姓)을 다시 해야 한다.

이상 〈김유정〉

이것은 이상이 김유정의 일면(一面)을 그린 문장이다. 이것으로서도 김유정이 어떤 사람이라는 것을 짐작할 수 있는 것은 애정과 함께 예리한 눈으로 본 이상의 관찰력에서 오는 것이다.

C. 관찰과 연상

　나는 먼 서쪽 하늘을 바라보았다. 해가 마악 떨어지니 산골은 오색영롱한 저녁 노을로 덮인다. 산 봉우리는 숫제 이글이글 끓는 불덩어리가 되고 노기 가득찬 위엄을 나타낸다. 그리고 나직이 들리느니 우리 머리 위에 지는 낙엽 소리!

김유정 〈가을〉

　이 글을 읽으면 해질녘 가을 산골의 풍경이 눈앞에 떠오른다. 즉 이것도 관찰의 결과이지만, 우리는 이 관찰을 표면관찰·이면관찰(裏面觀察)·특수관찰 세 가지 종류로 나누어 생각할 수 있다. 꽃병을 예로 들어서 설명해보면 다음과 같다.

　표면관찰은 꽃병의 생김새, 색깔, 무늬 등을 관찰하는 것을 말한다.

　이면관찰은 꽃병을 만든 사람, 그 가치, 꽃병을 갖고 있는 사람, 어디에서 왔는지 등을 생각하는 것 외에도 모양과 무늬가 미술적으로 어떤 가치가 있다는 내면적인 부분까지 알아내는 것을 말한다.

　특수관찰은 그 꽃병을 선물로 받았다면 준 사람의 태도와 목적, 꽃병과 꽃, 꽃과 기쁨, 이렇게 확장되어 직접 관계가 없는 데까지 생각이 미치게 되는 것이다. 이것은 우리가 관찰을 하면 할수록 깊어지고 넓어짐에 따라 연상할 수 있는 능력을 기르기 때문이다.

　연상(聯想)도 대비연상(對比聯想)·연속연상(連續聯想)·비이연상(飛移聯想) 세 가지 종류로 나누어 생각할 수 있다.

　대비연상은 가장 간단한 것으로 잠자리를 보면 비행기를, 나비를 보면 꽃을, 낙엽을 보면 인생의 허무함을 생각하듯이 비슷한 것을 생각해 내는 것을 말한다. 문장 수사(修辭)의 비유법은 여기에서 비롯된 것이다.

연속연상은 대비연상보다 한 걸음 더 나아가서 연속적으로 연상하는 것을 말한다. 친구가 서울을 떠난다면 서울역의 혼잡함도 생각할 것이고, 기차가 기적 소리와 함께 떠나는 것도 생각할 것이고, 찻간의 어지러운 장면, 한강철교를 건너는 요란스러운 소리, 서울을 떠나는 그의 서러운 심정, 수원역에서 밥을 사먹는 그의 표정…… 이런저런 연상이 꼬리에 꼬리를 물고서 이어지는 것이다.

비이연상은 어떤 중심을 두고서 연락없이 자꾸 생각하는 것을 말한다. 예를 들면 '친구의 얼굴'이라는 제목이 있다고 하자. 가장 먼저 친구의 얼굴을 생각해 낸다. 그리고 그 얼굴의 특징을 생각해 본다. 그가 미국 유학을 가서 부쳐준, 그가 다니는 학교 건물의 사진을 보고, 그가 다닌 시골 중학교를 생각하고, 그 중학교 뜰의 포플라나무에서 갯둑의 포플라나무, 그 포플러나무에서 그와 같이 놀던 어렸을 적의 기억, 미역을 감다가 옷을 잃어버린 일 등을 계속해서 떠올리게 되는 연상이다.

이런 연상은 대체로 공상(空想)에서 온다고 생각하기 쉽지만, 오히려 이것은 관찰을 토대로 하여 생기는 것이다. 그러므로 관찰이 깊고 예민할수록 연상도 훌륭하게 할 수 있다.

검은 구름층이 간혹 터질 때면 밑의 구름은 서쪽으로 서쪽으로 흘러 들어가는데, 그 웃층 구름은 북으로 북으로 흘러가고, 또 잠간만 지나면 구름의 방향이 바뀌었다. 하늘은 마치 뜻을 정하지 못한 애인의 마음인 듯하였다.

이광수 《흙》

대비연상을 활용하고 있다는 것을 쉽게 알 수 있다. 구름의 움직임을 '뜻을 정하지 못한 애인의 마음'에 비유하여 그 산란스러운 광경을 보여 준 것이다.

번거러운 도회지를 떠나 한없이 널푸러진 잔듸밭 위로, 오랑캐·진달래·개나리 만발한 언덕으로, 수양버들이 늘어진 시냇가로, ……나물 캐는 아가씨의 붉은 댕기에 향토색이 무르녹고, '음매!' 송아지 긴 울음에 한가한 오후가 흘러가고, …… 이런 풍경은 우리들의 마음 속에 동경하는 수채화 같은 풍경에 불과한 것인가. 봄은 봄이언만…….

김광주《3월 풍물첩》

연속연상의 글이다. 봄의 정경(情景)을 떠오르는 대로 더듬어 간 연상은 끝이 없을 것만 같다.

흔히 말하길 '계집의 얼굴이란 눈의 안경이라 한다'마는 제 아무리 물커진 눈깔이라도 이 얼굴만은 어째볼 도리 없을 게다.
이마가 훌떡 까지고 양 미간이 벌면 소견이 탁 틔었다지 않냐. 그럼 좋기는 하다마는 아기자기한 맛이 없고, 이 조로 둥글넓적히 내려온 하관에 멋없이 쑥 내민 것이 입이다. 두툼은 하나 건순 입술, 말 좀 하려면 그리 정하지 못한 웃니가 분절없이 뻔질 드러난다. 설혹 그렇다 치고 한 복판에 달린 코나 좀 똑똑히 생겼다면 얼마 났겠다. 첫째 눈에 띄는 것이 그 코인데, 이렇게 말하면 년의 숭을 보는 것 같지만, 썩 잘 보자 해도 먼 산 바라보는 도야지의 코가 자꾸만 생각이 난다.

김유정 〈아내〉

연상치고도 기발(奇拔)하고 비이적(飛移的)이다. 얼굴의 생김새라면 이마가 까지고, 양미간이 벌어지고, 건순입술, 죽 내민 이 등으로도 대체로 알 수 있지만, 홀떡 까지고, 아기자기한 맛이 없으며 둥글넓적한, 정하지 못한, 뻔질, 똑똑히 생겼다면, 이런 말을 더러워서 견딜 수 없는 듯 이 줏어대는 그것이 자연스럽게 융합되면서 '먼 산 바라보는 도야지의 코가 자꾸만 생각이 난다'는 비약으로 여자의 얼굴을 나타내는 솜씨는 평범을 넘어선 것이라고 하겠다.

[4] 개성이란 무엇인가

A. 사물의 개성

사물을 세밀하게 관찰한다는 말은 그것의 특징을 잡아낸다는 말이 된다. 한 마리의 개나 굴러다니는 돌멩이 하나 등에 대해서 아무리 긴 문장을 쓰더라도 그것의 특징을 바로 잡아내지 못하면 좋은 문장이라고 말할 수 없다. 개의 털 → 대가리 → 등 → 허리 → 꼬리 → 네 발의 순서를 따라 내려가면서 아무리 자세하게 문장으로 써 놓아도 그 개가 가지고 있는 특징을 바로 끄집어 내지 못하면, 그 문장은 다만 개의 생김새에 대한 일반적이고 지루한 설명일뿐, 문장의 발랄한 맛은 어디에서도 찾아볼 수 없게 된다.

모든 사물에는 반드시 나름대로의 특징이 있다. 특징은 그것만이 가지고 있는 것이며, 따라서 다른 것과의 구별을 표시하는 것이기도 하다.

프랑스 사실주의 문학파의 대가인 플로베르는 말한다.

'… 전략(前略) … 세상에는 꼭 같은 두 알의 모래알, 두 마리의 파리, 두 개의 손, 두 개의 코라는 것이 있을 수 없다. 하나의 타오르는 불이나, 한 그루의 나무를 묘사하는데도 우리들은 그 불과 그 나무

를 우리 눈으로 정밀하게 관찰해서 다른 불이나 다른 나무와 아예 다른 점을 발견하여야 한다.'

이 말은 요컨대, 그것의 특징을 잡아내야 한다는 것을 강조한 말이다.

사물의 특징을 보통 개성이라는 말로 쓰고 있는데, 개성은 그것만이 가지고 있는 독자적이고 고유한 것이며, 그것이 곧 그것인 까닭이다. 말하자면 개성이 없으면, 그것은 그곳에 존재할 수 없다는 말이 되는 것이니까, 이 지상에 존재하는 것으로서 개성이 없는 것은 없다는 말이다. 마찬가지로 문장을 쓸 때에도 이 개성을 잡아서 써야 하는 것이다.

이렇게 생각해 보면 문장 공부라는 것이 결코 쉬운 것이 아님을 알 수가 있다. '생각한 대로' '본 대로' 쓰면 되는 것이지만, 그 생각한 대로 본 대로라는 것에도 수많은 차이점이 있는 법이니 누구나 '생각한', 또는 '본' 정도에서 그쳐서는 안 된다. 그러므로 여기에서 한 발자국 더 깊이 들어서려면 먼저 그것의 특징, 개성을 찾아내어 쓰는 태도를 길러야 한다.

그러나 사물의 개성을 적는다고 '이 돌의 개성' '이 나무의 개성'은? 하는 식으로 적어 나가는 것도, 그렇게 표현하는 것도 안 된다. 하나의 돌이라면 그 생김새·색깔·발견된 곳·날씨에 따른 빛깔 변화, 곁에 있는 나무나 풀과의 조화 등을 솔직하게, 그리고 중요하다고 생각한 인상을 정확하게 적어 나가면 그 돌의 특징이 자연스럽게 흘러나오게 된다.

사물의 특징은 자연물일 경우에는 계절과 시간, 동물이나 식물인 경우에는 습성이나 생김새, 사람일 경우에는 외면적으로는 겉모습·풍채(風采), 내면적으로는 성격 등을 찾아내서 쓰면 특징들이 자연스레 나오게 마련이다.

그러면 이즈음에서 자연을 그려 계절과 시간을 드러낸 예문을 한 두 개 먼저 들어 본다.

여름장이란 애시당초에 글러서, 해는 아직 중천에 있건만 장판은 벌써 쓸쓸하고, 더운 햇발이 벌려놓은 전 휘장밑으로 등줄기를 혹혹 볶는다. 마을 사람들은 거지반 돌아간 뒤요, 팔리지 못한 나뭇군 패가 길거리에 궁싯거리고 있으나, 석윳병이나 받고 고깃마리나 사면 족할 이 축 들을 바라고 언제까지든지 버티고 있을 법은 없다. 춥춥스럽게 날아드는 파리 떼도, 장난군 각다귀 들도 귀찮다. 얽음뱅이요 왼손잡이인 드팀전의 허생원은 기어코 동업의 조선달에게 나꾸어 보았다.

"그만 거둘까?"

"잘 생각했네. 봉평장에서 한번이나 흐뭇하게 사 본 일 있을까. 내일 대화 장에서나 한몫 벌어야겠네."

"오늘밤은 밤을 새워 걸어야 될 걸?"

"달이 뜨렸다?"

절렁절렁 소리를 내며 조선달이 그날 산 돈을 따지는 것을 보고, 허생원은 말뚝에서 넓은 휘장을 걷고, 벌려 놓았던 물건을 거두기 시작하였다. 무명 필과 주단 바리가 두 고리짝에 꽉 찼다.

이효석 〈메밀꽃 필 무렵〉

지루한 여름 파장(罷場) 무렵의 풍경을 그대로 나타낸 글이다.

"오늘밤은 밤을 새워서 걸어야 될 걸?"

"달이 뜨렸다?"

이런 대화 또한 파장 무렵에야 나올 수 있다.

　밤 늦게야 시영은 집으로 돌아온다. 고개를 숙이고 컴컴한 언덕 길로 들어서자 갑자기 땅 위의 시꺼먼 자기의 그림자가 뚜렷해진 다. 음력 보름이었다. 싸늘한 달빛. 천지 만물이 대각대각 얼어붙은 것도 모두 그 얼음같은 달 때문인 듯이 느껴진다.

유진오 〈화상보〉

　추운 겨울의 달밤이기 때문에 천지 만물이 대각대각 얼어붙은 것도 느낄 수 있었을 것이다. 겨울 달밤의 특징을 잘 잡아낸 좋은 예문이다.

　…… 여치가 울고 있는 풀섶으로 다가갔다. 가만히 들여다 보았으나 아무 것도 없었다. 차곡 차곡 풀섶을 헤치기 시작했다.
　쑥대를 안고 살금살금 돌아가는 것이 있었다. 메뚜기보다는 훨씬 굵고, 배도 불룩한데다 뿔같은 꽁지도 달렸다. 분명히 여치였다.
　웅아는 오목하니 손을 해 가지고는 여치를 꼭 덮어 쥐었다.
　여치는 발톱으로 제법 아프게 손바닥을 할퀴었다.
　웅아는 새끼손가락부터 두 개를 펴고 왼손에다 옮겨 쥐는데 여치는 그만 손가락을 깨물었다.
　웅아는 기겁을 하고 손을 틀어버렸다. 손바닥에는 먹물 같은 여치 침이 묻었고 손가락 끝에는 바늘에 찔린 것처럼 두 군데 피멍이 들었다.

오영수 〈태춘기〉

여치의 생김새와 버릇을 세밀히 관찰하여 쓴 글임을 알 수 있다. '손바닥에는 먹물 같은 여치 침이 묻었고'—이것으로 여치에 물렸을 때의 일도 잘 알 수 있다.

> 대여섯 살이 될지 말지한 어린아이 둘이 걸상에 마주 걸터앉아서 그네 질을 하며 놀고 있다. 눈을 뚝 부릅뜨고 심술궂게 생긴 그 사내아이도 귀엽고, 스스러워서 눈치만 할금 할금 보는 조선옷에 단발한 그 계집애도 또한 귀엽다. 바람이 불적마다 단발머리가 보르르 날리다가는 사붓 주저앉는 그 모양은, 보면 볼수록 한번 담싹 껴안아 보고 싶은 생각이 간절하였다.
>
> 김유정 〈야앵〉

그네 질을 하고 있는 두 아이의 모습이 눈에 보이는 것 같지 않은가? '눈을 뚝 부릅뜨고 심술궂게 생긴'이라든지 '스스러워서 눈치만 할금 할금 보는'같은 구절은 다른 말로는 도저히 바꿀 수가 없으리만큼 그들의 성격을 단적으로 말하고 있다.

> 손이 제 아무리 큰들 망짝만이야 하랴만 어쨌든 덕보의 손이 망짝손이었으니, 그의 손이 얼마나 크다는 것쯤은 능히 짐작될 일이다. 손이 크고서야 으레 발이 큰 법이요, 수족이 남보다 크고서야 신장이 길지 않을 수가 없다. 그 커다란 몸을 휘저으며 술집 장폭을 들칠 땐 언제나 그 뒤에는 성칠이가 붙어 있었다. 성칠이 역시 다부진 사나이였다. 신장은 비록 덕보와 비할 바가 아니라 남 보기에도 흉하리만큼 작은 키였지만, 그러나 미륵처럼 목덜미로부터 민민하게 깎아 내린 그의 몸집을 그저 뭉툭스러운 그대로 못판에 굴려댄대도 어디서 피 한 방울 꿰져 나올 상 싶지가

않았다.

김이석 〈악수〉

'손이 제 아무리 큰들 망짝만이야 하랴만 어쨌든 덕보의 손이 망짝손이었으니'라는 문장으로도 그들의 풍채와 함께 성격도 드러났다. '그 커다란 몸을 휘저으며 술집 장폭을 들칠 땐 언제나 그 뒤에는 성철이가 붙어 있었다'라는 문장에서도 알 수 있듯이 그들이 친한 친구라는 것도 표시되었으며, '술집 장폭을 들친다'는 데서 삶의 태도 또한 짐작이 가는 것이다.

B. 문장의 개성

사물에는 무생물·생물을 떠나 저마다의 특유한 성질과 특질이 있다고 앞에서 말한 바 있거니와 들에서 모이를 주워 먹고 있는 닭을 보아도 개성을 발휘하고, 어린애들이 노는 것을 보아도 그런 면을 찾아볼 수 있다. 또한 우리가 그런 개성을 잡아내서 글을 쓰기 때문에 문장에 그것이 나타나는 것도 사실이다.

그러나 문장의 개성은 좀더 근본적인 것에 있다고 생각한다. 예를 들어서 말하면, 어느 학생이 들에서 모이를 주워 먹고 있는 닭을 주제로 그림을 그린다고 하면 어느 의미에서는 그 닭과 비슷하게 그릴 수는 있을 것이나, 자세히 검토해 보면 그 학생이 그린 닭은 그림의 대상으로서의 닭과는 여러 가지로 다르다. 왜 그런가 하면 그 학생에게 닭은 자기를 표현하는 하나의 재료에 지나지 않으며, 그 학생이 그린 닭은 들에서 모이를 주워 먹고 있는 닭과는 다른 그의 개성이라는 관점을 통해서 창조된 새로운 닭이기 때문이다.

가령 갑과 을 두 사람이 똑같은 하나의 닭을 그렸다고 하자. 이때 갑이 세찬 닭을, 을이 온순한 닭을 그렸다면 두 사람의 그림에서 느끼는 차이는 갑과 을 두 사람의 개성의 차이, 하나의 닭이지만 그 닭을 바라보는 사람의 관점과 각도의 차이에 따라 다르게 그려지는 것이다. 그 그림들은 '사실(事實)의 닭'이 아니다. '사실의 닭'을 통해서 그것과 또 다른, 그림을 그리는 사람의 개성이 반영된―겉모습만 같아 보이는―전혀 다른 닭이 창조되는 것이다.

이런 점은 글을 쓰는 것에서도 마찬가지다. 우리나라에서 금강산은 하나밖에 없는 산이다. 그러나 금강산이 글과 그림으로 된 것은 셀 수 없이 많으면서도 표현된 것을 보면 하나도 같은 것이 없다. 그것은 보는 사람의 느낌이 저마다 다르고 분석하는 관찰 또한 다르기 때문이다. 즉 사람이란 누구에게나 개성이 있어서 보는 각도가 다르기에, 그것을 표현하는 문장도 그 사람의 개성을 자연스럽게 따르게 마련이다. 이것을 우리는 문장의 개성이라고 말할 수 있다.

실상 우리가 글을 쓰려던 그 글의 길이와는 상관없이 글쓴이의 개성이 나타난 문장을 써야 한다. 아무리 톨스토이라 해도 이광수의 소설을 쓸 수 없고, 이광수의 소설 또한 아무나 쓸 수 없기 때문이다.

말방울 소리가 들린다. 무넘이에서 살여울을 건너 방아머리, 굿모르를 돌아 검은 오리장으로 통하는 큰 길이 바로 동네 옆으로 지나가게 된다. 아마 무넘이에서 자고 검은 오리장을 보고 가는 장돌림꾼의 짐실은 당나귀 방울 소리일 것이다. 그 당나귀 등에는 인조견·광목·고무신·댕기·얼레·빗·참빗·부채 등속이 떨어진 보재기에 싸여서 실렸을 것이요, 그 뒤에는…… 숭의 생각은 막혔다.

그 뒤에는 예전 같으면 짚세기 감발에 갓모 씌운 것을 쓴 흔히는 꽁지 땋아내린 사람이 따를 것이다. 그러나 지금에야 웬 그렇게 차렸을라고. 숭은 그 당나귀 뒤를 따르는 사람의 모습이 도무지 생각에 들지 않았다.

"달랑 달랑" 당나귀 방울 소리가 골 안개 속으로 멀어간다. 숭의 생각은 그 소리를 따라갔다.

이광수 《흙》

"생원, 당나귀가 바를 끊구 야단이에요"

"각다귀 장난이지 필연코"

짐승도 짐승이려니와 동이의 마음씨가 가슴을 울렸다. 뒤를 따라 장판을 달음질하려니 개슴츠레한 눈이 뜨거워질 것 같다.

"부락스런 녀석들이라 어쩌는 수 있어야죠"

반평생을 같이 지내온 짐승이었다. 같은 주막에서 잠자고, 같은 달빛에 젖으면서 장에서 장으로 걸어다니는 동안에 이십년의 세월이 사람과 짐승을 함께 늙게 하였다. 가스러진 목 뒤털은 주인의 머리털과도 같이 바스러지고 개진개진 젖은 주인의 눈과 같이 눈꼽을 흘렸다. 몽당비처럼 짧게 쓸리운 꼬리는 파리를 쫓으려고 기껏 휘저어 보아야 벌써 다리까지는 닿지 않았다. 닳아 없어진 굽을 몇번이나 도려내고 새철을 신겼는지 모른다. 굽은 벌써 더 자라나기는 틀렸고, 닳아버린 철 사이로는 피가 빼짓이 흘렀다. 냄새만 맡고도 분간하였다. 호소하는 목소리로 야단스럽게 울며 반겨한다.

이효석 〈메밀꽃 필 무렵〉

양쪽 길옆의 틈바귀에는 진달래와 소리채꽃이 휘들어져 피어 있었다.

당나귀가 어느 산굽이를 돌다말고 목을 빼어 들더니 껑치쿵 껑치쿵 한바탕 울어댔다. 그 소리가 메아리가 되어 돌아오자 나귀는

두 귀를 쭝긋거리다가 다시금 목을 뽑아 들고 껑치쿵 껑치쿵 울어
대는 것이다.

　이놈의 짐승두 봄철이라구 우리를 다하는구나. 복코는 나귀 엉
덩이에다 밉지않은 채찍을 내렸다. 그러면 다시 골안을 메우는 낭
랑한 방울 소리. 복코는 절로 온 몸이 훈훈해져 옴을 느끼며 낡은
양갓 챙을 손가락으로 밀어 올리는 것이다.

황순원 〈불가사리〉

　이것은 모두 당나귀를 끌고 다니는 장돌림꾼들을 묘사한 글들이
다. 물론 이야기의 경우와 장면에 따라 보는 눈도 자연스레 달라질
수밖에 없지만, 그러나 이 글을 좀 더 자세히 읽고 나면 문장 특유
의 개성들을 찾아낼 수 있다―이광수는 유순하고도 함축성 있고,
이효석은 섬세한 감각 그대로 다감하면서도 냉철하며, 황순원은 간
결하고도 투명하다.

　문장의 일가(一家)가 되려던 자기의 문장을 써야 한다는 것은, 이
처럼 자기만의 특유한 개성을 살려서 쓰는 것을 말한다.

[5] 용어란 무엇인가

　어떤 일의 움직임도 본디는 꼭 그 경우에 알맞은 한가지 말로 표
현되어야 한다. 즉 용어와 내용이 일치됨으로써 흔들림이 없는 꼭
한가지 말로 표현되어야 한다는 것이다. 아무리 훌륭한 말로 잘 알
수 있는 글을 썼더라도 그 용어가 내용에 꼭 맞는 오직 하나의 말이
아니라면 그 문장은 좋은 문장, 훌륭한 문장이라고 할 수 없다.

　그러면 왜 이렇게 내용에 꼭 맞는 오직 하나의 용어를 찾아야만
하는가? 앞에서 이야기한 대로 모든 사물엔 개성이 있기 때문에 그

사물의 특유한 성질·생김새·색채·의의 등을 있는 그대로 나타내려면 그 경우에 꼭 들어맞는 용어를 써야하기 때문이다.

말하자면 같은 '들'이라도 '벌'이나 '평야'는 보다 넓은 것을 가리킨다. 또 '개울'이라도 '시내'가 있고 '내'가 있으며, 강에 이르면 상당히 큰 개울을 말한다. 같은 '평야'라도 비옥한 평야·광활한 평야·푸른 평야·끝없는 평야·호남평야·불붙는 평야·아름다운 평야·오곡이 무르익는 평야·한발(旱魃)로 흙이 갈라진 평야·전화(戰火)가 휩쓸고 간 평야 등으로 한이 없다.

또한 '가슴이 탄다'라면 걱정이 되었을 때, '가슴이 오그라든다'라면 공포 같은 것으로 조바심이 났을 때를 말한다. '슬프다'도 '서글프다', '구슬프다', '비애(悲哀)'같이 말이 다르면 거기에 따르는 어감(語感)도 달라진다.

물건 또한 마찬가지로서 무게를 두고서는 '무겁다' '가볍다'라고 하지만, 부피를 두고서는 '크 다' '작다'라고 한다. 동물의 울음도 말은 '운다', 개는 '짖는다', 돼지는 '꿀꿀댄다' 등으로 다르다. 무엇을 끓일 때에도 물은 '끓인다' 간장은 '대린다'라고 하며, 몸이 뚱뚱해지는 것도 건강할 때는 '몸이 난다' '살이 오른다'고 하지만, 병이 있을 때는 '몸이 붓는다' '부기가 오른다'라는 식으로 달라지며, 이런 예를 들자면 한도 끝도 없을 것이다.

이것은 결국 그 물건 그 일에는 독특한 행동이나 모양이 있어서, 그 경우에 꼭 맞는 움직일 수 없는 표현, 곧 단 하나의 말이 있기 때문이다. 그렇지 못하면 문장이 허공에 뜬 것 같이 안정감이 달아나고 마는 법이다.

다음에 적절하지 못한 용어의 예를 들어 설명해 보기로 하자.

물살은 눈 깜짝할 사이에 흘러 버렸다.

세월은 쏜살 같이 흘렀다.
별똥이 물 같이 흐른다.

이 세 가지 말 중에서 첫째 것의 '눈 깜짝할 사이에'는 '쏜살 같이'라야, 둘째 '쏜살 같이'는 '물같이'라야 타당할 것이다. 셋째 '물같이'는 '눈 깜짝할 사이에' 등으로 저마다 다 바꾸어 적어보면 아래와 같다.

물살은 쏜살 같이 빨랐다.
세월은 물 같이 흐른다.
별똥이 눈 깜짝할 사이에 흘러 버렸다.

이로써 용어가 제자리를 찾게 되는 것이다. 다른 예를 들어보겠다.

김옥균은 개혁당의 괴수다.
곧 아이를 시켜 연락을 보냈다.
면무식(免無識)이나 면(免)했다.
봄바람이 옷깃을 적신다.

'괴수'는 악한들의 두목이라는 말이 되니까, 이것은 '영수'나 '당수'라야 할 것이고, 연락을 '보냈다'는 '취했다'는 것이 맞겠고, '免無識'이 옳은 말을 '免無識이나 免했다'면 '石橋 돌다리' 식이 된다. 마지막의 '적신다'는 '날린다'로 바뀌어야만 봄날의 맛이 난다.

닭장에 들려서 닭 두 <u>필</u>, 생선가게에서 굴 두 <u>합</u>, 야드르르한 은파 열 아문<u>대</u>, 그리고 오는 길에 포목상에 들러 동정감으로 인조

두 <u>개</u>만 사 오너라.

여기에서는 닭 두 <u>마리</u>, 굴 두 <u>사발</u>, 은파 열아문 <u>뿌리</u>, 인조 두 자라야 옳다라는 것은 더 말할 것도 없다. 이와 마찬가지로 셈을 따지는 데는 저마다 칭호가 다르다. 배는 '몇 척', 노래는 '몇 수', 옷은 '몇 벌', 달걀은 '몇 알', 또는 '몇 꾸러미'라야 한다는 것은 누구나 다 아는 사실이다. 그러면서도 우리는 실제 생활 속에서는 연필 '두 자루'라야 할 곳에 연필 '두 개'라는 잘못된 말을 쓰는 수가 많다.

그러면 이 오직 하나의 말은 어떻게 발견하는가. 그러기 위해서는 먼저 그 특유의 성질이나 의미같은 것을 잘 생각하여, 그 사물에 어울리는 말을 발견하도록 노력하면서 또한 앞뒤 연결을 잘 살펴야 한다. 그래야만 비로소 안정감을 주는 좋은 문장이 될 수 있다.

나 보기가 역겨워 가실 때에는
말없이 고이 보내 드리오리다.

연변에 약산 진달래꽃
아름 따다 가실 길에 뿌리오리다.

가시는 걸음 걸음 놓인 그 꽃을
사뿐히 즈려 밟고 가시옵소서.
나 보기가 역겨워 가실 때에는
죽어도 아니 눈물 흘리오리다.

김소월 〈진달래꽃〉

이것은 너무나도 유명한 소월의 시이지만, 이 소박한 극치(極致)의 정서(情緒)도 적절한 용어로 표현되었기 때문이라고 생각한다. 만일 이 시에서 '아름 따다 가실 길에 뿌리오리다'를 '한 아름 따다 가실 길에 뿌리오리다'라고만 해도 시의 맛은 달라지게 마련이다.

이렇게도 우리는 그 말이 아니면 그 뜻과 기분을 나타낼 수 없는 말을 찾아서 써야 한다. 그렇게 하기 위해서는 먼저 어휘를 많이 알아야 한다. 좋은 비단을 짜려면 실이 많이 있어야 골라서 짤 수 있듯이, 말을 모르고서는 제아무리 적합한 말을 찾아서 쓰려고 해도 쓸 수 없다.

우리가 말을 많이 알려면, 이것 또한 남의 글, 곧 책을 많이 읽는 데서 배우는 수밖에 없다. 그러나 뜻을 모르는 말이 나올 때 그대로 넘겨가면서 읽는다면 아무 의미가 없다. 모르는 낱말이 나오면 반드시 사전을 뒤져보는 버릇을 들여야 한다. 사전을 찾기 귀찮아하는 사람이 많지만 그것이 익숙해지면 그렇지 않다. 어쨌든 문장 공부를 하겠다는 사람이 사전 찾기가 싫다고 해서는 안 될 노릇이다.

이렇듯 다른 사람의 말에도 늘 주의할 필요가 있다. 말은 생활 속에서 우러나오는 것이다. 어린아이에게는 어린아이의 말이 있고, 여학생에게는 여학생의 말이 있다. 그들의 말을 알려면 그들과 접촉해서 듣고 외우는 수밖에 없다. 말은 시대와 함께 바뀌는 것이다. 10년 전 중학생의 말과 지금의 중학생의 말은 확실히 다르다.

또한 우리가 용어에서 특히 유의해야 할 것은, 외래어는 되도록 피해서 써야 한다는 것이다. 외래어로서 들여왔지만 완전히 우리의 말이 된 '마라톤'이나 '스케이트' 따위는 써도 문제가 없지만(물론 외래어를 갈음할 수 있는 우리말을 찾아내거나 만들어내지 못한 우리 자신의 책임이 1차적이고 가장 크지만, 지금의 주제와는 맞지 않으니 여기서는 논외로 한다), 마치 유식함을 자랑이나 하듯이 외래어를 함부로 쓰는 것은 삼가야 한다. 예를 들어보면 다음과 같다.

'나는 입학시험에 무난히 <u>패스</u>할 것이다.' (→ 합격 / 통과)
'삶을 <u>인조</u>이하는 방법에는 여러가지가 있다.' (→ 즐기는)
'비오는 날에는 공연히 나의 마음은 ① <u>센치해지면서</u> 기분이 ② <u>멜랑꼴리</u>해진다.' (→ ① 감상에 젖으면서) / (→ ② 우울)

이런 것들은 작품의 격을 떨어뜨릴 뿐만 아니라 쓰는 사람의 천박함을 드러내는 거나 마찬가지다.

[6] 간결성이란 무엇인가

모름지기 인생사는, 예를 들어 기쁜 일이나 슬픈 일, 쓸쓸한 일, 강한 일이나 약한 일, 즐거운 일이나 괴로운 일, 이런 모든 것이 무엇이고 당하는 사람이나 경우에 따라 반드시 그 정도가 다른 법이다. 그런데, 그때 그때 느낀 정도라는 것을 무시하고 그저 쓸쓸하다·슬프다·기쁘다라는 식으로 쓴다고 해도 글쓴이 자신은 몸으로 겪었기에 그 정도와 차이를 잘 알 수 있지만, 다른 사람들은 글쓴이의 천차만별(千差萬別)한 그 정도를 다만 슬프다·기쁘다·괴롭다는 공식적인 한마디만으로는 도저히 알 수 없다. 이래서는 문장의 사명을 다했다고 말할 수 없다. 그러므로 문장에서는 그러한 때 느낀 감각이나 감정을 그 정도에 따라 충실하게 잘 나타내야 한다. 그러기 위해서는 그 경우에 어울리는 하나의 말을 찾아내어 써야 한다.
그래서 문장 공부가 필요한 것이요, 그 공부도 독서가 필수 조건이란 것도 앞에서 말한 바 있지만, 이 말은 아무리 되풀이한대도 지나칠 것은 없다. 왜냐하면 문장 공부를 하는 사람들 가운데에는 문장은 본대로 들은 대로 느낀 대로 과장하지 않고 꾸미지 않고 쓰기만 하면 되는 것으로 생각하고, 애써 많은 책을 읽을 필요가 없다고 태평스러운 소리를 하는 사람들도 있지만 그것은 당치도 않은 소리다. 생각해 보던 자명한 것이, 글에 익숙하지 않고서 어떻게 꾸미지 않고 거짓없이 본 것, 들은 것, 느낀 것을 있는 그대로 글로 옮겨 놓을 수 있느냐는 것이다.

옛날부터 대문호라는 사람들도 알맞은 말을 찾지 못해서 하루 종일 걸려서 겨우 두 서너 줄 글을 썼다는 이야기가 많다. 그러니 하물며 나이 어린 사람들이 글에 익숙하지 못하고서는 자기의 생각을 막힘없이 쓸 수는 없다. 왜 이렇게 단언할 수 있는가 하던 알맞은 말은 어떤 사물에든 오직 하나뿐이기 때문이다. 얼핏 보기에 똑같은 뜻을 가진 말같이 보이는 하나 하나의 낱말도 세밀하게 따지고 보면 아주 사소한 차이에서 정적(情的)인 강약을 가져 오고, 색채의 농담(濃淡)을 가리키고 있다. 그러므로 저마다 생각의 차이에 따라 그에 어울리는 오직 하나의 말을 골라내야 하는데, 이것은 천재가 아닌 다음에야 많은 책을 읽음으로써 어휘를 풍부하게 만들어야만 가능하게 된다는 것이다.

어울리는 말을 잘 골라내어 그 말들을 제자리에 꼭꼭 배치해두면 그 문장은 자연히 간결해지고, 명석해지며, 철저해지는 법이다. 그런데 흔히 우리는 그 어울리는 한마디를 찾지 못하고, 그 말과 비슷한 말들을 나열해서 산만한 문장으로 만들고 만다.

나는 지금 바로 앞에서 경우에 알맞은 말을 쓰면 문장이 간결해진다고 말했다. 그러나 이 '간결해진다'는 말을 가끔 어구나 문장을 짧게 끊는 것으로 잘못 받아들이는 것을 본다. 여기에서 말하는 간결한 문장은 짧은 어구나 문장을 뜻하는 것이 아니라 용어와 내용이 일치되어서 아무런 빈틈도 없는 문장을 말한다. 자기가 말하고자 하는 바를 꼭 필요한 말로써 지나치지도 않고 모자라지도 않게 쓰는 것을 간결이라고 한다. 100자(字)가 필요한 문장은 100자로 쓰고, 1,000자나 1만자가 필요한 문장은 1,000자나 1만자로 쓴다. 그것이 바로 간결한 문장을 쓰는 요령이니, 문체의 장단이나 어구의 장단은 문장의 내용에 따라 결정된다는 것은 이것으로 이해되었으리라고 생각한다.

바다 위에서 보면 제주도란 그저 하나의 커다란 산으로 밖에 보이지 않는다. 배를 타고 저쪽 바다 한 끝에 넓은 보랏빛으로 채색된 윤곽이 하나 얼룩질라치면, "야, 제주도다!" 하고 소리들을 지르지만 그실 그것은 섬이라기보다는 오른쪽에다 큰 봉우리를 두고 왼쪽으로 낮은 봉 우리를 연이어 놓은 하나의 크나큰 산이란 느낌 밖에 주지 않는 것이다. 제주도란 곧 한라산 그것으로 된 한 산도인 것이다.

자연 포구나 촌락도 거의 모두가 한라산 기슭이자 바닷가에 붙어 있게 마련이다. 그래도 제주 시내만이 산기슭에서 퍽이나 떨어진 평지에 서 있다는 인상을 준다. 그러나 이것도 따지고 보면 한라산 기슭이 이쪽으론 가장 완만스러이 흘러 내려왔다는 것뿐이다. 제주 시내 바로 잔등이 언덕과 고개요, 이 언덕과 고개가 그대로 골짜구니를 이루면서 한라산 본봉우리 밑까지 주름잡혀 있는 것이다.

본봉우리는 웬만한 날에는 대개 머리에다 구름이나 안개를 휘감고 있다. 이만큼 크고 높은 산이면 으레껀 골을 따라 물이 흐를 법도 하건만 한라산은 그렇지가 못하다. 제주도에 물이 귀할 수밖에 없다. 흔히 제주도에서 아이들이 대로 엮은 구덕이라는 바구니

속에 허벅이라는 물항아리를 지고 다니는 걸 본다. 어디서나 물을 보기만 하던 여기 퍼담게 마련인 것이다.

황순원 〈비바리〉

황순원의 다른 작품의 문장에 비하면 이 작품의 문장은 오히려 긴 편이다. 그러나 어느 지리교과서가 제주도의 땅의 생김새와 풍속을 이렇게 선명하고도 정확하게 알려 준 것이 있는가. 요컨대 문장의 간결성도 정확한 표현을 위해서도 필요한 것이다.

제4장 문장의 구조

[1] 글감이란 무엇인가

문장에 익숙치 못한 사람은 무엇을 써야 할지 몰라 망설이게 된다. 말하자면 글감(글거리)을 어떻게 선택해야 할지를 몰라서 머리를 긁기도 할 것이다. 아무것이나 쓰면 남이 웃을 것 같기도 하고 기발한 것을 써서 남을 놀라게 할 생각도 해 볼 것이다. 그렇게 생각하면 생각할수록 글감을 찾기가 힘든 것만 같다.

그러나 학교에 가고, 버스를 타고, 공부를 하고, 꽃을 심고, 운동을 하고, 음악을 듣고, 산책을 하고, 시험을 치고, 영화를 보는 등의 일이 흔히 있는 예사로운 일이니 글감이 없을 리가 없으며, 우리 주변에서 보고 듣고 생각한 것은 무엇이나 글감이 될 수 있다.

"어머니 '교장' 또 오는 군요."

학교가 파한 뒤다. 갑자기 조용해진 상점 앞 길을 열어 놓은 유리창 밖으로 내어다 보고 등상에 앉았던 정례가 눈살을 찌푸리며 돌아다본다. 그렇지 않아도 돈 걱정에 팔려서 테이블 앞에 멀거니 앉았던 정례 모친도 저절로 양미간이 짜붓하여졌다. 전방 안에는 학교를 파해가는 길에 공짜 만화를 보느라고 아이들이 저편 구석 진열대에 옹기종기 몰려섰다가 교장이라는 말에 귀가 번쩍하였는지 조그만 얼굴들을 쳐든다. 그러자 모시 두루마기 자락이 펄럭

하며 우둥뚱한 중늙은이가 단장을 짚고 쑥 들어서는 것을 보고 학생 아이들은 저희끼리 눈짓을 하고 킥킥 웃어 버린다. 저희 학교 교장이 온다는 줄 알았던 모양이다.

염상섭 《두 파산》

이것은 염상섭의 소설 《두 파산》의 첫 머리이지만 이것만으로도 재미난 글이 아닌가. 이 상점에서 일어난 조그만 일에 우리들도 자연스레 미소를 짓게 된다.

　토요일 오후였다.

　대청소를 한다고 빗자루며, 물이 담겨 있는 바께쓰며, 이런 것들을 들고 다니며 떠들던 아이들도 이미 물러간 뒤였다. 따로 떨어진 일학년 교실에서 고등학교 합창부의 이부합창 연습하는 소리가 풍금 멜로디에 섞이어 제법 곱고 우렁차게 전해 온다.

　운동장에서 오륙명 아이들이 셔츠 바람으로 땀을 흘리면서 농구연습을 하는 외에, 천오백여명이 날마다 때 같이 펄펄 뛰던 교실도 교정도 한적하기 짝이 없었다. 계절이 물러간 피서지라는 느낌이 아니었다. 그런 서글픔이 아니었다. 그것은 실로 무슨 큰 잔치를 치르고 난 뒤의 정적이라고 할까? 거뜬하면서 피로가 마음을 가라앉혀 주는 권태! 이런 기분에 잠기면서 석은 직원실 의자에 게으르게 기대앉아 창밖을 내다봤다.

　다행히도 의자는 창밖으로 바다를 내다볼 수 있는 자리에 위치하였다.

안수길 《제삼인간형》

이것도 안수길의 소설 《제삼인간형》의 첫머리이다. 방과 후의 한

적함을 그대로 쓴 것이지만 그 기분을 글을 읽는 사람들도 느낄 수 있지 않은가.

이렇듯 글감은 어디에나 있다. 그러므로 학교에 가면서도, 버스 안에서도, 산책을 가면서도, 책상에 앉아서도, 들창을 내다보면서도, 친구를 만나서도, 동생을 보면서도, 누나의 웃음에서도 …… 언제 어디서나 글감을 찾아내는 연습이 필요하다.

이렇게 글감은 어디서나 찾을 수 있다고 해도 그러나 막상 책상에 앉아서 붓을 들고 글을 쓰려면 좋은 글감이 생각만큼 많지는 않다. 글감은 문장의 내용을 이루는 것이며, 내용이 잘되고 못되고는 그대로 문장이 잘되고 못되는 것에 영향을 준다. 내용과 표현이라는 문제는 한때 문학자들 사이에서도 논의된 적이 있지만, 그것은 아무튼 좋은 글감을 쓰면 나쁜 글감을 쓴 것보다는 덕을 보는 것이 사실이다. 그 좋은 예로써 음식물은 식재료의 질에 따라 맛이 좌우되는 것과 마찬가지다. 사과나 배에도 상품(上品)이 있고 하품(下品)이 있으며, 그 맛도 다르다.

그러므로 문장도 글감이 좋고 나쁜 것이 큰 영향을 미친다. 물론 문장을 쓴다는 것은 기술이기에 아무리 글감이 멋들어지고 좋아도 솜씨가 보잘 것 없고 형편없다면 글 또한 보잘 것 없고 형편없는 것이 된다는 것은 두말할 것도 없지만, 이왕이면 좋은 글감으로 쓴 글이 좋을 것은 당연한 이치일 것이다.

쓰고 싶은 마음은 있지만, 좋은 글감이 생각나지 않는다. 이런 경험은 누구나 가지고 있는 법이다. 이것은 글을 쓸 때 가장 먼저 부딪치는 문제다. 이 책을 읽는 독자분들 가운데에서도 초등학교 글짓기 시간에 선생님이 "무엇이나 마음대로 제목을 잡아서 쓰라"는 말을 듣고 무엇을 써야 할지 이리저리 생각한 일이 있었을 것이다.

'간밤에 동무들이 놀려 주던 꿈을 꾸었는데 그것을 쓸까?'

'아니야, 싸우는 꿈같은 것은 재미가 없다.'

'그렇다면 아침에 짐을 실은 말이 짐을 잘 끌지 못한다고 말꾼에게 얻어맞는 것을 보았는데, 그것을 쓸까?'

'그것도 글거리로서는 좋은 것 같지는 않고, 마음에 드는 글감이 없나? 남이 읽고 깜짝 놀랄만한 글감은 없을까?'

이런저런 생각을 하다 보면 어느새 시간은 다 지나가고, '글감이 없다'며 초조해 한다. 그러나 그것은 여러분의 잘못된 생각이다. 글감은 반드시 있으며, 없는 것이 아니다. 간밤의 꿈도, 마차의 말 이야기도 훌륭한 글감이 될 수 있다. 이렇게 글감이 있는데도 글감이 없다고 초조해 하는 태도가 잘못된 것이다.

그 잘못된 마음을 분석해 보자면 '더 멋진 이야기는 없나? 남이 읽고서 놀랄만한, 참 잘되었다고 생각할만한 것이 없나?'하는 마음이 방해가 되어 그러는 것이다. 글짓기에서 가장 경계해야 하는 것이 바로 그런 마음이다. 그 마음 때문에 글감은 주변에 흔하게 널려 있는데도 글감이 없다고 탄식하게 된다. 그 마음만 떨쳐 낸다면 글감은 아침 안개가 물러난 뒤의 풍경처럼 똑똑히 마음속에 떠오를 것이다. 거짓된 마음을 버리고, 자기 안팎에 솔직한 태도로 관찰의 눈을 돌려야 한다. 글감은 솔직한 마음만 가지고 있으면 누구나 찾아 낼 수 있다. 물론 소설이나 희곡 같은 전문적인 글의 글감이라면 솔직하다는 마음만으로는 안 될 수도 있지만, 보통 글이면 글감은 얼마든지 있다.

앞의 말을 좀더 자세히 설명해 본다면 글감은 일상생활 속에서 얼마든지 얻을 수 있다. 어떤 사람일지라도 일상생활의 범위 밖에서 글감을 고른 사람은 없으며, 고를 수도 없다. 그렇다면 우리들의 생활이란 대체 어떤 것인가.

아침에 일어나서 학교에 간다. 학교 공부가 끝나면 운동을 하고서 집에 돌아와 복습을 하고는 자리에 눕는다―하루하루 이런 일들이 큰 변화 없이 되풀이되는 것이며, 그것이 바로 생활이고, 우리들의 일상생활은 평범한 것이다. 그러므로 이처럼 평범한 생활 속에서 무슨 글감을 찾아낼 수 있는가 하고 생각하기 쉽지만, 사실은 이런 평범한 생활이 글감의 화수분이 되는 것이다.

생활이란 것을 정신적인 면에서 본다면 생활과 관찰, 행동의 연속으로 이루어진 것임을 알 수 있다. 아침에 일어나서 세수하고, 이를 닦고, 마당에도 나가 보고, 화장실에도 가고, 신문도 읽고, 아침도 먹는다. 한 시간도 될까 말까하는 사이에 이런 일들을 모두 한다.

그뿐인가. 세수를 하고 이를 닦을 때 잇몸에 스며드는 양치물의 차가움이라든지, 손끝에 닿는 물의 차가운 느낌에 '가을'을 느껴 본다든지, 마당가 단풍잎이 물든 것을 보기도 하고, 잔디가 시들어 가는 계절의 변화를 비로소 느끼게 되기도 할 것이다. 화장실에 들어가서는 화장실에 갈 때는 반드시 책이나 신문을 들고 가는 친구를 생각하고서 혼자 웃기도 하고, 아침 밥상에 오른 김치를 보고서 그 배추가 땅속에서 나날이 커가던 때를 생각할 수도 있고, 생선구이를 보고서 그 고기가 바다 속을 이리 저리 헤엄치던 모습을 상상할 수도 있다. 아침에 자리에서 일어나 한 시간 남짓한 사이에 이만한 생각을 하게 되고, 관찰하게 되고, 연상하게 될 뿐만 아니라 실제 행동으로 옮기기도 한다.

그러므로 글이 우리가 생각하고, 관찰하고, 연상하고, 행동한 것을 쓰는 것이라면 한 시간 남짓한 그 아침 한때에 이미 글감을 그만큼이나 얻은 셈이다. 밥상에 오른 생선구이를 보면서 생각한 것만으로도 글감은 충분히 될 수 있다. 신문기사를 읽고 느낀 바를 쓸 수도 있고, 철에 따라 바뀌는 마당가의 나무도 훌륭한 글감이 되는 것이다.

물론 이런 글감에서 천하를 놀라게 할 명문(名文)은 쓸 수 없을지 모른다. 그러나 중요한 것은 문장 공부를 하자는 것이지 명문을 쓰자는 것이 아니다. 또 명문이 하루아침에 이루어지는 것도 아니다. 하루아침에 명문을 써내자는 마음이라면 죽을 때까지 좋은 글은 쓸 수 없다.

또한 글감이라는 게 마치 잃어버린 물건을 찾듯이 소란스럽게 찾는다고 찾을 수 있는 것이 아니고, 자기의 일상생활을 늘 주의깊게 관찰하다보면 뜻하지 않은 곳에서 좋은 글감을 얻을 수도 있다. 그것은 항상 주의 깊게 바다와 그물을 관찰해온 어부가 큰 고기를 잡을 수 있는 것과 마찬가지다.

그러나 정말로 글거리가 없다고 생각하는 사람은 밤마다 꾸는 꿈을 글거리로 삼는 것도 좋다. 밤마다 꾼 꿈을 꾸준히 써 나간다면 한 해에 365편의 문장을 쓸 수 있다. 하루도 빠지지 않고 꾸준하게 글을 쓰다보면 누구나 문장이 어느 정도는 늘어날 것이다.

'글을 쓰고는 싶지만 좋은 글거리가 없다'는 이야기는 문장에 관심이 있는 사람이라면 누구나 다 하는 소리다. 이 말은 생각하기에 따라서는 쉽게 풀릴 수도 있는 문제로서, 좋은 글거리'를' 얻기 위해 욕심을 부리지 말라는 것은 아니며, 단지 좋은 글거리'만' 얻기 위해 욕심내지 말라는 것이다. 좋은 글거리만 잡으려고 욕심낸다고 글거리가 쉽사리 생기는 법이 아니다. 그런 욕심이 앞서면 하루하루의 연습을 게을리하기 쉽다. 글을 쓰는 것도 하나의 기술이기에, 앞에서도 이야기한 것처럼 꾸준히 연습을 해야 글솜씨가 늘어난다. 날마다 눈에 띄고 마음속에 떠오른 일을 날마다 써나가다 보면 저도 모르는 사이에 글솜씨는 늘어나게 되며, 좋은 글감도 얻게 된다.

옛날부터의 좋은 소설가를 예로 들어보더라도 정말 좋은 작품, 영원히 남을 작품은 한 평생 동안 몇 작품 쓰지 못하는 경우를 흔히 보게 되며, 10편 넘는 명작을 남긴 작가도 아주 드물다. 그러면서 이들 문호들은 10편도 못 되는 명작 말고도 보잘것없는 수많은 작품들을 썼다. 만일 그들이 이 10편의 명작만 쓰려고 하였다 해도 불가능했을 것이다. 평소에 몇 백편의 보잘것없는 작품을 꾸준히 계속 써오며 훈련하다 보니 우연히 좋은 글감이 잘 어우러져 문학사에 길이 남을 명작으로 태어난 것이다.

소설같은 전문적인 글에서도 볼 수 있듯이, 보통 문장연습에서는 '글거리는 일상생활 속에서'라는 마음이 가장 중요한 것이다.

[2] 구상이란 무엇인가

A. 착상에서 구상으로

무엇을 쓰겠다고 글감을 정했다면 그 글감에서 무엇에 중점을 두고 쓰겠다는 생각도 해야 한다—자기가 쓰려는 중점인 '주제'를 결정해야 한다는 것이다. 이렇게 글감이 선정되고, 주제도 결정되었다면 착상(着想) 단계로 넘어가는 것이다. 이 착상을 가다듬는 것이 말하자면 구상(構想)이다. 그러므로 구상이라는 뜻이 예부터 우리가 글을 쓰려면 이렇게 쓸 것이라고 '복안(腹案)을 세운다'는 말과 큰 차이가 없는 것이다.

좀 더 쉽게 예를 들어 여러분이 집을 한 채 짓는다고 생각하자. 이때 가장 먼저 생각(결정)해야 될 것이 어떤 양식(樣式)—전통 한옥, 양옥, 아니면 두 양식을 절충한 형태—으로 지을 것인지를 결정하는 것이며, 이것이 착상이다.

다음에 건물 평수는 몇 평으로 잡아야 하는지, 실내는 어떻게 꾸미겠다는 설계도를 만드는 것이며, 이것이 구상이다. 구상을 세우는 동안엔 글감을 어떻게 써야 할지를 잘 생각해야 한다. 아무리 실제의 인물과 사건이 재미있어 보여도 생각나는 즉시 그 인물과 사건을 그린다면 잘 그리기 어렵다. 반드시 그것을 머릿속에 담아 두었다가 생각이 익었을 때 붓을 들어야 한다. 그 과정을 구상이라고 한다면 구상을 세우는 것에도 사람의 성격이나 글감의 성질에 따라 달라지게 마련이다. 글감을 조사해야 할 경우도 있지만 성질에 따라 말하자면 자기의 경험담 같은 것에는 새삼스레 조사를 할 필요는 없을 것이다. 또 붓을 들기에 앞서 글감을 두고서 다른 사람들과 마주 앉아 이야기하는 동안에 구상을 세우는 사람도 있다.

그러나 구상을 세울 때 원칙적으로는 다음의 준비가 필요하다.

① 글감을 잘 조사한다.

자기의 과거 체험, 어릴 적 추억이나 연애 경험 같은 것을 글감으로 삼는 경우를 빼고는 글감에 대해 신중하게 조사해야 한다.

② 어떤 각도에서부터 쓸 것인지 결정한다.

글감에 관한 조사가 끝나면 이번에는 어떤 각도에서 써야 할지를 생각해야 한다. 뜰 안 풍경을 간략하게 적어본다고 해도, 마루에서 내다보는 경우와 창가에서 내다보는 경우, 또는 2층에서 내려다보는 경우 등으로 각도는 다양하게 찾아낼 수 있다. 같은 뜰 안 풍경일지라도 어디서 어떤 관점에서 보는가에 따라 보는 각도가 달라지며, 따라서 작품도 달라진다. 또한 시간적으로도 아침이냐, 낮이냐, 저녁이냐, 비 오는 날이냐, 흐린 날이냐, 맑은 날이냐 등의 차이가 내용의 미묘한 차이를 낳게 된다. 결국 어떤 각도에서 쓰는 것이 그 작품을 가장 잘 살릴 수 있을지를 생각하고 결정해야 한다는 것이다.

③ 각도를 정했으면 짜임새를 결정한다.

짜임새는 뼈대를 맞추는 것이기에 충분히 생각해야 한다. 뼈대가 튼튼하지 못하면 튼튼한 문장 또한 바랄 수 없다. 옛날엔 문장에 머리, 등허리, 꼬리가 제대로 맞춰져 있어야 한다고 말하는 사람이 많았다. 문장을 하나의 생명을 지닌 독립된 유기체로 보는 경향에서 비롯된 생각이나 요즘은 이 점을 그리 엄격하게 따지는 사람이 많지 않다. 어쨌든 하나의 문장이 하나의 세계를 이루어야 한다면 뼈대는 일단 튼튼하게 짜고 볼 일이다.

동양화 가운데 산수화 같은 것을 보면 근경(近景)과 중경(中景), 원경(遠景)으로 나뉘어 있으며, 이들 삼경(三景)은 유기적으로 구성되어 있다. 인체에 비유를 하자면 근경은 머리, 중경은 등허리, 원경은 꼬리라고 할 수 있지만, 어쨌든 이 3가지가 무리 없이 잘 어우러지면 거기에서 혼연(渾然)한 산수의 세계를 볼 수 있는 것처럼 문장에서도 이와 비슷한 이치를 이루고 있다고 할 수 있다.

뜰안을 간략하게 적는다고 생각해보자. 눈에 띄는 대로만 적어도 문장은 될 수 있으나 그것 뿐으로는 맺은 데가 없는 막연한 문장이 되는 경우가 많다.

단풍이 들기 시작한 나뭇가지…
이미 잎사귀는 대부분 떨어지고, 누런 잎사귀 두 세 개가 겨우 붙어있는 백일홍…
햇볕에 반짝 반짝 반사하는 포플러 나무 잎사귀…

황금빛 색깔이 떨어지는 은행 잎사귀…

이런 것들을 보이는대로 막 적어 내려간다면 문장은 그저 의미 없는 낱말의 의미 없는 나열에 그치고 말 것이다. 이때 가장 필요한 것이 정리로서, 그러기 위해서는 글거리와 관계가 없는 것과 관계가 깊지 않은 것도 버리고, 가장 관계가 깊은 것만 추려내야(정리해야) 한다. 이렇게 추려낸 것은 추려낸 것끼리 다시 순서를 정한다—어떤 글감을 가장 앞에 내세우느냐를 결정하는 것인데, 이것이 정해지면 다음에는 어느 것, 그 다음에는 어느 것, 이렇게 해서 어느 글거리로 마무리를 짓느냐를 결정한다. 이렇게 하여 주제나 제목에 대한 일관된 생각이 세워지면 다시 되살펴서 부족한 대목은 없는가, 생각이 미처 이르지 못한 점은 없는가, 그리하여 이것이면 되겠다는 마음이 들었을 때 비로소 붓을 들어야 한다. 말하자면 쓰고자 하는 문장을 머릿속에 다 만들어 놓고 나서 비로소 붓을 들어야 한다는 것이다.

그러면 이것을 좀더 구체적인 실례를 들어 설명해 본다. 은사(恩師)를 모시는 자리에 동창생의 출석을 권하는 글을 쓰게 되었다고 하자. 내용은 출석을 권유하는 것이다. 이때 〈은사를 모시는 자리에 동창생의 출석을 권함〉이 글의 주제라면, 〈사은 모임〉은 글의 소재, 곧 글거리이다.

이때 지나간 학창 시절을 생각하면 이런 저런 생각이 떠오른다. 엄하신 선생님의 모습, 학생들의 장난, 졸업 이후에 개개인에게 닥친 변화, 또한 사은 모임이 있는 날에 참석할 인원의 숫자나 준비와 연락 방법에 관한 의뢰 등을 생각하면 사은 모임과 관련된 별의 별일이 다 되살아난다. 이런 저런 생각으로 머릿속이 어수선해지면 좀처럼 문장을 가다듬지 못할 것이기에 앞뒤 순서와 관련이 없는(사은 모임과 관련이 없는) 잡다한 생각부터 먼저 정리해야 한다. 그러고는 이 모임의 필수 조건만을 골라낸다. 곧 〈어떤 선생님을 모실 것인지〉 〈장소는 어디로 정하고 날짜는 언제로 정한다〉 〈○○회 동기끼리의 소규모 모임이다〉 〈연락이 안된 동기생에게는 각자가 연락해 주기 바란다〉 등등의 글거리만 남겨 놓되 이 글거리의 순서를 정하는 것 이다.

머릿속에 이렇게 꼭 써야 할 말과 필요하지 않은 말을 가려내어 일관된 이야기의 내용이 준비되면 이것으로써 구상은 세워진 것이 다. 그러고도 빠뜨린 이야기는 없는가, 확실치 않은 대목은 없는가 를 다시 생각해 보고나서 비로소 글을 써야 한다. 그리고 이 구상을 세울 때에는 마음을 가라앉혀 잡된 생각을 버리고, 몸도 마음도 오로지 이 일에만 집중하여 정신을 한 곳으로 집중해야 한다. 그렇지 않고서는 좋은 구상은 이루어지지 못한다.

B. 구상의 3가지 요점

앞서 말한 바를 통해 구상이 결국 문장을 어떻게 구성해야 하는 것인지를 알게 되었다. 그리하여 앞에 나온 설명에 따라 문장 구상 또는 조직에 대한 자기의 생각 또는 문장에는 나름의 질서가 있어 야 한다는 것을 알았다.

모든 사물에는 반드시 순서가 있는 법이라, 그 순서가 뒤바뀌면 일은 순조롭게 진행되지 못한다. 그와 마찬가지로 어떤 생각을 짜는 일에나 문장을 써나가는 일에서도 앞뒤 이야기가 조리 있게 와닿아 야만 전체적인 통일이 이루어지는 것이다.

예를 들어 '아침을 먹고, 점심을 먹고, 저녁을 먹었다'라고 해야 나름의 질서와 순서가 설 이야기를 '점심을 먹고, 아침을 먹고, 저녁을 먹었다'라고 하면 순서가 바뀌고 만다. 중요한 이야기의 순서가 이렇게 뒤엉킨다면 그 문장은 엉망진창이 된다. 그러기에 하나의 생각을 가다듬을 때에도, 하나의 문장을 만들 때에도 한 걸음 한 걸음 순서를 따라 감으로써 전체적으로 통일된 질서를 부여하는 것이 가장 중요하다.

그러면 자기 생각이나 문장에 질서를 부여하는 방법을 생각해 보기로 한다.

첫째로, 골라 낸 글거리를 뒤섞어 놓으면 안 된다는 것이다.

글거리의 성격이나 내용에 따라 구분해야 한다는 것이다. 형제에 관한 글을 쓰려면 형의 일은 형의 일대로, 동생의 일은 동생의 일대로 구별하며, 읽는 이에게 혼동할 여지를 주어서는 안 된다는 것이다. 다음에는 그들 글거리에 순서를 매겨 순서에서 벗어나게 하여서는 안 된다. 요즘 이야기에서 시작해서 예전 이야기로 옮겨 간다거나, 어느 하나의 글거리에서 이야기가 시작되었다면 그 글거리와의 관계가 가까운 것에서부터 먼 것, 또는 깊은 것에서부터 얕은 것 등으로 순서를 잡아서 해야 한다는 것이다. 이렇게 하여 어떤 생각이나 문장에 순서가 잡히면 그 다음에는 글거리를 정돈하여 하나의 질서가 잡힌 사상이나 문장으로 정리해 낸다.

둘째로, 글거리끼리 서로 연결을 지어 주어야 한다는 것이다.

글거리와 글거리가 서로 밀접한 관계를 가지고 쇠사슬로 엮어 놓은 것같이 꽉 물려 있어야 한다는 것으로, 바꾸어 말하면 그 이야기와는 아무런 관계가 없는 군소리 때문에 쓰려는 내용이나 문장의 통일성에 파탄을 일으켜서는 안 된다는 것이다.

"오늘 수학 시간에는 에디슨의 이야기를 들었다. 그의 모든 발명이 부지런함 덕분에 이루어졌다니 우리도 그를 본받아서 부지런해야 한다."

이렇게 말하면 수학 시간에 들은 에디슨의 이야기와 자기도 부지런하게 살아야 한다는 이 두 가지 이야기(글거리)가 밀접한 관계를 이루어 앞뒤가 꼭 들어맞는다. 그런데 만일 이것을 이렇게 말하면 어떨까?

"오늘 수학 시간에는 에디슨의 이야기를 들었다. 모두가 꾸지람을 들은 것은 공평하지 않다. 그의 모든 발명이 부지런함 덕분에 이루어졌다니 우리도 그를 본받아서 부지런해야 한다."

에디슨의 이야기와 모두가 꾸지람을 들었다는 이야기는 아무런 연관성이 없으니 통일성을 잃은 문장이 되고 만 것이다. 그렇다면 글거리끼리 어떻게 연결지어야 하는지를 다시금 누누이 되풀이 할 것도 없이 문장의 질서를 세우는 것과 마찬가지로, 서로 밀접하고 관계가 깊은 글거리로부터 하나하나 연결 지으면서 나가야 한다는 것이다.

말하자면 앞의 수학 시간에 들은 '에디슨' 이야기와 불평을 말하는 이야기가 서로 관계가 있다면 이렇게 쓸 수도 있다.

"오늘 수학 시간에는 에디슨의 이야기를 들었다. 그의 모든 발명이 부지런함 덕분에 이루어졌다니 우리도 그를 본받아 부지런해야 한다. 몇몇 학생들이 수학 숙제를 해 오지 않아서 수학 시간에 학생들이 모두 꾸지람을 들은 것은 공평하지 않지만, 그러나 그 덕분에 에디슨 이야기를 듣게 된 것은 오히려 잘 됐다는 생각이 들었다."

이렇게 써나가면 모든 이야기가 밀접한 관계를 이루면서 전체적으로 연결이 된다.

셋째로, 자기 생각 또는 문장 전체에 통일성을 가져야 한다는 것이다.

앞에서 말한 질서나 연결도 결국은 이 통일성을 가져오기 위한 사전 준비이다. 다시 말하면 '생각이나 문장에 질서가 있고, 일관성 있게 연결된다'는 것은 곧 '전체적으로 통일성을 갖추게 된다'는 것이다.

만일 동물에게 손발이 없으면 이리저리 돌아다닐 수가 없습니다. 먹을 것을 운반하고, 집을 짓고, 몸을 깨끗이 가지고 또 자신이나 자손을 지키기 위해서는 손발을 써야 합니다. 지구상에 가장 먼저 생겨난 동물은 아주 간단한 손발을 가지고 있었습니다. 손가락이나 발가락, 뼈마디 같은 것을 갖게 된 동물은 훨씬 나중에 생겨난 것입니다.

이 글은 전체적인 질서가 잡히고 연결성이 있어 앞뒤가 잘 들어맞지만, 이 글에 '신종필 씨는 동물의 팔다리를 연구하여 박사가 되었다' 또는 '사람은 원숭이에서 출발하였다'라는 따위의, 전체적인 글 내용과는 관계가 없는 구절을 집어넣는다면 문장의 질서도 연결도 날아가 버린(= 통일성을 갖추지 못한) 글이 되고 마는 것이다.

그렇다면 생각이나 문장에 통일성을 갖추려면 어떻게 해야 하는가. 자기 생각이나 문장의 뼈대, 주요 소재이자 중심사상이 되는 주제가 전체를 끌고 나가면서 이야기 줄거리가 되어야 한다. 줄거리인 주제와 관계가 있는 갖가지 일들(글감)이 줄거리에 달린 잎이나 가지처럼 서로 밀접한 관계를 이루면서 순서 있게 주제를 펼치는데 도우면서 나가야 한다. 이때, 줄거리인 주제와는 무관하거나 도리어 방해가 될 것 같은 글감들은 전체적인 질서나 연결을 방해하지 않는 선에서, 또 전체적인 통일을 깨뜨리지 않는 선에서 가지치기를 해서 줄거리를 마지막까지 끌고 나가 중심사상을 마무리 부분에까지 결부시켜야 한다. 결국 ① 질서 있게 한다는 것 ② 연결지어 준다는 것 ③ 통일성 있게 한다는 것 등은 실제 글짓기에서도 구상이나 조직을 짜는데 매우 중요한 것이어서 마음깊이 새겨 두어야 한다.

[3] 글머리(書頭)와 결말

'시작이 반'이라는 말도 있듯이 모든 일에서 시작이 그만큼 중요하다는 뜻이다. 마찬가지로 문장에서도 시작인 글머리 부분이 잘 풀리면 그것처럼 기분 좋은 일은 없다. 한 편의 글이 저절로 쓰여질 것 같은 기분도 느끼게 되는 것이다.

그래서 구상을 대충 짜고 나면, 붓을 들기 전에 글머리를 어떻게 쓸까 하는 것부터 생각해야 한다. 그러나 글머리가 잘 풀려 나갈 때도 있지만, 때로는 첫 시작의 좋은 말이 아무리 생각해도 쉽게 떠오르지 않을 때가 있다. 그래서 전문가들도 이 글머리에 대해서는 상당히 골머리를 앓는다. 그러니 문장 공부를 처음 시작하는 보통 사람들은 글머리 때문에 애써야 할 것은 당연한 일이다.

어쨌거나 어떻게 글머리 부분은 잘 풀렸다고 하자. 그 뒤가 거침없이 잘 나간다면 글머리 부분이 좋았다고 말할 수 있으나 쓰기는 시작했는데 글이 잘 나가지 않고, 때로는 글머리 부분이 마음에 들지 않을 때도 있으니, 이런 때는 몇 번이고 글머리를 고쳐 써보는 것 말고는 다른 방법이 없다. 그럼에도 잘 안 되고 마음에 맞지 않을 때는 기분 전환으로 잠시 붓을 놓는 것도 좋고, 밖에 나가 산책을 하고 와서 다시 시작하는 것도 좋은 방법일 것이다.

이 글머리 때문에 며칠 내내 붓을 들지 못하는 전문가들도 많으니, 비전문가인 우리들은 글머리 부분에서 막힌다고 해서 낙담하지 말고, 다시 쓰고 또 다시 쓰고 하여 반드시 좋은 글머리를 찾을 수 있도록 갖은 노력을 다 하여야 한다.

노총각 M이 약혼을 하였다. 우리들은 이 소식을 들을 때에 뜻하지 않고 서로 얼굴을 마주 보았습니다.

김동인 《발가락이 닮았다》

18○○년 가을, 어느 맞파람 부는 저녁 해질 무렵이었다. 나는 파리 '생제르맹' 교외에 있는 '뒤노' 거리 33번지의 3층에 사는 나의 벗 C. 오귀스트 뒤팽과 함께 그의 사무소에서 파이프 담배를 물고 명상하는 이중(二重)의 즐거움을 즐기고 있었다. 우리는 적어도 한 시간 동안은 깊은 침묵을 지키고 있었다. 누가 옆에서 보았다면 우리가 방공기를 억누르는 담배 연기의 소용돌이 속에서 정신이 팔려 있는 것처럼 보였을 것이다. 그러나 나는 사실 그날 저녁 일찍이 우리가 주고받은 어떤 제목을 가슴 속에 뇌까리고 있었다. 그것은 '모르그' 거리의 사건과 '마리 로제' 살해에 따르는 비밀 그것이었다. 그렇기 때문에 우리 방의 문이 열리고 오래전부터 사귀어오던 파리 경시총감 G씨가 들어 왔을 때, 어떤 암시 같은 느낌을 받았던 것이다.

E. A. 포 《도난당한 편지》

이런 글머리는 모두 다음에 어떤 이야기가 이어질 것인가 하는 흥미와 호기심을 자아내는 분위기를 만들어 주게 마련이다. 그러면서 이 짧은 글머리 부분에 이 글이 이제부터 다루어야 할 하나로 연관된 내용을 압축적으로 나타내고 있다. 이렇게 첫대목에서 받은 인상으로 말미암아 그 글을 읽게도 하고 책을 덮어 버리게도 한다는 것은 우리 스스로가 많이 경험하여 잘 알고 있다.

그리고 첫 시작인 글머리 부분만큼 중요한 것이 문장을 다 써 나가되 자기가 하고 싶은 말이나 쓰고 싶은 말을 모두 쓴 다음에 마무리를 잘 짓는 것이 또한 중요하다. 마무리를 어떻게 짓느냐에 따라 문장이 살아나기도 하고, 시작은 거창했으나 마무리는 흐지부지되기도 한다. 그러므로 글쓰는 사람들은 마무리 부분 또한 글머리 부분 못지않게 고심하는 법이다.

그러나 여기서 문장 공부를 하는 사람들이 마무리를 짓고자 할 때 특히 주의해야 할 점은 마무리 부분과 글머리 부분이 들어맞아야 한다는 것이다. 그리하여 글 전체의 마무리를 깨끗하게 함으로써 본문을 한층 더 살리는 역할을 하는 것이다.

다음에 글머리와 마무리가 스스로 맞아 들어가는 예문을 하나 들어 보자.

글머리 : 워낙 성미가 게을러서 문밖에 나가기를 즐겨하지 않는 데다가 근년에는 몹시 추위를 타기 때문에 해마다 겨울이 되면 집안에서 누구보다도 더욱 친한 것은 화로다. 옛 사람과 같이 글자대로 옹로(擁爐)까지는 하지 않는다 하더라도 낮이나 밤이나 화로를 마주앉는 것은 나의 겨울동안 주요한 생활이다……

마무리 : 질화로의 찌개 그릇과 또 하나 질화로에 깊이 묻히던 긴 대나무 담뱃대! 화롯가의 추억은 20년이나 바로 어제와 같다.

양주동 《노변잡기》

화로(火爐)를 소재로 한 이야기가 도중에 어떤 이야기로 비약되었는지는 알 수 없어도, 마무리 부분에 와서는 다시 화로 이야기로 되돌아가는 것을 알 수 있다.

주먹을 부르쥔 채 우상같이 서서 굽실거리는 물결만 그저 뚫어
져라 쏘아보고 섰는 수룡이는 그 물속에 영원히 잠들려는 아다다
를 못잊어함인가? 그렇지 않으면 흘려버린 그 돈이 차마 아까워서
인가?

짝을 찾아 도는 갈매기 떼들은 눈물겨운 처참한 인생 비극이 여
기에 일어난 줄도 모르고 "끼약 끼약" 하며 흥겨운 춤에 훨훨 날
아다니는 깃[羽]치는 소리와 같이 해안의 풍경만 도웁고 있다.

계용묵 《백치 아다다》

이 마무리 부분이 보여주는 바다의 풍경만으로도 이 이야기가 어
떤 서글픈 이야기였으리라는 것을 짐작할 수 있다. 또한 이렇게 마무
리 부분에 여운을 남김으로써, 읽는 이들에게 더욱 깊은 감명을 준
다는 것도 알아둘 만한 일이다.

제5장 작품이 되기까지

　지금까지 말한 것으로 문학의 윤곽도 알게 되었고, 글감을 어떻게 맞추어서 문장을 어떻게 써 나가야 한다는 방법도 알게 되었다. 그러면 이것으로 훌륭한 작품을 쓸 수 있는가? 그렇다고 할 수는 없다. 왜 그런가 하면 앞에서도 이야기한대로 어떤 방법이 있어도 사과를 만들 수는 없는 것처럼, 작품 또한 어떤 방법이 있어도 그대로 쓰면 작품이 되는 것이 아니라, 보고 느끼고 생각한 것을 가슴 속에서 우러나는 대로 써야 하기 때문이다.

　다시 말하면 지금까지는 열매를 열리게 하는 방법을 알아본 것이라면, 지금부터는 실제로 땀을 흘려서 열매가 열리도록 가꾸어야 한다는 것이다. 그러므로 우리는 여기서 지금까지 알아온 것을 종합해 가면서 좀 더 구체적이고 실제적인 면에서 연구해 보기로 하자.

　여기에 어떤 줄거리가 하나 있다. 그것은 어느 농촌에서 일어난 일일 수도 있고, 어느 집에서 일어난 즐거운 일일 수도 있으며, 또는 어떤 사람이 한 평생 동안에 또는 불과 며칠 동안에 몸소 겪은 일일 수도 있다. 또한 사람들이 놀라서 눈을 크게 뜰만큼 무서운 일일수도 있고, 일반적으로는 평범하고 보통의 일인 것 같으면서도 특정한 사람에게는 정신적으로 큰 충격을 줄 수 있는 괴로운 문제일 수도 있다. 어쨌든 어떤 일을 쓰려고 생각한다. 그런 때에 어떻게 해야 이것을 작품으로 나타낼 수 있을까. 실제로 글을 쓰는 데는 어디서부터 붓을 들어 써 나가야 한다는 그런 방식은 아예 없다. 그러면서도 작품을 읽고 나서 '이것이 잘됐다, 안 됐다는 판단은 주로 우리들의 경험에 바탕하여 내리는 것이다'라고 할 수밖에 없는데, 여기에는 그런 판단을 내릴 때 적용되는 기준이라는 것이 분명히 있다. 그러한 점도 같이 생각해 보며 이야기를 계속해 보자.

어쨌든 우리들은 어떤 주제를 잡고서 작품을 쓰고 싶다는 충동을 느꼈다면 그것을 실제로 써서 나타내는 수밖에 없다. 붓을 들고 써 보는 것이다. 이것은 미술의 경우에서도 마찬가지다. 아무리 동서 고금의 명화를 많이 보고, 미술론을 읽어 그림이 어떤 것이라는 것을 잘 알고 있다는 사람도 막상 그림을 그리자면 가장 기초인 데생부터 시작해야 하며, 또한 자기 손으로 그림을 그려 보고서야 비로소 그림이 힘들다는 것도 알게 된다.

그러므로 우리도 먼저 다른 생각 없이 솔직하게 작품을 써 보는 것이다. 써 보면서 친구에게나 선생에게 그 작품을 보이면 또 다른 의미에서 발견하는 일이 있을 것이므로, 어쨌든 자기 손으로 먼저 써보는 것이 가장 중요한 해법이며 써보지 않고는 이야기가 되지 않는다.

우리들이 무엇을 하나 썼다고 가정하자. 아니 우리들이 지금 무엇을 쓰고 있다고 가정하자. 그때 우리들은 어떠한 기분을 느끼게 되겠는가? 도대체 이것은 왜 무엇 때문에 애쓰며 쓰는 것인가 하는 생각도 들 것이며, 자기를 위해서 쓰는 것인가 아니면 읽을 사람을 위해서 쓰는 것인가 하는 생각도 들 것이다.

그러나 결국은 자기 가슴 속에서 뭉클거리고 있는 것을 뱉고 싶은 욕망 때문이라고밖에 할 수 없는 노릇이고, 그 가슴 속에서 뭉클거리고 있는 것을 어떻게 하면 잘 나타낼 수 있을까 하고 머리를 비틀어 끙끙거릴 것이다. 어떤 정경을 그리게 되었다면 무엇을 쓰고 무엇을 버려야 할지 몰라 골치를 앓을 수도 있을 것이다. 자기에게 특히 인상이 깊었던 대목은 아주 쉽게 쓸 수도 있겠으나, 그 인상 깊은 것을 뛰어나 보이도록 하기 위해서는 장면 배치와 말의 선택이 좀처럼 쉬운 노릇이 아니라는 것도 느낄 것이다. 또한 그 속에 나타난 사람이 자기이건 남이건, 머릿속에서 여러 모습으로 어떻게 해서든지 잘 표현하려고 무척 애쓰게 될 것이다. 자기 가슴 속에서 뭉클거리는 기분에 밀려서 그것을 뱉어놓았다 해도, 그것을 자연스럽게 뱉기 위해서는 연구가 필요한 법이다.

이는 곧 앞뒤 분간 없이, 생각도 없이 붓 가는대로 써 버릴 수는 없다는 뜻이다. 만약 그렇게 썼다 해도 다시 읽어 보고 나서는 '대체 내가 여기서 무엇을 이야기하려고 했었나?' 하고 실망하고 말 것이다. 그렇다 하더라도 그건 그것으로서 좋은 것이다.

그러나 그 작품이 다른 사람을 위해서가 아니고 자기를 이해시키기 위해서 쓴 것이라고 하는 근본적인 태도가 달라질 리는 없다. 한 번 쓴 것에 가필(加筆)하고 삭제하여 자꾸 고치는 것은 자기가 생각한 것과 느낀 것이 제대로 글로 나타나지 않았기 때문이다. 부드러운 마음이 나와야 할 곳에는 깔끔한 문장은 자연스레 피하게 될 것이며, 아름다운 문장이라고 생각한 것이 오히려 뜻을 흐리멍덩하게 만드는 경우도 있다는 것을 느끼게 될 것이다.

실상 문장은 어떤 명문의 표본 같은 것이 있어서 그것을 본받아서 쓰는 것이 아니고, 자기 마음에서 일어나는 사상과 기분이 우러나는 대로 하나의 형태를 갖추어 나가는 것이 문장이다. 그러므로 엄밀히 말하자면, 자기에게 꼭 맞는 문장이 자기 문장 말고는 있을 수 없다고 이야기할 수도 있다. 그래서 '글은 곧 그 사람이다'라는 말이 있는 것처럼 문장에는 그 사람 특유의 성격이 그대로 나타나는 것이다.

그래서 편지 한 장을 써도 서간문 형식 따위는 생각지도 않고 자기 생활과 생각하는 것을 그대로 정성껏 씀으로써 좋은 편지를 쓸 수 있다는 것이다.

여러분이 편지 하나를 쓰면서도 읽어보고 나서 찢어 버리고, 다시 쓰고 나서 읽어본 다음에 또 찢어버린 일은 누구나가 경험한 일일 것이다. 글자가 잘 씌어지지 않아서 찢어버린 경우도 있을 것이고, 그것을 읽고 상대편이 잘못 이해할 수도 있겠다 싶어서 찢어버린 경우도 있을 것이며, 문장이 마음에 들지 않아서 찢어버린 경우도 있을 것이다. 그러나 어떤 경우이든 결국에는 그 편지가 자기 마음에 흡족하지 못한 것이어서 찢은 것만은 사실이다.

우리가 작품을 쓰는 일에서도 마찬가지다. 찢고 지우고 고친다는 것은 결국 자기가 생각하고 느낀 것과 몸으로 겪은 것이 글로 잘 나타내지지 않았기 때문에 고심하는 증거인 것이다. 이것을 읽으면 읽는 이가 울 것이다, 선생이 놀라겠지 하는 순수하지 못한 계산 때문이 아니다. 만일 그렇다면 그건 처음부터 길을 잘못 들어선 것이다.

우리는 그런 태도가 아니고, 바른 마음으로 자기의 있는 노력을 다해서 마침내 작품을 하나 썼다고 하자. 쓴 이상 그것은 '자기 자신의 것이지만 동시에 이미 자기의 것이 아니다'라는 것은, 작품이 필자의 손에서 떠나게 되면 혼자서 세상을 돌아다녀야 하기 때문이다. 즉 읽는 이들이 그것을 읽고, 글쓴이가 의도한 생각과 또는 그 이상의 것을 느낄 수 있는가, 과연 이 작품이 예술품이라고 할 수 있는가, 하는 것이 문제가 된다.

물론 글쓴이도 자기가 느끼고 생각한 것을 그대로 그리려고 노력한 것은 사실이겠지만, 그렇다 해도 그것이 글쓴이만이 알고 다른 사람들은 아예 예술품으로 받아들일 수 없다면 좋은 작품이라고 할 수는 없다.(물론 논문 같은 것은 처음부터 뜻이 다른 것이지만)

예를 들면, 어떤 등산가가 아침에 산에 올라가서 해 뜨는 것을 보고 "야호!" 소리를 외쳤다고 하자. 그때의 그 등산가는 훌륭한 화가나 시인과 마찬가지로, 예술적 감흥을 느낀 것은 사실이다. 그러나 그가 소리친 "야호!" 그것만으로는 예술작품은 되지 못한다. "야호" 하고 소리친 그것도 예술성을 갖고 있다고는 할 수 있어도 그런 감흥은 우리가 이미 알고 있기 때문이다. 그러므로 그 아름다운 정경에 놀란 순간의 심정을 잃지 않고 생생하게 그릴 수 있으면 그 작품은 저 혼자 구실을 다 하여 읽는 이로 하여금 마음 속에서 깊은 공감을 느낄 수 있도록 할 수도 있다. 즉 어디까지나 자기에게 정직하게 쓴 것인 동시에 다른 사람들도 예술적 감흥을 느낄 수 있는 것이라야 작품이라고 할 수 있다.

이런 태도로 쓴다면 여러분은 반드시 작품이라는 그물 한 끝을 잡을 수 있으리라고 생각한다. 충분히 다듬고 또 다듬어 의심스러운 낱말은 사전을 찾아서 바로 쓰고, 맞춤법에도 주의를 한다. 이렇게 해서 이제는 별로 손볼 곳이 없다고 생각되면 그것을 신문지 같은 데 싸서 서랍에 넣어두고서는 되도록 그 작품을 잊어버리고 다른 작품을 써도 좋다. 어쨌든 그렇게 두고서 한참 뒤에 다시 꺼내 보면 그때와는 다른 생각, 정리된 생각에 바탕하여 필요없는 부분이 눈에 띄게 될 것이고, 때로는 작은 글자로 써넣을 곳도 생기게 된다. 이렇게 몇번을 고치고 나면 자기가 생각했던 것이 좀더 분명히 드러나게 될 것이다. 이제 막 시작하였기 때문에 이렇게 해야 한다는 것이 아니라, 전문가도 이런 일은 누구나가 다 하는 일이고 명작은 언제나 이런 과정을 거쳐 태어나는 것이기 때문이다.

내 얕은 체험을 통해서 볼 때도 이렇게 애쓴 작품은 나중에 다시 읽어 보아도 애쓴 보람을 느끼게 된다.

무슨 글이나 처음엔 어떻게 써야 좋은지를 모른다. 그러나 마음을 가다듬고 작품 두세 개를 써 나가면 그 동안에 자기가 무슨 주제로 쓰고 있는가, 자기가 생각한 의도를 살릴 수 있는 방법에 대해서도 점점 알게 될 것이다. 여기서 좀 더 횟수를 거듭하여 끈기 있게 써 나간다면 작풍(作風)이나 문체 같은 것이 하나의 틀[型式]을 이루려는 것도 알게 될 것이다. 그대로 내버려둔다면 그 틀에서 벗어나는 게 무척 힘들다는 것도 알게 될 것이다. 그러므로 그 동안에 먼저 선생이나 선배의 의견을 묻는 것도 좋겠지만, 작품은 앞에서도 이야기한 것처럼 표본이 있는 것이 아니므로, 스스로 공부하여 어려움을 헤쳐나갈 수 있다면 그보다 더 좋은 방법은 없다.

물론 이것은 대단한 노력이 드는 것이지만, 이것을 이겨 나간다면 그때는 반드시 좋은 작품을 쓰게 되리라고 생각한다. 요컨대 자기가 자꾸 글을 써 보는데서 나갈 길을 찾는 수밖에 없다고 되풀이해서 말하고 싶다.

그러면 여기서 우리가 쓴 작품이 어느 수준의 것인지에 대한 비판에 잠시 눈을 돌려 보자.

'애쓴 흔적이 보이며 읽고 나서 그렇게 어색하지는 않지만, 그러나 아직도 작품 수준에 오르기에는 어딘가 모자란 데가 있다. 군데군데, 혀를 찰 만한 데도 있었지만 전체로 보아서 조화가 잘 이루어지지 않는다. 대담하게 끊어야 할 곳을 끊어내지 못하거나 좀 더 파고 들어서 세밀히 써야 할 곳을 얼버무린 경우도 종종 눈에 띄었다. 인물의 특징 같은 것을 좀 더 잡아내야 할 것이다. 더욱이 회화(會話) 같은 것은 아주 설명적으로 되어 있어서 그 사람만이 가지고 있는 그 사람만의 개성이 보이지 않는다. 또한 글쓴이가 너무나 감상에 치우치는 면도 있다. 그리고……'

이런 비평을 몇 번이고 듣고 또 듣게 될 각오를 해야 한다. 우리들은 그런 비판을 듣고서 잘 생각해 본다. 그러면 결국 자기 작품이 정신적인 면과 기술적인 면 두 가지 측면으로부터 비판을 받고 있다는 것을 알 수 있다.

우리들은 어떤 사건을 쓰고 싶어서 붓을 들었다. 그러나 그 사건을 쓰기 위해서는 아무래도 등장인물을 특출난 존재들로 써야 한다고 느꼈다. 그러기 위해서는 그 사람의 회화뿐만 아니라 생각과 표정과 옷같은 것, 그 사람이 놓여 있는 현실과 분위기 등등을 잘 버무려서 그려내야 한다는 것도 생각하게 될 것이다.

실제로 우리들은 처음 대하는 사람과 잠시 이야기를 하는 동안에 그 사람에게서 받은 인상으로 직업과 기질, 환경과 교양 같은 것(다시 말해서 그 사람의 모든 것)을 알아낼 수도 있다. 그러므로 우리들은 이런 일에 전보다 더 신경을 써야 할 것이다.

소설가가 작품을 쓸 때 자기가 잘 아는 친구나 친척들을 끌어오게 되는 것도 평상시에 그들을 접촉해 오면서 그들의 성격과 환경을 잘 알고 있기 때문이다. 곧 글쓴이는 자기가 쓰려는 작품의 인물을 처음부터 끝까지 잘 알아야 한다는 것이다. 알지 못하고서는 인물의 영상을 분명히 잡을 수 없으며, 따라서 세밀하게 그려낼 수 없다. 어떤 사건이 아니라 자기가 무엇을 느낀 감상문을 쓸 때도 그것은 마찬가지다. 느끼고 본 것이 세밀하지 않고서는 잘 쓸 수가 없다. 그러므로 얼마만큼 세밀하게 보았는가 하는 문제는 그 작품에서만큼은 결정적이라고도 할 수 있다. 이런 점에서 대가라는 사람들의 소설을 보면 등장인물들의 심리에 대해 세밀한 부분까지 묘사되어 있는 것을 느낄 것이다. 무엇을 버리고 무엇을 그린다는 수련은 마음을 가다듬고 작품을 써 나가는 동안에 자연스레 알게 된다.

그리고 빠뜨려서는 안 될 것은 반드시 써 넣어야 하며, 필요 없는 것을 어지럽게 늘어놓는 것은 작품의 인상을 흐리게 한다는 것을 알고 있어야 된다. 그것은 나중에 생각할 수도 있지만 처음부터 되도록 정밀하게 쓴다는 것도 좋은 방법의 하나이다.

인물을 그리자면 으레 회화(會話)가 나오게 된다. 회화는 단순히 사건을 진전시키기 위해서만 필요할 때도 있겠지만, 인물의 독특한 성격을 나타내는 데도 필요하다. 그것으로 그 인물의 교양도 나타낼 수 있으며, 때에 따라서는 단 한마디의 말로써 어떤 급박한 사건에 부딪친 인물의 심리와 성격을 정확하게 나타낼 수도 있다. 이런 체험을 스스로 당해 보면 지금까지 그다지 재미없게 느껴지던 소설도 다시 읽으면 예전에는 느낄 수 없던 흥미를 느끼게 되고, 또한 소설이라고 해도 모두 다 똑같은 소설이 아니고, 소설 속의 가치도 저마다 다르다는 것을 알 수 있을 것이다.

어쨌든 우리가 인물을 그리자면 대화뿐만 아니라, 그 사람의 몸짓이나 버릇, 표정 등 그 사람의 구체적인 면을 나타나게 해야 할 것은 물론이지만, 또 다른 방법으로서 그와 관계되는 취미라든가 풍경 같은 것을 묘사해서 은연중에 읽는 이들에게 암시를 줄 수도 있을 것이다.

예를 든다면 그 사람의 성격을 정면으로 그리지 않더라도 일상생활 속에서 그가 좋아하는 책, 그가 즐겨 매는 넥타이, 또는 그가 즐겨 하는 등산 등의 여가 활동 등을 통해서 간접적으로나마 파악할 수도 있다. 이것은 읽는 이에게 주어지는 설명이 아니고 읽는 이가 파악해야 하는 암시인 것이다. 작품은 군소리 같은 설명으로 끝나면 실패한 것이다. 정밀하게 쓴다는 것은 정밀하게 관찰하여 모든 것이 있는 그대로 나타나게 하는 말을 선택해야 한다는 것이다. 동시에 거기에 있는 여러 가지 점경(點景)이 그 인물을 뚜렷하게 나타낼 수 있도록 잘 배열되어야 한다. 그것은 인물을 그린 그림에서 배경과 같은 것으로, 혹시 배경과 점경이 너무 강하게 보이면 보는 사람은 그 것 때문에 방해가 되어 중요한 인물을 잘 볼 수 없을 수도 있다.

이 밖에도 작품을 쓸 때 이야기해야 할 것이 많겠지만 하나하나 다 이야기하자면 끝이 없다. 무엇보다도 실제로 자기가 붓을 들고 써 봐야 한다. 이것은 앞에서도 몇 번이나 이야기한 것이지만 그 길 밖에 없다. 그리고 책도 많이 읽어야 한다. 책은 아무리 읽어도 끝이 없지만, 그래도 읽고 또 읽어야 한다.

명작은 앞을 서두를 것 없이 천천히 읽는 것이 좋다고 생각한다. 그래서 예술이 지니고 있는 향취와 깊이를 알아야 한다. 또한 훌륭한 작가들의 작품을 체계를 세워서 읽어 나가는 것도 하나의 방법일 것이다. 젊었을 때의 작품은 그만큼 발랄한 데가 있을 것이고, 장년기의 작품은 건실한 데가 있을 것이며, 노년기의 작품은 압축된 인생의 깊은 맛과 품격이 갖추어졌음을 느낄 수 있다.

이렇게 하여 걸작들을 읽고 깊은 감동을 갖고서 책을 덮고 가만히 자기를 생각해 보면 붓을 들어 쓴다는 용기가 없어질는지도 모른다. 훌륭한 작가들은 이미 남겨 놓은 수많은 작품 속에서 여러 각도로 인생을 보아 왔고, 모든 환경과 인생을 담아 놓았다. 그것으로도 충분한데 나 같은 것이 뭔 작품을 쓴다고 그런 어이없는 생각을 하는가, 생각해보면 해볼수록 부끄러워지기까지 한다. 예를 들어 말하면 길을 가다가 높은 절벽이라도 만난 듯한 기분이다. 그 절벽을 넘어갈 용기가 좀처럼 생기지 않는다. 그러한 마음이 일어나는 것이 우리들의 숨김 없는 심정일 것이다.

그러면서도 또 다시 붓을 들고 싶은 마음이 드는 것은 무슨 조화 속일까. 우리들에게는 저마다 가슴 속에 있는 것을 뱉고 싶은 것이 있기 때문이다. 우리들은 또한 우리로서 보는 인생이 있다. 그것을 나타내고 싶다. 나타내고 싶어졌을 때 어떤 사건에 부딪치면 그것이

동기가 되어 더욱 가슴 속에서 뭉클거림을 느끼게 된다. 이렇게 우리들의 가슴 속에서 뭉클거리는 막연한 사상과, 나타내고 싶은 동기와 작품의 주제는 서로 떨어지려고 해도 떨어질 수 없는 밀접한 관계를 갖고 있다.

이것을 그림에 비교해 보자. 우리들은 종이와 연필, 그림물감을 갖고 있다면 우리들의 주위에 있는 인물이나 풍경, 정물도 얼마든지 그림이 될 수 있다. 그렇다고 우리들은 그것을 한쪽에서부터 차례차례로 그려 나가고 싶은 마음은 없다. 그러면서도 우리들은 그림을 그리고 싶다는 기분 같은 것이 느껴져서 언젠가 무엇을 그리고 싶다고 생각한다. 그러다가 어느 때에 문득 어떤 풍경이나 물건을 보고서 그림을 그리게 되고야 만다. 그 풍경이나 물건이 우리들에게 그림을 그리게 하는 동기가 되고, 그 풍경과 물건을 통하여 우리들이 평소에 갖고 있던 생각과 기분을 나타낸다.

이러한 경험을 몇 번씩 반복하면서 오랫동안 노력을 쌓을수록 자기의 사상이며 작품의 의도가 점점 분명해지는 것이다. 그러나 그렇게 길을 닦아온 전문 화가들에게도 자기가 그리고 싶은 소재가 어디에나 있다고 생각할 수는 없다. 그는 이곳저곳으로 여행을 한다. 때로는 아예 그림을 그리지 못하고 고뇌할 때도 있을 것이다. 그러나 때가 오면 그리고 싶은 그림은 이것이라고 생각하고 지금까지 볼 수 없던 정열을 갖고서 화폭을 마주하게 될 수도 있을 것이다.

작가는 언제나 하나의 사상을 갖는다. 그 사상은 어떤 의미로 보자면 작품 하나 하나를 쓸 때마다 깊어지고 높아진다고 할 수 있다. 왜 그런가 하면 무엇인가를 쓴다는 것은 그것을 생각한다는 것이고, 그 무엇인가를 쓰는 것을 통해 하나의 고뇌로부터 벗어나는 것이고, 벗어난다는 것은 새로운 난관에 부딪치는 것이며, 이 난관을 이기고 나가기 위해서 자기가 쓰고 싶은 소재를 찾으려고 애쓰는 것이고,

이렇게 해서 자기의 한평생을 보내는 것이기 때문이다. 그러나 훌륭한 작가의 그러한 고민의 과정을 객관적으로 볼 때 그의 작품에 나타난 작가의 인간적이거나 예술적인 결실은 더더욱 빛나고 위대한 것이라는 사실에 놀랄 수밖에 없다.

그는 보기엔 평범한 인간을 그리면서도, 그 배후에서는 예리한 관찰과 생각으로 인생의 진리라는 것을 유감없이 나타낼 수가 있을 것이다. 곧 시간적으로 아주 짧은 인생의 한 조각을 취재한 것이라 해도 진실이라는 것을 암시할 수 있고 나타낼 수 있는 가치 있는 작품을 쓸 수 있다는 것이다. 그리하여 그의 글을 읽는 사람이라던, 자기의 지난날을 돌아다보게 되고, 장래에 대한 큰 희망도 갖게 될 수가 있을 것이다. 그것으로써 그는 하나의 작가로 위대한 힘을 비로소 발휘할 수 있는 것이다.

지금까지 우리들은 작품을 쓸 때 기술적인 면에서 여러 가지로 생각해 왔지만, 앞에서도 조금 암시한 것처럼 작품에서 가장 중요한 것은 기술에 있는 것이 아니고, 글쓴이 곧 작가의 내면정신에 있다. 물론 기술을 떠나서 작품을 생각할 수도 없지만, 기술 그것도 요컨대 어떻게 하면 글쓴이의 사상과 의도와 기분을 적확하게 나타낼 수 있느냐의 문제로 귀착되는 것이라는 점에서, 정신을 갈고 닦는 것이 기술도 갈고 닦는 것과 일맥상통한다고도 할 수 있다.

우리들은 우리들의 표현이라는 말과 관련시켜 사실이니 현실이니 하는 것과 진실 또는 진리라는 것을 그림의 예를 들어 비교하여 생각해 보기로 하자.

우리들이 아름다운 풍경을 보고서 "마치 그림 같다"라고 하는가 하면 아름다운 풍경화를 보고서 "진짜 같다"라고 하는 것은 어떤 뜻에서 말하는 것일까? 실제로 그렇게 생각되니까 그렇다고 한다면 더 이야기할 것도 없겠지만, 이발소에 걸린 그림을 보고서 "꼭 사진

같네" 하고 말하는 사람도 있다. 그것이 웃어야 할 이야기라 해도 오히려 이런 소박한 비평 속에 우리들이 생각하는 문제가 포함되어 있는지도 모른다.

하늘 높이 우뚝 솟은 큰 노목(老木)이 하나 있다고 하자. 이 나무를 늘 보던 사람은 그대로 지나치겠지만 어떤 화가가 지나가다가 이 나무를 처음 보았다면 그대로 지나칠 수 없어서 그림을 그렸을 것이다. 그리하여 그 그림이 걸작이 되었다고 하자. 그렇다면 그 그림의 노목은 자연 그대로를 모사(模寫)한 것인가? 다시 말하면, 그림을 그린다는 것이 자연을 있는 그대로 모사한다는 뜻인가? 만일 그렇다면 사실을 있는 그대로 충실하게 나타내는 것이 예술의 본령(本領)이라고 해야 할 것이다. 따라서 아무리 훌륭하게 그려진 그림일지라도 현실에 있는 노목을 따를 수는 없는 일이다.

그러고 보면 자연은 그대로 하나의 훌륭한 아름다움이다. 그렇기 때문에 화가도 감동해서 노목을 그렸을 것이다. 그러나 화가가 그 노목의 전체를 그린다고는 할 수 없다. 전부터 어떤 웅장한 것을 가슴에 품고서 그런 주제를 무의식적으로 찾고 있었을 때, 문득 그 노목이 눈에 띄었던 순간의 동기로서 자기 작품의 주제를 그 노목에서 얻은 것이다. 다시 말하면 그가 노목을 그렸으므로 어떤 뜻에서는 그 그림 속의 노목은 현실의 노목과 비슷하게 보일 수는 있을 것이다. 그러나 자세히 검토해 보면 그것은 대상으로서의 노목과 여러 가지로 다른 점을 찾아낼 수 있다. 그에게 그 노목은 '그'라는 하나의 자기를 나타내는 재료일 뿐이기 때문이다. 그가 그린 그림의 노목은 실제로 존재하고 있는 자연의 노목과는 또 다른 것으로, 그가 그림 그리는 방법으로써 새로운 예술적 자연이라는 것을 창조한 것이다. 그 증거로서 A와 B라는 두 화가가 같은 주제를 다루었어도 한 사람은 푸른 하늘 아래 잔잔한 노목을 그렸을 수도 있고, 다른 한 사람은 하늘을 향하여 뻗어나간 우거진 노목을 그렸을 수도 있다. 이 두 그림에서 받는 느낌의 차이는 두 화가의 개성의 차이라고 하겠다. 그들의 작품은 사실이 아니며, 사실에서 비롯되었으나 이미 사실과는 다른 별개의 것이 된 것이다.

자연(사람까지 포함한 개념)이라는 것은 그 자체가 하나의 혼연한 종합체이다. 이 노목을 물리학자가 보았다면 원자핵이라는 관점에서 설명하려고 할 것이고, 식물학자는 성장이라는 관점에서 해석하려고 할 것이고, 예술가는 또 다른 관점에서 보려고 할 것이다. 그러나 그 노목은 그런 단편적인 연구의 여러 각도를 종합하면서도 어떤 면에서는 그런 총합을 넘어선 존재이다. "너희들이 나를 아무렇게 말해도 좋다. 나는 여기에 몇백년 동안이나 잠자코 서 있다" 만일 노목이 말할 줄 안다면 그렇게 말할는지도 모른다. 노목이 존재하기 위한 조건이 하나라도 사라지면 노목은 시들다 못해 아름다움이 없어지고 말 것이다.

그러나 우리들이 그것을 보고서 아름답다고 느끼기 위해서는 무엇이든 강렬한 통일성을 주는 것이 있어야 할 것이다. 예를 들면 전에는 전혀 느끼지 못했던 것이지만, 5월 어느 날 아침에 아침 햇빛을 받아들인 신록의 잎들을 보고 문득 "야!" 하고 눈을 번쩍 떴다고 하자. 그러면 그때의 하나의 강렬한 통일성이 노목에 집중되어, 그 뒤로 노목에 대한 인상이 강렬하게 남을 수도 있을 것이다. 또는 특별히 그런 일은 없었다고 해도 솟아오른 노목의 평범한 모양새 속에서 생명의 위대함을 느낀 화가도 있을 것이다. 뒤섞여 있는 것 같으면서도 나름대로의 질서를 갖추고 있는 하나의 종합체인 노목이 화가의 눈을 통해서 위대한 생명력을 지닌 통일체로 바뀐다는 것이다. 그렇게 되면 노목의 밑둥이 얼마만큼 썩었다든가, 부러진 가지가 붙어 있다든가, 껍질에 누가 이름을 새겼다든가 하는 자잘한 일은 그 화가에게는 전혀 문제가 되지 않는다. 그는 뒤섞여 있는 것 같으면서도 나름대로의 질서를 갖추고 있는 하나의 종합체를 그의 주관과 의도, 개성을 바탕으로 새로운 예술적 통일체를 화포(畵布) 위에서 창조하는 것이다. 곧 그 화가는 사실을 그대로 모방하는 것이 아니고, 사실 속에서 진리나 진실을 발견하고 그것으로써 사실을 통일하여 새로운 예술적 진실을 창조하는 것이다.

다시 우리들의 작품 세계로 돌아가 생각하자.

작가도 화가가 한 것과 마찬가지로 어떤 하나의 각도에서 사실을 정리하고 예술적 진리를 창조한다. 한 인간의 생활은 그 자체가 복잡다단한 종합체이지만 작가는 '인생은 무엇인가?'라는 각도에서 또는 '이것이 인생이다!'라는 각도에서, 자기 주변에서 일어나는 것을 보고 느끼고 생각하여 인생의 진리나 진실이라는 것을 추구한다. 다시 말하면 작가의 인생관에 입각해서 사건이나 인간성이라는 것을 보고 생각하는 것이다.

따라서 하나의 사건을 주제로 선택했을 때도 그에 따르는 여러 가지 가운데에서 어느 부분은 말살되고 어느 부분은 강조되어 전체로서 조화를 이룬 '예술적 사실'로서 우리에게 보여주게 된다. 그 정리의 방법도 A는 A대로, B는 B대로의 관찰의 각도와 판단도 서로 다른 것이다.

결론은 그림의 경우와 마찬가지로 작품의 진실이라는 것은 사실의 모방이 아니고 새로운 하나의 예술적 사실이라는 것이다. 이것으로써 작품이 되기까지의 과정은 대략 이야기한 셈이다. 그러나 사람을 관찰하고, 또는 사건을 통하여 인생을 부딪쳐 나간다는 것은 생각처럼 쉬운 일이 아니다. 사람의 됨됨이가 경박하면 인생도 경박하게 살게 마련이고, 작품도 경박해지기가 쉽다. 그러므로 훌륭한 작품을 쓰자면 먼저 사람이 되어야 한다는 것이 가장 먼저 해결해야 될 문제이다. 문학의 첫 조건이 인생 탐구라는 점에서, 사람이 되지 않고서는 훌륭한 작품을 쓸 수 없다.

제6장 문장의 수사법

　우리나라 속담에 '방귀 베잠방이 새어 나가듯 소문이 퍼져 나간다'는 말이 있다. 그저 소문이 대단하다는 것보다는 이 속담이 더 실감을 주는 것은 사실이다. 베잠방이 방귀 새어 나간다는 말에 유머가 있기 때문에 그것을 통해 실감을 갖게 되는 것이다.

　중국은 땅덩어리가 넓어서 그런지는 몰라도 허장성세(虛張聲勢)가 아닌가 싶을 정도로 과장이 대단하다. 군사들의 실제 숫자가 1만명 남짓이면서 100만 대군이라고 과장해버린다. 《서유기》나 《삼국지연의》 따위를 보면 과장도 아주 그럴듯하게 나타나 있다. 거짓말이라는 것을 뻔히 알면서도 끌려들게 되니……. '백발(白髮) 삼천장(三千丈)'이라는 말이 이치에 닿기나 하는 말인가. 삼십장(三十丈)도 될 리 없고 한 자(一尺)도 될락말락일 것이다. 그러나 삼천장이란 말을 들으면 그만큼 길게 흘러내린 백발의 모습을 떠올리게 된다. 그것은 분명 거짓말이지만 또 다른 의미에서의 진실─실체적 진실과는 다른 예술적 진실─이라고 할 수 있다.

　나관중은 《수호지》에서 너무나 거짓말을 많이 했기 때문에 3대에 걸쳐 벙어리 아이를 낳았다는 말이 전해지고 있다. 작가는 대단한 벌을 받았다고 하겠지만 그 대신에 훌륭한 작품을 남길 수 있었다. 그야말로 거짓말의 승리가 아닌가.

　우리들은 문장을 쓸 때 크게 나누어서 다음 두 가지 경우를 생각할 수 있다.

① 사물·사태의 진실을 어디까지나 사실 그대로 기술하는 경우.

② 기분·감정의 진실을 어디까지나 사실처럼 나타내려는 경우.

이것은 극단적인 두 경우로서, 전자는 과학적 진실에 바탕해서 쓴 글이고, 후자는 예술적 진실에 바탕해서 쓴 글이다. 그러나 과학자도 아니고 예술가도 아닌 보통 사람이 과학논문도 아니고 예술작품도 아닌 글을 쓴다면, 사물과 사태의 진실을 자기의 기분과 감정에 맞추어 씀으로써 읽는 사람의 머리에 떠오르게 하려는 것이 보통이다. 다시 말해서 절충식으로 쓴 글이다.

과학자가 사물과 사태를 있는 그대로만 기술하려면 글의 표현 기교는 필요 없다고도 할 수 있겠지만, 자기가 쓰는 글을 읽는 사람의 머리에 떠오르게 하자면, 다소나마 일반 사람들이 쓰는 절충식을 빌지 않을 수가 없다(예술가가 자기의 진실을 쓰려면 묘사로만 될 수 없듯이). 그래서 수사법(修辭法)이라는 것이 자연스레 생겨나기 마련이다.

옛날부터 내려오는 수식어들은 오랜 세월과 함께 세련될대로 세련되어 마음에 새겨둘만한 문구가 적지 않다. 그러나 그 전통적인 세련은 마침내 완전한 인습에 얽매어 결국 문구를 위한 문구가 되어 버리고 말았다. 예를 들면 '달빛이 교교(皎皎)하다'든지, '심심산천(深深山川)'이라고 하여 그 윤곽과 개념은 알 수 있으나, 사물의 개성은 알 수 없게 되고 말았다. 그러나 우리들의 표현은 그럴 수는 없다. 우리들은 어디까지나 사물의 개성과 본질을 있는 그대로 나타낼 수 있는 기교로서 수사법을 써야 한다.

수사법은 사람에 따라서 다르게 나누고 있지만 크게 나누면 비유법(比喩法)·강조법(强調法)·변화법(變化法)의 세 가지로 나눌 수 있다.

[1] 비유법

비유법은 어느 한 물건을 다른 한 물건과 빗대어 나타내는 기법이다. 다른 것을 들어서 말하고자 하는 것의 성격, 형태, 의미 같은 것을 한층 더 쉽게, 더 똑똑하게, 더 재미있게 이해시키려는 기교로서 직유법(直喩法)·은유법(隱喩法)·풍유법(諷諭法)·대유법(代喩法)·의인법(擬人法)·사성법(寫聲法)·시자법(示姿法) 등으로 세분할 수 있다.

① 직유법
드러내 놓고 두 사물을 비교하여 이 일이 저 일 덕분에 두드러지게 형용되는 방법이다.

홍선은 계월의 노래를 따라서 가야금을 뜯었다.
혹은 <u>성낸 물결과 같이</u> 우렁차게…… 혹은 <u>수풀의 벌레 소리와 같이</u> 끊어지는 듯……

김동인《운현궁의 봄》

꾸밈없이 아무렇게나 차리기로는 솔개미가 있다. 그는 <u>마치 누더기를 입은 행자나 선승과 같지</u>마는 그에게는 험상이 있다.

이광수 〈백로〉

이같이 <u>마치</u> / <u>같이</u> / <u>마치도</u> / <u>말하자면</u> / <u>꼭</u> / <u>닮다</u> / <u>다름이 없다</u> 등의 말을 쓰는 것이 직유법의 특징인데, 이것을 생략하여 '백공은 <u>조롱대 같다</u>', '지혜는 날카로우나 <u>갑 속에 든 칼이다</u>' 이렇게 쓰는 수가 많다.

돌을 집어 던지면 <u>깨금알 같이</u> 오드득 깨어질듯한 맑은 하늘, <u>물고기 등 같이</u> 푸르다. 높게 뜬 조각구름 떼가 <u>해변에 뿌려진 조개껍질 같이</u> 유난스럽게도 한편에 옹졸봉졸 몰려들었다. 높은 산등이라 하늘이 가까우련만 마을에서 볼 때와 일반으로 멀다. 구만리일까. 십만리일까. 골짜기에서의 생각으로는 산기슭에만 오르면 <u>만져질 듯</u> 하던 것이 산허리에 나서면 <u>단번에 구만리를 내빼는</u> 가을 하늘.

　　산속의 아침 나절은 <u>졸고 있는 짐승같이</u> 막막은 하나 숨결이 은근하다.

이효석 〈산〉

　　시집 온지 한달 남짓한 금년에 열다섯살 밖에 안된 순이는 잠이 어릿어릿한 가운데도 숨길의 갑갑해짐을 느꼈다. <u>큰 바위로 내리누르는 듯이</u> 가슴이 답답하다. <u>바위나 같으면</u> 싸늘한 맛이나 있으련마는 순이의 <u>비둘기 같은</u> 연약한 가슴에 얹힌 것은 <u>마치 장마지는 여름날과 같이</u> 눅눅하고 축축하고 무더운데다가 천근의 무게를 더한 것 같다. <u>그는 복날 개와 같이</u> 헐떡이었다. 그러자 <u>허리와 엉치가 빠개 내는 듯, 쪼개 내는듯, 갈기갈기 찢는 것같이 산산히 부수는 것 같이</u> 욱신거리고 쓰라리고 쑤시고 아파서 견딜 수가 없었다. <u>쇠막대 같은</u> 것이 오장육부를 한편으로 치우치며 가슴까지 치받쳐 올라 콱콱 삐지를 때엔 순이는 입을 딱딱 벌리며 몸을 위로 치수린다…….

현진건 〈불〉

　　그립고 아쉬움에 가슴 조이던
　　머언 먼 젊음의 뒤안길에서

인제는 돌아와 거울 앞에 선

<u>내 누님 같이</u> 생긴 꽃이여

서정주 〈국화 옆에서〉

눈은 퉁방울 같고 코는 질병 같고 머리털은 도태솔 같고, 키는 장승만하고, 소리는 사랑의 소리 같고……

《장화홍련전》에서

이런 것들은 훌륭한 형용이 아닌가. 자기의 독창으로 쓴, 또한 그 비유가 확실한 것으로서 생생한 실감을 주고 있다. 그러나 '인생은 흐르는 물같이'나 '시간은 금이다' '돈을 물쓰듯 하다'처럼 낡고 닳은 직유는 피하는 것이 좋다—언제나 무엇에, 어떻게 비유하면 새롭고도, 그것의 모습에 꼭 들어맞게 나타낼 수 있을까에 머리를 써야 한다.

　② 은유법

　직유법에서처럼 비유가 드러나 보이지 않고 표현 속에 비유를 숨겨 두는 방법으로, 직유법을 간결하게 하는 방법이다. 따라서 '말하자면' '와같이' '마치도' 같은 설명어가 붙지 않은 '마음의 거울' '님 향한 일편단심' '봄은 천지의 소녀' '소녀는 인생의 봄' '귀밑에 해묵은 서리' '서리치는 풍악산' '역사의 능선'과 같은 것이다('마음의 거울'은 '거울 같이 맑은 마음'이라는 뜻이요, '님 향한 일편단심'은 '임금을 생각하는 한조각 붉은 정성 같은 충성심'이라는 뜻이요, '봄은 천지의 소녀, 소녀는 인생의 봄'은 '봄은 이 세상의 소녀 같고, 소녀는 또한 인생의 봄같다'라는 뜻이라는 것은 누구나 다 알고 있을 것이다). 그리고 이 은유법은 시나 가사(歌詞)에 많이 쓰인다.

문을 닫아도 들어오는 월광(月光)
가슴을 닫아도 스며드는 사랑
사랑은 월광이런가 월광은 사랑이런가
아아, 이팔 처녀의 가슴이 떨리도다

김동인 〈김연실전〉

구렁이는 문을 막고 섰는 아끼꼬의 팔을 잡아당긴다. 에패는 찍
소리없이 눌려 왔지만 오늘은 얼짜를 잔뜩 믿는 모양이다. 이걸 보
고 옆에 섰던 영애가 또 아니꼬워서

"제거라니! 누구보구 저야, 이 늙은이가 눈깔이 뻤나!"하고 그 팔
을 뒤로 확 잡아챈다. 늙은 구렁이와 영애는 몸무게의 비례가 안 된
다. 제풀에 비틀 비틀 돌더니 벽에 가 쿵하고 쓰러진다. 그러나 눈
을 감고 턱이 떨리는 "아이고" 소리는 엄살이다.

얼짜가 문턱에 책상을 떨기더니 용감히 홱 넘어 나온다. 아끼꼬
는 "저 자식이 달마찌의 숭내를 내는구나" 할 동안도 없이 영애의
뺨이 짤각……

"이 년아! 늙은이를 쳐?"

"아 이자식 보래! 누기 뺨을 때려?"

아끼꼬는 악을 지르자 그 석때를 뒤로 잡아서 나꿔친다. 마루 위
에 놓였던 다듬이돌에 걸려 얼짜는 엉덩방아가 쿵! 하고. 잡은 참
날아드는 숯보니는 독오른 영애의 분풀이다.

그러자 또 아랫방문이 확 열리고, 지팡이가 김마까를 끌고 나
온다.

"이 자식이 웬 자식인데 남의 계집애 뺨을 때려? 온 이런 망아다
판이날 자식…… 이 눈에 아무 것도 뵈질않나…… 세상이 망한다
망한다 한대두만 이런 자식은……."

김마까는 뜰에서부터 사방이 들으라고 와짝 떠들며 올라온다. 구렁이한테 늘 쪼여지내던 원한의 복수로. 아끼꼬와 서로 멱살잡이로 섰는 얼짜의 복장을 지팡이는 내질른다.

김유정 〈따라지〉

은유법은 직유법과 섞어 쓰면 한층 더 흥취있는 문장을 만들 수 있다.

'마른 나무 잎과 같아, 그것이 무성했을 때 열매가 적느니라.'

여기에서 '마른 나무 잎과 같아'는 직유, '그것이 무성했을 때 얼매가 적느니라'는 은유이다. 우리는 일상생활에서 이 직유와 은유가 뒤섞인 말을 사실상 늘 쓰고 있지만, 그것을 문장으로 나타낼 때는 너무 함부로 섞어 쓰면 문맥에 혼란을 가져온다. 이 점에 주의하여 은유도 직유법에서나 마찬가지로 신선한 비유를 연구해 내야 한다는 것이 중요한 일이다.

너와 네 조상들은 빛깔을 두르고
내가 12월의 빈 들에 가늘게 서면
나의 마른 나뭇가지에 앉아
굳은 책임에 뿌리 박힌
나의 나뭇가지에 호올로 앉아
저무는 하늘이라도 하늘이라도
멀뚱거리다가,
벽에 부딪쳐
아, 네 영혼의 흙벽이라도 덤북 물고 있는 소리로.

까아욱 —

깍 —.

김현승 시 〈겨울 까마귀〉

동짓달 기나긴 밤을 한 허리를 베어내어
춘풍 이불 아래 서리서리 넣었다가
정든 님 오신 날 밤이여든 굽이굽이 펴리라.

황진이 〈동짓달 기나긴 밤을〉

이 작품은 물질이 아닌 시간을 마치 나뭇등걸을 자르듯이 잘라내어 저장해 두었다가 길게 끝없이 펴겠다는 뜻이다. 황진이는 겨울밤 고독을 봄밤 만남의 기쁨으로 바꾸고 있다.

내 마음은 호수요,
그대 저어 오오.
나는 그대의 흰 그림자를 안고
옥같이
그대의 뱃전에 부서지리다.

내 마음은 촛불이요,
그대 저 문을 닫아주오.
나는 그대의 비단 옷자락에 떨며
고요히
최후의 한 방울도 남김없이 타오르리라.

김동명 〈내 마음은〉

위의 시에서 내 마음은 호수요, 내 마음은 곧 촛불임을 알 수 있다.

③ 풍유법

다른 말로 우유법(寓喩法)이라고도 한다. 이것은 비유법 중에서도 가장 진보된 것으로, 무엇을 무엇에 비유한다는 것을 읽는 사람이 전혀 눈치채지 못하게 하면서, 어떤 이야기를 통해서 겉으로는 나타나지 않은 다른 일을 읽는 이가 짐작하도록 하는 방법이다. 이는 은유를 한층 더 복잡하게 만든 것으로 '금강산도 식후경' '마이동풍' '동문서답' '소잃고 외양간 고친다' '도마 위에 오른 고기' '빈 수레가 더 요란하다' '숭어가 뛰니까 망둥이도 뛴다' 등은 모두 풍유에 속한다.

'숭어가 뛰니까 망둥이도 뛴다'라는 말을 예로 들어보자. 이 말은 제 처지를 헤아리지 못하고 남의 흉내를 낸다는 뜻인데, 숭어니 망둥이니 하는 것을 들어 본뜻은 숨겨 둔 채 읽는 이가 숨은 본뜻을 깨닫도록 한 것이다.

제 처지를 생각하지 않고 잘난 사람을 따라 덮어놓고 따르려고 한다.   (보통)
숭어 같이 잘난 사람이 뛰니까 망둥이 같이 못난 사람도 뛴다.
          (직유)
나는 숭어라 뛰는데, 너는 망둥이 주제에 뛴다.
          (은유)
숭어가 뛰니까 망둥이도 뛴다.
          (풍유)

대체로 이런 관계가 되겠다. 《이솝 우화》《비유담(比喩譚)》(G. E. 레싱) 같은 것은 이야기가 모두 풍유에 해당된다.

　　노새가 두 마리 길을 걸어갑니다. 한 마리는 등에 돈바리를 싣고, 다른 한 마리는 보릿자루를 실었습니다. 돈바리를 실은 노새는 돈바리를 싣고 가는 것이 무척 자랑스러웠습니다. 고개를 치켜들고, 방울을 찔렁거리며, 도도하게 걸어갑니다. 그 뒤에 보릿자루를 실은 노새는 조용조용 따라갔습니다. 숨어 있던 도둑이 돈바리를 실은 노새의 방울소리를 듣고 우루루 몰려왔습니다. 도둑들은, 뽐내며 걸어오는 돈바리를 실은 노새를 보자 칼을 뽑아 노새를 찔러 죽이고, 부대에 든 돈을 한 푼도 남기지 않고 모두 빼앗아 가버렸습니다. 그러나 보릿자루를 싣고 가던 노새는 무사했습니다.
　"참, 다행한 일일세."
　보릿자루를 실은 노새가 말했습니다.
　"도둑들이 나를 어쭙잖은 것으로 깔보지 않았더라면 목숨도 물질도 다 잃어버릴 뻔했지."
　　　　　　　　　　　　　《이솝 우화》 중 〈노새와 도둑〉

　　노새 두 마리가 이 우화의 주인공이다―돈바리를 실은 노새는 교만한 사람을, 보릿자루를 실은 노새는 겸손한 사람을 나타낸다. 결국 교만한 사람은 죽게 되고, 겸손한 사람이 살게 된다는 것이 이 이야기의 교훈이다.

　　예수께서 그들에게 여러 가지를 비유로 말씀해 주셨다.
　"씨 뿌리는 사람이 씨를 뿌리러 나갔다. 씨를 뿌리는데 어떤 것은 길바닥에 떨어져 새들이 와서 쪼아먹었다. 어떤 것은 흙이 많지 않은 돌밭에 떨어졌다. 싹은 곧 나왔지만 흙이 깊지 않아서 해가 뜨자 타버려 뿌리도 붙이지 못한 채 말랐다.

또 어떤 것은 가시덤불 속에 떨어졌다. 가시나무들이 자라자 숨이 막혔다. 그러나 어떤 것은 좋은 땅에 떨어져서 맺은 열매가 백배가 된 것도 있고 육십 배가 된 것도 있고 삼십 배가 된 것도 있었다. 들을 귀가 있는 사람은 알아들어라."

《신약성서(공동번역)》〈마태오의 복음서〉 13장 3~9절

'씨'는 복음의 말씀, '씨 뿌리는 자'는 목자(牧者), '길바닥'·'돌밭'·'가시덤불'·'좋은 땅' 등은 신자 저마다의 믿음의 정도를 나타내는 것이다.

다음에 우리나라 옛 비유담인 《은혜를 모르는 호랑이》의 한 부분을 옮겨 본다.

호랑이는 이번에도 제가 이길 줄만 알고는 여우가 하라는 대로 먼저 빠졌던 함정으로 뛰어 들었습니다.

"처음에 내가 이 모양으로 이 함정에 있었는데, 저 나무꾼이 꺼내주었단 말이오. 어서 또 꺼내다오."

이 모양을 보고는 웃음이 터져 나온 여우가 말했습니다.

"그렇소, 잘 알았소. 그러니까 이제는 호랑이는 그 곳에 그대로 있고 나무꾼은 빨리 집으로 돌아가오. 그러면 누가 옳다 누가 그르다 싸움이 없을 것이 아니오."

자기를 구해준 나무꾼을 잡아먹으려던 호랑이는 다시 함정에 빠지고 말았습니다.

이것은 은혜를 모르는 사람들을 풍자한 이야기로, 은혜를 쉽게 잊

는 사람들을 정면으로 공격하는 것보다 재미있으면서도 그 화살이 날카롭다는 것을 알 수 있다. 그러나 평범하고 천박하며, 모호한 풍유는 쓰지 않는 것만 못하기 때문에 '과연 옳구나!' 하는 말이 나오게 하려면 새롭고도 기발한 것으로 생각을 꼼꼼히 짜야만 한다.

까마귀 싸우는 곳에 백로야 가지 마라
성난 까마귀 흰빛을 새오나니
창파에 좋이 씻은 몸 더럽힐까 하노라.
　　　　　　　　　포은 정몽주의 어머니(어떤 설에는 김정구)

④ 대유법
어떤 사물의 명칭을 그 일부분으로 전체를 대표하게 하는 제유법(提喩法)과 그 사물과 관계있는 명칭으로 대신하게 하는 환유법(換喩法) 등 두 가지를 합친 것을 말한다.

(1) 제유법 : '정종'은 왜놈의 술, '쌀'은 입쌀, '장조림'은 '쇠고기 조린 것', '사육신(死六臣)'은 '박팽년·성삼문·이개·유성원·유응부·하위지' 여섯 사람을 말하는 것

(2) 환유법 : '대포'는 술, '바지 저고리'는 못난이, '빨갱이'하면 공산당, '간판'이라면 얼굴을 대신하게 하는 표현법이다.
이 대유법에서 가장 중요한 것은 대유하는 말과 그 대유의 주체가 밀접하면서도 그 특징을 가장 잘 살린 대유가 되어야 한다는 점이다.

일찍이 아시아의 황금시대에

빛나던 등촉(燈燭)의 하나인 코리아
그 등불 다시 한번 켜지는 날엔
너는 동방의 밝은 빛이 되리라.

타고르 〈등불〉에서

이 시 속의 '등불'·'등촉'·'밝은 빛' 등은 우리 한국을 기리는 말이라 할 수 있다.

빼앗긴 들에도 봄은 오는가?

이상화, 〈빼앗긴 들에도 봄은 오는가〉에서

이 시 속의 '들'은 조국의 일부로써, 조국 전체를 나타내는 제유법의 한 예이다.

달빛을 걸어오는 흰 고무신
오냐, 오냐, 옥색 고무신
님을 만나러 가나,
아닙니다. 예.

박목월, 〈달〉

이 시 속의 '흰 고무신'이 그것을 신은 한국인을 나타내고 있는 환유법이다.

⑤ 의인법
달리 활유법이라고도 한다. 무생물이나 사람이 아닌 것을 생물처럼 취급하고, 사람처럼 나타내는 수사법이다. '성난 파도' '돈에 의지

하여 살아왔다' '꽃은 웃고, 버들은 손짓한다' '시냇물이 속삭인다' '산이 떡 버티고 서 있다' '구름이 달린다' 등이 모두 여기에 속한다. 곧 파도·돈·꽃·버들·시냇물·산·구름 등의 무생물을 마치 감정이 있고 형태가 있는 것처럼, 또한 사람처럼 다루어 나타낸 것이다.

이때 용왕이 세 사람을 보내고 즉시 만조를 모아 하교하여 말씀하셨다.

"과인의 병에는 어떠한 영약도 다 소용없으되, 오직 살아있는 토끼의 간이 신효하다 하니, 누가 능히 인간 세계에 나가 토끼를 사로잡아 올 수 있을까?"

문득 한 대장이 혼자 나아가 용왕께 아뢰었다.

"신이 비록 재주는 없사오나 한번 인간 세계에 나가 토끼를 사로잡아 오겠습니다."

모두 보니 머리는 두루주머니 같고 꼬리는 여덟 갈래로 갈라진 수천년 묵은 문어라.

왕이 크게 기뻐하여 말하였다.

"그대의 용맹은 과인이 아는 바라. 경이 충성을 다하여 급히 인간 세계에 나가 토끼를 사로잡아 오면 그 공을 크게 갚겠노라."

하고 장차 문성장군으로 봉하려 할 즈음에, 문득 한 장수 뛰어 내달으며 크게 외어 문어를 꾸짖어 말하였다.

고전소설《토끼전》

이것은 전문, 전편이 모두 의인법으로 쓰인 글이다. 이 의인법은 서양 문학에서 특히 발달되어 있는데, 우리나라에서는 아동물에 많이 쓰고 있으나 중요한 것은 자연스럽고 새로운 맛이 있어야만 효과를 거둘 수 있다는 점이다.

자그만 고양이 발자취로 안개가 들어온다.
항구와 도시의 고요한 허리 위로
앉아서 바라보다가는 이윽고 움직여 간다.

칼 샌드버그 〈안개〉 전문(全文)

한없는 누에실의 올과 날로 짜 늘인
차일(遮日)을 두른 듯, 아늑한 하늘가에
<u>뺨 부비며 열려 있는 꽃봉오릴</u> 보아라.

서정주 〈밀어(密語)〉

칼 샌드버그의 시에서도 의인법을 쓰고 있는데, 그 표현법이 시 전체에 미치고 있다. '안개'는 의인화되어 있다. 하지만 서정주의 시에서는 '뺨 부비며 열려 있는 꽃봉오릴'이라는 구절에만 의인법이 쓰이고 있다.

⑥ 의성법(擬聲法)

달리 성유법(聲喩法) 또는 사성법(寫聲法)이라고도 한다. 곧 모든 사물의 음성을 그대로 묘사하여 그 음성이나 상태를 사실처럼 나타내고자 하는 기교를 말한다. '<u>싸르륵 싸르륵</u> 눈이 온다.' '물이 <u>설설</u> 끓는다.' '바람 소리가 획하고 지나갔다.' '콩이 <u>탁탁</u> 소리를 내면서 튀었다.' '뻐꾹새가 구슬프게 <u>뻐꾹뻐꾹</u> 울었다.' …… 이 수사법은 읽는 이의 실감(實感)을 돋우어 줌으로써 인상에 남게 하며, 동화·동요·시가·소설 등에 널리 쓰인다.

아침에도 <u>통통통</u> 저녁에도 <u>통통통</u>
푸른 물결 헤치며 쉬도 않고 <u>통통통</u>

만세! 대한민국 만세! 만세!

"와!" "와!""

무엇이 와!인지 모른다. 뜻도 없다. 멋도 모른다. 그저 누가 하나 와! 하면 따라서 두 팔로 하늘을 찌르며 고함을 치는 것이다.

이무영 〈젊은 사람들〉

푸른 잎 이들대는 잎이 넓은 떡갈나무, 오월에도 치워 떠는 파들대는 사시나무, 키가 큰 물푸레와 풍, 솔, 밤나무, 옻나무와 머루, 다래, 으름, 칡, 댕댕이 넝쿨들이 푸른 돌 바위 위로 얼크러져 오르는데 삐이 호이, 홀로 우는 새의 소리…… 머언 산에서는 뻑구욱 뻑구욱, 울며 오는 뻑국소리…… 또 물소리…… 돌을 씻고 돌 틈으로, 돌 돌돌 쪼로로록 흘러오는 물소리……

박두진 〈햇볕살 따실 때〉

사성법을 적용할 때는 되도록 자연스러워야 하며, 본디부터 씌어져 오던 말도 알맞다면 굳이 일부러 피할 필요는 없다.

⑦ 의태법(擬態法)

시자법(示姿法)이라고도 한다. 앞선 의성법이 사물의 음성(소리)을 그대로 모사하는 방법이라면, 의태법은 그 느낌이나 특징을 따라 모사하는 방법이다. 그러므로 '재재거리는 새소리'는 의성이지만 '말랑말랑한 애기 손'은 의태이다.

'눅눅한 방안' '매끈매끈한 살결' '뒤룩뒤룩한 혹' '해해거린다' '냄새가 훅 풍긴다' '목욕물이 철철 넘친다' '쿵 내려 뛴다' …… 이런 말들은 모두 의태에 해당되지만 그 가운데에는 의태와 의성 두 가지를 아우른 말도 있다. 예를 들어서 '해해거린다' '뒤룩뒤룩한 혹' '목욕물이 철철 넘친다' '쿵 내려 뛰었다' 등이 그렇다.

　멀리 기적 소리가 들려오고 이어 시꺼먼 기관차가 나타났다. 시영은 그 기차가 도착하기까지의 짧은 시간이나마도 기다리기가 안타까운 듯이 초조한 얼굴로 기차를 바라본다. 기차는 시그날 앞을 지나고 포인트 근처에서 덜커덕 덜커덕 소리를 내며 정거장 구내로 들어서더니 갑자기 속력을 더한 듯이 눈앞으로 닥치며 이어 거대한 강철 바퀴가 근대 과학의 위력을 자랑하듯 증기를 내뿜으며 획 지나가고 붉은 줄을 친 객차가 몇 대 그 뒤를 따른 후 '푸우' 하는 소리와 함께 우뚝 눈앞에 선다.

유진오 〈화상보(華想譜)〉

　지칠 줄 모르는 개구리 소리는 연신 하늘과 땅 사이의 고요를 뒤흔들고 있다. 와글거리는 개구리 소리에 물이랑이 일 적마다 달과 별은 비에 젖은 가로등처럼 흐려지곤 한다. 첩첩한 산이며 수목들은 무서운 침묵에 잠겨 있다. 그들도 이 밤에 개구리소리에 묵묵히 귀를 모으고 서 있는 것일까.
　개골개골개골 가르르가르르 걀걀걀걀.

김규련 〈개구리 소리〉

　의성법과 시태법이 혼용(混用)된 예다. 그러니까 '개골개골개골 가르르가르르 걀걀걀걀'은 의성법, '물이랑이 일 적마다 달과 별은 비에 젖은 가로등처럼 흐려지곤 한다'는 의태법이다.
　의태법은 의성법과 함께 쓰이며 읽는 이로 하여금 실감을 느끼게 하는 데에는 큰 도움이 되지만, 때로는 감정을 지나치게 자극하여 문장의 품위를 떨어뜨릴 염려도 있으니 조심해야 한다.

[2] 강조법

강조법은 용어를 강하게 써서 문장에 힘을 주어 더 한층 발랄하고 절실하게 나타내고자 하는 기법이다. 그러므로 크게 말하면 앞에서 말한 비유법이나 뒤따라 나올 변화법 모두 문장을 강조하는 역할을 하지만, 여기서는 특히 강조(强調)의 수사로 통하는 작법만을 따로 말하는 것으로서 과장법·영탄법·반복법·점층법·대조법·현재법 등으로 나누어 볼 수 있다.

① 과장법(誇張法)

어떤 사물을 사실보다 과장하여 더 크게 또는 더 작게 나타내는 강조의 기법이다. 문장에서 어느 정도의 과장은 허용되거나 묵인되지만, 경우에 따라서는 마음 놓고 기발하게 과장해 봄으로써 나름의 묘한 맛을 느낄 수 있는 수법이다.

이 수법은 한문에서 가장 널리 쓰이는데, '白髮三千丈(백발삼천장)' 같은 것은 대표적인 예다. '하루를 천추(千秋)같이 기다린다' '눈물의 홍수' '성난 파도 같은 진격(進擊)' '힘은 산을 뽑을 만하고, 기개는 세상을 덮을 만하다(力拔山 氣蓋世)' 따위는 과대 표현의 과장이고, '쥐꼬리만 하다' '간에 기별도 안 간다' '낙타가 바늘구멍 지나가는 것만큼 힘들다' 같은 것은 과소(過小) 표현의 과장이다.

그러나 종래 한문 투의 과장은 과장을 위한 과장이 많았는데, 이제부터는 이 과장법도 감정에 충실하고 정조(情調)의 고조(高潮)에서 비롯되는 자연스러운 것이어야 한다. 그렇지 않으면 현실성이 없는 과장 때문에 우습고 실없는 문장이 되고 마는 것이다. 그리고 또하나는 과학적 또는 법규적으로 정확해야 할 문장에서는 절대로 과장법을 써서는 안 된다.

휘영청 달 밝은 제 창을 열고 홀로 앉다
품에 가득 국화 향기 외로움이 병이어라.
푸른 담배 연기 하늘에 바람 차고
붉은 술그림자 두 뺨이 더워온다.
천지가 괴괴한데 찾아올 이 하나 없다
우주가 망망해도 옛 생각 새로워라.
달 아래 쓰러지니 깊은 밤은 바다런듯
창망한 물결소리 초옥(草屋)이 떠나간다.

조지훈 〈가야금〉

이 글의 과장법은 조금도 과장이라는 인상을 주지 않고 오히려 멋지게 자연스러운 느낌을 준다.

한숨을 쉬면서 제 오막살이를 찾아 돌아가는 화공, 날이 벌써 꽤 어두웠지만 그래도 아직 저녁빛이 약간 남은 곳에 내어놓은 이 화공은 세상에 보기 드문 추악한 얼굴의 증인이었다. 코가 질병자루 같다. 눈이 퉁방울 같다. 귀가 박죽 같다. 입이 나발통 같다. 얼굴이 두꺼비 같다.

김동인 《광화사》

② 영탄법(詠嘆法)

'아아' '오호라' '어머나' '아이구' '아이'와 같은 감탄사로써 강하고 격렬하며, 깊고 애달픈 감정을 나타내는 기법이다. 이 수사법은 어떤 문장에나 쓰이지만 특히 노래나 시에 널리 쓰인다. 그리고 문장의 문맥과 분위기에 따라서 '아! 사나운 비바람아' 하는 보통형으로 쓸 수도 있고, '아! 얼마나 사나운 비바람인가' 하는 의문형으로도 쓸 수 있다.

천만 가슴과 가슴으로 으스러져라 부둥켜 안고
뜨거운 얼굴 비비던 것
천만 만년 떠 받쳐 나가리라던 맹세
바람결처럼 가버린 것이나 아닌가

그리움마저 얼어붙은 가슴들인가
어디로 흩어져 가는 것이냐
진정
어디로 흩어져 가는 것인가

아 기울어 가는 태양 아래
외로워가는 조국이여
그 어디까지 젊은 목숨 위에 초연히 서야 할
유구한 조국 아 어머니인 나라여!

김규동 〈조국〉

앞의 시에는 물음꼴의 영탄법이 자주 쓰였다. 이렇게 영탄은 감정을 억누르고 억누른 나머지 더 이상은 참을 수 없게 되었을 때, 그 폭발이 영탄(詠嘆)의 형태로 터져 나오는 것이다. 그러므로 보통 감정, 반드시 강렬하게 감정을 터뜨려야 할 곳도 아닌 곳에서 영탄법을 쓰면 실소를 머금게 하는 어이없는 문장이 되고 만다.

님은 갔습니다. 아아 사랑하는 나의 님은 갔습니다.
푸른 산빛을 깨치고 단풍나무 숲을 향하여 난

작은 길을 걸어서 참어 떨치고 갔습니다.
황금의 꽃같이 굳고 빛나던 옛 맹세는
차디찬 티끌이 되어 한숨의 미풍에 날아갔습니다.
날카로운 첫 키스의 추억은
나의 운명의 지침을 돌려놓고 뒷걸음 쳐서 사라졌습니다.
나는 향기로운 님의 말소리에 귀먹고 꽃다운 님의 얼굴에 눈멀었
습니다.

한용운 〈님의 침묵〉

아아! 그대는 일찍이
나의 청춘을 정열한 한 떨기 아담한 꽃
나의 가난한 인생에
다만 한 포기 쉬일 애증(愛憎)의 푸른 나무려니
아아! 가을이던가.
가을바람은 소조히 그대 위를 스쳐 부는가.
그대 만약 죽으면……
이 생각만으로 가슴은 슬픔에 즘생 같다.
그러나 이는 오직 철없는 애정의 짜증이러니
진실로 엄숙한 사실 앞에는
그대는 바람같이 사라지고
내 또한 바람처럼 외로이 남으리니
아아! 이 지극히 가까웁고도 머언 자여.

유치환 〈병처(病妻)〉

③ 반복법(反復法)
문장의 뜻을 강조하기 위하여 같은 말을 되풀이하는 기법이다. 여

기에는 같은 말을 되풀이하는 경우 '옛날 옛적 아득히 먼 옛날' '차디 찬물' '멀고 먼 나라' '바보라도 상바보' '고맙다 고맙다' ……도 있고, 때로는 어구(語句)를 부분적으로 바꾸어 말하는 경우 '그해 봄에…… 또 가을에' '넘어지고 자빠지고' '헐레벌떡' '是是非非' ……도 있다.

반복법에서 특히 주의할 점은 '동의어(뜻이 같은 말)의 중복'과 '동어(같은 말)의 중복'을 구분하는 것이다. 동의어의 중복은 '그 자신의 자서전' '내 자필(自筆)' '우리 본가(本家)집' '잘못된 오해' '우리 나라 국어(國語)' 같은 것이고, 동어의 중복은 '재미있다'는 말을 자꾸 되풀이하는 대신에 '재미있다' '즐겁다' '유쾌하다'처럼 글자는 다르지만 뜻은 서로 통하는 말을 쓰는 것을 말한다. 아래 문장을 보자.

단당이 <u>휘친 휘친</u>하게 쌍건네 잘 뛰던, <u>모본단 댕기랑 오복수 댕기랑</u> 디리구 <u>새빨간 샌노란</u> 알락달락한 무대소 꽈리 <u>뽀드드둑 빠가각</u> 잘 울리던 체니들…… 물두 잘 깃구 다다미두 잘하구 바누질이랑 니애기랑 하다간 <u>웃기 잘하던 체니들</u>……
<u>특실이 확실이</u> 자근네 간다이 삼네 탐네 우개미 곤네 보비 옥네 먹시기 쌍둥이 칠성네 탄실이 복실이 들은 다덜 어디캐덜 사노.
양명문 〈단오〉

<u>사투리로</u> 보아서 <u>경기 사투리인듯</u> 하지만 빠른 말로 재재거리는 때에는 <u>영남 사투리</u>가 보일 때도 있고 싸움을 할 때는 <u>서북 사투리</u>가 보일 때도 있다. 그런지라, <u>사투리로써</u> 그의 고향을 짐작할 수가 없었다. 쉬운 <u>일본 말</u>도 알고, <u>한문글자</u>도 좀 알고, 중국말은 물론 꽤하고 쉬운 <u>러시아 말</u>도 할 줄 아는 점 등등, 이곳 저곳 숱하게 줏어 먹은 것은 짐작이 가지만 그의 경력을 똑똑히 아는 사람은

없었다.

김동인 〈붉은 산〉

<u>나는 나룻배, 당신은 행인(行人)</u>

당신은 흙발로 나를 짓밟았습니다.
나는 당신을 안고 물을 건너갑니다.
만일 당신이 아니 오시면 나는 바람을 쐬고
눈비를 맞으며 밤에서 낮까지 당신을 기다리고 있습니다.
당신은 물만 건너면 나를 돌아보지도 않고 가십니다그려.

그러나 당신이 언제든지 오실 줄만은 알아요.
나는 당신을 기다리면서 날마다 날마다 늙어 갑니다.

나는 나룻배
당신은 행인

한용운 〈나룻배와 행인〉

<u>해야 솟아라</u>, <u>해야 솟아라</u>, 말갛게 씻은 얼굴 고운 <u>해야 솟아라</u>.
<u>산 너머 산 너머서</u> ☆어둠을 살라먹고, <u>산 너머</u> 밤새도록 어둠을
살라먹고 이글이글 앳된 고운 얼굴 <u>해야 솟아라</u>.

박두진 〈해〉

이같은 예문은 모두 기발한 반복법의 실례이다.

④ 점층법(漸層法)

영어에서 말하는 '클라이맥스(climax)'와 같은 것으로, 말의 뜻을 한 걸음 강하게, 크게, 높게, 깊게 함으로써 계단을 하나 하나 올라가는 것처럼 마침내는 읽는 이들의 감정을 절정으로 끌어 올리는 기법이다.

대뜸 몽둥이는 들어가 그 볼기짝을 후려갈겼다. 아우는 모로 몸을 꺾더니 시나브로 찌그러진다. 뒤미처 앞 정갱이를 때렸다. 등을 팼다. 알지 못할만치 매는 내리었다. 체면을 불구하고 땅에 엎드리어 엉엉 울도록 매는 내리었다.

김유정 《만무방》

여기는……
아버지의 아버지의 아버지
아버지의 아버지의 아버지
또 그 아버지의 아버지의 아버지적부터

돌도끼로 나무 찍던
그 옛날부터 살아온
하늘 맑고 물 맑은 동네

양명문 〈어머니〉

천세(千歲)를 누리소서, 만세(萬歲)를 누리소서.
무쇠 기둥에 꼭 피여 여름 여러 짜드리도록 누리소서.
그 밧긔 억만세외에 또 만세를 누리소서.

지은이를 알 수 없는 옛 시조에서

산산이 부서진 <u>이름이여</u>!
허공중에 헤어진 <u>이름이여</u>!
불러도 주인 없는 <u>이름이여</u>!
부르다가 내가 죽을 <u>이름이여</u>!
심중에 남아 있는 말 한마디는
끝끝내 마저 하지 못하였구나
<u>사랑하던 그 사람이여</u>!
<u>사랑하던 그 사람이여</u>!

김소월 〈초혼〉

김소월의 시는 뜻이 겹쳐 강조되면서 읽는 이의 감정을 절정으로 이끌고 있는 점층법의 예문이다.

이런 방법은 사람을 설득하며 감동을 주는 데엔 특히 효과가 있다. 따라서 소설이나 희곡에서는 사건의 전개 과정에서 시간의 흐름과 함께 점층적인 구조를 이루다가 파국을 맞이하게 되고, 마침내는 대단원의 결말 단계로 넘어가게 된다.

⑤ 점강법(漸降法)

영어에서 말하는 '안티클라이맥스(anticlimax)'와 같은 것으로, 점층법과는 반대로 문장의 어미가 앞으로 나아갈수록 약해지고 작아지는 기법이다.

아랫방에는 그래도 해가 든다. 아침결에 책보만한 해가 들었다가 오후에 손수건만 해지면서 나가 버린다. 해가 영영 들지 않는 웃방이 즉 내 방인 것은 말할 것도 없다. 이렇게 볕드는 방이 아내 방이요, 볕 안드는 방이 내방이요 하고 내 아내와 나 둘 중에 누가 정했는지 나는 기억하지 못한다. 그러나 나에게는 불평이 없다. 아내가 외출만 하면 나는 얼른 아랫방으로 와서 그 동쪽으로 난 들창을 열어놓고, 열어놓으면 들이비치는 볕살이 아내의 화장대를 비쳐 가지각색 병들이 아롱지면서 찬란하게 빛나고 이렇게 빛나는 것을 보는 것은 다시없는 내 오락이다.

이상 《날개》

아침에는 그래도 '책보 크기만큼' 해가 들었다가 오후에 '손수건만 해지면서'라는 표현이 점강법의 예이다.

⑥ 대조법(對照法)

주로 두 가지의 상반된 사물, 또는 정도가 다른 사물을 들어 그 상태나 흥취를 한층 더 두드러지고 더 선명하게 느끼도록 하는 기법이다. '흑백을 가린다' '앉아 주고 서서 받는다' '얕은 내도 깊게 건너라' '여자는 약하나 어머니는 강하다' '열 길 물속은 알아도 한 길 사람 속은 모른다' '잘되면 제 덕분이요 못되면 조상 탓'과 같은 것이 그것이다.

이 대조법의 묘미는 그 형식이나 용어에 있는 것이 아니고, 사상이나 내용 대조에 있다는 것은 더 말할 것도 없다. 그리고 이 기법도 한 마디 말이나 한 마디의 구절의 경우만이 아니라 한 편의 문장이나 소설, 희곡을 통틀어 쓰이는 일이 잦다. 그러니까 선과 악, 아름다움과 추함, 충성과 간사함, 올바름과 그름 등으로 서로 맞서는 개념이나 사건을 설정하여 내용을 더 재미있게 하자는 것이다.

거룩한 분노는
종교보다도 깊고

불붙는 정열은
사랑보다도 강하다
아 강낭꽃 꽃보다도 더 푸른
그 물결 위에
양귀비꽃보다도 더 붉은
그 마음 흘러라

아리땁던 그 아미
그 석류 속 같은 입술
죽음을 입맞추었네!
아 강낭콩 꽃보다도 더 푸른
그 물결 위에
양귀비 꽃보다도 더 붉은
그 마음 흘러라

변영로 〈논개〉

강낭콩 꽃의 푸른색과 양귀비 꽃의 붉은색이 색채적 대조를 이루어 시의 의미를 강조하고 있다.

천길 땅 밑을 검은 물로 흐르거나
도솔천의 하늘을 구름으로 날더라도
그건 결국 도련님의 곁 아니에요?

서정주 〈춘향유문(春香遺文)〉

이 시는 1행과 2행이 반대되는 의미의 병행을 통해서 시의 주제를 강조한다.

"빙모님은 그럼 참새만한 것이 그럼 어떻게 앨 났지유?"

(사실 장모님은 점순이보다도 귀때기 하나가 적다.)

장인님은 이 말을 듣고 껄껄 웃더니 코를 푸는 체하고 날 은근히 꼴릴려고 팔굼치로 옆 갈비뼈를 퍽 치는 것이다. 더럽다. 나도 종아리의 파리를 쫓는 체하고 허리를 구부리며 어깨로 그 궁둥이를 콱 떼밀었다. 장인님은 앞으로 우질근하고 싸리문께로 쓸어질 듯하다가 몸을 바로 고치더니 눈총을 몹시 쏜다.

김유정 〈봄봄〉

이 소설은 등장인물들의 행동의 대조적인 표현을 잘 이용한 작품이다.

⑦ 현재법(現在法)

지나간 일이나 앞으로 다가올 일을, 마치 지금 현재 일어나는 일처럼 쓰는 기법이다. 현사법(現寫法)이라고도 한다. 누구나 깊은 감회 속에서 지나간 일이나 앞으로 다가올 일을 생각할 때는, 그런 일들이 현재 자기 눈앞에 분명히 살아나는 것 같은 마음이 든다. 현재법은 이런 심리에 근거를 두어 읽는 이로 하여금 지나간 일이나 앞으로 다가올 일을 모두 지금 눈앞에서 벌어지는 일처럼 생생하게 느끼도록 하자는 것이다. 따라서 '했다' '갔다' '왔다' '았다' 같은 과거나 '하리라' '것이다' '소서' 같은 미래를 현재법으로써 나타내는 것이다.

그러나 현재법이라고 반드시 처음부터 끝까지 다 현재법만을 쓸 수는 없다. 처음은 과거로 갔다가 뒤에 현재로 돌아온다든지, 처음에는 현재로 하고 뒤에 가서 과거로 간다든지, 또는 이 두 가지를 섞어 쓸 수도 있다. 미래를 현재로 쓸 경우도 마찬가지다.

화수분은 양평서 오정이 거의 되어서 떠나서 해져갈 즈음해서 백리를 거의 와서 어떤 높은 고개를 올라섰다. 칼날 같은 바람이 뺨을 친다.

그는 고개를 숙여 앞을 내려다보다가 소나무 밑에 희끄무레한 사람의 모양을 보았다. 그것을 곧 달려가 보았다. 가본즉 그것은 옥분과 그의 어머니다. 나무 밑 눈 위에 나뭇가지를 깔고, 어린것 업는 헌 누더기를 쓰고 한 끝으로 어린 것을 꼭 안아가지고 옹크리고 떨고 있다. 화수분은 왁 달려들어 안았다. 어멈은 눈을 떴으나 말은 못한다. 화수분도 말을 못한다. 어린 것을 가운데 두고 그냥 껴안고 밤을 지낸 모양이다.

전영택《화수분》

이 예문에서 실선으로 표시한 부분이 과거를 나타내는 것이고, 점선으로 표시한 부분은 과거와 현재를 섞어서 쓴 예이다. 이 방법은 또한 가장 자연스러우면서도 효과적이다.

낙화암은 옛날 나당연합군이 백제의 궁성을 함락할 때, 비빈(妃嬪), 궁녀들이 버선발로 뛰어나와 여기서 몸을 던져 죽었다는 곳이다. 이 바위에 나는 홀로 서 있다. 가만히 눈을 감고 그 때의 광경이나 다시 그려보자. 꽃 같은 미인들은 수없이 떨어진다. 자개잠금 비녀는 내려지고, 머리채는 흐트러지고 치맛자락은 소스라치며 펄렁거린다.

이병기의 〈낙화암을 찾아서〉

이 글에서 과거 회상은 '몸을 던져 죽었다는 곳이다.'까지이다. 그 뒤의 문장은 모두 현재진행형에 바탕한 현재법을 쓰고 있다. 지난날

백제 멸망 때 낙화암의 이야기를 현재진행형으로 서술함으로써 읽는 이들에게 생동감을 주고 있다.

무명 겹저고리를 벗어 소녀의 어깨를 싸 <u>주었다</u>. 소녀는 비에 젖은 눈을 들어 한 번 쳐다보았을 뿐, 소년이 하는 대로 잠자코 <u>있었다</u>. 그리고는, 안고 온 꽃묶음 속에서 가지가 꺾이고 꽃이 일그러진 송이를 골라 발밑에 <u>버린다</u>. 소녀가 들어선 곳도 비가 새기 시작<u>했다</u>. 더 거기서 비를 그을 수 <u>없었다</u>. 밖을 내다보던 소년이 무엇을 생각했는지, 수수밭 쪽으로 <u>달려간다</u>. 세워 놓은 수숫단 속을 비집어 보더니, 옆의 수숫단을 날라다 <u>덧세운다</u>. 다시 속을 비집어 <u>본다</u>. 그리고는 이쪽을 향해 손짓을 한다.

수숫단 속은 비는 안 <u>새었다</u>. 그저 어둡고 좁은 게 안 <u>됐다</u>. 앞에 나앉은 소년은 그냥 비를 맞아야만 <u>했다</u>. 그런 소년의 어깨에서 김이 <u>올랐다</u>.

황순원 〈소나기〉

[3] 변화법

한 문장 안에서 변화를 주는 수사법이다. 문장이 너무 단조롭다든지 지루해지기 쉬울 때 용어에 변화를 주어 새로이 주의를 환기시키려는 방법으로 설의법·인용법·대구법·도치법·경구법·반어법·생략법 등이 있다.

① 설의법(設疑法)
누구나 다 알 수 있는 결론을 일부러 의문으로 둔 채, 읽는 이로 하여금 결론을 내리도록 하는 방법이다. 그대로 말해 버리면 그만인 것을 굳이 일부러 덮어 둠으로써 읽는 이로 하여금 결론을 생각하게 하는데, 이 기법만의 맛이 있다.

예를 들어보자면 어떤 이의 정직한 행동을 쭉 적어 내려간 뒤 '그는 참으로 정직한 <u>사람이다</u>'라고 해도 좋을 것을 '그는 정말로 정직한 사람이 <u>아닌가</u>' 하는 식으로 쓰는 것이다. '그는 사람이 <u>아니다</u>'를 '그도 사람이라고 할 수 <u>있을까?</u>'로, '그랬다면 잘 했다고 할 수는 없다'를 '그러고도 잘 했다고 할 수 <u>있을까?</u>'로, '아무 이익도 <u>없다</u>'를 '무슨 이익이 <u>있는가?</u>'처럼 쓰는 것이 모두 이 설의법에 속하는 말들이다.

이 기법은 흔히 변호나 공격의 문장에 쓰이며, 또한 권유나 연설 같은 데에도 널리 쓰인다. 뿐만 아니라 일상생활 속 대화에서도 '글쎄, 그렇지 않아요' '당신도 그렇게 말했다지요' '그런 바보 같은 짓이 어디 있어요' '그건 너무 하잖아요?' 등등으로 흔히 쓰인다.

계집은 몸을 돌리려고 하지도 않고 영감이 하는대로 내보려 두며 눈으로 땅만 내려다보고 섰다가 가까스로 입을 떼는 듯하더니,

"제 말이 모두 쉰네 할멈이 여쭈었지요. 저에게는 너무 분수에 과한 말씀이니까요."

"온 천만에 소리를 다 하는구나. 그게 무슨 <u>소리냐</u>. 너도 아다시피 내가 너를 장난삼아 그러는 것도 아니겠고 후사(後嗣)가 없어 그러는 것이니까 네가 내 아들이나 하나 낳아 주렴. 그러면 내 것이 모두 네 것이 되지 <u>않겠니?</u> 자 그러지 말고 오늘 허락을 하렴. 그러면 내일이라도 방원이란 놈은 내쫓고 너를 불러들일 터이니."

"어떻게 내쫓을 수 <u>있에요?</u>"

"허어 그것이 그리 어려울 것이 무엇 <u>있니</u>. 내가 나가라는데 제가 나가지 않고 배길 줄 <u>아나?</u>"

"그렇지만 너무 과하지 않을까요"

"무엇? 저런 생각을 하니까 네가 이 모양으로 이때까지 있었지. 어떻단 말이냐? 그런 것은 조금도 염려하지 말구, 자 또 네 서방에게 들킬라. 어서 들어가자."

나도향 〈물레방아〉

예문에서 보는 대화같은 것은 설의법의 좋은 예문이다.

"사람의 자식이 그렇게 비루하여졌더냐?"

"오, 오해 말게. 내가 무엇이기에 과장이 나 따위의 말에 따라 일을 처단하겠나. 말하기도 전에 자네의 옛일을 다 알고 있네. 항상 그렇게 조급한 것이 자네의 병이야. 세상에 처해 나가려면 침착하고 유해야 하네. 좀 더 기다려 보게나."

"처세술까지 가르쳐 줄 작정이야?"

이효석 〈삽화〉

너희들은 우리들 사람까지를 너희의 혼란 속에 휩쓸어 넣을 작정인 줄은 알 수 없으되, 그리고 또 사실상 그 속에 혹은 기쁘게, 혹은 할 수 없이 휩쓸려 들어가는 자도 많이 있으리라마는, 그러나 사람이 그런 혼돈한 와중(渦中)에서 능히 견딜 수 있으리라고 너희는 생각하느냐?

김진섭 〈백설부(白雪賦)〉

② 인용법(引用法)

옛사람들의 말이나 고사(故事)를 문장 속에 끌어다 써서[引用하여] 이야기에 무게를 주고 내용을 풍부히 또는 문장의 변화를 꾀할 목적에서 쓰이는 기법이다. 같은 말이나 같은 일일지라도 옛사람들이 말하고 행한 일이라면 어쩐지 무게가 있어 보이고, 흥취가 더하는 듯이 생각하기 쉬운 게 인정이다.

그래서 옛날부터, 우리나라 옛말이나 고사뿐 아니라, 한학(漢學)이 성했을 때는 중국의, 불교가 득세하던 때는 경서의, 또 근대에서 현대에 이르러서는 서양문명의 영향을 받아, 서양의 옛말이나 고사뿐 아니라 현재 살아 있는 사람들의 말까지 다투어 끌어다 쓰는 것이다.

그리고 이 인용법에는 옛말이나 고사라고 분명하게 밝히고서 끌어다 쓰는 경우와 그것을 밝히지 않고 자기 문장 속에 동화시켜 숨겨두는 경우가 있다. 말하자면 '옛사람도 말한 것같이, 얕은 내도 깊게 건너라고 참으로 옳은 말이다'는 전자의 경우(분명하게 밝힌 경우)요, '이런 문명시대에 남녀칠세 부동석이 웬 말인가?'는 후자의 경우(자기 문장 속에 동화시켜 숨겨둔 경우)로서, 이들의 관계는 마치 직유와 은유의 관계와도 비슷하다.

다음에 직유와 은유가 뒤섞인 인용 예문을 하나 들어 보자.

일찍이 완당 김정희(金正喜) 선생은 '난초를 그릴 때 법이 있다는 것도 안 될 말이지만, 법이 없다는 것 또한 안 될 말이다'고 하였다.

과연 그러하다. 위에서 말한대로 문장은 뜻과 마음과 사상과 인격의 근본 생명을 살리는 것으로 족할 따름이요, 반드시 거기 어떠한 법과 기술을 알지 않으면 안 된다는 이론은 없다. 그러나, 그렇다고 그 말은 결코 법과 기술을 무시해야 한다는 말은 아니다. 아니, 그보다는 오히려 그 문장 속에 뜻과 사상을 여실히 잘 나타내어 남에게 그대로 전하기 위해서의 필요 때문에, 법과 기술을 알아야만 하는 것이니, 표현 기술을 논하는 진정한 이유도 실상은 여기에 있는 것이다. 그런데, 여기 '글은 곧 말이니라'고 하는 정의가 내려져 있다. 그렇다. 입으로 지껄이면 말이요, 그것을 붓으로 적어 놓으면 글이다.

이은상 〈문장도〉

이 예문에서 앞의 인용에는 말한 사람의 이름까지 분명히 밝혔다. 그러나 나중의 인용에 와서는 프랑스 철학자 조르주 뷔퐁의 '문장은 곧 사람 그 자체다'라는 말을 마치 글쓴이의 말같이 쓰고 있는 것을 알 수 있다.

이렇게 인용법에서는 옛말이나 고사를 끌어다 쓰는 것으로 문장을 보다 좋게 보이자는 것이기에 되도록 많은 사람들이 알고 있고, 또 알기 쉬운 것을 끌어다 써야 하겠지만 덮어놓고 이 사람 저 사람의 이야기, 이 일 저 일을 끌어다 쓰는 것은 아는 게 많다고 자랑을 늘어놓는 것 밖에는 되지 않는다.

㉠ '해동청(海東靑)에게 새벽을 알리도록 한다면 늙은 닭만 못할 것이요, 한혈구(汗血駒)에게 쥐를 잡도록 한다면 늙은 고양이만 못할 것이다.[海東靑 使之司晨 則曾老鷄之不若矣 汗血駒 使之捕鼠 則曾老猫之不若矣(해동청 사지사신 즉증노계지불약의 한혈구 사지포서 즉증노묘지불약의)]

이 말은 일찍이 토정 이지함이 포천현감으로 있을 때 '사람을 쓸 때에는 마땅히 그 재능에 따라 써야 한다'라는 것을 논하여 한 말이다.

해동청이 닭 노릇도 못하는 법이요, 한혈구가 고양이 노릇도 못하는 법이어늘 하물며 닭을 데리고 사냥할 수 있으며 고양이를 타고 다닐 수가 있을까? 그렇기에 해동청은 사냥을 할 때 부리도록 하고, 닭은 물러나 새벽을 아뢰게 할 것이요, 한혈구는 천리를 달리게 하고, 고양이는 돌아서 쥐를 잡으라.

모든 국민이 각자의 천부(天賦)를 따라 움직이라.

이은상 〈민족의 맥박〉

이 글은 맨 앞의 인용 구절 덕분에 문장의 권위와 긴축 효과를 맛볼 수 있다.

ⓛ '인생은 빈 술잔, 주단 깔지 않은 층계, 사월은 천치와 같이 중얼거리고 꽃뿌리며 온다.' 이러한 시를 쓴 시인이 있다. '사월(四月)은 가장 잔인한 달.' 이렇게 읊은 시인도 있다. 이들은 사치스런 사람들이다.

피천득 〈봄〉

이들 예문은 모두 인용부호를 써서 원문을 그대로 살려서 인용한 것이다.

③ 대구법(對句法)

가락이 비슷한 말을 여러 마디 나열하여 병행의 아름다운 대립의 흥미를 줌으로써 문장에 변화를 가져다주는 기법이다. 강조법 가운데 대조법(對照法)과도 비슷하지만, 대조법이 서로 반대되는 사물의 성질이나 뜻을 나타내는 것이 목적이라면, 대구법은 사물의 성질이나 뜻과는 무관하며, 다만 가락이 비슷한 점을 노린 방법이다.

'범은 죽어서 가죽을 남기고, 사람은 죽어서 이름을 남긴다'

'지혜가 있는 사람은 생각하고, 의로운 자는 행하고, 어진 자는 지킨다'

'흥정은 붙이고 싸움은 말리라고 했다'

'그것은 환상이요, 이것은 현실이다'

'꽃은 안개와 같고 사람은 구름과 같다'

이런 대구법은 옛날부터 많이 쓰여 왔지만, 자연스러운 예가 아니면 도리어 어색한 글이 되고 만다.

　나는 사람에게 미움을 받습니다. 어릴 적엔 귀엽다는 이도 있고 사랑해주는 이도 있더니만 철(?)이 들면서는 누가 날보고 '귀엽다' '사랑스럽다'하지 않습니다. 내모양이 점점 가을의 초화(草花)처럼 시들어가는 탓도 있겠지만 보다도 더 큰 원인은 어릴 적—남들이 귀엽다, 사랑스럽다 할 시절—에 가졌던 곱고 아름다운 마음을 잃은 까닭입니다.

　나는 종종 곱지 못한 내 마음을 꾸미고자 무척 노력을 들입니다. 하지만 영리한 세상 사람들은 내 얼굴에서 내 마음을 잘 찾아냅니다.

　해서 때때로 나는 거울에 비치는 내 얼굴—그중에서도 내 감정을 가장 잘 드러내 놓은 눈—을 한참씩 눈흘기는 일이 있습니다. 하나 피곤해진 눈동자가 도리어 나를 붙잡고 무엇을 이야기하려는 까닭에 나는 당황해 거울을 던지고 말아버립니다.

　나는 그래도 나보다 착한 이들의 '본'을 뜨려는 마음을 곱지 못한 내 마음을 꾸미려는 努力보다 적게 가집니다. 그 도수가 심한 정도에 이르면 '누가 착한 사람이냐?'고 호령을 치고 싶습니다.

나는 다시 쇠잔해진 내 눈을 나무램하는 짓을 하지 않겠습니다.

최정희 《자화상》

이 예문에는 대구가 많지만 함부로 쓴 것이 아니다. 생각의 깊이, 결론의 날카로운 맛이 대구법을 통해 한층 더 두드러진 것이다.

언어는 만인 공동의 약속이며, 화폐는 만인에게 공용되도록 만들어진 약속수단이다. 전자의 약속은 자연적 형성으로, 후자의 약속은 인위적 형성으로, 약속 성립의 형성은 비록 서로 다를지언정 만인공통(萬人共通)이란 원칙에는 아무런 차이가 없다.

조연현 〈언어와 화폐〉

자자 자자 자는구나. 우리 아기 잘도 잔다. 은자동(銀子童)아 금자동아, 수명 장수 부귀동아, 은을 주면 너를 살까? 금을 주면 너를 살까? 국가에는 충신동(忠臣童)이, 부모에는 효자동이 형제에게 우애동(友愛童), 일가 친척 화목동(和睦童)이, 동네 방네 유신동(有信童)아, 태산같이 굳세거라, 하해(河海)같이 깊고 깊어, 유명천하하여 보자. 잘도 잔다. 둥둥둥 잘도 잔다.

심의린이 엮은 《조선동화대집》 중 〈호랑이를 잡은 도둑〉

④ 도치법(倒置法)

일반적인 문장 순서를 거꾸로 뒤집은 기법이다. 사람들은 어떤 일을 뼈아프게 느꼈을 때 저도 모르는 사이에 그것부터 부르짖는 일이 있다. 보통때처럼 순서있게 말할 수 없는 다급한 심리작용에 근거를 둔 것이다.

말하자면 목이 너무도 마를 때 '물' 하는 말부터 먼저 튀어나오듯이 '목이 마르니 물을 주세요'라고 해야 할 곳에 '물주세요'라는 말이 먼저 나오게 하여 목마른 느낌을 더욱 절실하게 나타내면서 문장 변화의 묘미를 주자는 것이다. '여기는 참 멀다'라고 할 것을 '참 멀다, 여기는' '그 여자는 예쁘다'라고 할 것을 '예쁘다, 그 여자는' '빨리 가자'라고 할 것을 '가자, 빨리' 하는 것 등이 모두 도치법에 해당된다.

'해만 저물면 바닷물처럼 짭쪼름해 향수(鄕愁)가 저려든다'고 시인 C군은 노래하였지만 사실 고향을 그리는 마음이란 짭짤하고도 달콤하며 아름답고도 안타까우며 기쁘고도 서러우며 제 몸 속에 있는 것이로되 정체를 잡을 수 없고, 그러면서도 혹 우리가 무엇에 낙망하거나 실패하거나 해서 몸과 마음이 고달플 때며는 그야말로 바닷물 같이 오장육부 속으로 저려 들어와 지나간 기억을 분홍의 한 빛깔로 물칠해 버리고 소년시절을 보내던 시골집 소나무 우거진 뒷동산이며 한 글방에서 공부하고 겨울이면 같이 닭서리해다 먹던 수남이 복동이들이 그리워서 앉도 서도 못하도록 우리의 몸을 달게 만드는 이상한 힘을 가진 감성이다.

유진오 〈창랑정기〉

이 예문에서는 '해만 저물면 바닷물처럼 짭쪼름해 향수(鄕愁)가 저려든다'라는 시인의 말로 먼저 읽는 이들의 주의를 모아 놓고 다음부터는 짭조름한 그 향수를 풀어 나가는 도치법을 쓰고 있다.

희망은 분명히 빛난다.
내가
너무 가까이 가서

그 그윽한 거리를 벗기지 않으면

김현승 〈희망이라는 것〉

참으로 어처구니없는 일로 송첨지와 최첨지는 의를 상하였다. 이 솔메마을에서 그렇듯 의좋기로 유명하던 송첨지와 최첨지가 아니던가.

황순원《솔메마을에서 생긴 일》

위의 글은 황순원의 소설 첫머리이다. 밑도 끝도 없이 소설 첫머리부터 문제의 핵심으로써 이야기를 펼쳐나가고자 한다. 이런 도치법은 읽는 이들에게 흥미를 주고 문장에 변화를 주는 기법이다.

⑤ **경구법(警句法)**

당치도 않은 말을 써서 문장의 변화를 꾀하는 것과 재치를 부려서 과연 옳은 이치를 설파한 것, 익살이나 교훈 같은 것을 섞어 기발하게 표현하는 것 등의 세 가지 방법이 있다.

첫 번째 경우는 '아닌 밤중에 홍두깨' '낮에 난 도깨비' '네 떡 내가 먹었다' '뜨물 먹고 주정한다' 등이 있고, 두 번째 경우는 '긁어 부스럼' '겨울은 추운 법이고 형은 내 손위' '땅짚고 헤엄치기' '바늘 간데 실 간다' 등이 있으며, 세 번째 경우는 '나무에 잘 오르는 놈이 잘 떨어지고, 헤엄 잘 치는 놈이 빠져 죽는다' '방귀 뀌고 성낸다' '원님 덕에 나발 분다' 등이 있다.

AP 기자 인상기에 왈(曰), 조선은 '따로 사는 부부'라고. 합의별거라면 그래도 참을 수 있으련마는, 심악한 시어머니가 생무지로 떼어놓은 귀밑머리 맞푼 내외다. 심악한 시어머니는 누구누구

드냐?

중국은 정치적 잡채였다. 그네들을 본뜨지 못해 애를 쓰는 축은
또 누구 누구냐? 멋없이 잡채모양 당파를 찾는 한국인이기는 하
지만.

염상섭 〈시사단평〉

이런 예문은 재치 있는 경구 덕분에 인상에 남게 되는 글이다. 그
러나 그 착상이나 표현이 기발하고 자연스러우면서 합리적이고 용
어가 아주 간결하여 꼭 알맞은 상황에서 쓰이지 않으면 도리어 문
장의 품격을 떨어뜨리는 기법이기도 하다.

말하기 좋다하고 남의 말을 말을 것이
남의 말 내 하면 남도 내 말 한 것이
말로써 말이 많으니 말모름이 좋아라.

《청구영언》옛 시조에서

이 시조는 사람들 서로 간에 일어나는 불신, 사회 혼탁의 근본 원
인이 다른 사람의 옳고 그름을 따지는 말에서 비롯된다는 교훈을
말하고 있다.

벌써 수십 년 전의 일이다. 극장에 구경을 갔더니, 막간에 배우
한 사람이 나와서 재담을 하는데, '이 세상에서 가장 큰 방울이 무
엇이냐?'하는 수수께끼를 내고서 제 스스로 해답하는 것을 본 일
이 있다. 그 해답이란 별다른 것이 아니라 이 세상의 가장 큰 방울
은 빗방울·물방울·은방울·말방울·통방울·왕방울·죽방울 등 어떠
한 방울도 아니오, 곧 사람의 눈방울이라는 것이다. 왜냐하면, 사람

의 눈방울 속에는 안 들어오는 것이 없다는 것이다.

이희승 〈독서와 학문〉

⑥ 반어법(反語法)

자기가 말하고자 하는 뜻과는 반대되는 말을 하여 글에 관심을 가지게 하려는 변화법을 말한다. 다시 말해서 칭찬하는 척하면서 모욕(侮辱)을 주고, 모욕을 주는 척하면서 사실은 칭찬하는 기법이다. '참 좋은 일을 했구나' 하면서 '좋은 일이 아닌 것'을 비치고, '슬프겠구나' 하면서 '슬프지 않은 것'을, '이뻐죽겠다'면서 '이쁘지 않은 것'을 말하는 것은 모두 반어법에 속한다.

'싫다면서도 손부터 내민다' '구제품으로 큰 부자가 되었다는 그 목사님 설교를 들어 봅시다. 틀림없이 큰 은혜를 받을 겁니다' 이런 것은 다 반어법에 속한다.

안자(晏子)는 기원전 6세기 쯤 제(齊)나라 경공(景公)의 신하인데, 경공이 어구마(御廐馬) 기르는 놈이 말을 잘 못 먹여서 죽게 되자 안자가 곁에서 말하였다.

"그 놈은 마땅히 죽어야 한다."

라고 떠들면서 그 놈의 죄를 헤아리되,

"너는 첫째 임금의 말을 잘못 먹였으니 죽어야 하고, 둘째는 너 때문에 우리 임금이 사람보다 말을 더 중히 여긴다는 나쁜 소문이 퍼지게 될 것이니 죽어야 한다."

하자 임금이 깜짝 놀라며, 깊이 깨닫고 사형을 중지했던 것이다.

이은상 〈해학의 동양적 특성〉

올해는 세차(歲次) 간지로 정해년(丁亥年)이니 풀어서 '돼지의 해'

이다. 부르기가 거북한 이름이다. 더럽고, 못나고, 먹기만 하고, 놀기만 하는 일체의 나쁜 이름을 온통 도야지에게 돌려 '돼지 같은 놈, 돼지 같은 놈'이라고 세상사람 모두가 일치하여 나무라는 관계상 어감만으로도 불쾌한 이름으로 정론되어 있다.

먹기만 하고 놀기만 하는 도야지의 살림을 '악(惡)'으로 지목하여 모두들 나무라기만 한다. '제 똥 구린 줄 모른다'는 속담도 있지만 자기 자신을 나무라는 데에는 충실하지 않으면서 다른 사람을 나무라는 데에는 충실한 식으로 어떻게 돼지를 나무라는 데에는 그렇게 충실한가? 먹기만 하고 놀기만 하여서 그야말로 도야지같이 살진 사람이 인간 세상에는 과연 없는가?

도야지는 놀고먹을지언정 그래도 마지막에는 '살신성인'의 큰 희생을 천부적으로 깨달은 짐승이다. 사람에게 이런 깨달음이 있는가? 중생의 번영을 위하야 자신의 한 목숨을 버리는 희생, 그를 기꺼이 받아들이는 큰 덕을 가진 자 과연 몇이나 되는가? 글 아는 도야지가 있어서 만일 이 글을 다 읽는다면 빙그레 웃을 것이다. 그리고 다시 한번 큰 소리로 목놓아 울 것이다.

도야지를 일컬어 못났다고 하는 것은 아마 그 생김새를 가리켜서 그렇게 일컫는 것이리라. 특히 없는 것 같은 그 짧은 목과 명목만의 그 꼬리를 말한 것이리라. 아닌 게 아니라 '볼품'으로는 낙제다. 거듭 말하거니와 오직 '볼품이 없을 뿐'이다. 이 볼품 때문에 못났다고 하는 것은 볼품만으로 발라 마치려는 덜 익은 사람들의 덜 익은 말이다.

볼품 있는 꼬리로서는 날짐승에 공작이 있고 들짐승에는 여우가 있다. 필자는 공작의 꼬리를 미워한다. 그 오만불손한 꼬리! 유한마담의 뜬 영화(榮華)와 같은 그 잡색의 어지러운 꼬리, 시대가 시대인 만큼 형식의 장식에 흐르는 값싼 무지개 같은 허황된 꿈의 상징

같은 그 꼬리를 필자는 즐기지 않는다. 더구나 간사하고 요망한 여우의 꼬리, 하늘거리고 날름거리며 이리로 알랑, 저리로 알랑거리는 그 눈속임의 꼬리는 애초에 좋아하지 않는다.

도야지에게 볼품 있는 꼬리는 본질적으로 필요치 않았다. 볼품보다는 '속품'으로 살아가는 도야지의 처세관으로도 그러하거니와, 청빈에 스스로 평안해지고 보잘 것 없는 집에서 아무런 속박을 받지 않고 마음껏 즐기는 그 심법상으로도 아첨에 필요한 흔드는 꼬리가 필요치 않았다. 척추동물로서의 지체(地體)와 명분을 확보하기 위하여 꼬리라는 명목만 세우면 그만이다. 이로써 못났다 할진대, 차라리 명분 있는 속품의 못난이가 될지언정 신기루같은 볼품의 잘난 이는 안 되겠다! 하는 것이 도야지의 소신이요 또 본심인 것이다. 사람으로서 도야지의 이같은 심정에 공명(共鳴)하는 자 그 얼마나 될 것인고!

설의식 〈소오문장선(小悟文章選)〉

조롱과 야유와 독설이 가득 찬 풍자적인 글이다.

⑦ 생략법(省略法)

비교적 필요하지 않은 부분은 생략하여 읽는 이의 상상이나 추량(推量)에 맡기거나, 때로는 필요한 부분까지도 생략하여 어구의 함축과 여운을 한층 더 깊게 해 보자는 표현 기법이다. '후회하고 눈물에 젖는다'를 '후회의 눈물에 젖는다', '그쪽에도 좋고 이쪽에도 좋다'를 '피차간(彼此間)에 좋다', '오지도 못하고 가지도 못한다'를 '오도 가도 못한다' 등등으로, 이런 것은 모두 생략법의 예이다.

그리고 이 생략법에는 소리의 생략, 주어의 생략, 구(句)의 생략, 요점만을 드는 경우 등의 네 경우로 크게 나누어 볼 수 있다. 소리의 생략은 '적지 않다'를 '적잖다', '가지어 오너라'를 '가져 오너라', '하십시오'를 '합쇼'로 하는 것이고, 주어의 생략은 '눈이 내린다. (나는) 눈을 맞으며 (나는) 눈을 밟으며 (나는) 길을 걷는다'(김동명, 〈답설부〉)와 같은 것이다.

구나 절의 생략은 '직장에서 어떤 물품이 배급되었다. (그 배급된 물품의) 품질에 고하(高下)가 있으므로 이런 경우에 상용되는 추첨의 방법을 취하기로 하였다'(안수길, 〈추첨〉)와 같은 것이고, 요점만 드는 경우는 '비개인 오월의 아침' '혼란스러운 꾀꼬리 소리' '찬엄(燦嚴)한 햇살 퍼져옵니다'(김영랑, 《오월의 아침》)와 같은 경우의 문장이다.

대구는 밤안개가 짙은 동짓달이다. 자욱하여 이슬비같다. 다만 다방 문등(門燈) 주위만이 새하연히 밝다.
어느 사람이 문을 열고 들어선다.
추억 같은 장면이다.
다방에서는 그의 육성 같은 레코드가 자지러졌다……

종군(從軍)하고 싶다.

박목월 〈수상(隨想)〉

이 글에서 '종군하고 싶다'는 말은 동떨어진 것 같다. 하지만 자세히 살펴보면 그렇지 않다. 절망의 심정에서 아아 종군이라도 하고 싶다는 말과 이슬비 자욱한 대구의 야경(夜景) 사이에는 서로 통하는 심정이 이어 있다. 그러나 '다방에서는 그의 육성 같은 레코드가 자지러졌다'와 마지막 구절인 '종군(從軍)하고 싶다' 사이의 한 줄의 여백은 말로 된 긴 설명보다도 더 강렬한 여운을 남기는 말이 스민 공간이다. 문장에서 생략은 이런 여백의 뜻을 살리는 방법이다.

이상의 예문들은 모두 어구를 줄여서 어감을 돋우거나 언외(言外)에 뜻을 함축함으로써 읽는 이들의 상상에 맡긴 것인데, 이런 기법은 특히 시나 노래에 많이 쓰인다.

이것으로서 수사법은 대체로 이야기한 셈이다. 그러나 수사법은 표면을 수식하는 것이라 해도 단순히 수식을 위한 수식, 형용을 위한 형용은 수사법의 본령이 아니다. 문장은 단순히 손끝에서 이루어지는 것이 아니고, 마음속에서 우러나는 독창적인 그 무엇이 손끝을 빌어 틀을 갖추어 가는 것이기에, 수사(修辭)도 마음에서 우러나는 것이라야 할 것이다.

양주동 씨가 수사에 관하여 다룬 〈문장론〉이라는 글월이 있으니 우리는 그 글을 여기에서 한번 읽어보기로 하자.

1. 문장에는 이당취수(移堂就樹)의 법칙이 있다. 긴 여름에 글을 읽는데, 어지간히 시원하지만 당 뒷뜰에는 나무가 있어서 그늘이 많으니, 이제 그 나무를 당 뒷뜰에 내버려 두는 것보다 당 앞뜰로 옮겨 오는 것만 못하겠다. 그러나 크나큰 나무를 옮겨올 수는 없으니 그만 새로 지은 집을 옮겨서 뒤로 가져가고 말 것이니, 그렇지 않고 나무가 뒤에 있다면, 집이 좋은 집이요, 나무가 좋은 나무 아님이 아니로되 집이 나무와 아무 관계가 없고, 나무가 더구나 집과 아무 상관이 없을 것인데, 이제 서로 편의(便宜)을 보아 집을 옮겨서 나무 있는 데로 가져가매, 나무는 제자리에 그냥 놓였으되 집은 벌써 그늘이 많아졌으니 천하에 이보다 더 편한 것은 없다.

문장에는 월도회랑(月度廻廊)의 법칙이 있다. 중춘(仲春) 밤에 미인과 함께 앉아 자지 않고 향을 사르며 발을 걷고 영롱한 달을 기다리는데, 첫어스름께 달이 비로소 동녘에 올라오니 차디찬 맑은 빛은 반드시 처마끝으로부터 낭주(廊柱)를 내려와 곡동을 지나, 연후에 점점 간계(間階)를 지나, 연후에 이윽고 쇄창(瑣窓)을 지나, 그 뒤에야 미인을 비칠 것이니, 이 동안 미인은 오랫동안 어둠 속에 정립(停立)하고 있어야 할 것이요, 달 또한 얼른 올라와 서로 비치어주지 않을 것이다. 그런데 달이 반드시 낭을 지나, 난(欄)을 지나, 계를 지나, 창을 지나, 그 뒤에야 미인을 비치는 것은, 정히 그것이 미인을 비치기 전에 가없는, 江는 듯한, 녹는 듯한, 숨은 것같고 나타난 것 같은, 별다르고 오묘한 경지를 만드는 까닭이니, 그렇지 않고 미인이 대번에 달 아래에 서고 만다면 그 신분이 없어지고 말 것이다.

문장에는 갈고해예(羯鼓解穢)의 법칙이 있다. 이삼랑(당나라 현종)이 3월 초사흘 밤에 화류루 아래에 앉아서 파란 유리잔에 서량의 포도주를 따라 비자로 더불어 몇 잔을 마시노라니, 정히 반쯤이나 얼근하였는데 한번에 오왕삼이(五王三姨)가 때맞추어 다 이르는지라, 상이 매우 기뻐하여 악공에게 명하여 풍류를 아뢰도록 할제, 이날에 마침 태장에서 새로 만든 금조(琴操)는 그 이름이 공산무수지곡(空山無愁之曲)이라, 매양 한 단이 끝날 때마다 상이 눈썹을 깽기고 비자를 돌아보고, 또는 삼이를 보며, 또는 오왕을 보며 천안이 어쩐지 근심하여 즐거워하지 않더니만, 장차 제11단으로 가려고 할 즈음에 상이 문득 일어나서 친히 전갈하여 가로되, '화비야 쾌히 갈나라에서 보내어 온 북을 가져오라. 내 더럽힌 것을 풀려 하노라. 인(因)하여 친히 어양참화(漁陽慘禍)를 아뢰니 그 연연(淵淵)한 소리에 일시 난중의 피지 않았던 꽃이 눈 깜짝 할 동안에 다 피었다. (사경)

내 일찍이 옛사람의 글을 두루 보았노니 어떤 글은 붓을 썼으되 그 붓이 이르지 못한 것이 있고, 어떤 글은 붓을 써서 그 붓이 제법 이른 것이 있고, 또 어떤 글은 붓을 썼는데 그 붓의 전(前)과 그 붓의 후(後)에 붓을 쓰지 않은 곳까지 모조리 이른 것이 있다. 대체 붓을 쓰되 그 붓이 이르지 못한다면 한 붓을 쓰면 한 붓이 이르지 못할 것이니 비록 십백천 내지 만필을 쓴다하여도 십백천만 필이 다 이르지 못할 것이라. 이러한 사람은 차라리 붓을 쓰지 않는 것이 옳을 것이다. 붓을 써서 그 붓이 제법 이른다면 한 붓을 쓰면 그 한 붓이 이르고, 다시 한 붓을 쓰면 그 한 붓이 또 이르러서, 인하여 십백천 내지 만필을 쓴다 하더라도 그 만필이 다 이르고야 말 것이니, 선생과 같은 이는 참으로 붓을 쓰는 사람이다. 대저 붓을 쓰되 그 붓의 前 과 그 붓의 後에 붓을 쓰지 않은 곳까지 모조리 이르지 않은 것이 없다면, 이 사람은 홍조(鴻釣)로써 마음을 삼고, 조화로써 손을 삼고, 음양으로 붓을 삼고, 만상(萬象)으로 먹을 삼은 것이니, 마음이 이르지 못할 곳에 붓이 이미 이르렀으며, 붓이 이르지 못할 곳에 마음이 이미 이르렀으며, 붓이 이미 이른 곳에 마음이 마침내 이를 것 없고 마음이 이미 이른 곳에 붓이 마침내 이를 것 없는지라, 그 글을 읽으며, 그 글은 제법 읽을 듯하지마는, 읽을 줄 아는 자라야 읽어서 읽을 것이요, 읽을 줄 모르는 자는 읽어도 읽지 않은 것이니 어인 까닭인가. 대개 그들이 그 글의 앞에 뒤에 사면(四面)에 있기 때문이니, 정작 그들은 도리어 글이 아닌 것이다. (차상)

홍운탁월(烘雲托月)의 법칙을 아는가. 달을 그리려는데 달을 그릴 수 없으므로 구름을 그리는 것이니, 구름을 그리는 것은 뜻이 구름에 있는 것이 아니요, 뜻이 구름에 있지 않음은 뜻이 진실로 달에 있기 때문이다. 그러면서도 뜻이 반드시 구름에 있어야 하는 것이니, 구름을 그리되 까딱하면 무겁게도 되고 가볍게도 되나니, 이것은 곧 구름의 병이요, 구름의 병은 곧 달의 병이다. 구름을 그리되 무겁고 가벼움이 알맞고, 또 털끝만한 흔적도 없어서 바라보면 있는듯하고 불어보매 날을 듯하다면 이것은 곧 구름이 묘(妙)한 것이니, 구름이 묘하면 다음날 와서 보는 자 누구나 '어허, 좋은 달이로구나'라고 말하여, 아무도 감탄이 구름에까지 미치는 자 없으리니, 이것은 비록 작자가 어제 갖은 애를 다 써가며 구름을 그린 심사를 저버림이 심하다 할 것이로되, 시험하여 작자의 본심을 생각하여 본다면, 사실은 오롯이 달을 위한 것이요, 구름을 위한 것은 전혀 아니니, 구름과 달은 정히 일일부(一一副)의 신리(神理)라, 합하려야 합할 수 없고, 나누려야 결코 나눌 수 없는 것이 아닌가.

양주동 〈문장론 3법칙〉

제7장 문체를 갈고닦기

문체(文體)란 문장의 체재(體裁)를 말한다. 문장은 그 문장을 이루고 있는 단어들의 뜻만으로 나타나는 것만이 모두는 아니다. 문체도 표현의 한몫을 훌륭하게 담당한다. 문장의 구성 여하는 곧 문장의 체재 여하이며, 문장의 체재 여하는 곧 문장의 표현 여하가 된다.

문장의 형식 문제는 곧 문체를 뜻하는 것인 동시에 '형식이 없는 내용이 있을 수 없다'는 엄연한 진리에서 문장의 형식인 문체는 결코 소홀히 할 수 없다. 프랑스 문학자 페터가 '스타일(문체)은 그 사람이다'라고 한 말은 일찍부터 유행한 금언이요, 소설가 스탕달도 '스타일을 짓는 것은 작품을 고상하게 하는 것이라'고 말하였다. 사실 작품뿐만 아니라 필자의 면모를 가장 빠르게 드러내는 것은, 내용보다는 문체이다.

[1] 문체의 발생

독특한 언어, 문자와 국민성에서 : 동서양의 문체가 서로 다를 뿐만 아니라, 같은 동양권에서도 한문 문체와 한글 문체가 다른 것은 굳이 설명할 필요가 없다.

동일한 언어, 문자라도 시대가 다름에서 : 아래는 1909년에 유길준이 펴낸 《문전》 서문의 한 부분이다. 그 동안의 시대적 차이가 문체에 뚜렷하게 나타나 있음을 알 수 있다.

읽을지어다. 우리 문전을 읽을지어다. … (중략) … 고유한 언어가 유(有)하며 특유한 문자가 유하여 기(其) 사상과 의지랄 성음(聲音)으로 발표하고 기록으로 전시(傳示)하매, 언문일치의 정신이 4천여의 성상(星霜)을 관(貫)하야 역사의 진면(眞面)을 보(保)하고 습관의 실정(實情)을 증(證)하도다.

똑같은 언어, 문자를 쓰는 시대라도 지은이의 개성이 다름에서 : 지난 시대에선 글 쓰는 사람이 숫자상으로도 지금 시대보다 훨씬 적었고, 글을 쓴다고 해도 잘 쓰는 사람을 그대로 모방하는 것을 문장법으로 삼았기에 한 시대와 다른 시대 사이에서 문체는 다를 수 있었으나 개개인의 문체라는 것은 없었다. 그러나 현대에는 글쟁이들의 숫자가 많다. 많기 때문에 글쓴이 자신이나 읽는 사람이나 모두 개성적인 것을 강렬히 요구하게 되었다. 독자적인 것이 내용인 인생관에만 아니라 표현에까지 의의(意義)를 가지게 되었다. 모두 자기의 문체를 완성하기 위해 의식적으로 노력하기에, 과거에는 시대가 문체를 가졌다면 현대에는 개인이 문체를 가지고 있다고 볼 수 있다. 따라서 현대의 문체론은 개개인의 문체를 문제로 삼는 것이다.

[2] 문체의 종류

세세하게 분류한다면 수십 종으로 나눌 수 있겠으나, 대체로는 간결·만연·강건·우유·건조·화려 등 여섯 문체로 나누는 것이 적절하겠다.

(1) 간결체

될 수 있는 대로 요약해서 가장 작은 숫자의 어구로 표현한다. 일어일구에 긴축이 있고 선명한 인상을 주지만 자칫 무미건조한 문장이 될 위험성이 높다.

온 종일 흙바람이 불어 한창 후원에 살구꽃이 피고 하는 어느 봄날 어스름때였다. 이상한 나그네가 대문 앞에 닿았다. 나이 한 오십 가량이나 되어 뵈는, 동저고릿 바람에 갓을 쓰고 그위에 명주수건으로 잘라맨, 체수가 조그마한 사내가 나귀 고삐를 잡고 서고, 나귀에 열대여섯 쯤 되어 뵈는 낯빛이 몹시 파리한 소녀 하나가 앉아있었다. 늙은 하인과 그 상전의 따님같이 보였다.

그러나, 이튿날 그 야릇한 나그네는 이렇게 말했다.

"이 여아는 소인의 여식이옵는데 화재(畵才)가 볼만하와 영감의 문전을 찾았삽내다."

소녀는 흰옷을 입었고, 옷빛보다 더 하얀 얼굴엔 어딘지 깊은 슬픔이 서리어 있었다. 주인이 소녀에게 말을 건네되 소녀의 자그만 입은 굳이 닫히어만 있었고, 아무런 대답도 없었다.

"아기의 이름은?"

"……"

"나이는?"

"……"

주인이 묻는 말에 소녀는 굵은 눈으로 한번 그를 바라보았을 뿐 말없이 고개를 수그려 버렸다.

아비가 대신 딸의 이름을 대어

"낭이(娘伊)"

하고 말을 끊어서 다시

"여식은 귀가 머옵니다."

하였다. 주인은 잠자코 고개를 끄덕였다.

김동리 《무녀도(巫女圖)》

문장은 짧고 간결하다. 말을 되씹지 않고 어휘마다 또록또록 산 것 같다. 이런 압축미는 간결체에서만 바랄 수 있다. 《논어》《주역》 《상서》《노자》 등, 모두 여기에 속한다.

우리 방에서 나갔던 서너 사람도 돌아왔다. 영원 영감도 송장 같은 얼굴로 돌아왔다.

나는 간수가 돌아간 뒤에 머리는 앞으로 향한 대로 손으로 영 감을 찾았다.

"형편 어떻습디까?"

"모르겠소."

"판결은 어찌되었소?"

영감은 대답이 없었다. 그의 입은 바늘로 호라매우지나 않았나? 그러나 한참 뒤에 그는 겨우 대답하였다. 그의 목소리는 대단히 떨렸다.

"태형 구십도랍디다."

"거 잘됐구려! 이제 사흘 뒤에는, 담배두 먹구 바람두 쐬구……. 난 언제나……"

"여보! 잘돼시요? 무어이 잘됐단 말이요? 나이 70줄에 들어서 태 맞으면…말하기두 싫소 난 아직 죽긴 싫어 공소했쉬다"

그는 벌컥 성을 내어 내게 달려들었다. 그러나 그의 말을 들은 뒤의 내 성도 그에게 지지를 않았다.

"여보! 시끄럽소. 노망했소? 당신은 당신이 죽겠다구 걱정하지만,

그래 당신만 사람이란 말이요? 이 방 40여 사람이 당신 하나 나가
면 그만큼 자리가 넓어지는 건 생각지 않소? 아들 둘 다 총에 맞
아 죽은 다음에 뒤상 하나 살아 있으면 무얼해? 여보!"

나는 곁에 있는 다른 사람들에게 향하였다.

"여게 태형 언도에 공소한 사람이 있답니다."

나는 이상한 소리로 낄낄 웃었다.

다른 사람들도 영감을 용서치 않았다. 노망하였다, 바보로다, 제
몸만 생각한다, 내어쫓아라, 여러 가지의 폄이 일어났다.

영감은 대답이 없었다. 길게 쉬는 한숨만 우리 귀에 들렸다. 우
리들도 한참 비웃은 뒤에는 기진하여 잠잠하였다. 무겁고 괴로운
침묵만 흘렀다.

바깥은 어느덧 어두워졌다. 대동강 빛과 같은 하늘은 온 세상을
덮었다. 그 밑에서 더위와 목마름에 미칠 듯한 우리들은 아무 말
없이 앉아 있었다. 우리들의 입은 모두 바늘로 호라매우지나 않
았나.

그러나 한참 뒤에 마침내 영감이 나를 찾는 소리가 겨우 침묵
을 깨뜨렸다.

"여보?"

"왜 그러오?"

"그럼, 어떡하란 말이요?"

"이제라두 공소를 취하해야지!"

영감은 또 먹먹하였다. 그러나 좀 뒤에 그는 다시 나를 찾았다.

"노형 말이 옳소. 내 아들 두 놈은 정녕쿠 다 죽었쇠다. 난 나 혼
자 이제 살아서 무얼하겠소? 취하하게 해 주소."

영감은 떨리는 소리로 말하였다.

나는 패통을 쳤다. 간수는 왔다. 내가 통역을 서서 그의 뜻(이라

는 것보다 우리의 뜻)을 말하매 간수는 시끄러운 듯이 영감을 끄
으러내 갔다.

　자리에 돌아올 때에 방안 사람들을 보니, 그들의 얼굴에는 자리
가 좀 넓어졌다는 기쁨이 빛나고 있었다.

김동인 단편소설《태형(笞刑)》일부분

　구절들이 짧다. 군소리가 없어 어느 줄에서나 한 자 한 마디를 줄
이거나 늘이거나 할 수 없다. 잘 지은 건축에서 벽돌 한 장을 더 끼
거나 빼거나 할 수 없는 것이나 마찬가지다. 듯이, 같이, 처럼 등 형
용이 적다. 단자(單字)마다 단적(端的)이어서 선명 심각한 인상을
준다.

　수숫대 속은 비는 안 새었다. 그저 어둡고 좁은 게 안 됐다. 앞
에 나앉은 소년은 그냥 비를 맞아야만 했다. 그런 소년의 어깨에
서 김이 올랐다.

　소녀가 속삭이듯이, 이리 들어와 앉으라고 했다. 괜찮다고 했다.
소녀가 다시 들어와 앉으라고 했다. 할 수 없이 뒷걸음을 쳤다. 그
바람에 소녀가 안고 있는 꽃묶음이 우그러들었다. 그러나 소녀는
상관없다고 생각했다. 비에 젖은 소년의 몸 내음새가 확 코에 끼얹
혀졌다. 그러나 고개를 돌리지 않았다. 도리어 소년의 몸기운으로
해서, 떨리던 몸이 적이 누그러지는 느낌이었다.

　소란하던 수수잎 소리가 뚝 그쳤다. 밖이 멀개졌다. 수숫단 속
을 벗어 나왔다. 머지 않은 앞 쪽에 햇빛이 눈부시게 내리붓고 있
었다.

황순원 〈소나기〉 일부분

나는 마음을 도사려 먹고, 코피를 흘려가며 공부를 하면서, 곰곰이 생각을 더듬어 대수·기하를 풀어 나갔다. 차츰 재미도 나고, 수학세포의 계통을 찾는 듯했다. 수학시험 시간엔 수은 방울처럼 머리를 떠받들고 들어가 답안지를 채웠다. 치르고 나와 동급생 E 양하고 맞춰 보니 다 옳게 치렀다고 한다. 나는 복도에서 너무 좋아 소리를 지르고 운동장에 나가, 멀리 보이는 송악산을 쳐다보며, 학교 주위를 한 바퀴 달음질쳤다. 그 다음 수예·도화 점수에 신경이 쓰여졌지만, 별로 큰 근심은 없었다. 영어시험도 걱정 없이 치렀다. '닉클스' 교장이 영어를 가르치셨다. 쉬운 법으로 가르친다 했어도, 영어만을 썼기 때문에 처음엔 힘들었으나, 차츰 나에겐 그 교수법이 익숙해졌다. 뜰에서 만났을 때, 교장은 유난히 웃음을 활짝 피우며 '굿 걸'했다. '옳지! 영어점수가 만점인가 보다' 하고 나는 즐거웠다.

모윤숙 〈회상의 창가에서〉 일부분

(2) 만연체

만연체(蔓衍體)는 간결체와 반대다. 기분까지 나타내기 위해 천언만어(千言萬語)로 우여곡절을 일으킨다. 자칫 만담(漫談)에 빠질 위험성이 있다.

'창 옆에 애착하는 감정을 한낱 헛된 호기심으로 단정해 버릴지 모른다.'

하면, 간결한 문체요,

'우리로 하여금 항상 창측 좌석에 있게 하는 감정을 사람은 하나의 헛된 호기심이라고 단정하여 버릴지도 모른다' 하면 만연미(蔓衍味)가 있는 문체다.

사람이 차라리 이렇게 살기보다는 한 개의 큰 비극이 몸소 되어 버렸으면 하고 생각하리만큼 그 생활이 평범하다는 것은 참으로 슬픈 일이다.

　하루하루에 경영하는 생활이 판에 박은 듯 똑같고 단조롭고 무미건조해서 기복이 없는 동시에 변화가 없고 충격이 없음과 같이 비약이 없는 탓일까. 차차로 모든 인상에 대해서 반응해지지 않아 가는 자기를 볼 때 새삼스레 '철석(鐵石)'같이도 무감동하게 된 현재의 상태에 공포를 느끼는 일이 있다. 더러 가다가 고요한 밤이면 확실히 이것은 통곡해야 할 일이라 생각하기는 한다. 그러나 그것 역시 생각뿐이요, 물론 고까짓 것에 흘릴 눈물은 벌써 남아 있지를 않다. 그렇다고 해서 40이 가까운 수염 난 남자의 체면을 가지고 내가 이제 '눈물'을 운위함은 치사스러운 일에 틀림없다 할 수 있으나, 웃어야 할 자리에 웃지 않고 놀라야 할 데 놀라지 않으며, 슬퍼해야 할 자리에 슬퍼하지 않고 노해야 할 데 노하지 않고 보니, 나도 어느새 대체 이런 고골(枯骨)로 화해 버렸다는 겐지, 너무나 허무적인 내 정신상태가 하도 딱해서 일찍이는 잘도 솟아나는 눈물의 샘이 이제는 어디로 갔나 하고 하나의 철없는 향수를 잠시 품어도 보는 것에 불과하다. 눈물은 아동과 부녀자의 전속물이요, 남아 대장부의 호상(好尙)할 배 아니라 하고, 독자 제씨는 말하리라. 물론 나는 이 세간의 지혜를 승인한다. 사실에 있어 어른의 눈물을 보기란 극히 어렵다. 그러나 내가 여기서 눈물을 말함은 오로지 육체적 산물로서는 체루(涕淚)뿐만이 아니요, 감동의 좋은 표현으로서의 정신적 체루까지를 포함함은 두말할 것이 없다. 제군에겐들 어찌 마음껏 울고자 하되 울지 못하는 엄숙한 순간이 없었겠으랴. 우는 것이 원래 풍습이 아니요 넓은 가슴에서 솟아나는 눈물이기에 그 광경은 심히 장엄하기도 하는 것이다. 세상에서는 걸핏하면 말하기를 안가(安價)의 감상, 안가한 눈물, 하지만, 세상에 눈물이 흔하다 함은 웬말이뇨. 성인이 된 지 오래인 우리에게 눈물은 극히 드물게밖에는 솟아나지 않거늘.

실로 눈물은 드물게 밖에는 솟아나오지 않는다. 그러므로 독자여 제군의 두 눈에 만일 이 드물게 밖에는 아니 나타나는 주옥(珠玉)이 괴거든 그를 부끄럽다 생각하지 말고, 정숙히 그것이 흐르는 대로 놓아두라. 눈에 눈물을 가지지 않는 것이 철혈(鐵血) 남아의 본의일지는 모르되 그러나 그 반면에 그가 눈물을 가지지 못하는 점에서는 그는 인간 이하됨을 면키 어렵다 할 수 있을 것이니, 우리가 여기서 세상에서 소위 '사내답다'는 개념을 잠깐 분석해 본다 해도 그것은 결국 그로부터 대부분 인간미가 없어졌다는 사실을 가지고 가장 잘 저간(這間)의 소식을 설명할 수가 있지 않을까 생각한다. 왜 그러냐 하면 무릇 우리들 사람된 자에 있어서는 우리에게 어떤 힘센 정신적 고통이 있을 때 눈물은 반드시 괴롭고 아픈 마음의 꽃으로서 수접게 우리들의 눈 속에 피어오르는 것이 당연한 생리적 사실이기 때문이다. 그렇다. 눈물은 괴롭고 아픈 마음의 귀여운 꽃이다. 사람은 왜 대체 이 귀여운 꽃을 무육(撫育)할 줄을 모르는고. 눈물이 없다는 것은 그에게 마음이 없다는 것을 의미한다. 물론 두말할 것이 없이 모든 사람은 육체적으로는 심장을 지니고 있다. 그러나 문제는 사람이 정신적으로 심장을 소유하고 있는가 또는 있지 않는가에 있다. 육체적으로 고통을 느낄 때 사람이 눈물을 흘리는 것은 사람이면 누구나 다 하는 일이지만, 눈물을 눈에 보낼 수 있도록 누구에게나 다 정신적 심장이 있느냐 하면 그것은 결코 그렇지는 않다. 요사이 항간에 돌아다니는 유행어의 하나에 '심장이 강하다'는 말이 있다. 현대인의 이상이 강한 심장에 놓이게 되기까지에는 깊은 이유가 물론 있겠거니와, 소위 의지가 굳센 남자에게는 심장이 무용이요, 그것은 모든 약점의 원천이 된다고 하는 견해는 확실히 우리들 문명인이 가지고 있는 편견의 하나이다. 왜 대체 감동하기 쉬운 심장이 우리의 앞길을 막는 장애물이 되며, 왜 대체 눈물이 우리에게 치욕이 된다는 것이냐 생각하여 보라. 심장이 보이지 않는 이 생활, 사랑이 없는 이 인생.—사랑할 줄 모르는 자는 받을 줄을 모르고, 희생할 줄 모르는 자는 충실할 수 없는 것이니, 이러한 무리로 더불어 우리는 무엇을 할 수 있으랴. 과연 이 세상에 사랑과 충실이 없이도 수행될 수 있는 위대한 업적이 있을 수 있을까. 이제 만일 이 세상의 모든 심장이 경화(硬化)한 끝에 드디어 말라져 버린다면 그때 여기 남는 것은 무어냐. 변하기 쉬운 기분, 악성의 연수(戀愁), 공허한 속사(俗事)들 생각만 해도 무서운 일이다.

김진섭 《체루송(涕淚頌)》 일부분

(3) 강건체

강건체(剛健體)는 장렬하고 웅대하며, 장중하고 강직한 풍격을 나타낸다. 흐르는 시냇물이 바위와 돌에 부딪혀도 오히려 거센 세류(勢流)가 되듯이 엄연한 필세, 도도한 기풍, 탄력 있는 표현의 문체다.

오인(吾人)은 신시대가 이미 왔다 아니하노라. 신세계가 벌써 전개되었다 아니하노라. 오직 흑암중(黑暗中)으로서 쟁투(爭鬪)로써 해산(解産)의 고(苦)를 가지고, 웅웅(雄雄)한 신문명의 파(婆)와 명명(明明)한 신세대의 서광(曙光)이 멀리 수평선상에 보이도다 하노라. 보라, 기천만의 남녀 민중이 그를 향하여 노력함을.

이러한 때에 동아일보는 생(生)하도다. 희(噫)라! 그 생이 어찌 우연하리오. 회고컨대, 한일 합병 우자 10년(于玆 10年), 그 사이에 조선 민중은 일대 악몽(惡夢)의 습(襲)한 바 되었도다. 그가 또한 사람이라 어찌 사상과 희망이 없었으리오? 그러나 능히 서(敍)하지 못하며, 그가 또한 사회와 어찌 집합적(集合的) 의사와 활력(活力)의 충동이 없었으리오. 그러나 능히 달(達)하지 못하며, 그가 또한 민족이라 어찌 고유한 문명의 특장(特長)과 생명의 미묘함이오. 그러나 감히 발(發)하지 못하였으니, 실로 개인이 간혹 경험하는 바 부르짖고자 하되 개구(開口)하지 못하며, 달음질하고자 하되, 용신(用身)하지 못하는, 그 악몽에 조선 2,00만 무고(無辜) 민중은 빠져 있도다.

장덕수 1920년 〈동아일보 창간사〉 일부분

청춘! 이는 듣기만 하여도 가슴이 설레는 말이다. 청춘! 너의 두 손을 가슴에 대고 물방아 같은 심장의 고동을 들어보라. 청춘의 피는 끓는다. 끓는 피에 동하는 심장은 큰 배의 기관(汽罐)같이 힘 쩍다.

이것이다. 인류의 역사를 꾸며 내려온 동력은 꼭 이것이다. 이성은 투명하되 얼음과 같으며, 지혜는 날카로우나 갑(匣) 속에 든 칼이다. 청춘의 끓는 피가 아니라면 인간이 얼마나 쓸쓸하랴. 얼음에 쌓인 만물은 주검이 있을 뿐이다.

그들에게 생명을 불어 넣는 것은 따스한 봄바람이다. 풀밭에 속잎 나고 가지에 싹이 트고 꽃이 피고 새 우는 봄날의 천지는 얼마나 기쁘며 얼마나 아리따우냐. 이것을 얼음 속에서 불러내는 것이 따스한 봄 바람이다.

인생에 따스한 봄바람을 불어 보내는 것은 청춘의 끓는 피다. 청춘의 피가 뜨거운지라 인간의 동산에는 사랑의 풀이 돋고, 이상의 꽃이 피고, 희망의 노을이 돋고, 열락의 새가 운다.

사랑의 풀이 없으면 인간은 사막이다. 오아시스도 없는 사막이다. 보이는 끝까지 찾아다녀도 목숨이 있는 때까지 방황하여도 보이는 것은 거친 모래뿐일 것이다. 이상의 꽃이 없으면 쓸쓸한 인간에 남는 것은 영락(零落)과 부패뿐이다. 낙원을 꾸미는 천자만홍(千紫萬紅)이 어디 있으며, 인생을 풍부하게 하는 온갖 과실이 어디 있으랴? 이상(理想)! 우리의 청춘이 가장 많이 품고 있는 이상! 이것이야말로 무한한 가치를 가진 것이다. 사람은 크고 작고 간에 이상이 있어서 생존할 의미가 있는 것이며, 현상이 있어서 용감하고 굳세게 살 수 있다. 석가는 무엇을 위하여 눈 덮인 산에서 고행을 하였고, 예수는 무엇을 위하여 거친 들에서 방황하였으며, 공자는 무엇을 위하여 수레를 타고 천하를 돌아다녔던가. 밥을 위하여, 옷을 위하여, 미인을 구하기 위하여 그리하였는가? 아니다. 그들은 커다란 이상 곧 만천하의 대중을 품에 안고 그들에게 밝은 길을 찾아주며, 그들을 행복하고 평화로운 곳으로 이끌고 가겠다는 큰 이상을 품었기 때문이다. 그러므로 그들은 길지 아니한 목숨을 사는가싶게 살았기에 그들의 그림자는 천고에 사라지지 않는 것이다. 이것이 가장 두드러져 일월과 같은 예가 되려니와, 그와 같이 못하다 할지라도 파란 하늘에 번쩍이는 뭇별처럼, 산과 들에 피어나는 여러 가지 꽃처럼, 바닷가에 번쩍이는 모래처럼, 진주처럼, 보옥(寶玉)처럼 크고 적게 빛나는 모든 이상은 실로 인간의 부패를 방지하는 소금이라 할지며, 인생에 가치를 주는 원질(原質)이 되는 것이다.

　이상! 빛나고 귀중한 이상, 그것은 청춘의 누리는 바 특권이다. 그들은 순진한지라 감동하기 쉽고, 그들은 점염(點染)이 적기 때문에 죄악에 병들지 아니하였고, 그들은 앞날이 길기 때문에 눈여겨보는 바가 원대(遠大)하고, 그들은 피가 따뜻하기 때문에 현실에 대한 자신과 용기가 있다. 그러므로 그들은 이상의 보배를 능히 품으며, 그들의 이상은 아름답고 소담스러운 열매로 맺어져 우리 인생을 가멸게 하는 것이다.

보라! 청춘을! 그들의 몸이 얼마나 튼튼하며, 그들의 살갗이 얼마나 생생하며, 그들의 눈에 무엇이 타오르고 있는가 우리 눈이 그것을 볼 때 우리의 귀는 삶을 찬미하는 소리를 듣는다. 그것은 웅장한 관현악이며, 미묘한 교향악이다. 뼈 끝에 스며들어가는 열락(悅樂)의 소리다.

이것은 피어나기 전인 어린 소년에게서 구하지 못할 바이며, 시들어가는 노년에서 구하지 못할 바이며, 오직 우리 청춘에서만 구할 수 있다.

청춘은 인생의 황금시대다. 우리는 이 황금시대의 가치를 충분히 발휘하기 위하여 이 황금시대를 영원히 붙잡아 두기 위하여 힘쩍게 노래하며 힘쩍게 약동하자.

민태원 〈청춘예찬〉

(4) 우유체

우유체(優柔體)는 강건체와 반대다. 청초(淸楚), 온화(溫和), 겸허(謙虛)한 아취(雅趣)를 갖는다. 다정스러운 문체이기에 의지적(意志的)인 것을 담기엔 모자란 듯한 단점이 있다.

'탐화봉접(貪花蜂蝶)이란 말이 있거니와, 꽃을 탐내는 것이 어찌 벌과 나비뿐이겠는가. 무릇 생명을 가졌고 생명을 예찬하는 자들이라면 모름지기 꽃을 탐내 마지 않을 것이다' 하면 강건한 문체요, '탐화봉접(貪花蜂蝶)이란 말이 생각나거니와, 꽃을 탐내는 것이 어찌 벌과 나비뿐이랴. 모든 생명을 가진 자, 다 함께 꽃을 따르고 꽃을 예찬할 것이다' 하면 우유(優柔)한 태가 난다.

　○일 저녁, 시골 있는 동생이 학교에서 수학여행을 왔다가 병원엘 찾아왔습니다. 룩색을 짊어지고 손엔 무엇을 들고, 허리를 고부장하게 하고 들어오며,

　"형님애!"

　하고 부릅니다. 나는 그 부르는 음성에서, 걸어 들어오는 맵시에서, 문득 아버지의 모습을 발견합니다. 나도 모르는 사이에 손목을 덥씩 잡고,

　"네가 어떻게 왔니?"

　"네가 언제 왔니?"

　부르짖듯, 외치듯 합니다. 그 아이의 손을 쓰다듬으면서.

　나는 동생을 베드에 올려 앉힙니다. 아직 한 번도 그는 내게서 따뜻한 정을 느껴본 일이 없었으므로, 동생은 몹시 서먹해하며, 내게서 손을 떼려 하고 얼굴을 돌리려 합니다마는, 나는 숨이 막히도록 동생에게서, 눈으로 코로 귀로 아버지를 찾아내려고 합니다.

　동생이 돌아간 뒤에도, 그 아이 앉았던 자리에서 아버지의 냄새를 찾으려, 아버지가 생존하셨을 때의 일들을 무료(無聊)히 생각합니다.

최정희 〈병실기〉 일부

　나는 봉선화를 보면 오랫동안 가슴을 앓다가 안타까이 숨겨간 누님이 생각난다. 어린 시절, 봉선화꽃이 필 무렵이면 누님은 고향집 뒤 뜰, 감나무 그늘에서 곧잘 동리 아가씨들과 아울러 놀았다. 그들은 모여 앉으면 으레 봉선화꽃을 따다 다져서 백반을 섞

어 새끼 손톱과 발톱에 분홍빛을 곱게 물들이곤 했다. 그것은 아름다움을 돋보이게 하려는 소박한 소망일 뿐만 아니라 목숨보다 귀한 순결을 스스로 지키려는 여인의 다짐이기도 했다. 어쩌면 그것은 예로부터 전해 내려 온 천추일심(千秋一心)과 만리일정(萬里一情)의 그 고결한 여심을 가꾸려는 간절한 기도였는지도 모른다.

김규련 〈봉선화〉 중 일부분

혼자 어슬렁어슬렁 자하골 막바지로 오른다. 울밀한 송림 사이에 조금 완곡은 하다 할망정, 그다지 준급(峻急)하다고 할 수는 없는 길이 우뚝하게 솟은 백악(白嶽)과 엉거주춤하게 어분드리고 있는 인왕산과의 틈을 뚫고 나가게 된다. 울툭불툭한 바위 모서리가 반들반들 하게 닳았다. 이 길, 이 바위를 이처럼 닳리느라고 지나간 발부리가 그 얼마나 되었으리. 그것이 짚신 시대로부터 고무신이나 구두 시대까지만 치더라도 한량이 없을 것이다. 그리고 그 한량이 없는 발부리들도 이 바위와 같이 흙이나 먼지가 되어 버리고 만 것과 되어 버리고 말 것이 또한 한량이 없을 것이다. 두보(杜甫)의 공구(孔丘) 도척(盜跖)이 구진애(俱塵埃)라는 시도 이걸 말함이 아닌가 한다.

창의문 턱이 나선다. 좌우의 성첩(城堞)은 그대로 있다. 지금부터 312년 전, 광해 15년 3월 12일 밤, 반정(反正)의 군졸이 이 문을 부수고 들어왔다.

그 때 공신들의 이름이 이 문루의 현판에 새겨 있다. 이 문은 또 자하문(紫霞門), 장의문(藏義門), 장의문(壯義門)이라고도 한다. 지금 창의문 밖을 장의사동(藏義寺洞), 또는 장의동(藏義洞)이라 하고, 청운동 등지를 자하동이라 하고 통의정, 창성정, 효자정의 일부를 장의동(壯義洞) 또는 장동(壯洞)이라 함을 보면, 이 문의 이름의 유래를 짐작하겠다.

얼마 내려가다 보면, 왼편 산 기슭에는 솔숲이 깊어 있고, 좀 높고도 으슥한 동학(洞壑)이 있으니 이는 삼계동(三溪洞)이다. 대원군의 별장이었다. 안민영(安玟英)의 작가(作歌)에도 가끔 이 삼계동의 풍정(風情)이 나타난다.

우산(牛山)에 지는 해를 제경공(齊景公)이 울었더니
삼계동 가을 달을 국태공(國太公)이 느끼삿다
아마도 고금 영걸의 강개(慷慨)심정은 한가진가 하노라.

산행 육칠 리하니 일계 이계 삼계류(三溪流)라
유정(有亭) 익연(翼然)하니 흡사 당년(當年) 취옹정(醉翁亭)을
석양의 생가고슬(笙歌鼓瑟)은 승평곡(昇平曲)을 아뢰더라.

안민영은 이 근세 사람으로 유명한 가객 박효관(朴孝寬)과 추축(追逐)하고, 함께 대원군의 문에서 많이 놀았으며, 성질이 호방하고 음주를 잘하고 음률도 모르고 가창도 못하나 가사만은 일쑤 지었다.

이러한 객쩍은 생각이나 하면서 걸어가노라면 발부리에 바위가 닿는지 다리가 아픈지 몸이 고된지도 모르게 되는 동안에 세검정이 나선다.

좁고 깊은 산골짜기에 쑥 내밀기도 하고, 움푹 들어가기도 하고, 지질편편하기도 하고, 오밀조밀하기도 하고, 어슷비슷하기도 하고, 우뚝우뚝하기도 한 바위가 물에 닳고 닳아 반들반들하다. 물은 지금도 이 바위를 닳리며, 콸콸 퀼퀼 흘러간다. 세검정은 그 한편의 쑥 내밀고 있는 지질편편한 바위에 오뚝하게 서 있다. 인조반정

때 장사들이 이 물에서 칼을 씻었다고 그 뒤 영조 24년에 이 정자를 세우고, 이렇게 이름한 것이라 한다. 그것이 사실이고 보면 그런 칼날도 먼저 이 물에 닳리어 보았던 것이다.

요마적 와서 그 누군가는 그러한 칼 대신 콘크리트를 하여 닳리어 보려고 하였다. 그러나 그런 건 닳릴 것도 못 되는지 대번 부수어 버리고 말았다. 몇 개 철봉만 모양 숭업게 바위에 박혀 있을 뿐이다.

자연의 힘에는 지는 수밖에 없다. 영원하면 영원할수록 지는 수밖에 없다.

이병기 〈승가사(僧伽寺)〉 일부분

(5) 건조체

미사여구(美辭麗句)나 비유, 꾸밈말 등과는 거리가 멀고 아무런 감정이 묻어나지 않는 문체이다. 전하고자 하는 내용이나 의사(意思)만 전달하면 끝이다. 학술, 기사, 규칙서 등 이해 본위, 실용 본위의 문체로서 문예문장으로는 어울리지 않는다.

대동여지도(大東輿地圖) 22첩 부(附) 목록 1첩 합 23첩은 고산자(古山子)의 만든 것이니, 조선인의 손으로 된 조선의 지례(地例). 이에 이르러 대성을 집(集)하였다 할 것이다. 도사(圖寫)의 대례(大例)로 말하면, 온성(穩城)으로부터 제주까지 22층을 나누어 가지고 1층으로 1첩을 만든 것이니, 맞추어 놓으면 조선 전형(全形)이 고대로 되고, 떼어 놓으면 각층마다 거기 있는 주군현(州郡縣)이 형세 간편하게 장상(掌上)에 요연하게 되었다. 형(形)이 개사(槪似)하다 하더라도 원근의 척도 실적(實積)과 틀릴 것 같으면 오히려 실용에 맞지 아니하는 것인데 이 도본은 그렇지 아니하여 접책 한 장 한쪽 면이 종으로 120리, 횡으로 80리에 당하게 하여 가지고, 경위선을 괘획(罫畫)하여 매방(每方)에 10리 됨을 표정(表定)하였다. 이같이 실적의 진(眞)에 의하여 배포(排布)한 도사(圖寫)인지라, 어디든지 떠들어만 보면 산천의 위치와 정리(程里)의 소밀(疏密)이 대치(大致)를 잃지 아니하게 되었다. 이뿐만 아니라 '육십초위일분(六十秒爲一分), 십리위삼분(十里爲三分), 육십분위일도(六十分爲一度)' 비례를 부기하여 성도(星度)로써 지리를 안(按)함을 보이었나니, 신경준(申景濬)의 이른바 '지필모어천이후(地必謀於天而後), 가이명지기방위대소(可以明知其方位大小)〈동국여지도발(東國輿地圖跋)〉'이라 한 것을 실제로 시험한 것이다. 산천의 명칭을 상렬(詳列)함은 물론이요, 도로 교통, 방면(坊面) 소재 미세한 데까지 미치고, 고적, 진허(陳墟)라도 안색(按索)이 골고루 미치어 부표(符標)로써 각분(各分)해 놓았다.

도본(圖本)의 찬정(撰定)이 일시의 업이 아님은 말할 것도 없거니와 이 도본보다 약 27년 전 동인(同人)의 의창(意刱)한 이 도본과 대류(大類)한 청구도(靑邱圖) 2책이 있었으니 이는 책으로 된 것이매, 외란(外欄) 상하로 공백이 없을 수 없은 즉 대보기에 간활(間闊)이 있으며, 또 철엽(綴葉)을 뜯기 전에는 횡으로 맞출 수가 없다. 이에 색인으로 권수(卷首)에 목록을 붙이어 어느 골 하면 제기층(第幾層) 제기편(第幾片)임을 쉽게 찾을 수 있도록 하였다. 또 팔도분표도(入道分俵圖)를 관(冠)하였는데 매방 경(經) 70리, 위(緯) 100리로 종 28방, 횡 22방의 선괘를 세획(細劃)하여 가지고 거기다가 조선의 전형(全形)을 배정하고 다시 매방을 경위 20리로 진(進)하여 1도(道)씩 1엽(葉) 편면(片面)에 확사(擴寫)하여 놓았다.

정인보 〈고산자의 대동여지도〉 일부분

학자는 그저 진리를 탐구하기 위하여 학문을 하는 것뿐이다. 상아탑이 나쁜 것이 아니라, 진리를 탐구하여야 할 상아탑이 제구실을 옳게 다하지 못하는 것이 탈이다. 학문에 진리탐구 이외의 다른 목적이 섣불리 앞장을 설 때, 그 학문은 자유를 잃고 왜곡될 염려조차 있다.

학문을 악용하기 때문에 오히려 좋지 못한 일을 하는 수가 얼마나 많은가? 진리 이외의 것을 목적으로 할 때, 그 학문은 한때의 신기루와도 같이, 우선은 찬연함을 자랑할 수 있을는지도 모르나 과연 학문이라고 할 수 있을까부터가 문제다.

진리의 탐구가 학문의 유일한 목적일 때, 그리고 그 길로 매진할 때, 그 무엇에도 속박됨이 없는 숭고한 학적인 정신이 만난을 극복하는 기백을 길러줄 것이요, 또 그것대로 우리의 인격 완성의 길로 통하게도 되는 것이다. 학문의 본질은 합리성과 실증성에 있고, 학문의 목적은 진리 탐구에 있다. 위무(威武)로써 굽힐 수도 없고, 영달로써 달랠 수도 없는 학문의 학문으로서의 권위도 이러한 본질, 이러한 목적 밖에서 찾을 수 있는 것이 아니다.

박종홍 〈학문의 본질과 목적〉 일부분

(6) 화려체

건조체와는 반대되는 문체로서 건조체가 이지적이라면 화려체는 감정적이다. 낱말 하나, 구절 하나에 현란한 채색적 꾸밈새와 음악적 운율을 갖는 문체이기 때문에 자칫하면 천박해지고 속된 문체가 될 위험성이 있다.

'나는 그믐달을 사랑한다. 그믐달은 요염하고 가련하다'라고 하면 간결체의 글일 것이나, '나는 그믐달을 사랑한다. 그믐달은 너무 요염하여 감히 손을 댈 수 없고 말을 붙일 수도 없이 깜찍하게 어여쁜 계집 같은 달인 동시에, 가슴이 저리고 쓰리도록 가련한 달이다'(나도향, 〈그믐달〉의 일부)라고 하면 화려체라 할 수 있을 것이다.

성은 류(柳)요, 이름은 관순(寬順)이니, 이 나라의 딸이다. 도적의 사슬에 얽매인 이 고장에 태어나서, 총과 칼에 시달린 채 비와 바람에 부대끼기 열이요 여섯, 천생으로 타고난 맵고도 붉은 마음에 찾아든 겨레의 설움을 그대로 품고, 기미년 3월 1일에 천안 도 아내를 뒤흔든 자유군의 선두를 가로맡았으니, 이 곧 '순국(殉國)의 처녀'……샛별같이 빛나는 우리의 꽃이었다.

신명(神明)도 두려울사 청혈(淸血)을 빨고 생육(生肉)올 뜯는 귀축(鬼畜)의 무리들은, 우리 아기의 아버지를 총살하였고, 우리 아기의 어머니를 총살하였고, 그리고 다시 우리 아기가 자라나던 오막에 불까지 질렀다. 하늘이 무너지고 땅이 꺼질 때, 우리의 관순 아기는 한─고비 단단하게 '민족'을 부둥켜 안았고, 더 한층 든든하게 '조국'올 짊어졌다. 그리하여 영욕(榮辱)을 벗어나 초인(超人)이 되었고, 물불이 범하지 못하는 생신(生神)이 되었던 것이다.

7년의 형기(刑期)를 받았으나, 그는 오히려 100년의 생명에 자약(自若)하였고, 철옥(鐵獄)에 갇힌 바 되었으나, 그는 저대로 자유를 일컬어 날마다 밤마다 '독립'을 부르짖고 '만세'를 불렀다. 소리 한 번에 악형(惡刑)이 두 번이요, 소리 두 번에 난장(亂杖)이 열 번이라, 이리하여 우리의 거룩한 '나라의 딸'은 오랑캐의 갈퀴에 찍히어 '육시(六屍)'로 갈래되니 원통하여라, 17의 봉오리! 피와 살과 뼈가 송두리째 아귀(餓鬼)의 밥이 되고 말았다.

'일본은 망한다. 절대로 절대로 망하고야 만다.'……피 묻은 한 마디를 남기고 눈을 감은 우리의 류 관순, 그렇게 순국한 지 30년 오늘에, 일본은 자지러지고 조국은 일어섰다. 무수한 선열(先烈)의 무덤 위에 조국은 일어섰다. 일어선 조국은 이제 그때를 생각하고, 그 날을 생각하고, 그리고 우리의 '그 임'을 생각하면서 이렇게 모였다. 이렇게 모여서 마음에 새기어 느끼고, 다시금 느끼어 그리운 정성을 남기고자, 보람 있는 '기념 사업'을 마련하는 것이다.

짧은 일생을 나라에 바친 한 떨기의 무궁화, 사나운 된서리에 피지도 못하였던 봉오리는, 이제 자유에 느끼운 3,000만 개의 가슴에서 피어날 것이다. 오늘을 즐기는 형제여! 오늘의 광영(光榮)을 기리는 자매(姉妹)여! 재천(在天) 영령들과 함께, 길이 영겁(永劫)에 뚜렷한 관순 아기의 충혼(忠魂)을 위하여, 다 같이 머리 숙여 합장(合掌)하시라. 그리고 그 거룩한 방향(芳香)이 이 고장에 굽이굽이 풍기게 하시라.

설의식 〈순국소녀 류관순〉 일부분

사막을 걷는 듯한 마음입니다.

밤 빛을 넘어 흩어지는 외로움이 또 다시 등잔 밑에 서리입니다.

내 마음은 곡예사와 같습니다. 그 천(千)이요 또 만(萬)인 요술의 변화를 알 수 없는 것같이 내 맘의 명암도 이루 헤아릴 수 없습니다.

거리에 쏟아진 등불은 밤의 심장을 꿰뚫고 얼크러진 정열에서 헤어나지 못하는 사람들의 꿈 같은 이야기는 이 도시의 감각을 미처 날치게 하거늘 이러한 거리에서 내 어찌 홀로 사막을 걷는 듯한 마음입니까.

맞은편에 놓인 거울에 문득 내 얼굴이 비치입니다.

기이다란 탄식이 뺨 위에 아롱져 있습니다. 나는 얼른 머리를 돌이켰습니다. 그다지도 슬픈 내 얼굴을 차마 볼 수 없었던 까닭입니다.

바람은 어이하여 창가에 속삭이고 이 밤은 어이 이리 길어 새지 않습니까. 잠은 나를 떠나고 또 내 모든 즐거움은 나를 버렸으니, 오오 내 미칠 듯한 마음이여!

가슴 속에 마치 하늘보다 더 큰 구멍이 뚫어진 것 같습니다. 아무것으로도 채울 수 없는 이 커다란 구멍을 내 어찌하리이까.

공허— 그렇습니다. 모두 다 잃어버린 듯한 텅 비인 이 심사를 버릴 곳이 없습니다.

내게 있는 것이 무엇입니까.

내 마음이 어찌 이다지도 가난합니까.

이 밤이 다 새이도록 내가 어루만질 수 있는 꿈은 무엇입니까.

하면 나는 사뭇 발광을 해 보리이까. 발광쯤으로 신통한 무엇이 나온다고 하리이까.

무엇이 이 철없는 여인의 물욕을 자극시킵니까. 쇼윈도우 안에 붉게 푸르게 늘어놓은 문화인의 소비품입니까.

나는 벽에 걸린 내 치마를 봅니다. 왜 좀더 쨋쨋한 원색의 찬란한 빛깔을 택하지 않았던가 하고 거듭거듭 후회합니다.

내게 무슨 바람이 있습니까. 내가 무엇을 해야 옳습니까. 모두 다 싱겁고 우습기 이를 데 없습니다.

푸르고 신선한 내 모든 감각—여기서 피어나는 봄바람 같은 즐거움—이 모든 것은 아마도 내게서 떠났나 봅니다.

그렇기에 내 몸에는 뱀같이 긴 권태가 칭칭 감기어 있지 않습니까.

권태―옳습니다. 권태와 공허 이것뿐입니다. 아무것도 없습니다. 나도 그러하고 친애하는 당신도 그러하고―.

나는 벽에 기대어 이렇게 앉아 있습니다. 맹랑스럽고 우울한 이 밤을 보내기 위하여 나는 이렇게 멍하니 앉아 있습니다.

이선희 〈곡예사〉

[3] 문체의 선택

이미 해설한 바와 같이 문체마다 장단점이 있다. 더구나 문체라는 것이 반드시 어느 하나만을 적용해야 하는 성질의 것이 아니다. 괴테 같은 위대한 문인은 어느 문체고 다 자기의 것으로 썼다고 한다. 간명하게 써야 할 장면이나 작품에서는 간결체로 썼고, 현란하게 써야 효과를 거둘 수 있는 장면이나 작품에서는 화려체로 썼다는 것이다. 거기에 오히려 큰 이치가 있으려니와 그러나 굳이 하나의 특정 문체를 택하여야 한다면 공리적(公利的)으로 검토할 수밖에 없다. 가장 많은 사람들의 성미(性味)에 들어맞을 것, 시간적으로 가장 오래갈 수 있는 것이 가장 뛰어난 문체일 수밖에 없다. 가장 많은 사람들에게, 가장 오랜 세대를 내려가며 탓잡히지 않을 것이라면 결국 가장 평범한 문체일 것이다. 건조체가 평범하면서도 무미(無味)한 편이라면 간결체는 평범하면서도 무미하지는 않다. 졸라도 볼테르의 간명(簡明)을 배우지 못하고 루소의 화려를 배운 것을 한탄한 적이 있고, 아쿠타가와 류노스케(芥川龍之介)도 '문예작품에서는 간결체가 오래 가는 것이 사실이다'라고 하였다. 한문에서도 〈적벽부(赤壁賦)〉로 유명한 소동파(蘇東坡)보다도 오히려 구양수(歐陽脩)나 한퇴지(韓退之)의 문장을 더 높게 평가하는 것은 그들 문장이 가진 간결성 때문인 것이다.

그러나 가장 중요한 것은 자기의 개성이다. 자기의 개성을 죽이면서까지 공리적인 문체만 따를 필요는 없다. 자기 성미에 맞는 문체를 택해야만 자기에게만 있는 모든 것, 자기다운 모든 것을 표현하는 최선의 방법이 될 것이다. 설사 뒷날에는 어느 문체로 돌아선다 할지라도 무엇보다도 자기 기질에 가장 맞는 문체를 택하는 것이 원칙이다. 그리고 앞서 열거한 여러 종류의 문체만이 아니고, 또 수사학이 분류하는 모든 문체 중의 어느 하나가 아니라도 좋다. 아직까지 명칭이 없는 새것, 자기만의 것, 전무후무한 문체를 창조하면, 그것은 더욱 성사(盛事)라 아니할 수 없다. 앙리 마시스는 근대문학이 가장 완성시켜야 할 것은 구상과 함께 스타일의 이상이라 하였다. 그러나, 문체론을 말하는 자리에서 모순될지는 모르나, 특별히 기술이 필요한 문장이 아니라면 군이 문체를 일부러 의식할 필요는 없다고 생각한다. 문체를 강조하다가는 자연스러움을 상하기 쉬운 때문이다. 파스칼 명상록에 이런 말이 있다.

'자연스런 문체를 볼 때는 누구나 놀라고 마음을 끌리운다. 왜 그러냐 하면 그들은 일개의 저작가를 보려 기대했다가 일개의 인간을 발견하기 때문이다.'

저작가냐? 인간이냐? 먼저 인간이요 높은 것도 인간이다. 비록 저작가로되, 저작가로서의 문장보다 인간으로서의 문장을 쓸 수 있다면 그보다 더 진실한 문장은 없을 것이다.

[4] 문체 발견의 요점

'밤 열시쯤'은 누구나 무심히 할 수 있는 소리다. 그러나 '밤 열점이나 그 즈음의 시각에'는 누구나 무심히 할 수 없는 소리다. 여기에 글쓴이의 의식적인 개인행동이 있다. 문체란 사회적인 언어를 개인적

인 언어로 바꾸어 쓰는 것을 말한다. 개인적인 언어로 바꾸어 쓰고
자 한다면,

(1) 용어에 기본적으로 경향을 가질 수 있을 것이다.

　'눈물은 아이와 여자들이나 흘릴 것이지 사내장부가 흘릴 것은
못 된다고 독자 여러분은 말하리라.'
　'눈물은 아동과 부녀자의 전속물이요 남아 대장부의 호상(好尚)
할 배 아니라 하고 독자 제씨는 말하리라.'

　쓰는 말의 경향부터가 다르다. 하나는 언어의 전달성만을 더 발휘
하는 속어를 많이 썼고, 나머지 하나는 언어의 상징성을 더 발휘하
는 술어에 편중하였다.

(2) 조직에 기본적으로 특색을 가질 수 있을 것이다.

　'영감은 대답이 없었다. 길게 쉬는 한숨만 우리의 귀에 들렸다.
우리들도 한참 비웃은 뒤에는 기진하여 잠잠하였다. 무겁고 괴로
운 침묵만 흘렀다.'
　'나는 다시 한 번 살피어, 구하기 어려운 피로를 그 얼굴에, 그
몸에 가지고 있는 그들이 거의 모두 그의 한 손에 점심그릇을 싸
들고 있는 것을 알았다.'

　조직이 뚜렷이 다르다. 먼저 문장('영감은 대답이 없었다.')은 주격
(主格)과 목적격(目的格) 사이의 거리가 짧다. 다음의 문장은 '나는'에
서 '알았다'까지 주격과 목적격 사이에 다른 말이 끼어도 퍽 복잡하

게 많이 끼어 있다.

　'이 길의 바위를 이처럼 닳리노라고 지나간 발부리가 그 얼마나 되었으리, 그것이 짚신 시대로부터 고무신이나 구두 시대까지만 치더라도 한량이 없을 것이다.'
　'이것이다. 인류의 역사를 꾸며 내려온 동력은 꼭 이것이다. 이성은 투명하되 얼음과 같으며, 지혜는 날카로우나 갑 속에 든 칼이다. 청춘의 끓는 피가 아니라면 인간이 얼마나 쓸쓸하랴. 얼음에 싸인 만물은 죽음이 있을 뿐이다.'

　두 글이 다 감탄성이 있는 글이다. 그러나 하나는 고요하고 침착한 특색을 갖고, 하나는 힘차고 낭독조의 특색을 가졌다. 하나는 온화, 겸허한 맛이 있고, 하나는 정열과 음악적 황홀이 있다.

제8장 여러 문장의 작법

[1] 문장 양식의 구별

우리가 글을 쓰려는 재료에 따라 문장 선택이 달라질 것은 물론
이다. 곧 자기가 쓰고 싶은 이야기가 어떤 사물에 직면하였을 때 자
기의 감정을 있는 그대로 나타내려는 것이라면 그 문장은 서정문(抒
情文)이다. 또한 자기 신변이나 사회에서 일어난 일을 그것이 자연계
의 현상이라도 좋고, 사람들 사이의 문제라도 좋은데, 아무튼 우리
가 사는 세상에 대한 관심사를 공평하게 편견 없이, 그 성질이나 사
태의 경과와 경로를 있는 그대로 남에게 알리고자 하는 글은 기사
문(記事文)이다. 또 자기 눈으로 본 것, 귀로 들은 것, 마음속에 경험
한 것을 자기의 눈과 귀, 생각 등을 충분히 존중하면서 그것을 적어
놓을 때는 서사문(敍事文)이 된다. 또 자기가 믿는 바의 사상과 의견
을 남에게 설득시키고 자기 의견에 동의하도록 하는 글은 논문이다.
또한 억지로 남을 설득시키려는 것은 아니지만, 어떤 사건 하나를
분석하여 설명하고 그 사리 판단을 들어 보이는 글은 해설문이다.

또한 자기가 쓰려는 문장의 성질이 앞에 든 그 어느 것이든, 그것
을 어느 특정한 사람에게—때로는 몇 사람일 수도 있고, 단체일 수
도 있지만—말하려는 것은 서간문이다. 또한 꼭 남에게 보이려는 목
적에서가 아니라, 말하자면 자기 자신이 간직해 두기 위해서 그날
그날의 생활을 그대로 적어 두는 것은 일기문이다. 어떤 사물의 이

치를 생각해 보는 것이지만, 그 글의 목적이 꼭 남을 상대로 해서가 아니고 남을 설득시키려는 것도 아닌, 자기 자신에게 말하는 글은 감상문이다.

그렇긴 해도 문장 선택은 그때그때의 생각과 글의 효능에 따라 결정하는 것이지만, 실제로는 그 문장을 무 자르듯이 분명하게 구별할 수 없는 경우도 많다. 그것은 다음의 예문으로 알 수 있다.

사설(社說)

"○○ 신문 사세요."

신문 파는 아이놈이 헐레벌떡거리면서 다방으로 뛰어 들어온다.

"오늘은 사설이 좋습니다"라고 이 아이의 입에서 나오는 데는 놀라지 않을 수 없었다. 이 아이도 사설을 읽는단 말인가? 사설이 '좋다'는 것이 무슨 뜻일까? 아무리 생각해도 당돌한 선전임에는 틀림없을 것 같다. 이 아이가 사설의 논지를 파악했든 못했든 사설이 신문 판매에 관심을 두고 있다는 사실을 반응하는 것이리라.

미국의 NBC방송국 프로그램 가운데에는 매주 일요일에 방송하는 'Meet the Press'(언론대담)이라는 프로그램이 있다. 미국을 방문하는 저명인사들, 또는 미국 고관대작들을 초빙하여 유명한 기자들과 함께 앉아서 이런 저런 회견을 하는 것이 내용이다.

지난 일요일은 동남아시아조약기구(SEATO)의 포테 사라신(Pote Sarasin) 사무총장과의 회견 내용이 방송되었다. 사무총장과 기자들은 제 시간에 모여 앉았으나 바로 앞의 프로그램인 야구경기가 연장전으로 들어가는 바람에 이 회견 프로그램 방송이 연기되었다는 기사를 읽고 '사설이 좋습니다'라고 하던 신문 파는 아이 생각이 문득 떠올랐다. 미국 사람들은 정치보다도 야구경기가 더 중요한가 싶어 부러움을 느끼게 된다.

도대체 신문사설을 읽는 미국인이 미국 국민의 몇 %나 될 것인가. 정치를 직업으로 삼는 사람들과 정책수립에 관여하는 고급 관리 외에는 가뭄에 콩나기 정도밖에 되지 않는다고 어떤 외국기자가 설명했다. 일본의 어떤 신문학연구소에서 조사한 통계로는 수백만 명에 이르는 일본 독자들 가운데 사설을 읽는 사람은 12%에 지나지 않는다는 것이다. 신문 파는 아이까지 사설을 내세우는 우리 독자들의 사설 애독은 무엇을 설명할 것일지. 독자의 수준이 높단 말인가? 그렇지 않으면 정치에 대한 불신인가?

수탑(須塔)

이 글을 읽고 난 뒤 얼핏 생각하기에는 감상문 같은 느낌도 들지만, 다시 생각하면 수필 같기도 하고, 사회시평(社會時評)같기도 하여 종잡을 수가 없다.

그것은 왜 그런가 하면, 본디 사람의 마음이라는 것이 기계처럼 움직여주지 않기 때문이다. 말하자면 어떤 사실을 적어 내려가는 서사문을 쓰다가, 그 사실에 대한 자기의 느낌을 적어보고 싶어지기도 하고, 때로는 남을 설득하고자 하는 글에서 그 사건의 진상을 밝혀서 그 해설과 자기 의견까지 덧붙여야만 글의 효과가 잘 나타날 수 있는 경우도 있으니 말이다. 또한 어느 특정한 사람에 대하여 말하는 서간문 형식의 글인 듯싶지만, 사실은 많은 세상 사람들에게 읽게 한 문장이 있는가 하면, 자기 스스로에게 말하는 듯이 혼잣말을 하면서도 사실은 일반 독자를 예상하고 쓴 글도 있다.

그러므로 실제로 붓을 들어 글을 쓸 때는 이런 분류에 제한받고, 지금은 서사문을 쓰고 있으니까 여기에서 감정을 넣어서는 안 되겠다든지, 또 여기에서 남을 설득하는 글을 넣어서는 안 되겠다든지 하는 구속을 느낄 필요는 없다. 문장은 늘 쓰고 싶다는 자기 요구가 근본이 돼야지 형식에 사로잡혀서는 안 된다는 것이다. 그러나 어떤 글을 써 나갈 때에는 자기가 어떤 골자의 생각을 갖고서 쓰고 있다는 일관된 생각인 주제와 함께 어떤 문장 양식을 사용하고 있다는 것을 생각해야 한다. 이 점을 생각하지 않으면 문장 양식의 통일을 기하기 어렵고 문장까지도 혼란에 빠지기 쉽다. 그러므로 문장 양식에 얽매이지 않고 쓸 수 있는 수준에 이르기 전까지는 문장 양식이라는 것을 언제나 염두에 두고서 써야 한다. 문장의 형식을 갖추지 못하면 무엇보다도 문장의 힘이 약해져서, 그 인상이나 효과가 그에 따라 그만큼 희미해지는 것이다.

[2] 기사문 쓰는 법

기사문(記事文)은 그 글이 뜻하는 대로 자연계와 인간계의 모든 사실·사건·사물의 정적(靜的)인 모습이나 동적(動的)인 모습을 있는 그대로 쓴 글을 뜻한다. 따라서 문장으로서의 취재 범위가 대단히 넓다.

바다의 전망, 해수욕, 산 위의 경치, 등산, 과일나무 밑의 꿀벌들의 움직임, 강가의 풀피리 가락, 홍수가 든 아침, 불꽃놀이, 식물원, 동물원 구경…… 자연을 재료로 한 기사문이 될 것이고, 아우의 입학식, 미장원, 부부 싸움 한 장면, 음악회의 감격적인 광경…… 사람 사는 세상에서 일어나는 일을 재료로 한 기사문이 될 것이다.

중요한 점은 어떤 내용의 기사문이든지 있는 그대로 써야 한다는 것이 생명이다. 있는 그대로 적기 위하여 보다 생생하게 눈앞에 그 광경이 떠오르게끔 나타내는 기교도 기사문에서는 필요하지만, 지나친 기교는 기사문을 다른 목적의 글로 바꾸어 놓기 쉽다. 또한 사물에 관해서 글쓴이 마음에 비친 사물의 모양이나 실제 모습의 묘사를 주로 하고 그 사이사이에 글쓴이가 생각한 바, 느낀 바 등을 어느 정도는 덧붙여도 무방하지만, 그런 심리적인 움직임을 자세하게 쓰게 되면 서정문이나 감상문이 되고 만다.

그러므로 기사문은 사물의 움직임이나 사건 등을 객관적으로 쓴다는 것을 원칙으로 한다. 곧 사물의 움직임이나 사건을 주관적으로 보지 않고 되도록 객관적으로 서술하려는 문장이다.

설명의 편의상 이 기사문을 과학적 기사문과 예술적 기사문으로 크게 나누어 설명하기로 한다. 과학적 기사문은 사물의 모든 부분을 자세하게 쓴 글이고, 예술적 기사문은 전체적인 인상을 파악하여 쓴 글이다. 그럼 다음에 과학적 기사문의 예를 하나 들어 보자.

민들레는 영어로 '댄딜라이언'(dandelion)이라고 합니다. 이것은 '사자의 이빨'을 뜻하는 프랑스어(dent de lion)가 변형된 것인데, 잎 가장자리가 톱니 모양처럼 거칠거칠하기 때문으로 짐작됩니다. 잎은 땅에 우산처럼 벌려지므로 그 밑에 있는 풀들은 햇빛도 비도 받을 수가 없어서 대개는 말라버리고 맙니다.

옛날 사람은 이 풀을 지금보다도 퍽 소중히 여겼습니다. 그 이유는 이 꽃으로 술을 담고, 잎은 샐러드를 만드는 채소로 썼고, 뿌리는 약으로도 썼으며, 커피 대신으로 마시기도 했다는 것입니다. 실상은 커피보다 더 맛있다는 사람도 있습니다.

꽃봉우리는 돼지코처럼 생겼지만 꽃은 아름다운 황금색입니다. 그것은 조그마한 꽃들이 한 곳에 다닥다닥 뭉쳐 핀답니다. 말하자면 둥그런 바늘꽂이에 바늘이 가득 꽂혀 있는 모양과 같습니다. 어린 아이들은 때때로 그 하얗고 부드러운 씨가 달린 털을 모아서 구슬시계라고 하여 그 털을 손바닥에 놓고 입김으로 날려 버리고 그래도 남은 털은 세어서 몇 시라 하며 좋아한답니다. 좀처럼 힘껏 불지 않고서는 한 시가 되기 힘든 일이랍니다.

이 씨가 달린 털이 날아가면 벌집 같은 것만 남는데, 이것을 '애기의 모자'라고도 한답니다. 꽃가루가 떨어질 때는 어머니가 물을 뿜어 옷감을 추길 때를 생각하게 됩니다.

뿌리는 굵으면서도 물기가 많으며, 땅 속에 깊이 박혀 있습니다. 그래서 그것을 부러뜨리지 않고 뽑는 사람이 있다면 한번 보고 싶다는 그런 생각이지요.

이 글을 읽어보면 알 수 있는 것처럼 민들레에 관해 흥미롭게 쓰면서도 자세히 설명한 과학적 기사문이다. 어떤 풍경 이야기, 새나 짐승, 사람에 관한 것, 그 밖에 자연계 각 방면의 사물 현상을 이렇게 자세히 쓴 글은 모두 과학적 기사문의 범주에 들어간다고 하겠다. 이와는 반대로 예술적 기사문은 전체적인 인상에 중점을 두고 쓰되 설명같은 것은 따로 하지 않는다.

다음에는 예술적 기사문의 예를 하나 들어 보기로 한다.

염소가 풀을 뜯고 있는 둑에는 민들레꽃이 흐드러지게 피어 있다. 푸른 바다의 노란 꽃과 흰 수염들……

이따끔 향기를 품은 부드러운 바람이 강 건너 쪽에서 불어온다. 그럴 때마다 민들레의 하얀 수염들은 팔랑팔랑 공중으로 날아다니다가 어떤 것은 내 머리 위에, 어떤 것은 어깨 위에 사뿐히 앉는다. 나는 내 어깨 위에 앉은 하얀 수염을 가만히 집어서 손바닥에 놓고 혹 불었다. 하얀 수염은 바람을 타고 자꾸만 올라갔다. 하얀 구름이 솜처럼 피어오르는 하늘을 향하여 자꾸만 올라갔다. 염소도 민들레의 하얀 수염이 날아가는 것을 쳐다보듯이 하늘을 향하여 '매애애'하고 울었다.

강 건너 쪽에서 다시금 바람이 불어오자 민들레의 하얀 수염들은 또다시 날아다니기 시작하였다.

앞서의 과학적 기사문을 예술적 기사문으로 옮겨 놓은 글이다. 예술적 기사문에서는 이렇게 부분적인 설명은 생략하고 전체적인 인상을 중심으로 해서 그 광경이 읽는 이의 눈에 보이게끔 써야 한다. 그러나 실제로는 과학적 기사문과 예술적 기사문이라는 것이 칼로 무를 자르는 것처럼 분명하게 한계를 지어서 나눌 수 있는 게 아니며, 오히려 이 두 가지 수법을 함께 쓸 때 효과를 더 많이 보는 경우가 많다. 앞에서 과학적 기사문의 예문으로 든 내용 가운데 '어린 아이들은 때때로 그 하얗고 부드러운 씨가 달린 털을 모아서 구슬시계라고 하여 그 털을 손바닥에 놓고 입김으로 날려버리고 그래도 남은 털은 세어서 몇시라 하며 좋아한답니다. 좀처럼 힘껏 불지 않고서는 한 시가 되기 힘든 일이랍니다'와 같은 대목은 예술적 기사문이라고 하는 것이 더 옳을 것이다.

그러면 우리가 기사문을 쓸 때 유념해야 할 점을 몇 가지 들어본다.

① 그 사물이나 사건이 어떻게 진행되는가, 또는 되고 있는가, 또는 되었는가를 잘 관찰하고 생각해봐야 한다는 것이다. 다시 말해서 일을 진행하는 순서와 경로를 분명하고 확실하게 정해야 한다는 것이다. 그러면서 그 일의 처음부터 끝까지 꿰뚫는 중심적이고 원질적(原質的)인 이야기 줄거리를 파악해야 한다는 것이다. 바꿔 말하면 그 일이 진행하면서 걸어오는, 또는 걸어온 본궤도를 명확하게 해야

한다는 것이다.

② 어떤 일이나 곧은길이 똑바로 진행해 오는 것은 아니다. 그 일과 관련 있는, 아니 그 일과 무관한 일까지 한꺼번에 일어나 이런 일들이 옆구리를 차고 들어와서는 본디 사물이나 사건과 어울리고 등 뒤로 밀고 들어와서도 얽혀서 함께 풀어나가는 법이다. 그래서 그 일의 본궤도(중심)를 이루는 것과 옆구리와 등 뒤로 밀고 들어온 부속적인 것을 똑똑히 구별하여야 한다. 주종(主從)의 구별이 안 되고 함께 뒤섞이게 되면 어느 것이 근본이 되는 이야기이고, 어느 것이 부속적인 이야기인지를 서로 간에 문맥이 통하지 않는 글이 되고 만다.

③ 그 일들의 본궤도를 분명히 잡았으면 한 걸음 더 나아가 이 일은 이와 비슷한 다른 일과 어떤 점이 다르다는, 곧 서로 구별이 되는 그 특징을 올바로 알아맞혀야 한다. 얼핏 보기에는 같은 일도 때나 장소에 따라서 큰 차이를 가져오는 법이다. 운동회를 예로 들어 보더라도 봄과 가을은 벌써 계절적인 환경이 다르고, 같은 복지주택이라도 지역조건이나 설비의 좋고 나쁨이 반드시 같을 수는 없다. 이렇게 어떤 일에는 그 일마다의 독특한 특징이 있다. 그러므로 이 특징을 잡아냄으로써 이 일과 다른 일의 차이점을 잘 알도록 해야 한다.

④ 이런 준비 자세가 갖추어지면 그 명확한 순서를 따라, 본궤도에 올라서서 그 일만이 가지고 있는 특징을 잘 나타내도록 명확하고 정확하게 써 나가야 한다. 곧 그 일의 진상이나 특질을 똑똑하게 있는 그대로 빠뜨리는 일없이 자세히 적어 나가는 것이다. 그때에는 되도록 객관적인 관점에서 문면(文面)의 뜻을 잘 알 수 있도록 쓰면 된다. 필요 이상으로 주관적인 감정으로 흐른다든지, 주관적인 이론을 뒤섞어 씀으로써 기사문의 본질에서 벗어나서는 안 된다. 그러나 앞에서 말한 것처럼 어느 정도의 주관적 의견이나 감정을 적는 정도

라면 문제는 없다고 본다.

⑤ 일의 진상이나 특징을 잡기 위해서는 표현을 할 때 형식적인 기교에 얽매일 것이 아니라 자유스럽고 대담하게, 거짓과 숨김없이 결단성 있게 써야 한다는 것이다.

⑥ 앞에서 말한 이런 여러 사항에 유의하여 기사문을 썼으면, 이번에는 그 일의 이야기 줄거리가 뚜렷한지, 지엽적인 다른 이야기 때문에 본 줄거리가 희미해지지는 않았는지, 그 일의 중요한 부분이 빠지지나 않았는지, 쓸데없는 이야기를 많이 늘어놓아서 글의 박력이 줄지나 않았는지, 그 사물의 특징을 바로 잡아냈는지, 그리고 이야기의 앞뒤가 서로 통하는지, 시작은 그럴듯하나 마무리 부분에 가서 흐지부지되지는 않았는지 등의 여러 가지 일을 생각하면서 퇴고 첨삭하는 것을 잊어서는 안 된다. 그리고 이것은 단지 기사문에만 적용되는 것은 아니다.

⑦ 기사문은 사물이나 사건을 있는 그대로 적은 글이라고는 하나 그 일의 특징을 나타내는데 중점을 두고, 다른 일에서도 얼마든지 볼 수 있는 일반적인 이야기는 결단을 내려 과감하게 빼버리거나 덜어낸다. 그렇지 않으면 그 일만이 가지고 있는 독특한 감흥을 자아내지 못하는 법이다.

"덩기덩 덩더꿍"
"닐니리 닐니리 쿵다쿵"
한 낭천 집 넓다란 사랑 마당 큰 느티나무 밑에는 차일을 치고 마당 양 귀퉁이에는 작수를 받치고 팔뚝같이 굵은 참밧줄을 평평히 켱겨 놓았는데, 갓을 삐딱하게 쓴 늙은 풍악잡이들이 북·장구·피리·젓대·꽹꽹이 같은 제구를 갖추어 풍악을 잡히기 시작한다. 주인 영감이 큰상을 받은 것이다. 덧문을 추녀 끝에 치켜 단

큰 사랑 대청에는 군수 대리로 나온 서무주임 이하, 면장, 주재소 주임, 금융조합 이사, 보통학교 교장 같은 양복쟁이 귀빈들은 물론 인아 친척이 각처에서 구름 같이 모여들어서 툇마루 끝까지 그득히 앉았다. 교자상이 몫몫이 나와서, 주전자를 든 아이들은 손님 사이를 간신히 비비고 다닌다. 읍내서 자동차로 사랑놀음에 불려온 기생들은 인조견 남치마에 무릎을 세우고 앉아서 풍악에 맞추어 '만수산 만수봉에 만년장수 있사온데, 그 물로 빚은 술을 만년배에 가득 부어, 2~3배 잡수시오면 만수무강하오리다' 하고 권주가를 부른다.

난홍이라고 부르는 기생은 잔대를 들고 노란 치잣물 같은 약주가 찰찰 넘치는 잔을 들어 손님들이 권하는 대로 주인 영감에게 받들어 올린다. 한 낭천은 반백이 된 수염을 좌우로 쓰다듬어 올리고 그 술이 정말 불로장생의 선약이나 되는 듯이 높이 들어 죽들이마시곤 한다. 깍지통처럼 똥똥해서 두 볼의 군살이 혹처럼 너덜너덜하는 한 낭천에게, 버드나무 회초리 같은 계집들이 착착 부닐면서 아양을 떠는 것도 한 구경거리다.

이윽고 풍수소리와 함께, 헌화하는 소리와 웃음소리가 일어난다. 술 주전자를 들고 혹은 진 아주 마른 안주를 나르는 사내 하인과 계집 하인이 안 중문으로 풀방구리에 쥐 드나들 듯 하는 동안에 주객이 함께 술이 취하였다.

심훈《상록수》일부분

제재(題材)가 제재인만큼 일제강점기 어느 시골 마을의 경삿날의 풍경이 풍자와 함께 잘 나타나 있다. 이 글은 풍속 묘사라는 면에서도 본보기가 될 만한 좋은 기사문이다.

고양이 발자국이 꼭 찍혀진 듯한 오목하고 작은 거리 춘천에는 높은 데나 낮은 데나 할 것 없이 그대로 옹기종기 판잣집으로 꽉 찼다.

고양이 발자국 뒤꿈치가 되는 곳 …… 높게 두드러진 것이 춘천의 진산(鎭山)인 봉의산이요, 고양이 발톱자리 같이 오목오목 패인 바닥이 빙빙 둘러 쌓인 언덕들이나 할 것 없이 오그린 손바닥같이 조그만 시가가 그대로 모두 판잣집밖에 없다. 그야말로 쳐다보아도 판잣집, 내려 굽어 봐도 판잣집, 원래 거대한 건물은 없었다지만 좁은 골짜기에 끼어 있던 조그만 초가집을 약간 남기고, 시가(市街) 전부가 문자 그대로 폐허가 된 이 자리에 관공서나 금융기관, 점포나 주택이나 할 것 없이 모조리 판잣집이다.

박원식 〈회고의 도시 춘천〉

이러한 관점의 선택, 관찰의 방향 표현법은 쉽사리 이루어지는 것이 아니다. 간결하면서도 개성적이다. 그곳의 특징도 잘 잡았고 문장그 자체에도 특징이 있다.

길 복판에서 예닐곱 명의 아이들이 놀고 있다. 머리카락의 색깔은 빨갛고 살갗은 구릿빛의 반쯤 벗은 몸이다. 그들의 혼탁한 얼굴빛, 흘린 콧물, 두른 배두렁이, 벗은 웃통만으로는 그들의 성별을 거의 분간할 수 없다.

그러나 그들은 여아가 아니면 남아요, 결국에는 귀여운 대여섯 살에서 일고여덟 살의 아이들인 것은 틀림없다. 이 아이들이 여기 길 한복판을 선택하여 유희(遊戲)하고 있다.

돌멩이를 주워온다. 여기는 사금파리도 벽돌 조각도 없다. 이 빠진 그릇을 여기 사람들은 내버리지 않는다.

그러고는 풀을 뜯어온다. 풀! 이처럼 평범한 것이 또 있을까. 그들에게 초록빛 물건은 어떤 것이고 간에 다시 없이 심심한 것이다. 그러나 하는 수 없다. 곡식을 뜯는 것도 금지되어 있어서 풀밖에는 뜯을 게 없다.

돌멩이로 풀을 짓찧는다. 푸르스름한 물이 돌에 염색된다. 그러면 그 돌과 그 풀은 팽개치고 또 다른 풀과 다른 돌멩이를 가져다가 똑 같은 짓을 반복한다. 한 10분 동안이나 아무 말 없이 잠자코 이렇게 놀아 본다. 10분만이면 권태가 온다. 풀도 싱겁고 돌도 싱겁다. 그러면 그외에 무엇이 있나? 없다.

그들은 일제히 일어선다. 질색도 없고 충동의 재료도 없다. 다만 그저 앉아 있기 싫으니까. 이번에는 일어서 보았을 뿐이다. 두 팔을 높이 하늘을 향하여 쳐든다. 그리고 비명에 가까운 소리를 질러 본다. 그러더니 그냥 그 자리에서들 껑충껑충 뛴다. 그러면서 그 비명을 겸한다.

이상 〈권태〉

날카로운 감각과 예민한 신경으로써 농촌의 가난한 아이들의 노는 모습을 본대로 적었다. 있는 사실을 관찰하여 그 현상의 특징을 잡아 글쓴이의 주관을 뒤섞지 않고 써나갔다. 이 예문은 빈틈없이 훌륭한 기사문이다.

개구리의 혀는 입속 아래턱에 붙어 있고 우리들의 혀와는 반대 방향으로 붙어 있다. 이 혀야말로 개구리가 살아가는 데에는 한 시라도 없으면 안 되는 것이다. 개구리의 혀를 없애는 것은 우리들의 손을 없애는 것과 같아서 개구리는 일도 할 수 없으며 먹이도 먹을 수 없게 된다. 즉 이 근육질로 된 개구리의 혀는 먹이의 맛도 알며 또 먹이를 채서 넣는 중요한 일도 하는 것이다.

홍원식 〈동물계〉

이 글은 과학적인 기사문이다. 개구리의 자연상태를 밝혀내려는
과학적인 목적에서 쓴 글이기 때문이다.

  앵두꽃이 피고, 살구꽃이 피고, 또 그것들이 다 져도, 무궁화는
아직 메마른 가지에 잎을 꾸밀 줄 모른다. 잎이 트기 시작하여도,
물 올라가는 나무뿌리 가까운 그루턱에서부터 비롯하므로, 온 들
이 푸른 가운데 무궁화만은 지난해의 마른 꽃씨를 달고 서 있다.
라일락이 피고 황매가 피고, 장미가 피고나야 비로소 잎을 갖춘
다. 꽃은 가지 밑에서 맨끝까지 달리므로 말하자면 온 나무가 잎
이다. 또 꽃 피는 것도 무척 더디다. 봉오리가 맺히기 시작하여도
한두 주일 동안은 기다려야 되며 첫 꽃이 피는 때는 서울에서는
대개 여름방학이 시작되는 7월 초순이다. 오래 기다리던 나머지요,
다른 꽃들이 거의 져버려서 뜰이 적이 쓸쓸한 탓도 있겠지만 하
루아침 문득 푸른 잎사귀로 내어다 보이는 한 송이 흰 무궁화를
감탄 없이 바라볼 수 없는 것이다. 그 꽃은 수줍고 은근하고 겸손
하면서도 어딘지 자신이 있어 보인다. 한번 피기 시작하면 꽃 한
송이 한 송이는 대개 그날 밤 사이에 시들어 버리고 말지마는, 뒤
를 쫓아 피어나는 새 꽃은 8월이 가고 9월이 가고 10월 들어서도,
아침저녁 산들바람에 흰 무명 바지저고리가 몸에 붙을 때까지도
끊임없이 핀다. 그 중에 가장 많이 꽃이 피는 때는 8월 중순인데
이 때면, 나의 키만 한 나무에는 수백 송이를 셀 수가 있다.

이양하 〈무궁화〉

이 글은 무궁화꽃의 자연 상태를 아주 면밀한 필치로 그려내고 있는 예술적 기사문이다. 여기서 '면밀한 필치'란 꽃의 세밀한 사실에 주목하는 것이 아니라 그 사실을 통해 지은이의 생각과 심정에 주목하는 것으로, 이 글은 과학적인 기사문이자 예술적인 기사문의 성격을 함께 지닌 것이다.

홍등가에 넋을 잃은 탕자(蕩子)
그 아내가 경찰에 청원

편모슬하에 고이 자라던 농촌 청년이 우연한 기회에 알게 된 네온의 환락경(歡樂境)에 빠진 나머지 귀여운 처자를 돌보지 않고 편모의 재산조차 탕진하려던 이야기.

충남 ○○군 ○○면 ○○리에 사는 김○○는 지난 이렛날 이래 서울 인사동 ○○여관에 투숙하면서 까페, 요릿집 등의 환락에 취한 나머지 어머니 명의로 있는 토지 전부를 구천 원에 저당하여 그 돈으로 시내 일류 카페, 요릿집 등을 돌아다니며 하룻밤에 이백만 원. 삼백만 원씩 계획없이 탕진하고 있음을 안 그의 처 주씨는 생각다 못해 세 살짜리 어린 아들을 업고 15일 종로경찰서로 찾아와 사랑하는 남편이 다시 자기 집으로 돌아오도록 타일러달라고 애원하고 있었다.

[3] 서정문 쓰는 법

서정문(抒情文)은 영혼의 문장, 감정생활의 기록이다. 영혼에서 터지는 부르짖음, 마음 밑바닥으로부터 우러나오는 소리, 그것을 단적으로 표현한 것이 서정문이다. 자기가 깊이 느낀 바를 문장에 옮겨 상대의 감정에 호소하며, 그들에게 깊은 감동을 주는 글이다. 그래서 서정문은 달리 감동의 문장이라 할 수 있을 것이다.

기뻐하고, 노하고, 슬퍼하고, 한숨쉬고, 미워하는, 우는, 웃는 것 등이 모두 인간의 감정이다. 기쁨·놀람·두려움·의심·후회·사모(思慕)·감사 등도 모두 감정을 나타내는 것이다. 이런 감정이 어떤 일에 부딪히면 마음속으로부터, 영혼의 밑바닥으로부터 부풀어 오른다.

그러나 여기에서 서정문은 감정을 나타낸 문장이라고는 했지만, 그렇다고 기뻐하고 화를 내며, 슬퍼하고 즐거워하는 그 어떤 감정을 나타낸 글이 모두 일률적으로 서정문이라고 규정지을 수는 없다.

이 점은 다음의 예문을 통해서 쉽게 알 수 있다.

버스가 서울역 앞 종점에 도착했을 때는 벌써 날이 가물가물 어두워올 무렵이었다. 드디어 서울 한복판에 오긴 왔다.

영복은 버스가 엔진을 끄자마자 '가죽 잠바'가 수갑을 들고 나설 줄로 알았다.

그러나 '가죽 잠바'는 차가 서니까 잠자코 영복의 앞을 가로 막았다. 앞서서 내리라는 것처럼.

'빨간 넥타이'는 바로 영복의 뒤로 바작 대 섰다.

'색안경'은 영복의 옆으로 붙어 섰다.

영복은 기가 딱 질렸다. 앞 뒤 옆으로 묵묵히 포위하는 것으로 보아 이미 운명은 결정되었다고 생각했다. 오직 당장 수갑을 지르지 않는 것은 미국식 경찰의 규칙이려니 했다. 도주의 우려가 없는 이상 뭇사람들이 둘러싸서 지켜보는 가운데에서는 포박하지 않는 모양이라고 단정했다.

영복은 차에서 내리는 순간 완전히 절망했다.

유주현《첩자》

이 글이 영복이라는 청년이 공포를 느끼는 감정을 나타내고 있다는 것은 누구나 한 번 읽으면 알 수 있다. 그러나 이 문장이 서정문은 아니라는 것도 우리는 습관적으로 잘 알고 있다. 왜 습관적으로 잘 알 수 있느냐 하면, 이 문장은 객관적이고 기술적(記述的)인 문장이기 때문이다. 다시 말해서 서정문은 객관적이고 기술적으로 써 나갈 수 없는 법이다. 그것은 다음 글을 읽어 보면 잘 알 수 있다.

> 호수가의 나불나불한 풀들은 벌써 누렇게 생명을 잃었고, 그 속에 울던 버러지, 웃던 가을 꽃까지도 이제는 다 죽어 버려서 보이고 들리는 것이 오직 성내어 날뛰는 바이칼 호수의 물과 광막하고 메마른 풀판뿐이요, 아니 어떻게나 쓸쓸한 광경인고.
>
> 남북 만리를 날아다니던 기러기도 아니 오는 시베리아가 아니오? 소나무 왕소군이 잡혀 왔다던 선우의 땅도 여기서 보던 삼천리나 남쪽이어든…… 당나라 시인이야 이러한 곳을 상상인들 해보았겠소?
>
> 이러한 곳에 나는 지금 잠시 생명을 붙이고 있소. 날마다 부는 바람으로 물결이 이는 바이칼 호수를 바라보면서 고국에 남긴 오직 하나의 벗인 형에게 나의 마지막 편지를 쓰고 있소. 지금은 밤중, 브라트족인 주인 할망구는 벌써 잠이 들고 석유 등잔의 불이 가끔 창틈으로 들이쏘는 바람결에 흔들리고 있소. 우루루 탕하고 달빛을 실은 바이칼 호수의 물결이 바로 이 어촌 앞 바위를 때리고 있소. 어떻게나 처참한 광경이오?
>
> 이광수 《유정》

이것은 머나먼 남의 나라 땅에서 느끼는 시름을 주관적으로 적은 문장이다. 이 문장을 앞의 문장과 비교하여 보면 확실히 서정문이라는 것을 느끼게 된다. 왜냐하면 이 글은 지은이 자신의 감정을 기술하였다기보다는 읊었다고 볼 수 있기 때문이다.

그것처럼 서정문은 서정시라고도 말할 수 있다. '러스킨'은 '서정시는 지은이 자신의 감정을 시로 나타낸 것'이라고 했다. 이 말은 서정문의 정의에도 해당된다. 그러므로 엄격하게 말한다면 서정문이라는 분야가 따로 있는 것이 아니라, 문장의 형식은 산문이라고 해도 본질적으로는 모두 서정시인 것이다. 그러므로 서정적인 문장이라는 말은 할 수 있어도, 원칙적으로 산문을 서사문과 서정문으로 나누는 한계가 뚜렷한 것은 아니다. 그것은 앞의 예문을 보아도 알 수 있는 것같이, 객관적이고 기술적인 문장에도 서정적인 표현을 뒤섞을 수 있고, 주관적이고 영탄적(詠嘆的)인 글 속에도 객관적이고 기술적인 요소를 더할 수 있다. 그처럼 문장이라는 것은 확정된 문체 구별이 지어지는 성질의 것이 아니다. 그러나 문장 중에 서정적인 것과 서사적인 것이 있는 것만은 사실이다. 그러므로 그 서정적인 문장은 말하기 쉽게 서정문이란 말로 나타내는 것이다. 다시 말해서 서정적인 요소를 보다 많이 가진 문장을 일컬어 서정문이라 하는 것이다.

그런 뜻에서 서정시라는 것도 한번 생각해 보자. 본시 서정적이라는 말에는 사고(생각)하는 것의 한 면도 포함된다. 그러나 현재 우리가 널리 쓰고 있는 이 서정적이라는 말은 감정에 한정되는 것이 상식적인 관념이다. 그러면서도 우리는 화를 내고, 미워하고, 괴로워하는 것 같은 이런 감정을 단독으로 나타낸 시를 서정시라고 말하지 않는다. 그런데 기쁨, 아련한 비애, 사랑 같은 것을 내용으로 쓴 시를 서정시라고 보는 관념에 지배되어 있다.

이런 관념이 잘못이라고까지는 할 수 없어도 편견인 것은 사실인데, 이런 편견이 알지도 못하는 사이에 정당한 해석같이 받아들여져 아무도 이런 해석을 의심하지는 않는다. 그러므로 이 서정적이라는 감정에는 감미로운 부분도 포함된다는 것을 알 수 있다.

따라서 시는 원칙적으로 모두 서정시에 포함되지만 오늘날에는 그것을 단순히 시라고 일컫고, 감정의 감미로운 부분을 읊은 시를 따로 서정시라고 구별하는 버릇 아닌 버릇이 생겼던 것이다.

눈

눈은 살아 있다
떨어진 눈은 살아 있다
마당 위에 떨어진 눈은 살아 있다.

기침을 하자.
젊은 시인이여 기침을 하자
눈 위에 대고 기침을 하자
눈더러 보라고 마음 놓고 마음 놓고
기침을 하자.

눈은 살아 있다.
죽음을 잊어버린 영혼과 육체를 위하여
눈은 새벽이 지나도록 살아 있다.

기침을 하자.
젊은 시인이여 기침을 하자.
눈을 바라보며
밤새도록 고인 가슴의 가래라도

마음껏 뱉자.

김수영

국화 옆에서

한 송이의 국화꽃을 피우기 위하여
봄부터 소쩍새는 그렇게 울었나 보다.

한 송이의 국화꽃을 피우기 위하여
천둥은 먹구름 속에서 또 그렇게 울었나 보다.

그립고 아쉬움에 가슴 조이던
머언, 먼 젊음의 뒤안길에서
인제는 돌아와 거울 앞에 선
내 누님 같이 생긴 꽃이여.

노오란 네 꽃술이 필라고
간밤엔 무서리가 저리 내리고
나에게는 잠이 오지 않았나 보다.

서정주

앞의 두 시 가운데서 특히 후자(《국화 옆에서》)가 서정시라고 불리는 것은 읽는이들도 잘 알 것이다. 이것으로 이른바 서정시의 개념을 얻었을 것으로 생각한다. 곧 서정문이라는 것도 이런 요소를 많이 포함한 문장, 감상에 흐르지 않고 감상을 살려서 읽는이들의 감정에 호소하는 문장이다.

서정문이 어떤 것인가를 알았으면 다음에는 어떻게 나타내야 할지를 생각해 보자. 문장은 사물·사건·감정·심리 같은 것을 글자에 의탁하여 나타내는 것인데, 이런 것 중에서도 감각적으로 인식된 사물·사건을 재현하는 것에 비해서 마음속 풍경인 감정·심리를 그린다는 것은 그렇게 쉬운 것이 아니다. 물론 아주 단순하게 슬플 때에는 슬프다고 하고 기쁠 때에는 기쁘다고 말해버리면 그만이지만, 그러나 같은 기쁜 감정에도 분량의 차이가 있고, 그 감정의 변화에 따라서 다만 '기쁘다'라는 단순한 표현으로만 그칠 수 없는 경우도 있게 마련이다. 사랑하는 사람의 편지를 받고 기쁠 수도 있고, 닭이 병아리를 깐 것을 보고 기쁠 수도 있다. 이런 기쁨들을 다만 '기쁘다'는 말로만 나타내서는 글쓴이의 마음이 그대로 읽는 이에게 전해지기는 어려운 것이다. 거기에서 이 기쁘다는 말에 여러 가지 형용사가 따르게 마련이다. 그리고 그 형용사도 '참으로 기쁘다'라느니 '대단히 기쁘다'라는 소박한 표현에서부터, '새처럼 기쁘다'라느니 '푸른 하늘처럼 기쁘다'라는 등의 말이 나오고, 나중엔 기쁘다는 말은 쓰지 않는데도 그 기쁜 감정이 문면(文面)에 넘쳐흐르게 되면 아주 훌륭한 서정문이 되었다고 할 수 있다. 그러나 물론 때에 따라서는 소박한 표현이 보다 강한 감동을 나타낼 수도 있지만, 원칙적으로 문장이라는 것은 감정을 드러내놓고 표현하는 것보다 그림자를 던지듯이 즉 간접적으로 나타냄으로써 아름답고 좋은 문장이 되는 법이다.

　그러면 이처럼 복잡한 표현력을 기르기 위해서는 자기 감정을 정확하게 탐구하여 알아내는 것이다. 기쁨이나 엷은 애수, 사랑 같은 감정은 특수한 경우가 아닌 한 그것만이 홀로 생겨나는 법은 없다. 대개는 둘 이상의 것이 합쳐져서 생기게 된다. 그리고 그것이 복잡해질수록 문장의 맛이 깊어지고, 가슴에 와 닿아서 읽는 이들을 감동시키게 되는 것이다. 그런 뜻에서 서정문은 감정을 나타낸다기보다는 정서(情緒)를 나타낸다고 말할 수 있다. 그리고 정서는 감정(하나의 감정)이 복잡해진 것으로, 모든 복잡한 감정의 표현을 말한다. 그러므로 서정문에 그려지는 감정은 주로 이 정서를 말한다. 따라서 서정문(훌륭한 서정문)을 쓰려면 훌륭한 서정적 정서를 지녀야 한다.

그렇다고 훌륭한 서정적 정서를 지닌 사람이 모두 훌륭한 서정문을 쓸 수 있는 것은 아니다. 여기서 중요한 것은 정확한 탐구와 파악이다. 정서가 부풀어 올랐을 때 글쓴이는 그것을 직감적으로 알아차려야 한다.

그러면 자기가 느낀 정서를 실지로 글로 옮길 때 요점을 적어 보면 다음과 같다.

첫째로 그 사물의 어떤 점을 느꼈는가 하는 것이다. 곧 자기 마음속에 일어난 감정·정서와 관계가 가장 긴밀한 것부터 적어 나가야 한다. 자기가 느낀 감정이나 정서와는 거리가 먼 이야기를 자꾸 늘어놓으면, 사물의 기술이 주가 되어서 서사문이 되어 버린다. 사물의 기술은 서정문의 목적을 돕는 도구일 뿐이다. 더욱이 사물의 기술 곧 이야기가 설명적이거나 토론적인 방향으로 흐르는 것은 서정문에서 특히 삼가야 한다.

둘째로는 어떤 사물에 대해 느끼는 감정·정서를 소중히 여겨서, 그것의 정도에 맞추어 완만할 때, 급격할 때, 고조될 때, 화려할 때, 깊고 얕으며 명랑하고 어두운 때의 기분에 따라, 그것에 어울리는 말을 골라서 어울리게 표현을 해야 한다. 그리고 여기에서 주의할 것은 어구의 선택과 수식, 기교에 홀려버려 감정·정서를 공허하게 한다든지, 지나치게 꾸며서는 안 된다는 것이다. 더군다나 서정문은 그것의 성격상 이런 폐단에 흐르기가 쉽다는 점에 조심해야 한다.

셋째로는 노골적인 감정묘사보다 감정의 흐름에 따르는 생리적인 변화, 즉 슬펐을 때 '눈물이 자꾸 흘러 내렸다'라든지, 기뻤을 때 '큰 소리로 웃을 수밖에 없었다'라든지, 슬픈·기쁜이라는 감정이 우리의 표정·호흡·근육의 움직임 등에 미치는 영향에 대한 묘사를 직접적인 표현방법과 아울러 적절히 활용함으로써 보다 효과적인 문장의 실감을 나타내야 한다는 점이다.

넷째로는 진정(眞情)을 잘 그려내야 한다는 것이다. 서정문이라고 덮어놓고 감상적이고 감정적으로만 쓰는 문장이 아니다. 읽는 이들을 울리고자 한다면 내가 먼저 울어야 한다. 남을 즐겁게 해 주려는 때엔 내가 먼저 즐거워해야 한다. 어구의 수식(修飾) 같은 것에 글쓴이가 좋아서 만족하는 글에는 남이 절대로 감동하지 않는다. 결국은 진정을 적어 나가야 하는 것이다.

다섯째로 진정(眞情)의 흐름은 글쓴이 자신의 사람됨을 말하는 것이다. 그러므로 진정이 흐르는 서정문을 쓰려면 자기 일상생활에 먼저 진심을 기울이는 태도가 중요하다. 사람의 진심이란 것은 일시적인 데서는 발견할 수 없고, 평소에 쌓은 근거가 있어야 비로소 흐르는 것이기 때문이다. 이렇게도 진심에서 나온 진심으로 진심을 다 기울여 써야만 절묘한 문장이 저절로 이루어지며, 읽는 이에게도 감동을 주는 서정문이 태어나는 것이다.

분홍 행건(行巾)

어려서 야행열차를 멀리서 보는 것이 그지없이 서러웠다. "저 기차는 어디로 가며, 어떤 사람들이 타고 있는가?" 그 불켜진 찻간에 마주앉은 사람들이 어쩐 까닭인지 내 어린 환상에는 모두 근심과 걱정을 가득 지닌 불행한 사람들로만 생각되었다.

나 자신이 불행했기 때문인지도 모른다. 나는 1~2원 돈을 손에 쥐고, 어떤 때는 빈 손으로 일수집을 떠나기를 잘했다. 내 갈 곳 …… 막연한 방향은 어머님이 산다는 러시아인데, 러시아가 북쪽인 것만은 알아도 정작 그 어머니의 얼굴조차 기억에 없었다.

집을 나와서 대개는 2~3일에 아는 이를 만나거나, 집안사람들에게 붙들려서 되돌아오게 되었다. 나로서는 꽤나 멀리 갔다는 것이 기껏 40~50리—어떤 때는 100리, 시간적으로나 거리로나 가장 멀고 길었던 것이 부산에서 진남포까지 가서 한 달을 묵었을 때이다. 평양서 차를 바꾸어 탈 때 역부가 외치는 "헤이죠–" "헤이죠–"하는 소리에 눈물을 지운 여덟 살 때 일이 40년이 지난 이날까지 잊혀지지 않는다.

부모가 없음으로 해서 집안에서 학대와 구박을 받는…… 나는 그런 소년은 아니었다. 오히려 그런 이유로 말미암아 다른 삼촌·사촌들을 제쳐놓고 언제나 가장 먼저 우위를 차지했었다. 다른 아이들이 맨발벗고 다니는 시골 농촌에서도 분홍 행건에다 가죽신을 신고 다니는 귀족이었다. 그러나 가죽신으로도, 분홍 행건으로도 속이지 못하는 슬픔의 싹 하나가 언제나 가슴 속에 자라고 있었다. 그 싹이 내 일생의 갈 길을 결정하고, 삶의 이치를 마련했다. 인생이라는 길 위에서의 늦은 4시…… 이날까지 슬픔은 연면히 이어져서 내 가슴에 자리 하나를 잡고 있다. 어떤 기쁜 일을 만나도 나는 슬픔의 베일을 가리지 않고는 그 기쁨을 마주할 수 없다. 기쁨을 마주할 때는 오히려 당황하고, 슬픔을 마주할 때는 정작 마음이 가라앉는다.

이렇게 밤기차를 멀리 바라다보던 그 슬픔…… 얼굴 모르는 어머니를 가만히 입속으로 불러 보던 그리움…….

어머니가 러시아 혁명으로 피난선을 타고 돌아왔을 때, 내 나이 12살이었다. 그렇게 그리웠던 어머니인데도 외할머니와 같이 들어오는 어머니의 모습을 힐끗 보고는 나는 뒷문으로 집을 나와 산으로 달아나 버렸다.

왜 어머니가 그렇게 무서웠던가……. 털 외투에 모자를 쓴 어머니의 그 차림차림이 내 환상과는 너무나 멀었기 때문인가……. 그보다도 그리움에 지쳐서 어머니가 도리어 미워졌던 까닭인가…….

어머니가 고국으로 돌아온 1년 뒤에, 나는 석탄을 수송하는 일본배를 타고 부산을 떠났다. 현해탄 위에서 쳐다 보던 달……, 그 달 아래 울면서 새긴 맹세들……, 거품같은 옛 추억인데도 그 슬픔과 그리움만은 그날 그밤부터 "고국"이란 두 자에 자리를 바꾼 채 평생토록 내 꿈무니에서 떠난 날이 없었다. ―해방이라던 그해까지는―.

김운

'어려서 야행열차를 멀리서 보는 것이 그지없이 서러웠다'에서 부터 시작되는 이 글은, 서정문이 가지고 있는 모든 요소 곧 사랑이니 비애, 향수, 그리고 이들 뒤에 숨어 있는 한없는 그리움들이 복잡하고 다면한 정서속에 마치 뭇별 같이 반짝이고 있다고 하겠다. 동시에 그것이 어떤 흐느낌처럼 호소해 오면서도 비애(悲哀)나 그리움을 노래하듯이 읊은 글이다. 그러나 그런 그리움과 비애도 해방이라는 기쁨 앞에서 승화되는 감정을 우리에게 보여 주는 글이라 하겠다.

설야산책

저녁을 먹고 나니 퍼뜩 퍼뜩 눈발이 날린다. 나는 갑자기 나가고 싶은 유혹에 눌린다. 목도리를 머리까지 푹 올려 쓰고 기어이 나서고야 말았다.

나는 이 밤에 뉘 집을 찾고 싶지는 않다. 어느 친구를 만나고 싶지도 않다. 그저 이 눈을 맞으며 한없이 걷는 것이 오직 내게 필요한 휴식일 것 같다. 끝없이 이렇게 눈을 맞으며 걸어가고 싶다.

이 무슨 저 북유럽 노르웨이에서 잡혀 온 처녀의 향수이랴.

눈이 내리는 밤은 내가 성찬을 받는 밤이다. 눈이 이제 제법 대지를 회게 덮었고 내 신바닥이 땅 위에 잠깐 미끄럽다. 술취한 사람들이 나를 지나치고 내가 또한 그들을 지나치건만 내 어인 일로 저 시베리아의 눈오는 벌판을 혼자 걸어가고 있는 것만 같으랴.

가로등이 휘날리는 눈을 찬란하게 반사시킬 때마다 나는 목도리를 푹 쓴다.

이제 그만 집으로 돌아가야 하겠다고 느끼면서 내 발길은 결코 집을 향하지 않는다. 기차 바퀴 소리가 유난히 들린다. 지금쯤 어디로 가는 기차일까. 우울한 차간이 머리에 떠오른다. 그 속에 앉았을 형형색색의 인생들—기쁨을 안고 가는 자와 슬픔을 받고 가는 자를 한 자리에 태워가지고 이 밤을 뚫고 달리는 기차—바로 지난해 어떤 날 저녁, 뜻밖의 전보를 받고 떠났던 일이 기어이 슬픈 일을 내 가슴에 새기며 한 일이 생각나 밤기차 소리가 소름이 끼치도록 무서워진다.

이따금 눈송이가 뺨을 때린다. 이렇게 소중히 걸어가고 있는 내 마음속에 사라지지 못할 슬픔과 무서운 고독이 몸부림쳐 거의 내가 견디어 내지 못할 지경인 것을 아무도 모를 것이다.

이리하여 사람은 영원히 외로운 존재일지도 모른다. 뉘 집인가 불이 환히 켜진 창안에선 다듬이 소리가 새어 나온다.

어떤 여인의 아름다운 정이 여기도 흐르고 있음을 본다. 고운 정을 베풀려고 옷을 다듬는 여인이 있고 이 밤에 딱따기를 치며 순경을 돌아 주는 이가 있는데, 나도 아름다운 마음으로 돌아가야 할 것이다.

머리에 눈을 하얗게 쓴 채 고단한 나그네처럼 나는 조용히 내집 문을 두드렸다.

눈이 내리는 성스러운 밤을 위해 모든 것은 깨끗하고 조용하다. 눈 한송이 없는 방안에 내가 그림자 같이 들어옴이 상장(喪章)처럼 슬프구나. 창 밖에선 여전히 눈이 싸르르 싸르르 내리고 있다. 저 적막한 거리 거리에 내가 버리고 온 발자국들이 흰 눈으로 덮여 없어질 것을 생각하며 나는 가만히 누웠다. 잿빛과 분홍빛으로 된 천정을 격(隔)해 놓고 이 밤에 쥐는 나무를 깎고 나는 가슴을 깎는다.

노천명

이 글은 뼈에 사무치도록 고독한 사람의 모습이 그려져 있다. 그러나 '고독하다'는 감정도 다만 '고독하고 외롭다'는 말만을 되풀이한다고 훌륭한 글이 될 수는 없다. 고독하면서도 누구를 만나고 싶은 것도, 이야기하고 싶은 것도 아닌, 앞에서 말한 고독한 감정 뒤에 따르는 글쓴이의 심리변화를 잘 그려내어 성공한 서정문이다. 특히 마지막의 '잿빛과 분홍빛으로 된 천정을 격(隔)해 놓고 이 밤에 쥐는 나무를 깎고 나는 가슴을 깎는다'에 이르러서는 처참할 정도로 고독한 지은이의 심정이 우리 가슴에 맞아들어 오는 것 같다.

눈 오는 밤

눈 오는 밤이면 끝없이 뻗은 큰길을 걷는 것이 좋다. 가등(街燈)은 모두 눈물에 어린 눈동자처럼 흐리고 하늘은 부풀어오른 솜꽃같이 지평선에 드리운 밤길을 유령과 같이 혼자서 걷는 것이 좋다.

이러한 길을 걸을 때는 누구와 더불어 이야기하는 것도 너무 번잡한 노릇이다. 발밑에서 바사삭바사삭 눈 다져지는 소리를 들으면서 나는 내 혈관이 가을물처럼 맑아지는 것을 깨닫는 때문이다.

이렇게 걸어가다가 다리가 지쳐지면 나는 그제서야 비로소 길가에 작은 등불이 깜박거리는 술집을 찾아드는 것이다. 되도록은 독한 술을 달래서 권하는 이 없이 잔을 거듭하노라면 대개는 저쪽 '복스'에 '과거'를 모를 헙수룩한 늙은이가 역시 혼자서 술잔을 기울이고 앉았는 것이다. 나는 수수께끼와 같은 그 노인의 '과거'를 푸는 동안에 밤은 한없이 깊어 가고 바깥에서는 여전히 함박눈이 소리 없이 내린다.

이러한 하룻밤에 맛보는 보헤미안 취미는 또한 행복된 일순간이기도 하다.

이원조

지변(地邊)의 신화

검푸른 하늘은 엷은 늦잠에 반눈만 뜨고 푸른 새 한 마리 동녘으로 푸르르 날아갔다. 선뜻한 바람결이 뱀같이 나의 치마폭을 스쳤을 때 난데없이 광석골로부터 달려와 내 옆을 살같이 지나친, 낯선 그 여인의 머리털은 비록 흥클어졌으며 고무신짝은 벗어 손에 들었으나 그가 미친 여인은 아니었음을 조금 후에 또렷이 알게 되었으니 불길한 예감에 주춤거리던 나의 걸음발이 이윽고 광석골 '긴 못' 앞까지 이르렀을 때 전날 같으면 미역 감는 아해들의 물장구소리와 웃음소리로 장미꽃 다발처럼 먼동이 터질 그 골짜기는 죽음처럼 고요하며 아직도 짙푸른 하늘 아래 '긴 못' 속에는 하얀 옷 입은 한 처녀의 시체가 길이 잠들어 있으므로였다.

외로이 남은 별 하나 지난밤 사이에 일어난 죽음의 비밀을 안다는 듯이 밝아오는 하늘에서 탄식처럼 깜박거리고, 못 속에 잠자는 그 처녀의 연유를 모르는 아해들은 못가에 쓸쓸히 둘러앉아 눈을 비비며 점점 환해 오는 못 속을 굽어보며 하품들만 하고 있다.

바람은 불지 말고, 참새는 울지 말고, 태양은 떠오르지 말아, 영영 조용하고 희푸른 새벽대로 그냥 있으려무나. 그렇잖을진댄 차라리 그 처녀를 소생케 하려무나. 죽음? 아니다 고요한 잠이다. 세상의 시끄러움이 들리지 않는 삼간 남짓할 못 속을 아늑한 안방으로 삼고 누워 꽃 같은 꿈을 꾸는 그 처녀는 여섯 자 두터이의 맑은 물을 이불 삼아 고요한 영원의 잠 속에 들어 있는 것이다. 빛나는 광채로 떠오르는 태양의 광각(光覺)이 수면에 반사되어 잠자는 처녀의 살결과 한 꺼풀 휘어감긴 치마는 흐릿한 무지갯빛으로 물들었으며, 감은 눈과 벌어진 입술은 꽃과 같은 오오 미의 화신.

  잘 자라 못 속의 처녀
  백합화 장미화 너를 둘러 피었고
  잘 자라 못 속의 처녀
  아름다운 천사들 너를 보호하리니

  오빠! 나는 햄릿에 나오는 처녀 오필리아의 죽음을 제일 사랑해요. 나도 죽으려면, 아니 억지로라도 봄에, 그리고 벚꽃이 쌓인 못 위에 꽃으로 엮은 관을 쓰고, 머리는 풀어헤치고 또 하얀 옷을 입고. 못속에 비친 저 꽃을 찾아 뛰어들어가겠어요. 불행히 그렇게 되지 못한다면 오빠는 죽은 내 몸을 꽃으로 엮어 잔잔한 이 물속에 얹어주세요. 오빠!

  미친 여인처럼 새벽에 저자로 달려갔던 그 여인은 순사와 마을 사람들을 데리고 왔다. 높이 떠오른 태양은 못가에 고요히 내려앉았던 요정들과 나의 아름다운 환상을 깨뜨려버렸다. 진통이 심해서 지난밤 참다 못하여 방문을 박차고 뛰어나와 '긴못' 속에 빠져 죽은 것이라 한다. 못속의 마술로써 영원한 열여덟의 처녀로 보이던 그 미의 화신을 순사와 마을 사람들이 건져내어 사장에 눕혔을 때 그것은 지옥에서나 볼 수 있을 추물의 상징이었다. 아름다운 꿈을 꾸던 처녀는 그가 아니고 나였었다. 그의 살결은 햇볕에 그을려 짙붉은 구릿빛이요, 배는 부풀어 더운물에 쪄낸 도야지와 같은, 아 사십 가까운 여인! 주리고 헐벗어 괴로움 세파에 시달린 여러 어린것들의 어머니였다 한다.

장영숙

[4] 감상문 쓰는 법

감상문(感想文)은 그 글자가 뜻하는 대로 마음속에 느끼고 생각한 바를 적은 글이다. 어떤 사람이나 신분의 높낮이에 관계없이 저마다 감상을 품지 않은 사람은 없을 것이다. 그 감상이 있는 곳엔 반드시 표현이 뒤따른다. 자기를 표현하려는 우리들의 욕망은 본능적인 것이기 때문이다. 먹을거리에 체해서 속이 거북한 것 같을 때 우린 꿈에 무엇을 먹는 꿈 따위를 잘 꾸게 된다. 그래서 옛말에도 〈꿈에 음식을 먹으면 체한다〉는 말이 있지만, 그것은 꿈에 음식을 먹었기 때문에 체한 것이 아니고, 이미 속이 거북했던 그 감각이 꿈에서까지 어떤 형태로 나타난 것이다.

이렇게 자기 표현은 잠잘 때까지도 나타난다. 어떤 감상을 품고 있는 사람은 그것을 표현하지 않고는 배길 수 없기 마련이다. 그런 감상은 사회나 자연, 생활 등에 대해, 어떤 면에 대해서도 품을 수 있다. 그리고 그 표현은 때로는 부르짖음으로, 때로는 호소로, 때로는 토론으로, 때로는 해설로 될 수도 있다. 이런 표현방법들 가운데에서 감상문은 특정 대상을 자기의 체험을 바탕으로 느끼고 생각한 바를 적어 나가는 표현법이다. 그러므로 이지적인 설명이나 토론, 비판에 그칠 수 없고, 시나 서정문 같은 정서의 표현만으로도 안되고, 논문처럼 처음부터 끝까지 이성으로 일관(一貫)된 글이어서도 안 된다. 즉 이지와 감정이 미묘하게 한데 얽혀서 남을 자기 감상 속으로 끌어들이는 데에 감상문만의 독특한 맛이 있다.

문필과 가책(苛責)

글이라고 쓰기를 시작하기는 이럭저럭 한 6~7년이 되었으나 글다운 글을 써본 일이 한 번도 없고, 남 앞에 그 글을 내놓을 때마다 양심에 부끄러움을 느끼지 않은 적은 한 번도 없다. 첫째 마음에 느끼는 바나 충동받은 바를 그럴 때마다 써 본 일이 없고 다만 남의 청에 못 이겨 책임을 면하기 위하여 쓴 일이 많으니 그로써 글을 썼다고 할 수는 없을 것이다.

더구나 지난 한 해 동안에는 몸이 매인 데가 있어서 그 일을 하느라고 글 쓸 여가는 물론이요, 어떤 때는 밥 먹을 틈이 없는 일까지 있었던 적이 있었다.

그런데 그 잡지나 어느 신문에서는 가끔 가끔 "소설 써 주오" "무슨 감상을 써주오" 하고 청구를 하면 한두번은 거절을 하여 보기까지 하나 그래도 셋째번에는 마음이 약한 탓인지 차마 거절을 하지 못하고 대답을 하여 놓기는 하나, 사실 하루 일을 하고 또 친구들과 어울리면 늦도록 돌아다니다가 밤중에야 집에 들어가니, 몸이 피곤하여 붓을 잡으려나 붙잡을 힘이 없어 그대로 자리에 누운 채 잠이 들어버린다. 참으로 우리의 생활을 아는 이들은 어느 점까지 동정할 것이다.

원고 수집 기한은 닥쳐온다. 사실 몇 사람 안 되는 글쓰는 이

가운데서 나 한 사람의 창작이면 창작, 감상문이면 감상문을 바라고 믿는 잡지는 경영자들의 초급한 생각을 모르면 모르거니와, 알고서는 그대로 있지 못할 일이라, 하는 수없이 아침에 눈을 뜨면서 붓을 잡는다. 나는 이것을 일종의 모험이라고 부르고 싶다. 약간의 힌트를 얻어두었던 것으로 덮어놓고 붓을 잡으니 마치 지리학자나 탐험가들이 약간의 추상을 가지고 길을 떠나는 것 같다. 자기가 지금 시작한 첫 구절 그 뒤에는 어떤 글이 계속 될는지 써보지 않고는 알 수 없으니 거기에 얼마나 불충실함과 무성의함과 철저하지 못함이 있는지 알 수가 없다. 급기야 써서 그것을 잡지사나 신문사에 보내면 그것을 활자로 박아 내놓는다. 그 내놓은 것을 다시 읽을 때의 부끄러움이란 다시 말할 여지없다. 그래서 그것을 한번 내놓고는 다시 읽어 보는 때가 아주 적다. 이와 같이 나의 창작생활이 계속된다 하면 나는 그 창작이라는 것을 내버려서라도 양심의 부끄러움이 없게 하고 싶다.

더구나 안으로 가정, 밖으로는 사회로 그리 마음대로 되는 운명에 나지 못하고 정신상으로나 육체적으로 그리 든든하고 풍부한 천성을 타지 못한 나로서 무엇을 깨닫고 느끼고 사색하는 것이 아직 부족한 때 붓을 잡는다는 것이 잘못이라고까지 생각을 한다. 더구나 아직 수양시대에 있어야 할 나에게 무슨 요구를 하는 이가 있다 하면 그런 무리가 없을 것이요, 또는 나 자산이 창작가나 또는 문인으로 자처를 한다면 그런 건방진 소리가 없을 것이다. 어떻든 무엇을 쓴다는 것이 죄악 같을 뿐이다.

나도향

이것은 스물다섯 살을 일기(一期)로 요절한 천재작가 나도향이 1926년(그가 죽은 해)에 자기 생활, 자연의 움직임, 사회의 움직임 속에서 느낀 것을 자기의 체험에 비추어 쓴 감상문이다. 지금에 와서 읽어보면 문장이 평면적이라고도 할 수 있겠지만…… 그러나 우리는 이 글을 읽고 나서 참다운 글을 쓰겠다는 그의 고민을 너무나도 잘 알 수가 있다. 그것은 언제나 양심을 좇아서 살겠다는 그의 자기체험을 솔직하게 썼기 때문이라 하겠다.

이렇게 자기의 생활, 자연의 움직임, 사회의 움직임 속에서 느낀 것을 자기의 체험에 비추어 쓴 것이 감상문이다.

2월 초하룻날

2월 초하루는 머슴의 설날이라 한다. 남의 논마지기를 얻어 하거나, 밥술먹는 집의 머슴 노릇을 해서, 농노(農奴)의 생활을 하는 그네들이 1년에 한번 실컷 먹고 마시고 마음껏 뛰노는 날이 이 2월 초하루다.

아침부터 밤이 이슥토록 아래 윗 마을에서 징·꽹과리·새납·장고 같은 풍물을 불며 뚜드리는 소리가 끊일 사이 없이 들린다. 그네들이 두레를 노는 광경은 《상록수》 중에도 묘사한 바 있어 약(略)하지만, 아직도 눈이 풀풀 휘날리는 그믐밤, 고등(孤燈) 아래서 종이 우에 펜을 달리면서, 바람결에 가까이 또는 꿈속 같이 은은히 들려오는 그 소리를 들으면 미상불 향토적 정서에 사로잡히게 된다. 그러나 낮에 그네들이 뛰놀던 정경을 눈앞에 그려 보면, 다시금 우울증이 복받쳐 오르는 것을 억제할 수 없다.

이 궁벽한 해변산촌에 수간모옥을 짓고, 죄없는 귀양살이를 하게 된 후(後)로, 다만 고적(孤寂)과 벗을 삼고 지내기 이미 만삼년(滿三年)이 되었다. 비록 구아조찰난위청(嘔啞嘲哳難爲聽 : 박자도 맞지 않고 조잡하여 듣기가 어렵다)일망정 산가(山歌)와 촌적(村笛)

이 그리워서 두레꾼들과 어울려 다니며 막걸리 사발로 얻어먹고, 춤추는 흉내도 내어 보았다.

첫해에는 누데기를 벗지 못한 머슴꾼들이 헌털뱅이 패랭이를 쓰고 곤댓짓을 해서 긴 상무를 돌리며 호적가락 꽹과리 장단에 요두전목(搖頭轉目 : 머리를 흔들고 눈을 돌림)을 하는 것이며, 신명이 나서 개구리처럼 뛰노는 것이 남양(南洋)의 토인부락으로 들어간 듯 야만인종의 놀음같이 보였다.

그렇더니 그 다음에는 두레는 농촌 오락으로 없지 못할 것같이 생각되었다. 좀 더 규모를 키우고 통제있게 놀도록 지도, 장려하고 싶었다. 그러다가 금년에 와서는 두레를 보는 눈이 바뀌었다. 아침저녁으로 만나면서 사이좋게 지내던 아래 위 동리(洞里)가 합(合)하기만 하면 반드시 시비가 나고, 시비 끝에는 싸움으로 끝을 마친다. 그것은 유식무식(有識無識 : 배움이 있는 사람이든 없는 사람이든) 간에 두 세 사람만 모여도 자그락거리고 합심단결이 되지 못하는 조선놈의 본색이라, 씨알머리가 밉기도 하려니와 한편으로 돌이켜 생각하면 가엽기가 짝이 없다. 배를 실컷 불린다는 날 집집으로 돌아다니며 얻어먹은 것이라고는, 끽해야 두부쪽 콩나물 대가리에 돼지죽 같이 텁텁한 막걸리뿐이다.

평소부터 영양부족에 걸린 그네들은 그나마 걸더듬을 해서 그 술을 마시고, 걸신들린 것처럼 그 거친 음식을 어귀어귀 들어 넣는다. 그러고는 온 종일 두드리고 뛰놀면서 온 동네를 돌아다니고 나니, '알콜' 기운은 그네들의 창자와 단순한 신경을 자극시켜서, 악성으로 취하게 한다. 곤죽이 되도록 취하고 나니, 대수롭지 않은 일에 충돌이 되고 평소의 불평이 폭발되면 피를 흘리는 참극까지도 연출하게 되는 것이다.

오늘 저녁에는 주막거리에서 그런 광경을 보다 못해서 달려가

뜯어 말렸다. 몇%밖에 안 되는 알콜 기운을 이기지 못해서 두 눈이 만경을 한 것처럼 개개 풀렸는데, 시척 건드리기만 해도 픽픽 쓰러지는 그네들의 육체는 흡사히 말라빠진 북어를 물에다 불려 놓은 것 같다.

그러나 그네들의 혈색없는 입은 "우리에게 육체와 정신의 영양을 달라!"고 부르짖을 줄 모른다. 자기네의 빈곤과 무지를 아직도 팔자 탓으로만 돌릴 뿐.

오오, 형해(形骸)만 남은 백만 천만의 숙명론자여!

그대들은 언제까지나 그 숙명을 짊어지고 살려는가!

중추신경이 물러앉은 채 그 누구를 위하여 대대손손이 이 땅의 두더지 노릇을 하려는가!

심훈

〈문필과 가책〉이 자신의 삶 속에서 느낀 감상을 쓴 글이라면 〈2월 초하룻날〉은 머슴들의 세계에서 느낀 감상을 솔직하게 쓴 글이다. 이 글을 읽으면 머슴들의 암담한 생활과 함께, 글쓴이가 그들에게 느끼는 애정도 알 수 있지만, 그런 애정 또한 체험을 통해서 이루어졌기 때문에 절실하게 나타낼 수 있는 것이다. 곧 그는 머슴과 같이 사는 생활 속에서 그들의 문제를 자기 문제처럼, 사색하는 동안에 그들의 숙명을 진심으로 한탄하게까지 되었다고 하겠다. 이렇게 자기 사색의 결론을 감상문으로 나타낼 수도 있는 것이다.

지금껏 보아온 대로 감상문은 누구나 다 쓸 수 있으나, 훌륭한 감상문은 훌륭한 사람만이 쓸 수 있는 것이다. 관찰한 바를 그저 그려 놓으면 되는 것이 아닐 뿐 아니라 감정을 단순하게 표현하는 것만으로는 안 되고, 반성과 비판과 추리도 함께 어우러져야 한다.

그러므로 훌륭한 감상문은 '복잡한 깊이와 넓이, 강한 감정까지 어우러진' 형태로 다시 태어난 글이다. 누구나 생각한대로 쓰기만 하면 감상문은 되지만, 앞에서 말한 것같이 훌륭한 감상문은 마음과 사람 됨됨이가 훌륭한 사람만이 쓸 수 있는 것이다.

경박하고 순간적인 생각이나 안일한 감상, 보잘것없는 의견 따위를 깊은 생각 없이 그 자리에서 써 갈긴 것 같은 감상문은 내팽개치고 싶은 생각이 든다. 또한 관찰하고, 느끼고, 생각할 뿐만 아니라 적어도 이것들을 마음속 깊은 곳에서 다루고 비판한 뒤에 쓴 감상문이라야만 진실로 남의 마음을 움직일 수 있다.

결국 어떤 글에서나 마찬가지로 문제이자 핵심은 '사람'이다. 특히 아름다운 문장(글귀)을 만들어 놓느라고 요리조리 꾸민 감상문은 진실이 없기 때문에 오히려 반감 같은 역효과를 빚어낸다. 감상문처럼 쓰는 그 사람의 내면생활을 있는 그대로 충실하게 보여 주는 것은 없다.

그러면 여기서 다른 감상문을 하나 더 읽어 보기로 하자.

불신실신(不信失信)

지난번 서울에서다.

나는 다방에 앉았다가 구두가 하두 망칙하게 더러웠길래 마침 와서 닦으라고 졸라대는 꼬마에게 신발을 내 맡기노라니 마주 앉았던 H. 시인이 "한쪽씩만 가지고 가 닦아라" 하고 가로 말렸다.

나는 무슨 영문인지 몰라 어리둥절한 참인데 꼬마가 H씨를 향해

"……원 아저씨두! 가지고 달아나면 개자식이에요."

이렇게 사뭇 억울에 차서 자독(自瀆) 맹서를 하는 게 아닌가.

그제야 나도 알아채고 H씨가 면구스러울까 보아

"……그런 일도 있나 보지."

한마디 보태며 그대로 두 짝을 보내긴 했으나 속으로는 동심모독이라 인심불신(人心不信)에 향한 이 어린이의 자독 항의에 가슴이 서늘하였다.

그 다음날부터 나는 신발을 한 쪽씩만 들고 가는 구두닦이나, 잔돈을 거슬러 오라면 신문 온 뭉치를 놓고 가는 꼬마 신문 장수들을 대할 때마다 내가 도리어 그들에게 '개자식' 취급을 받는 것 같아 심정이 영 고약해진다.

구상

그대로 지나쳐 버리기 쉬운 지은이의 조그마한 느낌이 그만 준열(峻烈)한 사회비평이 되고 말았다. 이런 투로 감상을 이야기하는 것도 흥미있는 일이 아닌가.

어린이 예찬

어린이가 잠을 잔다. 내 무릎 앞에 편안히 누워서 낮잠을 달게 자고 있다. 볕 좋은 첫여름 조용한 오후이다.

고요하다는 고요한 것을 모두 모아서 그중 고요한 것만을 골라 가진 것이 어린이의 자는 얼굴이다. 평화라는 평화 중에 그중 훌륭한 평화만을 골라 가진 것이 어린이의 자는 얼굴이다. 아니 그래도 나는 이 고요한 자는 얼굴을 잘 말하지 못하였다. 이 세상의 고요하다는 고요한 것은 모두 이 얼굴에서 우러나는 것 같고 이 세상의 평화라는 평화는 모두 이 얼굴에서 우러나는 듯싶게 어린이의 잠자는 얼굴은 고요하고 평화롭다.

고운 나비의 나래, 비단결 같은 꽃잎, 아니아니 이 세상에 곱고 보드랍다는 아무 것으로도 형용할 수 없이 보드랍고 고운 이 자는 얼굴을 들여다보라. 그 서늘한 두 눈을 가볍게 감고 이렇게 귀를 기울여야 들릴 만큼 가늘게 코를 골면서 편안히 잠자는 이 좋은 얼굴을 들여다보라. 우리가 종래에 생각해오던 하느님의 얼굴을 여기서 발견하게 된다. 어느 구석에 먼지만큼이나 더러운 티가 있느냐. 어느 곳에 우리가 싫어할 한 가지 반 가지나 있느냐. 죄 많은 세상에 나서 죄를 모르고 부처보다도 예수보다도 하늘 뜻 그대로의 산 하느님이 아니고 무엇이냐.

아무 꾀도 갖지 않는다. 아무 획책도 모른다. 배고프면 먹을 것을 찾고 먹어서 부르면 웃고 즐긴다. 싫으면 찡그리고 아프면 울고 거기에 무슨 꾸밈이 있느냐. 시퍼런 칼을 들고 핍박하여도 맞아서 아프기까지는 방글 방글 웃으며 대하는 이다. 이 넓은 세상에 오직 이이가 있을 뿐이다.

오오 어린이는 지금 내 무릎 위에서 잠을 잔다. 더할 수 없는 참됨과 더할 수 없는 착함과 더할 수 없는 아름다움을 갖추고 그 위에 또 위대한 창조의 힘까지 갖추어 가진 어린 하느님이 편안하게도 고요한 잠을 잔다. 옆에서 보는 사람의 마음속까지 생각이 다른 번루한 것에 미칠 틈을 주지 않고 고결하게 순화시켜준다. 사랑스럽고도 부드러운 위엄을 가지고 곱게곱게 순화시켜준다.

나는 지금 성당에 들어간 이상의 경건한 마음으로 모든 것을 잊어버리고 사랑스러운 하느님—위엄뿐만의 무서운 하느님이 아니고—의 자는 얼굴에 예배하고 있다.

방정환

매화옥

화초를 기르는 일도 적이 괴롭지 않음은 아니되 그 괴로움을 잊어야 한다. 괴로운 그곳이 도리어 함직하다. 손수 심고 옮기고 물도 주고 거름도 주고 북도 돋우고 하는 것이 실로 관심이 깊고 애정이 붙고 기쁨이 크게 된다.

분벽사창(粉壁紗窓)에 문방제구(文房諸具)와 서화골동(書畫骨董) 등을 비치하는 건 황금만 있으면 될 수 있으되 이건 황금만으로도 될 수 없다. 상노(床奴)나 원정(園丁)을 맡겨둔다면 한 권세요 거오(倨傲)는 될지언정 화초를 기르는 그 진의와 묘경(妙境)은 도저히 이르러보지 못 하고 말 것이다.

나는 좁은 방에다 난, 매화, 수선, 서향(瑞香) 수십 분(盆)을 들여놓고 해마다 한겨울을 함께 난다. 어떤 친구는 와 보고 "이건 한 식물원이로군" 하고 동내(洞內) 부인들이 모이고 보면 "사내양반이란 한 가지 오입은 다 있다. 이 집 양반은 화초 오입을 하시는군" 하고 우리 집을 화촛집이라는 별명을 지어 부르기도 한다.

과연 나는 화초를 좋아하고 화초로나 더불어 일생을 소견(消遣)하려는 바 날마다 화초를 보고 거두는 것이 나의 한 일과다. 천복(天福)이다. 훌륭한 온실을 따로 지어놓고 거두는 것보다 이 모양으로 협착한 냉돌에서 살을 마주 대고 추위를 겪는 것이 더욱 따뜻하고 정다워진다.

벽 한편 위에 걸린 '매화옥(梅花屋)'이라는 현판은 나의 친구 한 분이 어디서 추사(秋史)의 진적(眞蹟)을 얻어 모각(摹刻)하여 준 것이다. 추사 글씨란 워낙 범상치 않은데 전(篆)도 예(隸)도 아닌 이 매화옥 자(字)는 더구나 이상하게 되었다. 어찌 보면 무슨 물형(物形)도 같고 된듯 만듯한 그것이 그 밑에 흐트러져 놓인 필연(筆硯), 책자, 화초분들과는 꼭 조화가 된다. 조화 아닌 조화와 정제 아닌 정제와의 신운(神韻)과 향기가 서로 교류되는 그 속에 나는 한 자리를 차지하고 앉았다 누웠다 하며 때로 법희(法喜)와 미소를 하고 있다.

이병기

[5] 수필 쓰는 법

수필(隨筆)을 한마디로 말한다면 붓의 운치(韻致)라고도 할 수 있다. 철에 따라, 곳에 따라, 생각나는 대로, 내가 느끼고, 내가 생각한 바를 즉흥적으로 붓에 담는데 수필의 묘미가 있다. 그래서 즉흥적인 묘미에 수필의 참된 맛이 있다면, 수필을 쓰는데 그 구성을 따지는 것 같은 이론이 있을 수 없다. 그것을 다시 말하면 수필은 이론적으로는 작법의 궤도(軌道 : 原則)라는 것이 없으며, 거기에 수필만의 매력이 있다고 말할 수 있다.

우리나라 고유의 문학은 그 대부분이 수필로 이루어져 있다고 볼 수 있는데, 그것들을 잘 읽어 보면 알 수 있는 것처럼 자연의 풍물을 그윽한 운치로 다룬 시라고 할 수 있다. 우리 고유의 수필에는 주관의 특이한 점이 보이나, 이른바 소설 기술로서의 구상이나 대화는 없고, 다만 독백 형식으로 씌어졌을 뿐이다.

따라서 문학의 구성이라는 측면에서 보면 수필은 구성이 없다거나 있어도 유치한 수준이라고 말할 수 있다. 거기에는 근대소설에서 볼 수 있는 것 같은 아무런 복잡성이 없고(이는 곧 단순하다는 말과 통한다고 볼 수 있다), 수필 그 자체로서 생각할 때는 단순함 속에 수필만의 독자적인 세계가 있다고 말할 수 있다.

그래서 수필은 확실히 기교(技巧)와는 거리가 멀지만 달리 생각하면 기교와는 거리가 멀다는 것 자체가 또 다른 형태의 기교일 수도 있다. 이른바 '아무런 기교를 부리지 않은 것이 또 다른 (형태의) 기교'(무기교(無技巧)의 기교(技巧))를 말하는 것이다. 그렇게 보면 수필은 소설과 달라서 꾸미지 않은 묘미가 있는 법이다. 이 묘미는 소설에서는 찾을 수 없다. 이런 묘미는 자연 속에서 우러나온 소박하고 단조로운 것으로, 그런 묘미가 수필에서 없어진다면 수필의 수필로서의 맛, 수필다운 맛은 없어질 것이다.

수필의 묘미는 소설에서와 같이 여러 조건에 좌우되는 일 없이 자기 생각대로 쓰는 데 있는 것이어서 이 꾸미지 않는 묘미라는 것이 말이 쉽지 사실은 매우 어려운 것으로, 그 어려운 정도가 소설의 어려움에 비할 바가 아닐지도 모른다. 그러므로 소설과는 달리 수필은 붓을 들기는 쉬우면서, 수필의 경지에 들어가면 갈수록 더욱 어려워지는 것이지만, 소설은 들어가기가 어려우나 일단 들어가 보면 생각보다는 쉽다고 말할 수 있을지도 모르겠다. 수필은 또한 동양적인 것이라고 말할 수 있다. 서양의 수필에는 흔히 '에세이' 곧 평론적인 것이 포함되어 있다. 그러나 동양의 수필에서는 그런 점을 볼 수가 없다.

소설과 수필을 비교해 보는 것은 그 영역이 다르므로 그 과정도 자연스레 다를 수밖에 없는데, 그러나 과거의 수필에 비하면 현대의 수필은 확실히 소설적인 측면이 많아졌다. 아니, 어떤 수필은 단편소설과 조금도 다를 바가 없을 정도이다. 이렇게 수필이 소설과 비슷해지는 것이 수필의 진화인지 퇴보인지는 의문점이라 하겠지만, 아무튼 요즘의 수필에는 회화도 나오고, 여러 인물이 작품 속에 나오기도 하고, 거기에 갖추어진 조건이 소설의 그것과 조금도 다를 바가 없어졌다. 이 점은 어느 면에서 본다면 확실히 종래의 수필 영역을 확대시키고, 수필이라는 세계 속에서 예전에는 다루지도 않았던 부분까지 소재로 다루게 되었다고 말할 수 있다.

그러나 현대의 수필과 과거의 수필을 비교해 볼 때, 확실히 과거의 수필에 더 운치가 있었다. 물론 지나치게 단순한 점은 있었지만, 이 단순한 맛에는 현대 수필에서 보는 것 같은 복잡성과는 차원이 다른 그 나름의 그윽한 맛이 있다고 할 수 있다. 소설과 수필의 구별이 요즘에 와선 더욱 어려워졌지만 하나 분명한 점은 수필은 어디까지나 수필다워야 하고, 소설은 어디까지나 소설다워야 한다는 점이다. 수필의 구성 기술에는 소설과 같은 귀찮은 조건은 없으며, 그저 수상(隨想)을 담담하게 문장이라는 그릇에 제대로 담을 수만 있으면 된다. 수필을 잘 쓰는 비법이 세상에 있다면, 그것은 오로지 글쓴이의 교양과 품격이라고 말할 수 있겠다. 수필은 품격과 교양 그 자체라고 말할 수는 있지만, 소설에는 쌓아 올린 기교가 소설 구성의 중요한 조건으로 되어 있다.

소설 기교는 비상(非常)하게 발전한 반면에 수필에는 이렇다 할 변화가 없다. 하기야 앞에서 말한 것같이, 요즘 수필에는 소설적인 측면이 더해져서 거기에 얼마간의 진전이 엿보이는 듯도 하지만, 수필 그 자체가 가진 본래의 특징을 발전시켰다고는 말할 수 없다.

그렇다면 수필은 어떻게 써야 하는 것인가.

이런 관점에서 수필을 이야기한다는 것 자체가 이미 수필과는 거리가 먼 생각이다. 수필에는 아무런 조건도 제약도 없는 법이다. 조건도 제약도 없는 곳에 수필의 특색이 있다고 말할 수 있겠으나, 그러면 그럴수록 수필이 더 어렵다는 것이다.

사실 수필에 관한 여러 가지 생각을 해볼 때, 가장 먼저 머리에 떠오르는 것이 수필의 한계이다. 도대체 어디까지가 수필이고, 어디까지가 소설이며, 또 어디까지가 '에세이'일까? 실제로 이들의 한계를 엄밀히 따지는 것은 아주 어려운 것으로서 서로 연관성을 지니면서 유기적(有機的)인 형태 속에서 발전해 왔다고 말할 수 있겠다.

그러므로 새삼스럽게 수필의 구성법을 이야기하기는 어렵지만, 그러나 수필은 어디까지나 수필이며 하나의 운치이다. 별다른 구성법도, 구성조건도 없기 때문에 생각대로 쓰면 그만이다. 그러나 이 '생각대로 쓴다'는 것이 수필의 핵심적인 본령(本領)이면서 동시에 근원적인 취약점(脆弱點)이 될 수도 있다—'생각대로 쓴다'고 해서 최소한의 구성도 배제하고서 말 그대로 '붓(筆) 가는(隨) 대로', '생각대로' 쓴다면 그것은 수필이 아니라 잡문(雜文)이라는 점이다.

수필이 어디에서 와서 어디로 사라지는지를 알 수 없으나, 그러나 확실히 어디에선가 와서 어디엔가로 사라질 것이다. 큰 바람은 바다 저쪽에서 오는 것이라고 하지만 수필 또한 영혼의 저쪽에서 오는 것인지도 모르겠다.

수필의 구성을 보면 소설에서 보는 바와 같은 출발점도, 종점도 없다. 다만 있는 것은 가없는 중간뿐이다. 머리도 꼬리도 없지만 거기에 수필만의 오묘한 맛이 있다 할 수 있겠다. 그러나 오늘의 수필이 다른 분야에 비해 부진(不振)한 상태에 놓인 것은 왜일까? 그것은 아마도 표면적으로는 '수필의 소설화(小說化)'에 큰 원인이 있다고 하겠지만, 내재적으로는 자연스러운 무기교의 기교 속에 숨은 수수한 수필의 세계가 점차 현대인들로부터 멀어져 가기 때문이라고도 하겠다. 바쁜 하루 일상 속에서 글을 쓴다는 것이 지적(知的)인 사치일 수도 있는 시대, 글을 쓴다는 것은 어느 정도 마음의 여유가 있어야 가능하다는 생각이 지배하는 시대와 수필은 평행선을 달리는 관계에 놓여 있기 때문이라고도 할 수 있다. 수필은 마음의 여유가 있어야 가능한 장르라는 생각 자체가 편견이자 고정관념이겠지만, 그러나 분명한 것은 평행선은 어느 하나의 선이 조금이라도 상대 쪽으로 방향을 틀지 않는다면 만날 가능성이 없다는 점이다.

요즘에는 글을 짓는 사람들의 풍류라는 것이 거의 없어지다시피 되었다. 수필의 한 요소는 확실히 이 풍류에도 있는 것인데, 이 풍류의 맛이 사라지면서 수필도 질적인 면에서 변화를 겪었다. 시대 변화에 따라 내용과 형식에 변화를 가져오게 되는 것은 당연한 일이겠지만, 이 시대 변화에 따라 오늘날 수필에는 과거의 풍류가 밀려나간 대신에 '속력'이라는 것이 다분히 담겨지게 되었다. 수필 속에 속력이 담겨지게 되면 수필만의 오묘한 맛이 상하게 될 것이라고 생각하겠지만, 그러나 시대의 변화 앞에서는 별 다른 수가 없다.

수필의 구성에서도 시대의 변화에 따라 특정한 형식이나 조건을 갖추어야 될 때가 올지는 모르지만, 그러나 참다운 수필의 작법은 아무런 기교를 부리지 않는, 꾸미지 않은 자연 그대로를 쓰는데 있다고 하겠다. 그래서 수필을 어떤 기교만으로 구성한다면, 그야말로 생명을 잃은 수필만의 오묘한 맛을 잊은 글이 되고 말 것이니, 수필은 꾸미지 않은 기법의 수양(修養)이 무엇보다도 중요하다는 것을 알 수 있을 것이다.

손톱

신작로(新作路)란 말이 처음 생기고 콩크리트 교량을 '콩굴다리'라고 불렀다. 우거진 고목나무 한 그루를 중심으로 해서 방사선으로 벌어진 시가지—그 시가지에는 일본인들이 살고, 거기서 경화·덕산·풍호·장천을 거쳐 웅천으로 연(連)하는 군용도로가 지금 보는 그대로 40년 전 진해에 벌써 준공되어 있었다.

그 신작로 중간 중간에 눈에 뜨이는 '맨홀'—똥그런 쇠뚜껑으로 덮혀 있는 그 구멍이 내게는 수수께끼였다.

'이게 뭘까?'

'이 속에 무엇이 들어 있을까?'

지나칠 때마다 궁금하기는 하나 물어볼 사람도, 물어볼 용기도 없었다.

어느날 신작로 길을 혼자 지나다가 그 '맨홀'이 또 눈에 띄었다. 일직선으로 뻗은 긴 신작로에 그날은 웬일인지 오가는 사람 하나 없었다. '맨홀' 앞에서 한참을 망설이다가 전후좌우를 살핀 뒤에 일대 결심으로 '맨홀' 뚜껑에 손을 대었다.

내가 생각한 것 보다는 아주 쉽게 뚜껑이 열렸다. 그러나 그 뚜껑 속에는 내가 상상했던 기계도 조화도 없고 여남은 척되는 캄캄한 구멍 아래 물이 고여 있을 뿐이다.

기대와 호기심이 무너진 뒤에 열없고 싱거운 환멸—누가 오기 전에 뚜껑을 닫아버리려고 바쁘게 서두르다가 그만 나는 쇠뚜껑에 왼손 끝을 보기 좋게 치어버렸다. 눈에서 불이 번쩍한다. 이를 악물고 그 아픈 손끝을 웅크려 쥔다. 금시에 피멍이 빨갛게 든 손톱 네 개를 깨어진 그릇처럼 한손으로 쥐고는 울상이 되어서 집으로 돌아왔다. 그러나 아무에게도 그 이야기는 못했다.

그 이튿날 새벽—으레 먼저 일어나시는 할아버님이 잠든 내 머리 맡에서 무엇을 찾으시다가 버선 신은 발이 내 왼손 아린 손톱 끝에 약간 닿았었다.

잠결에도 나는 "아앗!" 하고 소리를 질렀다. 그 소리에 놀라서 할아버지 할머니가 내 손끝을 들여다보시고는 대경실색(大驚失色)을 하신다. 아무리 어린애 손톱이기로니 발로 밟았다고 금시에 그렇게 피멍이 들 리가 없는데도, 노인네 두 분은 너무 놀라고 당황해서 거기까지 생각이 미칠 겨를도 없었다.

"늙어 가면서 망녕도 분수가 있지 원, 이 연한 손톱이 금시에 피가 맺혔네……".

할머니는 내 손끝을 들여다보시며 측은해서 어쩔 줄을 모르시고, 그러면서도 할아버지에게는 취조관처럼 능엄(陵嚴)하시다. 죄 없이 누명을 둘러쓴 할아버지는 피고처럼 풀이 죽어서 맥을 못 쓰신다.

'……아닙니다. 어제 신작로에서……'

나는 열 번도 더 입속으로 그 소리를 외우면서도 그 한마디 말이 입에서 나와 주지를 않는다. 우물쭈물하면서 고백의 기회를 영영 놓쳐 버렸다.

내 손톱 네 개가 물러 빠지고 다시 새 손톱이 생기도록까지 몇 달을 두고 할아버지는—가엾은 할아버지는 그 죄를 둘러쓰신 채 집안에서 기를 펴지 못하였다.

할머니가 몇 해만 더 사셨던들, 내게 할아버지의 설원(雪冤)을 해드릴 기회도 있었으련마는 그 이듬해 내가 9살 되던 겨울에 할머니는 세상을 떠나셨다.

이 세상에 오실 때는 앞뒷집에서 한날한시에 태어나신 두분이건마는 떠나실 때는 함께 가시지 못하고, 할아버지는 그 뒤 스무 해를 더 사셔서 여든 셋의 천수(天壽)를 누리시고 세상을 떠나셨다.

내가 동경에서, 개나리 봇짐을 등에 지신 할아버지가 긴 지팡이를 짚으시고 뒤를 돌아보고 보고 하시면서 외로운 산길을 떠나시는 것을 꿈에 본 바로 그날이 할아버지께서 운명하신 날이다.

김소운

얼마나 기발하고도 흥미진진한 이야기인가. 그러면서도 눈물에 가려진 미소가 보이는 듯하다. 아무것도 아닌 이야기가, 쉽게 읽어 버릴 이야기가, 그러면서 우리들 가슴에 무엇인가 남겨 놓고 간다. 그것이 수필이다. 글쓴이의 사람 됨됨이나 교양을 있는 그대로 보여주는 것이 바로 수필이다.

불역쾌재(不亦快哉)

오래 전에 착산(斲山)과 함께 객지에서 열흘 동안이나 장마비를 만나 상(牀)에 마주앉아 있기가 하도 무료하기로 피차에 무슨 즐거운 일을 이야기하기로 내기하여 심심타파를 한 일이 있다. 그것이 이미 스무 해 전의 일이라 도무지 기억에 남지도 않았더니 우연히 서상기(西廂記)를 읽다가 고염(拷艶) 1편에 이르러 홍랑의 입에서 이럴 듯한 쾌문(快文)이 나옴을 보고, 당시에 이것을 가져다가 함께 읽으면서 심심타파를 하지 못한 것을 한스럽게 생각하였다. 그때 당시에 우리가 말하였던 것을 다시금 더 찾아서 아직도 기억할 수 있는 몇 조목을 다음에 덧붙여 기록하여 둔다. 그러나 어느 구가 착산의 말이요, 어느 구가 성탄의 말이었는지는 도무지 분간하지 못하겠다.

1. 한여름 7월, 하늘에는 불덩이 같은 해가 내려쬐는데, 바람도 없고 구름도 없어 앞뒷뜰이 화끈 뜨겁기가 사뭇 홍로(紅爐)와 같아, 새 한 마리도 감히 날아오지 못하겄다. 온 몸에 흐르는 땀이 가로 세로 개울이 되고, 밥을 앞에 놓았으나 어느 경황에 먹을 것인가. 삿자리를 가져다가 땅위에 누우려니 바닥의 축축한 품이 기름에나 누운 듯, 게다가 파리떼가 달려와서 목에 붙고 코에 붙어 아무리 쫓아도 가지는 않고, 이야말로 정히 어떻게 할 도리가 없다. 그러는 차에 문득 시꺼먼 구름짱이 뭉기뭉기 모여들며 우르릉 땅땅 소리와 함께 난데없는 소낙비가 마치 수백만 금고(金鼓) 소리와 같이 줄기차게 내려오며 처마 끝의 떨어지는 물이 폭포보다 더하다. 몸에 땀이 홀짝 걷고, 땅의 습기도 일소되고, 파리떼도 다 가고, 밥을 제법 먹을 수 있으니, 그 아니 즐거운가.

2. 10년이나 헤어져 있었던 친구가 저녁녘에 문득 이르렀다. 문을 열고 한번 읍(揖)하고 나서 미처 배로 왔나, 육로로 왔냐도 묻지 않고, 또한 미처 상에 앉으려나, 탑(榻)에 앉으려나도 묻지 않고, 잠시 인사나 주고받은 뒤에 문득 빠르게 안으로 뛰어들어가 은근히 내자에게 묻는 말이, "그대 또한 동파의 아내처럼 한 말

(斗) 술이 있겠느뇨?" 내자가 흔연히 금비녀를 뽑아서 내어주는데, 셈쳐보니 사흘 먹이는 넉넉하겠구나. 그 아니 즐거운가.

3. 빈 서재에 홀로 있노라니 마침 생각나는 것은 어젯밤 밤새도록 상 머리에서 법살스럽게 장난하던 쥐새끼. 달그락 달그락 하더니만, 무슨 그릇을 깨쳤노. 찍찍하더니만, 무슨 책을 찢었노. 아무리 생각하여도 밉기는 하나 도리는 없다. 문득 보니 한마리 날쌘 고양이가 꼬리를 흔들며 무엇을 노려보는 것 같다. 숨을 죽이고 잠깐동안 기다리니 획 하고 달려들자 찍 소리 한마디에 고놈이 잡혔으니, 그 아니 즐거운가.

4. 서재 앞에 수사(垂絲), 해당(海裳), 자형(紫荊) 등속의 나무들을 모조리 뽑아 버리고 파초(芭蕉) 10~20본을 심으니, 그 아니 즐거운가.

5. 봄날 밤에 여러 호사(豪士)와 함께 기분 좋게 술을 마셔서 이미 반쯤 취한 정도에 이르렀는데, 그만 멈추려니 멈추기는 어렵고, 더 마시자니 마시기도 어렵것다. 곁에 있는 눈치 있는 동자놈이 딱총(火紙礮) 여남은 매(枚)를 가져다 놓는지라, 몸을 일으켜 자리에서 나와 딱총에 불을 대어 놓으니, 유황 냄새가 코를 찌르고 골에 사무쳐 온 몸이 시원하다. 그 아니 즐거운가.

6. 거리를 지나다가 보니, 두 놈팡이가 한 가지 일을 가지고 싸우는데, 눈꼬리가 찢어질 듯 목덜미가 시뻘게 가지고 사뭇 하늘을 같이 이고는 살 수 없는 것처럼 하다가도, 또 한편으로 손을 포개는 등, 허리를 굽실거리는 등, 장히 점잖은 여러 말이 많다. 수작

하는 깐을 보매 그놈의 싸움 한 해가 다가도 끝날 줄을 모르겠다. 문득 힘깨나 쓸만한 장사 한 명이 팔을 걷고 위엄을 부리며 중간에 달려들어 크게 외쳐 꾸짖는 한마디 소리에 대번에 해결되니, 그 아니 즐거운가.

7. 자제(子弟)가 글을 외우는데 병에서 물 쏟듯이 줄줄 내려가니, 그 아니 즐거운가.

8. 밥 먹고 나서 일이 없기로 저자 구경을 나섰것다. 마음에 드는 조그마한 물품이 있어 장난삼아 사려는데, 흥정은 거의 다 되어 주려는 값과 달라는 값의 차가 지극히 적은데도 장사치놈은 한 푼도 에누리 못한다고 끝내 고집이다. 소매 속에서 무게가 그놈의 달라는 값어치 넉넉히 될만한 그것을 꺼내어 옛다 받아라 내어주니, 놈의 얼굴이 문득 웃음으로 변하며 손을 포개어 잡고는 잇달아 미안하다 일컫는다. 그 아니 즐거운가.

9. 밥 먹고 나서 일이 없기로 문서가 든 오래된 상자를 쏟아놓고 보니, 받지 못한 신구(新舊) 채용문서(債用文書 : 차용증(借用證))가 무려 수백 장이나 되는데, 사람들을 따져보나 살아 있는 사람도 있고, 이미 죽은 사람도 있어 요컨댄 받을 길이 바이 없다. 한데 뭉쳐 불을 대어 깨끗이 살라버린 뒤에 높은 하늘을 치어다보니, 소연(蕭然)히 한 점 구름이 없다. 그 아니 즐거운가.

10. 여름날 맨머리 맨발에 양산(凉傘)으로 해를 가리우고 바라보니, 장정이 오가(吳歌)를 부르면서 물방아를 디디는데, 줄기차게 솟아오르는 물이 은을 뒤치는 듯, 눈(雪)을 굴리는 듯하니, 그 아

니 즐거운가.―이하 생략―

김성탄 〈불역쾌재(不亦快哉)〉에서

동양 사람의 글에는 해학(諧謔)이 없다고 말하는 사람도 있다. 그것은 뭘 몰라도 한참 모르고 하는 소리다. 이 수필이야말로 동서고금을 통하여 정말 명작이 아닌가. 프랑스에 '위트'가 있고, 영국에 '유머'가 있으며 미국에 '조크(joke)'가 있다고들 자랑하지만, 이 기발한 기지(機智), 운치 있는 해학을 당할 수 있으랴. 그야말로 '그 아니 즐거운가'를 연발해야 할 글이다.

온실(溫室)

온실은 온갖 꽃들이 탐스럽게 활짝 피어 있는, 경치가 좋은 곳이다. 봄바람을 얻어 이를 믿지 않으면 꽃을 이루지 못한다는 데서 '화신풍(花信風)'이라는 말도 있으나 화신풍과는 아랑곳도 없이 피는 것이 온실의 꽃들이다. 온갖 열대식물들이 한 여름 부럽지 않게 늘어서 있는데다가 '튤립' '시클라멘' '시네라리아' '프리뮬라' 같은 꽃들이 연(姸)을 다투고 있다.

취미로 대규모 온실을 가지고 있는 부인이 있다. 아무리 가까운 사람이 간청해도 달라는 사람 자신이 온실을 가지고 있는 것을 확인하기 전에는 한포기 꽃도 내놓지를 않는다. 온실이 없는 사람에게 주어본들 이를 간수하지 못할 것이니 주어봤자 헛된 일이라는 것이다.

헛된 일이라기보다도 피지 못한 채 시들어 버릴 꽃의 운명이 너무나 가련해서 내줄 수 없다는 것이다. 꽃을 아낀다면 이만한 마음씨가 필요한지도 모르겠다. 비슷한 사람에 나이 든 정원사가 있다. 일제시대부터 가지고 있는 난실(蘭室)을 두고도 이를 영업용으로 쓰지 않고 있다. 한 그루에 적어도 수만 원씩 하는 이 서양란 장사를 왜 안 하느냐고 묻는 말에 그는 이렇게 답변한다.

"난꽃을 피우게 하자면 여러 해 공을 들여야 하지요. 공들이는 것은 좋지만 값이 비싸져서 요즘 같아서는 고관(高官)들에게 바치는 뇌물로나 쓰일 테니 그게 싫어요. 둘째로 이걸 받은 고관 어른들이 간수할 줄을 어디 안답디까? 몇해 공을 들였는데 이것이 죽어 버릴 테니 그것도 애석하지요."

"허기야 비싼 풀이나 꽃은 심은 분(盆)이 많이 들어가는 댁에는 화원에서 뒷문 교섭을 해서 다시 사온단 말도 들었지만……"

그는 입맛 쓰다는 듯이 혀를 찼다.

수탑(須塔)

사회를 풍자한 미소가 흘러나오는 수필이다. 여기 정원사의 "간수할 줄 안답디까?" 하는 말이야말로 이 글 전체를 갑자기 생동하게 했다고 하겠다.

장생과(長生果)—낙화생(落花生)

경사(京師) 사람들의 연회라는 자리에는 반드시 자그마한 접시에 담은 안주가 몇 그릇씩 나온다. 그 종류가 상당히 많은데 장생과도 그들 가운데 하나다. 이것이 유달리 특별한 진품이랄 것은 없지만 특히 이것을 빠뜨리지 아니하는 것은, 세상 사람들이 아마도 그것이 재수 있는 이름이라고 그러는 것은 아닌지.

나는 건륭 52년(서기 1787년, 조선 정조 11년)에 처음으로 북경에 갔었는데, 친구들과 더불어 술자리에서 술잔을 한창 주거니 받거니 하는 중에도 쉴 새 없이 장생과를 깨물어서는 알맹이를 끄집어 내었다. 기름에 튀긴 것은 특별나게 맛이 있었다.

그런데 이 물건이 4, 5월만 지나면 갑자기 거리의 가게에서 자취를 감춰 버린다. 누가 하는 말에 따르면 이 물건은 그 무엇과는 서로 어울리지 않는다는 것을 아니까 사람들이 팔지 않는다는 것이다. 그러면 서로 어울리지 않는 물건이 무엇인지, 나는 도무지 알아 낼 수가 없어서 오랫동안 의문으로 생각해 왔다. 그런데 가경 9년(1804) 여름에, 친구인 녹운곡(鹿筼谷)에게서 이런 이야기를 들었다.

이야기는 곧 그의 누이동생이 장생과를 먹고는 별안간 몸이 약해지면서 위독한 상태에 빠졌다는 것이다. 그래서 야단이 났다고 콩국물을 막 먹였더니 겨우 회복했다는 것이다. 무엇에 체했을까 싶어서 식구들에 물어 보아도 짐작이 가는 사람이 없었다. 때마침 여름철이라, 손님이 있어서 첫물 오이를 접시에 담아서 드렸다. 그때 장생과도 함께 드렸더니 나이가 많던 요리사가 '오이 담은 접시는 상에서 물리세요'라고 하기에 그 까닭을 물으니 '당신은 아직도 모르시는군요. 장생과와 오이는 서로 어울리지 않습니다. 그걸 모르고 두 가지를 같이 먹으면 병이 납니다'라고 했다. 그제야 전의 동생의 병도 이것이 원인이었다는 것을 알았다는 것이다.

아닌 게 아니라 연뿌리[蓮根(연근)] 거죽은 피를 잘 돌게 하고 비름나물[莧菜(현채)]은 별(鼈 : 자라)이 된다. 자라[鼈]가 오래 사는 동물로 알려져 있어서 '비름나물은 장수에 좋다'는 뜻이 아닐는지. 옛사람들의 식경(食經)은 역시나 귀중한 것이다. 실로 잘되어 있다. 이제는 북경에 와서 보아도 이 장생과를 파는 집에서 그것과 오이는 서로 어울리지 않는다는 것을 조금도 모르고 함께 놓아 팔고 있다. 즉 《식경》을 일러 말하던 것도 벌써 옛날인 것이다.

이 장생과의 본명은 노하생(露下生)이라 한다. 누구의 말인지는 몰라도 이슬 방울이 묘목(苗木)의 뿌리 있는 데로 떨어지면 그 이

슬이 떨어진 데마다 열매가 맺혀진다고 그 이름이 생겼다는 것이다. 보통 이것을 낙화생(落花生)이라고 하는데 그것은 노하생이라는 음이 잘못 발음된 것이다. 운곡은 양의(良醫)로서는 이름이 있지만, 장생과와는 서로 어울리지 않는다는 것은 몰랐다. 그 나이 많은 요리사에게 가르침을 받지 않았던들, 자칫하면 이것이 전해지지 못하였을지도 모른다. 그래서 나는 특히 이것을 기록하여 위생을 존중하는 사람들의 참고로 이바지하는 바이다.

학의행(郝懿行)

중국 청나라 때 경서(經書) 연구가이자 학자인 학의행의 〈장생과〉라는 제목의 글이다. 얼핏 보기엔 아무것도 아닌 듯한 것을 아무 것도 아닌 것처럼 써 내려간 글이다. 그러면서도 어딘지 모르게 시정(詩情)이 풍기고, 지은이의 소박한 모습이 떠오른다. 그러나 이렇게 쓴다는 것은 사람이 극치(極致)에 이르러야만 가능한 것이니, 이 글을 읽고 나면 '글은 곧 그 사람이다'라는 말을 다시 한 번 생각하게 된다.

창(窓)

창을 해방의 도(道)에 있어서 잠시 생각하여본다. 이것은 즉 내 생활의 권태에 못 이겨 창 측에 기운 없이 몸을 기대었을 때 한 갈래 두 갈래 내 머리로부터 흐르려던 사상의 가난한 묶음이다.

철학자 게오르크 짐멜은 일개 화병의 손잡이로부터 놀랄 만큼 매력 있는 하나의 세계관을 도출하였다. 이것은 적어도 하나의 유명한 사실임을 잃지 않는다. 이 예에 따라 나는 여기 한 개의 창을 관찰 대상으로 삼으려 한다. 그러나 이것이 과연 하나의 버젓한 세계관이 될지 또한 하나의 '명색수포철학(名色水泡哲學)'에 귀

(歸)하고 말지는 보증의 한(限)이 아니다. 그 어떠한 것에 이 '창 측의 사상'이 속하게 되든 물론 이것은 그 기도 자체는 나쁘지 않음에도 아직은 오히려 하나의 미숙한 소묘에 그칠 따름이다.

창은 우리에게 광명을 가져오는 자이다. 창이란 흔히 우리의 태양을 의미한다.

사람은 눈이 그 창이고 집은 그 창이 눈이다. 오직 사람과 가옥에 멈출 뿐이랴. 자세히 점검하면 모든 물체는 그 어떠한 것으로 의하여서든지 반드시 그 통로를 가지고 있음은 두말할 것도 없다. 우리는 그 사람의 눈에 매력을 느끼는 것처럼 집집의 창과 창에 한없는 고혹(蠱惑)을 느낀다. 우리를 이처럼 색인(索引)하여 놓으려 하지 않는 창 측에 우리가 앉아 한가히 보는 것은 그러므로 하나의 헛된 연극에 비교될 성질의 것은 아니다. 우리가 여기서 볼 수 있는 것은 너무나 많은 것—즉 그것은 자연과 인생의 무진장한 풍일(豊溢)이다. 혹은 경우에 의하여서는 세계 자체일 수도 있는 것 같다. 창 밑에 창이 있을 뿐 아니라, 창 옆에 창이 있고 창 위에 또 창이 있어—눈은 눈을 통하여 창은 창에 의하여 이제 온 세상이 하나의 완전한 투명체임을 볼 때가 일찍이 제군에게는 없었던가?

우리는 언제든지 되도록이면 창 옆에 머물러 있으려 한다. 사람의 보려 하는 욕망은 너무나 크다. 이리하여 사람으로부터 보려 하는 욕망을 거절하는 것처럼 큰 형벌은 없다. 그러므로 그를 통하여 세태를 엿볼 수 있는 유일한 기회를 주는 창을 사람으로부터 빼앗는 감옥은 참으로 잘도 토구(討究)된 결과로서의 암흑(暗黑)한 건물이라 할 수 있다.

그러나 우리는 우리가 창을 통하여 보려는 것이 과연 무엇일까를 알지 못하면서, 게다가 그것을 보는 것을 무서워하면서까지 그것을 보려는 호기심에 마침내 복종하고야 만다. 그러므로 우리는 창을 한없이 그리워하면서도 동시에 이 창에 나타날 터인 것에 대한 가벼운 공포를 갖는 것이다. 문은 어떠한 악마를 우리에게 소개할지 사실 알 수 없는 까닭이다.

나라와 나라 사이에 고을과 고을 사이에 도로 산천을 뚫고 우리와 우리에 속한 것을 운반하기 위하여 주야로 달음질치는 기차 혹은 알기도 하고 혹은 모르기도 한 번화한 거리와 거리에 질구(疾驅)하는 전차, 자동차—그것은 단지 목적지에 감으로써만 의미가 있는 것일까?

아니다. 적어도 나에겐 그것이 이 세계의 생활에 직접으로 통하고 있는 하나의 변화무쌍한 창으로서 더욱 의미가 있는 듯싶다. 그러므로 우리는 항상 기차를 탈 때면 조망이 좋은 창을 선택하려는 것이다. 그럼으로 의하여 우리는 흔히 하나의 풍토학(風土學), 하나의 사회학에 참여하는 기회를 잃지는 않으려는 것이다. 여행자가 잘 이용하는 유람자동차라는 것이 요새는 서울 거리에도 서서히 조종되고 있는 것을 나는 가끔 길 위에서 보지만 그것을 볼 때 나는 이것이 흥미에 찬 외래자(外來者)의 큰 눈동자로서밖에는 느끼어지지 않는다. 모르는 땅의 교통과 풍속이 이러한 달아나는 차창에 의하여 얻을 수 없다면 여행자의 극명한 노력은 지둔(遲鈍)한 다리와 발에 언제까지든지 지불되어야 할 것이다.

여기 가령 비행기가 떴다 하자, 여기 가령 어디서 불이 났다 하자, 그러면 그때에 우리는 가장 가까운 창에 부산하게 몰린다. 그때 우리가 신사 체면에 서로 머리를 부닥침이 좀 창피하다 하더라도 관(關)할 바이랴! 밀고 헤쳐서까지 우리는 조망이 편한 창 측의 관찰자가 되려 하는 것이다. 점잖스럽게 창과는 먼 곳에 앉아 세간에 구구한 동태에 무관심을 표방하고 있는 인사가 결코 없지 않으나 알고 보면 그인들 별수가 없는 것이다. 비행기의 '프로펠러'

에 그와 조화는 완전히 파괴되어 있는 것이다.

우리로 하여금 항상 창 측 좌석에 있게 하는 감정을 사람은 하나의 헛된 호기심이라고 단정하여버릴지도 모른다. 그러나 사람의 보려 하는 참을 수 없는 충동은 이를 헛된 호기심으로만 지적하기에는 너무도 심각한 것 같다. 참으로 사람이란 자기 혼자만으로는 도저히 살 수가 없는 것이고 그보다는 다른 사람의 생활에 의하여 또는 다른 사람 생활을 봄으로 의하여 오직 살 수가 있는 엄숙한 사실에 우리가 한번 상도(想到)하여 보면 얼마나 많이 이 창 측 좌석이 이 위급한 욕망에 영양을 제공하고 있는가를 쉽게 알 수가 있다. 이리하여 우리가 가령 달아나는 전차에 몸을 싣는다는 것은 우리가 어떠한 목적지를 지향하고 있는 구실 밑에 달아나는 가로(街路)에 있어 구제하기 어려운 이 욕망의 충족을 꾀함을 의미하는 것이다. 많은 사람 사람의 무리, 은성(殷盛)한 상점의 '쇼윈도'—우리가 거리의 동화(童話)에 가슴에 환영을 여러 가지로 추리하는 기회를 여기서 가짐이 무엇이 나쁘랴? 도시의 가로는 그만큼, 충분, 풍부하다. 달아나는 창은 무엇보다도 그것을 또 잘 보여준다.

김진섭

비

오피스를 벗어나왔다.

레인코트 단추를 꼭꼭 잠그고 깃을 세워 터거리까지 싸고 쏘프트로 누르고 박쥐우산 알로 바짝 들어서서 그리고 될 수 있는 대로 가리어 디디는 것이다.

버섯이 피어오르듯 후줄그레 늘어선 도시에서 진흙이 조금도 긴치 아니하려니와 내가 찬비에 젖어서야 쓰겠는가.

안경이 흐리운다. 나는 레인코트 안에서 옴츠렸다. 나의 편도선을 아주 주의하여야만 하겠기에 무슨 정황에 폴 베를렌의 슬픈 시'거리에 내리는 비'를 읊조릴 수 없다.

비도 추워 우는 듯하여 나의 체열(體熱)을 산산히 빼앗길 적에 나는 아무렇지도 않은 것같이 날씬하여지기에 결국 아무렇지도 않다고 하였다.

여마(驢馬)처럼 떨떨거리고 오는 흰 버스를 잡아탔다.

유리쪽마다 빗방울이 매달렸다.

오늘에 한해서 나는 한사코 빗방울에 걸린다.

버스는 후루룩 떨었다.

빗방울은 다시 날아와 붙는다. 나는 헤어보고 손가락으로 비벼보고 아이들처럼 고독하기 위하여 남의 체온에 끼인대로 참하니 앉아 있어야 하겠고 남의 늘어진 긴 소매에 가리운대로 잠착해야 하겠다.

빗방울마다 도시가 불을 켰다. 나는 심기일전하였다.

은막(銀幕)에는 봄빛이 한창 어울리었다. 호수에 물이 넘치고 금잔디에 속잎이 모두 자라고 꽃이 피고 사람의 마음을 꼬일 듯한 흙냄새에 가여운 춘희(椿姬)도 코를 대고 맡는 것이다. 미칠 듯한 기쁨과 희망에 춘희는 희살대며 날뛰고 한다.

마을 앞 고목 은행나무에 꿀벌 떼가 두룸박처럼 끌어나와 잉잉거리는 것이다. 마을사람들이 뛰어나와 이 마을지킴 은행나무를 둘러싸고 벌떼 소리를 해가며 질서 없는 합창으로 뛰고 노는 것이다. 템버린에 하다못해 무슨 기명 남스래기에 고끄랑 나발 따위를 들고 나와 두들기며 불며 노는 것이다. 춘희는 하얀 칠칠 끌리는 긴 옷에 검정띠를 띠고 쟁반을 치며 뛰는 것이다.

동네 큰 개도 나와 은행나무 아랫동에 앞발을 걸고 벌떼를 집어

삼킬 듯이 컹컹 짖어댄다.

그러나 은막에도 갑자기 비도 오고 한다. 춘희가 점점 슬퍼지고 어두워지지 아니치 못해진다. 춘희가 콩콩 기침을 할 적에 관객석에도 가벼운 기침이 유행한다. 절후의 탓으로 혹은 다감한 청춘남녀들의 폐첨(肺尖)에 붉고 더운 피가 부지중 몰리는 것이 아닐까. 부릇나는 것일지도 모른다.

춘희는 점점 지친다. 그러나 흰나비처럼 파닥거리며 흰 동백꽃에 황홀히 의지하련다. 대체로 다소 고풍스러운 슬픈 이야기라야만 실컷 슬프다.

흰 동백꽃이 아주 시들 무렵, 춘희는 점점 단념한다. 그러나 춘희의 눈물은 점점 깊고 세련된다.

은막에 내리는 비는 실로 고운 것이었다. 젖어질 수 없는 비에 나의 슬픔은 촉촉할 대로 젖는다. 그러나 여자의 눈물이란 실로 고운 것인 줄을 알았다. 남자란 술을 가까이 하여 굵을 수도 있다.

그러나 여자는 그럴 수 없다. 여자란 눈물로 자라는 것인가 보다. 남자란 도박이나 결투로 임기응변할 수도 있다. 그러나 여자란 다만 연애에서 천재다.

동백꽃이 새로 꽂힐 때마다 춘희는 다시 산다. 그러나 춘희는 점점 소모된다. 춘희는 마침내 일가(一家)를 완성한다.

옆에 앉은 따님 한 분이 정말 눈물을 흐트러놓는다. 견딜 수 없이 느끼기까지 하는 것이다. 현실이란 어느 처소에서 물론하고 처치에 곤란하도록 좀 어리석은 것이기도 하고 좀 면난(面暖)하기도 한 것이다. 그레타 가르보 같은 사람도 평상시로 말하면 얼굴을 항시 가다듬고 펴고 진득히 굴지 않아서는 아니 될 것이다. 먹새는 남보다 골라서 할 것이겠고 실상 사람이란 자기가 타고 나온 비극이 있어 남몰래 앓을 병과 같아서 속에 지녀두는 것이요 대개는 분장으로 나서는 것임에 틀림없다.

어찌하였든 내가 이 영화관에서 벗어나가게 되고 말았다.

얼마쯤 슬픔과 무게를 사가지고.

거리에는 비가 이때껏 흐느끼고 있는데 어둠과 안개가 길에 기고 있다.

타이어가 날리고 전차가 쨍쨍거리고 서로 곁눈 보고 비켜서고 오르고 내리고 사라지고 나타나는 것이 모두 영화와 같이 유창하기는 하나 영화처럼 곱지 않다. 나는 아주 열(熱)해졌다.

검은 커튼으로 싼 어둠 속에서 창백한 감상이 아직도 떨고 있겠으나, 나는 먼저 나온 것을 후회치 않아도 다행하다고 하였다. 그러나 다시 한 떼를 지어 브로마이드 말려들어가듯 흡수되는 이들이 자꾸 뒤를 잇는다.

나는 휘황히 밝은 불빛과 고요한 한구석이 그리운 것이다. 향그러운 홍차 한 잔으로 입을 축이어야 하겠고, 나의 무게를 좀 덜어야만 하겠고, 여러 가지 점으로 젖어 있는 나의 오늘 하루를 좀 가시우고, 골라야 견디겠기에 그러나 하루의 삶으로서 그만치 구기어지는 것도 할 수 없는 일이다.

정지용 〈비〉 일부분

[6] 서간문 쓰는 법

서한문(書翰文)이라고도 한다. 서간문(書簡文)은 다른 문장과는 아예 다른 근본적인 특질을 지니고 있다. 말하자면 보통 일반문장이 세상을 향해서 막연하게 이야기한 것이라면, 서간문은 좁은 실내에서의 이야기와도 같다. 즉 특정한 사람을 대상으로 하는 문장이므로, 불특정 다수를 상대로 하는 보통문(普通文)과는 다르게 특정한 사람을 대상으로 하는 특수한 형식을 갖춘 특수문(特殊文)이다. 서간문을 특수문이라고 말하는 까닭도 여기에 있다.

　서간문이 특수문이고 특정한 사람을 대상으로 하는 문장임을 말했는데, 서간문에는 다시, 특정한 사람(특정한 사람이라고 해서 반드시 한 사람을 말하는 것은 아니다)에 대한 용무달성이라는 임무가 있다. 곧 자기가 직접 어떤 사람을 만나야 할 일이 생겼을 때, 직접 가지 못할 사정이 생겼다든지, 만나 봐야 할 사람이 너무 먼 곳에 살고 있다든지 해서 직접 만나서 이야기를 나눌 수 없을 때, 자신의 볼 일을 글로 적어 만나서 이야기하는 대신에 띄워 보내는 것이 서간문이다. 다시 말해서 어떤 일에 대한 자기 의견을 글속에 나타냄으로써 자기 의사를 상대에게 전달하는 것이 서간문이다.

　그러므로 서간문은 일반 문장에서처럼 목적—자기의 사상과 감정을 상대에게 전달하는—을 가장 한정적으로 직접적이고 실제적으로 달성시키려는 문장으로서, 서간문이야말로 문장의 가장 원시적인 것이라 할 수 있겠다. 그리고 또한 남에게 읽혀서 자기의 사상·감정을 전달하려는 목적이면서도, 반드시 남이 읽을 것이라고 단정할 수 없는 보통문과는 달리, 서간문은 원칙적으로 특정한 사람으로 하여금 반드시 읽게 하여 자기 사상과 감정을 전달시키려는 것이니까 문장의 목적을 확실하게 달성할 수 있는 방식이 또한 서간문이라고 말할 수 있다. 이같이 문장에서 가장 원시적이며 문장의 목적을 확실하게 달성할 수 있다는 것은 그것이 특정한 사람에 대한 글이라는 점과 아울러 서간문의 중요한 특질이라 할 것이다.

　이런 점에서 서간문은 또한 실용적인 문장, 아니 실용적인 문장 가운데 실용도가 높은 문장이라 할 수 있겠다.

　이같이 서간문이 어떤 특정한 사람에게 일상용무를 달성시키는 목적으로 씌어지는 실용문이라는 것은 알 수 있는데, 그 일상용무라는 것에도 가지각색이 있다. 그뿐 아니라 별 일은 없으면서 어느 특정한 사람에게 서간문 형식으로 글을 쓸 경우 또한 적지 않다. 곧 상대의 어떤 특정한 볼일에 대한 이야기를 적는 것이 아니고, 오로지 그 사람의 감정에 호소하여 미적 감정을 돋우려는 것, 상대방의 감상에 이바지하려는 목적으로 씌어진 서간문도 적지 않은 것이다. 다시 말하면 이런 서간문은 쓰는 편에서도 취미·감흥에서 쓰게 되는 것이고 읽는 편에도 취미·감흥을 일으키게 하는 것을 오직 목적으로 하는 글이다. 말하자면 여행을 가서 쓰는 서간문도 보고나 부탁 같은 것을 적어 보낸 글이면 실용문이자 실용적 서간문인데, 여행 중에 보고 들은 것, 취미·감흥 같은 것을 재미나게 써 보낸 글이면 감상문이자 감상적(鑑傷的) 서간문이다. 여행에서만 아니라 때에 따라 경우에 따라 또는 감흥·정회(情懷) 같은 것을 아름답게 써 보내는 서간문은 모두 이 감상적 서간문에 속하는 것이다.

이렇게 생각해 보면 서간문은 실용적 서간문과 감상적 서간문 등 두 가지로 나눌 수 있다. 따라서 서간문은 실용문과 감상문을 함께 포함한 것이며, 일반문장에서 이지(理智 : 의사소통)와 정감(情感)의 글을 다 가지고 있는 것이다. 그러므로 서간문은 그 본래의 목적이 실용문이며 이지의 문장에 있지만, 감상문이며 정감의 문장이 되어도 아무 상관도 없다.

그러므로 서간문은 내용적으로 각종 문체를 다 뒤섞어 가지고 있다 하겠다—사실문(寫實文)의 요소·서사문(敍事文)의 요소·서정문(抒情文)의 요소·설명문(說明文)의 요소·의논문(議論文)의 요소를 모두 가지고 있다는 것이다. 바꾸어 말하면 서간문은 내용으로 보아 실용서간문 외에 사실문적·서사문적·서정문적·설명문적·의논문적 서간문 등으로 나눌 수 있다는 것이다. 따라서 서간문은 그 범위가 아주 드넓고 각종 문체가 서간문 속에 되살아날 수 있는 것이다.

이같이 서간문은 내용적으로 온갖 문장을 두루 가지고 있는 것이며, 따라서 이것을 표현하는 방법도 서사문적 서간문이면 서사문의 표현법을, 서정문적 서간문이면 서정문의 표현법을 참고로 하면 좋다. 그러나 이 책에서는 그런 종류별 문장의 표현법에 무게를 두지 않고, 서간문을 쓸 때 일반적으로 유의해야 할 부분을 말하고자 한다.

첫째, 원활한 의사소통. 둘째, 예의 존중. 셋째, 성실함. 이렇게 세 가지 요소가 있어야 한다.

첫째로 원활한 의사소통이라는 것은 서간문 본래의 목적이 어떤 용무를 달성하는데 있기에 쓰는 이의 의사를 잘 전달하는 것이 주안점이다. 그러기 위해서는 다시 어떻게 써야 하느냐가 문제가 되는데, 이를 다시 세 가지 관점에서 살펴본다.

㉠ 쓸데없는 말은 쓰지 않고 간결해야 된다. 한 말을 또 하고 또 하며 쓸데없는 말을 자꾸 늘어놓으면 글 뜻이 모호해지고, 전하고자 하는 본뜻이 제대로 전달되지 못한다. 실용을 주목적으로 하는 한 참목적만을 이야기하고, 필요 없는 말을 쓰지 않는다. 그러나 볼일이 많고 또한 이쪽 볼일을 에둘러서 이야기해야 할 때에는 많은 볼일들 가운데에서도 주요한 일을 앞세워 강조하고, 말하고자 하는 내용을 에둘러 표현할 때는 내용이 길어져서 혼잡해질 수 있기 때문에 상대가 잘 알 수 있도록 짧은 내용은 짧은대로, 긴 내용은 긴대로 쓰되 쓸데없는 말이 없이 간결해야 한다.

―전략(前略)―

벌써 아침저녁으로 서늘합니다. 이번 기회에 가업이 한층 더 융성할 줄 아옵니다. 그런데, 집이 멀어서 늘 죄송하오나 ○표 간장 한 말을 이 엽서가 도착하는 즉시로 다음 날 15일 오전 중으로 배달해 주시기 바랍니다.

　그럼 우선 이만 요건만으로 붓을 놓습니다.

　이 글은 서간문에서는 아무리 정중해야 한다지만 간장을 주문하는데 정중함이 너무 지나치다 하겠다. 이 서간문에서 굳이 쓰지 않아도 되는 부분을 살펴보면 다음과 같다.

　① '늘'이라는 말이 있을 적에는 가끔씩 거래를 했었던 상점일 것이다. 거기에 계절 인사까지 덧붙여 '벌써 아침저녁으로 서늘합니다'는 말까지 쓰는 것은 지나친 인사다. ② '가업의 융성' 운운은 지나친 정도가 아니라 굳이 쓸 필요가 없다. ③ '이 엽서가 도착하는 즉시로'라고 썼으면, '다음 날 15일 오전 중으로'라는 말은 굳이 쓸 필요가 없다. ④ '그럼 우선 이만 요건만으로 붓을 놓습니다'도 쓸데없는 이야기다.

　이 글을 간결하게 적어 보면 아래와 같다.

　—전략(前略)—
　다음날 15일 오전 중으로 수고스러우나 ○표 간장 한 말을 보내주십시오.

　그러나 아무리 간결한 문장이 좋다고 해도 너무 간결하게 쓰는 것도 반드시 좋은 것만은 아니다.

　　拜 啓
　　　尊體 如何. 本人 無事.
　　배계 (절하고 아뢰나이다)
　　　존체 여하. 본인 무사. (몸은 어떠하신지요? 저는 아무 일 없

습니다.)

拜 復
　　安心, 安心.

배복 (절하고 회답하나이다)
　　안심, 안심. (마음이 편안하며, 마음 편안하게 지내십시오.)

　이렇게 써서 보내는 것은 성의 없고 차라리 보내지 않은 것만 못한 경우—보낸 사람에게는 그런 뜻이 없었다 하더라도—가 되는 것이다.

　또한 자기가 반한 여자에게 보내는 편지에

　당신이 좋소, 싫대도 좋소.

　이렇게 일방적으로 자신의 마음을 나타내는 것도 곤란하다. 서로의 친분 관계나 교양 정도에 따라서 특수한 경우에는 그것만으로도 서로의 의사가 충분히 통하지만, 보통 서간문에는 인정과 도리를 알맞게 표현해야 한다. 특히 이쪽에서 무엇을 의뢰한다든지, 서로 정답게 이야기를 주고받을 때의 서간문에서는 더욱 그러하다. 쓸데없는 것을 쓰지 말라는 말은, 필요한 말이나 어구까지 줄여 버리라는 것은 아니다. 그런 것까지 빼 버리면 간결한 것이 아니라 너무 간략한 것이요 오히려 뜻을 다 나타내지 못한 것이 될 뿐이다.

ⓛ 어렵지 않게, 즉 쉽게 써야 한다.

실용적인 서간문은 면담이나 대화를 대신하는 것이니까, 되도록 어려운 문자나 어구는 피하고, 일상에서 쓰는 쉬운 말로 써야 한다. 시간을 다투는 볼일이나 중요한 볼일이 문자나 어구가 어려워 쉽게 이해할 수 없었다거나 때를 놓쳐서는 서간문의 사명을 다 못한다. 서간문은 간결할수록 좋기에 어려운 글씨나 말을 써서는 안 되는 것이다. 간결하고 쉽게 써야 한다.

…… 제 국수(國粹)를 잃어버리고, 두루뭉수리 중국인도 아니요, 양인도 아닌, 말하자면 사이비 양혼(洋魂)에 침염(浸染)된 것으로소이다. 그러하오나, 그네가 배운 외국어로 신서적을 박람(博覽)하여 신문명을 흡수하려 함이면 오히려 하(賀)할 것이언마는, 그네가 영어를 힘씀은 대부분 해관(海關)같은 데서 영인(英人)의 구사(驅使)받는 통사(通辭)나 되려 함이니, 유자(遊子)의 방관(傍觀)하는 소견에도 딱하여이다.

이런 투의 서간이나 '기체후만강(氣體候萬康)'이나 '근미심차제(謹未審此際)' 따위의 한문 투의 서간문은 어렵다는 생각이 먼저 들고, 편지 사연에 마음을 쓰기보다는 어려운 글자에 먼저 눈이 가게 마련이다.

ⓒ 뜻이 잘 통해야 할 것. 즉 명확하여야 한다.

아무리 문장이 간결하고 또 쉽게 씌어졌더라도 글 뜻이 명료하고 정확하지 않으면 받는 쪽에서는 정확한 글 뜻을 잡지 못할 뿐만 아니라 오해를 할 수도 있기 때문에 서간문의 본뜻을 이루지 못한다. 이것을 문장으로 보면 용어가 지나치게 모자란다거나 잘못 쓴 경우,

즉 문법적인 잘못에서 오는 것인데 이런 점은 쓰는 사람의 두뇌와 생각이 명료하고 정확하지 못한데서 일어나는 수가 많다. 다음에 글 뜻이 명확하지 못한 예문을 하나 들어 보자.

배계(拜啓)

시급한 시일 내로 꼭 만나 뵈올 용건이 있어 오늘이나 내일 늦은 2~3시께 찾아 뵈올려고 합니다. 대단히 죄송하오나 댁에 계셔 주시기를 바라마지 않습니다.

불비례(不備禮)

이 글은 얼핏 보기에 글의 뜻이 명확한 것 같으면서도 실상은 그렇지 못하다. 저쪽(편지를 보낸 이)이 매우 바쁜 사람이고, 또 이쪽(편지를 받은 이)을 만나서 무엇을 부탁하고자 하면서 만나는 날짜를 '오늘이나 내일'하는 식으로 분명하게 정하지 않은 것은, 상대의 형편을 생각하지 않는 무례한 짓이다. 그 일이 오늘로 끝난다면 모르지만 부탁하는 사람이 집으로 오지 않게 되면, 저쪽에서 먼저 연락을 하지 않는 한 이쪽은 꼼짝없이 집에 있어야 한다. 설사 백번 양보해서 이쪽에서 기다릴 뜻이 있다 하더라도 저쪽이 오늘은 몇 시쯤 오겠다는 것인지, 내일 온다면 늦은 2~3시 사이에 가겠다는 것인지 어떤지도 명확하지 않다.

이런 편지를 받으면 매우 난감하다. 바쁜 사람이라 그런 사람이 청하는 일이기는 해도 오늘인지 모레인지 분명하게 약속을 못할 사정이 있다면 그 점을 아울러 밝혀야 하고, '모레에도 같은 시간에'라는 말을 반드시 집어넣어야 한다.

지금까지 말한 간결함·용이함·명확함의 3요소는 서간문이 의사소통의 글이기에 특히 명심해야 할 점이다.

둘째로 예의를 존중해야 한다. 이는 곧 상대에 어울리는 예의를 다해야 한다는 것이다. 설사 아무 거리낄 것이 없는 형제나 친구 사이에서도 지켜야 할 최소한의 예의는 있는 법이며, 선배나 손위 사람에 이르러서는 더 말할 나위가 없다.

본디 서간문에서는 만나서 이야기를 나누는 것 이상으로 예의를 지키는 것이 관례다. 이쪽 의사가 잘 통하고 볼일만 잘 마치면 된다지만 받아 보는 사람의 기분은 생각도 않고, 제 말만 늘어놓는다는 것은 큰 실례다. 앞에서 말한 '당신이 좋소. 싫대두 좋소' 같은 것은 지어낸 글귀이지만, 조금이라도 예의를 아는 사람이라면 이런 글을 쓸 수는 없다.

그러나 이 예의—다시 말해서 내용에 나타난 경어(敬語)라는 것도 그 사람과 나의 관계를 따져 그에 알맞은 경어를 쓰면 되는 것이며, 경어를 나열한다고 해서 참된 경의(敬意)를 나타내는 것이라고는 할 수 없다. 곧 경어도 지나치면 과공비례(過恭非禮)로서, 친분 여하에 따라 지나치다거나 모자라는 것 없이 쓰여야 한다.

셋째로 성실해야 한다. 설사 문장의 뜻이 잘 통하고, 예의를 충분히 갖추었다고 해도 성실한 마음으로 쓴 글이 아니라면 훌륭한 서간문과는 거리가 멀다. 잔재주만 피워서 쓴 글은 아무리 문맥이 잘 통해도 어딘지 경박한 데가 있다. 예의라는 관점에서는 흠잡을 데가 없더라도 마음에서 우러나온 진정성이 없기 때문에 마뜩잖다는 인상을 줄 뿐이다.

그러나 이 성실이라는 것도 그 사람의 사람됨에 따른 것이므로 성실한 마음, 진심이라는 것이 없는 사람에게는 아무리 성실성이니 진정성을 요구하여도 될 수 없는 일이다. 그러므로 서간문을 보면 그 사람을 알 수 있다는 것이다. 아무리 짧은 글월의 편지일지라도 쓴 사람의 품성이나 됨됨이가 나타나는 것이기에 성실하고 참된 서간문을 쓰려는 사람은 우선 인격부터 갖추어야 한다. 그리고 여기에서 또 하나 중요한 것은 아무리 사람 됨됨이가 성실하고 진정(眞情)이 넘치는 사람이라도 그 심정을 그대로 반영한 서간문을 어떻게 써야 옳게 쓰는 것인지 분명하게 알아야 한다.

㉠ 성의껏 써야 한다.

인간생활이라는 것은 본디 참되고 성실한 것이다. 장난이나 농담만 하고 있을 수는 없다. 물론 1년 내내 부지런하고 올바른 태도로 생활할 수는 없지만, 사람의 내면생활은 참된 것이다. 아무리 실용을 떠들어도 내용상으로 어느 정도는 여유가 있는 문장을 쓰는 것은 좋지만, 그러나 그것이 너무 지나치면 장난이 되고 농담이 되고 군소리가 되고 만다. 만일 병중에 문안이나, 사죄나 애도의 뜻을 나타내는 문장에 농담이 섞여 있다면 어떤 느낌을 받을 것인가?

형님 앞

형님은 드디어 ○○대학에 들어갔군요. 저는 지금 형님이 얼마나 기뻐하고 있을지 모를, 그 얼굴을 상상하며 이 편지를 쓰고 있답니다.

형님의 전보를 받은 것은 제가 수학문제를 풀고 있을 때였습니다. 어려운 문제로 골치를 앓고 있는데, 옆에서 숙희가 예의 그 독특한 영어발음으로 〈리더〉를 읽고 있지 않습니까. 속으로 읽으라고 야단을 치고 있을 때 전보란 소리에 대뜸 뛰어 나갔답니다.

그 전보를 받고서 온 집안이 떠들썩해졌습니다. 숙희와 저는 잇달아 만세를 불렀고 어머니는 기쁘다못해 옷고름에 눈물을 적시

었답니다.

형님은 떠나기 전에 제게 북어 이야기를 해 준 일이 있지요? 그 많은 북어알이 모두 북어가 되는 것이 아니고, 끝까지 살아남아서 북어가 되는 것은 결국 몇마리가 되지 않는다고. 실상 어머니가 '너도 형을 본받아 이제부턴 더 열심히 해야겠다' 하시기에 '저도 기어이 북어가 되겠습니다' 하고 대답하여 어머니를 어리둥절하게 만들었답니다.

저도 2년 뒤엔 지금의 형님 기쁨을 가져볼 생각으로 더 열심히 공부를 하겠습니다. 그리하여 결코 형님의 부끄러운 동생이 되지 않겠습니다.

그러면 거듭 입학을 축하드리며 오늘 밤은 이만 쓰겠습니다.

××올림

축하 편지는 말할 것도 없이 받는 사람에게 축하의 뜻을 나타내야 할 것이다. 따라서 편지에 나타난 축하의 뜻이 어느 정도이냐가 문제가 된다. 아무리 세련된 문장이라고 해도 편지를 쓰는 사람의 마음과 태도에서 우러나온 참된 뜻이 아니라면, 받는 사람으로서는 불쾌감을 느낄 수밖에 없다. 그러므로 축하 글에는 성의가 필요하다. 이 편지는 허식이 없는 대로 형의 합격을 축하하는 참된 마음이 편지 내용 전체를 꿰뚫고 있다.

붓을 들긴 들었습니다만 무슨 말을 어떻게 써야 할지, 정숙이가 세상을 떠났다는 기별에는 그저 꿈만 같은 놀라움입니다. 고슴도치도 제 자식 함함하다고 한다고 자식 둔 사람만이 짐작할 수 있는 비탄, 무슨 말로 덜해 드릴지를 모르겠습니다. 저도 지난 해에 자식 하나를 여읜지라 제일처럼 생각되어 그저 눈물에 젖을 뿐입니다. 그러나, 형씨께서도 또 부인께서도 지금이 한창 나이라, 심령(心靈)만 기울이면 오늘의 슬픔을 앞날의 기쁨으로 덜할 수도 있는 것이니, 너무 상심마시고 부디 몸 건강히 뜻한 바를 이루어 주십시오.

이 만

만일 귀여운 자식을 잃고 이런 편지를 받았다면 받은 사람의 기분이 어떻겠는가. '형씨께서도 또 부인께서도 지금이 한창 나이라, 심령(心靈)만 기울이면 오늘의 슬픔을 앞날의 기쁨으로 덜할 수도 있는 것이니, 너무 상심마시고 부디 몸 건강히 뜻한 바를 이루어 주십시오'라는 말을 어떻게 할 수 있겠는가. 슬픔에 잠긴 사람이 이런 편지를 받았다면 어떤 기분이겠는가. 물론 받는 사람을 위안할 목적으로 썼겠지만 장난치는 기분이 보여서 화를 돋우게 하는 글이다. 이것은 필자의 천박한 사람 됨됨이가 그렇게 만드는 것이다.

ⓛ 친절하게 써야 한다.

어떤 일에서든 친절해야 한다는 것은 누구나 다 아는 사실이다. 친절과는 거리가 먼 편지처럼 받아서 기분 나쁜 게 없고, 정이 흐르는 편지처럼 받아서 기분 즐거운 것은 없다. 그러나 이것이 겉으로 나타나는 표면적인 친절이 아니라, 성실과 진정을 담아야만 상대를 감동시킬 수 있고, 동감이나 동정도 얻을 수 있다.

말숙아, 오랜만에 펜을 들었다. 일전에 갔을 때 읽어 보게 하여 준 너의 일기와 작문에 대해서 좀 이야기해 보련다. 그건 그렇고 말숙이는 5학년이 되면서 '다가'와 '이노우에'의 동무들과 같이 한 반이 되었는지 궁금하다. 이런 질문을 이상하게 생각하겠지만 오빠 말이 맞았는지.

말숙아, 오빠는 너의 작문을 읽고 아주 감격했단다. 그리고 마음속으로부터 슬퍼지기도 했다. 말숙아, 오빠는 네가 글을 짓는 힘이 점점 커 가는 것을 느꼈다. 1년 전, 일기를 쓰기 시작했을 때의 것과 비교해 보면 완연히 알겠다. 그때 너는 있었던 일만 썼기 때문에 오빠가 그때 그때의 경치라든지, 생각한 것을 쓰면 더 좋을 것이라고 주의한 일이 있었지. 그 뒤 너는 '그때 찬바람이 불어와서 몸서리가 쳤다'고 썼었지. 그래서 오빠는 '귀신도 아닐진댄 대낮에 놀고 있는데 바람이 불어오자 어째서 몸서리가 쳤느냐'고 지적해서 웃은 일도 있었지.

그러한 것에 비하면 너의 8월 12일의 일기는 상당히 진전을 보였다고 하겠다. '문득 화장터 쪽으로 눈을 돌리자 황혼이 접어드는 서쪽 하늘에는 한줄기 연기가 피어오르고 있었다'는 표현은 화장터와 황혼의 하늘, 그리고 한 줄기 연기와 더불어 훌륭했다. 그런데 만일 '황혼이 접어드는 서쪽 하늘'이라는 문구가 빠졌었다면 어떨까. 읽는 사람에 따라서는 청명한 하늘을 떠올릴지도 모를 일이니 좋은 글이라고는 느끼지 않았을 것이다.

물론 너는 그런 것들을 생각하지 않고 그저 하늘이 저물어 왔기 때문에 그대로 썼을지 모르지만 오빠는 모르면서도 그만치 쓰게 된 너의 글을 보고서 너의 글이 상당히 좋아졌다고 생각했다.

또 오빠는 동무한테서 '나쓰미칸'을 얻던 날(3월 18일)의 문장을 생각해 본다. 시골 소학교 4학년생이 그것도 우등상 하나 타지 못한 소녀의 글이 더군다나 자기의 누이동생이니까, 두둔하는구나 할까봐 좀 어색한 점이 있어 다른 사람에게는 자랑을 못하지만 오빠는 그 장면을 세 번이나 되풀이해서 읽어 보았다. 처음 이야기에서부터 그 동무 집으로 간 다음 '어떻게 하나 보고 있으려니까……'에서부터는 더욱 훌륭했다. 집 안에다가 가방을 놓고 나와 귤나무로 기어 올라가 나뭇가지를 흔들어 떨어뜨리는 장면에 가서는 오빠도 소학교 때 그런 경험이 있었던 것만 같아 생각이 나서 아주 재미있었다.

그 글 중에서 귤을 너에게 줄 때의 동무의 즐거운 얼굴의 표정 같은 것을 좀 더 재미있게 썼더라면 귤이라도 주지 않고는 못 견딜 만큼 아름다운 동무들의 마음속 깊이를 엿보게 하였을 것이라고 생각한다. 그리고 맨 나중이 좋았다. '어떻게 좋았는지 그저 기뻐서 기뻐서 못 견디었습니다'로 끝을 맺었는데 읽는 사람들은 그것만으로 네가 얼마나 기뻐했는가를 능히 짐작할 수 있었을 것이다.

그리고 오빠도 이만큼 쓰기 힘들 것이라고 생각한 것은 '생일날'(2월 28일)이란 작문이다. 제목이 '동무의 생일날'이어서 더군다나 이 글은 읽어 보고 싶은 충동을 주었다. 동무 생일에 초대를 받고 가서 그 집안 모습과 집앞까지 와서 선뜻 들어서지 못하는 자기 자신의 환경과 심정을 쓰고 나서 '다가 병원의 외동딸 다가 치아키'라고 주인공을 소개한 점 등은 소학교 4학년생의 문장이라고는 생각하기 어려울 정도였다. 그것만으로도 치아키가 어떤 소녀라는 것이 송두리 채 드러나 있었다. 예쁘고 전교에서 인기를 모으고 있다고만 썼으면 부잣집 외동딸로서 교만한 모습이 엿보일 것인데, '정말 얌전하고 이야기할 때에도 조용조용히 말하기에, 누구나가 호감을 가지고 치아키와는 한번 이야기하고 싶어합니다'라는 장면을 만일 치아키의 어머니가 읽었다면 딴 사람들보다도 말숙이 너를 생일에 초대한 것을 가장 기뻐하고 만족하게 생각할 것이라는 것을 오빠는 혼자서 공상해 보기도 했다.

그리고 어떤 때는 선생님이 너의 작문을 읽으시고는 너 혼자서 쓴 것이 아니라고까지 하셨다지. 그야 물론 '뭐 그따위 글짓기야 대단할 게 없잖은가?'하고 코웃음을 쳐 넘겨버릴 사람도 있겠지만 그중에는 선생님처럼 '혼자서 쓴 것이 아닐 것'이라고 의심할 사람도 없지 않을 거라고 오빠는 생각하며 사실 오빠도 4학년생으로는 너무 잘 썼다고 생각했었다.

그러나 말숙 자신의 글짓기 실력이 향상된 것이지 아무의 힘도 빌리질 않았다는 것은 곧 알 수 있었다. 작은 오빠도 말숙의 문장은 자기보다 훌륭하다고 감탄하고 있었으니까.

미야자키 아저씨나 아주머니들은 글짓기에는 흥미가 없는 사람들이니 말숙의 문장을 읽어본 일이 없을 테지. 그러나 남이야 어떻든 말숙이 혼자서 글짓기 실력을 몸에 지니게 된 것은 말숙이의 글짓기 실력이 훌륭한 것을 알고 진심으로 원하며 계속해서 일기를 쓰도록 격려한 이 오빠의 심정이 조금이라도 공을 이루었을 것이라고 믿는다.

잡지에 입선한 글이 실리면 으레 이 글은 어떤 부분이 좋아서 입선되었고 어째서 이렇게 재미있게 느낄 수 있는가를 이야기했었지. 또 그리고 어떻게 쓰면 실감이 나고 재미가 있는가 하는 것도 설명해 준 일이 있지. 비가 오는 어떤 날 같은 때는 이불 속에서 재미있고 유익한 동화책을 빌려다 머리에 들어가도록 알기 쉽게 신이 나서 읽어 들려 준 일도 있었지만, 그것이 오늘에 와서 도움이 되었을 것을 오빠는 믿음으로써 끝없이 즐겁다.

남이야 무어라고 하든 당사자의 재능이 가장 중요하다는 것은 두말 할 것 없지만 노력으로써도 어느 정도는 성취할 수도 있겠지만 재능이 있다면 더욱 좋은 일임에 틀림없다. 오빠는 말숙이에게는 문장에 재능이 있다고 확신한다. 자기가 생각하고 느낀 것을 문장으로 나타낼 수 있는 재능이 너에게는 남달리 풍부하다고 생각한다. 그리고 사물을 똑바로 볼 줄 아는 사람이라고 생각한다.

어머니와는 세 살 때, 아버지와는 여덟 살 때 사별한, 다시 말하면 어버이들과의 정이 엷은 불쌍한 말숙이지만 아버지와 어머니가 가지고 계시던 '풍부한 정서'—불쌍하다고 생각하는 마음씨가 많다든지 형제 우애가 두텁다든지 아름답다고 느끼는 마음—들을 훌륭하게 이어받았다고 생각한다. 그래서 그러한 생각을 하면 할수록 오빠는 슬퍼진단다. 이제 와서 부모의 사랑을 모르는 말숙이라고 가련하다고 하는 말은 아니다. 가난한 까닭에 배고프게 했다든가, 옷때문에 남부끄럽게 느끼게 만들었다는 것이 슬프다는 것은 아니다. 그것은 오히려 그 때문에 말숙이의 인정의 깊이를 가져다줄 것이니까 좋다고도 생각할 수 있지만 가난해서 말숙이가 읽고 싶어 하는 책이란 책들을 한 권도 마음 놓고 사 주지를 못한 것이 슬프단다.

대단히 유익한 책이거나 또 싼 책이라도 사 주지 못한 것이 서운할 뿐이다. 그뿐 아니라 무엇보다도 소학교 4학년으로 자칫하면 그만둘 뻔한 말숙이의 환경을 오빠는 울어도 시원치 않을만큼 가슴 아프게 느끼고 있다.

'그 재능을 순순히 뻗쳐 주지는 못하나'하고 생각하면 참을 수 없는 쓰라림이 가슴을 찌르기도 한다. 집 형편을 너무도 잘 이해하려 드는 어린 말숙이니까.

'학교 같은 것 그만두면 어때요, 오빠도 별 걱정을 다 하셔⋯⋯' 했을 때 이 오빠는 그만 가슴이 뭉클해졌단다.

말숙아, 먼 앞날의 일은 모르는 것이지만 지금의 오빠는 될 수 있는 대로 말숙이를 학교에 보내려고 생각하고 있단다. 자칫하면 이리노의 학교에 가지 못할지 모르지만 그것은 문제가 안 된다고 본다. 너무 걱정 말아라. 또 어떤 학교에 가든 열심히 공부하면 되니까.

그만 두서없이 길어졌구나. 이쯤에서 그만두자. 끝으로 한 가지

작문을 써라. 제목은 '다키모도 선생님'—1년 동안이나 신세를 많이 진 자기 선생님의 일들—어떤 버릇이라든가 잘났다고 생각한 점, 친절했던 일들과 사람들의 평판 등, 생각나는대로 써 보아라. 긴 문장을 써 보는 연습도 해야 한다.

하루에 다 못쓰겠거든 머리를 쉬어가며, 2~3일이 걸려도 좋으니 긴 것을 만들어 보기 바란다. 다른 사람이 쓴 글을 보면 쓰기 쉬우니 잡지들 중에서 그런 글이 없나 찾아보려무나. 오빠는 잘 쓴다는 것만을 원하지는 않으니 천천히 써 보아라. 그러는 중에 좀 잘못 쓰더라도 쓸 수 있게 될 것이다.

그럼 이쯤 해둔다. 썼거든 답장 보내라. 말숙이에게.

3월 25일

야스모토 스에코(安本末子)《구름은 흘러도》에서

예문은 좀 길지만 문장을 쓰는 태도같은 것까지도 훌륭하게 가르쳐 준 편지라서 처음부터 끝까지 모두 실었다. 부모 없는 가난한 형제들이 그 가난을 이겨나가면서, 서로를 생각하는 우애가 글 내용 전체에 넘쳐흐른다. 그러면서 글쓴이인 오빠의 사람됨과, 어린 누이동생의 구김살 없는 모습이 그대로 배어 나와 있다. 서간문도 이만큼 쓰면 구슬같은 예술품이요, 숭고한 인격을 갈고 닦는 바탕이 된다. 눈물겹도록 가슴을 때려주는 훌륭한 서간문이라는 것을 알 수 있다.

노 여사

여보! 비가 오는구려. 마음이 또 가라앉는구려. 유리문에 뿌리우는 빗발이 내 마음까지 때리고 그만 어디로 가버리오. 여보 그저껜가 광화문통 거리에서 문득 앞에 나타나는 당신을 볼 때 내 마음이 한없이 즐거웠소마는 이야기 한마디 못 끄집어내고 그냥 가던 길을 걸어간 것은 슬픈 내 이야기가 그렇게 한 것이라오. 오늘 비 오는데 당신은 무엇을 생각하며 무슨 일을 하오. 나는 몇 장의 사무적 편지를 써 놓고 끝으로 당신에게 붓을 들었소. 지금의 내 마음엔 당신 이외에 한 사람도 들어 있지 않구려. 그러길래 봉투를 꺼내고 책상에 놓여 있지 않은 원고지를 빌려서 이 글을 쓰는 것이 아니겠소. 하긴 직무상 용건이 없었더라면 이 붓을 안 들었을지도 모르오. 나는 어쨌든 지금 이 마음이 당신을 만나 실컷 이야기해 봤으면 하는 것만은 속일 수 없구려.

이제 용건을 이야기하겠소.

당신 모아둔 서간에서 문학이요, 가장 흥미 있는 것을 한 통만 주구려. 그리고 당신한테서 받은 글발 중 내 하나 공개하고 싶은 것이 있는데 당신을 만나서 상의해야겠소. 당신이 공개 말라면 안 하는 거구, 어쨌든 한번 만납시다. 여기가 전화불통이라는구려. 차편에 답을 보내주오.

부기(附記) : 그리고 내일 저녁 다섯 시 반 백합원에서 여류문인 좌담회를 하니 다른 데 약속이 없게 하시오.

최정희

다정한 편지다. 자기의 감정 같은 것을 세세히 알리면서도 사연은 사연대로 밝힌 간결한 서간문이다.

재우 형(在雨兄)

어제도 오늘도 부슬부슬 비가 내립니다. 죽어서 아직 묘표(墓標)에 먹도 마르지 않았을 중섭형과 한잔하던 생각을 하기엔 알맞은 날이군요. 마루에 앉아 비에 젖어 얽혀진 꽃밭을 바라보며 벽장에서 그의 그림을 꺼내 보았소. 옛정이 그리운 생각보다도 그 놈이 죽은 것만이 억울하오.

불쌍한 중섭이었소. 중섭이 중섭이, 훌륭한 중섭이었소. 이만 쓰오.

이것은 내가 경외(敬畏)하는 벗인 중섭 형이 죽고 나서 얼마되지 않아 시골에 있는 동무에게 보낸 편지로서, 그때의 비통한 심정을 알 수 있는 것 같아 여기에 끌어다 써 본 것이다.

여동생에게

로마에 도착했을 때 우체국에 가 봤는데 편지는 한 통도 와 있지 않았더구나. 수보린(Suvorin) 씨는 몇 통 받았다. 나는 편지 한 통도 써서 보내지 않는 것으로 너희들에게 앙갚음을 하려고 마음 먹었다. 그러나 다행스럽게도 난 편지를 그다지 좋아하지 않는다. 그러나 여행을 할 때 확실하지 않은 것만큼 답답한 것도 없더구나. 여름 별장(別莊)은 어떻게 하기로 했냐? 몽구스는 살아 있냐? 그 밖의 이런 저런 것들도?

나는 성(聖) 베드로 대성당, 캐피톨 전당, 콜로세움 대경기장, 공회(公會) 등을 찾아가 보았다. 또 음악과 노래를 들려주는 카페에도 들러 보았지만 예기(豫期)했던 것만큼 만족스럽지는 못했다. 날씨도 좋지는 않아서, 비가 오고 있구나. 가을옷을 입으면 덥고 여름옷을 입으면 춥다.

여행 경비는 별로 들지 않더구나. 400루블만 있으면 이탈리아를 구경하고 뭐든 사서 돌아갈 수 있겠어. 만약 나 혼자 여행을 떠났던지 아니면 이반과 함께 여행을 떠났던지 했더라면 캅카스 여행을 이탈리아 여행보다 경비 면에서 훨씬 싸게 다녀올 수 있었을 것이라고 생각했다. 그러나 안타깝게도 나는 수보린 씨와 함께 있다. 베네치아에서 우리는 도주(Doges)와 같은 최고급 호텔에서 묵었다. 여기 로마에서도 우리들은 추기경처럼 지내고 있다. 왜냐하면 우리는 지금 과거에는 한때 콩티 추기경의 대저택이었으며 지금은 미네르바 호텔의 응접실이 된 곳에 머무르고 있기 때문이다. 두 개의 큰 객실과 샹델리에, 양탄자가 깔려 있으며, 개방형 벽난로와 그 밖에 아무런 쓸모없는 자질구레한 것들까지 다 합쳐서 하루에 40프랑씩 드는구나.

등이 아프구나. 그리고 주변 지역을 하도 돌아다니다보니 발바닥이 타는 것처럼 아프구나. 얼마나 걸었던지 정말 생각만 해도!

레비탄 씨가 이탈리아를 좋아하지 않았다는 것이 나로서는 이상하게 느껴지더구나. 얼마나 매력이 있는 나라인데. 만약 내가 홀몸이자 예술가이며, 돈이 있었더라면 겨울에는 여기에서 지냈을 것이다. 너도 아다시피 이탈리아는 나라 자체의 자연 풍경과 하늘이 내린 따뜻한 기온을 제외하고서도 정말로 예술이 모든 것을 압도하는 유일한 나라라는 것과 그런 확신이 우리들에게 용기를 불어넣어준다.

1891년 4월 1일

로마에서

A. 체홉

체홉이 이탈리아를 여행하던 중에 여동생에게 써보낸 편지글이다. 대가의 경쾌하고도 교묘한 필치가 주는 느낌 덕분인지는 몰라도 보통 사람이 쓴다면 여행지 풍광이나 감상 보고로 그칠 편지글이 주는 느낌이 달라지게 마련이다. 또 다른 예문을 들어보자.

이번에 《축제(祝祭)》라 이름 지어 조그마한 시집을 냈습니다. 이 것은 저의 두 번째 시집이 되는 것입니다. 시도 보잘 것 없는 것이 지만 장정이니 뭐니 할 것 없이 도무지 마음에 들지 않습니다. 시 골에 사는 관계로 직접 제가 눈살펴 보지 못한 때문에 이 모양이 되었습니다.

그런데도 한 부는 드리오니 받아 주십시오.

요새는 건강이 좋지 못하여 '호텔'에 나와서 살다시피 하고 있습 니다. 날은 왜 이렇게 찹니까. 이제 몸이나 깨끗하여지면 한번 올 라가 찾아뵈렵니다. 아마 정초(正初)께나 되겠지요.

건강하십시오.

장만영

위의 예문은 자신의 작품집인 시집을 지인에게 선물로 보낼 때 받 는 이에게 비굴하게 군다거나 교만하지 않고, 간결한 사연이 한결 청수(淸秀)하다. 시인이 쓴 편지글답다.

이 밤엔 몸이 좀 어떠한지. 아까 저녁 때 잠깐 그대가 누워 있는 육군병원 ××호실엘 다녀와서 지금껏 마음을 놓지 못하오―회색 빛으로 변한 창백한 얼굴이며, 다리를 임의로 쓰지 못하고 괴로와 얼굴을 찡그리던 모양이며, 계란도 사과즙도 다 싫다고 돌아눕던 그 형상이 지금도 눈에 어리어, 저녁도 맛이 없어 그만두고 촛불 밑에서 이글을 쓰오. 내일은 내가 어디어디서 강연을 맡아 나가게 되었기 때문에 아픈 그대 방문에 못 갈 듯 싶어 이 글을 쓰오.

날마다, 아니, 시간마다라도 그대 옆에 가 시중을 들어 주고 위 로를 해 주고 싶소마는 이리저리 끄을리는 몸이 되어 마음대로 되 지 않는 것이 안타깝소이다.

C 중위!

《렌의 애가(哀歌)》를 읽었노라고 긴 감상문을 보냈던 지난 봄일을 기억하오? 몇 번이나 긴 편지를 보낸 그대의 고마운 글을 나는 그저 평범한 문학청년의 감상적 기분이라고만 생각했기 때문에 한 번의 회답도 보내지 못하였소. 영생을 위하여서는 눈물과 사랑을 허비하고 싶다던 그대의 편지를 나는 그저 하잘 것 없는 작문으로만 취급했었소이다.

그대는 대학을 졸업한 문학인이었소. 찬 눈 내리는 서북전선에서 피를 흘려 싸울 수 있는 병사로서는 꿈에도 생각을 못하였소. 며칠 전 그대가 다리와 팔을 몹시 다쳐 병원에 누웠다는 친필을 받고 나는 그저 놀랐을 뿐이오. 내가 살았다는 사실이 기적으로만 생각된다고 만나고 싶다던 그대의 정겨운 글.

C 중위!

나는 그대의 얼굴을 모른 채 육군병원 어둑한 이층 골목에 그대를 용기 있게 찾았던 것이오.

내 정성과 힘을 다해서 그대를 위로하려고 국화 두어 가지를 들고 찾아가지 않았소. 그러나 그대는 몸이 너무 아파 괴롬을 참느라고 눈을 뜨지 못하고 누워 있지 않았소. 지난봄에 세 번이나 면회를 청해 온 그대를 거절했던 후로 내 얼굴을 실컷 보라고 달려갔소. 그러나 그대는 너무 힘이 없어 종내 눈을 뜨지 못하고 겨우 내 손만 붙잡고, '선생님! 어떻게 살았어요? 그 고생하던 이야기를 좀 해줘요' 하며 눈물을 삼키지 않았소? 그리고는 다리 수술한 데가 너무 아파 신음소리를 연발하였소. 나는 더 앉아 있는 것이, 아픈 그대를 더 괴롭히는 것 같아서 그대로 돌아왔소.

C 중위!

삼수갑산(三水甲山)의 눈보라도 모질다거던 중공군의 총탄이 다리를 꿰뚫고 지나갈 때, 그대의 놀람은 어떠하였으리까? 지금까지 일선(一線)에서 그 어려움을 다 이겼거든, 국경선인 최전선에 가서 그 몸을 다치었단 말이오. 어서 수술한 데가 아물어서 다시 일어나서 저 남은 원수를 물리치기 바라오. 나는 아직 정신이 몽롱해 있으나 앞으로 하던 일을 그대로 계승해보려고 노력하니 안심하오. 《문예》도 우선 계속해서 내보려 하오. 글 쓰는 이들이 많이 없어진 사실은 슬픈 일 중에도 슬픈 일이오. 그만치 우리나라의 정신 분야가 가난해질 터이니 원통한 일이오.

지나간 석 달 열흘 동안에 당한 일이야 어찌 이 붓으로 다 기록하리까? 그저 지금 생각하면 그것은 완전한 지옥의 일부였다고만 말하고 싶소. 공포, 암흑, 비겁, 쫓김, 죽음, 이 여러 지옥의 요소들이 활기를 펴고 우리 살던 세계를 침범해 왔다고 생각하오.

나는 본능적으로 단순한 공포에 쫓기어 산을 넘고 강을 건너고 부락에 숨고 하는 동안, 완전히 사람으로서의 생존권을 잊어버리고 몸으로 하나의 외로운 걸인이 되어 방황하였소. 뒤를 따르는 적을 피하기 위해서 이런저런 변장도 해보았소. 배가 너무 고프면 풀을 뜯어먹고 무덤 옆에서 며칠 밤을 샌 일도 있고, 그래도 견딜 수가 없어서 촌부락에 가서 식모 노릇도 해보았소.

하도 일을 못해 쫓기어 나가지고 산 옆에서 밤을 새어 울던 일, 천지가 바뀌매 친구의 맘도 변할 뿐만 아니라 합세를 해가지고 뒤를 따라 다니던 사람들. 어떤 정치적 악형(惡形)만을 발견한 것이 아니라 인간의 근성이 모조리 소리를 지르고 발로가 되었다고 보오. 이 지옥의 도가니 속에서 겪어난 우리들에겐 미움도 원수도 사감에 치우치는 모든 원망이 없어야 할 것이오.

C 중위!

우리는 공산당이라는 어떤 정치적인 적보다도 인간생활을 지옥화하려는 이 악의 뿌리를 없애기 위해서도 손을 잡고 일어서야겠소. 지나간 괴롭던 이야기는 이 전쟁이 다 끝나고 통일의 축배를 드는 날 피로(披露)하기로 합시다. 지금은 저 악의 세계와 대항하는 데 필요한 힘만을 기르는데 우리의 성의를 다해야 하겠소.

　밤이 이미 열한 시가 넘었소이다. 병실이 얼마나 추울까 하오. 달빛이 밝아 다정하게 내려 비치고 있소. 살아서 아름다운 젊음의 용사로 이 땅을 다시 재건해야 되오. 살이 떨어져 몹시 아픈 병이 생길 때는 옆에 간호부라도 자주 와보아야 할 텐데, 그도 없으면 이런 추운 밤 그 외로움을 어디에 풀겠소? 아무쪼록 그 다리를 자르지 않고라도 완치될 무슨 약과 주사가 있기를 바라오.

　모래나 글피, 좋은 책이 있으면 들고 가리다. 부디 너무 상심 말고 편히 이 밤을 보내기 바라오. 배추김치가 먹고 싶다니 내가 김장을 하게 되면 익는 대로 가지고 가리다. 담요라도 더 필요하면 이 편지 가지고 가는 사람에게 일러 보내오, 미안해 말고. 그럼 오늘은 이만 쓰겠소. 이불 잘 덮고 잘 자요.

　11월 밤 열한 시

모윤숙

　한국전쟁 때 몸을 다친 군인을 위로하는 편지글이다. 조금은 길다 할 수 있지만 진심이 드러나 있다. 특히 한국전쟁 때 자신이 죽을 뻔했던 이야기를 전해줌으로써 환자에게 삶의 희망과 용기를 북돋아주고 있다. 같은 지은이의 다른 편지글을 들어본다.

　제번(除煩)하옵고,
　이번 일요일이 한가하시거든 시간을 내시와 제 집에서 윷놀이를 하심이 어떠하실까 하고 여쭙니다. 소찬이나마 저녁을 같이 하셨으면 합니다. 그러나 목적은 윷에 있사옵고 식사에 있지 않사오니, 좋은 음식은 또 다음 기회를 목적하겠습니다. 선생과 함께 오후 3시쯤 왕림(枉臨)하여 주시기 바랍니다. 오시고 안 오시는 것을 내일까지 알려 주셨으면 합니다. 이만.

5월 6일
모윤숙

윷놀이와 저녁식사에 초대하는 편지글이다. 예문처럼 초청 취지를 분명하게 밝히고, 시간과 장소 등을 적으며, 참석 여부 답변 바람 등의 내용이 들어가야 한다.

[7] 일기문 쓰는 법

일기(日記)는 문장 수련의 지름길이자 자기 생활을 기록한 '필름'이라고도 할 수 있다. 일기를 쓰지 않았으면 잊어버릴 일도 일기를 쓰는 덕분에 생각할 수 있을 것이고, 자기 생활에 여러 가지로 도움이 되는 수가 많다.

일기를 보면 아주 사무적인 '메모'처럼 기입한 것과 그때그때 자기가 느낀 바를 기록한 것, 또한 이것을 아울러서 어느 날은 '메모'로, 어느 날은 감상 같은 것을 써 넣은 것도 있다. 그러나 일기가 그날그날의 날씨를 밝히고 누가 찾아왔는지, 편지를 주고받은 일 등을 내용으로 하여 써 넣은 정도, 이른바 '메모' 수준에 그치고 만다면 뒷날 기억을 되살려주는 자료가 될 수는 있겠지만 문장 공부에는 도움이 되지 않을 것이고, 또한 일기를 쓸 흥미도 없어져서 물리게 될 것이다.

일기를 쓰다가 중도에 그만두었다는 이야기를 흔히 듣는다. 이런 사람들은 대체로 새해를 맞이하면서 '올해부터는 무슨 일이 있어도 반드시 일기를 쓰겠다'라는 마음으로 시작한다. 그러나 열흘이 못가서 일기 쓰는 것을 잊어버리는 게 다반사(茶飯事)이고, 오랫동안 이어서 쓰는 사람도 기껏 한 달이다.

그렇다고 웃을 일도 아니다. 왜 그런가 하면 일기를 쓰는 것을 하나의 의무로 생각하기 때문에, 또 쓸 것이 없을 때도 억지로 쓰려고 하기 때문에 어느덧 싫증이 나게 되는 것이다. 무슨 일이든 싫어지고 나면 억지로 계속할 수도 없는 노릇이다. 오래 계속해서 쓸 수 없는 것은 당연한 일이라 하겠다.

이미 세상에서 책임 있는 활동을 하는 사람이라면 사업의 필요상, 그날그날 '메모'라도 해 두어야 할 수도 있다. 그러나 한창 배우는 젊은 사람이 쓸 이야기도 없는 것을 무리하게 머리를 짜내서 써야 할 필요는 없다고 생각한다. 오히려 써야 할 이야기가 생겼을 때, 쓰고 싶은 감상을 느꼈을 때, 잘 관찰하고 잘 생각하여 그 참된 모습을 드러내 쓴다면 큰 마음의 부담 없이 쉽게 써 나갈 수 있을 것이다.

이렇게 날마다 쓰지 않고 띄엄띄엄 쓰더라도 한 해 동안만이라도 써 나간다면 많은 재료들 가운데 쓸 것과 버릴 것을 자연스럽게 골라낼 수 있게 되며, 문장을 정리하는 방법에도 눈을 뜨게 됨으로써 자기 의사를 나타내야 할 때 당황하는 일은 없게 될 것이다. 왜 그런가 하면 한해 동안 쓴 일기 속에는 이런 저런 즐거움과 슬픔, 세상의 모든 사람이 겪는 대부분의 일이 내포되어 있기 때문이다.

그러나 여기서 일기를 쓸 때 특히 주의해야 할 점이 있다. 그것은 언제나 자기에 대해서 냉정해야 한다는 것이다. 본디 일기는 자기에게 이야기하는 형식이기에 언제나 자기가 대상이 되고 문제가 되기 쉬운 것이다. 그러므로 자기의 나쁜 면을 들추어내야 할 일이라든가 잘못을 뉘우쳐야 할 일은 덮어버리기 쉬운 것이다. 나중에 누군가가 볼 것이라는 생각이 들어서 그러는 것인지도 모른다.

그러나 일기를 쓸 때 그날그날 자기가 대상이 되는 것은 그날그날의 자기를 반성하고 비판함으로써 보다 더 좋은 길로 나가려고 노력하기 때문이다. 그런데 자기의 허물을 감추고 그것을 꾸미는 것은 도리어 자기의 나쁜 점을 인정하는 꼴이 되며, 결국은 거짓된 것만을 배우게 될 것이다.

그런 습관을 한번 갖게 되면 좀처럼 떨쳐내기 힘들어서 언제까지나 진실을 표현할 수는 없게 될 것이다.

1월 20일

남자가 밖에서 돌을 쪼아대고 있다. 참 고요한 낮이다. 가끔 나뭇잎들의 스치는 소리가 나고, 기묘하게 불어오는 바람이 창가를 지나간다. 그 남자는 여전히 돌을 쪼아대고 있다. 마치 심장의 고동소리가 거기에서 들려오는 것처럼.

오후에는 대단한 바람이 불어 왔지만, 우리들은 C의 집에까지 걸어가서 그들과 L, S와 함께 회식을 하고 나서 연극을 보았다. 늦게야 L의 집에 잠자러 갔다. 아주 더러운…… 그래도 잘 자지도 못했으면서 재미는 있었다.

1월 21일

폭풍우가 친 하루. 아침에 걸어서 돌아왔다. 비·눈·눈개비가 왔는가 하면 바람이 분다. 제분소의 개가 짖는다. 먼 곳에서는 누가 나팔을 분다. 오늘은 책을 읽고, 바느질을 했었는데 글은 한 자도 못 썼다. 밤에는 쓰고 싶다. 내 심장이 잠시도 가만히 있지를 않는데 고요히 바느질이나 하고 있다는 것은 참 우스운 일이다. 머리도 몸도 아주 피로하다. 이 슬픈 곳은 내 목숨을 자꾸 주름잡고 있다. 나는 옛날의 허황된 꿈을 먹고 살고 있지만, 그런 꿈에 이제는 속아 넘어갈 내가 아니다.

1월 22일

나는 아래층에 내려와 있다. 밖에서는 바람이 사납게 불고 있지만 여긴 따뜻하고 기분이 좋다. 그건 진짜 사람이 사는 진짜 방 같다. 내 반지그릇은 탁자 위에 놓여 있고 책장 위에는 정(丁)의 헌 덧신이 끼워져 있다. 까만 의자는 반쯤 가려져 있어서 거기 틀어 박혀 있는 행복한 사람 같다. 우리들은 양(羊) 불고기와 양파 소스와 볶음밥을 정찬(正餐)으로 먹었다. 이것은 옳은 일이 된다. 나는 선량한 그리고 가정적으로 머리핀으로 속옷에 리본을 달았다. 그런데도 나의 가라앉을 줄 모르는 심장은 내 육체를 집어삼키고 만다. 나의 신경을, 나의 뇌를 집어 삼키고 만다. 그 독이 차츰 차츰 내 혈관 속에 가득히 흘러지는 것을 느낀다. …… 모든 분자가 서서히 더럽게 물들어지는 것을 ……. 나는 절대로 안정을 얻을 수가 없다. 잠시도 가만 있을 수 없다. 몇 해 전에는 '나도 끝까지 번민하여 거기서 넘어지든지 아니면 힘이 지쳐버린 행복한 사람들 가운데 한 사람이 되고 싶다'고 한 것을 떠올린다. 그런데도 나는 지금 그와 정반대로 괴로워하면 괴로워할수록 그것을 이겨내는 에너지가 불같이 일어남을 느낀다.

1월 23일

날씨는 점점 더 나쁘다. 차(茶) 마시는 시각에 갑자기 정신을 잃고 쓰러져 내 자신이 놀랐다. 그저 한때 오뇌(懊惱) 때문에 넘어진 것 같아서 2층에 올라가 검은 쿠션에 머리를 누이고 쉬었다. 도회지를 사모하는 정이 끓어올랐다.

캐서린 맨스필드 〈일기(日記)〉

문학을 하는 한 사람의 고뇌가 글 마디마디에 맺혀 있다. 자기가 봉사하는 어떤 진리의 정신 따위에 기꺼이 온몸을 내던지는 모습이 읽는 사람 가슴에 느껴지는 글이다. 이런 일기는 글쓴이의 문학 활동에 필요한 하나의 기록이 될 것이요, 창작 의욕을 북돋아 주는 중요한 역할도 하리라고 생각한다. 즉 붓끝으로 쓴 글이 아니고, 심혈을 기울여 가슴속의 외침을 기록한 일기라 하겠다.

행여 해돋이를 보지 못할까 노심초사하여 밤새도록 자지 못하고, 가끔 영재를 불러 사공더러 물으라 하니, "내일은 해돋이를 쾌히 보시리라" 한다 하되 마음에 미쁘지 아니하여 초조하더니, 먼 데 닭이 울며 잇달아 자초니, 기생과 비복을 혼동하여 어서 일어나라 하니, 밖에 급창이 와서 '관청 감관(監官)이 다 아직 너모 일찍하니 못 떠나시리라 한다' 하되, 곧이 아니 듣고 발발이 재촉하여 떡국을 쑤었으되, 아니 먹고 바삐 귀경대(龜景臺)에 오르니, 달빛이 사면에 조요(照耀)하니, 바다이 어제 밤도곤 희기 더하고, 광풍이 대작(大作)하여 사람의 뼈를 사뭇고, 물결치는 소래 산악이 움직이며, 별빛이 말곳말곳하여 동편에 차례로 있어 새기는 멀었고, 자는 아해를 급히 깨와 왔기 치워 날치며, 기생과 비복이 다 이를 두드려 떠니 사군(使君)이 소래하여 혼동 왈 "상없이 일찌기 와 아해와 실내 다 큰 병이 나게 하였다" 하고 소래하여 걱정하니, 내 마음이 불안하여 한 소래를 못하고, 감히 치워하는 눈치를 못하고, 죽은 듯이 앉았으되, 날이 샐 가망이 없으니 연하여 영재를 불러, "동이 트느냐?" 물으니, 아직 멀기로 연하여 대답하고, 물치는 소래 천지(天地)가 진동(震動)하여 한풍(寒風) 끼치기 더욱 심하고, 좌우 시인(侍人)이 고개를 기울여 입을 가슴에 박고 치워하더니, 마이 이윽한 후, 동편의 성수(星宿) 드물며 달빛이 차차 열워지며 홍색(紅色)이 분명하니, 소래하여 시원함을 부르고 가마 밖에 나서니, 좌우 비복과 기생들이 옹위(擁衛)하여 보기를 죄더니 이옥고 날이 밝으며 붉은 기운이 동편 길게 뻗혔으니 진홍대단(眞紅大緞) 여러 필(疋)을 물 우희 펼친 듯 만경창파(萬頃蒼波) 일시에 붉어 하늘에 자옥하고, 노(怒)하는 물결 소래 더욱 장하며, 홍전(紅氈) 같은 물빛이 황홀하여 수색(水色)이 조요(照耀)하니 차마 끔찍하더라.

의유당 남씨(意幽堂南氏), 〈동명일기(東溟日記)〉

일기체 기행문학의 대표작으로 잘 알려진 작품이다.《의유당관북유람일기(意幽堂關北遊覽日記)》안에 〈낙민루〉〈북산루〉〈춘일소흥〉 등과 함께 수록된 작품으로, 필사로 전해지던 원본을 1947년 이병기(李秉岐) 선생이 처음 활자화하여 출판함으로써 세상에 널리 알려지게 되었다. 의유당 남씨가 〈동명일기〉를 짓게 된 것은, 남편 신대손이 함흥지방 관직을 맡아 현지로 떠나게 될 때 동행하여 수년간 머물러 있으면서 일출 경관을 보게 된 것이 계기가 되었다.

동명의 해와 달뜨는 경관이 뛰어나다는 말을 듣고 1771년 8월 21일에 동명을 찾았으나 일기가 좋지 않아 일출 관람에 실패하고, 1772년 9월 17일 재차 출발하여 동명의 장엄한 일·월출 경관을 보게 된 감동을 쓴 것이다. 또한 이 글은 함흥에서 동명까지의 두 번에 걸친 여행길과 내왕하며 보고 겪은 일들에 대해 자세히 적고 있다. 그 가운데 고기잡이와 풍물패를 거느린 선유, 태조의 유적지들을 관람한 일들이 그림을 그리듯 생생하게 묘사되어 있는 점이 특징이다. 해

돌이를 어린이의 마음으로 기다리는 여성의 심정과 함께, 해학의 맛이 풍기는 정취 있는 일기문이다.

9월 14일

새벽에 재어보니 혈압은 180도. 처(妻)와 함께 나서 종로2가 남쪽 이층집 박봉규 병원 박봉규 군을 찾아보고, 종로 4가 천일약국서 구절초 반근(8냥쭝) 석창포 10냥쭝을 샀다. 오다가 고(故) 하 박사 부인을 찾아 함께 제동 네거리 동편 중국요리집에서 라조기·잡채·사이다·금배(金盃) 한 합(合) 자장면을 먹었다. 돌아와 구절초·석창포를 달여 먹었다. 퍽 쓰다. 오후 4시 다시 집을 나와, 걸어서 중앙청 정문으로 갔다. 마침 택시 한 대가 와 닿았다. 게는 소설가 최정희 여사가 탔다. 국제펜클럽 미국·영국·프랑스·서독·터키·헝가리 작가 17명을 문교부장관이 초대하는데 우리에게도 청첩(請牒)이 왔기에 경회루(慶會樓)로 가는 바 파수(把守)하는 순경이 딱딱히 굴며 저리 궁장(宮牆 : 궁궐담)을 돌아서 가라고 한다. 나는 그 택시를 타고 동십자각께로 돌아 삼청동 경무대 문턱께 이르니 지키는 순경이 택시를 금한다. 최여사와 같이 내려 걸었다. 현무문에 이르니 또 못들어가게 한다. 우리는 택시를 잡아타고 가 영추문께로 들어 경회루에 이르렀다. 문교부 쪽과 시인·문사가 많이 왔다. 다섯 시 지나 유럽과 미주(美洲) 지역 손님들도 왔다. '칵테일파티'다. 나는 '파인주스'에 양주를 타서 세 컵을 마셨다. 6시가 지났다. 국악(國樂)과 가무(歌舞)가 벌어졌다. 나는 기분이 좋았다. 돌아왔다. 잘 잤다.

9월 15일

감채(甘菜) 반냥중[半兩重]을 또 사왔다. 석창포 감채차를 마셨다.

9월 16일

서울대 문리대에 나가 한 시간 강의. 펜클럽 유럽과 미주 작가
와 10시부터 강연한다고 정릉리까지 갔다.

국대에선 학생총회가 있어 휴강되었다기에 김순동 군과 같이 오
다가 다방 '승리'에서 위스키 차(茶) 한 잔씩 먹고, 포도 두 근을
사가지고 찬영이 집엘 갔다. 새집 달아내는 건 거의 다 되었다. 맥
주 한 병을 준다. 마셨다. 찬영이 어머니가 거리까지 나와 택시를
불러 태워 준다. 집으로 왔다. 《양가원》 원고료 17,330환(圜)을 현
군이 가져왔다.

이병기 《병상일기(病床日記)》

바쁠 때는 간단한 사례만 기록할 수밖에 없겠지만 때로는 어떤 일
이나 감정을 자세히 쓰는 것도 흥취 있는 일이다. 이 일기에는 유창
하고 경묘한 문장 속에 인간미가 풍긴다.

오늘도 박장로교회(朴長老教會)라는 곳에서의 파이프 오르간 소
리에 눈을 뜨다. 오늘 아침은 어쩐 일인지 크리스마스라고 거리에
서 한참 부르던 '징글벨' 그 곡이 들려왔다. 그 교회의 찬송가엔
그런 곡도 있는지 모르지만 하여튼 발을 구르고 통곡하는 그 소
리보다는 그래도 마음이 가라앉는 편이다.

우유를 끓여 놓고 빵을 적셔가면서 어제부터 쓰기 시작한 소설
의 뒷이야기가 잘 풀리지 않아서 끙끙거리고 앉아있을 때, 이웃
사는 김형이 찾아왔다. 오늘같이 날씨가 좋은 날에 일이 무엇이냐
며 강에 가서 배를 타자는 것이었다. 나는 불시에 쓰던 원고를 덮

어놓고 따라 나섰다. 배를 타자기에 하다못해 '보트'라도 타자는 줄 알았더니 밤섬 나룻터로 데리고 갔다.

"기껏 나룻배야."

하고 내가 웃자, 김형 대답이 그럴듯했다. 나룻배는 배가 크므로 안전도 하고, 노를 젓지 않으니 편안도 하고, 또한 뱃값을 한번 내고서도 내리지만 않으면 한 종일이라도 탈 수 있다는 것이다. 그의 말대로 우리는 두 번 왕복했다. 주변 경치가 좋아서 그런지 뱃놀이도 싫지 않았다.

돌아오는 길에 두어 뼘 되는 잉어를 한 마리 사가지고 와서 삼삼하니 끓여 소주를 마시다 생각해 보니, 단물고기를 입에 대보는 것도 몇 해만인지 알 수 없는 일이다. 술에 취해가며 둘이서 밤이 깊어가는 줄도 모르고 연극 이야기를 주고받다. 결론은 밥이나 먹을 수 있다면 뜻맞는 몇 친구끼리 조그마한 이동극단을 하나 갖고 싶다는 것이다. 그러고 보면 나도 한때 연극운동으로 일생을 살겠다고 생각해 본 적도 있었는데⋯⋯

이것은 저자의 어느 날의 일기다. 일기는 어떤 형식이건 써나간다는 것이 중요하니, 오늘부터라도 일기를 쓴다는 습관을 갖기로 하자.

[8] 기행문 쓰는 법

기행문(紀行文)은 쓰는 사람의 관점에서는 여행 중에 쓰는 일기의 하나일 것이고, 다른 사람을 위해서는 가보지 못한 곳에 대한 안내(또는 이미 가본 곳에 대한 회상)가 될 수 있다. 서투르면 서투른 대로, 좋은 글이면 회상의 재료가 되고 뜻밖의 자료도 될 수 있다.

같은 기행문이라도 쓰는 사람의 관점에 따라서 색채가 다른 글이 된다. 곧 명승지 하나를 두고서도 역사·풍물묘사·지리적인 고찰·인상이나 풍속 등 여러 관점에서 쓸 수 있다. 그러나 중요한 것은 그곳만의 개성을 그리는 것이기에 그 대상이 사람이라면 마땅히 그곳의 사람에 관한 이야기를 다루어야 하고, 산이라면 그곳의 산에 관한 이야기를 다루어야 한다. 금강산을 찾아 간 기행문이면서 지리산인지 백두산인지 인상이 분명하지 않은 이야기가 적혀 있어, 그저 '높은 산에 올라갔다' 정도의 표현밖에 안 되었다면 잘 쓰고 못 쓰고를 떠나서 자기가 마음속으로 기대했던 기행문은 쓸 수 없을 것이다.

묘향산

개천(价川)에서 만포선(滿浦線)으로 바꾸어 탄 때가 오후 3시 30분—비는 점점 승세(勝勢)를 하여 일행은 적이 불안을 느꼈다. 일껏 마련한 호기(好期)를 장림(長霖 : 장마)으로 지낸다면 기쁨에 뛰놀던 마음도 보람 없이 될 것을 은근히 걱정하게 되었다.

기차는 산협(山峽)을 달아난다. 여기서부터 진정으로 묘향산을 탐승(探勝)하는 기분이 새롭다 하나 산협을 지나면 또 강이 나타난다. 들건댄 이 시내도 청천강의 줄기라 하니, 청천강은 아직도 우리를 못잊어 우리 뒤를 따름일까. 물은 너무도 푸르다.

강이 있고 산이 있고, 산에는 나무, 강에는 들, 게다가 이 강, 이 산이 서로 얼싸안고 어울리니, 구태어 명승지를 찾지 않고도 간 곳마다 뛰어난 이 강산이로다.

고래로 금수강산이니 팔도강산이니 하여 강과 산을 떼어 버릴 수 없는 것이 이 땅의 특색이기도 하거니와, 강과 산이 어울리지 않는 명승이란 칼 안 찬 무사(武士)와 같다 하겠다.

얼마를 가노라니 비 오는 강중(江中)에서 자낚시줄 드리운 어부가 보인다. 저 늙은이 비 오는 줄 아는가 모르는가 태연자약(泰然自若)하게 낚시줄만 늦추었다 발렸다 하니, 그 방약무인(傍若無人)한 태도는 태산의 정기를 받았음일까? 그 유연(悠然)한 품은 조금도 고기낚시에 착념(着念)한 사람 같지도 않으니, 곧은 낚시로써 80을 보냈다는 강태공의 고사(故事)를 여기서 눈으로 본 듯하다.

신경쇠약자인 현대인은 모름지기 반석(盤石)같이 요지부동(搖之不動)하는 기품을 본받음이 마땅할 듯도 하다마는, 이욕(利慾)을 떨어 버리기 바이 없는 몸 어찌 한 대의 낚시로 사바(裟婆) 세계를 초개시(草芥視)할 수 있으랴! 아! 몇 날의 여가를 마련하여 이 길을 갖게 되었음을 다시금 쾌락으로 아노라!

만포선으로 접어들며 돌기와 얹은 집이 많아졌다. 돌기와 즉 자연의 기와이다. 묘향산이 가까울수록 자연에 대한 경건한 마음이 새로워진다. 신흥동 역에 닿으니 역 앞 산은 모두가 돌기와다. 산을 헐면 절로 돌기와가 생겨나는 모양이다. 바위라면 크고 둥근 줄만 알았던 우리가 이제 바위가 종잇장 같이 되는 것을 보고 또 한 번 놀라며, 그래 자연은 어떻게 이런 생각까지 해 두었던가 하고 모두가 거짓말 같다. 우리의 마음은 점점 자연으로 돌아가고 우리의 빈 가슴은 경이(驚異)와 신비에 가득 채워진다.

북신현 역에서 비는 그치고 묘향산 역 도착은 오후 5시 반—역원(驛員)의 안내로 버스에 올라 묘향산 품으로 들어간다. 우리를 태운 자동차는 산봉우리를 끼고 청계천을 감돌며 산으로 산으로 오른다. 저 시내는 아마 묘향산의 품에서 흘러 났으리라고 생각하니 어서 바삐 어루만져 보고 싶다. 여관 가까이 다다르자 개천가에 무수한 흰 천막이 보인다. 무엇일까 의아하여 가까이 가 보니 놀라지 말라, 그 무수한 천막이 모두 제일관(第一館)이니 청산관(靑山館)이니 하는 요정(料亭)이다. 마치 음력 4월 8일 석가탄

신일을 사흘 앞둔 지금이라, 각지에서 한몫 보려고 모여 들었다고 한다.

아! 묘향산은 인간 때문에 얼마나 더럽히었던가? 청계간수(淸溪澗水)는 그 얼마나 눈물을 흘릴 것이냐! 가까스로 만난(萬難)을 물리치고 청렴한 마음을 가져보려고 여기까지 찾아 왔건마는, 노유장화(路柳墻花)가 먼저 앞서 왔다니 어찌 실색하지 않을 일이랴!

여관에 행장을 풀고 밖에 나서니 앞도 산이요, 뒤도 산이요, 산 허리에는 구름과 안개뿐이요, 들리는 것은 물소리뿐이다.

다시 비가 내리었다. 그러나 우리는 비를 무릅쓰고 개울까지 세수하러들 나섰다. 그저 맑다고만 하기에도 오히려 꺼리낄만큼 깨끗한 물이 돌 사이를 줄기차게 흐르고 있다. 물은 비수(匕首)보다도 차다.

"아! 선경(仙境)이로군……"

"여기서 살아도 사람이 늙을까?"

"아예 출가를 해버릴까 보다."

저마다 이렇게들 중얼거리며 일곱 시간 여행의 피곤도 잊어버리고 감탄과 감격에 넘치었다. 이번 탐승단(探勝團)에 참가한 것을 새삼스레 기뻐하는 분도 있었다. 잠시 쉬고 나서 저마다 보현사를 탐방하다. 보현사는 여관에서 10분 허(許)의 거리.

정비석 〈향산기행(香山紀行)〉

묘향산에 오르기까지의 실경(實景)이 찬찬히 씌어진 기행문이다. 도중에서 늙은 낚시꾼의 이야기나 그런 관찰 없이 보고(報告)로만 그치고 마는 기행문이라면 맛이 없어지고 만다.

여기서 우리는 그 지방의 풍습과 기후 같은 것이 좀 더 두드러지게 드러난 기행문을 읽어 보기로 하자.

    우리는 이 섬에서 저 섬으로 저 섬에서 이 섬으로, 항해를 계속했다. 이 섬도 저 섬도 똑같았다. 선장은 어떻게 이들 섬을 구별해 내는지 우리는 알 수가 없었다. 이젠 배의 짐(무선전신기·포도주·밀가루·파다와 파야로 가는 여러 종류의 짐들)도 다 내려 배도 마음대로 쓸 수 있게 되었다—게다가 별반 시간을 다툴 일도 없었기에 우리는 주민들이 사는 섬으로 데려가 달라고 했다. '뒤제스' 호는 이번에도 또 파피루스와 우거진 숲 사이에 매어 두었다. 다섯 시다. 우리는 섬 한 가운데를 향해 걸어갔다. 산양(山羊)과 소똥이 끔찍이 많았으나 소똥은 이제 막 싼 것이 아니었다. 15분쯤 걸어서 상당히 크기는 해도 황폐한 마을에 다다랐다. 이곳에서는 아침에 보고 온 마을에서처럼, 버림받은 할머니조차 볼 수 없었다. 그러나 꽤나 먼 곳에 하얀 염소 무리가 보였기 때문에 우리는 그쪽으로 걸어갔다.

    식물이 갑자기 바뀌었다. 염소가 보인 곳은 미모사가 울창하게 우거진 숲속 한 끝이었다. 해질녘의 비스듬히 빛이 비쳐지는 나뭇가지 사이에 그들은 밝은 무늬를 수놓으면서 움직였다. 그들의 이때는 숲 속에 반쯤 감춰진 채 드넓은 지역에 걸쳐 이쪽저쪽에 흩어져 있었다. 아마도 400~500마리는 되리라. 그들 모두 한 방향으로 걸어가고 있었고, 우리도 그들의 안내를 받으며 같은 방향으로 걸어갔다. 그러자 얼마 안 가서 우리는 울창한 숲 속에 묻힌 두 움막집 앞에 다다랐다. 소문조(小紋鳥)를 잡느라고 쏜 내 총소리를 듣고, 나이 든 한 원주민이 나타났다. 그는 두 손을 높이 쳐들고 우리와 만나러 왔다. 그는 파란색 부부(boubou : 천을 휘감은 것 같이 길고 헐렁한 윗옷)를 단정하게 입은 키다리 젊은이, 아내와 두

어린아이와 함께 있었다. '부부'를 입은 젊은이는 하구(河口)를 건너서 우리를 어떤 섬으로 안내해 줄 것을 약속했다. 그 섬에서 여기저기에 흩어져 있는 각 마을의 주민들을 세금을 걷으러 온 군장(郡長 : 더 정확하게 말하자면 그의 아들이지만)이 잠시 한곳에 모아 놓고 있었다. 꽤 늦은 시간이었다. 해도 졌고, 바람도 없고, 물 위는 꽤나 미끄러웠다. 우리들이 닻을 내리기 벌써 전에 해는 이미 지고 있었다. 마을까지 그렇게 멀지는 않았다. 그래서 우리는 아둠(Adoum)과 이드리사 신드바드(Idrissa—Sindbad)와 함께, 폭풍등(暴風燈 : 바다에서 폭풍우가 칠 때 배가 나아갈 길을 밝혀주는 등불)을 든 선장을 앞장 세워서 마을로 갔다. 그리하여 군장(郡長 : 정확하게 말하면 군장의 아들로서, 혹사(酷使)와 부당한 징세로 비난받은 바로 그 장본인이다)이 나타났다. 그는 상판대기가 추악한 데다 코는 매부리코였는데, 이런 코는 흑인 남자에겐 특히 불쾌한 것이다. 게다가 눈꼴은 곱지 못하게 생긴데다 입은 생김새가 뾰족하였다. 예의에 밝다기보다는 외려 비굴했다. 우리는 다음 날 다시 오기로 약속하고 곧 헤어졌다. 이런 밤에 하는 정찰(偵察)의 목적은 사람들과, 그것도 아이들과 사귈 마음 때문이었다. 그리고 우리는 아이들에게는 잔돈을 많이 주었다. 차드(Tchad)호(湖) 지역에 사는 아이들은 배가 우방기(Oubangui) 지방 아이들의 배만큼 툭 튀어나오지는 않은 대신에 손과 발의 생김새가 보기 흉할 정도로 기형적(畸形的)이었다. 그리고 그들의 손 살갗은 마치 해면(海綿)같았고 그 잔등은 어린선(魚鱗癬)에 걸린 것 같았다.

우리가 배에 돌아와서 식사를 하고나서 잘 준비를 하고 있는데 아둠이 왔다. 그는 '방금 원주민 다섯 사람이 클라마숑[항의](레클라마숑이라고 한다)을 하고 싶어서 왔다고 하는 것을, 선장이 다음 날 아침에 다시 오라고 하고는 쫓아 보냈다'고 말하였다. 나는 삼바 은고토(Samba N'Goto)의 일을 떠올리며, 이렇게 밤중에 이루어지는 통사정(通事情)의 풍습이 영원히 없어질 것을 두려워한 나머지 신드바드에게 그 고소인(告訴人)들을 뒤를 밟아 따라가서 그들이 되돌아오도록 권유했던 것이다. 그리고 나서 돌아오기를 기다리는 동안, 나는 반사거울이 달린 희미한 등불 아래에서 책(《마크 러더퍼드》와 《파우스트 제2부》)을 읽기 시작했다. 시간이 꽤 흘렀다. 그래서 나는 하는 수없이 마을에까지 가게 된 신드바드가 다섯 남자들 뒤를 밟게 된 까닭을 말하여 그들을 궁지에 빠뜨려 무너지게 하지 않고서는 그들을 찾아 낼 방법이 없겠다고 생각하니 더더욱 우울해졌다. 30분이나 지났을 무렵 아돔은 또 다른 고소인이 왔다고 전하러 왔다. 그는 이웃한 섬에서 온 사나이였다. 그는 우리들이 탄 증기선이 지나는 것을 보자마자 곧바로 말이 통할 백인을 만나고 싶은 마음이 너무나 간절하여 카누에 올라탔던 것이다. 그는 몸을 앞으로 굽혀 목덜미 위에 있는, 다친 지 얼마 안 되는 생생하고 큰 상처를 내보였다. 그리고 다시 그는 부부를 풀어헤치고 어깨와 어깨 사이에 난 상처도 보여 주었는데, 그것이 군장의 패거리들(?)에게 얻어맞은 자리라는 것이다. 그 패거리들이 이 남자가 아내와 아이들에게 젖을 먹이려고 집 앞에 매어 두었던 젖소 네 마리 가운데 세 마리를 뺏어가고, 마지막 한 마리까지 뺏어갈려고 할 때 그가 그들에게 항의를 했다. 그러자 그 군장 카얄라 코라미(Kayala Korami)의 대리인이 그를 두들겨 팼다.

잠시 뒤에(첫 고소인과의 이야기가 막 끝났을 무렵) 또 다른 고소인 네 사람이 나타났다. 그들 가운데 한 사람은 그의 아버지 형제가 돌아가시면 자기가 물려받기로 되어 있는 소 여덟 마리를 카얄라 코라미가 횡령했다고 불평을 늘어놓았다. 다음 고소인은 자신을 마을 추장(酋長)으로 만들어 달라고 250프랑을 카얄라 코라미에게 건넸다고 말했다. 다시 말해서 카얄라 코라미가 그만큼 더 달라고 했을 때 그 정도는 없다고 하니까 코라미가 자신을 죽이겠다고 으르고 나서 처음에 받아 간 250프랑을 돌려주지 않았던 것이다. 나머지 두 사람은 카얄라 코라미에게 협박을 받고, 거친 벌판 속으로 도망쳐서는 밤에만 마을 가까이에 와서는, 자신들에게 마실 거리와 먹거리를 날라다 주는 가까운 친척과 동무들을 만난다는 것이다.

　내가 원주민들의 겉모습의 아름다움을 그대로 묘사할 수 없는 것은 그들 목소리의 억양, 그들의 신중함과 엄숙함, 그들의 우아한 몸가짐 등등이다. 이들 흑인에 비하면 백인들은 상놈처럼 보인다. 그리고 그들의 감사와 작별 속에는 말로 나타낼 수 없는 장엄한 슬픔과 미소가 있어서, 자기들의 불평을 들어준 이에 대한 말로 나타내기 어려운 한편으로는 절망적이면서 다른 한편으로는 감사하는 뜻이 있었다.

앙드레 지드 《콩고 기행》 일부분

이 글은 우리에게 기행문의 표본을 보여주느니보다, 압박을 받는 인종의 비참한 모습을 보여줌으로써 한 인간이 다른 인간에게 부리는 권력에 회의(懷疑)를 느끼게 하며, 읽는 사람으로 하여금 가슴을 치받고 나오는 동정을 금하지 못하게 한다. 이런 기행문을 쓸 수 있다는 것은, 지은이의 개성이나 생활, 그리고 체험 등이 바탕이 되어 있다는 것을 잊어서는 안 된다. 기행문 중에서도 가장 명문의 예라 하겠다.

　다시 그 서쪽으로 도로 오다 영월대를 찾았다. 이 산의 가장 높은 곳이다. 좋은 전망대다. 이 산은 강으로 두르고 봉우리로 둘렀다. 그 봉우리들은 천연 꽃봉오리다. 현란(絢爛)한 꽃밭 속이다. 호암산·망월산·부산·취영산·오산·백마강 할 것 없이 주위에 있는 멀고 가까운 산수들은 오로지 이곳을 두고 옹호하고 있다. 나는 이윽히 바라보다가 포근포근한 금잔디를 깔고 앉아 그 놀라운 영화와 향락을 고요히 그려 보았다.

천정대에 낙점봉함을 두고 재상을 뽑아 정사를 맡기고 임금은 공덕을 빌려 매양 왕흥사로 나들이 겸 거둥을 하고, 양안에 기암괴석(奇岩怪石)이 착립(錯立)하고 기화이초(奇花異草)가 그림 같은 북포(北浦)로 좌우 신료들과 함께 술을 마시고 거문고를 타며, 임금은 노래를 하고 신하들은 춤을 추기도 하고 궁궐 남쪽에는 20여 리 운하를 파고 네 가장자리[四岸]에 버드나무를 심고 빈(嬪)을 데리고 배를 띄우다 자온대로 올라 놀기도 하고 연꽃잎을 띄운 목욕통에 향을 풀어 등도 밀리다 밤이면 꽃송이 같은 궁녀들을 앞뒤에 세우고 영월대 송월대로 오락가락하며 달도 맞고 보내기도 하였다.

다시 서쪽으로 이 산의 일맥(一脈)을 타고 내리니 길은 끊기고 무시무시한 큰 바위와 끊어진 듯 가파른 낭떠러지이고 그 밑에는 시퍼런 강이 흐른다.

《백제고기(百濟古記)》에 '부여성 북각(北角)에 대안(大岸)이 있으니 강물을 다다랐다'하고, 또 전하는 말에 '신라와 당나라 연합군이 사비성으로 쳐들어 올 때 의자왕이 여러 후궁과 함께 그 면하지 못할 줄을 알고 서로 〈차라리 스스로 목숨을 끊을망정 다른 사람의 손에 죽지는 않겠다〉라고 말하고는 서로 거느리고 이 바위에 이르러 강에 몸을 던져 죽었으므로 이 바위를 타사암(墮死岩)이라 하였다'고 하나 이것을 낙화암(落花岩)이라 일컫는다. (그러나 사실(史實)을 살펴보면 의자왕이 낙화암에서 떨어져 죽었다는 건 잘못 전해진 것이고, 의자왕은 태자와 좌우 신료 몇 사람을 거느리고 성을 빠져나와 웅진성으로 피신하였다고 한다.) 고려 충선왕 때 이곡(李穀)이 지은 시의 '하루아침에 도성이 기왓장처럼 부서졌으며, 천척의 푸른 바위를 낙화암이라 이르더라(一日金城如解瓦, 千尺翠岩名落花)'라 하는 것을 보면 그전부터 낙화암이라는 이름으로 부르던 것이다.

낙화암은 백제의 사극(史劇)을 마지막으로 연출하던 곳이요 그걸 영구히 전하는 유일한 기념탑이다.

이병기 〈부여행(夫餘行)〉 일부분

이 글은 명승고적을 보면서 느낀 회포(懷抱)가 씌어 있다. 백제의 옛 도읍인 부여의 풍경과 사적을 간결하고 명확한 필치로 되살려 놓았다. 역사의 지식이 가멸차야만 이런 흥미진진한 기행문을 쓸 수 있을 것이다.

[9] 설명문 쓰는 법

설명문(說明文)은 글자 뜻대로 어떤 사물을 설명하는 문장이다. 또는 해설문(解說文)이라고도 한다. 기행문 같은 것이 '사물을 외적(外的)으로 있는 그대로 관찰하여 그 실태나 진행을 객관적으로 묘사하거나 서술하는 문장'이라면, 설명문은 '사물을 내적(內的)으로 이론에 닿게 고찰하여 그것이 가지고 있는 성질·조직·유래·효용·목적 같은 것을 주관적으로 설명하고 증명하는 문장'이다. 따라서 기사문 같은 것이 객관적 문장이라면 설명문은 주관적 문장이라고 할 수 있다.

그러나 같은 주관적 문장이라 하더라도 어떤 식으로든 글쓴이의 감정이 끼어들 수밖에 없는 서정문이나 감상문과 비교해 보면 설명문은 주관적인 문장과 객관적인 문장 사이에서 외줄타기를 하는 문장이다.

서정문(감상문 포함)은

① 어떤 일에 부딪쳐 일어나는 주관적인 감정과 정서(情緖)

② 주관적 서술

③ 읽는 이의 감정에 호소하여 동감이나 동정을 불러일으키게 하는 문장이다.

설명문은

① 어떤 일을 이론적으로 고찰하여 얻은 지식이나 의의(意義)

② 주관적 설명

③ 읽는 이의 지성(知性)에 호소하여 해득(解得) 또는 이해하도록 하는 문장이다.

그러므로 서정문은 순수하게 주관적 문장이지만, 설명문은 객관적인 사물을 바탕으로 하여, 그 사물이 가지고 있는 지식이나 의의를 설명하는 문장이기에 어느 정도까지는 객관성을 지니는 문장이다. 그렇기 때문에 설명문은 주관적인 문장이면서도 객관적인 문장이 되는 것이다. 서정문과 설명문은 대상이나 목적에서 방향이 크게 다른 점에서 전자(前者 : 서정문)의 본분이 어떤 일에 대해 일어나는 우아하고 친절한 순수하게 주관적 감정이나 정서의 움직임에 있다면, 후자(後者 : 설명문)의 본분은 어떤 사물을 지적(知的)으로 냉철하고 명확하게 고찰(考察)하는 지적인 움직임에 있다. 따라서 설명문은 편견이나 독단에 빠지기 쉬운 주관적인 감정은 모두 버리고 오로지 공평하고 냉정하며, 명확하게 사물의 진상이나 진리를 이야기해 줌으로써 읽는 이가 충분히 이해하고 해득할 수 있어야 한다는 점에서 볼 것 같으면, 설명문은 글의 성격상으로는 서정문과는 대척점

(對蹠點)에 있는 기사문에 더 가깝다고 말할 수 있다. 그러나 설명문이 기사문과 다른 점에 대하여서는 앞에서 이야기하였다.

　이제 설명문을 쓸 때 유의할 점을 들어 보면 다음과 같다.
　① 편견과 독단으로 흐르기 쉬운 주관적 감정은 모두 버리고, 사물의 성질·조직·유래·효용·목적 같은 것을 아주 공평하고 냉정하게, 명료하고 정확하게 적어서 그 사물의 참된 모습이나 진리를 있는 그대로 보여 주어야 한다는 점이다.
　② 설명문은 읽는 이가 충분히 이해하고 해득(解得)할 수 있도록 써야 하기에 학술적인 지식이나 이론은 되도록 이해하기 쉽고 실생활 속에서 찾을 수 있는 것으로, 복잡한 것은 간단하게, 어려운 것은 쉽게 쓰도록 주의하되 누구나 다 알 수 있도록 써야 한다.
　③ 설명은 순서를 갖추어 줄거리를 분명히 하여 읽는 이의 머리에 잘 들어가도록 써야 한다. 이야기 줄거리가 왔다리 갔다리 한다든지 설명이 충분하지 못하다거나 헛갈리던지 하여 글에 요령이 없어지면 전혀 엉뚱한 글이 되어버리는 것이다. 그러므로 어디까지나 줄거리가 뚜렷하고 글쓴이의 의사가 요령 있게 전달되도록 써야 한다.
　④ 자세하고도 치밀하게 써야 한다. 대강 써서 치워버린다거나 조잡하다거나 빠진 곳이 많아 앞뒤 연결이 잘 안된다면 실패한 글이 된다. 어디까지나 용의주도하게 빈틈이 없도록 쓰되 필요 이상으로 군소리를 늘어놓는 것 또한 삼가야 한다.
　⑤ 누구나 다 알아 볼 수 있는 상식적인 용어를 써야 한다. 자기 지식을 자랑하는 것 같은 건방진 인상의 글을 써서는 안 된다. 그러니까 되도록 수식이나 기교는 피해야 한다는 것이다.
　⑥ 고어(古語)나 고사(古事)를 끌어다 써야 할 때, 또는 다른 일을 예로 들어 이야기할 때는 가장 쉽게 접할 수 있으면서도 경우에 들

어맞는 것을 써야 한다. 그렇지 못하다면 차라리 끌어다 쓰지 않은 것보다 못한 결과를 가져 오게 된다. 이 점은 처음으로 공부하려는 사람들이 특히 주의해야 할 점이다.

지난해 말에 끝난 국제 지구관측소 조사 중 남극에서 기록한 온도는 오랫동안에 걸친 세계의 온난화 현상이 틀림없음을 증명하였다.

남극에서는 1957~58년에 걸쳐 미국 기상국 전문가와 다른 나라 전문가들이 온도를 기록해 왔는데, 그 결과는 세계가 차츰 따뜻해지고 있다는 최근 학설과 일치하고 있다고 미국 기상국의 랜즈버그(H. E. Landsberg) 박사가 말하였다. 북극지방에서도 기후 및 온도가 점차 따뜻해지고 있는 징조가 나타나고 있다. 알래스카의 빙하도 줄어들고 있으며, 북극해의 중요 항구인 스피츠베르겐 항구도 1912년 당시에 비하면 바닷물이 그때의 반 정도밖에 얼지 않는다고 한다. 랜즈버그 박사의 말에 따르면 지구 온난화(1세기에 2~3℃가 올라간다고 짐작됨)는 1900년경부터 시작되었다 한다.

우리나라 국립중앙기상대의 한 전문가는 이렇게 말하였다.

'그런 주장은 새삼스러운 것도 아니고 50년에서 100년 동안에 1℃씩 기온이 점차로 올라간다는 학자들의 통계적인 학설이 있다. 그리고 해마다 세계 인구가 늘어가는 한편 과학문명이 발달됨에 따라 난방장치가 발달함으로써 나오는 열이 대기 중에 늘어가는 동시에 탄산가스가 많아지게 된다. 탄산가스는 태양 복사열을 빨아들이므로 기온이 따뜻함을 느끼게 된다.'

이것은 해마다 지구가 따뜻해진다는 것을 어린이에게 알려주는 순수한 설명문으로 쓴 글이다. 그러나 읽는 이가 어린이들이라면 이

보다는 좀더 친절하고 부드럽게 써야 할 것이다. 예를 들면 '복사열(輻射熱)'같은 전문용어도 그대로 쓸 것이 아니라 아이들이 이해할 수 있도록 쉽게 풀어서 써야 한다.

동물들에게는 많은 적이 있습니다. 왜냐하면 서로 싸워서 잡아먹기 때문입니다. 정신을 차리지 않으면 살아 나갈 수가 없습니다. 우리 사람은 동물을 잡아먹습니다. 그러므로 동물들 쪽에서도 여러 방법으로 자기를 지킵니다.

사람은 어떤 동물보다도 영리합니다. 그러기에 무기를 만들어서 그것으로 싸우는 것을 생각해 냈습니다. 사람들은 또한 불도 쓸 줄 압니다. 모든 동물들은 불을 무서워합니다. 큰 동물들은 자기의 힘과 용기를 무기로 삼습니다. 작은 동물들은 영리하여서 안전한 곳에 재빨리 몸을 숨깁니다. 그리고 동물들은 대체로 느끼는 것이 날카로워서 눈·코·귀 같은 것을 놀랍도록 잘 씁니다. 어떤 것은 무섭게 빨리 달릴 수 있습니다.

하느님은 이들 동물들에게 환경에 알맞은 옷들을 주셨습니다. 동물이 움직이지 않고 가만히 있으면 좀처럼 알아보지 못하는 것은 그 때문입니다. 식물에도 단단한 가죽·바늘·털·가시 같은 것으로 자기를 지키는 것이 있습니다.

이 글은 모든 생물은 자기가 스스로를 지켜야 한다는 것을 어린이들에게 설명한 글이다. 앞의 예문과 마찬가지로 같은 어린이에게 쓴 같은 과학적 내용의 설명문이면서도 아주 간결하고 친절하고 요령 있게 쓴 글이다. 쉽고도 재미있게 쓴 것만으로서도 본이 될만한 설명문의 좋은 예문이다.

가정에서 애완용으로 기르는 새들을 크게 나누어 우는 소리가 아름다운 새들을 청조(聽鳥), 우는 소리는 별 것 없으나 깃털의 색깔과 모양이 아름다운 새들을 관조(觀鳥)라고 한다. 종달새는 생김새는 보잘 것 없어도 우는 소리가 아름답고, 호금조(胡錦鳥 : Rainbow Finch)나 금화조(錦華鳥 : Zebra Finch)는 우는 소리는 좋지 않아도 생김새가 아름답다. 그러나 카나리아는 이 두 가지의 좋은 점을 아울러 갖춘 새이다. 생김새가 고울 뿐만 아니라 우는 소리도 마치 은쟁반에 옥구슬이 구르는 것처럼 아름다워 사람들이 애완용으로 기르고 있는 많은 새들 중에서도 가장 귀여움을 받는다. 카나리아의 먹이는 다른 서양 조류들의 먹이인 피와 조를 섞은 것에 2% 정도의 들깨를 섞은 것을 주요한 먹이로 주고, 이밖에 카나리아가 채소 가운데에서도 가장 좋아하는 배추와 칼슘 성분이 든 굴껍질 가루와 물을 주면 된다. 먹이는 날마다 바꾸어 주어야 하는데 주는 시간은 딱히 정해져 있는 것은 아니지만 날마다 정해진 시간에 주는 것이 잊을 염려가 없고 좋은 것이다.

카나리아는 가끔 목욕과 일광욕을 시켜주는 것이 좋다. 목욕은 물그릇 이외에 카나리아보다 조금 크고 얕은 그릇에 물을 담아서 새장에 넣어 주면 새들이 스스로 목욕을 한다. 일광욕은 조심해야 될 것이 겨울의 추운 날 새들을 밖에 내놓는 것은 오히려 새들에게 해롭기 때문에 겨울에는 바람이 없고 따뜻한 날, 가장 온도가 높은 한낮에 잠시 햇볕을 쬐어 주고, 봄과 여름에는 아침 떠오르는 햇볕을 쬘 수 있도록 해야 한다.

새장은 새똥과 모이 껍질이 쌓여서 더러워지기 쉬우므로 가끔 청소를 해주며, 또 새가 앉아서 노는 횃대도 새똥이 묻어서 더러워지게 되므로 가끔 새것으로 갈아 주어야 한다.

임남수 〈카나리아 사육법(飼育法)〉

이 글은 카나리아 사육법을 구체적으로 순서 있게 잘 써 나간 설명문이다. 이런 설명문에는 요점을 따져 간명하게 쓰는 것이 중요한데, 그렇게 쓰는 데는 확실한 근거 없이는 도저히 안되는 것이다. 이예문을 읽으면 알 수 있듯이 무엇보다도 그 내용을 독자에게 이해시키는 것이 설명문의 목적이다.

《귀의 성》《치악산》《설중매》… 이 모든 소설 속에는 '착한 사람은 흥하고 악한 사람은 망한다'는 권선징악의 사상이 너무도 노골적으로 나타나 있어서 마치 고대소설을 읽는 것 같은 감상을 갖게 해 주고 있습니다.

위에서 말한 《귀의 성》에서도 주인공 길순의 아버지가 끝판에 가서는 악당들을 다 죽여서 복수를 하게 되고, 《치악산》《혈의누》에서도 착한 사람은 흥하고 악한 사람은 끝이 불행하다는 것을 나타내려고 애쓰고 있는 것입니다. 이것은 마치 고대소설인 《장화홍련전》이라든가 《흥보전》《숙영낭자전》《심청전》 등이 '마음이 착하면 끝에 가서 잘 된다'는 것으로 되어 있듯이 신소설도 모두가 그렇게 꾸며져 있는 것입니다.

물론 소설이 씌어지는 동기라든가 목적이 인간으로 하여금 선하게 되고 참되게 되고 또 아름답게 되게 하는데 있음은 예나 지금이나 다름이 없습니다마는, 중요한 것은 그렇게 노골적으로 끝을좋도록만 맺어놓으면 도리어 효과가 적게 되는 법입니다. 읽는 이들은 끝까지 읽지 않고서도 이 착한 사람은 끝에 가서는 잘 된다는 것을 미리부터 짐작을 하게 되므로 재미도 없어지거니와 미리알고 있었던 만큼 효과도 적어지기 때문입니다.

이무영 《우리나라 문학발달 얘기》

우리나라 신소설의 특징을 해설한 설명문이다. 물론 이것을 전문적으로 쓸 것 같으면 이해하기도 어렵고 약광고의 글이 되었을 것이나 상식선에서 썼기에 누구나 다 이해할 수 있는 글이 된 것이다.

[10] 논문 쓰는 법

논문(論文)은 흔히 논설·이론·평론이라고도 하는 것으로, 자기의 사상과 견해를 논리적으로 나타낸, 다시 말해서 이지적(理智的)인 고찰과 연구를 바탕으로 세운 어떤 사물에 대한 자기의 사상과 견해를 남에게 이해시키고 동의를 얻고자 하는 목적으로 쓴 글이다.

이렇게 남을 설득하려면 때로는 정열도 필요하기에 감정적인 요소도 얼마간은 내포되게 마련이고, 이는 자연스러운 것이다. 그러므로 논문이 이지(理智)와 정의(情意)에서 생기는 문장이기는 하지만, 그러나 어디까지나 사물이나 사태의 진상을 바르게 기술한다는 본뜻에서 어긋나서는 안 된다는 점에 유의하여야 한다.

① 종류

논문은 내용의 성격으로 보면 주장문·찬동문(贊同文)·반박문의 세 방면으로 나눌 수 있으나 내용 자체로 보면 학술적 논문과 비평적 논문으로 크게 나눌 수 있다. 전자(학술적 논문)는 학문을 연구한 것으로서 학자들이 전문분야에 따라 연구하는 것은 모두 여기에 속한다. 후자(비평적 논문)는 시사문제를 다루는 시평적(時評的) 논문과 다른 사람의 의견을 비판하는 비판적(批判的) 논문으로 나눌 수 있다.

시평적 논문은 정치·경제·문예·교육·자연과학 등 여러 방면의 시사문제를 다룬 것으로서 문예비평 같은 것은 인상비평·과학적 비평·

철학적 비평 등 여러 종류의 비평이 있고, 또한 전반적으로 문명비평(文明批評)이라는 이름으로 쓰는 경우도 있다. 따라서 그 각도가 일정하지 않을 것은 말할 필요도 없을 것이다.

비판적 논문은 자기의 사상과 의견을 바탕으로 다른 사람의 주장을 비판하는 논문이다. 내용에 따라서는 추앙(推仰)하고 찬양(讚揚)해야 할 때도 있겠지만, 자기의 주장을 상대나 읽는 이들이 시인할 수 있도록 할 뿐만 아니라 때로는 설득시켜야 하므로 평론 가운데에서는 가장 적극적이다.

② 형식

딱히 정해져 있다기보다는 때에 따라서는 마무리 부분[결론]이 먼저 올 수도 있고, 증명부터 시작하여 결론으로 끝날 때도 있으며, 또한 시평 따위에서 흔히 볼 수 있듯이 단정(斷定)만 하고 증명(證明)은 하지 않는 경우도 있지만, 연역법이나 귀납법 또는 서론·본론(단정과 증명)·결론으로 나뉜, 이른바 삼단논법(三段論法)으로 된 것이 대부분이다.

(1) 연역법 : 글 첫머리에 전체를 아우르는 대의(大意)를 내세우고 나서 그 내용에 대한 예를 들어 상세하게 설명하고 서술하는 방식이다. 그리고 상세하게 설명한 것과 실례 같은 것을 서술한 그대로 둔 채 끝을 맺지 않는다. 이른바 '아리스토텔레스'의 서설(敍說)과 입증(立證)의 2단설(二段說)이 여기에 속한다.

그러면 여기서 아주 간단한 실례를 들어가며 논문 형식을 설명하고자 한다.

지구상의 모든 것은 두 종류로 나뉘어져 있다.

하나는 생명을 갖고 있는 여러 종류의 생물이고, 다른 하나는 생명을 갖고 있지 않은 무생물이다.

식물도 동물도 생물이다. 봉선화도 민들레도 나무·새·물고기·개·돼지·소 같은 것은 모두 생명이 있다. 그러나 석탄·쇠·벽돌·물·유리 같은 광물은 생명이 없다.

식물은 땅 속에 뿌리를 내리고 살고 있다. 자양분을 빨아먹고 크게 자라지만, 뛰어 다닐 수는 없다. 동물은 자양분을 취할수록 크고, 때로는 큰소리도 낸다. 그리고 여기 저기 움직일 수도 있다.

생명이 없는 것은 이런 일을 할 수가 없다. 그저 놓여진 대로 있으며 자랄 수도 없다. 그러나 부서지기는 한다.

어린이들은 뛰기도 하고 걷기도 하고, 뛰어오르기도 한다. 맛있는 과자도 먹을 수 있다.

새는 난다.

물고기는 헤엄을 친다.

원숭이는 나무를 잘 탄다.

'지구상의 모든 것은 두 종류로 나뉘어져 있다. 하나는 생명을 갖고 있는 여러 종류의 생물이고, 다른 하나는 생명을 갖고 있지 않은 무생물이다'까지가 전문(全文)의 대의를 내세운 것이며, '식물도 동물도 생물이다. (중략) 원숭이는 나무를 잘 탄다'까지는 세설(細說)로 들어가 생물과 무생물의 특색을 들기도 하고 비교도 하여 광물과 동식물의 다른 점을 밝히면서도 끝에 가서 마무리를 짓지 않는 서술법이 연역법이다.

(2) 귀납법 : 연역법과는 반대로 끝에 가서 일반적인 법칙을 찾아내는 방식이다.

우리들은 가슴 속에 있는 폐로 호흡을 한다. 여러분은 공기를 들이마시면 폐가 부풀어 오르는 것을 알 수 있겠지요.

물고기는 아가미로 숨을 쉽니다. 물은 입으로 들어가 아가미로 나옵니다.

곤충에는 몸 옆에 숨쉬는 구멍인 기공(氣孔)이라는 것이 있습니다.

공기를 들이마실 때마다 배가 홀떡 홀떡 움직이는 것도 있습니다.

간단한 동물들은 피부로 숨을 쉽니다.

나무와 풀의 잎들은 조그마한 입과 같은 기공으로 공기를 빨아 들입니다.

잎 표면에는 수많은 기공이 있습니다. 이것을 큰 확대경으로 보면 잘 보입니다.

이것으로 생물은 호흡을 한다는 것을 알 수가 있습니다.

그러나 돌은 숨을 쉬지 않는 것을 보면 생물이 아닙니다.

사람·물고기·곤충·나무들이 모두 숨을 쉰다는 특수한 사실을 살펴 돌은 숨을 쉬지 않으므로 생물이 아니라는 일반적 법칙을 찾아 내는 것이다. 연역법에 비하면 귀납법이 과학적이라는 것을 알 수 있으며, 자연과학의 연구논문은 거의 이 방법으로 쓰고 있다.

(3) 삼단법 : 서론에서 이야깃거리를 조금 보여주고 나서 본론으로 들어가 어떤 사실을 단정하고, 그것을 실례를 들어 상세하게 설명하고 전체적으로 통괄하여 결론을 맺는 방식이다.

영어 속담에 이런 말이 있다. All work and no play makes Jack a

dull boy. 일만 하고 놀지 않으면 바보가 된다는 뜻으로, 사람에게는 일과 마찬가지로 놀이의 즐거움도 필요하다는 뜻이다. 이런 경우는 비단 특정한 사람들에게만 적용되는 것이 아니라 모든 사람들에게 공통으로 적용되는 것이다. 속담대로 일만 하고 놀 수 없다면(또는 놀 줄을 모른다면) 삶은 재미가 없을 것이다. 그러나 놀기만 하고 일을 하지 않는다면 그런 삶 또한 재미가 없을 것이다.

일을 하면 몸의 여러 부분을 움직일 수 있어서 좋다. 곧 어느 부분이나 둔하지 않게 쓸 수 있다는 것이다. 기계는 돌릴수록 잘 돌아가게 된다. 마찬가지로 사람의 몸도 어떤 일에 계속 쓰다보면 그 일에 최적화(最適化)되어서 무리 없이 몸을 쓸 수 있게 된다.

기계도 계속 쓰다보면 언젠가는 고장이 나게 마련이다. 그러나 고장이 나는 게 두려워서 기계를 쓰지 않고 놀린다면 그것도 옳은 선택이 아니다. 기계가 돌아가다가 어느 부분에서 고장이 나면 그 부분을 손을 볼 때까지 일을 쉬어야 한다. 기계가 아닌 사람도 지나치게 일을 하면 몸의 일부분이 상하게 될 수도 있다. 피곤하다고 생각되는 것은 일을 지나치게 했다는 것이다. 그러나 우리들은 쉬고 또 잠을 자면 다시 원기를 되찾을 수 있다. 그래서 일하는 것도 중요하지만 쉬는 것도 그만큼 중요하다.

이 글에서는 '영어 속담에 이런 말이 있다. … 중략 … 그러나 거꾸로 놀기만 하고 일을 하지 않는다면 그런 삶 또한 재미가 없을 것이다'까지가 서론에 해당된다—서론은 첫머리인 만큼 읽는 이들이 흥미를 느껴야 한다. 서두의 앞 부분(영어 속담에 이런 말이 있다. … 중략 … 모든 사람들에게 공통으로 적용되는 것이다. 속담대로) 이는 군더더기일 수도 있지만 읽는 이들이 흥미를 느낄 수 있도록 판을 깔아주는 역할을 하는 부분이다.

서론 부분에서 '일만 하고 놀 수 없다면 삶은 재미가 없을 것이다'라는 정설을 내놓고서 '그러나'로 시작되는, 앞의 내용과는 반대되는 이야기를 했으므로 읽는 이들은 무슨 이야기를 하려는가 하고 흥미가 생기는 것도 자연스러운 사실이다.

'시인들은 제비꽃을 아주 좋아하는 모양으로 그 진한 보라빛깔의 꽃을 시로 노래한 것을 많이 볼 수 있다.'

이것은 영국 박물학자 로랜드 워드(James Rowland Ward)가 쓴 꽃에 관한 논문 첫머리이다. 딱딱한 이야기부터 꺼내기에 앞서 이런 부드러운 말로 읽는 이들의 마음을 끄는 것도 한 방법일 것이다.

단정(斷定)은 논문의 주제 또는 자기의 견해이다. 즉 이 단정을 말하기 위해서 논문을 쓰는 것이다. 여기서의 단정은 '일을 하는 것이 좋다'라는 것이다. 즉 이것이 근본 주제이므로 서론이나 증명, 또한 결론도 이 단정을 입증할 수 있게 써 나가야 한다. 다시 말하면, 이 단정을 살리기 위해서 이것을 중심으로 앞뒤를 맞춰 놓아야 한다는 것이다.

증명(證明)은 앞에서 이야기한 단정을 여러 실례와 이유를 들어 이것을 합리적으로 설명하는 것이다. 예문에서 '일을 하는 것이 좋다'는 단정이므로, 그 단정이 바르다는 증명을 해야 한다. '기계는 돌릴수록 잘 돌아가게 된다'는 예증을 든 것이다. 그러나 여기서 다시금 '기계도 계속 쓰다보면 언젠가는 고장이 나게 마련이다'는 부정적 단정을 갖게 되었다. 그러므로 우리는 그것을 또 논증하기 위해서 '기계가 아닌 사람도 지나치게 일을 하면 몸의 일부분이 상하게 될 수도 있다'는 예증을 들었다.

이렇게 논문은 본론에서 단정과 증명을 필요한 만큼 되풀이하면서 써 나가는 것이다.

결론은 지금까지 펼쳐 왔던 논지를 요약해서 분명한 단정으로 끝을 맺는 것이다. 이 예문에서는 '그래서 일하는 것도 중요하지만 쉬는 것도 그만큼 중요하다'는 부분이다.

③ 논문을 쓰는 요점

어떤 논문을 쓰자면 그만한 견식(見識)이 무엇보다도 필요하고, 그 것은 평소의 꾸준한 노력과 공부로써 얻을 수 있지만 어쨌든 자기의 주장이 타당하다는 확신을 얻었다면, 그것을 읽는 이들이 이해할 수 있도록 일관된 내용과 간결한 문장으로 되도록 쉽게 써야 한다.

그러나 어떤 사람들은 쉽게 쓸 수 있는 글도 일부러 힘든 한자와 외래어를 나열하여 힘들게(어쩌면 자신의 유식함을 자랑하는 듯이 일부러) 표현하려고 한다. 그것은 뿌리부터 썩어빠진 생각이다. 도대체 논문이 힘들어서 좋을 필요는 어디에도 없기 때문이다. 모든 문장의 목적은 의사소통에 있다. 문장을 쓸 때면 언제나 여기에 주안점을 두어야 한다. 이런 의미에서 본다면 아무리 어렵고 뜻이 깊은 학설이라 해도 일반인들이 쉽게 이해할 수 있도록 써야 한다는 것은 두말할 필요도 없다.

아무리 어렵고 뜻이 깊은 이론이라도 일반인들이 쉽게 이해할 수 있도록 쓰려고 하면 쓸 수 있다. 만일 그것이 안 된다면 표현방법이 미숙해도 한참 미숙하다고 할 수밖에 없다.

〈물체의 움직임〉의 연구는 물리학의 연구 가운데에서도 가장 중요하고도 기초적인 것이지만 그것을 위해서는 첫째로 움직이는 물체, 둘째로 물체를 움직이는 원인, 셋째로 움직여진 결과, 이 세 가지 일을 따로 생각해야 한다.

　먼저 움직이는 물체에 대하여 말하면, 세상에는 움직이는 물체가 너무나도 많다. 그리고 그 움직이는 방법이 대단히 복잡하다. 예를 들면 비행기의 엔진도 그런 것이지만 이 밖에도 그런 예는 얼마든지 있다. 그러나 평소 우리가 별로 생각하지 않은 일에도 실상은 대단히 복잡한 것이 많다. 우리가 길을 걷는다든지, 뛰어 오른다든지 그런 경우다. 다음 그림은 '잠수(潛水)' 하는 움직임을 사진으로 찍은 것이다. '잠수'하는 사람의 머리와 가슴과 발에 회중전구(懷中電球)를 달아놓고 어두운 수영장으로 뛰어 내리는 동시에 사진기의 '셔터'를 열고 잠시 그대로 두어서 찍은 것이다. 여기에 찍힌 선을 보아도 손과 다리와 머리가 얼마나 복잡하게 움직이는지를 상상할 수 있다.

　이것은 〈물체의 움직임〉이란 연구논문이다. 이 문장은 초등학생이 읽더라도 이해하기 어렵다고는 하지 않을 것이다. 본문에는 움직이는 선을 찍은 사진까지 있어서 보다 쉽게 이해할 수 있도록 되어 있지만, 그것이 없어도 충분히 이해할 수 있는 글이다.

　논문을 쓸 때면 대체로 논리만을 바로 따라가려고 하기 때문에 자기도 모르는 사이에 무미건조하고 살풍경(殺風景)한 글이 되기 쉽다. 또한 이론만 바르면 된다고 다른 것은 아예 생각지도 않는 사람이 있다. 물론 논문이라면 줄거리를 바로 잡아서 논리적으로 모순이 없도록 써야 하겠지만, 그러나 논조가 너무 딱딱하면 읽다가 그만 중도에 덮어버릴 수도 있다. 그러므로 어느 정도는 부드럽게 쓰는 것이 좋으며, 때로는 우스갯소리도 필요한 것이다.

　지금은 거의 쓰이지 않는 모양이나 일본인과 접촉이 불가불(不

피不) 없을 수 없던 때에 한인이 한인을 자칭(自稱)해서 '우리 엽전들'이라고 하는 일이 많았던 것은 아마 일본세력이 이 나라에 들어오면서 그 전에 쓰던 엽전을 못쓰게 되었다는, 말하자면 '나라 없는 백성'이라는 뜻으로 쓴 것인지 또 다른 유래가 있는 것인지 자세치 않고 더구나 한인의 '프라이드'를 표시하는 것인지조차 그렇게 분명치 않았던 것 같다.

그러나 한인의 상징이 엽전이었다고 해서 한인이 나라를 갖게 된 오늘날 마땅히 엽전을 부활시켜야 한다고 할 사람은 없겠지만 아무튼 엽전이건 은전이건 경화(硬貨)를 만져 본 것은 꽤 오래된 것 같다. 일본 말기에 50전 지폐가 나올 무렵에는 벌써 경화는 자취를 감추기 시작했던 것 같고 지금 어린이들에게는 엽전이니 동전이니 하면 학습 참고재료로 일부러 구해다가 보이기 전에는 알기가 어렵다 해도 과언이 아닐 듯하다.

한은에서 명년(明年) 6월까지 동전을 다시 만들어 내도록 요청을 하고 있다고 한다. 화폐의 값어치가 그만큼 안정이 되었다는 이야기겠지만, 해방 후에 처음으로 미국에 가서 첫 인상에 남은 것으로는 수돗물이 콸콸 나오는 것을 말할 수 있으며, 만져서 깔죽깔죽한 경화가 새삼스럽게 신기하더라는 이도 있었던 것을 보던 우리가 특히 일제말기에서 해방직후의 혼란기를 통해 여러 모에서 평화스러운 생활의 분위기를 잃고 있었던 것을 느끼게 된다.

그런데 경화를 만들어 내는 뒤에도 여러 가지 현상이 일어날 수 있는 듯하다. 이를테면 대원군이 만들어 낸 '당백전(當百錢)' 같은 것은 워낙 질이 조악(粗惡)해서 얼마 안 되어 '당오전(當五錢)'으로 바꾸지 않을 수 없었던 일도 있는가 하면 중국의 '대양은(大洋銀)'은 런던 은값이 비싸지자 화폐로서가 아니라 은이라는 금속으로서 엄청난 양이 해외로 흘러 나간 일도 있다고 한다. 그런 점은 충분히 연구가 되어서의 발행요청일 터이니 우선 지레 걱정을 할 것은 없다고 생각된다.

우선 '제기' 차고 '돈치기'하는 어린이들이 기쁘다고 하겠다.

조선일보 〈만물상(萬物相)〉

이것은 경제에 관한 시평(時評)이라고도 할 수 있는, 경화에 관한 단편이지만 누구나가 이 글을 읽으면 논문이 지루하다는 생각은 쏙 들어가고 말 것이다. 이 짧은 글 속에서도 역사적인 실증과 함께 우스갯소리를 섞어 흥미진진하게 써 나간 솜씨는 참으로 대단한 것이다. 더욱이 〈우선 '제기' 차고 '돈치기'하는 어린이들이 기쁘다고 하겠다〉의 풍자적인 마무리엔 다만 경탄할 뿐이다.

논문을 추상적 이론으로만 쓰면 딱딱한 말잔치로 끝날 우려가 많다. 그러므로 그것을 보충하기 위해서 구체적 실례와 반증이 필요하고, 또한 격언이나 속담 같은 것을 끌어다 쓰는 것도 좋은 방법의 하나이겠지만, 그것이 글 전체와 어울리지 않는다면 역효과를 낸다는 것도 생각해야 할 일이다. 예를 들어 증명하는 것이나 끌어다 쓰는 것은 되도록 읽는 이가 이해하기 쉬운 것이 좋다.

말은 또다시 '로부터'로 돌아가거니와 '형에게서 온 편지'라든가 '형한테서 온 편지'라든가 할 것을 '형으로부터 온 편지'라 하며, '어디에서 오나'할 것을 의례(依例)히 '어디로부터 오나'하여 인제는 누구나 그렇게 쓰는 것처럼 생각하게 되었으며, 우리들은 무엇보다도 이 어색한 일어적(日語的) 표현방식을 우리들의 일상생활의 대화에서 ('로부터'가 아니요) 샅샅이 뽑아버려야 할 것이다. 우리들은 생각부터 '로부터' 식에서 떠나야 한다. 우리들의 정화(淨火)가 이곳에 있는 동시에 우리들의 진정한 우리다운 삶의 첫 걸음이 또한 이곳에서 시작되는 것이다.

'창으로부터 들어오는 광선' 보다도 '창으로 들어오는 광선'을, '정오로부터 2시까지는 자유행동' 보다는 '정오부터 2시까지는 자유행동'을, '전국으로부터 모인 학생' 보다도 '전국에서 모인 학생'을, '영어·불어 중 어느 것으로부터 배울까' 보다도 '영어·불어 중 어느 것을 배울까'를, '부산으로부터 일본으로' 보다도 '부산에서 일본으로'를 취할 것이어늘, 대개는 그렇지 아니하고 '로부터'라는 어울리지 아니하는 표현식(表現式)으로 만족해 버리니, 이것은 글자나 쓰노라는 이른바 문사(文士)가 아니면 신문·잡지기자들이 당연히 지지 않아서는 아니 될 잘못이다. 만일 그들로서 모어(母語)의 정화에 대하여 관심을 가졌더라면 결코 이렇게까지는 아니 되었을 것이다.

또 어찌 이뿐인가. '가고 있다' '차고 있다'와 같은 '있다'식 표현도 예전에는 없던 것이다. 모두 다 일인(日人)들의 언어를 그대로 가져다가 아무 반성없이 그대로 직역해 사용한 데 원인(原因)된 것이다. 자기의 고유한 사상과 감정을 표현함에 어찌 남의 것을 빌려다가 할 것인가. 한자사용 폐지운동을 외치는 오늘이다. 이러한 오늘에 한 사람도 국어의 정화를 말하지 않는 것은 웬일일가. 우리들을 자세히 들여다보면 우리들의 생활 속에 얼마나 많이 일어식(日語式) 직역적(直譯的) 표현이 침염(浸染)되어 있는가에 놀라지 않을 수가 없는 것이다.

김억(金億) 〈국어(國語)의 정화(淨化)〉

이것은 눈문의 일부이지만 이것으로서도 이야기하고자 하는 바가 어디 있다는 것을 짐작할 수 있다. 여기에 끌어다 쓴 구체적인 실례가 논지(論旨)를 밝혀줬기 때문이다.

논문을 써 나가다가 문득 생각이 나는 것이 있어서 처음 계획과는 다른 방향으로 탈선하는 일은 누구나가 경험하는 일이다. 그것으로 논지가 들어맞는다면 또 모르지만 대체로 요령부득의 글이 되기가 쉬운 노릇이다. 그러므로 논술의 합리성과 일관성을 위해서는 먼저 논술하려는 범위를 분명히 하여 처음부터 논점을 한정하는 것도 좋은 방법이다. 내용이 복잡다단한 경우는 특히 그런 것이다.

이 글은 수필이다. 따라서 나는 이 글을 가지고 거기에 무슨 학문적인 비판을 하려는 것은 결코 아니다. 다만 이 글이 가지는 그 의미만을 취하여 멋이란 말을 다시 한 번 정성들여 검토하여 보고, 이것이 과연 우리의 문화 내지 예술의 특징을 집어 낼만한 말이 될 수 있는가 하는 것을 고찰하여 보려는데 지나지 않는다.

조윤제 〈멋이라는 말〉

이것은 논점 한정(限定)의 한 예이지만, 말이나 글로써 다룬다면 자기나 읽는 이나 모두 편리할 뿐만 아니라 그 태도 또한 성실하다고 할 수 있다.

그러면 여기서 논문 몇 편을 실례로 들어 보기로 하자.

1.

일정(日政) 36년 동안 우리는 어떤 뜻에서는 쇄국(鎖國) 생활을 계속해 온 셈이다. 소수의 유럽과 미국의 선교사가 우리나라에 와 있지 않았던 바 아니고, 소수의 우리 유학생이 유럽과 미국에 나가 있지 않았던 것이 아니지만 세계로 뚫린 유리창은 너무나 좁았다.

그 동안 서방문화는 일본이라는 체[篩(사)]를 통해서만 우리나라에 흘러 들어왔다. 학문이 그렇고 예술과 모든 제도와 생활문화가 또한 그러하였다. 36년간 우리는 모든 것을 일본으로부터 배운 것 같지만 우리가 일본으로부터 배운 것은 일본 고유의 일본적인 문화가 아니라, 일본 문화 속에 섭취(攝取)된 서방문화였다. 그것은 의식적 선택의 결과라기보다도 그럴 수밖에 없는 일이었다. 아주 소수의 사람을 제외하고는 일본인 자신이 일본 고유의 문화를 부정 또는 배척하는 판이었기 때문이다.

그러나 어쨌든 해방은 우리 문화를 이런 일본적 질곡(桎梏)으로부터 해방하였다. 우리는 나날이 수많은 유럽과 미국 사람(주로 미국 사람이지만)을 보고, 접촉하고 말할 수 있게 되었고 그들의 문화를 직접 배우고 섭취하고 알 수 있게 되었다. 해방 직후 한동안은 지금까지 서방문화의 다리 역할을 하던 일본의 영향력이 갑자기 없어진데 대하여 허전한 느낌을 가졌던 사람도 상당히 있었으리라고 본다.

이리해서 어언 40년 우리 생활과 문화의 서방화(西方化)는 급속히 진전되고 지금 와서는 유럽과 미국 사람들을 동물원 구경거리 모양 들여다보는 사람은 산간벽지를 가도 찾아볼 수 없게 되었으며, 서방의 학문·예술·생활문화는 우리의 그것 속에 넓고 또 깊게 침투됨에 이르렀다. 영어 보급·번역서 족출(簇出)·양복의 보편화·춤의 유행·크리스마스 카드의 융성 등 눈에 보이는 현상만 들어도 그 동안의 변천을 알 수 있거니와 정치·경제·기타 사회의 기본 구조라는 측면에서도 서방적인 제도와 정신은 각각(刻刻)으로 영향력을 강화하고 있다.

2.

이런 한국의 서방화는 한국의 역사적 발전에서 어떤 의의를 가지는 것일까. 그것은 우선 그대로 한국의 민주화를 뜻하는 것이라고 나는 본다.

근대 민주주의는 본디 서방의 산물이다. 동방세계가 봉건 유제(遺制) 속에 깊이 잠들어 있는 동안에 서방 세계는 자유주의와 자본주의를 발전시켜 방대(尨大)한 근대 민주주의 체계를 이룩하였던 것이다. 따라서 동방세계의 민주화 과정이 먼저 동방의 서방화 형체(形體)로 나타나는 것은 당연 이상의 당연이라 할 수 있다. 일본의 메이지유신이 그런 과정을 밟았으며 신해혁명 이후 중국의 발전 과정이 전통 파괴, 서방 문명 도입과 모방의 형태로 나타났다. 그러므로 한국 및 한국문화의 서방화는 한국의 민주화를 기대하는 입장에서 생각할 때 기뻐하여야 할 현상이기는 할망정 결코 한탄하여야 할 과정은 아닌 것이다.

그러나 이런 한국의 서방화가 진정으로 한국의 민주화를 뜻하느냐 하는 문제를 고찰할 때 무조건 그렇다고 대답하기 힘듦을 느낀다. 그것은 한국의 서방화는 지금까지의 결과로 보아서는 민주주의의 외형은 받아들였지만, 민주주의의 정신을 받아들이기에는 이르지 못하였다고 보여지기 때문이다.

법률제도는 과연 민주화하였다. 그러나 그것을 운영하는 사람, 또는 적용하는 사람의 사고방식도 과연 민주화하였는가? 토스트를 먹고, 커피를 마시고, 양서를 들고, 댄스를 즐긴다. 그러나 그의 내면생활은 과연 자주·자율·독립불기(獨立不羈)의 정신에 투철하여 있는가? 입으로 인권옹호와 만인평등을 부르짖고 있다. 그러나 그는 교통규칙을 준수하고 있는가? 법이 정한대로의 세금을 바치고 있는가? 다른 사람도 먹지 못하면 배가 고프고, 입지 못하면 춥고, 억울한 일을 당하면 분(憤)해 하는 줄 알고 있는가? 서방세계가 민주화로써 오늘의 강대한 번영을 이룩한 것은 그들이 커피를 마시고 댄스를 하고 자동차를 휘몰고 다녔기 때문이 아니라, 자신의 운명을 자신이 결정할 줄 알고, 남의 인격도 나의 인격과 마찬가지로 알뜰한 것을 알고, 그리고 자신의 생활을 자신의 피와 땀과 기술과 위험 부담으로 건설할 줄 알았기 때문이다. 그런데 우리의 서방화는 본말이 전도(顚倒)되어 있다. 우리는 민주주의의 외형을 배우기에 급급하여 내실에는 생각조차 하지 못하는 현상 속에 있다. 서방화(Westernization)는 되었으나 민주화는 안 되었다 하는 것이 현하(現下)의 우리 생활과 문화에 대한 나의 진단이다.

3.

그런데 이곳에 하나의 새로운 병의 증세가 나타나기 시작하였다. 그것은 민주주의는 아직 우리 것이 되지 못하였음에도 민주적 법체계와 민주주의 교과서와 커피를 마시고 댄스를 하는 생활을 가짐으로써 우리가 이미 민주주의를 졸업이나 한 듯이 착각하는 폐단이 점차로 현저하여감을 두고 하는 말이다. 민주주의란 무슨 '링컨' 대통령의 '국민의, 국민에 의한, 국민을 위한'이라는 어구쯤을 암기함으로써 체득되는 것은 아니다. 링컨 대통령의 그러한 말이 한 교리로서가 아니라, 우리의 일상생활 속에 침투되어 습관화하고 우리의 사고방식의 기본을 지배하여 생리화·본능화하게 될 때에 비로소 그것은 우리의 것이 되었다 할 수 있다. 민주주의의 여러 원리가 무슨 성현의 계명(戒銘)처럼 우리의 머리 위에서 우리를 감시하고 있는 동안은, 그것은 아직 우리의 것이 되었다 할 수 없다. 말하자면 자연법칙처럼 (아침이면 해가 뜨는 것처럼) 민주주의의 여러 원리가 우리 생활 속에서 실천될 때, 그것은 비로소 우리의 것이 되었다 할 수 있다. 그런데 사람들은 이 점을 착각하고 있다. 가장행렬 속의 왕자(王者)가 자기를 진정한 왕자로 착각하는 해학이요, 양의 가죽을 쓴 이리가 자기를 진정한 양으로 보이도록 하려는 간지(奸智)다. 해방 직후에는 사람들은 모두 겸손하였다. 민주주의가 무엇인지 알지 못하는 판이라 감히 내가 민주주의자라고 자처하려 하지 않았다. 따라서 그때에는 희망이 있었다. 그런데 지금은 사람마다 모두 민주주의자다. 그 까닭은 그가 진정으로 민주주의자가 되었기 때문이 아니라 커피를 마시고 민주주의의 주문을 외울 수 있게 되었기 때문이다. 이것이 가공(可恐)할 새 증세가 아니고 무엇인가.

유진오(俞鎭午)

형식적으로 흘러가고 있는 우리나라의 민주화를 준엄하게 논평한 글이다. 이렇게 자기의 감정에 묻혀서 쓰지 않고 일정한 표준에 비추어가면서 시비를 판단하는 비평의 방법을 객관적 비평 또는 과학적 비평이라고 한다. 그러니까 과학적 비평이란 어떤 학설이나 사회에 나타난 현상을 일정한 학설이나 주장으로 어쨌든 객관적이랄 수 있는 잣대로써 재 나가는 이론적 판단으로 가장 공평하고 확실한 비평이다. 곧 객관적으로 권위 있는 어떤 표준, 어떤 규칙, 그렇지 않으면 어떤 종류의 관례 또는 통념으로 잣대를 재는 것이므로 아주 명쾌한 비판이 될 수 있다.

제9장 논술문 쓰는 법

[1] 논술 글짓기의 본질

지금까지 이야기한 일반 글짓기에 비하여 논술 글짓기는 여러 가지 구속을 받게 되는 조건이 특색이다.

그 조건을 들어 보면 ① 제목이 미리 제시됨 ② 글자수 제한 ③ 시간 제한 등을 들 수 있겠다. 곧 이런 외부의 제약 조건 아래에서 이루어지는 글짓기이지만, 문장의 본질이라는 관점에서 본다면 '글짓기를 통한 사람 됨됨이 테스트'라고도 할 수 있는 것은 글짓기 자체가 그 사람의 사상과 성격을 있는 그대로 나타내기 때문이다. 그래서 글짓기 과목이 많은 시험과목들 가운데에서도 중요한 과목이라는 것을 잊어서는 안 된다.

이런 점에서 생각하면 ① 온건하고 일관성이 있는 내용 ② 정확한 맞춤법과 글자가 필요한 것은 물론이며, 이를 위해서는 ③ 평소에 글짓기를 많이 해봄으로써 기초를 닦아두는 것이 무엇보다도 필요하다.

예를 들면 논술 글짓기도 야구와 같은 스포츠나 마찬가지다. 야구 경기에서 우승하려면 평소에 기초연습으로 공던지기와 공잡기, 공치기와 달리기에 힘을 쏟는 것처럼 논술 글짓기도 잘 쓰려면 평소에 사상을 배양하고 관찰의 눈을 키워야 하며, 실제로 글을 써보는 연습을 해야 한다.

그러나 시험장은 학교나 가정과는 분위기가 전혀 달라서 평소 실력을 온전히 발휘하기가 힘든 것이 사실이다. 물론 이것은 다른 학과목의 경우에도 마찬가지겠지만, 단순히 문제만을 해석하면 되는 다른 학과목과 글짓기는 경우가 다르다. 제목이 뜻하는 바를 파악한다는 것은 제목을 이루는 낱말의 해석 이상으로 까다롭고, 어떤 조건 밑에서 글짓기를 해나가야 한다는 것은 수학문제를 푸는 것보다도 힘든 노릇일 뿐만 아니라, 그 글의 내용은 건전한 사상과 정확한 표현으로 이루어져야 한다.

이런 점에서 볼 때, 논술 글짓기는 다른 학과보다도 창조성과 자유성이 필요하다는 것을 알 수 있고, 따라서 논술 글짓기에 대한 태도는 사색적이어야 하며, 또 제한된 시간 안에 완성하여야 한다는 점에서 행동이 민첩하고 정확해야 한다.

이런 내용을 기초로 해서 논술 글짓기의 요점을 이야기해 보기로 하자.

[2] 논술 글짓기의 요점

① 제목(주제) 고찰

논술 글짓기는 제목이나 주제에 맞게 써야 한다. 그러므로 아무리 문장이 훌륭하다고 해도 그것이 제목이나 주제와 맞지 않는다면 아무런 가치가 없다. 예를 들어 '독자란 무엇인가'라는 일반적 제목을 두고서 '나의 독서'라는 특정 주제로 이야기를 풀어나간다면 그 내용이 훌륭하다고 해도 논술 글짓기와는 어울리지 않는다─일반적 제목이나 주제에 대해서는 일반적 의의(意義)를 밝히는 것이어야 한다는 점에서 독서에 관한 일반적 의의를 밝힘으로써 좋은 점수를 얻을 수 있다. 이렇듯 제목에 맞는 문장을 쓴다는 것은 논술 글짓기에서 결코 간과하거나 빠뜨려서는 안되며, 이 조건에 어긋나는 것을 허용하지 않는다.

그러므로 시험장에 들어가서 제목(주제)을 받으면 먼저 제목의 성격(일반적인 제목인지, 특수한 제목인지)을 생각하고 나서 출제자의 출제 의도(그 제목을 통해서 요구하고 있는 점)를 분명하게 파악하고서 써야 한다.

② 사상과 내용

제목이나 주제를 잘 생각하고 나면 그것이 요구하는 것은 자연히 알 수 있게 된다. 그러고 나면 그것을 어떠한 사상과 내용으로 써야할 것이냐가 문제될 것이다. 그러므로 여기서 생각하지 않을 수 없는 것은 논술 글짓기가 지니고 있는 목적이다.

대학입학시험 때의 논술고사나 각종 국가고시에서 논술고사를 필요로 하는 것은 어떤 예술적 가치나 전문적인 학문의 정도를 알고자 하는 것이 아니고, 고등학교에서 어느 정도로 수업을 하였고 거기에 따르는 사상이 어떻다는 것을 보자는 것이 목적이다. 그러므로 논술 글짓기에 나타나는 사상은 자기가 배운 과정에 어울리면 충분한 것으로, 그 이상의 것을 쓰려고 애쓸 필요는 없다.

대학입시라면 고등학교 졸업생으로서 어울리는 온건하고도 순정(純正)한 것, 견실하고도 또한 요구한 주제에 어울리는 글을 쓰면 된다. 이것은 이론적으로 힘든 것 같이 생각할지 모르지만 결코 힘든 것은 아니다. 국어, 국민윤리, 역사 등의 교과서와 여기에 든 예문 정도면 충분하다. 다만 주의해야 할 것은 부정적이고 허무적이며, 회의적(懷疑的)인 사상을 내용으로 써서는 안 된다는 것이다. 논술 글짓기에서는 어디까지나 긍정적이고 건설적이어야 하며, 힘차고도 명랑한 글이 필요하기 때문이다.

③ 표현 형식

논술 글짓기에서는 사상 내용과 동시에 표현력의 유무를 본다. 표현력이란 자기 사상과 감정을 그대로 표현하는 능력으로서, 논술문 쓰기가 예술 그 자체가 되어야 할 필요까지는 없다고 해도 다른 학과와는 달리 예술적인 면도 필요하다는 점도 부인할 수는 없다. 글짓기는 명확하면서도 표현의 묘미가 있어야 하며, 그것을 위해서 예술의 힘을 빌릴 수밖에 없다. 다시 말해서 논술문은 예술적인 글은 아니지만 그렇다고 순전히 실용적인 글도, 과학적인 글도 아니다. 어떤 내용을 나타내기 위해서 예술적 요소도 적절하게 아우른 실용문이어야 한다는 것이다.

그러므로 사상과 내용이 결정되고 나서 문제가 되는 것은 어떤 형식으로 그것을 나타내야 하느냐는 것이다. 이때 가장 먼저 생각할 것은 문체 결정이다. 내용에 따라서 서정문으로 할 것도 있고, 논문 형식의 해설문으로 할 것도 있다. 또한 그와 반대로 서사문으로는 쓸 수 있지만 논문으로는 쓸 수 없는 것이 있고, 서간문으로서는 쓸 수 있지만 서정문으로서는 쓰기 힘든 것도 있다.

그러므로 내용이 결정되면 곧 다각적으로 생각하여 가장 어울리는 표현형식을 결정하고, 한번 형식이 결정되면 그대로 끝까지 써 나가야 한다. 논문체로 시작한 것이 자기도 모르는 사이에 서정문이 되어 버리고, 어떤 묘사 속에 논문체가 섞이게 되면 그것은 글짓기 점수를 깎아달라고 요구하는 것이나 마찬가지이므로 절대로 그런 일이 없도록 주의해야 한다.

④ 글자수와 시간 제한

표현 형식이 결정되면 자연스레 뒤따르는 문제가 글짓기의 길이이다. 논술 글짓기는 일반 글짓기와는 달리 글자수와 시간이 제한되기에 무턱대고 길게 쓸 수도 없고, 그렇다고 너무 짧게 써도 안 된다.

제한된 글자수를 넘기게 되면 사상의 통일력, 문장의 구성력이 흐트러지기 쉽고, 너무 짧으면 글짓기 제목에 대한 사상과 표현력이 빈약해지기 쉽다. 요컨대 짧지도 않고 길지도 않아서 이야기하려는 것을 정확하고도 간결하게 써야 하는 것으로, 우리가 입는 옷과 같이 몸에 맞아야 한다. 어른이 아이의 옷을 입은 것 같아도 안 되고, 아이가 어른의 옷을 입은 것 같아도 안 되며 쓰고자 하는 이야기를 충분히 담을 수 있는 길이의 글이 필요하다.

다음엔 제한된 시간 안에 끝내야 하는 것인데, 대체로 대학입시나 국가고시의 글짓기에 주어지는 시간은 1시간(60분)이 보통이다. 제한된 시간 안에 글의 내용을 적절히 갖추어서 써낸다는 것은 하루아침에 되는 일이 아니므로 평소에 시간과 글의 길이를 생각해서 연습하는 것이 가장 중요하다. 1시간 안에 700~800자 정도의 글을 쓸 수 있도록 연습을 한다면 어떤 경우에서도 곤란을 당하지는 않을 것이다.

⑤ 통일성

통일성이 있는 글이란 조리(條理)가 짜여서 문맥이 분명한 글을 말한다. 내용이 아무리 훌륭하고 표현형식이 미화되었다고 해도 조리에 맞지 않고 일관된 줄거리가 없다면 좋은 문장이라고 할 수가 없다.

고등학교 학생들의 글짓기를 보면 멋진 말도 곧잘 쓰고 표현도 새로운 데가 있으면서도 말하고자 하는 내용의 골자를 파악할 수 없는 글이 많다. 더욱이 입학시험의 글짓기는 시험관이 주의해서 보는 것도 아니고 흘려보기 쉬운데다 통일성이 없는 글일수록 글쓴이가 말하려는 내용을 분명히 알려 주지 못하여 점수도 자연스레 깎이게 마련이다.

그러므로 통일된 글을 쓰기 위해서는 자기가 쓰려는 중심 사상을 잘 잡아서 글 첫머리부터 마무리에 이르기까지 모든 것이 그 중심사상과 연결되어야 하며, 필요 없는 수식으로 중심사상을 흐트러뜨려서는 안된다. 다시 말하면 논술 글짓기는 시험관이 한번 훑어보고 나서도 글쓴이가 말하고자 하는 뜻을 분명히 알 수 있는 통일된 글을 써야 한다.

⑥ 글자를 바르게 쓸 것

논술 글짓기에서 글자가 틀리지 않게 쓰는 것은 무엇보다도 중요하다. 내가 어느 잡지사의 의탁으로 고등학교 학생들의 글짓기를 선출하면서 첫째로 느낀 것은 잘못 쓴 한자와 맞춤법이 틀린 글이 의외로 많다는 것이었다. 여러분 중에는 '나는 그런 부류가 아니다'라고 태연할 사람도 있을는지 모르지만, 그것은 대단한 인식 부족이다. 내 경험으로 미루어 보면 70~80%가 그런 부류에 들어가는 것이다.

또한 그것이 어떤 정도인가 하면 교육정도가 낮은 사람의 편지를 읽는 것과 같다면 충분히 짐작할 수 있을 것이다. 글자와 맞춤법 문제로 글짓기 전체에 영향을 미쳐 불리한 점수를 받게 되는 일이 없지 않을 것이다. 그러므로 한자와 맞춤법은 늘 유의해서 언제나 바르게 쓰는 버릇을 길러두는 것이 필요하다.

⑦ 문법

목수가 자를 무시하고 훌륭한 집을 지을 수 없듯이 문장을 쓰는 사람이 지켜야 할 법칙을 무시하고서는 훌륭한 글을 쓸 수 없다. 그러나 어떤 사람은 '문법에 얽매이면 문장이 위축되어 버린다'고 말하는데, 사실 명사(이름씨)니 동사(움직씨)니 하는 이론적 지식이 없어도 쓸 수는 있다. 그러나 품사의 의의와 활용 정도는 알아두면 보다 정확한 문장을 쓸 수 있다.

일반적으로 생각하더라도 문장에서 문법은 이렇게도 중요한 것인데, 논술자(受驗者)들의 수업 정도를 알아보려는 논술 글짓기에서는 그것이 꽤 중요한 역할을 하고 있으리라는 것은 더 말할 필요도 없다. 또한 띄어쓰기·쉼표·마침표를 소홀히 하는 사람도 많지만, 그것은 아주 잘못된 생각으로 가볍게 봐서는 안 된다.

⑧ 규정을 충실히 지킬 것

일반적으로 논술 글짓기에는 여러 가지의 조건이 붙는다. 예를 들면 글자수 제한이나 한글로만 쓰라든지 하는 규정 사항이 붙을 때가 많다. 한글로만 쓰라는데 자기의 유식함을 자랑하고 싶은 마음에 한문을 쓴다면 결과적으로 주의력이 모자라다는 것밖에 되지 않는다.

규정을 제대로 지키지 않으면 채점자의 감정을 상하게 하는 선(線)에서 끝나는 것이 아니라 0점 처리가 될 수도 있다는 점에 유의하여야 한다. 그러므로 논술 글짓기에서는 먼저 주의사항을 잘 보고 나서 쓰기 시작해야 하며, 다 쓰고 나서도 규정에 어긋나는 게 없는지를 살펴볼 뿐만 아니라 이름과 논술번호도 규정대로 써넣었는지를 살펴봐야 한다.

[3] 논술 글짓기의 제목

① 제목에 대하여

논술 글짓기는 철두철미 제목과 글 사이에 필연적 관계가 있어야 한다. 넓은 범위에서 특히 예술적인 글에서는 상징적인 것이나 내용을 암시하는 제목으로도 무방하다. 그러나 논술문은 제목이 그 글짓기의 목적을 단적으로 나타내기에 제목에 맞지 않는 글은 가치가 없게 되는 것이다.

그러나 이 논술문의 제목에 대하여 잘못 이해하는 사람이 적지 않다. 그것은 논술 글짓기의 뜻을 그저 막연히 생각하고 '어쨌든 좋은 글만 쓰면 된다'라는 생각으로 제목과는 맞지 않더라도 좋은 글만 쓰면 으레 좋은 점수를 주리라는 잘못된 생각을 하고 있기 때문이다. 그것은 글짓기도 하나의 교과목이라는 것을 잊어버린 자기 혼자만의 생각일 뿐이다. 극단으로 이야기한다면, 수학에서 문제가 맞지 않았다 해도 증명하는 방법이 훌륭하다고 점수를 줄 리는 만무한 것이다.

글짓기도 하나의 과목인 이상 잘 쓰고 못 쓰고보다는 '요구한 문제'에 어울리는 내용의 글짓기를 했는가를 먼저 따질 수밖에 없다. 예를 들어 신발을 살 때도 일단 발 크기에 맞아야 모양이니 값을 따지게 마련인데, 발 크기에 맞지 않는 구두라면 애시당초 그런 것을 따질 이유도, 필요도 없다. 그러므로 논술 글짓기는 주어진 제목에서 벗어나는 글을 써서는 안 된다.

오늘도 또 우리 수탉이 막 쪼기었다. 내가 점심을 먹고 나무를 하러 갈 양으로 나올 때였다. 산으로 올라서려니까 등 뒤에서 푸드득푸드득 하고 닭의 횃소리가 야단이다. 깜짝 놀라서 고개를 돌려보니 아니나 다르랴 두 놈이 또 얼리었다.

정순네 수탉(대강이가 크고 똑 오소리 같이 실팍하게 생긴 놈)이 덩저리 작은 우리 수탉을 함부로 해내는 것이다. 그것도 그냥 해내는 것이 아니라 푸드득 하고 면두를 쪼고 물러섰다가 좀 사이를 두고 또 푸드득 하고 목아지를 쪼았다. 이렇게 멋을 부려가며 여지 없이 닦아 놓는다. 그러면 이 못생긴 것은 쪼길 적마다 주둥이로 땅을 받으며 그 비명이 킥킥할 뿐이다. 물론 미처 아물지도 않은 면두를 또 쪼기어 붉은 선혈은 뚝뚝 떨어진다.

이걸 가만히 내려다 보자니 내 대강이가 터져서 피가 흐르는 것 같이 두 눈에서 불이 번쩍난다. 대뜸 지게막대기를 메고 달려들어 점순네 닭을 후려칠가 하다가 생각을 고쳐 먹고 헛매질로 떼어만 놓았다.

김유정 〈동백꽃〉 일부분

이것은 〈동백꽃〉이란 단편소설의 첫머리지만 가령 이것만을 따로 떼어낸다면 자기네 닭과 점순네 닭이 싸우는 정경이 여실하게 그려진 그대로 '닭싸움'이라는 제목이 맞을 것이다. 그러나 이 소설이 '동백꽃'이란 제목을 붙인 까닭은 앞에 나온 다음의 이야기로서 전체의 기분을 드러냈기 때문이다.

나는 대뜸 달려들어서 나도 모르는 사이에 큰 수탉을 단매로 때려 엎었다. 닭은 푹 엎어진 채 다리 하나 꼼짝 못하고 그대로 죽어버렸다. 그리고 나는 멍하니 섰다가 점순이가 매섭게 눈을 홉뜨고 닥치는 바람에 뒤로 벌렁 나자빠졌다.

"이놈아! 너 왜 남의 닭을 때려죽이니?"

"그럼 어때?" 하고 일어나다가

"뭐 이 자식아! 뉘 집 닭인데?" 하고 복장을 떠미는 바람에 다시 벌렁 자빠졌다. 그리고 나서 가만히 생각을 하니 분하기도 하고 무안도스럽고 또 한편 일을 저질렀으니 인젠 땅이 떨어지고 집도 내쫓기고 해야 될는지 모른다.

나는 비슬비슬 일어나며 소맷자락으로 눈을 가리고는 얼김에 엉!하고 울음을 놓았다. 그러나 점순이가 앞으로 다가와서

"그럼 너 이담부터 안 그럴테냐?" 하고 물을 때에야 비로소 살 길을 찾은 듯싶었다. 나는 눈물을 우선 씻고 뭘 안 그러는지 명색도 모르건만 "그래!" 하고 무턱대고 대답하였다.

"이담부터 또 그래봐라, 내 자꾸 못살게 굴 테니."

"그래 그래 인제 안 그럴 테야!"

"닭 죽은 건 염려 말아, 내 안 이를 테니."

그리고 뭘에 떠다 밀렸는지 나의 어깨를 짚은 채 그대로 픽 쓰러진다. 그 바람에 나의 몸뚱이도 겹쳐서 쓰러지며 한창 피어 퍼드러진 노란 동백꽃 속으로 푹 파묻혀 버렸다.

알싸한 그리고 향긋한 그 냄새에 나는 땅이 꺼지는 듯이 온 정신이 고만 아찔하였다.

문학작품이라는 관점에서 본다면 '동백꽃'이란 제목이 이 소설 전체의 기분을 나타내고 있다. 그러나 글짓기라는 관점에서 본다면 '닭싸움' 이야기이기 때문에 '동백꽃'이라는 제목보다는 '닭싸움'이라는 제목이 더 어울린다는 것이다.

이 예로서 '제목에 맞는다'는 말의 뜻을 잘 알았으리라고 생각한다. 논술 글짓기에서는 제목이 요구하는 한계와 조건에서 벗어날 수는 없다는 것이다.

② 제목의 구별

논술 글짓기로서의 제목은 크게 '일반적 제목'과 '특수한 제목'의 두 가지로 나눌 수 있다. 일반적 제목은 '봄·여름·독서·가정' 같은 것으로 아무런 한정어가 붙지 않은 것이다. '봄'이라면 그 자체의 본질을 말하거나 정취를 묘사함으로써 봄이 갖고 있는 기분을 나타내는 것이 보통의 방법이다. 다시 말하자면 봄 그 자체를 요구하는 것으로 '추억의 봄'이나 '인생의 봄'처럼 한정 수식어가 붙어서는 안 된다. 얼었던 시내가 풀리고 꽃피는 계절인 봄을 내세워서 쓰지 않고서는 제목의 뜻에 맞는다고 할 수는 없다.

특수한 제목은 '늦은 봄·비오는 여름·나의 독서·우리 가정'처럼 한정적인 수식어가 붙는 것을 말한다. 이 경우에는 어디까지나 한정어에 대해 충실해야 하는 것이다. '늦은 봄'이라면 늦은 봄에만 있을 수 있는 특수한 봄을 써야 할 것이고, '우리 가정'이라면 가정에 대한 일반적인 이야기가 아니라 자기의 가정에서 일어난 즐거운 일이나 슬픈 일 또한 거기에서 느낀 자기의 감상 같은 것이 되어야만 제목에 맞는다고 할 수 있다.

언어

언어는 사상을 널리 드러내어 알리는 중요한 도구다. 인간의 괴로움과 슬픔 따위의 감정이나 생각한 바를 가장 여실(如實)하게 다른 사람에게 표현하는 수단이지만 단순한 '소리(음향)'를 뜻하는 것은 아니며, 거기에는 반드시 '뜻(의미)'이 있어야 한다.

나는 물론 언어학자는 아니다. 따라서 언어라는 것이 언제 어떻게 발생하여 어떤 과정을 거쳐 오늘에 이르렀는지 그런 것은 모른다. 그러나 지방에 따라 언어가 다를 뿐만 아니라 한 지방 안에서도 시대에 따라 쓰이는 언어가 다르다는 점을 생각할 때 다음의 일을 생각할 수밖에 없다. 곧 원시시대 인류에게 언어는 다만 '소리'였을 뿐이라고 생각한다. 다시 말해 그 시대에는 언어는 없었고, 사상을 발표하는 기관으로서 오직 행동만이 있지 않았을까. 글자 그대로 '행위가 사상'이었으리라고 생각한다. 그것이 시대가 지나면서 행위만으로는 사상을 제대로 발표할 수 없게 되자 하늘이 내려주신 음성을 이용하여 서로의 약속 밑에 일정한 형식의 언어가 생겼다고 본다. 그런 까닭에 단체에 따라서 만들어진 언어나 그 발음이 저마다 다른 것은 어쩔 수 없는 일이며, 인간의 감수성에 따라 언어가 변천해 가는 일도 어쩔 수 없는 일이라 하겠다.

이처럼 언어에는 때와 장소에 따라 다르다고는 하나, 그것의 본질은 앞에서 말한 것같이 사상 발표 그 외에 아무것도 아니다.

실로 뜻이 있는 음성, 곧 언어의 본질은 어디까지나 '언어는 행위이며 사상'이어야 한다고 생각할 때, 나는 언어의 존귀함을 절실하게 느끼게 된다.

이 제목은 임의의 언어, 예를 들어 '상류사회의 언어'나 '시의 언어', '좋아하는 언어'처럼 무엇을 요구하는 언어가 아니다. 이 '언어'라는 제목에는 아무 것도 한정된 것이 없다. 말하자면 언어의 공통적이면서 일반적인 것을 요구한 것이다. 그러므로 만일 이 제목 밑에 '좋아하는 언어', '현대의 언어'와 같은 한정된 주제의 글을 썼다면 아무리 잘 쓴 글이라 해도 논술 글짓기의 글로서는 좋은 점수를 받기는 어렵다. 그것은 앞에서도 이야기한대로 논술 글짓기도 다른 입시과목과 마찬가지로 내준 문제에 어울리는 해답을 써야 하는 것이기 때문이다.

그러면 '언어'라는 제목이라면 언어에 관한 성질을 모두 써야 한다고 생각하는 사람이 있을 수도 있겠으나 '성질을 모두 쓰는 것'과 '일반적인 성질을 쓰는 것'은 차이가 있다. 앞에서 든 예문을 검토해 보더라도 첫머리에 '언어는 사상을 널리 드러내어 알리는 중요한 도구다'라고 먼저 본질을 밝히고, 언어의 발생, 언어의 사명같은 것을 이야기하여 철두철미 언어의 일반 성질을 나타내는 데만 힘쓴 것이다. 말하자면 이것이 일반적 제목을 취급하는 비결이라고도 할 수 있다.

개

개는 사람을 가까이 하고 사람과 놀려고 한다. 어딘지 사귀기 쉬운 동물이다. 고양이처럼 나태하지도 잔인하지도 않다. 더구나 가벼운 데도 없고 오만하지도 않다. 그저 유쾌하고 인간적이며, 인간적이면서 사람보다 더 순진하고 용감한 데가 있다. 어쩐지 가련해 보이는 것이 개다.

개가 순진하고 용감하다는 사실에 관해서 나는 다음 같은 일을 기억하고 있다. S라는 유쾌한 집 보는 개 이야기다. 그 개는 지금도 마치 바로 내 앞에 있는 것처럼 내 눈에는 또렷한 그림처럼 남아 있다―다갈색 털이 푹신푹신한 개였다. 내가 아직도 동네 소학교에 다니던 때 일이다―여름 새벽인데, 개가 이상하게 짖는 소리에 눈을 떴다. 틀림없이 우리 집 개 S의 울음소리였다. 누이동생하고 함께 보러 갔을 때는 이미 개는 짖지 못했다. 보니까 피투성이가 되어서 넘어져 있었다, 나는 어쩐지 자랑스러운 마음이 되었다. 그러나 S가 그만 죽었다는 것은 괴로웠다. 그날 밤은 나와 누이동생 둘만이 있는 밤이었는데, 동생이 울듯한 것을 겨우 달래면서, 밤이 셀 때까지 S의 이야기를 했다. 밤이 새었다. 순경과 동네 사람들이 왔다. 순경은 웃으면서 'S가 나쁜 도둑을 잡았단다. 도둑놈은 S한테 목을 물려서 거의 죽게 되었다'고 한다. 나는 갑자기 기뻐져서 'S는 나보다 용감하구나' 하니까 모두들 웃었다. 그때 누이

동생이 '오빠, S는 인제 학교에 따라 오지 않겠네' 하고 말하던 쓸쓸한 얼굴이 지금도 나는 잊혀지지 않는다.

그 후, 개에 대해서 쓴 많은 책을 읽고, 놀라운 이야기도 많이 들었다. 그럴 때마다 나는 그것이 사실이라고 믿었고, 칭찬하면서, 개는 사람보다 더 용감하다는 말을 누구에게나 했었다.

어떤 사람은 말할지도 모른다—개에게는 독립하여 남에게 속박되지 않겠다는 마음이 없다느니, 잠시도 가만히 있는 인내가 없다느니 하는 식으로. 사실 그럴는지도 모른다. 그럴는지는 모르지만, 개를 지옥의 스파이라고 하는 사람도 없거니와, 요정의 권속(眷屬)이라고 하는 사람도 물론 없다. 누구나 개는 순진하다고 한다. 나는 S가 순진하고 용감했던 만큼 개를 사랑한다. 나는 어떤 개를 보아도 꼭 불러본다. 나는 어쩐지 개가 가련하게 보여서 견딜 수가 없다.

이 글은 자기 집의 S라는 개의 이야기다. 만일 처음에 S의 이야기로 시작되어서 끝이 났다면 이것은 일반적인 제목인 개를 소재로 삼은 글로서는 낙제점을 면할 수 없다. 그러나 첫머리에서 '개는 사람을 가까이 하고 사람과 놀려고 한다. 어딘지 사귀기 쉬운 동물이다'라는 일반론을 펼치고 나서 자기의 개 S를 예로 들었기에 '개'라는 제목의 글짓기로서는 성공한 것이다.

좋아하는 말

'어머니'라는 말처럼 내가 좋아하는 말은 없다. 괴로울 때, 슬플 때, 실망할 때 이 말은 얼마나 나를 위로해 주고 용기를 북돋아주는 것인가.

내가 19살이나 먹은 오늘에 이르기까지 하루도 잊을 수 없던 것은 '어머니!'라는 말이다. 얼마나 그립고도 즐거운 말인가.

모성애조차 땅에 떨어져 버렸고 추한 세상을 폭로하고 있는 오늘, 아들로서 부모에 반역하는 일이 수시로 신문에 보도되고 있는 오늘, 그러나 나는 그런 것을 보려고 하지도 않고 생각하지도 않으련다. 나는 다만 거룩하고도 자비스러운 어머니의 사랑만을 고맙다고 생각할 뿐이다.

'어머니'라는 그 말 속에는 무한한 힘이 내포되어 있다. '어머니'라고 소리 칠 때는 아무리 무서운 암초에 부딪쳐서 절망에 헤매다가도 광명의 길이 열려지며, 앞으로 나갈 수 있는 용기와 자신이 생기는 것이다.

'어머니' 그 말 속에는 무한한 사랑이 숨어 있다. 내가 아무리 잘못한 일이 있더라도 '어머니' 그 한마디로 용서받을 수 있다.

'어머니' 그 말은 해보다 더 힘이 있고 달보다도 더 아름다운, 내가 가장 좋아하는 말이다.

앞의 제목에서는 한정이 없지만 그와 반대로 여기서는 '좋아하는 말'이라는 한정된 제목이다. 즉 이 제목에서는 '말'에 대한 일반적인 이야기나 인생의 가치를 요구하는 것이 아니다. 그러므로 자기가 '좋아하는 말'을 구체적으로 이야기하여 거기에 어울리는 형식으로써 글짓기를 하면 되는 것이다. 이렇게 어떤 사물이나 사태에 특별한 한정을 붙인 것이 특수한 제목이라는 것은 앞에서 이야기한 것이다. '좋아하는 말'이라는 제목에 대해서 이 예문은 '어머니'라는 말을 들어서 어머니를 공경하는 참된 마음을 이야기한 것에 이 글의 견실성과 아름다움이 있다고 하겠다. 그리고 이 글에서는 '말이란……'하고 설명하려고 하지 않고 '어머니'란 말을 내세워서 쓴 것을 보면 특수한 제목을 다루고 있음을 잘 알고 쓴 것이다.

이렇게도 특수한 제목은 어디까지나 내 준 조건, 내 준 한정을 분명히 밝히고 살려서 그 범위 안에서 짜이게 쓰는 것이 특징이며, 또한 다루는 방법의 비결이라고 할 수 있다.

[4] 논술 글짓기의 모범 예문

① 인생문제

입학시험의 글짓기 제목은 대체로 누구나가 쓸 수 있는 제목을 낸다. 논술 글짓기의 제목으로 인생문제가 자주 나는 것도 이 때문일 것이다.

인생문제에는 도덕과 수양에 관한 것이나 학문 또는 처세에 관한 것도 들어간다. 인생문제는 자신의 생각이나 주장을 밝히는 논설문이나 설명문으로 쓰는 것이 좋다. 이런 종류의 글은 무엇보다도 상식적인 이야기를 쓰게 되므로 평소에 잡지나 신문, 교양서적을 꾸준히 읽어서 상식의 폭을 넓히는 것이 중요하다. 그렇다고 교과서적이고 표면적인 해설로 그쳐서는 안되고, 독자적인 관점에서 자기의 견해를 밝히는 것이 중요하다.

평화

평화—그것은 봄 햇빛과 같이 인자하고 부드러운 것이다. 화창한 봄빛이 내려쪼이는 마루에서 그것을 즐기는 기분, 그것이 평화이다. 언제, 어디에서나 평화스러운 기분이 충만해 있을 때, 우리는 말할 수 없는 유쾌함을 느낀다. 그리고 화기애애한 마음이 된다. 그와는 반대로 어떤 자리에 있는 사람이 의심에 가득 찬 싸늘한 눈을 번득이고 교활한 태도를 보일 때, 그 자리는 서로 싸늘하게 적대적인 분위기가 되고 만다. 앞의 경우를 따뜻한 봄날에 비유할 수 있다면, 뒤의 경우는 삼동(三冬)의 음산한 날에 비유할 수 있겠다.

평화는 화창한 봄날이다. 그러나 거기에는 조금도 방탕한 것이 없다. 어디까지나 온건한, 그러면서도 즐겁고 순진한 모습이다. 평화한 가정과 평화한 나라는 낙원이다. 이 세상의 천국이다. 거기 있는 사람은 친절하고도 사랑을 간직한 행복한 사람이리라는 것을 짐작할 수 있다. 그리고 무슨 모임이나 의논 같은 것이 원만히 해결되리라는 마음이 든다. 그리고 모두가 평화로운 사람들이다.

이와는 반대로 평화가 없는 가정, 평화가 없는 나라는 어떠할까. 거기에는 늘 음산한 바람이 불고 있다. 그리하여 매사에 의견은 충돌하고, 마침내는 그것이 도화선이 되어 추한 싸움이 벌어진다. 음모, 의혹, 교활 등의 모든 미운 것으로 차 있는 것이다.

나라와 나라 사이에도 만일 평화가 없다면, 평화가 피괴되었다면 마침내는 무서운 싸움이 폭발할 원인이 되고 마는 것이다. 사람들은 평화스러운 잠에서 쫓겨나서 불안에 싸이게 되는 것이다.

봄의 화창한 빛은 보기에 무서운 사람도 부드럽게 만든다. 평화가 바로 그런 것이다. 평화는 가정에서나 사회에서나 또는 나라와 나라 사이까지도 그것으로 부드럽게 만들어 융합을 가져오게 하며, 거기에 즐겁고 온화한 이 세상의 천국을 이루게 하는 요소가 있다.

이런 종류의 글은 먼저 제목의 의미를 밝히는 것이 좋다. '이것은 무엇이다'라는 식으로 해설을 하라는 것은 아니며, 이 예문처럼 첫머리에 평화를 내세우고 '그것은 봄 햇빛과 같이 인자하고 부드러운 것이다'라고 한 것처럼 평화의 뜻을 밝히라는 것이다. 이 글은 그런 비교로써 사상을 잘 정리하여 성공한 글이다.

독립

어떠한 장애가 올지라도 자기 운명은 자기 실력으로 개척하는 것이 독립의 참뜻이다.

그럼에도 우리 인간은 본시 너무나도 남의 힘을 의지하려는 비겁하고 나태한 근성이 강렬한 바 있다. 그러므로 부모나 형제들의 도움은 물론, 나아가서는 사회나 나라의 도움을 당연한 것과 같이 바라게 된다. 그리하여 끝내는 그런 남의 힘을 맹목적이고 절대적으로 신뢰하게 되며, 그것으로 말미암아 융성한 향상과 발전의 기개를 꺾게 되고 마는 것이다. 이것은 더 말할 것도 없이 기상(氣像)이 죽은 사회나 나라를 이룩하는 단서가 된다.

이런 비열한 우리들의 약점을 극복하는데는, 오직 독립의 두 글자가 있을 뿐이다. 맨주먹으로 조금도 남의 힘에 의지하는 일없이, 자기가 갈 길은 어떤 미개지일지라도 스스로의 힘으로 우선 큰나무부터 베어 넘어뜨리고, 다음으로는 잡초를 헤치면서 나아가는 용맹한 결심이 있어야 한다. 그것은 참으로 어려운 일임에는 틀림이 없겠지만 이처럼 장쾌한 일도 없다. 실로 자유롭고 발랄한 젊은이의 행동이 아니고 무엇이랴.

돌이켜 생각해 보건대, 우리나라는 유감된 일이지만 유럽과 미주 각국에서 저마다 약진하는 동안에 뿌리깊은 사대사상에 젖어 독립을 갈망하는 치열한 욕구를 모르고 지내 왔다. 그러나 장래 이 나라를 짊어지고 나아갈 젊은이들은, 모름지기 나라의 도움 같은 것은 안중에 두지 말고, 독립정신에만 충만해야 한다. 이런 독립정신에 넘쳐흐르는 젊은이들로 단결된 나라는 더욱 융성의 길을 가게 되는 것이다.

그 실례로는 미국의 독립이다. 이주민족인 그들 국민은 오로지 신앙의 자유를 목표로 하여 용감히 본국을 떠났다. 항해술이 유치했음에도 넘쳐흐르는 독립정신은 끝없는 대서양을 넘어 희망에 찬 신대륙에 발을 디밀게 하여 발전의 근본을 삼게 하지 않았던가.

일어나라! 지금의 젊은이들아. 용감히 독립의 깃발을 올려라.

이 예문은 정확한 표현으로 독립정신의 참뜻부터 들고 국가적 관점에서 본 가치론 등은 문장으로서는 잘 짜여졌다고 할 수 있겠지만 이론이 너무나 상식적이며 낮고, 특히 마지막은 평범하면서도 박력이 모자란 듯한 느낌을 주고 있다.

효도

부모의 뒤를 이어 받고 있다는 신비스러운 의식이 기조(基調)가 되어서, 자식으로서 부모에게 행하는 모든 타산을 넘어선 아름답고도 깨끗한 노력을 아끼지 않는 봉사가 곧 효도이다.

부모와 자식은 그 체내에 흐르는 서로의 가슴과 가슴으로 단단히 맺어져 있다. 그 한편 부모가 자식을 위해 감히 하고 있는 노고와 희생에 대해서 자식이 자기를 버려서 이에 보답하려는 마음이 되었을 때, 참다운 부모와 자식 사이의 내적인 융합과 조화가 이루어지는 것이다. 때문에 자식이 부모를 위해 자기를 버리려는 고귀한 순정도 부모가 자식을 위해 바치는 노고와 하나가 되어, 거기에 비로소 자타(自他) 융합의 빛이 찬란해지는 것이다. 만일 지금 여기에 부모에 대한 조건 없는 복종만을 효도라고 생각하는 이가 있다면, 그것이 비록 부모의 만족과 환심을 사서 자기의 생활을 평탄하게 함으로써 실패나 어긋나는 일을 적게 한다 할지라도, 실상은 복종이라는 아름다운 이름 아래에 자기 재생의 노고를 피하여 끝내는 자기 파멸이라는 것을 생각하지 못하는 맹자

(盲者)의 어리석은 사고라 하겠다.

　그러므로 진정 자기를 버려 부모에 봉사한다는 것은 엄숙하리만치 순수한 부모 자식간의 피의 결합 위에 서서, 자기를 버려서 부모의 신성한 피에 합류하려는, 나아가서는 한층 더 그것을 추구하여 혼과 혼의 융화를 구하며 그것으로써 사소한 자아 대신에 광활한 주객 융합의 경지를 구하려는 데에 의의가 확보되어 있는 것이다. 그리고 보면 자식이 부모에 봉사하는 결과로서 부모의 사고·의지를 간하고, 그것을 교정(矯正)·요청하는 일이 될 수도 있을지 모른다. 그래서 그 때문에 부모의 은총을 잃게 될지도 모르지만, 이런 결과는 결단성이 없어서 옳은 자기를 속임으로써 외면적인 행복을 누리기보다 얼마나 자기의 내적 생활을 고상하게 만드는 것인지 모른다.

　그러므로 효도란 어디까지나 부모 자식 간의 피의 연결이라는 의식 아래에서 서로의 올바른 내적생활의 연결을 위해, 자식으로서 바쳐야 할 육체의 희생도 달게 받아들이고자 하는 열의가 있는 봉사가 되어야 한다.

이런 글은 자칫 윤리 교과서에 실린 글처럼 딱딱한 내용이 되기 쉬운데, 여기서는 자기의 사상을 잘 풀어나간 모범적인 글이 되었다. 논법도 흠잡을 데가 없다.

양심

　인간의 마음속에서는 언제나 양심과 욕심이 싸우고 있다. 인간이 갖고 있는 양심으로서 추잡스러운 욕심을 이겨내고 있다고 볼 수가 있다.

　동물은 양심을 갖고 있지 않다. 그러므로 그들은 언제나 자기의 욕심대로 움직이고 있다. 곧 동물에게서는 양심과 욕심의 싸움을 볼 수가 없다. 언제나 욕심만을 가지고 살고 있다. 그러므로 동물들은 정신적으로 나아지는 것이 없다.

인간은 어떤 때는 욕심이 이기고 어떤 때는 양심이 이기기도 한다. 이기기도 하고 지기도 하는 인간은 이길 때는 신(神)에 가까워지고 질 때는 동물에 가까워지는지도 모른다. 어쨌든 인간은 양심에 부끄럽지 않은 일을 하는 것을 자랑하려고 하고, 또한 이런 노력이 있기 때문에 인간은 자꾸만 향상되는 것이며, 따라서 사회도 정화되는 것이다.

이렇게 사람들이 모두 수양을 하여 양심대로 살아간다면 지구상의 현실은 낙원으로 바뀔 것이며, 이것이야말로 우리 인간들이 바라는 최대의 이상이 실현되는 것이다.

신과 동물의 중간에 있다고 할 수 있는 우리 인간은 자기의 양심대로 사는 생활을 바탕으로, 욕심대로만 사는 동물 같은 세계를 멀리 하려는 생각을 가지고 늘 마음을 갈고 닦아야 한다. 이것이 사람의 본분일 것이다.

양심의 본질을 추구한 글이지만, 결말을 억지로 끌어다 맞춘 것 같은 느낌도 없지는 않다. 그것은 양심에 대한 이론이 부족하기 때문이다.

일기

일기는 그날그날의 발자취를 기록하는 것으로서 과거를 추억할 수 있고 반성할 수 있는 동시에, 앞으로 나아갈 좋은 길을 알려주는 지침이 된다.

우리들이 보내는 하루하루는 영원히 돌아오지 못하는 시간의 흐름이 되어 주마등처럼 지나가 버린다. 만일 그것을 기록하여 두지 않는다면 우리가 걸어 온 발자취는 잊어버리기 쉬운대로 없어지고 말 것이다. 그날그날의 생활이 하루살이의 목숨처럼 그날로써 꺼져버린다는 것은 너무나도 허무하고 서글픈 일이다. 이런 번란(煩亂)을 해결하는 하나뿐인 열쇠가 일기이다. 일기를 쓰고 일기를 봄으로써 과거의 자기를 볼 수 있을 뿐만 아니라 앞날의 자기를 볼 수도 있다.

같은 것을 반복하는 것만 같은 인생의 길도 생각해 보면, 그 변화는 이루 말할 수 없다. 어떤 때는 평탄한 큰길이기도 하고, 어떤 때는 가시덤불이 우거진 험준한 길이기도 하고, 또한 절벽과 마주하게 되는 암담한 길이기도 하다. 그런 기쁨과 즐거움, 슬픔과 괴로움도 일기에는 있는 그대로 기록되는 것이고, 그 곳에서 힘을 얻어 나아갈 길을 찾기도 한다.

하루의 일을 끝내고 책상 앞에 앉아 일기를 쓸 때, 우리들은 엄숙한 분위기에 묻혀버린다. 그것은 바른 일기를 쓴다는 노력 속에서 하루를 보낸 자기를 돌아보기 때문이다. 그리고 또한 그것으로써 내일을 맞이할 수 있는 희망을 갖기 때문이다. 오늘보다도 좀 더 보람 있게 살겠다는 희망, 오늘의 실패를 되풀이하지 않겠다는 결심 덕분에 보람 있는 생활을 하게 되는 것이다.

참으로 일기는 과거를 반성하고 앞날을 희망적으로 생각하게 하는 지침이라고도 하겠다.

이 글은 조금도 허식이 없이 바른 태도로 써나간 것이 본받을 만한 점이다. 이렇게도 자기의 성실함을 보임으로써 채점자가 그 글을 좋게 평가하게 되는 것은 물론이다.

출발

　출발은 일의 첫 단계이며 성공의 첫 발자국이다. 어떤 일을 하기 위해서는 출발이 있고서야 앞으로 나아갈 수가 있으며, 또한 일을 해내고 못해내는데 가장 중대한 의의를 갖는다.

　출발점에 설 때 먼저 하나의 목표를 세워야 한다. 목표와 지향하고자 하는 바를 세우지 않고서는 출발의 첫걸음을 내디딜 수 없다. 그리고 한번 출발하고 나면 이미 미지의 세계에서 방황하게 되는 것이다. 우리들은 그때 자기가 정해진 목표를 향하여 계속해서 나가야 하는 것이다. 목표가 올바르다면 그대로 나아갈 수가 있지만, 잘못된 것이라면 바른 길과의 거리는 자꾸만 멀어지게 마련이다. 출발이 중대하다는 이유는 바로 여기에 있다. 그러므로 출발의 첫걸음을 어떻게 내짚어야 하는가는 인생의 승리자가 되느냐 실패자가 되느냐의 갈림길이 되기에, 우리들은 언제나 출발할 때 신중히 생각을 해야 한다. 잘못된 출발의 앞길에는 암담함과 절망만 있을 뿐이다. 냉정한 판단없이 뗀 첫걸음, 주저하면서 내짚은 출발은 실망과 낙담을 처음부터 약속하는 것과 다름이 없다.

　이렇게 생각할 때 출발은 앞날의 첫 계단일 뿐만 아니라 일의 성부를 좌우하는 중대한 의의를 갖는 것으로서 가볍게 보아 넘길 수 없다. 요컨대 출발의 첫걸음은 모든 일에 가장 중대한 것으로서 그것을 잘 인식하고 바른 길을 향하여 힘차게 내짚을 수 있는 곳에서 인생의 승리를 얻을 수 있다고 하겠다.

　출발의 중요성을 첫 머리에 내세워 그것을 중심으로 논지(論旨)에서 벗어나는 일 없이 풀어 나간 글이다. '출발'에 대한 사상을 좀 더 깊게 파고들어 반복되는 서술을 피했어야 할 것이지만, 그러나 이정도라면 논술 글짓기로서는 무난하다고 생각한다.

경쟁

경쟁은 인생의 모든 것이다. 살아 있는 한 경쟁이라는 것이 사라지는 법은 없을 뿐만 아니라 피할 수도 없다. 우리가 사회인으로 살아갈 때 그것은 언제나 우리들의 앞에서, 뒤에서 또는 옆에서 우리를 끊임없이 자극한다. 그야말로 인생은 경쟁의 연속인 것이다.

우리가 어떤 일을 싸고돌면서 경쟁을 한다고 하자. 그것은 곧 우리들 자신이나 상대 모두에게 조금의 양보나 타협도 있을 수 없는 치열한 경쟁이어야 한다. 경쟁을 하는 마당에서 타협이니 양보가 있다면 그것은 참된 경쟁이라고는 할 수 없다. 경쟁은 언제나 자기 자신에게도 상대에게도 불꽃이 튀는 것 같은 모든 것을 건 싸움이어야 한다는 것이다.

우리가 한 번 이 인생이라는 경쟁의 마당에 나선 이상에는, 어떤 강한 적과도 과감하게 싸워야 한다. 또 아무리 보잘것없는 상대일지라도 늘 긴장되고 성실한 마음으로 싸워야 한다. 전쟁은 숭고한 것이기 때문이다. 우리는 경쟁의 진가(眞價)를 알고 상대가 누구든 있는 힘껏 싸워야 한다.

만일 이 경쟁에서 비겁한 수단을 멋대로 쓴다거나 경쟁에 대해 성실하지 못한 태도를 취하는 자가 있다면, 그는 비단 사회적인 도피자일뿐 아니라, 사회의 평화 향상도 아울러 해치려는 자이다. 우리가 경쟁을 한다면 어디까지나 공명정대하게 경쟁을 해야 하며, 비겁한 수단이나 행위는 사회에 반역을 저지르는 것이 되고 만다.

우리의 경쟁의 승패는 진실로 자기가 최선을 다해서 싸우려는 그 태도에서 결정된다. 우리는 어디까지나 선량한 사회인으로서 경쟁을 회피하는 일없이 정정당당하게 싸워야 한다. 경쟁이 우리 삶의 모든 것이기 때문이다.

'경쟁'이라는 일반화된 제목은 말할 것도 없고, '경쟁이라는 게 무엇인가'라는 관점에서 써야 한다. 삶의 과정에서 부딪히게 되는 경쟁의 의의, 거기에 대한 나의 각오, 이런 종류의 것을 써도 좋다. 그런 의미에서 이 글은 성공한 것이지만, 또한 경쟁이라는 의의를 이론적으로 활발히 전개한 것도 칭찬받을 만하다. 논설문으로서 형식도 모두 본받을 만한 글이다.

자위

흔히들 어려운 상황에 놓이게 되면 누구나 할 것 없이 자포자기의 심정에 빠지기 쉽다. 그래서 저주에 찬 발악을 하거나 욕설도 마구 내뱉는다. 상대방이야 듣든 말든, 결과적으로 자기에게 이익이 되든 해가 되든 그런 건 생각할 바가 아니라는 듯이.

물론 무의식적이겠지만 그렇게라도 하여 자기 자신을 다소나마 위로하자는 데서 오는 인간의 본능에서 비롯된 것일 게다.

그런데 이런 유의 말이 때로는 직접적으로 상대방에게 하는 유의 의식적인 말보다 몇 배나 더 강렬한 자극을 제3자에게 주는 것은 왜일까.

언젠가 역 맞이방에서 있었던 일이다. 열차 시간을 기다리던 참으로 그냥 앉아있기도 멋쩍어 신문을 사들고 보고 있노라니, 어떤 노파가 옆 사람들에게 '집이 부산인데 정읍에 사는 친척집에 갔다가 오는 길에 버스 안에서 소매치기를 당해 노잣돈이 떨어져 오도가도 못하는 신세가 되고 보니 할 수 없이 선물로 얻어가는 곶감이나마 팔아야겠으니 좀 사달라'고 통사정하고 있었다. 그러나 누구 하나 그런 말엔 귀 기울일 생각도 없고 비싸니 좀 싸게 하자느니 하다가 물러날 뿐이었다.

그때 밤색 재킷에 비단 치마를 입은 위에 여우 목도리까지 걸친 나이 마흔 남짓한 중년부인이 나타나 빈자리에 앉으면서 살듯이 값을 묻는다. 노파는 얼른 곶감 뭉치를 부인 앞에 들이대면서, 아까와 같은 말로 애걸하면서 물건은 썩 좋은 거라는 말도 덧붙인다. 그러나 부인은 한참 만지작거리고 나서는 서울까지 가는 터라 여비가 여유 없노라 말하는 것이었다.

노파는 그 이상 어디 가서 팔아 보려고도 않고, 그 자리에 털썩 주저앉아 버렸다. 아침도 굶었다는 것이다. 그러자

"딱두하셔라 늙은이가…… 쯔쯔쯔……."

하면서 사뭇 동정적인 태도를 보이던 부인은

"…… 이 추운 날 늙은이가 굶고 어떻게 견디나요, 어디 가서 국밥이라도 사드시구 오시라요. 짐은 내가 봐줄 터이니 안심하고 잠간 갔다 오시우."

하고 손가방에서 100환짜리 종이돈 한 장을 꺼내 주는 게 아닌가. 노파는 망설이다가 끝내 마다할 수 없었던지 받아 들고 일어선다.

"세상에 저런 고마운 사람도 있구나……"

하고 나는 다시 보던 신문에 열중했다.

옆에 있던 사람들은 추워서 그런지 저쪽 사람 앉은 곳으로 하나 둘 가버린다.

얼마를 지났는지 갑자기 노파의 당황해하는 소리가 났다.

"내 곶감 누가 가주갔노? 응? 아이고 우야꼬! 학상, 모르능기요? 그 여잔 어디 갔능기요? 엉?……"

"네?"

마땅히 있으려니 했던 부인이 자취도 없으니 내가 도리어 눈이 둥그레질 수밖에…….

노파는 울상이 되어 온 맞이방을 정신없이 돌아다닌다. 밖에도 나가본다. 그러나 이미 사라진 그 부인의 자취는 흔적도 없었다. 정말 눈 빼먹을 세상. 눈 감으면 코라도 베어 가겠다. 깜찍한 여인······.

"그 부인이 서울 간댔으니까 다섯시까지 기다려 보시오. 그땐 안 나타나겠어요? 서울 간다는 사람이······"

나는 내 잘못으로 그렇게 된 것만 같아 송구스럽기 짝이 없었다. 그러나 정작 다섯 시가 되어 내가 개찰구를 나갈 때까지도 그 부인은 나타나질 않았다.

"아이고, 아이고······ 사람 잡아묵을 세상······, 나야 그거 없어도 살지만 가져간 지년은 못 살기다. 배락맞아 뒈질 년······ 얼마나 잘 살겠다고······ 지년은 죽는다. 죽어! 그까짓거 없더라도 난 산다. 살고 말고!"

그러는 노파의 눈엔 눈물이 흥건했다.

김종운(金宗雲)

'자위(自慰)'라는 일반적 제목을 기차역 맞이방에서 일어난 어떤 이야기를 결부시켜서 성공한 글이다. 이 글을 보면 인생문제는 반드시 논설문 형식이나 설명문으로만 써야 성공하는 것이 아니라는 것을 알 수 있다.

문장

우리가 문장으로 무엇을 썼는데도 읽는 사람이 무슨 뜻인지 잘 알지 못한다면 그것은 의미가 없는 것이다. 아무리 내용이 훌륭하고, 아름답고 수려(秀麗)한 문구로 나열되었다고 하더라도 자기가 생각하고 느낀 것이 읽는 사람에게 통하지 않는다면 문장의 본디 목적에는 다다르지 못한 것이다.

그러나 이와 반대로 표현은 조금 거칠고 잡스럽다 하더라도 자기의 생각과 의사를 읽는 사람에게 통할 수 있는 글을 썼다면, 그 문장은 문장으로서의 역할을 한 셈이므로 앞의 문장보다는 훌륭한 문장이라고 할 수 있다.

이렇게도 문장은 실용이라는 것을 생각할 수밖에 없기에 우리들이 문장을 지을 때는 무엇보다도 남이 읽어서 내용을 이해할 수 있도록 써야 한다는데 중점을 두어야 한다. 다시 말해서 글로써 나타내고자 하는 사상의 내용을 읽는 사람이 알 수 있다고 해도 그것이 어렴풋하다거나 이해하기 어렵다든지, 또 오해를 사기 쉽다면 그렇게 되지 않도록 쉽게, 틀림없이, 분명히, 어쨌든 자기의 사상과 감정이 충분히 통할 수 있는 문장으로 써야 한다. 그러기 위해서는 생각하는 것과 느끼는 것을 그대로 쓰는 수밖에는 없다.

그러나 예나 지금이나 '문장의 본질을 잘못 이해하는' 사람이 많이 있음을 느끼게 된다. 그들은 문장을 지을 때 핵심이자 본질인 내용은 도외시하고서, 허심탄회(虛心坦懷)니 남가일몽(南柯一夢)이니 하는 명구나 늘어놓으면 훌륭한 글이 되는 줄로 생각한다는 것이다. 문장을 지을 때 언제나 아름답고 빼어난 구절만 따다가 장식하려다 보니 마치 어정잡이 같은 글이 될 뿐만 아니라, 이야기하고자 하는 바가 바로 나타나지 못하고 읽는 데에도 힘들어지게 되는 것이다.

그러므로 문장을 쓸 때 가장 큰 문제점은 억지로 글을 잘 써 보겠다는 것이다.

또한 자기가 쓴 글을 남이 읽어보고 웃을 것만 같다는 생각을 하는 사람도 있겠지만, 도대체 그런 생각부터가 허식(虛飾)이다. 허식을 갖고서는 도저히 바른 글을 쓸 수 없다. 남이야 어떻게 생각하건, 자기가 보고 느낀 것을 바르게 써 나가는 사람만이 마침내는 훌륭한 문장을 쓸 수 있다.

설명문으로 쓴 글이면서도 글쓴이의 주관도 드러난 글이다. 수미일관(首尾一貫)된 문맥으로 전개하는 그 온건한 수법은 배울 만하다,

표현

우리들이 문학작품 같은 걸작들을 읽으면 읽을수록 자기 같은 것이 이 이상 더 쓸 것이 뭐 있겠다고 애쓸 필요가 있을 것인가 하고 절망에 가까운 생각을 갖게 되는 것도 사실이다. 이미 인생은 갖가지 각도로 보아 올대로 보아왔고, 모든 환경과 인간의 전형이 그려져 있다. 나 같은 것이 아무리 애쓴들 여기에 무슨 보탬이 될 수 있을 것인가. 그러면서도 설령 남이 비웃더라도 꼭 쓰고 싶은 기분에 흥분한다. 마음을 가다듬고 정성을 들여 쓴다. 친구들에게 보인다. 자기도 다시 읽는다. 그러고는 역시 실망과 부끄러움을 느낀다. 그것을 구겨버리고, 다시금 처음부터 시작한다. 무엇 때문에 이러는 것인가. 어떤 형태로든 자기 마음속에 있는 것을 나타내겠다는 생각은 사람의 본능이기 때문인 모양이다.

우리들은 무의식 속에서 얼굴 표정이나 몸짓으로 또는 잠꼬대로 자신의 생각을 나타내기도 하지만, 의식적으로 나타내는 데는 '말'이 가장 편리한 도구이다. 말은 그 민족에겐 공통의 그 무엇이기 때문이다. 뿐만 아니라, 말은 생각[思想]과도 가장 가까운 것이다. 푸른 하늘이나 바다를 볼 때 우리들은 '푸른 빛깔'이라는 것을 감각적으로 알고 있지만, 지나온 경험을 통해 그리고 하나의 사상으로서 우리들의 마음속에 새겨진 것이다. 일부러 푸른 물감을 갖고 와서 보여 주지 않아도 '푸른 바다'라고만 해도 상대는 그 빛깔을 떠올릴 수 있다.

일기나 편지 같은 것으로써 자기의 생각을 써 본다는 것 또한 본능의 하나일 것이다. 여행을 통해 고적이나 명승지를 찾았을 때, 누각의 기둥이나 바위 같은 데에 쓴 이름들을 보아도, 그 사람들이 어떤 형태로써 자기의 체험을 남겨 보겠다는 본능에서 한 일이라는 것을 알 수가 있다. 이런 것을 생각해 보면, 타고 나면서 표현하겠다는 의욕을 갖고 있다는 것을 알 수 있다.

이것도 자신의 주관이 더해진 설명문으로 '표현'이라는, 해설하기 힘든 주제를 무난하게 설명했다. 이런 글일 때는 어디에다 기준을 두고서 설명해야 하는가를 잘 생각하여야 한다. 이 글에선 표현은 본능에서 온다는 것을 해명했지만, 또한 이렇게도 경쾌하고 묘하게 해명하려면 그만한 지식이 먼저 있어야 한다는 것도 알아야 할 일이다.

문장의 리듬

'리듬'을 우리말로 옮기면 '가락'이라고 할 수 있는 것으로 시와 음악에서는 절대로 필요한 것이지만 문장에서도 필요한 것이다.

옛날 학경산(郝京山)이란 사람은 "언어에 경중 완급이 없으면 들을 수 없으며 하물며 문장이야 말할 바 있으랴"라고 리듬이 없는 말은 들을 수가 없으며, 더욱이 리듬이 없는 문장은 있을 수도 없다고까지 말하였다. 그러나 문장이 문장일 수 있는 이유의 하나로서 리듬이 있어야 한다는 것은 우리가 명심해 둬야 할 말이다.

그러면 어째서 리듬이 그렇게도 문장에 필요한 것인가. 그것은 이유가 아주 간단하다. 즉 읽어서 혀가 잘 돌아가고, 들어서 귓맛이 좋기 때문이다. 다시 말하면 우리 성미에 맞기 때문이다. 그러면 리듬은 무엇인가. 일정한 음절 속에 있어서 고성이나 저향(低

響)의 규칙적인 반복으로서 문장의 흐름에서의 가락과도 같다. 이 것이 우리 '성미'에 맞는 것이다.

어째서 우리 성미에 맞는 것인가, 생각컨대 인류가 지구상에서 꾸려나가고 있는 모든 생활이 리듬에 따라 움직이고 흘러가기에 인류도 거기에 따르는 것이 자연 성미에 맞게 되었는지도 모르는 일이다.

그렇다면 무엇이 인류가 지구상에서 꾸려나가고 있는 모든 생활 속의 리듬인가. 그것은 음악적인 의미로서 '규칙적인 음의 흐름'이 라는 좁은 의미의 리듬이 아니라 '일정한 규칙에 따라 되풀이 되 는 움직임'이라는 넓은 의미의 리듬으로서, 어떤 '흐름'을 뜻하는 것으로 풀어볼 수 있다. 먼저 우리 눈에 보이는 것이 모두가 그렇 다고 하겠다. 예를 들어 말한다면 해가 아침에 떴다가 저녁에 지 는 것도, 봄이면 초목에 잎이 돋았다가 가을에 잎이 지는 것도, 친 구를 만났다가 헤어지는 것도, 회사에 출근했다가 퇴근하는 것도, 태어나 자라고 죽는 것 등이 모두 리듬이다. 그리하여 리듬이 우 리 성미에 맞게 되고 우리의 귓맛을 돋우게 하는 모양이다.

이렇게도 우리의 생활은 리듬으로 된 이상, 우리의 생활을 나타 내는 문장도 리듬이 가장 중요한 요소가 되는 것이다.

귀납법으로 되어 있는 설명문이다. 예를 들어가며 논지를 펴나가 는 솜씨는 능숙하다고 할 수밖에 없다.

② 국가·사회 문제
우리가 하루라도 국가나 사회와 떨어져서는 살 수가 없을 만큼 우 리에게는 이 문제가 중요하다. 이 제목을 통해서 요구되는 것은 학생 이자 국민으로서 얼마만큼이나 생각하고 있는가를 알자는 것이다.

그러므로 여기에 대해서는 사회인으로서의 자기, 국민으로서의 자기, 현대인으로서 또는 학생으로서의 자기를 잘 파악하여 민주적이고 건전한 사상과 열의에 찬 태도로 써야 한다.

사회

사회는 인류가 창조한 것 중에 인류의 뛰어남을 가장 분명하게 드러내 보인 창조물로서 인류에게 가장 필요하면서도 가장 중요한, 우리 일상생활의 기본이다.

우리가 인간으로서 이 세상에 생을 이어 받고 있는 이상에는 절대로 사회를 무시할 수 없다. 왜냐하면 우리는 사회인이기 때문이다. 모름지기 우리 인류 사이에 보전되어 있는 정신적, 물질적 사물은 그 표준을 사회에 두고 있다. 그러므로 우리 사회인은 그 사물에 대한 관념의 표준을 사회통념에 둘 수밖에 없다. 때문에 우리가 사회와 어떤 교섭도 하고 있지 않다면 아무리 아는 것이 많다 할지라도 사회에 이바지할 수 없기에 사회인으로서의 가치는 없다고 할 수 있다. 그런데 현실에는 그런 사람이 많다. 그들은 이 사회가 부패·타락한 것이라 하여 깊은 산속의 으슥한 골짜기로 들어가거나 절간으로 도피한다. 이들은 사회인으로서 가장 책임감이 없으며 비겁하고, 가장 이기적이며 의지가 박약한 사람들이다. 우리는 그래서는 안 된다. 사회는 우리가 만들어 놓은 것이지, 자연이 만들어 놓은 것은 아니다.

그러므로 사회의 부패는 우리의 부패이기 때문에 우리가 책임을 져야 한다. 사회의 진보와 발전은 우리의 진보와 발전이며, 사회의 화평은 우리의 융화를 뜻한다. 사회는 우리 인류의 움직임을 알게 되는 가장 정확한 잣대다.

우리 젊은이는 제2의 국민으로서 앞으로의 사회를 짊어지고 나아갈 사명을 지니고 있다. 우리는 사회라는 잣대에 따라 항상 인류의 진보발전과 융화를 도모하여 책임을 지고 사회를 구성하는 일원으로서의 임무를 완수하며, 우리들 사회의 표준을 향상시킴으로써 이상적인 사회건설에 매진하여야 한다.

이런 종류의 문장을 쓰려면 '사회'면 사회, '국가'면 국가가 가지고 있는 그 의의를 명확히 하여, 그것의 존재가치를 밝힘과 아울러 그와 우리의 관계를 자세히 적어야 한다. 즉 사회발생, 인류생활에서 사회라는 것의 존재가치, 이런 것과 우리의 밀접한 관계 같은 것을 학생이면 학생, 사회인이면 사회인다운 명랑한 논조로 써 나가야 한다.

여러분들 가운데에는 흔히 이런 종류의 제목에서 인기 있는 정치가들이 늘어놓는 비관론을 쓰는 수가 있지만 이 점은 특히 삼가야 한다. 희망적이고 즐거운 면에 눈을 돌려서, 채점자에게 '참으로 즐거운 글'이라는 느낌을 주어야 하기 때문이다.

문화생활의 참다운 의의(意義)

보다 나은 생활에의 건설이 문화생활의 첫 의의이자 모두이다. 다시 말해서 근대문명이 우리에게 가르쳐 준 인격향상과 정신혁명을 그 표지(標識)로 한 발랄한 내적 생활의 자세이다.

그러나 이런 해석 밑에서 출발해야 하는 그 문화생활이라는 말의 뜻을 오늘날 너무나 많은 사람들이 잘못 이해하고 있지나 않은가, 다시 말해서 현대의 문화생활이 문화적 향락을 좇는 생활양식을 뜻하는 것으로 그 뜻이 왜곡되지는 않았는가 하는 의문이 들곤 한다.

나는 때때로 교외를 산책한다. 그러면 반드시 차고가 달린 으리으리한 별장이나 다각형 집을 보게 된다. 그리하여 보통 서민생활과는 거리가 먼 물질을 기본으로 한 이 별장생활을 문화생활이라 말하고, 또 그 속에 사는 인형들도 그것을 스스로 인정하여 자랑으로 안다. 따라서 이 커다란 잘못을 기초로 한 생활양식을 현대인들은 문화생활이라고 착각하고 있다.

문화생활—그것은 현재의 자기와 주위의 향상을 요구한다. 그런 관점에서 그 생활을 적어도 '문화적'이라고 일컬을 수 있으려면, 필연적으로 길고 긴 과거의 문명을 조명하고 지배했던 도덕·종교·예술을 그 기조로 해서 미래의 희망을 그 표지로 삼아야 한다. 따라서 근대문화의 향락은 차라리 두 번째 의의(意義)이며, 어디까지나 우리 생활의 건설, 적극적 욕구를 솔직하게 나타낸 생활양식이어야 한다.

문화생활—그것은 바보상자가 있는 집에서 사는 생활도, 으리으리한 별장에 사는 생활도, 형광등 밑에 둘러 앉아 웃으면서 이런 저런 이야기를 나누는 것도 아니겠으며 오직 발랄한 생명의 약동을 첫걸음으로 미래의 희망과 향상을 목적으로 출발하는, 우리들의 거짓없는 내적 생활의 자세이다. 이런 관점에서 나는 현대인이 잘못 이해하고 있는 현대 문화생활의 혁명을 소리 높여 부르짖는다.

보다 좋은 생활의 건설에서 문화생활의 참뜻을 찾고, 그 참된 가치를 추구해가며 써나간 칭찬할 만한 글이다.

신문

새로운 소식을 알고 싶다는 것은 인간 공통의 천성일 것이다. 이런 요구와 욕구를 채우기 위하여 생긴 것이 신문이다.

우수한 특파원을 세계 각 나라에 파견하여 그 나라에서 일어나는 일을 문명의 이기의 도움을 받아 신속하게 본국에 알리면, 신문사에서는 이것을 편집하고 채록하여 윤전기의 위력으로 몇십만 부를 찍어 곧바로 전국에 배포한다. 그러므로 신문에는 국내 소식뿐만 아니라, 전 세계 어느 곳에서 일어나는 일도 보도된다. 또한 그 게재하는 범위에는 한계가 없는 것으로 정치·경제·문화를 비롯하여 전란과 천재지변, 범죄 소식을 다룬 기사도 있고, 건설·모임·광고가 있어, 실로 신문은 현대문명의 만화경으로서 세계 정국(政局)의 축도(縮圖)이고 시대사상을 교류하는 매개체다.

그러므로 읽는이는 아침저녁으로 배달되는 신문을 통해 세계의 대세와 금세기의 문명과 인정의 기미와 사회·도덕을 알 수 있다. 그것이 또한 다른 일반 간행물과 달라서 날마다 새로운 기사를 실어주기 때문에 신문에서는 지적(知的)이고 정적(情的)인 신진대사가 이루어져 새로운 생활이 되풀이된다. 이렇게도 신문이 하는 일은 큰 것이요, 그만큼 신문은 시대사조를 주재(主宰)하고 있다고 할 수 있다. 그러므로 신문의 논술은 민중을 바른 길로 이끌어 가고 악을 드러내어 타도하기도 하는 것이다.

그러나 신문사도 한낱 경영단체이기에 그 신문을 이용하여 공리적인 것을 도모하는 점도 없잖아 있다. 우리들은 이런 선동에 속아서는 안 된다. 우리들은 당사자와 함께 진정한 사회를 위한 바른 여론의 지침이 되도록 힘을 써야 한다. 그럼으로써 신문은 자기의 맡은 바 사명을 이룰 수 있고, 거기에 따라서 우리들의 생활도 향상될 수 있다.

이광남(李光男)

이것은 논술 글짓기의 제목으로서 가끔 나오는 '신문'을 설명문으로써 쓴 하나의 예문이다. 제목은 '신문'으로서 같다고 하더라도 '신문의 사회적 사명이나 존재 가치'를 주 내용으로 쓴다면 주관을 내세우게 되어 논설문처럼 되기 쉬우나, 이 예문처럼 신문을 만들어 내는 과정 같은 것을 주 내용으로 쓴다면 설명문이 되기 쉽다. 이 점에 특히 주의해야 한다.

이 글을 검토해 보면 지은이는 먼저 신문 발생의 필요성을 지식에 대한 욕망을 바탕으로 하여 이야기하고 다음엔 신문을 만드는 과정, 보도 내용, 보도의 사회적 영향 등을 요령있게 이야기하여 신문의 전모(全貌)를 읽는 이에게 알려준 글로 성공한 글이라 하겠다.

유행

사람들에게는 군중심리라는 것이 있어서 많은 사람들이 하는 일에는 그것의 참된 모습을 이성적이고 합리적으로 잘 판단하지 않고 아무 생각도 없이 따라가는 경향이 있다. 그렇게 일부 사람들이 하는 일에 점차 그 주위 사람들이 지배되고, 마침내는 그런 움직임이 사회 전체를 휩쓰는 현상을 두고서 유행이라고 한다.

유행에는 좋은 유행과 나쁜 유행이 있다. 해방 뒤에 가정부인들이 어린아이 교육에 비상한 관심을 가지게 되었는데, 이것은 참으로 좋은 유행이라고 할 수 있지만, 그 중에는 백해(百害)가 있으면 있었지 아무런 이로울 게 없는 방향으로 이 유행이 흘러버린 것 또한 사실이다. 말하자면 어린아이를 어머니의 노리개쯤으로 여겨서 자신의 허영을 채워주는 도구로 삼았으니 말이다.

이와 같은 각 시대의 유행에는, 그 시대 사람들의 마음이 반영되어 있는 법이다. 따라서 시대 조류가 유행을 만들 수도 있고, 거꾸로 유행이 시대 조류를 만들 수도 있는 것이다. 그기에 사치스러운 유행이 사람들의 마음을 나약하게 만든 일도 있고, 또 비상시에는 비상시에 어울리는 유행도 생기는 것이다. 그러므로 우리는 그 시대의 유행으로 미루어 그때의 일반인들 마음을 엿볼 수도, 또한 그즈음의 사회조류로서 그 시대의 유행을 미루어 짐작할 수도 있다.

그렇다 해도 유행은 어느 것이나 한때의 주요한 흐름일 뿐 영원히 이어지는 경우는 없다. 따라서 군중심리에만 지배되어서 그것의 잘잘못도 잘 가리지 않고 함부로 끌려가서는 안 된다. 나쁜 유행에 대해서는 '스스로 생각해 보아서 옳다는 생각이 들지 않는다면 1,000만 명이 좋을지라도 나는 따르지 않는다'는 기개가 필요하며, 한걸음 나아가 나쁜 유행에 맞서는 유행도 만들어 나쁜 유행을 박멸할 필요가 있다.

나쁜 유행은 모름지기 우리들의 도덕적 약점을 틈타서 유행하는 것이니만큼 그것을 유행시키지 않으려면, 저마다 노력하여 자기 수양에 힘써야 한다. 그리고 좋은 유행은 더욱 이것을 유행시켜서 국민의 영구적 습속(習俗)으로 뿌리내리도록 해야 한다.

앞에서와 같은 글짓기 제목에서는 '유행'의 본질을 똑똑히 하고 그것과 사회, 인생과의 관계 등을 설명함으로써, '그런 까닭에 이렇다'라는 글쓴이의 견해를 가지고 끝마무리를 짓는 것이 좋다. 단순히 '유행'의 개념에 대한 일반적인 설명으로만 그친다면 글에 박력이 없어질 뿐만 아니라 채점자의 마음을 움직일 수도 없다.

그러나 글쓴이의 견해를 덧붙일 때 독선으로 흘러서는 안 된다. 특히 논술문에서는 '보편적 타당성'이 있어야 한다. 누가 읽어도 과연 그렇구나 하고 인정할 수 있는 글이 되어야 한다는 점에서 앞의 예문은 논술문의 좋은 예라 하겠다.

만화책

어린 것들이 숙제는 게을리하면서도 만화책만은 열심히 들여다 보는 예를 흔히 보게 된다. 일간 신문의 〈어린이 난(欄)〉에 실린 연재만화나 어린이 신문에 실린 만화는 무척 기다려지는 양 배달되기 무섭게 어른들이 읽기도 전에 들고 달아난다. 어른들이 시사만화에 관심을 갖듯이 어린 것들도 만화에 매우 흥미가 있는 모양이다.

만화책을 놓고 파는 구멍가게 앞엔 언제나 어린 것들이 들끓고 있다. 돈 주고 빌리는 만화책 읽기란 무척 재미있어 보인다. 내용이야 어떻든 그저 스릴 있고 재미만 있으면 그만인 줄로 믿고 닥치는대로 읽는 어린것들에게 무슨 죄가 있으랴.

헌데 현재 시중에서 팔리는 만화책은 수백 종에 이른다는 소식이 들린다. 교육부 당국이 아동교육 순화 대책으로 먼저 만화책 약 100종의 내용을 검토한 결과 그 가운데 70여 종 넘게 내용이 건전하지 못한 만화라는 사실을 알게 되었다는 것. 그러고 보면 천진난만한 어린아이들에게 끼칠 해독도 이만 저만이 아닌 성싶다.

언젠가 부산에서 어린것들이 부모를 골리는 유괴사건을 꾸며낸 것도 그 한 예가 된다. 탐정만화를 읽고 실연(實演)해 본다는 동심이 빚은 실화 한 토막이라고 웃어넘길 수만은 없는 일이다. 어린이들의 지능 발달엔 도움이 될지 몰라도 불량화를 기르는 산 표본이기도 할 것 같다.

만화는 그림으로 동작을 나타내는 것인지라 어린 것들의 이해력을 돕고 재미있게 꾸민 것은 아동교육에도 실효성이 컸을 듯하다. 동화나 전기 등을 만화로 다시 만든다면 재미도 있고 배우는 것도 많을 성싶다. 특히 과학만화 같은 것은 이해력을 촉진시키고 지능발달에도 도움이 클 것 같다.

　만화책이나 만화영화는 시각교육의 한 방법으로서도 권려(勸勵)할 만하다. 그러나 일부 몰지각한 출판업자나 비양심적인 만화제작가의 악성만화는 단속함이 당연하다. 문교부 당국의 저속한 만화단속엔 부모들도 다 같이 협조함이 무엇보다도 보람 있을 듯싶다.

〈회귀선(回歸線)〉

어린애들이 보는 만화의 해독과 그 시정의 촉구를 경쾌한 필치로 쓴 글이다. 논지의 여유가 없고서는 이런 글을 쓸 수 없다.

③ 자기 문제

　자기 문제는 자기의 생활체험을 토대로 하여 누구나 쓸 수 있는 것이고, 또 그 사람의 사상, 생활환경, 교양 같은 것이 단적으로 나타나므로 그런 것을 알기 위해서는 논술 글짓기의 제목으로 많이 사용된다.

　자기 문제에 대해서는 자기를 훌륭하게 보이겠다거나 자랑하겠다는 그런 허식은 버리고, 자신의 본심, 본색을 그대로 드러내는 것이 가장 좋다. 꾸며대서 쓴 글보다는 자신의 진심으로 쓴 글이 언제나 남을 감동시킬 수 있는 글이 된다.

요즈음에 감격한 일

　여름 방학 전에 학교에서의 일이다. 나는 중3의 2반이었다. 기분 좋은 사이렌과 함께 세 시간째의 한문이 끝나고, 다음은 체조다. 모두 운동복으로 갈아입고 분주히 교실을 나간다. 나도 한문 교과서를 걷우고 가방을 뒤지다 깜짝 놀랐다. 새로 씻어서 다려 놓은 운동복을, 집 책상 위에 잊어버리고 온 것을 알았다. 어찌할 바를 몰랐다. 이어 고3의 1반 형님 교실로 뛰어 갔다. 마침 수업이 끝난 판이었다. 창으로 목을 디밀고 "형님 운동복" 하고 소리 질렀다. 형님은 왜 그런지 약간 당황한 듯한 표정을 지었으나, 그대로 빌려 주었다. 나는 가슴을 내려 쓸면서 교실로 달려와, 좋아라고 운동복으로 갈아입고 운동장에 나왔다.

　그러는 중에 사이렌이 나고, 반장인 나는 아이들을 정돈시키고, A선생이 내 이름을 부르는 소리를 들었다. 그때 얼핏 보았더니, 운동장 서쪽에서도 K선생이 학생들 이름 부르는 소리가 들려 왔다. '고3이구나!'하고 생각했을 때 K선생의 성난 소리가 들려 왔다. "김태진, 운동복은?" 이름이 불린 것은 틀림없이 우리 형이 아닌가. 순간에 나는 새파래졌다. 그 운동복은 여기에 지금 내가 입고 있다. 형님은 똑똑하게 대답하였다. "집에 둔 것을 잊어버리고 가지고 오지 못했습니다." "운동복을 안 입고 운동을 어떻게 해! 나왓!" K선생은 화를 내고 말았다. 형님은 조용히 줄밖에 나왔다. 나는 후회막급했다. 그리고 눈앞에 안개가 낀 것 같았다. 그러나 나는 당장에 아희들을 지휘하여야 했다. 형님 운동복을 입고. 형님 반하고 우리반이 우연하게도 같이 체조를 하게 되다니, 이 무슨 악연인가. 그런데도 형님은 그것을 다 알면서 빌려 주셨던 것이다. 나는 나의 옳지 못했던 행동을 뉘우치는 것과 동시에 '반장이 운동복을 잊어서야'하고 내 처지를 알아준 형님에게 얼마나 감사했던 것인지.

　아희들을 지휘하는 틈틈이 본 형님의 모습. 그런데 형님은 즐거운 듯이 내가 지휘하는 것을 보고 있지 않은가. 그 모양을 보았을 때, 나는 "차렷!"해야 할 호령에 그만 "형님!" 하고 외칠 뻔하였다.

형제 사이에 흐르고 있는 아름다운 애정이라는 소재를 아침에 준비해 두었던 운동복을 챙기는 것을 잊어버린 채 등교해서 형의 운동복을 빌려 입은 사건을 통해 그려낸 글로서, 운동복을 챙겨오지 않은 아우를 배려하는 형의 마음 씀씀이에 감격한 아우의 모습이 과장이나 거짓 없이 있는 그대로 묻어난다. 이런 글은 억지로 꾸며 내어 되는 것이 아니며 글쓴이의 진정한 감격에서 우러나올 수 있을 뿐이다. 실감적이고 진실에 거짓이 없는 표현이 힘 있는 문장을 이루게 하는 바탕이 됨을 느낄 수 있을 것이다.

나의 고향

나의 고향은 서울입니다. 나는 서울에서 태어나, 서울땅에서 자라났습니다. 틀림없이 저의 고향은 서울입니다.

그런데도 나는 나의 고향이 서울이라고는 좀처럼 생각이 들지 않습니다. 나와 함께 자라난 마당의 은행나무를 보고 있어도, 언제나 듣고 있는 전차소리를 들어도, 그것이 내 고향 것이라는 생각이 들지 않는 것입니다. 그것은 내가 고향을 떠난 일이 없기 때문입니다. 고향을 떠나지 않고 고향을 생각할 수는 없습니다. 나는 때로 남산에 올라가 서울 거리를 내려다 볼 적이 있습니다. 그러나 어디를 보아도 이것이 내 고향이라는 생각이 들지 않는답니다.

고향이라는 것은 그리운 것이라고 들었습니다. 사람들은 얼굴에 홍조(紅潮)를 띠우며, 고향 이야기를 합니다. 그 모습은 참으로 행복해 보입니다. 그런데도 나는 그런 행복감을 느껴 본 적이 없습니다.

오직 한 번 일주일가량 여행을 하고 집에 돌아왔을 때, 서울 거리가 어딘지 이상한 것 같은 마음이 들어서 사방을 두리번거려

본 일이 있습니다. 그러한 느낌이 고향이란 것의 느낌인지요. 그렇다면 너무도 값싼 고향입니다. 그 다음날부터는 서울거리를 보아도 아무런 딴 생각이 없었습니다. 그러니 타향 하늘에서 고향을 생각하고 그리워한 일은 있었을 리 없습니다.

나에게는 고향이 있으면서도 없는 것이나 마찬가집니다. 고향이 있으나 고향이라고 그리워 할 수 없는 것입니다.

나의 고향은 서울입니다. 그러나 그것은 고향이면서도 고향이 아니랍니다.

자기 생각을 그대로 쓴 글이다. 글쓴이는 힘들여 쓴 것 같지 않음에도 읽는 사람들에게 즐거움을 준다. 이쯤 쓰면 어디 가서나 글짓기에 실패하지는 않을 것이다.

학생생활

나는 학생생활처럼 즐겁고 유쾌한 일은 없다고 생각한다. 그 중에서도 중학교 때 학생생활이 가장 멋진 것이 아닌가 하고 생각한다.

학교는 원기(元氣)에 찬 젊은이들이 모이는 곳이다. 그러므로 학생생활은 열(熱)이 있는 집단생활이다. 따라서 어지간한 고난은 그 열과 원기로써 극복할 수도 있다. 그 때문에 때때로 탈선하는 일도 있지만, 오히려 그런 것에 학생생활로서 즐겁고 유쾌한 일도 없지 않아 있다.

교칙은 그 탈선으로 생기기 쉬운 잘못을 막기 위해서 만든 것이라고 생각한다. 그러나 실제로 학생생활을 하고 있으면 교칙은 젊은 학생들의 원기를 억누르는 억압이라는 생각이 들곤 한다. 그러나 학생생활을 일단 끝내고 나면 '부자유(不自由)의 자유'라는 말의 뜻을 절실히 느끼게 된다.

학생생활은 자유의 천지다. 교칙의 범위 안이라면 아무리 아무리 야단을 부려도 죄되는 일이 없다. 그러므로 마음이 태평하기도 하다. 그것은 학생생활의 특권이라고도 할 수 있다.

사회와는 멀리 떨어진 생활, 앞으로 어디까지나 발달할지 모르는 말하자면 미지수의 학생들이 집합한 희망에 찬 생활, 힘껏 공부하면 할수록 자기의 천성을 발휘할 수 있는 토대를 닦을 수 있고, 마음껏 유쾌하게 놀 수도 있는 이 학생생활을 보다 의미있게 보내는 것은 우리 생애에서 어느 시절보다도 중요한 일이라고 하지 않을 수가 없다.

학생의 관점에서 학생의 씩씩한 기질과 학생생활의 참뜻을 이야기한 것이 이 작문을 성공하게 한 점이다. 논술 글짓기로서 이만한 정도는 누구나 써야 할 것이다.

우리 배움터

우리 학교를 나는 자랑하고 싶습니다. 교문도 없고 교실이 좁아서 스무 명 앉으면 꽉 차며 운동장이 있으나 이곳 저곳 채소를 심어 놓고 가마니로 집을 지어 아저씨들이 살고, 종도 없어 쇠뭉치를 달고 돌로 쳐서 공부하고 놀고 합니다. 선생님이나 동무나 한 사람도 건강하지 못하고 병이 들었으며 그 병도 잘 낫는 병이 아닙니다.

이러한 학교지만 우리들은 떳떳하게 자랑할 만한 것이 있습니다. 우리들은 학교가 없어 들에서, 바닷가에서, 하늘이 보이는 창고 속에서, 이리저리 다니며 한 자 한 자 배웠습니다. 동무들은 학교가 없어서 공부를 못하겠다고 선생님께 불평을 합니다.

선생님은 때로는 웃으시면서 "왜 학교가 없어? 이 들, 저 산, 이 하늘 아래는 다 우리 학교가 아니냐?" 하시고, 때로는 "너무 욕심을 내면 못써, 우리보다 더 어려운 동포도 있다"고 하시면서 어떻게 확실한 집이 있으면 하는 생각을 가지시고 많은 노력을 하셨습니다.

우리들은 대단히 기뻐하였으나 또 걱정이 생겼습니다. 창고였으므로 교실로는 사용할 수 없으니 어떻게 하여서라도 교실의 칸칸을 만들어야 하였습니다. 우리들은 수업료니 사친회비란 것은 없고, 실습지 생산품을 팔아서 그 돈으로 교과서·연필·공책을 마련해야 하므로, 학교에는 돈이 있을 수가 없고 기부를 해주는 사람도 없습니다. 선생님들은 몇번이나 회의를 열고 의논한 끝에 "우리 손으로 해 보자!"고 눈물겨운 결심을 하셨습니다.

선생님은 꼬부라진 손으로 하늘을 치며 날마다

"우리들의 배움터는 우리 손으로 만든다!"

라고 외치고 우리들은 다리를 절면서 이를 악물고 꼬박꼬박 일을 하였습니다. 일은 흙으로 벽돌을 만드는 일이었습니다. 다섯 반으로 나누어서 오천 장을 만들게 되었습니다. 여학생들은 물을 긷고, 남학생들은 흙을 날라다가 개어서 나무로 짠 틀에 맞추어서 만들어 내어야 합니다. 선생님이나 우리들은 이삼 일 동안은 웃는 얼굴로

'우리들의 배움터는 우리 손으로 만들어 보겠다'는 좋은 결심으로 일을 하였습니다. 날이 지날수록 힘이 빠져서 얼굴에는 웃음기가 없어졌고 힘에 부치고 병든 몸으로서 너무나 과중하여 일을 하지 못하게 된 동무들도 차차 나왔습니다. 선생님들 얼굴에는 기름기가 없어지고, 입술이 붓고, 피가 나는 분도 계셨습니다. 그러나 선생님들은 꼬부라진 손으로 하늘을 치며

"우리 배움터는 우리 손으로"

라고 외치니 우리들도 새로운 힘을 얻어 이를 악물고 일을 하였습니다. 우리들은 철모르는 후배 고아들이 우리들처럼 학교가 없어 슬퍼하는 일을 겪게 하지는 않겠다는 결심으로 더욱 힘을 내어 일을 했습니다.

눈부신 노력의 결실은 여드레만에야 보였습니다. 좁은 운동장에 필요한 벽돌 오천 장이 보기 좋게 놓여 있습니다. 우리들이 만든 아니 피와 땀의 결정입니다.

누구의 지시도 없었지만 소리 맞춰 두 손을 들고 만세를 불렀습니다. 흙 묻고 꼬부라진 손, 흙투성이 되어 본래의 모양을 잃은 얼굴, 선생님·남학생·여학생 등, 다들 손을 쳐들고 발을 구르며 좋아했습니다. 선생님의 기도로 하느님께 감사드렸습니다.

나는 기도할 때, 병든 약한 몸이지만 합심하면 무슨 일이든지 할 수 있다는 것을 새삼스레 느꼈습니다. (이하 생략)

강석재

진실 속에서 끈기 있게 써 나간 글이다. 이만한 진실이라면 어떻게 표현하느냐가 문제되는 것이 아니다. 진실의 표현이 기교의 표현보다 더 선명한 인상을 준다는 것은 이 글에서 배울 만한 일이다.

책

우리들의 내부생활에 무한한 윤택과 깊이를 베풀어 주는 것이, 즉 책이다. 우리들의 실생활이 물질적으로 아무리 빈한(貧寒)할지라도 한 권의 책을 사랑할 수 있는 마음을 가지고 있다면 우리는 아직도 정신적으로 축복을 받고 있는 것이다. 그리하여 책의 가치가 크면 클수록 우리들의 정조(情操)와 생명은 올바른 미지의 세계를 향해서 기운차게 뻗어 나가는 법이다. 예로부터 사람들이 '책은 정조의 요람이라든지, 지식의 전당'이라고 말하는 것도 우연한 일은 아니다.

음식의 선악이 마침내는 육체와 건강과 성장에 적지 않은 영향을 끼치는 것처럼, 책의 양부(良否)가 이 세상에 존재하는 선악의 도표(道標)가 되는 것이다. 우리들의 손에 책의 양부가 잘 선택됨으로써 비로소 그것이 우리들 자아 완성에 이바지한다는 것을 알아야 한다. 이 사소한 자아 완성이 나아가서는 커다란 한 민족, 한 국가의 문화 건설의 첫 단계라는 사실을 생각하였을 때, 흔히 무의식중에 취급되는 책이라는 것에 깊은 예찬(禮讚)을 보내지 않을 수 없다.

우리가 책을 진실로 사랑하였을 때, 우리는 마음이 명하는대로 모든 일을 단행할 수 있다. 즉 이 세상 구석구석을 돌아다니면서 낯선 나라의 낯선 풍토, 전설에 경이의 눈을 돌리며, 또는 이미 가 버린 과거의 먼 옛날에 생각을 달리면서, 자기가 흠모하던 위대한 사람이나 영걸과 가까이 이야기할 수도 있다.

우리는 현재 이 생활에서 책이라는 것을 모조리 빼앗긴 순간을 상상해 보아야겠다. 반성이 없는 생활, 윤택을 잃은 생활, 즉 무지와 야만으로 물든 원시인의 생활이 우리를 찾아올 것은 조금도 의심할 바가 없는 사실이다. 그런 뜻에서도 책은 우리들의 생명에 없을 수 없는 생명이며, 우리들의 현재 생활을 향상시키고, 또 우리들이 품는 견해를 올바르게 이끌어 가서, 깊이를 더해 주는 오직 하나의 양약이다. 그리하여 크게는 한 민족, 한 국가가 이룩하려는 문화를 서로 이어주는 연결선이다.

책에 대한 사상을 통일성 있게 쓴 글로서 논술 글짓기로는 모범문이라 하겠다. '식물의 선악'과 '서물(書物)의 양부'를 비교한 것도 적절하거니와 결말의 호응도 자연스럽다. 흔히 첫머리 문구를 결말에 갖고 와서 호응하게 하는 경향이 있지만, 논지(論旨)가 서지 않는다면 사상적인 면에서의 호응은 결코 이루어지지 않는다. 이 글처럼 자연스러운 데가 있어야 한다.

열정(劣情)

　사자도 새끼를 낳아서 기른다. 이제 막 갓 태어난 어린애가 자기의 보호를 요청해서 한사코 울 수 있는 것은 여간 다행한 일이 아니다.

　나는 고양이를 싫어한다. 호랑이와 그 꼴이 비슷해서가 아니라, 그 초롱등 같이 빛나는 두 눈망울이 싫어서다. 어쩌면 그것이 내 속을 훤히 들여다 보고 있는 것 같은 느낌이 들기 때문이다. 정말이지 집고양이처럼 정숙한 것이 있기야 할라고.

　그게 벌써 한달 전 고향에서의 일인가 보다. 반년에 가깝도록 서로 서신으로만 알고 지내던 이를, 그가 사는 집까지 40~50리 길을 버스로 찾아갔을 때였다.

　무더운 여름 방안이었다. 고양이 두 마리가 방문턱을 타고 들어왔다. 너무나 어린 것이었기 때문에 고양이를 싫어하는 자신이지만 이내 동정을 보낼 수가 있었던 것이 인연이 되었을까. "난 지 몇 달이나 되었습니까?"

　여기서 시작하여 이야기는 그만 고양이에게로 돌아가고 말았다. 얼마 전 건너편 집에서 얻어온 것이라고 하면서 하얀 몸에 군데군데 어린애 주먹크기만 한 검은 자국이 박힌 것이었다. 목에는 목걸이를 하고는 끈 하나의 양쪽 끝에다 서로 잡아매어 두었으니 퍽이나 불편하기도 하겠지만 복잡한 시장 입구이고 보니 마땅히 그래야만 할 것 같았다.

오줌이며 똥은 꼭 책상 밑을 찾아 간다는 것이며 먹이도 아무거나 먹지 않는다고 했다. 어린애가 없는 만치 어린애로서의 꼭 한 사람의 집안 식구 대접을 한다는 것이었다. 아버지도 어머니도 온 집안 식구가 한결같다고 했다.

더욱이 맨 처음 얻어다 두었을 때의 그 고양이의 어미가, 얻어온 그 뒷날부터 하루에 꼭 한 번씩 찾아 와서는 젖을 먹이고 간다는 것이었다.

찾아오는 것도 언제나 인적이 거의 끊어질 무렵의 한밤중이라는 것이었다. 그것도 처음 하루 이틀이지 매일처럼 잠을 자다 깨어서는 더군다나 접문이 된 앞 미닫이와 방문을 열어 주고 하자니 여간 귀찮은 것이 아니었다고 했다.

그만 귀찮고 해서 문을 열어 주지 않고 있으면 어느 때까지나 그 문이 열릴 때까지 문 앞에서 울고 있더라는 것이었다. 그렇게 울고 있는 도중에는 안방 문소리만 나도 금시 울음을 뚝 그친다는 것이었다.

그래서 끝내 한 방법을 생각한 것이 방 한쪽 벽의 들창문을 열어 두어 보았더니 그 후부터는 어떻게 알았는지 옆집 지붕 위를 넘어서는 그리로 사뭇 드나들었다는 것이었다.

자기 새끼를 찾아와 그 밤중에 문 열리기를 기다리고 하다 못해 이집 저집 지붕을 뛰어 넘어 그 들창을 드나들던 어미로서의 수고와 정. 나는 그만 여기서 그 어미에게 완전히 고개를 숙이고 말았다.

"요즈음도 찾아옵니까?"

"요즘에는 어떻게 된 일인지 단 한 번도 찾아오지 않더군요."

어미가 잊은 것인가. 아니면 이것이 무릇 모든 생물의 '어미'로서의 이치일까.

고양이만도 못한 인간이야 있을라고, 그러나 나는 끝내 고개를 흔들고 만다. 그 고양이에게 가르침을 받아야 할 인간들이 얼마나 많으냐.

집을 떠나온 지 한 달이 넘었다. 20환짜리 우표 두 장이면 될 것을 안부 편지 한 장 보내지 않고 있는 나 자신부터가 그 고양이보다 나을 것이 있는가 하고, 나의 무능과 기억력을 또 한 번 매질해 본다.

김석규(金錫圭)

'열정(劣情)'보다는 오히려 '고양이'라고 제목을 붙이는 것이 더 효과적인 글이다. 고양이의 모성애를 자기의 심경에 대조시킨 것도 재미있거니와 부드러운 표현이 또한 즐겁게 해 주는 글이다.

동생

어머님께서 다산(多産)이셔서 6·25 전쟁 전엔 형제가 꽤 많았었다. 많지는 못하다 하더라도 알맞게 3형제는 되었다. 그렇던 것이 6·25 전쟁 통에 남동생만 둘 죽고 남은 자식은 고작 누이들과 나뿐이었다.

오남매 중에서 두 형제를 사이 사이 솎아 낸 셈이었다. 돈도 없고 먹을 것도 없는 때는 솎아야 하느라고 그랬던 것인지는 몰라도 하필이면 곰같은 놈 하나, 토끼같은 계집애들만 남기고 쓸만한 것은 하늘에서 징발해 가버렸다.

여하튼 그 쇠바늘 비[雨]같은 포탄 속에서 내가 살아났으니 나 죽은 것보다야 동생 죽은 것이 났다고 하면 비도덕적인 말일까.

어찌 됐든 걸려 남은 찌꺼기 같은 식구들끼리 우애나 있어야 살지 않겠느냐고 어머님께선 우리들에게 신신당부를 하시는 것이다.

허지만 나는 곧잘 이 못난 동생년들을 두들겨 패서 울려 주기가 일수였다.

가만 있으면 맞을 리도 없겠건마는, 왜 하필이면 밥상 머리에서 야단이냐고 버티니까 그렇게 된다. 나도 저희들을 때리고 싶어서 때리는 건 아니다. 내 잘못도 있으니까 웬만하면 타협을 하자는 건데 꼭 대들며 저만 잘했다고 하니 콱 잡아먹고 싶게 성질이 받치는 것이다. 헌데 내가 내 일도 바쁜데 저를 쫓아다니며 굴 수는 없는 일이니까 자연 보아만 두었다가 서로 마주 앉아 밥을 먹는 때에 이런 말 저런 말 나오게 되는 것이다. 하기야 나도 나쁜 버릇인줄 모르는 게 아니다. 누구 말마따나 가난한 보리밥이나마 달게 먹어야 할 시간에 그 뼈만 앙상한 계집애를 때려 울려서 속 시원할 일도 없거니와, 옆에서 앙앙거리는 소리를 들으면 밥이 잘 넘어갈 수도 없다. 허지만 왈칵 할 때는 앞 뒤 생각이 있을 리가 없다. 오늘 아침만 해도 그렇다.

오늘 부산 갈 일 있는데 뱃속에서 어찌 고생을 할는지 모르겠노라고 걱정하시는 어머니의 길 떠나는데 속이나 뒤집혀 주지 말라고 당부하는 말귀를 들으면서, 말끔히 나를 노려보는 동생의 눈을 보자 금새 성질이 받쳐 마구 때려 놓고 보니 밤톨만 하게 부어오른 곳이 서너 군데나 된다. 이유란 건 밥 먹는데 유난스럽게 시끄럽게 소리를 내는 년이 계집애냐고 주는 핀잔에 불복(不服)이란 듯이 말끔히 쳐다보는, 아니 거의 노려보는 눈 때문이었다.

이래서 기어코 오늘 아침에도 어머니꺼정 울고불고 야단이 난 것이다.

이래도 남매는 남매다. 내가 나간 틈에 먹을 거라도 아껴두었다가—물론 저먹을 만큼은 먹고—남겨 주는 것은 어머님 다음으로는 동생이다. 나로서도 남한테 욕 당하는 동생들을 보면 왜 죄없이 당하느냐고 편역을 들기도 해서 내가 이 녀석의 오빠라고 무언중에 암시를 하는 것이다.

좋건 궂건 한 탯줄에서 나왔으니 숙명도 이만저만이냐, 나도 널 때리면 때리면서 후회를 하느니라.

부디 의(義)는 나빠도 정(情)만은 두려무나. 겉으로는 욕을 하더라도 마음속으로야 내 동생 내 오빠 아니냐.

김양웅(金良雄)

아무 꺼리는 것 없이 써 나간 글속에 글쓴이 자신과 동생 사이의 애정이 나타나 있다. 조금도 허식이 없으면서도 읽는 이를 끌어 들인다. 평범한 속에서도 진실을 그대로 써나가면 힘찬 문장이 되는 것이다.

창

내 방에는 동쪽으로 난 조그만 창이 있다. 아침엔 해가 일찍 찾아들고 오후가 되면 으레 이곳부터 그늘이 진다. 골목에서 들리는 아이들의 재깔거리는 소리와 술주정꾼의 욕지거리, 동네 청년들의 유행가가 시끄럽게 들려오는 것도 이 창이다. 이 창에는 다 바랜 커튼이 달려 있다. 내가 이 집으로 올 때 길에서 환하게 들여다보인다고 해서 함께 있는 이와 의논하여 장만한 것이다.

지난 장마통에 빗물이 번져서 군데군데 얼룩이 지긴 했지만 밖에서 보면 없는 것보다는 낫다. 역시 창에는 커튼이 있어야 어울리는 어떤 조화가 서는 것 같다. 학교에서 돌아와 몸이 피로해지면 나는 창을 열어 놓고 가만히 바깥을 바라본다. 다 삭아버린 추녀 끝과 그 추녀 끝으로 높고 맑은 하늘이 창을 통하여 내 눈을 사로잡는다. 피로할 때만 아니라 나는 언제나 창가에서 날을 보낸 적이 많다. 급히 할 일이 있어서 어서 해치워야겠다고 생각을 할 적에도 나는 이 창에서 떠날 수가 없다. 눈 아래로 퍼져나간 시가지며 산들이며 형형색색의 빌딩 사이 사이로 들어선 나무들의 모습들을 바라보면서 살 속까지 스며드는 가을의 향기를 마시는 쾌감이란 이만 저만한 것이 아니기 때문이다. 또 골목을 드나드는 사람들의 모습을 하나하나 살펴보는 재미가 있다. 옷차림 하며 언덕을 내려갈 때의 걸음걸이, 나와 가끔 눈이 마주칠 때의 표정들을 유심히 보면서 나는 시간가는 것을 잊을 때가 한두 번이 아니다.

그런데 어느 날 밤 이 창가에서 밤을 보내려던 나는 뜻하지 않은 누군가의 부르짖음을 들었다. 그것은 바로 앞집에서였다. 내가 들어 있는 방에서 길 하나 떨어진 곳에 언덕이 있다.

원래가 조선시대에 성벽을 쌓았던 곳으로 높은 곳이다. 그곳에는 빈민들의 집들이 들어서 있다. 공교롭게도 내 방에서 마주 보이는 집은 흙으로 담은 쌓은 집이다. 바로 이 집에서 들리는 이상한 소리였다. 남들이 다 자고 있는 밤에 일어나는 일이라 무서운 느낌이 들지 않을 수 없다. 그 소린 가끔가다 폭발하곤 했다.

그 이튿날 나는 실로 이상한 광경을 발견했다. 누가 무엇을 부수는 것 같은 소리에 창밖을 내다보았더니, 바로 그 집에서 한 광인(狂人)이 벽을 부수고 있었다. 흙덩이가 쏟아질 때마다 그의 부르짖음은 열기를 더해 갔고, 동네 사람들의 숫자는 늘어만 갔다. 그의 부모는 아무렇지도 않은 듯이 떨어지는 흙덩이만 아무런 표정도 없이 물끄러미 바라보고 있었다. 그런데 나는 그 광인의 모습을 보고야 말았다. 어쩌면 그럴 수가 있을까 싶게 두 손은 쇠사슬로 묶여 있었고, 그의 몸은 나무판자에 비끄러 매어져 있었다. 방문 앞에는 구경꾼으로 진을 치다시피 했으며 동네 아낙네 꼴은 기막힐 지경이다. 이웃에게 그럴 수 있을까 하고 나는 얼른 창을 닫아 버렸다.

그러고 나서 며칠이 지난 뒤 일찍이 창을 열었더니 울음소리가 더욱 처량하게 새어 나오는 것이 아닌가. 그 까닭을 물었더니 이집 아들이 죽었노라 했다. 나는 괜히 물었구나 싶어서 솟아오르는 햇살에 눈을 돌렸다. 앞집이 불행에 묻혀 있는데 창을 열고 내다보는 것도 안 된 일이기에 창문을 닫고 조간신문을 펴들었다. 저녁 때엔 그 아이 아니 그 주검은 공동묘지에 묻히리라. 그리고 다시는 그의 푸념을 풀 곳은 없으리라. 다만 그의 부모의 서러움만이 남아 있을 뿐이라고……

그리고 수십 일 아무런 일도 없었던 듯 여전히 푸른 하늘만 마주 서 있다.

늘 하늘을 우러러보며 그 파란 빛깔을 흠뻑 머금는 것이었다. 나는 가끔 이 하늘의 향기와 정서를 마시며 울적해지는 마음을 나무라곤 한다. 매일의 메마른 생활에서 시들어 빠진 권태만을 주무르는 나에게는 이 창이야말로 유일의 안식처가 아닐 수 없다. 따가운 가을 햇볕 아래서도 항상 싱그러움만을 발견해 주니 말이다. 흔히 사람들이 그러하듯이 내가 하늘을 좋아하는 까닭인지도 모른다. 그렇다고 해서 먼 하늘의 꿈을 찾으려는 건 아니다. 창안으로 밀려드는 가을빛을 마음껏 호흡하려는 것뿐이다. 오늘도 나는 그런 심정에서 우중충한 커튼에 어린 희미한 그 광인의 부르짖음을 더듬으면서 물끄러미 창밖을 바라보고 있다. 창을 통해서 또 나의 창을 통해서……

의도는 좋았으나, 중간 부분에서 의도가 흩어져 지루한 글이 되었다. 특히 논술 글짓기에서는 이런 일이 없도록 신경을 써야 한다.

④ 자연 문제

자연 또는 계절에 관한 글은 감상적 태도로 쓰는 것이 좋다. 그러기 위해서는 평소에 자연을 관찰하는 눈을 길러둬야 하는 것은 말할 필요도 없다. 특히 이런 글을 쓸 때 주의해야 할 점은 값싼 감상에 젖어서는 안 된다는 것이다.

봄의 소야곡

벗을 보내고 난 다음에 방안은 다시 조수(潮水)와 같은 균형으로 돌아왔다. 생각하면 내가 한 말은 무엇이며, 그가 한 말은 무엇인가. 해결도 종국도 없는 다람쥐 운동이 아니었던가 하는 것이 우리의 얘기가 가고야 마는 단순한 말로다. 그러나 동무가 간 후에도 임자 없는 말이 구석구석에서 변호사처럼 답변 준비를 하고 있는 것만 같이 새삼스럽게 그리움을 준다. 같이 앉아 얘기로 밤을 새웠던들 짧은 밤이 이다지 따분하지 않았을 것을 하는 맘도 없지는 않다.

나는 될 수 있으면 모든 물건에게 자유를 주려고 한다. 아니 내 모든 것은 그 모든 것 자신에게 맡겨 버렸다. 책과 붓과 마돈나와 손까지. 그러고 나니 계절이 흡수해 버리고 남은 방바닥이 일엽주(一葉舟)와 같이 가볍다. 휘—둘러 보아도 모두 다 연기같이 하나도 손에 거칠 것은 없다.

이 틈을 타서 면(面)만 있는 듯하던 사진틀 뒤에서 물거품 같은 요정들이 솟아나와 진달래 한 가지도 없는 내 방이 만족스럽지 못하다는 듯이 그 익숙한 솜씨로 시간보다도 바쁘게 아지랑이를 내뱉는다. 그리고 벙어리도 늙은 벽에서 종달새 소리나기를 고

대하고 있다. 얼굴만 한 유리창에 비치는 거미줄에는 별빛보다도 밝은 물방울이 주인없는 사이에 거미줄의 탄력을 시험해 보고 있다. 비가 처녀의 머리와 같이 봄 여신의 총애를 받는 것은 난초같은 맵시의 소이(所以)가 아니라, 아무도 모르게 여신의 경륜을 땅에 꼭 맞도록 준행(遵行)하는 까닭이다.

별빛 드문 하늘 아래 물 오르는 가지가지가 남쪽을 향하여 기울어지듯이 이 밤에 자는 사람의 눈은 언덕 너머를 손짓한다. 발소리 삼가며 가까이 오는 봄을 바라보고 아마추어 연극의 배우처럼 얼굴을 붉히는 이도 있고, 눈에 뜨겁게 떠오르는 넓은 동경(憧憬)을 못이겨 길다랗고 파란 잔디 위를 달리며 하늘 저편에 걸린 꿈의 실마리를 따라 가려고 숨가빠하는 사람도 있을 것이다. 그들은 내일 아침에 해 앞에 나가 보면 밤사이에 키가 한 치나 자랐을지도 모른다.

봄에 홀린 전차는 소리를 잃은 채 궤도를 벗어나 내 앞으로 온다. 그리고 완상(玩賞)할 만한 고운 태도만을 보이고 살며시 사라져 버린다. 봄은 젊은 조각사와 같이 두루 어루만진다. 색의 신(神)은 소리 없는 생명이 이 밤을 바치고 있는 것만 같아서 오직 조각조각난 마음이 소리와 같이 흩어진다.

잃어 버렸던 향기가 피부를 뚫고 스며드는 밤, 옛 봄과 새 봄이 어우러지는 곳에 다른 봄이 올 것이다.

문득 '나는 어젯밤에도 새우지만 않은 셈이다'라는 말이 생각난다. 몰래 오는 봄을 위하여 밤마다 길을 닦는 동무의 말이다.

그렇지 않으면 아득한 추억을 주워모으는 어둠의 애수가 끝없이 다정스러워 눈물 없이 뒤를 따라가는 마음의 외로운 그림자다.

봄, 밤이면 더욱이 가까워지는 봄, 짧은 밤도 깊어간다. 방에 가득 차던 요정들이 취한 듯이 부서져 종달새의 노랫소리를 타고 하늘높이 사라진 뒤 봄은 마음속 타 보지도 않은 거문고 뒤에 샘물과 같이 숨어온다.

여름밤의 추억

"자살은 죄악이다."

선생님의 말씀은 어디까지나 부드럽게 울렸다. 조용한 시골 밤이었다.

"왜요? 왜 그래요? 선생님?"

내 목소리는 터무니없이 크다.

"생각해 보렴……"

마당에 심은 파초 잎이 바람에 크게 나부끼며 서늘한 소리를 냈다. 사방을 열어젖힌 마루에 마주 앉아 있는 우리들의 몸에, 여름밤의 바람이 시원스레 스며든다. 달빛 아래 산마루들이 아름다운 무게로 다가오는 듯했다.

러닝셔츠 바람의 선생님은 제복 차림으로 단정하게 앉아 있는 나에게 사이다를 권하고 나서 "인생을 좀 더 진실하게 생각하지 않아서는……" 중얼거리듯 말씀하시고는, 다시 "무엇이나 마음가짐에 달린 거야. 자기가 정당한데 야단을 치는 사람이 있다면 그 사람이 어리석은 것이라고 생각하면 화날 것도 없지. 너는 너 자신이 너 자신을 너무나 괴롭히고 있다."

말주변이 별로 없는 선생님은 여기서 잠시 눈을 감으셨다.

"그러나 그런 생각을 하고 있어서는 공부도 아무 것도 안되는 거야. 아무튼 사람은 목숨이 있는 한, 살려고 노력할 필요가 있다고 생각해, 쓸데없는 생각은 하지말고."

초승달은 구름 사이에서 헤매고 있다. 잠자코 마당을 내다보고 있던 나는, 밤이 깊어감에 따라, 차차로 마음도 가라앉는 것을 느졌다. 먼 곳에서 기적 소리가 가냘프게 들려 왔다. 나뭇잎새들이 버스럭거리며 시원한 바람이 한바탕 지나갔다……

이것은 원래 감상적(感傷的)인 내가, 왜 살아가는 것일까? 사람이 사는 목적이 조금이라도 사회에 공헌하는 것인 바에는, 여자 몸으로 그저 막연히 살아서 될 일까? 하고 여러 가지로 인생의 의의에 의문을 가지고, 점점 염세적(厭世的)인 마음이 되어 가던 때의 어느 여름밤의 추억이다.

적막한 가운데 축축히 젖어드는 여름밤은 시처럼 아름답다. 그러므로 여름밤을 더듬는 추억은 실꾸러미처럼 끝이 없다. 그러나 지금, 죽음에 대한 관념이 그때와는 전연 달라진 지금에 와서는, 그리고 충심(衷心)으로 경모하던 오직 한분의 선생님이 마침내 전선으로 나가게 되었다는 기별을 받은 지금, 이 심각한 여름밤의 추억은, 특히 선명하고도 날카로운, 그리고 차디찬 아름다움을 가지고, 내 가슴에 아프게 되살아 온다.

모든 추억이라는 것은, 자기를 통해서 지나간 일을 재현시키는 것이다. 과거의 사실, 상태를 보는 듯이 그려서 그대로의 모습을 읽는 이에게 전하여 주는 것이 이런 종류의 글짓기에는 빠질 수 없는 요건이지만, 그저 사실을 나열하는 것만으로는 좋은 글이 될 수가 없다. 마치 역사라는 학문이 그저 사실(史實)의 나열에 그치는 것이 아니고 반드시 사관(史觀)을 통해서 어떤 목적을 위해 이루어져야 하는 것처럼, 과거의 사실과 상태를 현재의 자기 심경을 통해서 재현시키는 것이 아니고서는 완전한 추억이라고 할 수는 없다.

앞의 예문은 어떤 여류문인이 쓴 수필이고, 나중의 것은 이름 모를 한 여학생이 지은 글이다. 그러나 여기에서 뒤의 글이 얼마나 우리들의 가슴에 스며드는 추억의 아름다움을 느끼게 하는지 알 수 있다. 더욱이 앞의 예문에서의 희미한 봄의 감각과, 나중의 여름밤을 그린 생생한 실감 사이에는 너무나 큰 차이가 있는 것을 알 수 있다.

그러므로 이름 있는 사람, 심지어는 문인의 글일지라도, 덮어놓고 좋다는 생각은 버리고, 자기 생활과 자기 생각에서 우러나오는 거짓 없는 글을 써 보아야 한다는 것이다.

4월

'엷은 황색의 아침에 해돋이를 노래하였다. 대지여, 기뻐하라! 4월의 하루가 태어났다. 겨울은 물러가고 하늘은 4월이다. 대지여, 네 눈에 웃음을 담고서 쳐다보라!'

캐나다 시인 찰스 G. D. 로버츠가 노래한 〈4월의 찬가(讚歌)〉라는 제목의 시의 일부분이다.

정말로 4월은 대지가 기뻐해야 할 달일까?

영어로 4월을 April이라고 하는데, 이것은 고대 로마력(曆)에서 4번째 달을 뜻하는 아프릴리스(Aprilis)에서 비롯되었다. '아프릴리스'라는 말의 어원에 대해서는 라틴어로 '열다'(open)의 뜻을 지닌 동사 '아페리레'(aperire)에서 비롯되었다고 한다.

사실 4월은 모든 것을 활짝 열어젖히는 달이다. 겨우내 굳게 닫혔던 창문을 활짝 열어젖히고, 겨울에 입던 옷을 벗고 봄옷으로, 여몄던 옷깃을 풀어 헤치고 싶다. 온갖 초목의 눈이 터지고 꽃봉오리가 부풀어 오른다. 바야흐로 따뜻한 봄철이 열리는 것이다.

이런 4월도 영국의 시인 겸 평론가이자 극작가인 T. S. 엘리엇에 이르면 표현이 달라진다. 아니, 달라진다기보다는 감정이 더 가혹하고 격렬해진다고 할 수 있겠다.

'4월은 가장 잔인한 달, 죽은 땅에서 라일락꽃을 피우고, 추억과

욕망을 섞으며, 봄비로 생기 잃은 뿌리를 깨운다.'

왜 4월이 가장 잔인한 달이냐고 물어봤자 들을 대답은 뻔하다. 이 시를 지은 엘리엇 자신이 그렇게 느꼈다고 하면 그만이기 때문이다. 추억과 희망이 뒤섞여도 좋다. 어떤 식으로든 4월을 누릴 수만 있으면 되는 것이기 때문이다.

수탑(須塔)

4월이 되었다는 것을 소리치듯이 알려준다. '겨울에 입던 옷을 벗고 봄옷으로, 여몄던 옷깃을 풀어 헤치고 싶다' 같은 부분은 유럽이나 미주 풍의 문장을 유감없이 드러냈다고 하겠다.

가로수

길가에 서 있는 시(詩)가 가로수의 본디 모습이 아닐까. 가만히 보고 있으면 가로수에는 어딘지 고요하고도 그윽한 맛—숭고한 느낌을 주는 시에서 보는 것 같은, 그 조용하고도 그윽한 기품을 떠올리게 하는 것 같으면서도 다른 한편으로는 가까운 벗을 떠올리게 하는 것과도 같은—이 느껴진다. 그렇다. 가로수는 길가에 서 있는 한 편의 시이다.

그림과 같은 옛 사람들의 기행문이나 영화 속에서, 옛 길손이 걸어가는 길 양쪽으로 아름다운 가로수가 저 멀리까지 늘어서 있는 것을 볼 때, 여행은 진정으로 즐겁고 아름다운 것이며, 여행길은 한 폭의 그림이라고 생각한다. 그것은 가로수들이 아름다운 시를 우리들의 귀에 속삭이고 있기 때문이 아닐까. 길가의 풍경이 깨끗하고 아름답든, 또는 조화를 이루지 못한 무미건조한 것이든, 가로수는 그것들을 아름다운 시로 바꾸어 우리들 마음에 속삭여주기 때문이 아닐는지.

포장된 길의 차가운 감촉 속에서도, 또는 번화한 거리의 소음과 먼지 속에서도, 또는 시골길의 적막함과 단조로움 속에서도 가로수는 그때그때의 그윽하고도 즐거운 시를 속삭여 준다. 포장된 딱딱한 길 위에, 무미하고 단조로운 도로 위에, 연둣빛과 초록빛의 가로수가 조용히 싱싱하게 서 있다면 경직된 마음 속에서도 반드시 시의 그윽함을 느끼고, 말없는 땅에도 친밀함과 그리움을 가지게 될 것이다. 그렇다. 가로수 속에도 시는 새겨져 있다. 가로수는 아름다운 시이다.

갈색 길가에 서 있는 초록, 소음과 단조 속에 섞여 짜여진 그윽한 시—옛적부터 많은 길손들이 이 시로써 마음을 적실 뿐만 아니라 세파(世波)에 지친 마음을 달랬을 것이고, 그윽한 정조에 잠겼을 것이다. 그렇게 가로수는 영구히 변치 않는 시의 모습으로 길가에 서서 그윽한 시의 그늘을 던져 주고 있다. 요란한 거리의 풍경도 시골 경치도 이 가로수를 통해서 볼 때, 거기에는 부드럽고도 그윽한 시의 정취가 살아 나온다. 말없는 길에도 어딘지 친밀한 시의 한 가락을 느낄 수 있는 것이다.

길가에 서 있는 시—그것이 가로수의 모습이다.

'가로수는 길가에 서 있는 시'라는 중심 사상을 선명하게 붙잡고 끝까지 한결같이 표현한 점이 좋다. 길가에 서 있는 시, 참으로 가로수가 가지고 있는 느낌을 그대로 나타낸 말이다. 그러나 흠이 있다면, 되풀이되는 표현이 많다는 점이다. 좀더 간결한 문장으로 정리되었더라면 한층 더 완전한 시가 되었을 것이다.

비

비는 계절의 변화를 윤택하게 하는 경물(景物)이다. 만일 봄에

봄비가 내리지 않고 가을에 가을비가 내리지 않는다면 자연계의 변화는 얼마나 무미건조할 것인가.

겨울을 지나며 앙상한 가지만 남았던 나무에 잎을 틔우게 하는 자양분(滋養分)인 봄비 없이 신록의 첫여름을 맞이한다면 그것은 너무나 황당한 변화일 것이다.

부슬부슬 내리는 첫 비를 맞으며 수양버들이 늘어진 초둑길을 걷는 것은 봄에만 누릴 수 있는 풍취(風趣)일 것이다. 비 온 이튿날 아침. 뾰족뾰족 움트기 시작한 꽃밭을 돌아다보면서 느낄 수 있는 정취도 봄에만 느낄 수 있는 자연의 아름다움이다.

봄바람에 나부껴 떨어지는 꽃에 취(醉)하였던 사람이라면 하룻밤 사이로 나뭇잎을 살지게 하는 5월의 비에 놀라기도 할 것이다. 그때는 완전히 초록의 세계로 바뀌어 버리고 만다. 그러면 우리는 5월의 빗소리를 들어가며 사색의 세계 속으로 떠날 수도 있다.

찌는 듯한 여름, 멀리서 들리는 우레 소리와 함께 몰려오는 소나기는 여름의 위안이며 청량제다.

가을은 하늘이 높아지면 모두가 투명해진다. 가을비는 너무나도 투명해진 풍경을 가리듯이 내린다. 그러면 가을 풍경은 더욱 투명해질 뿐이다.

빨갛게 단풍이 든 은행나무 잎, 포플러나무 잎, 밤나무 잎들은 빗소리에 문득 생각난 듯이 조락(凋落)의 노래를 부르듯 우수수 떨어진다.

이렇게도 계절의 변화는 빗소리가 빚어내는 음악과 함께 정서를 풍겨주고 있다. 그런 정서는 우리의 가슴을 적셔 주기도 한다.

계절에 따라 다르게 느껴지는 비의 특징을 정취 있게 쓴 글이지만, 문장이 순조롭지 못한 것이 결점이라고 하겠다.

가을

　가을은 바이올린의 소리입니다. 봄이 피아노 건반을 가볍게 누르는 소리라면 가을은 바이올린의 쓸쓸한 소리입니다. 높고 낮으며 가느다랗고 길게 울리는 바이올린 소리를 떠올리게 합니다.

　가을 하늘은 끝없이 높습니다. 새파란 하늘은 날마다 계속됩니다. 그리하여 어느 사이에 나무들은 노랑빛·빨강빛으로 물들어 서글프게도 하나하나 소리도 없이 떨어져 갑니다. 밝은 느낌 속에도 쓸쓸함이 깃든 가을 모습은 바이올린 소리를 떠올리게 합니다.

　아직도 여름이구나 하고 생각하고 있던 어느 초가을 아침, 이를 닦으면서 좁은 마당에 나와 보니 여름에 어느새 친해졌던 개미는 한 마리도 보이지 않고, 뜻밖에도 마당 일면에 나뭇잎들이 떨어져 수북이 쌓여 있는 것을 볼 때가 있습니다. 나는 그런 때 급작스럽게 저음이 되면서 마음에 파고드는 것같이, 흐느끼는 것같이, 장엄하게 타는 바이올린을 듣는 듯한 느낌을 받습니다. 그러고는 드디어 가을이 왔구나 하고, 여태까지 가을에 대해 가지고 있던, 아니 마음 속에 잠들어 있던 외로움이 서서히 깨어나 명곡을 들을 때처럼 머리를 들기 시작합니다.

　마침내는 어딘지 쓸쓸한 가을 밤 하늘에도, 겨울빛이 움직이면서 그 드문드문한 작은 별들 가운데 작년에 본 것과 같은 붉은 색의 커다란 별 하나가 지다 남은 이파리들 사이에서 엿보일 때도 이어 올 것입니다. 그런 것을 생각하면 나는 다시금 높고도 가냘픈 바이올린의 선율을 떠올리게 됩니다.

　가을은 밤거리들을 헤매며 다니는 바이올린의 소리를 생각나게 합니다. 높고, 낮고, 가늘고, 길고, 쓸쓸히 타는 그 바이올린 소리입니다. 그리하여 창가에 기대어 가을 하늘을 바라보고 있으면, 어쩐지 방구석에 놓인 누님의 쓰다 남긴 먼지투성이 낡은 바이올린을 힐끗 보게 됩니다.

　가을을 바이올린의 소리에 비교해서 가을의 기분을 감각적으로
나타낸 정취 있는 글이다. '창가에 기대어 가을 하늘을 바라보고 있
으면, 어쩐지 방구석에 놓인 누님의 쓰다 남긴 먼지투성이 낡은 바
이올린을 힐끗 보게 됩니다'라는 마지막 구절에도 찬사(讚辭)를 아끼
고 싶지 않다.

가을 밤

　들창 밖에서 귀뚜라미 소리가 처량하게 들려온다. 수학문제를
풀고 있던 나는 연필을 놓고 머리 위에 매달려 있는 전등을 껐다.
　들창으로 흘러 들어오는 달빛에 젖으며 나는 눈을 감았다. 코스
모스가 얽혀 핀 꽃밭 속에서도 수수울타리 밑에 무성한 잡초 속
에서도 가지가지 벌레들이 서로 어우러져 울어대고 있다.
　나는 가만히 귀를 기울이고 있었다. 여러 가지 벌레 소리 하나
하나가 구별되어 분명히 들리는 것 같다. 그러나 그 소리는 모든 벌
레들이 조화된 리듬으로 '가을의 노래'라는 곡을 합창하는 것 같
다는 생각이 든다. 들창 밑에 귀뚜라미는 혼자 떨어져 울고 있다.
　나는 미닫이를 열고 달빛에 드러난 들로 나갔다. 달은 잎이 떨어
지기 시작한 포플러나무 가지 사이로 몹시도 싸늘하게 바라보았
다. 벌레들은 내 발자국 소리에 놀랐는지 귀뚜라미 소리를 비롯해
모든 벌레 소리가 그쳐버렸다. 나는 벌레가 우는 것을 단 한 마리
라도 보고 싶었지만 눈에 띄지가 않았다. 아마 벌레들은 풀숲에
숨어서 나의 커다란 체구를 바라보며 공포의 눈알을 도록도록 굴
리고 있을지도 모르는 일이다.
　나는 다시 방으로 들어와 전등을 켜고 수학문제를 풀기 시작

했다.

벌레들은 다시금 아름다우면서도 애처로운 소리로 울어대고 있다. 바람도 없는데 포플러나무의 잎이 떨어지는 소리도 들려온다.

들창 밑 귀뚜라미는 여전히 서글픈 소리로 울어대고 있다. 나는 다시금 수학 문제를 잊고 그 소리에 귀를 기울이지 않을 수가 없었다.

가을밤에 느낄 수 있는 기분을 섬세하게 그려낸 글이다. 그러나 벌레 소리를 몇번이나 되풀이한 것은 칭찬할 수 없는 수법이다.

별

나는 별을 바라보기를 좋아한다. 유구(悠久)의 과거에서 유구의 미래로 그들은 밤마다 맑고도 가련한 눈동자를 반짝이고 있다.

3년 전 어머니가 돌아가신 그 밤, 나는 혼자서 논뚝길을 거닐며 슬픔을 별에게 이야기했다. 그들은 일제히 서글픈 눈이 되며 나를 동정해 주는 듯했다. 그때의 그들의 부드럽고도 다정한 눈은 지금도 잊을 수가 없다. 어머니를 대신하여 나의 마음을 다독여 주는 것만 같았다.

또한 2년 전 폐결핵으로 며칠 동안을 눈물로 보내던 나는 다시금 별에게 나의 절망을 호소했다. 그때도 그들은 나에게 힘을 북돋아 주었다. 병을 두려워하지 말고 씩씩하게 살아야 한다고, 귓속말로 속삭여 주는 듯한 그 말에 죽지 않는다는 자신을 얻었던 것이다. 그때의 기쁨이란! 크고 작은 수많은 별들은 그들의 동자(瞳子)를 잠시도 쉬지 않고 반짝이고 있다. 나는 별을 바라보는 것이 무엇보다도 즐겁다. 슬픈 일이 많은 우리 생활에 언제나 위로가 되는 것은 그들이다. 그러므로 나는 매일 밤 별들을 쳐다보며 이야기를 한다. 눈이 내리는 밤이나 비가 오는 밤, 그들이 보이지 않을 때면 나는 몹시 적적하다.

그들은 참으로 깨끗하고도 맑다. 그러한 별들을 바라볼 때 어찌 나의 마음도 순결해지지 않을 수 있으랴. 또한 그들은 유순하기가 짝이 없다. 부드러운 빛, 평화스러운 빛, 그것을 보고 있으면 나도 모르게 즐거워지고 만다.

옛날의 많은 시인들이 별의 아름다움을 노래했다. 그 시로써 얼마나 많은 죄인이 자기의 죄를 뉘우쳤을 것인가. 또한 슬픔 속에 빠져 있던 사람이 그 빛 덕분에 위로를 받았을 것인가. 아! 내가 좋아하는 별이여, 나는 너희들을 쳐다보는 것이 무엇보다도 즐겁다.

이 글도 감상적으로는 부족하고 어색한 글이지만 '별'이라는 쓰기 쉽지 않은 일반 제목을 내세워 이만큼이라도 살린 것은 본받을 만한 일이기도 하다. 일반 제목으로 다루기가 곤란한 때는 이런 수단을 쓰는 것이 하나의 방법이라는 것도 알아둘 만한 일이다.

항구

항구라는 말은 그리운 말이다. 바다라는 것도 우리들에게는 특별한 그리움을 가져 오는 것이지만, 항구는 그 바다를 직접 우리들 생활에 이어준다는 것으로 더욱 복잡한 감회를 가지게 한다.

여행은 우리 인생의 축도(縮圖)를 가리키는 것이라고 하나, 그 축도도 항구에서는 그 느낌을 더욱 깊은 정도로까지 이끌어 준다. 바다가 인간들의 자유를 상징한다면 뭍은 속박을 암시한다. 뭍이 현실적인 힘찬 사상을 자극해 준다면 바다는 우리가 지니고 있는 꿈을 암시한다. 아무튼 나는 항구라는 것에서 우리들 인생의 가장 극적인 파란과 곡절을 보는 듯한 느낌이다. 이것은 단지 나만의 감상은 아니라고 생각한다. 많은 이야기들의 무대가 항구의 자연을 묘사한 것처럼 된 것이 결코 우연만은 아닐 것이다.

어느 항구를 보든지 그 나름의 전설이나 이야기를 지니지 않은 곳은 없을 것이다. 항구의 전설이나 이야기는 다른 곳의 그것보다 낭만적이다. 그 이야기는 바다와 같이 슬프고 바다와 같이 즐겁다. 그 전설은 그대로 인생의 파란을 압축하며, 견딜 수 없이 슬프고, 견딜 수 없이 용감하다. 또 항구에는 항구만의 독특한 냄새가 있다. 그 냄새도 그저 바닷가의 조수 냄새는 아니다. 온갖 사람의 냄새와 중유의 냄새가 뒤섞인 것이다. 그리고 그 냄새에는 다른 곳에서 맡을 수 없는 그것만이 지닌 그리움이 있다.

항구라면 나에게는 정말로 그리운 말이다. 그리고 그 그리움이, 인생 그것의 압축에서 오는 그리움인 줄을 이 글을 쓰고 나서야 깨달았다. 그 항구는 내가 지난여름에 놀고 온 부산항구나 가끔씩 친구들과 놀러가는 인천 항구에 대해서도 말할 수 있다.

항구가 지닌 인생에서의 의미를 잘 적어 내려갔다. 재미있는 필치다. 생각의 깊이에서 오는 수사 하나 하나가 적확히 살아 있다. 그러면서도 청년다운 낭만적인 주관이 흐르고 있어, 산 글을 이루게 했다.

감상(感傷)

회사의 일로 신촌에 있는 이화여자대학교에 나갔다가 문득 가을을 발견한 듯 가을빛 짙은 교외 풍경에 걸음을 멈추었다. 나는 아직 여름 양복도 모자도 벗지 못하고 있는데 자연은 나보다 한 걸음 앞서 나뭇잎이 반 너머 누렇고 옷깃으로 기어드는 바람이 제법 차다.

질서 없는 요즘 생활이 이토록 계절에 둔감하였던가 하니 새삼스레 '가을'이 반갑게 느껴졌다.

소나무가 장대 같이 뻗친 이대 캠퍼스 안으로 들어서려고 할 때 나뭇잎이 우수수 발길에 흩어지는 것을 보니 틀림없는 낙엽이다. 모르는 사이에 와버린 가을은 벌써 깊어가는 모양이다.

나뭇가지를 몰아치는 바람에 하늘하늘 날아 떨어지는 낙엽은 고요히 땅에 떨어지는 것이 아니라, 그냥 몸부림치듯 이리 굴고 저리 굴고 한다.

가을바람은 쇠잔(衰殘)의 씨를 뿌리는 울음의 신(神)이다. 나뭇잎이 굴러가는 발자국마다 쓸쓸한 그늘이 덮이고, 모든 것이 울고야 만다. 찬 달은 흩어진 잔디 위에 꿈 같이 움직이는 나무 그림자를 울리고, 사랑에 굶주린 벌레를 울리고, 별떼가 떨어져 구르는 시냇물까지도 울리고야 만다.

감상! 가을은 확실히 감상의 베일을 쓰고, 이 땅의 젊은 혼을 지배하려고 한다.

낙엽 뒹구는 정원에 코스모스 몇 포기가 소슬한 바람에 떨고 서 있는 것이 눈에 띈다. 코스모스처럼 매운 절개를 상징하는 꽃은 없을 것이다. 모든 초목이 누렇게 시들어가는 중에서도 혼자 결백한 꽃잎을 싱싱하게 보여 주는 것이 이 꽃의 특성이다. 시골 있는 어느 벗에게서 이런 엽서를 받았다.

'고향의 요람지 동창(東倉)을 찾았더니 바람에 깎이고 비에 씻긴 회관 옛집 뜰 아래는 하얀 코스모스만이 저 혼자 절개를 지킨다는 듯이 말없이 활짝 피었더이다. 그리운 옛터에서 동무들이 흐트리고 간 자취를 더듬어 보는 마음이란, 그저 울고 싶을 따름이요……'

동창이란 나의 고향 땅 조그마한 마을의 이름이다. 벌봉이라 불리는 드높은 산봉우리를 뒤로 두고 비스듬히 언덕진 밑으로 띄엄 띄엄 엎드려 있는 초가집 마을이 있고, 그 복판에 우리들의 보금 자리였던 야학회관 본관이 서 있다. 그 뜰에다가 돌로 조그마한 단(壇)을 뫃고 해마다 코스모스를 심던 기억이 아직도 생생하다.

가을처럼 추억을 끓어오르게 하는 때도 없거니와 코스모스 꽃은 더욱 나에게 그리운 회고의 실마리를 풀어주어 슬픈 애수를 가져다준다. 아 고향 생각에 사무친 한(恨)을 풀 날은 언제나 올 것인가.

이 글을 읽고 나서 잘 썼다고 생각하는 사람도 있을지 모르지만, 그런 사람이라면 자기의 글짓기 실력이 대단히 부족하다는 것을 알아야 한다. 이글은 필요 없는 감상으로 흘러버렸기에 중심사상을 잃어버린 알맹이 없는 글이 되고 말았다(논술문 쓰기에 이런 종류의 글이 많기 때문에 참고하라는 뜻에서 예문으로 제시한 것이다). 그렇다고 해서 이 글의 지은이에게 소질이 아예 없다는 것은 아니다. 노력하기에 따라서는 좋은 글을 쓸 수 있는 소질도 엿볼 수 있다. 그런 점에서 좋은 참고재료가 되리라고 생각한다.

제10장 퇴고·글다듬기

[1] 퇴고·글다듬기·교열·교정

왕형공(王荊公)은 〈춘풍우녹강남안(春風又綠江南岸)〉 시를 지을 때 처음엔 '綠'을 '到'자로 고쳤다가 다시 '過'자로 고치고, '過'자를 다시 '入'으로 고치고, '入'을 '滿'자로 고쳤다가 열 번째 만에야 '綠'자로 다시 고쳤다 한다.

당나라 시인 가도(賈島)가 과거를 보려고 서울 장안(長安)에 와 있었다. 하루는 나귀 위에서 시구를 얻었다. "새는 못 가 수풀에 깃들여 자는데 스님은 달빛 아래 문을 두드리네(鳥宿池邊樹 僧敲月下門)." 그는 "문을 두드리네(敲)"라고 할까 "문을 미네(推)"라고 할까 골똘히 입으로 읊조리며 손을 내뻗어 두드리고 미는 시늉을 계속하다가 때마침 경조윤(京兆尹)으로 있던 한유(韓愈)의 행차와 맞부딪쳤다. 호위병에게 끌려 한유 앞에 나아간 가도가 행차와 맞부딪친 까닭을 '敲'자와 '推'자 때문임을 설명하자 한유는 한참 생각하고 나서 '推'자보다 '敲'자가 나음을 말하고 둘은 서로 친구가 되었다. 시나 문장의 자구를 다듬는 것을 퇴고(推敲)라 부르게 된 까닭은 여기서 비롯되었다.

《당송유사(唐宋遺史)》

퇴고와 글다듬기

한글학회 발행 《우리말 큰사전》에서는 '퇴고(推敲)'를 '글다듬기'로 올렸고, 교육부 교과서에서는 '고쳐쓰기'로 실었다. 여기서는 '글다듬기'를 택한다.

'다듬다' 하면 일반적으로 '손질하다' '손보다' '매만지다'로 여겨지고, '고치다' 하면 '바루다' '바로잡다' '바꾸다'로 여겨진다.

중국에는 예부터 악문 방지책으로 세 가지 '많이(三多)' 원칙이 있다.

> 많이 읽기……다독(多讀)
> 많이 쓰기……다작(多作)
> 많이 고치기……다상량(多商量)

이는 학자가 되는 조건이기도 했다. 독서가 많고, 지론(持論)이 많고, 저술이 많음을 가리킨다. 그러나 현대판 세 가지 많이(三多) 원칙은 다르다.

> ① 많은 책을 빨리 읽는다.
> ② 중점은 그때마다 노트·발췌, 글감 파일을 만든다.
> ③ 맵시로운 문장으로 자주 발표한다.

아무튼 한 장(章)을 고치는 것은 한 편의 글을 짓는 것보다 어렵다고 했다. 글자 하나를 고치는 것은 구(句) 하나를 고치는 것보다 어렵다고 했다. 한 자(尺)를 위해서는 한 치(寸)를 가차없이 잘라내야 하고, 한 발(尋 : 7~8자)을 위해서는 한 자(尺)를 미련없이 깎아내라고 했다. 문장에 있어 더없이 어려운 글다듬기야말로 영원한 숙제인지도 모른다.

아무튼 문장을 쓸 때에는 붓을 두 자루 준비해야 한다. 하나는 쓰기 위한 붓이요, 하나는 깎거나 다듬기 위한 붓이다.

첨삭과 퇴고

'첨삭(添削)'이란 문장의 덧붙이기와 삭제의 기법만을 말하고, '퇴고'란 보다 나은 문장을 위한 수사상 정정, 서술 수정, 논지 방향 바꾸기 등 완성단계의 과정을 말한다.

다시 말하면 다른 사람이 퇴고를 지시하면 그 부분을 덧붙이거나 깎거나 하여 수정하는 행위가 '첨삭'이다. 예컨대 교사나 지도교수가 빨강으로 표시한 "?(논지의심)" "×(오자)" "V(탈자)" "~~(표현의도 불분명)" 따위의 곳을 글쓴이가 고치는 것이 '퇴고'인 것이다. 이 경우 교사나 지도교수는 '퇴고지시'를 한 셈이다. '첨삭'이란 좁은 의미로 쓰이며, 오로지 그 기법만을 가리킨다고 이해하면 된다.

교열과 교정

'교열(校閱)'은 원고나 인쇄물 따위를 살피면서 잘못된 곳이나 미흡한 곳을 고치는 일이요, '교정(校正·校訂)'은 교정쇄를 원고와 일치하게 더듬어 고치는 일이다. 그러므로 '문장의 글다듬기'는 '교열'이고, '정서법 위주로 고치기'는 '교정'이 되는 셈이다. '표현의 교열'과 '표기의 교정' 등을 묶어 '문장의 글다듬기'라 한다.

교열……원고나 문장의 수정―문장론적
교정……교정쇄 등 글자나 부호―정서법적

어쨌든 퇴고나 교열은 문장평가의 하나다. 보다 나은 문장, 바람직한 표현으로 지향하는 것이다. "표현을 떠나 사상은 있을 수 없다"는 그 '표현' 때문에, 많은 작가들이 피를 말리고 뼈를 깎았다. 톨스토이는 인쇄소 교정지 위에서도 새로 문장을 마구 지어 보태어 인쇄공들한테서 식인마귀라는 별명까지 얻었다. 헤밍웨이는 《무기여 잘 있거라》 끝장을 17번이나 고쳐썼고, 《노인과 바다》는 400번 손질했다. 소동파의 《적벽부》는 습작 원고가 한 광주리 반이었고, 졸라도 발자크도 습작했던 원고 뭉치가 자기 키를 넘었다. 하지만 다윈의 끈기보다 몇십 배인 김정호의 집념, 30년을 전국 방방곡곡을 누비며 만들어낸 《대동여지도》의 정신, 그게 바로 퇴고·교열의 정신이라 할 것이다.

[2] 퇴고의 방법

실제로 한 편의 문장을 놓고 퇴고(글다듬기)를 할 때엔, 다음의 7가지 항목에 대해서 중점적으로 확인하는 경우가 일반적이다.

① 주제를 뚜렷하고 강하게 나타내고 있는가?
② 구성에서 본 단락들의 설정이 효과적인가?
③ 각 문장의 길이가 너무 길지 않은가?
④ 주어·서술어·수식어 등 문법적 뒤틀림이 없는가?
⑤ 어려운 표현, 멀리 에둘린 표현은 없는가?
⑥ 문자나 표기에 잘못은 없는가?
⑦ 문장부호는 바르고 적절하게 찍혀져 있는가?

[3] 퇴고의 시기

자기의 문장을 고친다는 것은, 자신이 '창조적 독자'의 위치에서 자신의 문장을 파괴한다는 것이다.

헤밍웨이는 소설을 다 쓰면 전세 낸 은행금고에 잠재웠다가 날짜가 꽤 지난 뒤에 꺼내어 새로운 눈으로 다시 읽어보았다. 몇 번을 되풀이하여 읽어서 마음에 차야 비로소 책으로 펴냈다.

T.S. 엘리어트의 장시 《황무지》(1922)는 20세기 영시(英詩)의 걸작이다. 그러나 세상에 알려진 그것은 초고(初稿)가 아니었다. 미국 시인 에즈라 파운드가 대폭 첨삭, 상처투성이로 만들었었다. 그러나 그 첨삭 원고도 분실, 묘연했었다. 엘리어트가 죽은 뒤 드디어 나타난 초고. 그의 친구인 미국 은행가의 유품에서 발견되었다. 철저한 첨삭과 손질에, 보는 사람들은 아연 감탄했다. 그렇게 심혈을 기울였기에 대작 《황무지》가 탄생한 것이다. 결국 피를 말리는 퇴고라야 대작을 낳는 것이다.

밤에 생각하는 것과, 아침에 생각하는 것은 같은 사람인데도 다르다. 시간에 따라 사람의 생각이 달라지기 때문이다. 글을 쓸 때의 자신과 쓰고 난 뒤의 자신은 다르다. 쓸 때는 필자 입장이고, 쓰고 난 뒤는 독자 입장이기 때문이다. 저 만큼 물러선 위치에서 바라본다면 '거리'가 주는 변화말고도 새로운 객관적 아이디어가 머리에 떠오를 때가 많다. 술을 빚는 데도 발효라는 뜸들이기가 필요하다. 문장의 뜸들이기, 거기에서 명작이 태어난다.

하루나 이틀 뒤에 또 한 번 읽어 본다. 반드시 흠이 나타난다. 그러므로 당장 제출한다거나 우송하는 일은 피해야 한다. 내 능력으론 이것이 최상이라고 생각할 때, 제출하거나 보낸다.

제11장 시 공부 어떻게 할 것인가

[1] 시란 무엇인가

하루는 앙드레 비이가 무어를 만났을 때 무어는 이상한 말을 했다. "영국 작가 토마스 하디는 자꾸 문법에 틀리는 말을 쓰게 되는 것이 싫증나서 산문 쓰는 일을 그만두고 시를 쓰게 된 것이오. 그렇다면 산문보다도 시를 쓰는 것이 쉬운가요?" 질문을 던지는 비어에게 무어는 이렇게 대답했다. "그렇지요. 왜냐하면 시에는 여러 제재와 규칙이 있어서 실상 그것들이 시를 쓰는 데 큰 도움이 되거든요."

드가는 시작(詩作)이 순조롭지 않거나, 시의 여신이 그를 저버렸거나, 그가 시의 여신을 잊고 있어 시상(詩想)이 떠오르지 않을 때면 여러 예술가들에게 달려가 불평도 털어놓고 조언도 구하곤 했다. 그는 때로는 에레디아에게, 때로는 스테판 말라르메에게 달려갔다. 그는 그들에게 자기 고통을, 갈망을, 마침내는 자기 무능력을 늘어놓으며 이렇게 말하는 것이었다. "난 온종일 이 빌어먹을 짧은 시를 쓰느라고 애를 썼소. 난 이 시를 써보려고 그림도 제쳐놓고 완전히 하루를 바쳤단 말이오. 그런데도 내가 바라던 것을 쓸 수가 없었소. 이젠 머리가 다 지끈거리오." 한 번은 그런 얘기를 말라르메에게 하고 난 뒤 마침내 이런 하소연까지 털어놓았다. "내가 왜 짧은 시 한 편을 완성할 수 없는지 모르겠소. 이렇게 많은 생각들이 넘칠 듯이 있는데도 말이오." 말라르메는 그에게 이렇게 대답했다. "하지만 드가, 시를 짓는 일은 생각들을 가지고 하는 게 아니오. 시는 말들을 가지고 만드는 것이오.” 바로 이 말속에 위대한 교훈이 들어 있는 셈이다.

P. 발레리

구양수(歐陽脩)가 매성유(梅聖兪)에게 “세상에서 흔히 시인들은 거의가 궁하다고 한다. 그러나 시가 사람을 궁하게 만드는 게 아니라 궁한 뒤라야 시가 좋아지는 탓이다” 말했다. 또 소동파(蘇東坡)는 “구양수의 말이 절대 망언이 아니다. 그는 일찍이 시는 사람을 달(達)하게 만들지. 시 때문에 궁한 사람은 못 보았다” 했는데, “나는 그것을 어떤 다른 격정으로 인한 발언으로 보고 있다고” 했다.

《사문유취(事文類聚)》

고려시대 정지상(鄭知常)과 김부식(金富軾)은 서로 시적(詩敵)이었다. 묘청의 난이 일어나자 관군 사령관이었던 김부식은 정지상도 이 난에 관련되었다 하여, 언제나 시에 있어서 숙적이었던 그를 처형해 버렸다. 그 뒤 어느 봄날 김부식은 시 한 수를 지었다. “버들은 일천 가지로 푸르고, 복숭아는 일만 송이로 붉구나(楊柳千絲綠桃花萬點紅).” 그러자 문득 공중에서 죽은 정지상이 나타나 김부식의 뺨을 후려치면서 호령했다. “이놈아! 버드나무가 일천 가지인지 복숭아가 일만 송인지를 네가 세어보았느냐? 왜 ‘버들은 실실이 푸르고 복숭아는 송이송이 붉구나(楊柳絲絲綠 桃花點點紅)’라고 못하느냐?” 했다. 뒷날 김부식은 어느 절간 변소에서 볼일을 보다가 정지상 귀신이 불알을 잡아당기는 바람에 죽었다는 일화가 있다.

《동인사화(東人詩話)》

시는 감촉할 수 있고 묵묵해야 한다/구형의 사과처럼/무언(無言)

이어야 한다/엄지손가락에 닿는 낡은 훈장처럼//조용해야 한다/이끼 자란 창턱의 소맷자락에 붙은 돌처럼//시는 말이 없어야 한다/새들의 비약처럼/시는 시시각각 움직이지 않아야 한다/마치 달이 떠오를 때처럼//마치 달이 어둠에 얽힌 나뭇가지를/하나씩 하나씩 놓아주듯이//겨울 잎사귀에 가린 달처럼/기억을 하나하나 일깨우며 마음에서 떠나야 한다//시는 시시각각 움직이지 않아야 한다/마치 달이 떠오를 때처럼//시는 비등해야 하며/진실을 나타내지 않는다//슬픔의 모든 역사를 표현함에/텅 빈 문간과 단풍잎 하나//사랑엔/기울은 풀과 바다 위의 등대불들/시는 의미해선 안 되며/존재해야 한다

A. 매클리시

시는 최상의 마음의 가장 훌륭하고 행복한 순간의 기록이다. 하나의 시란 그것이 영원한 진리로 표현된 인생의 의미이다.

P. B. 셸리

시란 어휘를 사용하여 상상력 위에서 하나의 환상을 산출해 내는 예술을 의미한다.

T. B. 매콜

시인은 그의 예민한 흥분된 눈망울을 하늘에서 땅으로, 땅에서 하늘로 굴리며, 상상은 모르는 사물의 형체를 구체화시켜, 시인의 펜은 그것들에 형태를 부여해 주며 형상 없는 것에 장소와 명칭을 부여한다.

W. 셰익스피어

나이 어려서 시(詩)를 쓴다는 것처럼 무의미한 것은 없다. 시는 언

제까지나 끈기 있게 기다리지 않으면 안 되는 것이다. 사람은 일생을 두고, 그것도 될 수만 있으면 칠십 년, 또는 팔십 년을 두고 벌처럼 꿀과 의미(意味)를 모아두지 않으면 안 된다. 그리하여 최후에 가서 서너 줄의 훌륭한 시가 씌어질 것이다.

R. M. 릴케

시는 근본적인 언어방법이다. 그것에 의해 시인은 그의 사상과 정서는 물론 그의 직각적 메커니즘을 포착하고 기록할 수 있다.

M. C. 무어

시 의미의 주된 효용은 독자의 습성을 만족시키고, 시가 그의 마음에 작용하는 동안 정신에 대해서 위안과 안정감을 주는 데 있다.
시란 "무엇은 사실이다" 단언하는 것이 아니라 그러한 사실을 우리로 하여금 좀더 현실적으로 느끼도록 해주는 것이다.

T. S. 엘리엇

나는 정서를 스며들게 하는 것이 사상을 전달하는 게 아니라 독자의 감각 속에 작자가 느낀 것에 상응하는 하나의 진동을 일으키는 게 시의 특유한 기능이라 생각한다.

A. E. 하우스먼

시라는 것은 시적 천재 그 자체로부터 생기는 특성이며, 이와 같은 시적 천재가 곧 시인 자신의 시혼에 비치고 있는 심상(心像)이나 사상 또는 정서를 사로잡아서 이것을 꾸미고 있기 때문이다.

S. T. 콜리지

시란 정(情)을 뿌리로 하고 말을 싹으로 하며, 소리를 꽃으로 하고 의미를 열매로 한다.

백거이(白居易)

무릇 시(詩)는 뜻을 주장으로 하는데, 뜻을 갖추기가 가장 어렵고 사연을 엮는 것이 그 다음이다. 뜻은 또한 기(氣)를 주장 삼으니 기의 우열에 따라 깊고 얕음이 있다. 그러나 기는 하늘에 근본하여 배워서 얻을 수 없다. 그러므로 기가 모자라는 자는 글을 만들기에만 힘쓰고 뜻을 먼저 두려 하지 않는다. 대개 그 글을 새기고 치장함에 있어서, 구절을 단청하면 실로 아름답지만 그 안에 감추어진 깊고 무거운 뜻이 없어서 처음 읽을 때는 잘된 듯하나 두 번째 씹으면 벌써 맛이 없다.

이규보

시 의미의 불확정성 내지 상대성의 틈바구니를 슬기롭게 헤쳐나가면서 그것에 가장 타당하게 접근하려면 이른바 지성과 감성의 가장 섬세한 협동작업이 이루어져야 하지만 그것은 한편 자기중심적인 편견과 연상을 자제하는 무사(無私)한 도덕적인 수련도 수반하게 된다. 즉 우리는 시에의 올바른 접근을 통해 지성과 감성 사이의 섬세한 상호 조절과 자기중심적인 편견을 제거함으로써 의식을 확대하고 심성을 도야할 수 있는 것이다.

김종길

작품에는 그 시상(詩想)의 범위, 리듬의 변화, 또는 그 정조(情調)의 명암에 따라, 비록 한 사람의 시작(詩作)이라고는 할지라도, 물론 다른 것과 같은 것은 생기며 또는 읽는 사람에게 시작 각개의 인상을 주기도 하며, 시작 자신도 어디까지든지 엄연한 각개로 존립될 것입니다. 그것은 마치 산색(山色)과 수면(水面)과 월광성휘(月光星輝)가 어느 한때의 음영에 따라 그 형상을 보는 사람에게 달리 보이도록 함과 같습니다. 물론 그 한때한때의 광경이 혼동할 수 없는 각개의 광경으로 존립하는 것도, 시작의 그것과 바로 같습니다.

김소월

시적 진실은 먼저 예술 가치로서 정서적 감동이다. 감성(感性)으로써 받아들이고 감성으로 표현하며 감성에 자극하는 것이 시의 정통적 본질이다.

조지훈

우주의 생명적 진실이라는 시의 본질이 정서적 감동이라는 그 작용을 통하여 언어의 율동적 조형이라는 시의 표현을 갖출 때 비로소 한 편의 시가 나타나는 것이다.

조지훈

시는 창조적 표현이며 인상을 압축해 집중화하기 위하여 인상을 써넣는 응축 활동이다.

리드

시는 벽돌들이 벽을 만들기 위해 던져진 것처럼 한 편의 시를 만들기 위하여 함께 던져진 요소들—율격이나 압운(押韻)이나 비유적 언어나 의미나 그 밖의 것들이 기계적으로 결합된 한 무리의 요소로서 생각할 수 있는 것이 아니다. 시에서 여러 요소 사이의 관계는 모두 중요하다는 뜻이다. 즉 그것은 기계적인 관계가 아니라 가장 친근

하고 근본적인 관계이다.

브룩스, 워런

[2] 시 어떻게 쓸 것인가

1 시어(詩語)

① 내포적이고 함축적이어야 한다.

> 산에는 꽃 피네
> 꽃이 피네.
> 갈 봄 여름 없이
> 꽃이 피네.

김소월 〈산유화〉 중에서

이 시를 외연적(外延的)인 뜻으로만 살핀다면 시가 될 수 없다.
② 미화되고 세련되고 정서적인 언어가 되어야 한다.

> 내 죽으면 한 개 바위가 되리라.
> 아예 애련(愛憐)에 물들지 않고
> 희로(喜怒)에 움직이지 않고
> 비와 바람에 깎이는 대로
> 억 년 비정(非情)의 함묵(緘默)에
> 안으로 안으로만 채찍질하여
> 드디어 생명도 망각하고

흐르는 구름
머언 원뢰(遠雷)
꿈꾸어도 노래하지 않고,
두 쪽으로 깨뜨려져도
소리하지 않는 바위가 되리라.

유치환 〈바위〉

　이 시에 나타난 언어는 정서적이거나 아름답게 꾸며졌다기보다, 오
히려 거칠고 관념적이다. 그러나 '바위'로 대표되어진 의지의 색채가
구체적으로 형상화되어 있어 언어의 내포성이 살아 있다.

내가 그의 이름을 불러 주기 전에는
그는 다만
하나의 몸짓에 지나지 않았다.

내가 그의 이름을 불러 주었을 때
그는 나에게로 와서
꽃이 되었다.

내가 그의 이름을 불러 준 것처럼
나의 이 빛깔과 향기에 알맞은
누가 나의 이름을 불러 다오.
그에게로 가서 나도
그의 꽃이 되고 싶다.

우리들은 모두

무엇이 되고 싶다.
너는 나에게 나는 너에게
잊혀지지 않는 하나의 눈짓이 되고 싶다.

김춘수 〈꽃〉

이 시에는 언어가 풍기는 철학적인 분위기와 존재에 대한 성찰이
나타나 있다.

2 시의 리듬

"시를 구성하는 두 개의 주요한 원리는 운율과 은유이다." (워런)

"시는 운율적 구문이며, 이성의 도움에 알맞은 상상을 불러일으켜
쾌락과 진리를 결합시키는 기술이다. 그리고 그 본질은 발견하는 것
이다." (새뮤엘 존슨)

"시는 상상적 사상과 감정을 운율적 언어로 올바르게 표현하여 즐
거움을 낳게 하는 기술이다." (쿠어도프)

"시의 정서와 상상은 특별한 표현 방식을 통해야 하는데, 그 형식이
란 규칙적으로 운율적인 언어나 율격(律格)이다." (허드슨)

시의 리듬(운율)을 크게 둘로 나누면 외형률과 내재율이 있다.

① 외형률 : 정형시의 리듬(운율)으로, 표현 형식에서 음이나 글자
수의 어떤 규칙에 의하여 외형상 박자를 형성하는 것이다. 그 내용
으로 평측법(平仄法), 압운법(押韻法), 음수율 등이 있다.

첫째, 평측법은 음성률(音聲律)이라고도 하며, 각 음이 지닌 고저·
강약·장단을 이용한 운율이다. 영시나 한시에는 있어도 언어 구조상
우리 시에는 없다.

둘째, 압운법은 음위율(音位律)이라고도 하며, 시구(詩句)의 일정한

자리에 비슷한 음을 배열하는 운율이다. 이에는 두운(頭韻), 요운(腰韻), 각운(脚韻)이 있다.

두운 : 각 시행의 맨 윗머리 글자를 비슷한 음으로 맞추는 운율이다.

말리지 못할 만치 몸부림하며
마치 천리만리나 가고도 싶은
맘이라고나 하여 볼까.

김소월 〈천리만리〉 중에서

요운 : 각 시행의 중간 부분을 비슷한 음으로 맞추는 운율이다.

질경이를 캐러 가세
치마폭에 담고 오세
질경이를 캐러 가세
허리춤에 끼고 오세.

《시경》중에서

각운 : 각 시행의 맨 끝음을 비슷하게 맞추는 운율이다.

다락에 가을 깊어 울안은 비고,
서리 쌓인 갈밭에 기러기 앉네.
거문고 한 곡조에 님 어디 가고,
연꽃만 들못 위에 맥없이 지네.

허난설헌 〈규원〉

"진(晉)나라의 시인 육기(陸機)의 동생 육운(陸雲)도 빼어난 시인이었다. 사람들은 이들을 이륙(二陸) 또는 육형제라 부르며 시단의 쌍벽으로 존경했다. 어느 날 동생 육운이 장화(張華)의 집에 초대를 받았다. 장화 또한 이름난 시인이었다. 그날 잔치에는 명사 순은(荀隱)도 초대를 받았다. 그들은 그 자리에서 처음 만나는 터라 장화가 소개를 했다. "사실 두 분이 서로 아셨으면 하는 생각에서 한자리에 초대했습니다." 그 말이 끝나자 운(雲)이 손을 내밀면서 "저는 운중(雲中)의 육사룡(陸士龍)입니다" 했고, 은(隱)은 그 말을 받아, "저는 양하(陽下)의 순명학(荀鳴鶴)입니다" 답했다. 사룡(士龍)은 운의 호(號)요, 명학은 은의 호였다. 한시에 있어서 서로 글귀의 한 절씩을 짓는 대구(對句) 풍습은 예부터 내려오는 것이었지만 이렇게 인사 소개부터 시의 응답이 되고 보니 모인 사람들 모두가 감탄을 금치 못했다."《영괴록(靈怪錄)》

셋째, 음수율은 각 시행의 음절수를 일정하게 맞추어 만든 운율이다. 영시에는 음보(音步, metre)가 있고, 한시에는 오언 또는 칠언이 있으며, 우리나라에는 정형시인 시조, 가사, 그 밖의 근·현대시 초기에서 볼 수 있는 3·4조, 4·4조, 7·5조, 3·3조, 6·4조 등이 있다.

먼 훗날 당신이 찾으시면
그 때에 내 말이 '잊었노라'

당신이 속으로 나무라면
'무척 그리다가 잊었노라'

그래도 당신이 나무라면

'믿기지 않아서 잊었노라'
　오늘도 어제도 아니 잊고
　먼 훗날 그때에 '잊었노라'

김소월 〈먼 후일〉

　위의 시는 6·4조이다. 또는 3·3·4조로 보아도 괜찮다.
　② 내재율 : 자유율이라고도 말하며, 자유시의 운율과 같이 밖에는 나타나지 않고 속으로만 생명처럼 존재하는 시인의 호흡을 뜻한다.

　죽는 날까지 하늘을 우러러
　한 점 부끄럼이 없기를
　잎새에 이는 바람에도
　나는 괴로워했다.
　별을 노래하는 마음으로
　모든 죽어가는 것을 사랑해야지.
　그리고 나한테 주어진 길을
　걸어가야겠다.

　오늘 밤에도 별이 바람에 스치운다.

윤동주 〈서시〉

　이 시에는 외형상 리듬이 없는 것 같지만 속살로 흐르는 시인 특유의 맥박과 호흡을 느낄 수 있다. 이것이 곧 자유시의 내재율이다.

　고향에 고향에 돌아와도

그리던 고향은 아니러뇨.
산꿩이 알을 품고
뻐꾸기 제 철에 울건만,

마음은 제 고향 지니지 않고
머언 항구로 떠도는 구름.

오늘도 메 끝에 홀로 오르니
흰점 꽃이 인정스레 웃고,

어린 시절에 불던 풀피리 소리 아니 나고
메마른 입술에 쓰디 쓰다.

고향에 고향에 돌아와도
그리던 하늘만이 높푸르구나.

정지용 〈고향〉

비록 자유시라 하더라도 김소월이나 김영랑 등 자연파 시인들은
음악적인 리듬을 중시하는 시를 많이 남겼다.

위에 인용한 정지용의 〈고향〉도 그런 범주에 속한다. 각 연이 2행
으로 구성되었고, 3·3·4의 리듬이 변형을 이루면서 음악적 효과를
불러온다.

3 시의 이미지

지난날의 시가 리듬을 중시하고 음악성을 높이 평가한 반면, 현대
시는 이미지를 중요시하며 회화성(繪畵性)이나 고도의 표현 기교를

내세운다.

"시는 표지의 언어로 구성되는 것이 아니라 시각적이고 구체적인 언어로 구성된다. 따라서 '배가 항해했다'라는 표현에 대해 '배가 바다 위로 질주하였다' 말한다. 그러므로 시인에게 이미지란 단순한 장식이 아니라 직관적 언어의 정수 그 자체이다." (흄)

"참신하고 대담하며 풍부한 이미지야말로 현대시의 장점이며 제일의 수호신이다." (루이스)

"현대 시인이 자기의 주요한 목적, 시의 가장 특징적인 것으로 새로이 기도하고 있는 것은 새롭게 솟아나온 이미지라고 생각한다." (콜리지)

"오로지 이미지는 시의 극치이며 생명이다." (드라이든)

"많은 저작을 남기는 것보다 한평생 한 번이라도 훌륭한 이미지를 만드는 것이 낫다." (파운드)

"시적 이미지는 문맥 속에 인간의 정서를 저류(底流)로 가진, 어느 정도 은유적인 언어를 사용한 얼마쯤 감각적인 그림이다." (루이스)

"이미지는 독자의 상상력에 호소하는 방법으로 시인의 상상력에 의하여 그려진 언어의 그림이다." (루이스)

"시에서 어떤 감각 체험의 재현은 이미저리(이미지의 통합체)라 불린다. 이미저리는 단순히 마음의 그림으로 이루어지는 것이 아니고 감각의 어떤 것에 호소하게 된다." (브룩스, 워런)

"심리학에서 이미지라는 말은 반드시 시각적일 필요는 없으며, 과거 감각상의 또한 지각상의 체험을 지적으로 재생한 것, 즉 기억을 뜻한다." (워런)

이미지의 종류에는 시각적 이미지, 청각적 이미지, 미각적 이미지,

후각적 이미지, 촉각적 이미지, 근육감각적 이미지, 색채적 이미지,
공감각적 이미지 등이 있다.

1

향료를 뿌린 듯 곱단한 노을 위에
전신주 하나하나 기울어지고
머언 고선(高架線) 위에 밤이 켜진다.

2

구름은 보랏빛 색지(色紙) 위에
마구 칠한 한 다발 장미

목장의 깃발도 능금나무도
부으면 꺼질 듯이 외로운 들길.

김광균 〈데생〉

이 시는 한 폭의 수채화처럼 시각적 이미지를 살리고 있다.

여보—
내 마음은 유린가 봐. 겨울 하늘처럼
이처럼 작은 한숨에도 흐려 버리니…….

만지면 무쇠같이 굳은 체하더니
하룻밤 찬서리에도 금이 갔구료.

눈포래 부는 날은 소리치고 우오.

밤이 물러간 뒤면 온 뺨에 눈물이 어리오.

타지 못하는 정열, 박쥐들의 등대.
밤마다 날아가는 별들이 부러워 쳐다보며 밝히오.

여보—
내 마음은 유린가 봐.
달빛에도 이렇게 부숴지니…….

김기림 〈유리창과 마음〉

이 시에서는 촉각적 이미지와 시각적 이미지가 잘 어우러져 있다.

한 송이의 국화꽃을 피우기 위해
봄부터 소쩍새는
그렇게 울었나 보다.

한 송이의 국화꽃을 피우기 위해
천둥은 먹구름 속에서
또 그렇게 울었나 보다.

그립고 아쉬움에 가슴 조이던
머언 먼 젊음의 뒤안길에서
인제는 돌아와 거울 앞에 선
내 누님같이 생긴 꽃이여.

노오란 네 꽃잎이 피려고

간밤엔 무서리가 저리 내리고
내게는 잠도 오지 않았나 보다.

서정주 〈국화 옆에서〉

이 시에서는 제1·2연에 청각적 이미지, 제3·4연에 시각적 이미지가
두드러진다.

4 시의 표현방법

첫째, 직유법(直喩法)은 명유법(明喩法)이라고도 하는데, 이는 하나
의 사물을 다른 사물과 직접 비유하는 표현방법이다. ~같이, ~처럼,
~하다 등의 말이 붙는다.

돌담에 속삭이는 햇발같이
풀 아래 웃음 짓는 샘물같이
내 마음 고요히 고운 봄길 위에
오늘 하루 하늘을 우러르고 싶다.

새악시 볼에 떠오는 부끄럼같이
시의 가슴에 살포시 젖는 물결같이
보드레한 에머랄드 얇게 흐르는
실비단 하늘을 바라보고 싶다.

김영랑 〈돌담에 속삭이는 햇발〉

이 시는 온전히 직유법으로 이루어진 시다.

거룩한 분노는

종교보다도 깊고
불붙는 정열은
사랑보다도 강하다.

아, 강낭콩 꽃보다도 더 푸른
그 물결 위에
양귀비 꽃보다도 더 붉은
그 마음 흘러라.

변영로 〈논개〉 중에서

이 시에는 분노와 종교, 정열과 사랑, 강낭콩꽃과 푸른 물결, 양귀비꽃과 붉은 마음 등이 모두 비슷한 것으로 비교되어 있다.

둘째, 은유법(隱喩法)은 암유법(暗喩法)이라고도 하는데, 원관념과 보조관념을 같은 것으로 보는 표현방법이다.

내 마음은 호수요
그대 노 저어 오오.
나는 그대의 흰 그림자를 안고, 옥같이
그대의 뱃전에 부서지리다.

내 마음은 촛불이요
그대 저 문을 달아 주오.
나는 그대의 비단 옷자락에 떨며, 고요히
최후의 한 방울도 남김없이 타오리다.

내 마음은 나그네요

그대 피리를 불어 주오.
나는 달 아래 귀를 기울이며, 호젓이
나의 밤을 새우오리다.

내 마음은 낙엽이요
잠깐 그대의 뜰에 머무르게 하오.
이제 바람이 일면 나는 또 나그네같이, 외로이
그대를 떠나오리다.

김동명 〈내 마음은〉

이 시에서는 '내 마음'이라는 원관념과 '호수' '촛불' '나그네' '낙엽'
이라는 보조관념(비유된 관념)이 분명하게 드러나 있다.

셋째, 의인법(擬人法)은 활유법(活喩法)이라고도 하는데, 사물이나
사람이 아닌 생물에 사람과 같은 성질을 부여해서 비유하는 표현방
법이다.

꿈을 아느냐 네게 물으면,
플라타너스,
너의 머리는 어느덧 파아란 하늘에 젖어 있다.

너는 사모할 줄 모르나
플라타너스,
너는 네게 있는 것으로 그늘을 늘인다.

먼 길에 올 제,
호올로 되어 외로울 제,

플라타너스,
너는 그 길을 나와 같이 걸었다.

이제 너의 뿌리 깊이
너의 영혼을 불어 넣고 가도 좋으련만,
플라타너스,
나는 너와 함께 신이 아니다!

수고로운 우리의 길이 다하는 어느 날,
플라타너스,
너를 맞아 줄 검은 흙이 먼 곳에 따로이 있느냐?

나는 오직 너를 지켜 네 이웃이 되고 싶을 뿐
그곳은 아름다운 별과 나의 사랑하는 창이 열린 길이다.

김현승 〈플라타너스〉

이 시는 의인법을 쓴 대표적인 시 가운데 하나이다.

그 밖에 대유법, 인용법, 우유법(寓喩法), 성유법(聲喩法), 역설법(逆說法), 아이러니(반어법) 등이 시의 표현방법으로 널리 쓰인다. 상세한 설명은 이 책의 수사법(제6장)을 참고하기로 한다.

5 시의 주제

시의 주제는 한 작품 속에 형상화된 중심 사상, 의미를 뜻한다. 그러므로 주제는 언어와 더불어 시에서 없어서는 안 되는 구성요소이다.

시는 모든 요소들(이미지, 리듬, 톤, 언어, 수사법, 형태 등)이 생생하게 섞여 있는 유기적인 통일체이므로 시의 주제가 관념적인 설명이 되어서는 안 된다. 그러기 위해서는 먼저 주제가 건강해야 하고, 다음으로 보편타당해야 하며, '나'를 언제나 주장해야 한다.

"주제를 찾기 위해 로마의 폐허를 방황할 필요는 없다. 우리들 나라에서 또는 민주주의의 가슴 가운데서 얼마든지 주제를 퍼낼 수 있다."(반다이크)
"시는 작은 드라마다. 시의 주제는 그 작은 드라마가 되는 것이다. 주제는 그 작은 드라마를 벌이는 인생에 대한 태도, 즉 인간 체험의 평가를 구체화하는 것이다."(브룩스)

① 주제의 형상화 문제
시의 주제는 시인이 가진 소재에 동기화 단계를 거쳐 실제 작품을 씀으로써 이루어진다. 이렇게 해서 얻어진 시의 주제는 한 편의 시 속에 언어적 표현과 형태를 얻어 예술적인 형상화를 이룩하게 된다.
주제는 시인이 선택한 소재에 대한 시인의 해석이며, 가치 평가이고, 의미 부여이다. 그러므로 시는 구체적인 창작 과정이 중요하며 힘들다.

② 주제의 내용 문제
시의 주제가 감정에 치우칠 때 주정시(主情詩)가 되고, 지성에 기울었을 때 주지시(主知詩)가 되며, 목적이나 의도를 지닌 의지적인 내용일 때 주의시(主意詩)가 된다.
첫째, 주정시는 인간의 감정이나 정서를 그 내용으로 하는 개인적·주관적 성격의 시로서, 좁은 의미의 서정시는 흔히 이 주정시를 일컫는다. 서정주는 주정시를 감각의 시와 정서의 시와 정조(情操)의

시로 세분하고 있다.

　　모란꽃 이우는 하얀 해으름

　　강을 건너는 청모시 옷고름
　　선도산(仙桃山)
　　수정(水晶) 그늘
　　어려 보랏빛

　　모란꽃 해으름 청모시 옷고름

　　　　　　　　　　　박목월 〈모란 여정(餘情)〉

　강을 건너는 여인을 소재로 한 이 시는 주정적(主情的)이다.
　둘째, 주지시는 인간의 감정보다는 냉정한 이성이나 지성을 주로
그려내는 시이다. 서정주는 주지시를 기지(機智)의 시와 지혜의 시와
예지의 시로 나누고 있다. 주지시는 재치, 풍자, 아이러니, 역설 등 지
적 작용이 크게 활동하게 된다.

　　어느 머언 곳의 그리운 소식이기에
　　이 한밤 소리 없이 흩날리느뇨.

　　처마 끝에 호롱불 여위어 가며
　　서글픈 옛 자췬 양 흰 눈이 내려

　　하이얀 입김 절로 가슴에 메어
　　마음 허공에 등불을 켜고

내 홀로 밤 깊어 뜰에 내리면

머언 곳에 여인의 옷 벗는 소리

희미한 눈발
이는 어느 잃어진 추억의 조각이기에
싸늘한 추회(追悔) 이리 가쁘게 설레이느뇨.

한줄기 빛도 향기도 없이
호올로 차단한 의상을 하고
흰 눈은 내려 내려서 쌓여
내 슬픔 그 위에 고이 서리다.

김광균 〈설야(雪夜)〉

눈 내리는 밤의 고요하고 고적한 풍경을 감각적인 비유를 통해 서정적으로 그리고 있다. 눈을 '머언 곳의 그리운 소식', '추억의 조각'에 견주거나 눈 내리는 미세한 소리를 '머언 곳에 여인의 옷 벗는 소리'에 비유하는 등 시각적 이미지의 기법이 두드러진 시이다.

셋째, 주의시는 목적이나 의도를 지닌 의지적인 내용을 나타낸 시이다. 그러나 주의시라 하더라도 순수한 의지만 가지고는 시가 되기 어렵기 때문에 상당한 지성과 감성이 따르기 마련이다.

나의 지식이 독한 회의(懷疑)를 구(救)하지 못하고
내 또한 삶의 애증(愛憎)을 짐지지 못하여
병든 나무처럼 생명이 부대낄 때
저 머나먼 아라비아 사막으로 나는 가자.

거기는 한 번 뜬 백일(白日)이 불사신같이 작열하고
일체가 모래 속에 사멸한 영겁(永劫)의 허적(虛寂)에
오직 알라의 신(神)만이
밤마다 고민하고 방황하는 열사(熱沙)의 끝.

그 열렬한 고독 가운데
옷자락을 나부끼고 호올로 서면
운명처럼 반드시 '나'와 대면하게 될지니
하여 '나'란 나의 생명이란
그 원시의 본연한 자태를 다시 배우지 못하거든
차라리 나는 어느 사구(沙丘)에 회한 없는 백골을 쪼이리라.

유치환 〈생명의 서(書)〉

위 시는 대표적인 주의시이다.

그러나 주정시니 주지시니 주의시니 했다 하여 한 편의 시가 전적으로 감성이나 지성이나 의지만으로 이루어지는 것은 아니다. 요컨대 시의 구성 요소는 이 모두가 알맞게 융합되어야 한다.

"시라는 것은 사상의 표현이다. 사상이 본디 비겁하다면 제아무리 고상한 표현을 하려 해도 이치에 맞지 않으며, 사상이 본디 협애하다면 제아무리 광활한 묘사를 하려 해도 실정에 부합하지 않는다. 때문에 시를 쓰려고 할 때는 그 사상부터 단련하지 않으면 똥무더기 속에서 깨끗한 물을 따라 내려는 것과 같아서 일생토록 애를 써도 이룩하지 못할 것이다. 그러면 어떻게 할 것인가? 천인 성명의 법칙을 연구하고 인심 도심의 분별을 살펴 그 때묻은 잔재를 씻어내고 그 깨끗한 진수를 발전시키면 된다." (정약용)

"두보(杜甫)의 시가 모든 시인의 시보다도 으뜸인 점은 〈시경〉 삼백 편의 사상을 잘 계승했기 때문이다. 삼백 편은 모두가 충신·효자·열부·친우들의 측달충후한 사상의 표현이다. 임금을 사랑하고 나라를 걱정하지 않은 것은 시가 아니며, 어지러운 시국을 아파하고 퇴폐한 습속을 통분히 여기지 않은 것은 시가 아니며, 진실을 찬미하고 허위를 풍자하며 선을 전하고 악을 징계하는 사상이 없으면 시가 아니다. 그러므로 의지가 확립되지 못하고 학식이 순정하지 못하며 큰 도를 알지 못하고 임금의 잘못을 바로잡으며 백성을 이롭게 하려는 마음이 없는 자는 시를 지을 수 없다." (정약용)

6 시의 종류

시의 종류는 크게 형태상·내용상·성격상으로 나눌 수 있다. 형태상 분류에는 정형시·자유시·산문시, 내용상 분류에는 서정시·서사시·극시, 성격상 분류에는 상징시·낭만시·주지시·감각시·경향시·순수시 등으로 나뉜다.

① 정형시는 시의 형식이 일정한 규칙에 의해서 이루어진 시로서 외형률을 취한다. 우리 시조나 중국 한시 등이 이에 속한다.

"정형시란 일정한 운율, 즉 일정한 음수율의 제한과 일정한 운자(韻字)의 제한과 해조(諧調, 하모니)에 제한을 가진, 일정한 형식의 시를 말한다." (서정주)

"정형시는 언어의 운율적 생성을 위한 주법으로써 시 정서의 표현을 유효하게 고조하려는 시의 한 방법이다." (조지훈)

② 자유시는 형식에 얽매이지 않고 자유스럽게 쓰여진 시로서 대체로 내재율을 취한다. 현대시의 거의 모두가 자유시이다.

"자유시는 일정한 형식을 가지지 않고 내재적 운율과 내재적 해조만을 중요시하는 순서양적 개념에 의한 시의 형식이다." (서정주)

"자유시는 정형시의 규칙을 벗어남으로써 시 정신을 자유롭게 확장 활용할 것이요, 산문에 시적 운율을 배정함으로써 산문의 고삽성(苦澁性)을 해소한 시이다. 다시 말하면 형식에서 산문적 자유성을 얻고, 내용에서 운문적 율조를 얻어 이 양자를 조화하는 곳에 자유시가 있다." (조지훈)

자유시는 19세기 미국 시인 휘트먼에 의해 처음 쓰였고, 우리나라는 《창조》 창간호에 주요한의 〈불놀이〉가 발표되면서부터 바로 자유시 시대에 들어갔다.

③ 산문시는 시적인 내용을 산문으로 표현한 시를 뜻한다. 산문시 또한 자유시에 속하므로 내재율을 갖는다.

서양 시인의 산문시집으로는 보들레르의 《파리의 우울》, 투르게네프의 《산문시》 등이 유명하다.

의혹의 날에도 조국의 운명을 생각하고 괴로워하는 날에도 너만은
나의 지팡이요 기둥이었다.
아아, 위대하고 힘찬, 진실하고 자유스런 러시아어여!
만일 네가 없었더라면 지금 이 나라에 일어나는 모든 일에 어찌 절망하지 않으랴.
그러나 그러한 말이 위대한 국민에게 주어지지 않은 것이라곤 아무래도 믿을 수 없는 것이다.

투르게네프 〈러시아어〉

④ 서정시는 주관시 또는 개인시라고도 하며, 개인의 주관적인 사상·감정·심상 등을 표현한다.

"서정시는 시인의 사상과 감정을 일반적으로 그리 길지 않게 연이

나 절 속에 표현하는 시이다." (옥스퍼드 사전)

"동양에 와서 서정시라 번역된 이 리릭(lyric)은, 서정이라는 말이 보이는 것만은 아니며 감정 내용을 표현할 수 있는 양식이 된다." (서정주)

"서정시의 정수(精髓)는 개성에 있지만 세계적인 위대한 서정시의 대부분은 단순히 개성적이고 특수한 것보다 인간적인 것을 구체화했다는 사실에 광범위하게 문학사적 위치를 차지하고 있음을 기억해야 한다." (허드슨)

서정시의 특징을 요약한다면 순수 감정을 표현한 시, 현대에 와서 시각적인 면이 발전한 시라 할 수 있다. 종류는 다음과 같이 나눌 수 있다.

첫째, 감정의 성질에 따라서 단순 서정시, 열광적 서정시, 반성적 서정시.

둘째, 소재에 따라서 종교적 서정시, 애국적 서정시, 연애 서정시, 자연 서정시, 애상 서정시, 반성적 서정시, 제연(祭宴) 서정시.

셋째, 서양 서정시 갈래로서 오드, 소네트, 발라드, 엘레지, 파스토랄, 새타이어, 에피그램, 마드리갈, 페이블 등.

⑤ 서사시는 객관시의 대표적 양식으로, 일반적으로는 이야기를 객관적으로 서술해 가는 시를 일컫는다.

"서사시는 외부 세계에 속하고, 기능은 이야기에 있다. 그것은 아킬레우스의 노여움이나 오디세우스의 표류, 베어울프의 공포를 노래한다. 그것은 다만 일어난 사건을 이야기할 뿐이다." (검메르)

서사시의 주요 특징을 정리하면 사실의 서술, 영웅의 시, 이야기의 중요성, 과거 사건의 서술, 객관적인 시, 문명성의 제시 등을 말할 수 있다.

종류는 다음과 같다.

첫째, 성장의 서사시는 고대 및 중세의 서사시로서 민족 서사시라고도 할 수 있다. 영웅이나 집단적 운명을 그린 것이며, 작자는 확실치 않고 기존의 민간 전설과 신화를 그대로 옮겨 쓴 것이다.

호메로스의 《일리아스》와 《오디세이아》, 베르길리우스의 《아이네이스》, 영국의 《베어울프》, 독일의 《니벨룽겐의 노래》, 프랑스의 《롤랑의 노래》 등이 대표적인 작품이다.

둘째, 예술의 서사시는 근대 서사시라고도 하며, 고대의 전설과 신화 또는 영웅적인 주인공을 다루더라도 창작 태도에서 작자의 창의성을 살린 것이다. 작자가 분명하며, 인간적인 면을 중시한다.

단테의 《신곡》, 타소의 《해방된 예루살렘》, 밀턴의 《실락원》과 《복락원》 등이 대표적인 작품이다.

셋째, 인생의 서사시는 근대소설에 속한다.

⑥ 극시는 희곡의 내용을 표현한 시를 말한다. 과거를 현재에서 바라보며, 주관과 객관을 함께 지닌 시이다. 사건 전개를 대화 형식으로 쓰므로 운문으로 된 희곡이라고 할 수 있다. 서정시와 희곡으로 나뉘어 발달한 뒤 쇠퇴했다.

셰익스피어의 《햄릿》 등 여러 작품과 괴테의 《파우스트》, 엘리엇의 《칵테일 파티》 등이 대표적인 작품이다.

⑦ 상징시는 상징주의적 경향의 시로서 특징은 상징적 표현과 음악적 리듬에 있다. 그러므로 하나하나의 시어와 전편의 시상 또는 주제 등이 뚜렷하지 않고 암시적이다.

어느 날 내 영혼의
낮잠터 되는
사막의 위 숲 그늘로서
파란 털의
고양이가 내 고적한

마음을 바라다보면서
"이 애, 너의
온갖 오뇌(懊惱), 운명을
나의 끓는 샘 같은
애(愛)에 살짝 삶아 주마.
만일에 네 마음이
우리들의 세계의
태양이 되기만 하면,
기독(基督)이 되기만 하면."

황석우 〈벽모(碧毛)의 묘(猫)〉

이 시에서 '파란 털의 고양이'나 '기독(그리스도)'은 하나의 상징을 이룬다.

⑧ 낭만시는 비애·절망·눈물·공상 등 인간의 감정을 북돋운 시이다.

'마돈나' 지금은 밤도 모든 목거지에 다니노라. 피곤하여 돌아가련도다.

아, 너도 먼동이 트기 전으로 수밀도의 네 가슴에 이슬이 맺도록 달려오너라.

'마돈나' 오려무나, 네 집에서 눈으로 유전(遺傳)하던 진주는 다 두고 몸만 오너라.

빨리 가자, 우리는 밝음이 오면 어딘지 모르게 숨는 두 별이어라.

'마돈나' 구석지고도 어둔 마음의 거리에서 나는 두려워 떨며 기다리노라.

아, 어느 덧 첫닭이 울고 뭇 개가 짖도다. 나의 아씨여, 너도 듣느냐.

'마돈나' 지난 밤이 새도록 내 손수 닦아 둔 침실로 가자, 침실로—

낡은 달은 빠지려는데 내 귀가 듣는 발자국—오, 너의 것이냐?

　　　　　　　　　　　　　　이상화 〈나의 침실로〉 중에서

이 시에서는 시인의 감정이 거의 막을 수 없을 만큼 거세게 뿜어져 나오고 있다.

⑨ 주지시(主知詩)는 감정을 거세한 이미지와 지성을 중시한 시이다. 여기에서 '주지'란 말은 지나친 감성을 예리한 지성으로 억누른다는 뜻이다. 감성적 시에 비해 냉철하고 이해하기 어렵다.

낙엽은 폴란드 망명 정부의 지폐
포화(砲火)에 이지러진
도룬 시의 가을 하늘을 생각케 한다.

길은 한 줄기 구겨진 넥타이처럼 풀어져
일광(日光)의 폭포 속으로 사라지고
조그만 담배 연기를 내뿜으며
새로 두 시의 급행열차가 들을 달린다.

포플라나무의 근골(筋骨) 사이로

공장의 지붕은 흰 이빨을 드러내인 채
한 가닥 꾸부러진 철책(鐵柵)이 바람에 나부끼고
그 위에 셀로판지로 만든 구름이 하나.

자욱한 풀벌레 소리 발길로 차며
호올로 황량한 생각 버릴 곳 없어
허공에 띄우는 돌팔매 하나.
기울어진 풍경의 장막(帳幕) 저쪽에
고독한 반원(半圓)을 긋고 잠기어 간다.

김광균 〈추일(秋日) 서정〉

이 시에서는 청각적인 것을 도무지 찾아볼 수 없고, 섬세하고 날카로운 맑은 이미지가 모두 시각적으로 예리한 감각인 것을 알 수 있다.
⑩ 감각시는 모더니즘 계층의 시로서 회화적 감각, 즉 시각적 효과를 주로 쓰므로 한 편의 시는 한 폭의 그림을 보는 것과 같다.

꽃가루와 같이 부드러운 고양이의 털에
고운 봄의 향기가 어리우도다.

금방울과 같이 호동그란 고양이의 눈에
미친 봄의 불길이 흐르도다.

고요히 다물은 고양이의 입술에
포근한 봄 졸음이 떠돌아라.

날카롭게 쭉 뻗은 고양이의 수염에

푸른 봄의 생기가 뛰놀아라.

이장희 〈봄은 고양이로다〉

　이 시에서 '털'은 감촉, '눈'은 정염, '입술'은 감성, '수염'은 생기를 느끼게 한다.

　⑪ 경향시(傾向詩)는 이른바 카프, 동반자문학 계통의 시인들이 쓰던 시 경향이다. 여기에서 '경향'이란 말은 '사회주의적 경향'이란 뜻이다. 순수시가 나온 뒤에는 자연스럽게 사라졌다.

> 카페 의자에 걸터 앉아서
> 희고 흰 팔을 뽐내어 가며
> "우 나로드!"라고 떠들고 있는
> 60년 전의 러시아 청년이 눈앞에 있다……
>
> Cafe Chair Revolutionist,
> 너희들의 손이 너무도 희구나!
>
> 희고 흰 팔을 뽐내어 가며
> 입으로 말하기는 "우 나로드"
> 60년 전의 러시아 청년의
> 헛되인 탄식이 우리에게 있다.
>
> Cafe Chair Revolutionist,
> 너희들의 손이 너무도 희구나!
>
> 너희들은 '백수(白手)'—

가고자 하는 농민들에게는
되지도 못하는 미각이라고는
조금도, 조금도 없다는 말이다.

Cafe Chair Revolutionist,
너희들의 손이 너무도 희구나!

아아, 60년 전의 옛날,
러시아 청년의 '백수의 탄식'은
미각을 죽이고 내려가고자 하던
전력을 다하던, 전력을 다하던 탄식이었다.

Ah! Cafe Chair Revolutionist,
너희들의 손이 너무도 희어!

김기진 〈백수(白手)의 탄식〉

'우 나로드'는 '민중 속으로'라는 러시아말이다. 입으로만 민중 운동을 하는 나약한 지식층의 일면이 풍자되어 있다.

⑫ 순수시는 이른바 카프를 중심으로 한 사회주의적 목적 의식에 반대하고, 개인의 순수한 서정을 옹호한 시이다.

넓은 벌 동쪽 끝으로
옛 이야기 지줄대는 실개천이 휘돌아 나가고,
얼룩백이 황소가
해설피 금빛 게으른 울음을 우는 곳,

—그곳이 차마 꿈엔들 잊힐 리야.

질화로에 재가 식어지면
비인 밭에 밤바람 소리 말을 달리고,
엷은 졸음에 겨운 늙으신 아버지가
짚베개를 돋아 고이시는 곳,

—그곳이 차마 꿈엔들 잊힐 리야.

흙에서 자란 내 마음
파아란 하늘빛이 그리워
함부로 쏜 화살을 찾으려
풀섶 이슬에 함추름 휘적시던 곳,

—그곳이 차마 꿈엔들 잊힐 리야.

전설 바다에 춤추는 밤물결 같은
검은 귀밑머리 날리는 어린 누이와
아무렇지도 않고 예쁠 것도 없는
사철 발 벗은 아내가
따가운 햇살을 등에 지고 이삭 줍던 곳.

—그곳이 차마 꿈엔들 잊힐 리야.

하늘에는 성근 별
알 수도 없는 모래성으로 발을 옮기고

서리 까마귀 우지짖고 지나가는 초라한 지붕
흐릿한 불빛에 돌아 앉아 도란도란거리는 곳.

―그곳이 차마 꿈엔들 잊힐 리야.

정지용 〈향수〉

정해진 형식이나 운율에 얽매이지 않고 회화성(繪畫性)을 최대한
활용하고 있는 순수시다.

※ 김희보《글쓰기 짱!》에서

소설 공부 어떻게 할 것인가

도로시아 브랜디 「작가수업」 풀어옮김

문학을 지망하는 이들에게

　오늘날 소설 장르가 다양해지고 널리 읽히면서 이제까지의 소설 세계관만으로는 이해할 수 없는 수많은 장르의 작품들이 쏟아져 나오고 있다. 그러한 가운데 나는 하루의 시간을 글쓰기, 편집하기, 소설 비평하기로 보낸다. 소설을 쓴다는 것은 나의 삶에 중요한 의미를 갖는다. 소설은 심오한 삶의 철학을 제시하며 독자들은 소설에서 윤리적, 사회적, 물질적 기준을 깨달을 수 있다. 또한 건전한 생각과 올바른 행동을 이끌어 낸다면 이는 모두 그 책 덕분일 것이다.

　고백하건대 나 또한 작가 지망생 시절은 물론이고, 작가가 되고 나서도 한동안 소설 작법, 줄거리 구성, 등장인물 처리에 도움될 책들을 손 닿는 대로 수없이 찾아 읽었다. 글쓰기 강좌를 쫓아다니며 강사들 앞에 턱을 괴고 앉아 신프로이트학파가 분석한 소설 쓰기 수업을 경청했다. 그뿐만 아니라 도표를 그리는 사람과 시놉시스에서 시작해 서서히 완성되는 이야기로 살을 붙여 나가는 사람에게서도 훌륭한 가르침을 받았다. 나는 문학의 '식민지'에 살면서 작가를 생업으로 삼고 예술가로 살아가는 등단 작가들과도 온갖 이야기를 나누었다. 나는 글쓰기 문제와 관련된 '접근법'을 거의 빠짐없이 경험하려 애썼으며, 나의 책장은 직접 만나보지 못한 글쓰기 선생님들의 책들로 넘쳐났다.

　그러면서 여러 해 동안 출판사 요청으로 많은 책들을 읽고, 전국 유통망을 갖춘 잡지에 실을 소설을 고르고, 기사와 단편 소설, 서평과 평론을 쓰고, 온갖 나이 대의 편집자와 작가들을 만나 그들 작품에 대해 논의하며 보람찬 나날을 보냈다. 그러다 2년 전부터 소설 작법을 가르치기 시작하였다.

첫 강의가 있던 날 저녁, 내 머릿속에는 그렇지 않아도 과부하 상태인 학생들에게 문학적 주제로 부담만 더 늘렸다는 생각밖에 없었다. 그동안 읽은 책들과 배운 강의에 무척 실망했음에도 나는 가르치는 처지가 되고서야 비로소 내 불만의 진정한 근원을 깨달았다.

여느 학생들이나 아마추어 작가가 겪는 어려움은, 소설 작법에 대한 기술적인 가르침을 통해 그 혜택을 누릴 수 있는 수준에 이르기 오래전부터 시작되기 마련이다. 그러나 예비 작가는 그런 사실을 짐작조차 하지 못한다. 그저 자신은 도저히 이겨낼 수 없을 것만 같은 어려움을 성공한 작가들은 극복해 냈다는 사실만 어렴풋이 알 뿐이다. 만약 자신이 느끼는 막막함의 원인을 스스로 파악할 수 있다면, 어떤 강의를 듣지 않더라도 훌륭한 작품을 써낼 수 있으리라.

그는 인정받는 작가라면 반드시 놀라운 '비법'을 지니고 있으리라 믿는다. 나아가 자신을 가르치는 선생님이 "열려라 참깨!" 하는 것처럼 놀라운 효과를 발휘하는 방법을 이야기해 주지 않을까 기대한다. 그리고 그런 말을 들을 희망에 부풀어 그는 자신이 처한 상황과는 아무런 상관도 없는 소설 유형, 줄거리 구성, 기교에 대한 강의를 빼놓지 않고 들으며 끈질기게 자리를 지킨다. 게다가 제목에 '소설'이 들어가는 책은 모조리 사들이거나 빌리고 소설 작법을 알려주는 작가 강연도 열심히 쫓아다닌다.

하지만 그는 마침내 실망하고 만다. 첫 강의에서, 책 머리글에서, 작가의 강연 첫머리에서 그는 "재능은 배운다고 해서 트이는 것이 아니다" 이런 문구와 마주하게 된다. 이 선언은 그의 소박한 희망에 죽음을 알리는 종소리와도 같다. 모든 글쓰기 선생님들과 작가들은 되도록이면 일찍, 그리고 가능한 한 김빠지게 그 말을 해주어야 한다고 생각하는 듯싶다. 그는 그저 글쓰기에 대한 놀라운 방법이 있다는 말을 들음으로써 작가들 행렬에 합류하고 싶었을 뿐인데 말이다.

하지만 그런 말은 조금도 귀담아 들을 필요가 없다. 작품을 쓰고 싶다면 망설이지 말고 먼저 써보도록 하라. 어떠한 이야깃거리라도 부끄러워하지 말고 당당하게 글을 써 나아가라. 불현듯 머릿속에 떠오르는 이야기나 늘 가슴속에 품고 지내왔던 어린 시절 이야기를 써 내려가도 좋다. 뛰어난 작품을 써 내고 말리라 다짐하는 이는 결국 놀라운 상상력과 창조 정신을 불러내고야 만다. 천재들만이 해낼 수 있는 게 아니다. 마음 가는 대로 이야기를 이끌어 나아갈 수 있는 힘. 그것이야말로 바로 글을 쓰는 매력이니라.

그러나 어디서부터 손을 대면 좋을지 무엇을 어떻게 하면 좋은지 갈팡질팡하는 작가 지망생들도 많을 것이다.

따라서 이 책은 좀 특별하다. 나는 언제나 글쓰기에 비법이 있다고 믿는 사람들이 옳다고 믿기 때문이다. 그런 비법은 분명히 있고, 또 얼마든지 배울 수 있다고 생각한다. 이 책은 작가의 비법에 대한 모든 것을 다루고 있다.

도로시아 브랜디

소설 공부 어떻게 할 것인가

[1] 네 가지 어려움

이제부터 글을 쓰고 싶어하는 젊은이들에게 초점을 맞추려 한다. 작가의 비법은 분명히 있다. 많은 작가들이 운 좋게 알아냈거나 또는 수많은 시행착오를 거쳐 스스로 쌓아올린 그 과정은 분명히 있다. 언제나 배움의 길은 조금 돌아가게 마련이다. 먼저 자신이 맞닥뜨리게 될 어려움들이 무엇인지부터 잘 파악한 다음, 그 어려움을 이겨내는 단순하지만 엄격한 자기 훈련에 들어가야 한다. 그리고 마지막에는 강의실이나 교재에서 배울 수 있는 가르침과는 완전히 다른 뜻밖의 충고를 기꺼이 받아들일 수 있는 넉넉함이나 호기심을 지녀야 한다.

나는 글쓰기 초보자에게 꼭 필요한 지식이 있다고 인정할 뿐만 아니라, 젊은 작가들 대상으로 글쓰기 입문서를 펴내는 사람들이 흔히 제시하는 과정과는 그 출발점부터 달리할 것이다. 작가의 문제를 다룬 책들을 펼쳐보면 어느 책이나 그 첫머리에는 아무나 작가가 될 수는 없으며, 작가가 되는 데 필요한 능력들—아름다움을 살펴 찾는 안목, 식견, 상상력 등—이 그대에게 부족하다는 우울한 경고 문구가 나온다. 글을 쓰고 싶다는 갈망은 그저 유치한 과시욕에 지나지 않는다는 소리를 듣게 되거나, 친구들이 그대를 뛰어난 작가로 여긴다고 해서 세상 사람들도 그렇게 생각해주리라 여긴다면 크나

큰 착각이라는 경고와 마주하게 될지도 모른다. 그 밖에도 온갖 지루하기만한 소리들이 이어질 수 있다.

젊은 작가들에 대한 비관주의적 생각과 부딪히면 나 또한 마음이 착잡해진다.

자기 자만이 '나는 쓸 수 있다'는 믿음의 형태로 나타날 수도 있지만 나는 그렇게 생각지 않는다. 내 경험으로 볼 때 좋은 성과를 거두기 위해 아무리 진지하게 배움에 임한다 해도 짧은 기간 안에 엄청난 진전을 이룰 수 있는 분야는 없다. 따라서 내가 이 책을 쓰는 목적은 자신의 양식과 지성을 믿는 작가 지망생들이 문장과 단락의 구조를 익히도록 하고, 글을 쓰기로 결심한 순간 써야만 하는 스스로에 대한 의무를 독자에게 지고 있다는 점을 깨닫도록 함에 있다. 더불어 위대한 산문의 거장들 작품을 공부할 기회를 주고, 꾸준히 노력해 나아가 목표를 이루는 데 필요한 기준을 스스로 세우도록 이끌고자 한다.

나는 매우 안타깝게도 이제 곧 살펴보게 될 글쓰기 장벽에 맞닥뜨려 아무나 글을 쓰는 게 아니라는 설득에 너무 쉽게 넘어가 버리는 마음 여린 젊은이들을 수없이 보아왔다. 물론 글을 쓰고 싶다는 갈망이 그들이 겪어야 할 부끄러움이나 고통을 넘어설 때도 더러 있었다. 하지만 거의 모든 작가 지망생들이 창의력의 출구를 찾지 못한 채 불행하고 답답해하며 불안한 삶으로 빠져들곤 한다. 바라건대, 이 책을 읽음으로써 글쓰기를 포기할까 말까 망설이는 사람들이 마음을 고쳐먹는 데 큰 도움이 됐으면 좋겠다.

내 경험에 비추어 보면 글을 쓰면서 끊임없이 부딪치게 되는 네 가지 어려움이 있다. 나는 이야기 구조나 인물 묘사보다 이 어려움에 대한 질문을 훨씬 더 많이 받는다. 하지만 거의 모든 글쓰기 선생님들은 작가들과는 거리가 멀어서 자기가 가르쳐야 할 분야를 벗어난 문제라고 여기거나, 고민에 빠진 학생이 이런 어려움을 호소하면 그 학생은 작가로서 재능이 없다고 판단해 버리는 경향이 있는 것 같다. 그러나 이런 장애를 겪는 학생들이야말로 뛰어난 재능을 타고 났으며, 마음이 여릴수록 상처를 더 많이 입는 듯하다. 그런데도 글쓰기 교육은 젊은 작가들이 겪는 어려움을 무시하거나 지나쳐버리기 일쑤이다.

글쓰기 어려움

첫 번째로 글쓰기 자체의 어려움이 있는데 우선 미숙과 겸손이 그 어려움의 근원이다. 가끔씩 자의식이 글의 흐름을 막기도 한다. 그런가 하면 글쓰기에 대한 오해 때문이거나 양심의 가책을 감당하지 못해 어려움에 부딪히는 경우도 많다. 새내기 작가일수록 그동안 들어온 말을 곧이곧대로 받아들이며 한 치의 오점도 없이 환하게 빛나는 신성한 불꽃을 기다리면서 그 불꽃은 오로지 저 위에서 내려오는 행운의 불씨에 의해서만 지펴질 수 있다고 믿기 쉽다.

여기서 주목해야 할 점은 이 어려움이 이야기 구조나 줄거리 구성을 둘러싼 문제보다 앞서간다는 사실이다. 따라서 이 어려움을 무사히 극복할 수 있도록 도움을 받지 못한다면 아무리 기술적인 가르침을 받아도 소용이 없다.

한 책의 작가

두 번째 어려움으로는 처음에 성공을 거두고 나서 두 번 다시 성공하지 못하는 작가들을 들 수 있다. 곧 '한 책 작가'가 이런 유형에 속한다. 어느 자서전의 경우 일부만 써놓은 상태에서 부모와 자신의 배경에 대한 불편한 마음을 쏟아놓다 그만 긴장이 풀리는 바람에 두 번 다시 역작을 내놓지 못한다. 하지만 모든 소설이 자전적 성격이 짙다 해도 자기 경험을 끊임없이 형상화하고 재결합해 꽤 긴 분량의 훌륭한 책이나 이야기로 만들어 내는 운 좋은 작가들이 있다. 그러므로 '한 책 작가'는 자신의 재능이 갑자기 멈춰 버린 현상을 진지하게 고민하며 치료할 수 있다고 생각하는 편이 옳으리라.

가뭄에 콩 나듯 쓰는

세 번째는 앞의 두 가지 어려움이 뒤섞인 형태이다. 지루하리만치 긴 휴가를 보내고 나서야 비로소 제대로 된 글을 쓰는 몇몇 초보 작가들이 있다. 내게도 해마다 뛰어난 단편을 하나씩 써내는 학생이 있었다. 글을 쓰지 못하는 기간은 그 학생에게는 고문이었고, 작품을 쓸 수 없을 때마다 그 학생은 앞으로 두 번 다시는 좋은 글은 쓰지 못하리라 확신했다. 하지만 그런 시기가 끝나면 그 학생은 늘 다시 글을 썼으며, 또 곧잘 썼다.

여기에서도 기술적인 가르침은 어려움을 해결하는 데 아무런 도움이 되지 않는다. 단 한 가지 생각도, 단 하나의 문장도 떠오르지 않는 듯한 이 침묵의 기간 때문에 고통을 겪는 사람들은 먼저 저주 어린 주문에서 풀려나면 거침없이 술술 써내려 갈 수 있다. 따라서 글쓰기 선생님은 이러한 문제의 근원을 정확히 파악해 학생들에게 알맞는 조언을 해주어야만 한다. 번뜩이는 영감의 번개가 내리쳐 주기를 바라는 심리가 문제에 숨어 도사리고 있을지도 모르며, 완벽이라는 거의 이루어 낼 수 없는 상태를 추구하는 데서 비롯되기도 한다. 아니면 어떤 지나친 허영심이 원인이 되기도 한다. 이럴 때 새내기 작가는 외면당할 위험을 견뎌내지 않으려다 마침내 인정받을 수 있다는 확신이 들기 전까지 아무것에도 손댈 수 없게 된다.

기복이 심한 작가

네 번째 어려움은 기술적인 측면과 관련이 있다. 즉 이야기가 생동감은 있지만 설득력이 떨어져 그 글을 끝까지 제대로 끌고 갈 만한 능력을 갖추지 못했을 때 부딪치게 되는 어려움이다. 이런 어려움을 호소하는 초보 작가들은 출발은 좋지만 몇 쪽만 쓰고 나면 갈피를 잡지 못하고 우왕좌왕한다. 그런가 하면 좋은 이야기를 너무 밋밋하고 성글게 쓰는 바람에 이야기의 장점이 모두 사라져 버리기도 한다. 때로 이런 작가들은 축을 이루는 등장인물 행동에 적절한 동기를 부여하지 못하기도 하는데, 그렇게 되면 이야기는 믿음을 잃고 만다.

이런 어려움에 맞닥뜨린 새내기 작가들이 이야기의 구조와 다양한 형식을 비롯해 온갖 장벽에 부딪쳤을 때 구원해 줄 기발한 재주를 터득한다면 매우 큰 도움을 받으리라. 하지만 이보다 더 큰 어려움이 자리 잡고 있다. 자기 생각을 펼치는 데 자신감이 없거나, 귀가 얇거나 경험이 너무 부족해 등장인물들이 현실에서 어떻게 행동해야 옳은지 알 수 없다. 또는 수줍음이 많아 감정에 호소하며 거침없이 써내려 가야 하는데도 머뭇거리기 일쑤일 때가 많다.

이런 초보 작가들은 자기 원고를 남들에게 보여주는 훈련만으로는 부족하다. 서둘러 자기 이야기에 대한 감각을 신뢰하는 법과 편안하게 이야기하는 법을 배워야 한다. 거장의 글에서 노련하고도 자신감 넘치는 맛이나 독특한 개성을 배우는 것은 그다음에 해도 늦지 않으리라.

기술적 문제와 그 어려움들

이제까지 초보 작가들이 글쓰는 삶을 시작하면서 가장 많이 마주치게 되는 네 가지 어려움을 살펴보았다. 소설 쓰기에 대한 책을 사거나 단편소설 작법을 가르치는 수업을 듣는 사람들 거의 모두가 이 가운데 한두 가지 어려움을 겪는다. 앞에서 살펴본 그 어려움들을 극복해내지 않은 한, 기술적인 훈련이 더없이 중요하더라도 그리 큰 도움은 되지 않으리라.

이따금 몇몇 작가들은 교실 분위기에 젖어들어 강의를 듣는 도중에 작품을 써내기도 한다. 하지만 그 자극이 멈추는 순간 그들의 글쓰기도 멈추고 만다. 글을 쓰고자 하는 열의에 불타면서도 과제로 받은 주제에 대해서 글을 쓰지도 못하는 사람들이 수두룩하다. 그럼에도 그들은 희망을 품고 강의를 들으러 나온다. 분명히 그들은 도움을 간절히 바라고 있지만 아무도 손을 내밀어 주지 않는다. 그럼에도 그들은 초보자와 '지망생' 수업에서 벗어나 내로라하는 작가 대열에 끼기 위해 아무런 도움도 되지 않는 강의를 들으러 시간과 노력과 돈을 기꺼이 쏟아부을 준비가 되어 있다.

[2] 작가의 조건

이와 같은 어려움들을 겪고 있다면 일상생활에서 비롯되는 태도와 습관에서, 문제의 원인을 찾아 고치려 노력해야만 한다. 작가가 된다는 것이 무엇을 의미하는지 깨닫는 순간, 작가의 역할은 무엇이고 거기에 걸맞게 행동하려면 어떻게 해야 하는지를 배우려 할 것이다.

초보자들이 이 책을 읽고 글 잘 쓰는 법보다 작가가 되는 법을 배우게 된다면 나의 목적은 이루어지는 셈이다. 글을 잘 쓴다는 것과 작가가 된다는 것은 매우 다른 문제이다.

작가의 기질 키우기

작가가 되려면 무엇보다 내 안에 잠들어 있는 작가의 기질을 키워야만 한다. 이 '기질'이라는 말을 꺼내기에 앞서 마치 격정에 사로잡혀 끝없이 헤매는 보헤미안의 삶을 부추기거나, 작가의 삶에 꼬리표처럼 따라다니는 변덕을 두둔하려는 의도가 조금도 없음을 미리 밝힌다. 만약 작가의 기분과 기질에 따른 그런 것이 실제로 존재한다면 성격에 문제가 있는 것이고, 결국은 노력의 낭비와 감정의 소진을 가져올 뿐이다.

작가를 어떻게 생각하든 그것이 글을 쓰고자 하는 사람에게 별 영향을 미치지 못한다면 그리 중요한 일은 아닐 것이다. 하지만 작가 지망생들은 자신의 의지나 분별력에 상관없이 작가의 삶에는 무시무시하고 위험한 무언가가 도사리고 있다는 설득에 쉽게 넘어가 자신을 괴롭히며 발전할 가능성을 놓치고 만다.

초보 작가와 작가의 진실

어쨌든 우리 가운데 작가 기질의 본보기라 여겨질 만한 집안에서 태어나는 사람은 매우 드물다. 게다가 작가의 삶은 여느 사람들과 다른 모습을 띠기 때문에 밖에서 바라볼 때 남하고 동떨어지게 행동하는 이유를 오해하기가 아주 쉽다. 작가를 버르장머리 없는 어린아이로, 다른 한편으로는 고통받는 순교자로, 또 다른 한편으로는 건달 모습을 한 괴물로 바라보는 시각은 지난 세기가 물려준 어처구니없는 유산이다.

그러나 19세기 끝무렵에는 수긍할만한 구석도 있었다. 구체적으로 살펴보면 다음과 같다. 작가는 숨을 거두는 순간까지 자발성과 아이처럼 예민한 감수성, 화가 못지않은 '순수한 시각'을 유지하면서 새로운 환경에 재빠르게 반응할 뿐만 아니라, 기존의 환경도 처음

대하는 것처럼 대한다. 다시 말해, 작가는 아리스토텔레스가 2000년 전에 말한 '사물의 연관관계'를 늘 눈여겨본다. 이런 신선한 시각이야말로 작가에게 반드시 필요한 재능이다.

작가의 네 가지 모습

하지만 작가가 성공을 거두려면 위에서 말한 특징 못지않게 중요한 요소가 또 있다. 바로 어른스러움과 분별력과 절제와 공평함이다. 이런 특징은 예술가보다는 장인과 비평가의 모습에 가깝다. 예민한 감수성과 어린아이처럼 천진한 구석도 중요하지만 앞에 지적한 면모를 갖추지 못한다면 예술 작품은 탄생하지 못한다. 예술가가 이 네 가지 요소 가운데 어느 하나라도 놓친다면 작품의 질이 떨어져 버리거나 영원히 작품을 내놓지 못하기 쉽다. 따라서 작가의 첫 번째 임무는 이러한 네 가지 성격 요소를 균형 있게 발전시켜 하나의 통합된 성격으로 녹아들도록 만드는 것이다. 그런 바람직한 결과에 이르려면 먼저 그 넷을 분리해 따로따로 훈련해야만 하리라.

'인격의 분열'이 늘 정신병 증세는 아니다

우리는 신문과 잡지, 나아가 책을 통해 심리학을 물리도록 많이 읽는다. 그 결과 '인격의 분열'이라는 말을 듣는 순간 심하게 움츠러든다. 심리 구조에 대한 섣부른 이론을 여기저기 찾아다니는 독자에게 이중 인격자란 정신병원에 있어야 할 불쌍한 사람이다. 아무리 좋게 보려 해도 그저 변덕이 심한 히스테리 환자로 비춰진다. 따라서 여느 사람과 다른 모습을 띠는 모든 작가들을 그런 눈으로 볼지도 모른다. 하지만 천재들의 일기와 편지를 보면 스스로 이중 인격이나 다중 인격을 인정하는 내용들이 넘쳐난다. 게다가 천재를 둘러싼 이런 이야기마다 또 다른 자아, 또는 더 높은 자아를 뜻하는 '알터 에고(alter ego)' 개념이 어김없이 따라다닌다. 우리는 천재의 그러한 증언을 대대손손에 걸쳐 듣는다.

낙담의 수렁

하지만 작가가 되려는 그 꿈을 현실로 바꾸려면 그 꿈이 지니는 매력이 소진해 버릴 만큼 눈물겨운 노력을 기울여야만 한다. 작가는 다른 사람의 이야기를 그대로 받아들여선 안 된다. 모름지기 작가라면 자신만의 이야기를 찾아내 완결지어야만 한다. 문체나 정확성만 가지고 겨우 글 몇 쪽을 쓴다고 해서 작가가 되는 것은 아니다. 문체, 내용, 설득력을 두루두루 갖춘 글을 분량에 상관없이 쓸 수 있어야 한다.

초보 작가일수록 이 모두가 그저 어렵게만 보인다. 자신의 미숙함을 생각하면 걱정부터 앞서고, 가치가 있다고 생각되는 말을 한마디라도 제대로 한 적이 있나 의심스럽기까지 하다. 더욱이 그들은 이야기를 기획하는 단계에서 훌륭한 표현들이 창 밖으로 마구 흘러나올 때 긴장을 놓아버리는 실수를 저지르고야 만다. 순간, 이야기는 갑자기 방향을 잃고 여기저기 흩어져 버린다. 써내는 이야기마다 모두 비슷하지는 않은지 두렵고, 이 이야기를 끝내고 나면 이만큼 마음에 드는 이야기를 두 번 다시 써내지 못할까봐 조마조마하다.

그리고 그는 유명 작가들을 모방하면서 스스로를 괴롭히기 시작한다. 아무리 생각해도 자신에게는 이만한 유머 감각이나 독창성이 없기 때문이다. 자신을 격려해 준 사람들이 너무 너그럽거나, 책 시장에서 너무 동떨어져 있어 성공하는 소설의 기준을 모르는 것은 아닌지 의심스럽기도 하다. 뛰어난 천재의 작품을 읽어보니 그 재능 차이가 그의 희망을 모조리 집어삼키고도 남을 만큼 매우 커 보인다.

작가라면 마땅히 누구라도 이러한 낙담의 기간을 경험한다. 초보 작가들은 이 지점에 이르러 직업을 바꾼다. 물론 때로는 영감의 힘에 의지해, 때로는 순전히 끈기에 의지해 낙담의 수렁 맞은편 둑으로 힘겹게 올라서는 몇몇 초보 작가들도 있다. 그런가 하면 책이나 조언자에게 기대는 이들도 있다. 하지만 수많은 초보 작가들은 자신을 괴롭히는 불안의 원인을 제대로 파악하지 못한다. 더욱이 불안의 원인을 엉뚱한 곳에서 찾아 '대화를 쓰는 능력이 부족하기 때문에,' 또는 '줄거리 구성에 약하기 때문에,' 그게 아니면 '등장인물에 자연스러움을 불어넣지 못하기 때문에' 좋은 글을 쓰지 못한다고 생각한다. 약점을 극복하려고 온갖 노력을 기울였는데도 어려움이 해결되지 않으면 몇몇은 대열에서 떨어져 나가기도 한다.

그들이 가장 먼저 깨달아야 하는 것은 그동안의 훈련 과정이 잘못됐다는 사실이다. 작가의 의식, 다시 말해 작가 안의 장인과 비평가를 훈련하는 방법은 예술가가 지닌 유리한 장점인 무의식에 매우 적대적이다. 하지만 의식과 무의식의 두 가지 측면이 서로 조화를 이루도록 얼마든지 훈련할 수 있으며, 그러한 훈련의 첫 번째 단계는 한 사람이 아니라 마치 두 사람을 교육하듯 자신을 교육하는 데서부터 출발한다.

[3] 이중성의 장점

스스로 작가 훈련을 해야 하는 이유는 바로 두 가지이다. 먼저 이야기 구성 과정부터 살펴보기로 하자.

이야기 구성의 전개
다른 예술 분야와 마찬가지로 창작도 전인(全人)의 작용이다. 무엇보다도 무의식이 막힘 없이 원활하게 흐르면서 깊은 곳에 저장되어 있는 기억, 감정, 사건, 장면, 성격과 관계의 의미를 모두 불러내야 한다. 그와 아울러 의식은 무의식의 흐름을 방해하지 않으면서 이러한 자료들을 관리하고 통합하며 추려내야 한다. 무의식은 작가에게 전형적인 인물, 전형적인 장면, 전형적인 감정 반응 등 모든 종류의 '전형'을 제시한다. 그런 가운데 의식은 예술 소재로 삼기에 개인적인 내용은 무엇인지, 또 보편적인 내용은 무엇인지를 결정하는 임무를 맡는다.

저마다 작가의 무의식에는 전형적인 이야기가 자리하고 있다. 개인의 역사에 따라 작가는 어떤 문제는 실제보다 부풀려서 보기도, 또 어떤 문제는 큰 관심 없이 대충 넘기기도 한다. 마찬가지로 일구어낼 수 있는 최대의 행복과 개인의 안녕에 대한 생각도 작가마다 다르다. 하지만 기본적인 측면에서 모든 작가들의 이야기는 서로 비슷하다. 새로 구성하는 이야기마다 놀랍고 참신한 요소를 끌어들이도록 노력해야 한다.

사물을 전형화해서 보려는 무의식의 경향 때문에 결국은 무의식이 이야기 형식을 지배하게 된다. 그 무의식 안에서 이야기가 먼저 모습을 드러내면 의식은 철저히 분석하고 곁가지를 쳐내며 다듬고, 내용을 보강하고, 눈길을 끄는 요소를 덧붙이거나 멜로 드라마 요소를 줄여나간다. 그러고 나면 이야기는 다시 무의식 속으로 들어가 마지막 통합 작업을 거친다.

이러한 무의식의 활동은 한동안 매우 격렬하게 전개되지만 너무 깊숙한 곳에서 이루어지기 때문에 작가 자신은 가끔 자신의 생각을 '잊어버렸거나' 또는 '잃어버렸다'고 생각한다. 그 기간이 끝나면 이야기는 다시 무의식에 신호를 보내 통합 작업이 마무리됐다고 알린다. 이때부터 본격적으로 이야기를 쓰는 작업이 시작된다.

무의식과 의식

무의식은 수줍음이 많고 잘 잡히지 않으며 다루기도 힘들지만 노력하면 얼마든지 길들일 수 있다. 의식은 잘 따지고 고집이 세며 오만하지만, 이 또한 훈련을 통해 타고난 재능에 힘을 보태도록 만들 수 있다. 마음의 이 두 가지 기능을 가능한 서로 멀리 떨어뜨려 동일한 마음의 두 측면이 아닌 서로 다른 인격으로 바라보는 방법을 터득한다면 어떤 협력 작업 상태에 이를 수 있다.

작가 안의 두 사람

따라서 한동안은 의식의 힘을 빌려서라도 자신을 한 사람 안에 있는 두 사람으로 생각할 필요가 있다. 먼저 일상생활에서 벌어지는 문제들에 맞서 싸우는 고리타분하고 현실적인 인물이 있을 것이다. 이 인물은 무신경을 감수하고도 남을 만큼 많은 장점들을 가지고 있다. 그는 이지적인 비평 능력, 공평함, 끈기를 배워야 한다. 아울러 이 인물은 가장 먼저 해내야 할 임무가 예술가 자신에게 바람직한 환경을 조성하는 것임을 명심해야 한다.

한편 이중 인격의 또 다른 반쪽은 민감하고 열정적일 가능성이 높다. 때문에 이성적이어야 하는 상황에서 점잖은 측면이 감정적으로 나아가 고통을 겪게 하거나, 엄격한 관찰자의 눈에 우스꽝스럽게 보이게 해서는 안 된다.

투명 장벽

이중 인격으로 얻는 가장 큰 이익은 그대와 세상 사이에 투명한 장벽을 세우게 된다는 점이다. 이 장벽 뒤에서 그대는 자신의 속도에 맞게 예술가로 성숙해 나아갈 수 있다.

요즘은 작가의 삶을 별로 좋게 여기지 않는다. 상상력이 부족한 사람들은 '말을 실에 꿰는 일'로 이름도 떨치고 생활도 누리고 싶다고 말하면 코웃음을 친다. 그는 친한 사람이 글로 세상의 인정을 받기로 결심했다고 선언하면 허황되다고 생각하면서 손가락질을 하며 놀려댄다. 상상력과 담을 쌓은 사람들의 이러한 사고방식을 바로잡으려면 평생 바쁘게 일해야 하리라. 하지만 엄청난 활력을 지니고 있다면 모를까, 엉뚱한 일에 힘을 쏟으면 글 쓸 여력이 사라질 것이다.

또 여느 사람들은 성공한 작가를 보면 아이처럼 호들갑을 떤다. 그의 존재에 압도당하면서도 몹시 불편해 한다. 그들이 보기에는 마법을 부리지 않고서야 자기와 똑같은 인간이 그렇게까지 성공할 리가 없으리라 여긴다. 그들은 자의식을 발동해 매우 뜻밖의 행동을 취하거나 얼어붙은 듯 그 생각에서 꼼짝도 하지 않는다. 그들을 놀라게 하지 마라. 이야깃거리 하나를 놓치게 되고 만다. 자신의 일에 충실하라. 그렇지 않으면 이야깃거리를 겁주어 쫓아버리게 된다.

결심을 지켜라

요즘 젊은 작가에게는 자신의 직업을 알릴 만한 징표가 없다. 악기, 화포, 점토는 그 자체로 상징성을 지니면서 그 직업을 모르는 사람에게 보이는 것만으로도 신기하다는 느낌을 준다.

때문에 글을 쓰겠다는 결심을 가볍게 입 밖에 꺼낼 경우 이름이 거듭 인쇄되어 나오기 전까지 그대의 노력은 놀림감이 되기 쉽다. 한 예로 어느 바이올리니스트는 자신의 가치를 알아주는 호의적인 관객 앞에 설 때가 아니면 바이올린을 꺼내지 않고, 화가는 물감과 붓을 가지고 다니지 않는다. 그러니 아무쪼록 모든 초보 작가들은 다른 분야의 예술가들처럼 자신감이 생길 때까지 기다리는 편이 이로울 것이다.

다음으로 작가가 자신의 직업을 밝히지 않는 중요한 심리적 이유 가운데 하나는, 직업을 밝히게 되면 쓰려고 마음먹은 것들을 저도 모르게 이야기하게 될 확률이 높기 때문이다. 물론 작가는 말을 효율적으로 사용한다. 이야기를 만들어 세상에 선보이면 동의 형태로든 반박 형태로든 수확을 얻게 된다. 하지만 작가의 무의식은 작가가 하는 말이 글로 쓰이든 입으로 새어나가든 신경 쓰지 않는다. 그 결과 입으로 말하고 나면 글을 쓸 기력이 날아가버려서 이야기를 길게 써야하는 그 힘겨운 과정을 더는 계속하고 싶지 않을 수도 있다.

무의식에서는 글쓰기가 지루한 일이라 여길지도 모른다. 글쓰기에 대한 싫증을 극복한다 하더라도 저도 모르는 사이에 맥 빠지고 재미없는 일이라고 생각할 가능성이 높다. 따라서 작가는 침묵을 현명하게 활용하는 법을 배워야 한다.

'절친한 친구이자 가혹한 비평가'

'예술가 기질'은 거의 공상 속에서 스스로를 갈고닦아 고독 속에서 즐길 때 완전하게 발현된다. 그런 가운데 어쩌다 가끔 글을 쓰고 싶다는 충동이 갑작스레 밀려오곤 한다. 따라서 처음부터 자신은 행동의 변덕에 휩쓸리기 쉽다는 점을 깨닫고 자신을 객관적으로 파악하는 것이 좋다.

그러다 보면 자신의 충동 가운데 일관된 성격을 지니는 부분은 무엇이고, 자신을 타성과 침묵의 늪에 빠뜨리는 부분은 무엇인지를 알게 된다. 처음에는 몸에 밴 성향과 습관 때문에 자신을 끊임없이 탐색해야 한다는 사실이 몹시 힘겹게 느껴질 것이다. 하지만 시간이 지나면 제2의 천성을 발견하게 되고 나중에는 그 일을 무척 즐기게 될 것이다.

자신에 대한 분석이 결실을 맺고 나면 그러한 비판 어린 시각을 거두어들여야 한다. 즉 작가는 자신의 절친한 친구이자 가혹한 비평가가 돼서 때로는 성숙하게, 때로는 너그럽게, 때로는 엄격하게, 때로는 유연하게 스스로를 대하는 법을 익혀야만 한다.

자신에게 맞는 취미

그러나 스스로에게 단지 엄격하고 근엄하기만 한 선배가 아닌 둘도 없이 절친한 친구가 되도록 신경 써야 한다. 자신에게 무엇이 가장 좋은 자극이며, 가장 좋은 즐거움이고, 가장 좋은 친구인지를 아는 건 오로지 자신뿐이다. 어쩌면 음악이 알게 모르게 그대 마음을 움직여 책상 앞에 앉게 하는 데 효과를 발휘할 수도 있다.

친구와 책

친구들도 작가에게 도움이 될 수 있다. 하지만 너무 지나친 사교생활은 이제 막 꽃피기 시작한 재능에 자칫 독이 될 수 있다. 이러한 만남이 작가인 그대에게 어떤 영향을 미치는지는 오로지 끝없는 자기반성과 살핌만으로 알 수 있다. 그대를 지겹도록 떠받드는 따분한 영혼이나 짜증나게 만드는 똑똑한 친구를 만나는 일은 어쩌다 한 번씩 만나는 게 이로울지도 모른다.

감수성이 메마른 친구와 저녁을 보내고 나서 세상이 시시한 곳이라는 기분이 들거나, 총명한 지인의 무뚝뚝함에 화가 치민다면 그들에게 아무리 따스한 감정을 품고 있다 하더라도 글쓰기를 배우는 동안에는 자주 만나지 않는 편이 좋다. 함께 있으면 활기가 넘쳐나거나 기발한 생각이 마구 떠오르거나, 왠지 모르게 자신감과 글을 쓰고 싶다는 열의를 불러일으키는 사람을 찾는 것이 바람직할 것이다.

그런 사람을 찾을 수 없다면 도서관에 가서 작품을 읽으며 그 작가와 마주하라. 내가 아는 대중 작가들 가운데는 존 골즈워디(1867~

1933, 1932년에 노벨 문학상을 수상한 영국의 극작가이자 소설가)의 작품을 싫어하면서도 골즈워디의 운율 속에 있는 무언가에 끌려 글을 쓰고 싶다는 갈망을 느끼는 이가 있다. 그는 《포사이트가의 이야기 (The Forsyte Saga)》(1922)를 몇 쪽 읽고 나면 '안에서 웅성대는 소리'가 들리면서 곧이어 문장이 쉴 새 없이 떠오른다고 말한다. 또 그는 자신이 현대 유머소설의 거장이라고 여기는 펠럼 그렌빌 우드하우스 (1881~1975, 영국 출신 미국 소설가)의 작품을 읽으면 자기 글이 너무 한심하게 느껴져 깊은 수렁에 빠지기 때문에 어떤 일을 하고 있든 그 일을 끝낼 때까지는 우드하우스의 작품은 쳐다보지도 않는다고 말한다.

이렇듯 시간을 두고 지켜보면서 어떤 작가가 자신에게 자양분이 되고, 독이 되는지를 파악하라.

오만한 이성

이성만큼 오만한 것도 없다. 앞에서도 살펴보았듯이 글쓰기 기교를 너무 진지하게 공부할 경우에 빠질 수 있는 위험 가운데 하나가 스스로를 무슨 대단한 작가처럼 여기는 착각이 굳어진다는 점이었다. 이성의 역할은 반드시 필요하긴 하지만 참고하는 정도라야 한다. 이성은 본격적인 글쓰기 기간 전후로 모습을 드러낸다. 이때 이성을 제어하지 못하면 이성은 소재를 간섭하고 나서거나, 등장인물을 부자연스럽고 진부하게 보이게 하는 '문어투'로 만들거나, 작가 의식 속에 처음 모습을 드러냈을 때만 해도 가능성이 매우 많아 보였던 이야기를 틀에 박혔다느니 이상하다느니 불평하면서 작가에게 잘못된 해결책을 밑도 끝도 없이 쏟아낼 것이다.

다투지 않는 두 자아

작가 안의 두 자아가 서로 싸우는 것처럼 보이게 할 수도 있다. 두 자아가 자신의 위치를 찾아 서로에게 맞는 기능을 수행하게 되면, 이를테면 손을 맞잡고 밀어주고 끌어주면서 끊임없이 응원하고 격려하며, 다독이다 보면 그 결과 두 자아는 예전에 비해 몰라보게 균형 잡히고, 성숙하고, 활기 넘치고, 진득한 인격으로 통합된다. 하지만 자신의 타고난 기질이나 적절한 판단을 지켜 나가지 못하는 작가는 자신 있는 자기 작업을 하지 못하는 불행한 작가로 남을 수밖에 없다.

가장 부러움을 많이 받는 작가는 자신의 성격에 서로 다른 면이 있다는 점에 자연스럽게 주목하면서 때때로 이런저런 측면에 자신을 내맡기고 생활하며 일할 수 있는 사람이리라.

첫 번째 연습문제

이제 연습문제로 가득 채워지게 될 이 책의 첫 번째 연습문제를 풀 차례이다. 이 연습문제의 목적은 그대 자신을 객관적으로 바라보는 것이 얼마나 쉬운 일인지를 깨닫는 데 있다.

지금 그대는 문 가까이 있다. 이 장의 끝에 이르거든 책을 한쪽으로 밀쳐두고 자리에서 일어나 그 문을 열고 지나가라. 문지방 위에 올라서는 순간부터 자신을 관찰 대상으로 삼으라. 자신이 어떻게 보이는가? 걸음걸이는 어떤가? 스스로에 대해 아는 것이 하나도 없다면 자기 성격에 대해, 자기 배경에 대해, 지금 이 순간 마주하고 있는 목적에 대해 생각하라. 방에 맞이해야 할 손님들이 있다면 그들을 어떻게 맞이하고 있는가? 사람들을 대하는 그대 태도에 어떤 변화가 있는가? 모든 사람들보다 어느 한 사람에게만 애정과 관심을 보이지는 않는가?

이 연습문제 뒷면에 깊고, 어둡고, 은밀한 목적 따위는 없다. 이 연습문제는 오로지 자기 자신을 객관적으로 바라보면서 마음에서 자신을 내쫓았을 때 얻을 수 있는 것이 무엇인지를 배우는 첫걸음일 뿐이다.

그 다음에는 자리에 편하게 앉아 아무 동작도 하지 말고 자신이 머리를 빗을 때의 그 모습을 자세하게 설명해 보라. 무슨 일이든 상관없으니 아주 사소한 일상을 따라가 보라. 그러고 나서는 전에 있었던 일 하나를 골라 그 시점으로 거슬러 올라갔다가 빠져나오면서 자기 모습이 어떤지 관찰하라. 또 다음에는 조금 높은 곳에서 자신을 온종일 따라다닌다 생각하고 자신이 어떻게 보일지 떠올려 보라. 소설가의 눈으로 집에서 나가고 들어올 때, 어느 거리를 올라가 한 가게에 들를 때, 하루를 마감하고 집으로 돌아올 때의 자기 모습이 어떨지 그려보라. 자기를 멀리 떼어놓고 보는 것이다.

[4] 습관에 대한 조언

우리는 언제나 자신의 첫 목적이 무엇이었는지 떠오르지 않을 때 열의와 정성을 다해 새로운 습관을 익히거나 옛날 습관을 뿌리째 뽑는 일에 매달리곤 한다. 만일 이 장에서 자신에게 필요하리라 여겨왔던 충고와 마주하게 되거든 허리를 꼿꼿이 펴고 이를 갈면서 두 주먹을 불끈 쥔 채 허겁지겁 당장 실천에 옮기는 짓은 제발 하지 말기를 바란다.

힘을 아껴라

간단한 일에도 우리는 처음에 마음먹은 것보다 세 배는 더 큰 결과를 내기 위해 힘을 낭비하는 경향이 있다. 이는 아주 쉬운 일에서

부터 까다롭기 그지없는 일에 이르기까지, 정신력은 물론이고 체력에도 해당되는 이야기이다. 예를 들어 계단을 오르면서 우리는 마치 자기 영혼의 구세주가 계단 꼭대기에 있기라도 한 듯, 온 근육과 기관을 동원한다. 그러고는 들인 노력에 비해 막상 돌아오는 길은 형편없다며 화를 낸다. 어찌 된 까닭인지 아무 이득도 없는 활동에 쓸 수 있는 것보다 훨씬 더 많은 힘을 쏟아야 만족한다. 굳게 닫혀 있는 듯 보이는 문을 무리하게 힘껏 밀었다가 옆방으로 쿵 나동그라진 경험이 있으리라. 언뜻 무거워 보이는 물건을 힘주어 집었는데 사실은 매우 가벼웠던 적도 있을 것이다. 이럴 때에는 한 걸음 뒤로 물러나 균형을 되찾아야만 한다.

상상력 그리고 의지

특히 정신력이 필요한 일에 최대한의 힘을 끌어올려야 한다는 유치한 생각 때문에 길을 잃고 헤맬 때가 많다. 하지만 습관을 바꿀 때 우리의 성격이 갖고 있는 화력 센 총을 무작정 빼들기보다 그 과정에 잠깐 행동을 멈추고 상상력을 활용한다면 효과가 훨씬 더 빠르게 나타나면서 '부작용'은 줄어드는 결과를 얻게 될 것이다.

오래된 습관 버리기

오래된 습관일수록 끈질기고 질투가 심하다. 미리 선전포고를 해도 오래된 습관은 쉽게 물러나지 않는다. 오히려 교묘한 변명들을 앞세워 맞서려 든다. 새로운 방법이 자신에게 맞지 않는 온갖 이유나, 오래된 습관에 보조를 맞추면서 변화를 꾀하려 했던 일을 완전히 포기해야 하는 초라한 구실들을 줄줄이 늘어놓도록 복수를 해온다.

따라서 습관을 바꾸겠다는 생각을 실천으로 옮기는데 이런저런 권고와 설명보다 훨씬 더 유익한, 아주 간단하면서도 매우 색다른 방법을 소개하니 참고하기 바란다.

실험적 연습

먼저 큰 컵 밑바닥이나 둥그런 물체를 종이에 대고 원을 그린다. 그런 다음 원을 가로세로로 지나는 십자가를 긋는다. 10센티미터쯤 되는 끈에 무거운 고리나 열쇠를 묶는다. 끈 끄트머리를 십자가 교차점 위 2.5센티미터쯤 지점에 드리워 고리가 추처럼 매달리게 한다. 이제 원 주위를 빙빙 돈다고 생각해 보자. 두 눈으로 원을 따라가면서 고리와 끈은 완전히 무시한다.

그러면 잠시 뒤 추가 시선이 움직이는 방향으로 빙글빙글 돌기 시작할 것이다. 처음에는 추가 그리는 원이 매우 작을 테지만 시간이 지날수록 점점 더 커질 것이다. 그런 다음 마음속으로 방향을 바꾸어 반대 방향으로 원을 따라가 보라. 이제 수직선 위아래로 시선을 움직여라. 여기까지 성공했다면 수평선으로 바꿔라. 이렇게 시선의 움직임을 바꿀 때마다 고리는 잠시 멈추었다가 자신이 생각하는 방향으로 움직일 것이다.

이 간결하고도 쉬운 방법으로 우리는 상상력이 행동의 영역에서 얼마나 중요한 비중을 차지하는지를 알 수 있다. 우리 의지와 상관없이 스스로 움직이는 근육이 우리를 대신해 상상력의 현장을 보여준다. 눈치챘겠지만 의지는 이 일에 거의 끼어들지 않는다. 몇몇 프랑스 심리학자들은 이런 모의 실험을 통해 '신앙 요법'의 효과를 관찰한다고 말한다. 적어도 이 실험은 일상생활에 변화를 가져오는 데 모든 신경과 근육을 팽팽하게 긴장시킬 필요가 없다는 것을 보여준다.

바른 생각의 틀

따라서 이 책의 연습문제를 풀 때도 마음을 느긋하고 즐겁게 먹고 자신이 가고자 하는 방향으로 천천히 나아가는 게 좋다. 실험을 하면서 잠시 자신을 살펴보라. 이 방법으로 몇 번씩 성공을 거두고 나면 성공 횟수를 무한대로 늘릴 수 있음을 깨닫게 될 것이다.

사소한 습관의 방해는 온전하고 효과적인 삶을 꾸려 나가는 데 필요한 요소로 생각하라. 불쑥불쑥 떠오르는 어려움은 잠깐 모두 잊어버리거나 무시하라. 훈련 기간에는 실패 따위는 아예 생각하지도 마라. 지금 단계에서는 작가로서의 성공 여부는 공정하게 평가할 처지가 못 된다는 점을 명심하라. 조금만 더 지나면 지금은 어렵거나 도저히 해낼 수 없을 듯한 일들이 제대로 보일 것이다. 시간이 지나면 시시때때로 스스로를 평가하면서 자신에게 쉬운 일은 무엇이고 부족한 점은 무엇인지를 짚어내는 안목이 생길 것이다.

[5] 무의식 활용법

먼저 무의식이 글쓰기의 물길로 흘러들도록 가르쳐야 한다. 즉 무의식을 글쓰는 팔에 붙잡아매는 것이 작가가 되는 첫 단계이다.

말없는 공상

소설에서나 일어날 듯한 생각에 완전히 사로잡히는 사람들은 어린 시절부터 못 말리던 공상가들이었다. 그들은 거의 날마다 공상에 깊이 빠져 지내며 이러한 공상은 매순간의 생활 자체를 마음이 그리고 있는 갈망에 가까운 형태로 바꾸어 놓는다. 이어서 우리는 대화와 줄거리를 재구성함으로써 타오르는 불꽃처럼 우리 주위를 떠도는 색채와 쏟아지는 명언들을 써내려가거나, 본디 소박하고 행복했던 시절로 돌아가는 상상을 한다. 또한 모험이 다음 모퉁이를 돌아 우리에게 다가오는 동안에는 마음속으로 벌써 그 모험이 만들어낼 형태를 결정한다. 이렇게 거침없이 당당한 주인공이 되어 보는 천진하고 기분 좋은 꿈이야말로 바로 소설의 재료, 그중에서도 가장 으뜸가는 글감이다.

쉬운 글쓰기

글을 쓰려면 길들지 않은 근육을 써야 할 뿐만 아니라 고독과 은둔 생활을 견뎌내야 한다.

더욱이 타자기 및 컴퓨터가 등장하면서 작가 상황은 깃털 달린 펜대를 사용하던 옛날보다 더 어려워졌다. 타자기와 컴퓨터가 아무리 편리하다 하더라도 그것을 치려면 근육이 긴장할 수밖에 없다. 작가라면 누구나 알고 있듯이 자판 앞에 오래 앉아 있으면 근육이 뻣뻣해지고 욱신욱신거린다. 게다가 달가닥거리는 소리에 쉽게 집중할 수가 없다. 하지만 자판을 치든 손으로 쓰든 제2의 천성으로 굳어지면 근육의 긴장 때문에 속도를 늦추거나 아예 글을 쓰지 못하는 일은 없게 된다.

따라서 무의식의 풍부한 자양분이 주는 혜택을 온전히 누리려면 무의식이 먼저 발휘할 때 힘들이지 않고 쉽게 글쓰는 법을 배워야만 한다.

먼저 평소보다 30분이나 한 시간 일찍 일어나라. 눈을 뜨고 일어나자마자 말을 하거나, 아침 신문을 읽거나, 어젯밤 치워두었던 책을 집어들지 말고 글을 쓰기 시작하라. 머릿속에 떠오르는 대로 아무 내용이나 쓰라. 지난밤에 꾼 꿈도 좋고, 전날 했던 활동도 좋다. 간단한 대화도 좋고, 고독한 양심의 성찰도 좋다. 어떤 종류든 상관없으니 이른 아침 공상을, 비판의 시각을 들이대지 않고 빨리 쓰는 것이 무엇보다 중요하리라.

이런 식으로 자신의 행동을 기록하면서 잠들어 있는 상태와 깨어 있는 상태의 중간 지대에서 쉽게 글을 쓸 수 있도록 훈련해야 한다. 문단이 일정한 틀 없이 마구 흘러가든, 생각이 모호하거나 터무니없든 훈련의 성패에는 아무런 상관이 없다. 비평 능력일랑 모두 잊어버려라. 저마다 편리에 따라 침대에 앉아 공책에 글을 써도 괜찮다. 남아도는 시간만큼, 또 충분히 썼다는 생각이 들 때까지 가능한 한 오래 쓰는 것이 좋다.

다음날 아침 써놓은 글을 다시 읽지 말고 훈련을 다시 시작하라. 글을 다 쓸 때까지는 읽지 않는 것이 중요하다.

'글쓰기 양'을 두 배로 늘려라

하루나 이틀쯤 지나면 긴장하지 않고 쉽게 쓸 수 있는 단어가 꽤 많다는 사실을 알게 될 것이다. 그 단계에 이르면 문장 몇 개, 그리고 나서는 다시 단락 한두 개로 차츰 양을 늘려 나가라. 그러다 보면 머지않아 글 양을 처음의 두 배로 늘릴 수 있으리라.

그다음 단계에서는 매우 쉽고 자연스럽게 아침 일과를 수행하는 것이 목표다. 처음 시작했을 때보다 더 많이 쓸 수 있는 능력을 익히는 것도 중요하다. 자신을 주의 깊게 지켜보라. 언제든 공상이 다시 게으름을 피운다 싶으면 자신에게 채찍질을 해야만 한다. 글을 쓰다 보면 아무리 쉽게 쓰는 작가에게도 이따금 정신이 바싹 말라붙는 위기가 찾아오기 마련이다. 그럴 때마다 침대 옆 탁자에 연필과 종이를 갖다놓고 아침에 눈을 뜨자마자 글을 쓰라.

[6] 일정한 시간에 글쓰기

앞에서 소개한 제안을 실천에 옮기는 순간, 그 어느 때보다도 작가에 가까워진 듯한 느낌이 들 것이다. 아마 지금쯤은 그날 경험을 글로 옮기면서, 글쓰기가 가다오다 드문드문 변덕스럽고 느닷없이 이루어졌을 때 또는 가까스로 이야깃거리를 찾아 써내려가던 때와는 달리 거친 삶의 재료를 보다 일관되게 소설의 형태로 바꾸는 경지에 이르렀으리라.

그다음 단계에서는 일정한 시간에 글을 쓰는 법을 배우게 될 것이다.

정해 놓은 시간에 글쓰기

옷을 입고 잠시 혼자 앉아 하루를 곰곰이 생각하면서 그날 해야 할 일은 무엇이고 어떤 기회가 기다리고 있을지 떠올려 보라. 그날 일정을 정확하게, 아니면 대충은 그려낼 수 있을 것이다. 그러면서 글쓰는 시간을 정하라. 그리 긴 시간이 필요치 않다. 15분이면 충분하다. 누구든 바쁜 하루 중에서 15분도 내지 못할 만큼 얽매여 사는 사람은 거의 없으리라.

그 15분을 언제 내는 게 좋을지 정하라. 앞으로는 이 15분 안에 글을 쓰게 될 것이기 때문이다. 예를 들어 일이 오후 3시 30분이 지난 뒤에 끝난다면 4시부터 4시 15분까지 그 15분을 온전히 자신만의 시간으로 만들어라. 반드시 4시에 무슨 일이 있더라도 글을 쓰기 시작해 4시 15분까지는 계속 글을 써야만 한다. 그렇게 하기로 마음을 정했으면 무슨 일이 있어도 그 시간만은 꼭 비워두어야 한다.

갚아야 할 빚

이 원칙은 매우 중요할 뿐만 아니라 아무리 강조해도 지나치지 않다. 4시에 글을 쓰기로 마음먹었으면 반드시 4시에 글을 써야만 한다! 변명은 있을 수 없다. 4시에 친구들과 대화에 깊이 빠져 있다면 양해를 구하고 자신과의 약속을 지켜야 한다. 자신에게 한 약속도 물릴 수 없기는 마찬가지이다. 만일 혼자 있을 공간이 필요하다면 화장실을 찾아 벽에 기대서라도 글을 쓰라.

아침에 글을 쓸 때처럼 소재는 아무것이든 상관없다. 말이 되든 되지 않든 오행시든 무운시든 무조건 쓰라. 상사에 대해서든 비서에 대해서든 어느 선생님에 대해서든 생각나는 대로 마음껏 쓰라. 시놉시스든 대화 몇 줄이든 최근에 알게 된 사람에 대한 묘사든 덮어놓고 쓰라. 글이 잘 안 써질 때는 '이 연습문제는 정말 어렵군' 그렇게 중얼거려도 괜찮다.

훈련 범위를 넓혀라

날마다 빼놓지 않고 실천하는 것도 중요하지만 시간대를 자주 바꾸는 일 또한 중요하다. 아침 11시 전이나 점심 식사를 마친 뒤에 시도해 보라. 회사에서 저녁때 집으로 돌아가기 전 15분 동안 글을 써도 좋고, 저녁 먹기 전 15분 동안 써도 좋다. 중요한 것은 정확히 그 시간을 지켜 글을 써야 한다는 점과, 그 시간이 닥치면 어떤 변명도 해서는 안 된다는 점이다.

이 충고를 읽을 때는 그저 왜 시간을 그렇게 지키라고 강조하는지 아마 잘 이해하지 못할 것이다. 하지만 실천으로 옮기는 순간부터 그 이유를 알게 될 것이다. 이 훈련에서는 이전 연습문제에 비해 마음 깊은 곳에서 글쓰기에 대한 저항이 일어날 확률이 더 높다.

어쩌면 그대는 이 훈련이 '일처럼 보이기' 시작할 것이다. 이 훈련에 완전히 익숙해지기 전까지 그대 안의 무의식은 이러한 규칙을 싫어할 것이다. 무의식은 본디 게을러서 바쁜 것을 싫어하고 가끔 마음이 내킬 때만 모습을 드러내길 좋아한다.

가장 주목할 만한 글쓰기 방해 요소는 상식의 탈을 쓰고 나타날 것이다. 예를 들면 '4시 5분부터 4시 20분까지 글을 쓰는 게 바람직한가' 회의적인 형태로 갑자기 무의식의 질문에 맞닥뜨릴 가능성이 높다. 자연스럽게 글쓰는 습관이 자리잡을 때까지 기다렸다가 15분을 그때 가서 정하는 것이 좋지 않을까? 또는 그날 오후 지독한 두통에 시달리고 있을 때 무의식이 묻는다. 두통이라는 장애를 안고도 제대로 글을 쓸 수 있을까?

이렇듯 무의식은 끊임없이 핑계거리를 찾게 만든다. 때문에 약삭빠른 무의식이 제시하는 빠져나갈 구멍을 무시하는 법을 터득해야만 한다. 일관되고 끈질긴 무의식이 속삭이는 속임수에 넘어가길 거부하면 어느 순간부터 무의식이 고분고분해지면서 글을 얌전하게 잘 쓰게 될 것이다.

성공하지 못하면 글쓰기를 포기하라

지금 이 자리에서 이 책을 통틀어 가장 엄숙한 경고의 말을 해두고 싶다. 즉 이 훈련에 거듭 실패할 경우 글쓰기를 포기하라. 글을 쓰고 싶다는 열망보다 글쓰기에 대한 저항이 더 크다면 지금이라도 늦지 않았으니 활력을 배출할 다른 곳을 찾는 게 나으리라.

[7] 첫 번째 검토

아침 일찍 글을 쓰는 습관과 자신이 정한 시간에 글을 쓰는 습관을 들이는 데 성공했다면 작가의 길에 많이 다가간 셈이다. 아직 초보이긴 하지만 한편으로는 망설임 없이 쓰는 단계에, 또 한편으로는 제어력을 발휘하는 단계에 이르렀다. 자신에 대해서도 훈련을 시작했을 때보다 훨씬 더 많이 알고 있을 것이다. 무엇보다 그대는 쉬지 않고 계속 글을 쓰도록 훈련하는 것이 쉬운지, 아니면 마음 내킬 때나 글을 쓰는 것이 더 자연스러운지 이미 잘 알고 있다. 글을 쓰려고 마음먹으면 언제든 쓸 수 있고, 삶이 아무리 바빠도 긴장의 끈을 놓지만 않으면 얼마든지 글쓸 기회를 찾을 수 있다는 점을 아마 깊게 느꼈으리라. 그렇다면 분명히 자기 안에서도 뛰어난 소재를 발견하고 작가가 책을 연달아 펴냄이 그렇게 기적 같은 일만은 아니라는 생각도 어렴풋이나마 하기 시작했으리라.

이제 자기 자신과 자기 문제를 또다시 객관적으로 살펴볼 차례이다. 그동안 훈련을 성실하게 해왔다면 첫 번째 검토에 필요한 자료를 충분히 가지고 있을 것이다.

자기 작품을 날카로운 비평가 눈으로 읽기

이제까지는 자신의 작품을 다시 읽고 싶은 유혹을 뿌리치는 것이 중요했다. 기회가 주어질 때마다 언제 어디서나 글을 쓸 수 있게 스스로를 훈련하는 동안에는 자기 작품에 비평가의 잣대를 덜 들이댈수록 좋다. 이는 애벌 검토 때도 마찬가지이다. 이때는 글의 우수성이나 진부함은 고려 대상이 아니었다. 이제 한발 전진해서 냉정한 검토 아래서는 무엇이 드러날지 알아보자.

모방의 함정

초보 작가들은 자신에게 진정으로 흡입력을 갖는 주제가 무엇인지 찾아내기가 어렵다. 그들은 감수성이 예민한 만큼 대체로 귀도 얇다. 스스로 의식하든 못 하든 성공한 작가를 흉내내려는 유혹에 쉽게 빠진다. 그 모방 대상은 글쓰기의 천재일 수도 있고, 요즘 가장 큰 인기를 끌고 있는 작가일 수도 있다.

소설 쓰기를 가르쳐 본 적이 없는 사람은 작가 지망생들이 얼마나 자주 "방금 윌리엄 포크너(1897~1962, 1949년에 노벨 문학상을 수상한 미국 소설가)도 울고 갈 만큼 굉장한 이야기가 생각났어요!" 하거나 한 술 더 떠서 "이 정도 이야기면 버지니아 울프(1882~1941, 영국 소설가)에 견줄 수 있을 것 같아요" 호들갑을 떠는지 모를 것이다. 요즘 유행하는 작가의 문체뿐만 아니라 그 철학과 이야기 형식까지 부지런히 흉내내다 보면 그 과정에서 독창적인 작가가 될 수 있다는 믿음이 작가 지망생들 사이에 널리 퍼져 있게 된다.

그들이 본보기로 삼는 작가들은 타고난 재능을 바탕으로 자신만의 취향에 따라 글을 쓰면서 자기 '문체'와 '공식'을 발전시키고 손질하며 바꾸어 나간다. 그 반대로 부지런히 모방에만 힘쓰는 얼치기 글쟁이는 그들이 이미 뛰어넘은 작품을 그저 흉내만 내고 있을 뿐이다.

자신만의 장점 찾기

모방의 유혹에서 벗어나는 가장 좋은 방법은 자기 취향과 장점을 최대한 빨리 찾아내는 것이다. 습관을 들이는 이 기간에 써놓은 글에는 값을 매길 수 없을 만큼 귀한 실험 재료가 들어 있다. 눈을 뜨자마자 맨 처음 떠오르는 것들을 써왔는데, 그 내용이 무엇인가? 그 다음에는 자신이 쓴 글을 낯선 작가의 작품을 읽듯 읽어 나아가면서 자신의 취향과 장점은 무엇인지 살펴보라. 자기 작품에 대한 선입견은 모두 한쪽으로 치워두라. 이제까지 붙들고 있었던 야망이나 희망이나 두려움은 모두 잊고, 이 낯선 작가가 조언을 청해 온다면 그에게 가장 잘 맞는 분야는 무엇이라고 말해 줄지 생각해 보라.

그동안 써둔 글에서 발견되는 반복, 거듭 나타나는 생각, 자주 나오는 산문 형식이 실마리를 보여줄 것이며, 그런 요소들은 그대의 타고난 재능이 어디에 있는지 알려줄 것이다.

내 경험으로 볼 때 지난밤의 꿈을 옮겨놓거나 전날 일들을 흠 잡을 데 없는 형식으로 다시 빚어내거나, 이 아침 시간을 이용해 하나의 완전한 일화나 잘 짜인 대화문을 쓰는 학생은 타고난 단편 소설 작가일 확률이 높다. 등장인물 묘사가 짤막하면서도 인물의 전반적이고 명확한 특징을 다루는 데 능숙한 학생도 마찬가지이다. 등장인물 분석이 치밀하고, 그 동기를 따지며, 자기반성이 날카롭고, 어떤 곤란한 상황에 부딪치면서 다른 등장인물을 대비하는 데 소질이 있는 학생은 주로 장편 소설 작가로서의 가능성이 크다. 내면 성찰이나 사색 묘사에 치중하는 경향은 주로 수필 작가의 공책에서 발견된다. 그리고 드라마 요소를 덧붙이고 문제와 다양한 원인을 등장인물들에게 돌리는 방법으로 추상적인 사색에 구체성을 부여하는 능력을 쌓는다면 명상 소설가로서 성공할 가능성이 높다.

이 시점에 이르면, 학생들은 저마다 자신에게 가장 쉽고 잘 맞는 글쓰기 유형을 골라 '작업하는' 시간에 부딪치는 좀더 어려운 문제들과 씨름한다. 학생들이 스스로 써내는 원고는 무척 흥미로울 뿐만 아니라, 많은 경우 조금만 다듬으면 만족할 만한 수준의 작품으로 발전할 수도 있다. 물론 아직은 조금 산만하고 짜임새가 없지만 원고마다 놀라울 만큼 참신하고 자연스러운 분위기가 묻어난다. 이 시기에 이르면 그대는 이제 자신만의 보폭과 호흡은 물론 앞으로 관심을 가지고 영원히 다루어야 할 주제가 무엇인지에 대해서도 잘 알고 있을 것이다.

글쓰기 선생님에게 드리는 말

여기서는 글쓰기를 공부하는 학생보다는 글쓰기 선생님에게 한마디 덧붙이고 싶다. 수업 시간에 학생의 작품을 교탁 높이 치켜들고 다른 학생들에게 비평을 해보라고 하는 것은 위험천만한 일이 아닐 수 없다. 학생 이름을 밝히지 않는다고 해서 아무 상관이 없겠지 생각하면 그야말로 큰 착각이다. 그러한 시련을 받아들여내기란 어느 누구에게도 큰 충격이 된다. 특히 민감한 학생은 비평 내용이 좋든 나쁘든 상관없이 완전히 방향을 잃고 이리저리 비틀댈 수도 있다.

초보 작가 동료들로 이루어진 배심원단의 심판을 받을 경우 칭찬 어린 비평은 거의 기대할 수 없다. 초보 작가 배심원단은 본인도 아직은 그다지 완벽하게 쓰지 못하면서도 도마 위에 오른 이야기에서는 결점이란 결점은 모조리 찾아내고야 말겠다는 듯 사납게 공격해댄다.

자신감이 자연스럽게 우러나와 본인 스스로 집단 비평을 청할 때까지는 선생님이 혼자 조용히 그 학생의 작품을 다루어야 한다. 학생마다 성장 속도도 다른데다 꾸준히 성장해 나아가려면 뒷걸음질을 치거나 자의식에서 오는 위험에 처해선 안 되기 때문이다.

나는 학생들에게 요즘 쓰고 있는 작품에 대해서만이라도 입을 다물라고 충고한다. 수업 시간에 학생들로부터 몇 주 넘게 아무것도 받지 못하기도 하지만, 침묵 기간이 끝나면 학생들은 저마다 완성된 원고 서너 편을 제출한다. 이러한 합의된 절차를 떠나 학생들은 내가 읽든 읽지 않든 주어진 연습문제에 따라 날마다 글을 써야 한다. 때문에 나는 그것 말고는 어떤 과제도 내지 않는다.

[8] 자기 글 비평하기

이제 어렴풋하게나마 자신이 작가라는 생각이 들 것이다. 그 생각은 아직은 매우 희미해서 때로는 겸손 때문에 또 때로는 지나친 자신감 때문에 얼룩지기도 하겠지만, 적어도 앞으로 계속 주목할 만한 가치가 있는 작가의 모습에 웬만큼 가까이 다가갔으리라 여겨진다.

미완성 상태에서도 글쓰기의 질을 끌어올리거나, 글쓰기 소재를 찾아내거나, 스스로를 격려하면서 자연스러운 글쓰기가 이루어지도록 혼자 할 수 있는 일들은 많다. 이제 따분한 자아를 불러내어 그대를 위해 힘써달라고 부탁할 때이다. 사실 자아는 벌써부터 그대의 글을 읽고 스스로 모습을 드러내긴 했지만 아직은 예비 단계에 지나지 않는 그대 취향을 찾아냈을 뿐이다. 글을 좀 봐달라고 청하는 순간 자아는 기다렸다는 듯 그대를 위해 수없이 많은 일을 할 것이다. 하지만 자아를 너무 빨리 불러내면 이익보다는 손해를 더 많이 보게 된다.

그대의 일상 속 자아는 기회가 올 때마다 자연스럽게 흘러나오도록, 무의식을 가르치는 동안 한쪽으로 비켜서 있었다. 이제 이 자아는 그 과정을 빈틈없이 지켜보는 가운데 성공과 실패의 갈림길에 놓인 그대를 주의 깊게 살피면서 의견을 말할 준비를 하고 있으리라.

비판적인 대화—두 자아 사이의 대화

다음의 몇 문단은 그대가 자신과 나누게 될 그 어떤 대화보다 직선적이며 이원적인 성격을 띠지만 이제는 두 자아 사이의 교류가 이루어져야 할 때이다.

"있지, 너 대화 참 잘 쓰더라. 듣는 능력이 뛰어난가 봐. 하지만 서술하는 능력은 좀 떨어져. 들쭉날쭉해."

여기서 자아는 아마도 대화를 쓰는 것은 좋아하지만 객관적인 관점의 보호를 받지 못하는 글을 쓸 때는 주눅이 든다고 중얼거릴 것이다.

그러면 이런 대답이 돌아온다.

"그래, 넌 대화 쓰는 걸 좋아해. 대화를 잘 쓰니까. 하지만 묘사가 일관성을 지니면서 다음 단락으로 매끄럽게 넘어가지 못한다면 이야기가 널을 뛰게 된다는 거 몰라? 결정을 내리란 말이야. 소설을 쓰고 싶은지, 아니면 희곡을 쓰고 싶은지. 어느 쪽으로 결정을 내리든 할 일은 많아."

"네 생각은 어떤데? 그건 네 분야에 가깝잖아?"

"글쎄, 아무래도 소설 쪽인 거 같아. 넌 극적인 효과를 연출하거나 눈길을 확 사로잡는 절정으로 나아가는 데 그리 관심이 없잖아. 대신 등장인물을 대화를 통해 서서히 펼쳐 보이지. 세상의 시간과 종이를 모두 갖게 된다면 보나마나 넌 오로지 대화만 사용해서 네 요점을 전달할 게 분명해. 먼저 넌 논리 정연한 서술 형식을 익혀야 할 거야. 아니, 이럴 게 아니라 네 약점들을 보완하는 게 좋겠다. 시간 있으면 에드워드 모건 포스터(1879~1970, 영국 소설가)의 작품을 읽어봐. 글이 매우 조리 있거든. 그건 그렇고 여기 네가 깊이 생각해 봐야 할 문구가 있어. 이디스 워튼(1862~1937, 1921년에 퓰리처상을 수상한 미국의 여류 소설가)의 《소설 쓰기(The Writing of Fiction)》에 나오는 내용이야."

소설에서 대화의 사용은 매우 분명한 원칙이 필요한 듯싶다. 대화는 절정의 순간을 위해 아껴두어야 하며, 거대한 이야기의 파도가 바닷가 관찰자를 덮치면서 뿜어내는 물보라로 보아야만 하리라. 솟구치며 부서지는 거센 파도와 반짝이는 물보라는 물론이고 짤막하며 들쭉날쭉한 문단으로 쪼개지는 땅이라는 시각 요소까지도, 절정의 순간과 눈에 띄지 않게 스르르 물 흐르듯 흐르는 이야기의 사이에서 대비 효과를 강화해 준다.

따라서 대화의 절제된 사용은 이야기의 긴박성을 두드러지게 할 뿐만 아니라 지속적인 전개라는 훨씬 더 큰 효과를 가져온다.

그런가 하면 충고가 사소한 문체를 지적하는 형태를 띨 수도 있다.

"그런데 말이지, 너 그거 아니? '화려한' 단어를 너무 많이 사용한다는 거. 네가 원하는 정확한 단어를 찾으려고 급하게 서두를 때면 꼭 그러더라. 넌 그런 단어를 너무 많이 써. 아주 나쁜 버릇이야. 무엇보다 그런 단어는 너무 막연하고 포괄적이라 네가 바라는 효과를 드러내지 못해. 또 이 나라의 모든 광고 작가들이 그런 단어를 사용하고 있어. 잠시만이라도 그런 단어에서 멀찍이 떨어져 있는 게 좋을 거 같아."

충고는 구체적이고 솔직할수록 좋다

자신과 나누는 대화가 위에서 소개한 것처럼 아주 솔직하진 않더라도 이런 문제들에 대해 스스로에게 정직하게 말하고, 불만을 구체적으로 토로하여 구체적인 해결책을 마련하는 게 좋다. 잘못이 눈에 띌 때마다 스스로 문제를 객관화해야만 한다. 분명히 약점은 있지만 무슨 이유 때문인지 자기 눈에는 보이지 않을 때에는 취향과 판단력을 믿을 수 있는 사람에게 작품을 보여야 한다. 여태껏 문학 지식에 물들지 않은 독자가 작가나 편집자나 글쓰기 선생님 못지않게 문체의 약점을 구체적으로 집어내기도 하지만, 외부에 조언을 구하는 것은 자신이 할 수 있는 일은 모두 하고 난 뒤여야 한다.

마침내 그 함정에서 벗어나는 데 필요한 것은 본인의 취향과 판단력이며, 자신의 글쓰기 성향을 빨리 파악하면 할수록 고쳐질 가능성이 그만큼 커진다.

비평 그리고 개선

의심스러운 점은 하나도 빼놓지 말고 따져보아야 한다. 짧은 평서문을 너무 많이 사용하거나 감탄 부호를 자주 쓰지는 않는가? 표현이 듣기 좋게 꾸민 글귀로 흐르거나, 아니면 그 반대로 지나치게 간결하지는 않은가? 말을 너무 아껴서 감동적인 장면이 너무 빨리 지나가는 바람에 그대가 전달하고자 하는 것을 독자가 놓칠 위험은 없는가? 믿음이 가지 않을 만큼 과장에 치우치지는 않는가? 이런 의심이 들면 대책을 세워야 한다.

말수가 적은 작가는 앨저넌 찰스 스윈번(1837~1909, 영국의 시인 평론가)이나 토머스 칼라일(1795~1881, 영국의 사상가 작가)처럼 근엄하기보다 화려한 말솜씨를 자랑하는 작가의 작품을 읽는 것이 도움이 된다. 감정에 지나치게 호소하는 작가에게는 그 반대의 충고가 알맞을 것이다. 18세기 영국 작가들이나 윌리엄 딘 하월스(1837~1920, 미국의 소설가이자 평론가), 윌라 캐더(1873~1947, 미국 소설가), 아그네스 레플리어(1855~1950, 미국 수필가) 작가 작품을 읽어보라. 단조로운 문체 때문에 고민이라면 길버트 키스 체스터턴(1874~1936, 영국의 소설가이자 평론가)의 소설이 도움될 것이다. 이런 제안에는 거의 끝이 없지만 처방전을 찾았다면 겸손하게 읽으면서 자신과는 정반대 성향을 보이는 작가들이 지닌 장점을 보도록 노력하라.

좋은 글을 쓰는 조건

이제 전날 저녁 상황이 아침 글쓰기에 어떤 영향을 미치는지 살펴봐야 한다. 활동을 많이 한 다음날에 좋은 글이 나오는가, 아니면 조용하게 지낸 다음날 좋은 글이 나오는가? 글이 쉽게 써졌다면 일찍 잠자리에 들고 난 다음인가, 아니면 짧게 자고 난 다음인가? 친구들을 만났던 일과 이튿날 아침 글쓰기가 활기를 띠거나 지루하게 느껴지는 사이에 어떤 연관 관계가 있지는 않은가? 극장이나 미술 전시회, 무용 발표회에 갔다오고 나서 그 이튿날 아침 글쓰기는 어땠는가? 이런 점에 유의하면서 글을 쓰는데 도움이 되는 활동을 하도록 노력하라.

일상생활 규칙 정하기

다음으로 일상생활 규칙을 눈여겨봐야 한다. 기분 전환을 위해 가끔 쉬면서 단순하고도 건강한 일상을 꾸려 나갈 때 작가들은 크게 발전한다. 평생 글을 쓰며 살아갈 생각이라면 자극제에 계속 기대지 않고도 일하는 법을 익혀야 한다.

글을 몰아서 쓰는 습관은 좋지 않다. 꾸준하고 착실하게 흐름을 타면서 글쓰는 양을 고르게 유지해야 한다. 그러면 가끔 평균 수준을 훨씬 웃도는 성과를 거둘 수도 있다. 하지만 글쓰는 양이 평균 이하로 떨어지는 일은 없어야 한다. 두세 달에 한 번, 아니면 적어도 일 년에 두 번은 자기 상태를 솔직하게 평가해라. 자신의 글쓰기 능력을 최대한 끌어내 풍작을 거두려면 이러한 평가가 반드시 필요하다.

자신을 평가할 때는 기질적인 면이 일상생활 행동에 너무 많이 관여하게 내버려 두고 있지는 않은지 스스로 질문해야 한다. 냉정하고 공정하게 처신해야 하는 상황에서 감정에 치우쳐 제멋대로 굴지는 않는가? 욱하는 기질이나 질투심, 쉽게 포기하는 성격 때문에 곤란을 겪고 있지는 않은가? 좋은 글을 쓰려면 조금이라도 빨리 그 원인을 찾아 흔적조차 남지 않게 완전히 없애야 한다.

또한 자신을 평가할 때는 철저해야 한다. 스스로에게 엄격하면서 공정해야 한다. 하지만 지나친 비난은 근거 없는 자화자찬만큼이나 나쁘다. 자신이 잘하는 부분이 있다면 그 점을 인정하고 더 잘할 수 있도록 스스로를 격려해야 한다. 잘하는 일을 기준 삼아 다른 데서도 그와 똑같은 수준을 유지하도록 노력해라.

주의할 사항이 하나 더 있다. 그러니까 자신을 한시도 가만히 놔두지 않고 귀찮게 따라다니면서 잔소리를 해대고, 충고를 늘어놓고, 불평을 쏟아내선 안 된다. 자기 상태를 평가할 때는 시간을 충분히 가지고 철저하게 임하되, 또다른 개선책이 나올 때까지 일상으로 돌아와 모두 잊고 생활해야만 한다.

[9] 작가로서 책 읽기

이러한 정기적인 평가 뒤에 이루어지는 교정 독서를 통해 최대한의 효과를 보려면 작가 입장에서 책 읽는 법을 터득해야 한다. 작가가 되는 데 조금이라도 관심 있는 사람이라면 누구나 책을 본보기로 바라보기 때문이다. 하지만 독서를 통해 효과를 얻으려면 자기 능력을 끌어올리는 데 어떤 부분이 도움이 될 수 있는지를 생각하며 책을 읽어야 한다.

두 번 읽어라

작가로서 책 읽는 법을 터득하려면 처음에는 뭐든 두 번 읽는 길밖에 없다. 단편이든, 장편이든 아무 부담 없이 책을 그저 즐기며 그어떤 비판도 하지 말고 빨리 읽어치워라. 다 읽었으면 그 책을 한쪽으로 치워두고 연필과 메모장을 꺼내라.

대강의 판단 그리고 자세한 분석

먼저 방금 읽은 책 개요를 짤막하게 써라. 믿음이 갔거나 또는 마음에 들었던 부분과 그렇지 않았던 부분은 어떤 기준에 비추어 판단을 내려라. 나중에는 도덕적 판단도 할 수 있겠지만 지금은 작가의 의도를 파악하는 데 초점을 맞추어야 한다.

진술 내용을 계속 늘려나가라. 책이 마음에 들었다면 그 이유는 무엇인가? 여기에 대한 대답이 처음에는 모호하더라도 상관마라. 책을 다시 읽어보면 그러한 반응의 원인을 찾아낼 수 있으리라. 책 내용 가운데 작가가 어떤 때에 마음에 들지 않았는지 되짚어 보라. 등장인물들이 한결같은 솜씨로 그려졌는가, 형편없이 그려졌는가, 아니면 어쩌다 가끔만 일관성 있게 그려졌는가?

특별히 마음에 남는 장면이 있는가? 만약 있다면 그 이유가 장면 처리가 뛰어났기 때문인가, 아니면 어이없게도 좋은 기회를 놓쳤기 때문인가? 그대 관심을 끌었던 구절이 있는가? 대화가 자연스러운가, 아니면 틀에 박혀 있는가? 만일 틀에 박혀 있다면 그런 딱딱한 형식이 작가의 의도 때문인가, 아니면 작가의 능력 부족 때문인가?

마지막으로 방금 읽은 작가가 그대라면 어려울 것 같은 상황을 어떻게 다루고 있는지 꼼꼼히 분석하라.

두 번째 읽기

좋은 책일수록 물어볼 점도 많고 그 대답도 구체성을 띨 것이다. 특별히 좋은 책이 아니라면 처음에는 그 안의 약점을 찾는 것만으로도 충분하다.

개요를 써서 자기 물음에 답하고 나면 속 시원히 대답하지 못했거나, 자세히 파고든다면 답을 알 수 있었을 것 같은 질문이 무엇인지 확인해야 한다. 꼼꼼하게 읽어나가면서 분명해 보이는 대답을 찾는 대로 메모장에 기록하라. 특별히 잘 처리된 구절을 발견하거나, 작가는 솜씨 있게 다루고 있지만 자신이 다루기에는 어려울 것 같은 소재가 눈에 띄면 반드시 표시해 두어라. 이렇게 하면 나중에 다시 읽을 때 그 부분을 좀더 깊이 있게 분석해 본보기로 활용할 수 있을 것이다.

이야기가 시작되는 부분에서 이 작품의 결말을 암시하는 단서가 무엇인지에 주목하며 책을 읽어나가라. 중요한 갈등을 일으키는 등장인물의 특징이 처음부터 언급됐는가? 도입이 매끄럽고 자연스러웠는가, 아니면 억지로 귀를 잡아당기는 식이었는가? 두 번째 읽기에서 거짓 단서, 즉 책의 현실성을 떨어뜨리거나 작가의 의도를 거스르는 내용을 새롭게 발견할 수도 있다. 작가의 진정한 의도를 놓치고 있지는 않은지, 섣불리 작가가 잘못했다고 판단하진 않았는지 유의하면서 그러한 대목을 주의 깊게 살펴보라.

중요한 점

비판적인 시선으로 책을 읽을 때 얻을 수 있는 자극과 유익함은 끝이 없다. 온 신경을 집중하고 읽어야만 한다. 작가가 강조하고자 하는 대목에서 책의 호흡이 빨라지는지 느려지는지에 주목하라. 작가가 버릇처럼 자주 쓰는 표현이 훈련할 만한 가치가 있는지, 아니면 너무나 명백히 그 작가만의 것이라 구조를 배워 봐야 헛수고에 그칠지 결정해야 한다.

장면이 바뀔 때 등장인물이나 시간의 흐름을 어떻게 처리하고 있는가? 관심의 중심이 어느 한 인물에 이어 다른 인물에게 옮겨갈 때마다 어휘와 강조점도 달라지는가? 작가가 모든 일에 끼어들고 있는 것처럼 보이는가, 아니면 특정 등장인물 의식을 따라가는 가운데 그 인물이 볼 것만 같은 것만 말하면서 이야기를 풀어 나가는가? 아니면 처음에는 이 사람, 다음에는 저 사람, 그다음에는 또 다른 사람의 관점에서 글을 쓰는가? 대비 효과는 어떤 식으로 하고 있는가? 예를 들어 마크 트웨인(1835~1910, 미국 소설가)이 코네티컷 양키를 아서 왕 시대의 세상으로 보냈던 것처럼 등장인물과 배경의 부조화를 통해 대비 효과를 꾀하고 있는가?

이런 식으로 스스로에게 계속 묻다 보면 배울 만한 점들이 하나둘 눈에 띌 것이다. 그렇게 몇 권 읽고 나면 책을 즐기면서도 비평가 입장에서 읽을 수 있게 될 것이다. 두 번째 읽을 때는 그 작가의 장점이나 단점이 특히 두드러지는 대목에 초점을 맞춰라.

[10] 바람직한 모방

이제 모방에 대해 살펴볼 차례이다. 다른 작가의 작품에서 자신에게 암시하는 바가 큰 요소를 찾아내는 법을 터득했다면 모방에 도전해 볼 만하다. 그러나 모방은 자신에게 유익한 쪽으로 이루어져야 한다. 단순히 소설가의 철학, 사상, 극적인 개념을 그대로 받아들여선 안 된다.

작품의 주요한 요소들이 자기 취향과 맞는다면 작가의 사상이 시작된 근원으로 파고들어라. 다음에는 거기서 기초 자료를 살펴서 자신에게 필요한 항목을 골라라. 어떤 항목이든 골랐으면 자기 작품에 응용할 때는 그 항목에 대해 마음 깊은 곳에서 암묵적 동의가 있어야 한다. 그 작가가 크게 성공을 거두고 있다거나 다른 사람이 그 작품의 요소들을 활용할 수도 있다는 그런 것이 이유가 되어선 곤란하다. 모방 작업은 그 구성이나 요소들의 매력을 충분히 깨닫고 알아서 자기 것으로 만들었을 때 매우 효과적이다.

기술적 장점 따라하기

기술적 장점은 얼마든지 모방할 수 있으며, 돌아오는 이득 또한 아주 크다. 단락이 길든 짧든 자신이 다룰 수 있는 그 어떤 기술보다 훨씬 더 나은 기술이 눈에 띈다면 당장 자리에 앉아 그 기술을 배워라.

기술을 공부할 때는 본보기로 삼은 책이나 이야기를 배울 때보다 훨씬 더 주의를 기울여야만 한다. 단어를 하나하나 분해하듯 그 단락을 철저히 분석하라. 가능하다면 자신의 작품에서 비슷한 대목을 찾아 비교해 보는 것도 좋다.

예를 들어 거의 모든 작가들이 글을 쓰기 시작할 때 부딪치게 되는 막연한 불안, 즉 시간의 흐름을 전달하는 문제 때문에 곤란을 겪고 있다고 해보자. 장면이 바뀌어도 등장인물이 중요치 않거나 헷갈리는 활동만 해서 이야기가 갈피를 잡을 수 없을 만큼 늘어지거나, 등장인물이 두 단락 사이에서 갑자기 사라졌다가 다시 모습을 자주 드러낸다고 하자.

그렇다면 자신이 쓰고자 하는 이야기와 분량이 비슷한 이야기를 골라 그 작가는 그럴 때 장면 전환을 어떻게 처리하는지 눈여겨보라. 그렇게 많은 단어들을 쓰지 않았는데도 장면 전환이 물 흐르듯 매끄러워 마치 시간이 흐른 듯한 착각을 불러일으킨다면 그 비결은 어디에 있는가? 처음에는 단어 숫자를 센다고 해서 무엇을 배울 수 있을지 의심스럽겠지만, 곧이어 훌륭한 작가는 균형 감각을 가지고 있다는 것을 곧 깨닫게 될 것이다. 훌륭한 작가는 등장인물을 행동의 소용돌이에서 끌어내어 다음 상황의 한복판으로 밀어넣으려면 어느 정도 공간이 필요할지 금방 느낌으로 알아차린다.

단어 배분하기

5천 단어 분량의 이야기에서 주인공의 삶에 그리 중요치 않은 하루가 지나는 데 150단어가 들어갔다고 해보자. 예를 들어 세 단어 또는 한 문장만 사용할 수도 있다.

"이튿날, 콘래드, 어쩌고저쩌고"

이것은 너무 약하다. 이와는 반대로 이야기를 시작하고 나서부터 주제와 아무 관련이 없는 일들을 떠들어대느라 진짜로 필요한 주인공 성격을 묘사하는 데 사용할 수 있는 공간이 벌써 바닥나 버렸을 수도 있다. 그럼에도 작가는 그의 하루에 대해 완전히 동떨어진 소리를 늘어놓으며 6백 단어 또는 1천 단어를 썼을 수도 있으리라.

지금 읽고 있는 작가는 단어를 어떻게 배분하는가? 이야기를 솔직하게 이끌어 나가다가 몇 단락 때문에 그 이야기가 옆길로 새지는 않는가? 아니면 주인공이 이야기 전개에 필요한 사건이 일어날 때 현장에 없다 해도 단어를 적절히 선택하는 작가 능력 덕분에 여전히 주인공이 영향력을 발휘하는가? 마지막 문장에 작가는 어떤 암시를 떨어뜨리는가? 이런 식으로 많은 것들을 찾아내면서 본보기 문장을 한 줄씩 모방하여 문단을 써보라.

단조로움을 극복하라

그대는 몇 쪽에 걸쳐 명사 다음에 어김없이 동사가 오고, 동사 다음에 틀림없이 부사가 뒤따르는 자신의 글이 지루하게 느껴질지도 모른다. 그런데 요즘 자신이 읽고 있는 작가는 문장 구조와 호흡이 혀를 내두를 만큼 다양하며 다채롭다고 해보자. 여기에 그 글을 모방해 효과를 볼 수 있는 방법이 있다. 바로 열두 단어로 문장을 쓰는 훈련이다.

첫 번째와 두 번째 단어는 단음절, 세 번째 단어는 2음절 명사, 네 번째 단어는 4음절 형용사, 다섯 번째 단어는 3음절 형용사 등으로 순서를 정한다. 그러고 나서 명사 자리에는 명사, 형용사 자리에는 형용사, 동사 자리에는 동사에 해당하는 단어들로 문장을 작성한다. 이때 주의할 사항은 저마다 그 자리에 해당하는 단어의 음절수가 맞아야 한다는 점이다.

이런 식으로 작가의 다양성과 말투에 주목하면서 문장을 개별 요소로 잘게 쪼개 분석해 나아가면 그냥 지나치기 쉬웠던 미묘한 점들을 포착하게 될 것이다. 이런 훈련은 가끔 해보는 것만으로도 놀라운 효과를 보게 되니 자주 사용할 필요는 없다.

참신한 단어를 골라라

책을 읽으며 적절하다고 생각되는 단어를 찾아내는 것도 매우 중요하지만, 그 단어를 사용하기 전에 자신이 즐겨 쓰는 어휘와 비교해 보고 겉돌지는 않는지 확인하는 것도 중요하다.

마지막으로 자기 글로 다시 돌아가 새로운 눈으로 읽어야 한다. 책이 곧 출간된다고 생각하며 읽어 나아가라. 수정 작업을 거쳐 인상적이고 변화무쌍하며 활기 넘치는 산문으로 거듭 태어나게 될 그날만을 떠올려라.

[11] 순수하게 바라보기

습관의 방해

감수성이 예민한 천재 작가는 아이 시선으로 자기 세상을 넓혀 나가면서 느끼는 생생하고도 강렬한 흥미를 평생 잃지 않는다. 우리는 사춘기까지만 해도 빠르게 반응하는 이러한 능력을 유지한다. 하지만 어른이 되고 나서도 그러한 흥미를 간직하고 살아가는 사람은 아주 드물다. 젊었을 때조차도 우리 가운데 몇몇은 어쩌다 가끔만 깨어 있으며, 나이를 먹을수록 보고 듣고 느끼는 감각 또한 무뎌진다. 자신이 미처 의식하지 못하는 사이에 이런 상태에 빠져들고 만다.

우리 모두가 아무런 저항 없이 순순히 받아들이는 권태는 작가에게는 매우 위험한 일이다. 권태로워지면 우리는 일상의 관찰력, 신선한 감각, 새로운 생각을 더는 스스로 끌어내지 못한다. 그러므로 작가는 너나 할 것 없이 소재를 찾기 위해 어린아이나 청소년 시절로 되돌아가 크나큰 감동을 느끼고 끊임없이 쓰고 또 쓰는 경향을 간직해야 한다.

권태의 원인

어찌 된 노릇인지 할 이야기가 한 가지밖에 없는 듯한 작가가 있다. 물론 책마다 등장인물 이름도 다르고, 그들이 처한 상황도 겉보기에는 매우 다르다. 그들 이야기는 해피엔딩으로 끝나기도 하고 비극적인 결말로 끝나기도 한다. 그런데도 우리는 그 작가의 새 작품을 읽을 때마다 전에도 똑같은 이야기를 읽었다고 느낀다. 한 예로 데이비드 허버트 로렌스(1885~1930, 영국 소설가)의 남자 주인공은 감정이 북받치면 랭스터(영국 랭커셔 주의 상업 도시) 사투리가 튀어나올 테고, 스톰 제임슨(1891~1986, 영국 소설가)의 여자 주인공은 대대로 조선업을 하는 집안 출신 광고 작가로 성공을 거둘 확률이 높다. 캐슬린 노리스(1880~1966, 미국의 여류 소설가)는 적어도 두 권에 한 권마다 햇빛이 잘 드는 부엌에서 채소 따위를 섞는 파란색 그릇을 독자 앞에 내밀 것이다.

왜냐하면 우리에게 감정적으로 가치를 지니는 소재들이 너무나 쉽게 재포장되기 때문이다. 따라서 독자는 작가가 조금만 더 노력을 기울였다면 훨씬 덜 진부한 글을 쓸 수 있지 않았을까 생각하기 마련이다. 사실 우리 모두는 유년기의 밝고 따스한 빛 아래서 보았던 것들을 떠올리며 작품 장면에 생기를 불어넣고자 할 때마다 그 시절의 기억으로 돌아가는 경향이 있다. 하지만 똑같은 일화와 소재를 되풀이해서 쓴다면 그 효과는 떨어지기 마련이다.

순수한 시각 되찾기

고정관념은 얼마든지 벗어던질 수 있다. 밤낮으로 청소 도구를 들고 돌아다니지 않아도 된다. 하지만 오랫동안 자기 문제에만 빠져 지내다 관심을 밖으로 돌리는 법을 터득하기란 생각보다 쉽지 않다. 작가 지망생이라면 헨리 제임스(1843~1916, 미국 소설가)의 충고를 받아들여 꼭 지켜야만 할 것이 있다.

"아무것도 잃어버리지 않는 사람이 되어라."(《불완전한 초상들(Partial Portraits)》(1888)에 실린 수필 〈소설 기법〉 중에서)

그런 바람직한 상태에 이르려면 날마다 조금씩 시간을 따로 내서 아이처럼 '순수한 시각'을 되찾는 훈련을 해야 한다. 하루에 30분씩 두 눈을 크게 뜨고 모든 일에 호기심을 보였던 다섯 살로 돌아가라. 한때는 숨 쉬기처럼 자연스러웠던 일을 일부러 해내려니 신경이 쓰이겠지만, 얼마 지나지 않아 새로운 소재를 마구 모아들일 수 있게 될 것이다. 하지만 소재를 당장 사용하려고 해선 안 된다. 무의식이 새로운 소재에 동화되어 이를 자기 것으로 완전히 받아들이는 기적을 이룰 때까지 기다려야만 한다. 만일 섣불리 그 소재를 쓰려 든다면 의미 없는 사소한 사실의 조각들만 손에 넣게 되리라.

낯선 거리의 사람들

그대는 처음 와본 나라에 여행을 왔거나 낯선 마을에 놀러와 받는 느낌이 어떤지는 잘 알 것이다. 런던 시내를 달리는 커다란 빨간색 버스와 미국과는 방향이 반대인 런던 도로가 처음에는 신기하지만 곧 뉴욕의 녹색 버스처럼 쉽게 피해 다닐 수 있게 되리라. 날마다 출근길에 지나치는 약국 진열창처럼 큰 감동을 주지는 못할 것이다.

하지만 그저 덤덤하게만 여기지 않는다면 약국 진열창도, 우리를 일터로 데려다주는 버스도, 북적이는 지하철도 별세계처럼 신기해 보일 수 있다. 버스를 타거나 걸어서 거리를 지날 때 15분만 시간을 내서 눈에 띄는 사물 하나하나를 다른 사람에게 설명하듯 자신에게 말해 보라.

버스는 무슨 색깔인가? 그저 녹색이나 빨간색이 아니라 샐비어 색이나 올리브 그린, 자주색이나 주홍색처럼 구체적으로 말해 보라. 자, 출입문은 어디인가? 버스 내부, 벽, 바닥, 좌석, 광고지는 무슨 색깔인가? 좌석은 어느 쪽을 향하고 있는가? 맞은편에 누가 앉아 있는가? 옆사람들은 어떤 옷차림을 하고 있는가, 서 있는가, 앉아 있는가, 어떤 책을 읽고 있는가, 아니면 꾸벅꾸벅 졸고 있는가? 어떤 소리가 들리는가, 어떤 냄새가 나는가, 손잡이 가죽이나 스쳐 지나가는 외투 자락 느낌은 어떠한가? 잠시 뒤에는 집중력이 떨어지겠지만 장면이 바뀔 때마다 집중력을 되찾도록 노력해야만 한다.

다음으로 맞은편에 앉아 있는 사람을 관찰하라. 어디서 탔으며, 어디로 가는 걸까? 얼굴, 태도, 옷차림에서 그 사람에 대해 무엇을 짐작할 수 있는가? 고향은 어디일 것 같은가?

삶의 어느 순간이나 활용하기에 따라 새로운 경험이 될 수 있으며, 온종일 시간을 보내는 자기 방도 관찰력을 키우는 데 낯선 거리 못지않게 효과가 있다. 자신의 집, 가족, 친구, 학교나 사무실을 일상에서 벗어났을 때의 시선으로 바라보도록 노력하라. 항상 이야깃거리를 찾아서.

미덕에서 오는 보답

이런 식으로 자신을 바라보기 시작하면 곧 아침에 쓰는 글이 전보다 더 익숙하고 수준이 높아졌다는 사실을 깨닫게 될 것이다. 날마다 새로운 소재를 쉽게 찾아낼 수 있을 뿐만 아니라 마음속에 숨어 있는 기억까지도 불러낼 수 있다. 새로운 사실들이 꼬리에 꼬리를 물고 자기 본성으로 깊숙이 내려가 그 기억 깊은 곳에 자리하는 옛 시절의 감각과 경험, 지나간 기쁨과 슬픔, 그리고 완전히 잊고 지냈던 이야기들을 남김없이 끄집어 내리라.

천재 작가의 재능이 마르지 않는 것은 바로 이 때문이다. 천재 작가는 자신에게 일어났던 일은 무엇이든 활용한다. 그에게는 너무 깊숙이 가라앉아 되불러 낼 수 없는 경험이란 없다. 그는 어떤 상황이든 풍부한 상상력을 활용해 알맞는 이야기를 찾아낼 수 있다. 여러분도 무관심과 게으름의 구렁텅이에 빠져드는 것을 거부한다면 삶의 모든 측면을 충분히 글 소재로 되살려 낼 수 있으리라.

[12] 독창성의 뿌리

모든 작가는 글의 소재를 제 스스로 찾아내야만 한다. 이번 주제는 다루기가 여간 까다롭지 않다. 하지만 반드시 짚고 넘어가야 한다. 이 점을 제대로 이해해야만 '독창성'을 이루는 요소를 둘러싼 오해를 깨끗이 날려버릴 수 있기 때문이다.

잡히지 않는 특징

어떤 책이든, 어떤 편집자든, 어떤 글쓰기 선생님이든 작가로 성공하는 데 가장 중요한 요소는 독창성이라고 말할 것이다. 끈질기게 비결을 물어오는 작가 지망생들에게 그들은 '독창성'을 보여주는 작가들의 작품을 들먹이기도 하는데, 거의 모든 젊은 지망생들은 이런 비결을 묻는 실수를 저지르고 만다. 그러면 어느 편집자는 자신의 충고에 방점을 찍으려고 이렇게 말한다.

"윌리엄 포크너처럼 독창성을 발휘하라."

"뭔가 대단한 것을 보여주려거든 펄 벅(1892~1973, 1938년에 노벨문학상을 수상한 미국 소설가) 여사를 참고하라!"

그러면 순진한 작가 지망생은 조언의 요지를 완전히 놓친 채 집으로 돌아가 '굉장한 포크너 단편 소설'이나 '완벽한 펄 벅 소설'을 재현하기 위해 온 힘을 기울인다.

편집자와 글쓰기 선생님으로 오랫동안 일하면서 얻은 중요한 교훈 한 가지가 있다면 상상력이 풍부한 작가는 본보기로 삼은 작품 안에서 자기한테 어울리는 특징을 꼭 집어 찾아낸다는 점이다. 작가 지망생이 똑같은 옷본을 사용해 그럴듯한 이야기를 만들어내지만, 성공하는 사람이 한 명이라면 실패하는 사람은 수백 명이다. 다른 사람의 옷본을 빌려 외투를 재단한다면 틀림없이 실패하기 마련이다. 자기 것을 찾아내지 못했기 때문이다.

작가가 세상에 기여할 수 있는 일은 오직 한 가지뿐이다. 즉 세상에 대한 이해를 자신의 눈에 비치는 모습 그대로 공통된 대상에게 내보이는 것이다. 사람들은 저마다 다르다. 모두 다른 부모에게서 태어나고, 태어날 무렵 그 나라 역사 또한 다르며, 겪는 일들이나 내리는 결정도 저마다 다르다. 그대와 똑같은 가치관을 가지고 세상을 대하는 사람은 거의 없다. 따라서 오로지 자신만 아는 이야기를 풀어낼 수 있는 사람만이 독창적인 작품을 만들어 낼 수 있으리라.

매우 간단해 보이지만 여느 작가는 해낼 수 없는 일이 바로 이것이다. 작가 지망생들은 다른 작가의 글에 푹 빠져버리기 때문에 안타깝게도 제 눈은 감고 다른 작가의 눈으로 세상을 바라보기 쉽다. 물론 이따금 상상력이 풍부하고 생각이 유연한 초보 작가가 써낸 제법 모방한 티가 나지 않는 훌륭한 이야기와 마주하게 될 때도 있다. 하지만 거의가 이해 부족 투성이들뿐이다. 다시 말해서 자기 소설 속 등장인물에 대한 엉뚱한 오해는 글쓴이가 창조한 인물들을 다른 작가의 눈으로 바라보기 때문에 발생한다. 다시 말해 그는 자신이 창조해 낸 인물들을 윌리엄 포크너의 눈으로, 어니스트 헤밍웨이(1899~1961, 1954년에 노벨 문학상을 수상한 미국 소설가)의 눈으로, D. H. 로렌스의 눈으로, 버지니아 울프의 눈으로 바라본다.

독창성은 모방에서 나오는 게 아니다

뛰어난 작가들의 미덕은 수많은 작가 지망생들이 저지르는 모방을 절대 하지 않는 데 있다. 그들은 세상을 자신만의 눈으로 바라보면서 자기 눈에 비친 모습을 글로 옮겨놓는다. 그들의 작품이 솔직하고 활기 넘치는 이유는 그 어떤 편향이나 왜곡 없이 있는 그대로 자기 개성을 드러내기 때문이다. 시어도어 드라이저(1871~1945, 미국 소설가)를 흉내내어 쓴 이야기에는 속임수의 냄새가 배어 있기 마련이고, D. H. 로렌스를 어설프게 흉내낸 그 글은 물에 기름이 뜬 것 같을 수밖에 없다. 그러나 어리석게도 영웅의 모든 점을 떠받들며 덮어놓고 똑같이 흉내내려는 젊은 작가에게 그런 것을 일려주기란 너무도 어렵다.

허를 찌르는 마무리

작가가 모방의 함정에서 용케 벗어나 독창적인 글을 쓰려고 할 때 흔히 이야기가 갈피를 잡지 못하고 엉뚱한 방향으로 흘러가곤 한다.

그것은 작가가 오로지 독창성이라는 신만을 섬기면서 아주 중요한 갈림길에다가 난데없는 다이너마이트를 설치하는 바람에 결론이 완전히 뒤집어지고, 등장인물의 행동에서 개성을 제거해 버리는 실수를 저질렀기 때문이다. 그 결과 그의 이야기는 온갖 끔찍한 요소들로 가득 넘쳐나거나, 아니면 드물게 운이 좋아 장애물을 무사히 비켜가는 둘 가운데 하나이기 쉽다.

글쓰기 선생님이나 편집자가 이야기의 신빙성이 떨어진다고 말하면 작가는 《드라큘라(Dracula)》(아일랜드 소설가 브램 스토커(1847~1912)가 1897년에 발표한 소설)나 '캐슬린 노리스'를 들먹인다. 즉 작가는 자신의 이야기가 기본 요건도 충족하지 못하여 그가 모방한 작가들만큼 진실되게 그려내지 못했다는 그 의견에 귀를 기울이려 하지 않는다.

정직, 독창성의 밑바탕

따라서 이런 이야기들이 실패하는 이유는 작품 자체의 일관성 부족 때문이다. 작품이 일관성을 지니는 데 가장 중요한 밑바탕은 바로 정직성이다. 그런데도 이를 놓치는 경우가 많아서 참으로 안타깝다. 만약 초보 작가들이 자신의 참모습에 눈을 뜨고 삶의 중요한 문제들에 대해 자신이 진정으로 믿는 것이 무엇인지를 발견한다면 솔직하고 독창적이면서 독특한 이야기를 얼마든지 써낼 수 있을 것이다.

하지만 오늘 신념이 내일의 신념이 될 수 없을 것이라고 의심하며 자신을 송두리째 내던지기를 망설이는 초보 작가들이 너무나 많다. 모든 초보 작가들은 어떤 속삭임에 사로잡히게 된다. 그는 궁극적인 지혜가 저절로 모습을 드러내 주길 기다리다가 그 시기가 너무 늦어지면 자신은 글을 쓰긴 글렀나 보다고 서둘러 판단해 버린다. 이러한 기다림은 글쓰기를 막연히 미루는 핑계에 지나지 않으며 온 힘을 기울이지 않고 건성으로 반쯤 이야기를 쓰다 마는 결과를 가져온다.

따라서 초보 작가들만 겪는 일이 아니라는 점을 반드시 깨달아야 한다. 그대는 끊임없이 스스로가 지닌 신념을 바탕으로 글을 써야만 한다.

자신을 믿어라

프랑스의 작가 조르주 폴티(1867~1946)는 《서른여섯 가지 극적인 상황(Les trente—six situations dramatiques)》에서 인간이 처할 수 있는 극적인 상황은 서른여섯 가지에 이르며, 등장인물을 아무도 상상해 본 적이 없는 극의 중심에 둔다고 해서 이야기가 흡인력을 갖는 것은 아니라고 말한다. 주인공이 어떻게 어려움에 대처하느냐, 그런 막다른 골목에 대해 작가 자신은 어떻게 생각하느냐, 이런 것들이 바로 이야기를 진정 작가만의 것으로 만들어 준다.

이야기의 성패를 판가름하는 것은 작품을 통해 뚜렷이 드러나는 작가 자신의 개성이다. 그것만으로도 진부한 상황은 벌어지지 않으리라 나는 감히 말하고 싶다. 예를 들어 《만인의 길(The Way of All Flesh)》(1903, 영국 작가 새뮤얼 버틀러의 소설), 《클레이행어(Clayhanger)》(1910~1918, 영국 작가 아널드 베넷의 3권짜리 소설), 《인간의 굴레(Of Human Bondage)》(1915, 영국 작가 윌리엄 서머싯 몸의 소설)는 주제가 서로 비슷하다. 하지만 그 가운데 진부한 작품이 있는가?

그대의 분노와 나의 분노

아그네스 뮤어 매켄지(1891~1955, 스코틀랜드 작가)는 《문학의 과정(The Process of Literature)》에서 이렇게 말한다.

"그대의 사랑과 나의 사랑, 그대의 분노와 나의 분노는 똑같은 이름으로 불린다는 점에서 매우 비슷하다. 하지만 우리 두 사람의 경험에 비추어 볼 때 그 둘은 완전히 똑같을 수 없다."

이 말이 진실이 아니라면 예술은 기초도 성공도 없을 것이다. 이디스 워턴도 《애틀랜틱 먼슬리(Atlantic Monthly)》에 실린 〈어느 소설가의 고백〉에서 다음과 같이 딱 잘라 말한다.

"사실 두 가지 기본 원칙이 있을 뿐이다. 첫째, 소설가는 글자 그대로의 의미로든 비유적인 의미로든 자신의 팔이 미치는 범위 안에 있는 것만 다루어야 한다. 둘째, 주제의 가치는 작가가 그 안에서 무엇을 보고, 또 그 안으로 얼마나 깊이 파고들 수 있느냐에 거의 전적으로 달려 있다."

가끔 위의 인용문을 되새겨 보기 바란다. 자기 글에 마지막 가치를 부여하는 것은 바로 자신의 통찰력이다. 선하고 맑고 정직한 마음이 우러나는 작품에는 진부함이 발붙일 수 없다는 것을 깨닫게 될 테니 말이다.

하나의 이야기, 수없이 고쳐 쓴 작품들

나는 글쓰기 강의를 시작하고 얼마 동안은 직접적인 예를 통해 어떤 것도 똑같을 수 없다는 것을 증명해 보이려 애썼다. 그리고 학생들에게 줄거리에서 뼈대만을 간추린 시놉시스를 제출하라고 요청했다. 학생들이 낸 시놉시스 중에서 나는 '가장 진부한' 시놉시스를 골랐다. 다음은 내 수업 시간에 제출된 시놉시스이다.

"천방지축 아가씨가 결혼해서 돈을 갈망한 나머지 남편을 거의 파멸시킨다."

고백하건대 이 시놉시스를 학생들에게 큰 소리로 읽어주면서 속으로 적잖이 걱정했다. 솔직히 나는 크게 기대하지 않았다. 작품을 다시 쓴다는 것은 어떤 생각이 떠올랐을 때, 그 생각에 자기가 어떻게 반응했는가를 확인하고 나서 그 반응하고는 정반대가 되는 이야기로 바꾸어 놓을 수가 있어야만 가능한 일이다. 어쨌든 학생들에게 그 주제에 대한 이야기를 쓰기로 하고 10분이라는 시간을 주면서 그 시놉시스를 늘려보라는 과제를 내주었다. 그 결과 수강생 열두 명이 서로 다른 작품들을 내놓았다. 어떤 편집자가 읽어도 그 출발점이 하나라는 사실을 알아채지 못할 만큼 아주 달랐다.

그 가운데 첫 번째 작품은 골프 챔피언으로 다른 사람을 업신여길뿐더러, 아마추어 시절부터 토너먼트에 참가하면서 이곳저곳을 여행하느라 남편을 거의 망가뜨린 여자 이야기였다. 그다음 작품은 정치인의 딸 이야기였다. 그녀는 아버지를 지지할 만한 사람들을 돈으로 구워삶고, 남편의 고용주에게도 너무 사치스럽게 접대하는 바람에 고용주의 눈에 자신의 그 젊은 오른팔이 그러니까 이 여자의 남편이 승진을 너무 자만하는 것처럼 보일 정도였다. 세 번째 작품에서는 젊은 주부들의 씀씀이가 너무 헤프다는 주의를 받고 지나치게 근검절약하다가 결국 남편의 인내심을 바닥내고야 마는 여자가 등장했다.

두 번째 작품을 채 절반도 읽기 전에 교실은 웃음소리로 떠나갈 듯했다. 이 수업을 통해 학생들은 저마다 상황을 바라보는 눈이 다르며, 자신에게는 너무도 당연해 보이는 것들이 다른 사람들에게는 새롭고 뜻밖일 수 있다는 점에 주목했다. 물론 그 가운데 어느 학생은 자신이 내놓은 의견만 너무 평범하다고 볼멘소리를 해댔지만, 지금 내가 말하는 이야기들은 실제로 모두 일어났던 일들이다.

쌍둥이조차 똑같은 이야기 소재를 같은 각도에서 바라보지 않는다. 강조점의 차이는 늘 있기 마련이다. 다시 말해 매우 어려운 상황을 불러일으키는 원인도 저마다 다르고, 그 어려움을 헤쳐 나가는 행동도 다르게 선택하기 마련이다. 주제가 잘 떠오르지 않아 어둠 속을 헤매고 있다면 다음의 충고가 도움이 될 것이다.

"자신이 의견을 드러내고 싶을 만큼 생동감 있는 이야기라면 뭐든 써도 상관없다."

어떤 상황이 자기에게 그 정도로 관심을 끈다면 그 상황은 충분히 의미가 있으며, 그 의미가 무엇인지를 찾아낼 수 있다면 그 이야기의 기초는 이미 마련된 셈이다.

넘겨줄 수 없는 개성

모든 글은 조리법이나 공식처럼 단지 정보 전달에만 그치는 게 아니라는 점에서 '설득력을 무기로 삼는 논문'이라 할 수 있다. 작가는 독자의 관심을 붙잡아 두면서 독자가 작가의 눈으로 세상을 바라보도록, 이 대목에서는 감동을 받고 저 상황에서는 슬퍼하며, 또 다른 상황에서는 마음 놓고 실컷 웃도록 독자들을 이끈다. 그런 점에서 모든 소설은 설득력을 지닌다. 온갖 종류를 가리지 않고 무릇 지어낸 이야기의 밑바탕에는 작가의 확신이 자리한다.

따라서 작가는 마땅히 삶의 중요한 문제들에 대해 자신이 진정으로 믿는 것은 무엇이며, 글의 소재로 사용하게 될 삶의 사소한 문제들에 대해선 자신이 어떤 생각을 가지고 있는지 정확하게 알고 있어야만 한다.

질문 사항

여기 스스로를 진단하는 데 필요한 몇 가지 질문들이 있다. 빙산의 일각일 뿐이지만 이 질문들을 참고 삼아 머리에 떠오르는 다른 의문점들을 따라가면서 자신의 작업 철학에 대해 진지하게 생각해보길 바란다.

• 신을 믿는가? 믿는다면 어떤 측면에서?

- 자유 의지를 믿는가, 아니면 결정론자인가?
- 남자를 좋아하는가? 아니면 여자? 아니면 어린아이?
- 결혼을 어떻게 생각하는가?
- 낭만적인 사랑은 어리석음이자 올가미라고 여기는가?
- "백 년이 지나도 모두 똑같을 것이다." 이 말을 심오한 진리라고 생각하는가, 아니면 얄팍한 속임수라고 생각하는가?
- 자신이 상상할 수 있는 가장 큰 행복은 무엇인가? 또 가장 큰 불행은?

이런 굵직한 질문에 명확한 답을 내놓지 못한다면 아직 소설을 쓸 준비가 안 된 상태이다. 글의 토대가 되기에 충분하다고 확신할 수 있는 주제를 찾아내야만 한다. 훌륭한 작품은 흔들림 없는 확신에서 나오며, 그리하여 모든 독자의 사랑을 한 몸에 받는다.

[13] 작가의 휴식

작가는 그 어떤 직업을 가진 사람보다도 가짜 휴일을 많이 갖는다. 일하지 않는 시간이면 작가들은 거의 구석에 틀어박혀 책을 읽거나 그게 여의치 않을 때는 다른 작가들과 만나 이런저런 이야기를 나눈다. 하지만 이러한 방법들은 작품을 쓸 힘을 죄다 없애버리고 만다.

이름뿐인 공백

글쓰기를 직업으로 삼지 않아도 우리는 말에 너무 붙잡혀 있어서 말에서 벗어날 수가 없다. 만약 오랫동안 혼자 있으면서 글도 읽을 수 없다면, 당장에 우리는 행동주의자의 말처럼 '목소리가 거의 없는 말'을 자신에게 걸게 된다. 세상에서 이것처럼 틀림없는 사실은 없다. 말없이 혼자 몇 시간을 지내보라. 책이나 신문은 물론이고 모든 인쇄물을 치워라. 긴장을 느끼기 시작했을 때 누군가에게 전화하고픈 유혹도 단호히 뿌리쳐라. 그러면 몇 분도 안가서 속으로 책을 읽거나 말을 할 생각을 하고 있다는 것을 알게 될 것이다.

그러고는 바로 우리는 지인에게 방금 그에 대해 떠오른 생각을 이야기할 계획을 세우고, 그것이 양심에 걸려서 자신에게 충고를 하고, 그러면서도 노래 가사를 떠올리려 애쓰고, 이야기 줄거리를 고민하는 등 엄청나게 많은 말을 사용하는 자신을 발견하게 된다. 사실 말 없는 공백을 메우기 위해 말들이 계속 쏟아져 나온다고 해도 과언이 아니다.

자유로운 몸이었던 시절에는 글이라곤 단 한 줄도 써본 적이 없는 죄인도 종이가 손에 잡히는 대로 글을 끄적인다. 병원 침대에 누워 있는 환자들이 읽으려고 챙겨두었다가 안정을 취해야 한다는 의사의 권고 때문에 읽지 못한 책들이 얼마나 많은지 모른다. 두 살배기 어린아이도 혼자 말을 하고, 농부는 젖소에게 말을 건다. 이렇듯 우리는 꿈에도 말을 사용할 수밖에 없다.

말 없는 여가 시간

하고 싶은 말은 간단하다. 스스로 마음이 내켜서 말을 하지 않고도 잘 지낼 수 있어야 한다. 극장에 가거나, 교향악단의 연주를 듣거나, 박물관에 들르기보다 더 긴 산책에 혼자 나서거나, 버스를 타보라. 진지하게 계획을 세워 말하거나 읽는 것을 멀리한다면 큰 보상이 따를 것이다.

내가 아는 어느 이름난 작가는 날마다 공원을 찾아 두 시간씩 벤치에 앉아 멍하니 보낸다. 그러기 전에 그는 몇 년 동안 자기 집 뒤

뜰 잔디에 누워 하늘을 올려다보곤 했는데, 가족 가운데 누군가가 그가 혼자서 너무 편안하게 빈둥대는 모습을 보고 그때마다 밖으로 나와 말을 걸었다. 그런데 얼마 후에 그는 구상 중인 작업에 대해 이 야기하기 시작했고, 그러자 놀랍게도 마음속에서 요동치던 생각들 을 입 밖으로 꺼내 말하는 순간 글을 쓰고 싶다는 갈망이 갑자기 사라져 버렸다. 그래서 요즘 그는 정해 놓고 날마다 오후쯤이면 온 다 간다 말없이 슬쩍 사라져 주머니에 손을 찔러 넣고 공원에서 비 둘기를 쳐다본다.

또 다른 작가는 거의 음치에 가까운데, 어쩐 일인지 교향곡 연주 회장을 찾아 들어가면 요즘 집필 중인 이야기를 마저 끝낼 수 있다 고 한다. 눈부시게 빛나는 조명과 사방으로 울려퍼지는 음악이 들려 오면 그저 가만히 있어도 그 정지 상태가 어떤 '예술적 혼수상태(무 아지경)'를 일으켜 몽유병 환자처럼 연주회장을 빠져나와 정신을 차 려보면 어느새 책상 앞에 앉아 있다는 것이다.

자신만의 자극을 찾아라

자신에게 가장 적합한 여가 활동을 찾으려면 스스로 시험해 보는 길밖에 없다. 하지만 끝내야 할 작품이 있을 때는 책이나 연극이나 영화는 되도록 피하는 게 좋다. 책이나 연극 내용이 좋을수록 정신 이 흐트러질 뿐만 아니라 생각이 바뀌어 다시 글을 쓰게 되므로 마 무리짓기가 쉽지 않다.

온갖 여가 활동

성공한 작가들을 보면 거의 침묵을 지키며 여가 활동을 누리고 있다. 예를 들어 어떤 작가는 승마가 긴장을 푸는 데 가장 좋다는 것을 알아냈다. 또 캐슬린 노리스는 소설을 쓰다가 어려운 대목에 부딪치면 자리를 털고 일어나 한동안 혼자서 카드놀이에 빠진다고 고백했다. 또 다른 소설가는 전쟁 기간 중에 이야기가 '지글거릴' 때마다 페넬로페(그리스 신화에서 남편 오디세우스를 기다리며 날마다 뜨개질을 한 여인)처럼 뜨개바늘을 들고 진홍색 털실 직물을 풀었다 다시 짰다 하다 보면 어느새 이야기가 만들어지더라는 경험을 털어놓았다. 어느 탐정 소설가에게는 낚시가 그런 역할을 했고, 또 다른 작가는 몇 시간씩 아무 생각 없이 무언가를 깎고 다듬다 보면 마음이 안정된다고 말했다. 또 어떤 작가는 손에 잡히는 물건마다 그 이름 머리글자를 수놓는다고 말했다.

열정이 넘치는 작가만이 이런 활동을 '기분 전환'이라는 매혹적인 이름으로 부를 자격이 있다. 성공한 작가일수록 좋은 책을 들고 구석진 곳을 찾지 않는다는 점에 주목하라.

[14] 습작의 정석

되새김질하기

몇 주 동안 아침에 일찍 일어나 글을 쓰는 데 성공하고 나서 두 번째 단계로 정해진 시간에 혼자 빠져나와 글을 쓰는 데도 성공했다면 이제 그 둘을 결합할 차례이다. 이번 장에서는 의식과 무의식의 작업을 초보적인 수준에서나마 하나로 통합하는 방법에 대해 알아보자.

문체의 전염성

우리는 다른 사람의 문체에 얼마나 쉽게 빠질 수 있는지 알아보자. 이 말을 믿지 못하겠다면 말투와 문체에서 강한 개성을 자랑하는 작가를 한 명 고르라. 자신이 좋아하는 작가라면 누구든 상관

없다. 피로가 느껴지더라도 전염성에 대한 관심이 시들해질 때까지 그 작가의 작품을 읽어라. 이제 책을 한쪽으로 치워놓고 어떤 주제의 글이든 몇 쪽 쓰라. 그런 다음 그 글과 아침에 쓴 글을 비교해 보라. 아마 미처 의식하지 못하는 사이에 자신이 고른 작가의 방향대로 강조점이나 말투가 바뀌었을 것이다. 패러디의 의도가 조금도 없었고, 독자적으로 글을 쓰려 애썼는데도 너무나 비슷해서 어처구니가 없을 때도 있다.

자신만의 문체를 찾아라

무엇보다도 자신만의 문체, 자신만의 주제, 자신만의 말투를 찾는 것이 중요하다. 자신의 글을 치밀하게 연구하라. 그러면 단편소설의 독특한 이야기, 또는 짤막한 수필의 핵심이 될 만한 훌륭한 생각을 발견하게 될 테니 말이다. 그렇게 찾아낸 생각은 아마 이야깃거리로 그만일 것이다. 잘 찾아보면 그 주제에 대해 수박 겉핥기식이 아닌 무언가 알맹이가 분명히 있게 마련이다. 산만한 배경에서 자신의 생각을 추려내어 진지하게 고려해 볼 만한 주제로 압축해 나아가라.

싹틀 무렵 이야기

그것으로 무엇을 만들어 낼 수 있을까? 되도록 단순한 생각, 즉 앉은 자리에서 결정할 수 있는 무언가를 찾는 것이 중요하다. 그렇다면 이 경우에는 무엇이 필요할까? 강조점? 잠결에 떠올랐던 생각을 구체화해 줄 등장인물? 갈등이 중요해 보이지 않아서 독자가 대충 보고 넘겨버릴 듯한 위험을 피하려면 특정 요소를 아주 분명하게 못박아 두어야 하지 않을까? 어떻게 해야 할지 결정했으면 그다음에는 세부 사항에 신경 써야 한다.

준비 기간

그대는 아직 글을 쓸 준비가 되어 있지 않음을 명심해야 한다. 지금 하고 있는 작업은 아직 예비 단계일 뿐이다. 하루나 이틀 동안은 세부 사항에 대해 고민하면서 그저 참고 도서에 의지하게 될 것이다. 그러고 나면 쓰려는 이야기에 대해 꿈을 꾸게 되리라. 등장인물을 하나하나 떼어놓고 생각하다가 어느 순간부터 하나로 뭉뚱그려 생각하게 되고 의식과 무의식을 번갈아 활용하는 등 그 이야기를 풀어나가기 위해 할 수 있는 일을 모두 하게 될 것이다. 아마 고칠 내용이 끝도 없어 보일 것이다. 여주인공은 어떻게 처리할까? 외동딸? 아니면 일곱 딸 가운데 맏딸? 교육 수준은 어느 정도가 좋을까? 일하는 여성으로 설정할까? 그다음엔 남자 주인공이 나올 터이고 이어 이야기에 활기를 불어넣는 데 필요한 2차 등장인물에게도 똑같이 정성을 들인다. 그러고 나면 장면과 등장인물의 배경에 관심을 기울인다. 그 배경 장면들은 완성된 이야기에 많은 신빙성을 부여해 주는 지식이다.

영국의 소설가이자 평론가인 포드 매독스 포드(1873~1939)는 자신의 최신작 《그것은 나이팅게일이었다(It Was the Nightingale)》(1933)에서 다음과 같이 말했다. "나는 자리에 앉아 소설을 쓰기 시작하기 전에 모든 장면을 치밀하게 계획하며, 더러 대화까지도 사전에 모두 계획해 둔다. 하지만 내가 쓰려는 머나먼 시대로 거슬러 올라가는 역사를 잘 알지 못하면 작업을 시작할 수 없다. 창문 모양, 문손잡이의 특성, 부엌 구조, 옷 만드는 재료, 신발에 쓰인 가죽, 밭에 거름을 주는 방법, 버스 승차권의 특징을 내 눈으로 관찰하고 확인해야만 직성이 풀린다. 만일 그대가 등장인물의 손가락이 닿는 문손잡이가 어떤 종류인지 모른다면 그 인물을 문밖으로 내보내면서 어찌 나 자신에게 흡족할 수 있겠는가?" 이 책은 글쓰기 과정에 대한 소중한

정보들로 가득 차 있다.

이런 식으로 자신이 할 수 있는 일을 빠짐없이 했다면 스스로에게 이렇게 말하라.

"다가오는 목요일 10시에는 무조건 글을 쓰도록 하자."

그리고 나서는 그 생각을 머릿속에서 완전히 몰아내라. 물론 이야기에 대한 생각이 이따금 떠오르기도 할 것이다. 하지만 아직은 글을 쓸 준비가 되어 있지 않기 때문에 다시 가라앉혀야 한다. 사흘이 지나도 자기 생각에는 아무런 변동이 없다면 준비는 끝난 것이다.

자신 있게 글쓰기

이제 당장 시작하라. 무조건 자리에 앉아 글을 쓰기 시작하라. 첫 문장이 잘 떠오르지 않거든 공간을 비워두고 나중에 쓰면 된다. 되도록 빨리 써나아가면서 한 문장을 시작하고 끝낼 때마다 간단명료한 글로 부담 없이 빠르게 쓰려고 노력하라. 다시 읽고 싶은 마음이 들더라도 꼭 참아야 한다. 가끔 한두 문장만 다시 읽어 올바른 길로 가고 있는지 확인하라.

이런 식으로 스스로를 단련하면 훌륭한 작업 습관을 들일 수 있다. 본격적으로 글을 쓰기 시작하기 전에 이야기의 첫 번째와 마지막 문장을 정해 두면 큰 도움이 될 수 있다. 첫 번째 문장은 이야기 속으로 풍덩 뛰어들 때 내딛는 발판으로, 마지막 문장은 몸을 잘 뜨게 해주는 부낭으로 활용할 수 있다.

완성된 실험

아무리 오래 붙잡고 늘어지더라도 습작의 끝은 완성된 작품이어야 한다. 하지만 앉은 자리에서 글을 완성하지 못할 경우에는 어떻게 해야 하는지를 알게 되리라. 즉 책상 앞에서 일어나기 전, 작업

열기가 아직도 한창 뜨거울 때 다음 번 작업에 대한 방법을 세워두는 것이 가장 좋은 방법이다.

나중에 읽어봐서 마음에 들든 들지 않든, 다시 쓴다면 더 좋은 작품이 나올 수 있을 것으로 생각하더라도 지금 완성된 이야기를 가지고 자리에서 일어나지 못한다면 이제까지 한 훈련이 기대한 만큼 성과를 거두지 못했다고 할 수 있다.

벗어날 시간

이제 글을 한쪽으로 치워라. 호기심이 그대를 가만히 내버려 둔다면 이틀이나 사흘쯤 구석으로 밀쳐두어라. 그게 힘들다면 하룻밤만이라도 읽지 말고 치워두라. 잠자리에 들기 전에 자기 글에 내리는 판단은 정확치 않으니 삼가라. 마음의 두 가지 상태 가운데 어느 한쪽이 처음의 생각하고는 다른 평가를 하리라.

늦은 밤 자신의 글을 반복해서 자꾸 읽다 보면 피로가 쌓이면서 판단력이 흐려지기 마련이고, 결국에는 세상에 이처럼 지루하고 신빙성이 떨어지고 김빠지는 이야기는 없으리라는 생각이 들기 쉽다. 잠을 푹 자고 난 다음 날 아침에 기분 좋은 마음으로 다시 읽는다 해도 처음에 생각되었던 기억 때문에 어느 판단이 옳은지 갈피를 잡지 못할 확률이 높다.

편집자인 자아가 퇴짜를 놓을 경우 처음에 염려한 대로 글 수준이 형편없다고 생각하면서 두 번 다시 그 글을 쳐다보지 않을 수도 있다.

그 반대로 마음의 또 다른 반쪽은 이야기를 마무리하는 데 필요한 기력을 송두리째 다 써버리지 않는다. 그는 최근에 자신이 기울인 노력의 결과를 검토하면서 무슨 일이 있어도 글을 써야겠다는 충동에 여전히 사로잡혀 있을 것이다.

막 완성했을 때는 자신의 글을 객관적으로 바라볼 준비가 되어 있지 않다. 자신의 작품을 한 달 넘게 객관적으로 평가하지 못하는 초보 작가들이 많다. 그럴 때는 글을 한쪽으로 밀쳐두고 무언가 다른 데로 관심을 돌려야 한다. 지금이 바로 그동안 꾹 참아왔던 책 읽기에 나설 때이다. 하지만 책을 읽는 것조차 부담스럽다면 글쓴 본인이라는 생각에서 벗어나 긴장을 풀 수 있는 기분 전환 거리를 찾는 게 좋다. 어떤 작가들은 한 작품을 마무리하기가 무섭게 또 다른 작품을 시작하고 싶다는 충동을 느낀다. 만약 그런 충동을 느낀다면 당연히 거기에 따라야 한다.

비판하면서 읽기

기력이 회복되고 긴장이 풀리면서 그 어떤 비판도 받아들일 수 있다는 마음을 먹었다면 자신이 쓴 글을 꺼내어 다시 읽어보라.

아마도 자신의 원고에서 미처 몰랐던 훨씬 더 많은 것들을 발견하게 될 것이다. 이야기를 풀어나가는 데 반드시 필요하다고 생각했던 장면이 하나 없어지고 쓸 계획이 전혀 없었던 다른 장면이 그 자리를 차지하고 있다. 등장인물들은 자신이 생각지도 못했던 특징을 지니고 있다. 그들이 하는 말도 자신이 생각했던 내용과 너무 다르다. 그런가 하면 그저 가벼운 진술로만 여겼던, 하지만 이야기가 제대로 모양새를 갖추려면 반드시 필요한 문장이 부족함 없이 강조되어 있다. 그러니까 결론은 자신이 의도했던 것보다 덜 쓰기도, 더 쓰기도 했다는 말이다. 그렇게 된 데에는 의식보다 무의식의 영향이 더 크다.

[15] 무의식과 천재

심화 훈련

이제 심화 훈련에 들어갈 차례이다. 거듭 말하자면 작가는 다른 예술가나 마찬가지로 이중 인격자이다. 작가 안에서 무의식은 자유롭게 흘러다닌다. 작가는 자신의 성공 여부를 떠나서 글쓰기라는 육체 노동 때문에 지치지 않게 자신을 단련한다. 또한 자신의 이중적인 모습이 드러나면 작가의 지성은 자기 본성 가운데 좀더 민감한 요소를 자유롭게 풀어놓아 최고의 결실을 거둘 수 있는 쪽으로 방향을 잡는다. 그는 일할 때는 물론이고 나중에 자신이 쓴 글을 평가할 때도 이성을 자유자재로 활용하는 법을 터득한다.

가장 바람직한 상태는 작가의 본성을 이루는 두 측면이 서로 협력하면서 조화롭게 일하는 것이다. 아니면 적어도 둘 중 어느 한쪽을 제압할 수 있어야 한다. 성격의 두 측면은 각기 맡은 영역에서 제 역할을 다하면서 서로를 믿는 법을 배워야 한다. 작가는 마음의 두 측면이 저마다에게 주어진 기능을 제대로 수행하는지 늘 감시해야 한다. 다시 말해 의식이 무의식의 특권을 침해하게 내버려 둬서도 안되고, 그 반대 현상이 일어나게 방치해서도 안된다.

이제 우리는 무의식의 역할을 좀더 주의 깊게 살펴볼 텐데, 방금 그대가 끝낸 글이 그 본보기가 될 것이다. 이야기를 통해 전달하고자 하는 요점을 늘 염두에 두면서 무턱대고 달려들지 않고 쓰려고 마음먹은 이야기에 대해 밤낮으로 생각하고 착실하게 글을 쓰겠다고 다짐했다면, 예상했던 것보다 훨씬 더 모양새 있고 재치 넘치는 균형 잡힌 이야기가 나올 것이다. 등장인물들도 의식을 발휘해 정성을 들였다면 좀더 완전하고 멋지게, 그리고 군더더기는 적게 그려졌으리라. 즉 이제까지 우리가 거의 고려하지 않았던 기능, 보다 높은 차원의 상상력이 활동에 들어갔다고 보면 된다.

재능의 뿌리

재능의 뿌리는 의식이 아니라 무의식 안에 있다. 의식적인 노력을 통해 재능을 갈고닦는다고 해서 위대한 예술 작품이 탄생하는 건 아니다. 재능은 구체적인 모습으로 나타나며, 의식의 영역 바깥에 뿌리를 두고 있다. 의식도 수많은 일을 할 수 있지만 천재의 사촌뻘인 재능을 발휘하지는 못한다.

잠재의식이 아니라 무의식

하지만 말을 하거나 글을 쓸 때면 우리는 커다란 장애에 부딪친다. 마음이 아직 제 기능을 완전히 발휘하지 못하기 때문이다. 게다가 우리는 프로이트의 심리학이 등장했을 때부터 잠재의식에 대해 듣기 시작했다. 물론 프로이트는 무의식을 잠재의식으로 부른 용어의 실수를 바로잡았고, 요즘 심리학 논문에서 언급되는 것은 무의식이다. 하지만 우리에게 그 불행한 '잠재=무의식'이라는 말은 무의식을 의식보다 낮게 보는 의미로 굳어져 버렸다. 지금도 우리는 어떤 점에서 무의식은 우리의 성격 가운데 의식보다 열등한 부분이라는 생각에서 완전히 자유롭지 못하다.

심리학자 프레드릭 윌리엄 헨리 마이어즈는 《인간의 성격(Human Personality)》이라는 탁월한 저서의 〈재능〉이라는 장에서 똑같은 오류에 넘어가 '잠재의식의 분출'이라는 표현을 거듭 사용했다. 이제 무의식은 의식 아래 있지도 않고 의식보다 능력이 떨어지지도 않는다. 무의식은 의식의 한복판에는 없는 것을 모두 아우를 뿐만 아니라 우리의 평균 이성을 위아래로 훌쩍 뛰어넘는다.

더 높은 수준의 상상력

사실 무의식은 우리가 흔히 생각하는 것보다 훨씬 더 높은 수준의 도움을 준다. 어떤 예술이든 무의식에 저장된 기억과 감정뿐만 아니라 상상력이라는 무의식의 알찬 내용물에 의지해야 한다. 재능을 타고난 사람은 이러한 자원을 끊임없이 활용하는 가운데 자신의 존재를 마음껏 펼치며 행복하게 살아간다. 그런 사람은 생명력과 활기가 무한정 넘쳐날뿐더러 저 먼 곳에서 들려오는 울림을 억누르지 않는다.

무의식과 타협하라

무의식을 흐릿하고 우중충하며 형체도 없는 개념들이 어지럽게 떠돌아다니는 어두컴컴한 숲의 가장자리쯤으로 여겨선 곤란하다. 오히려 그 반대로 무의식은 형식에 민감하다. 무의식은 우리의 이성보다 유형, 양상, 목적을 훨씬 더 빨리 포착해 낸다. 하지만 무의식의 활동이 너무 왕성할 때에는 길에서 벗어날 수도 있으므로 늘 조심해야 한다. 무의식이 제시하는 자료가 감당 못할 정도로 넘쳐나지 않게 올바른 방향을 잡아주고 통제하고 타협해야만 한다. 그러니까 이 방법으로 터득한다면 맨 처음 글쓰기를 시작했을 때 느꼈던 것보다 피로를 훨씬 줄일 수 있다. 작가가 익힐 수 있는 기술적인 지식의 영역은 매우 드넓으며, 그 가운데에는 의식적인 노력을 통해 배울 수 있는 손쉬운 방법들도 많다.

그러나 계획하고 있는 작품의 형식과 주제를 결정하는 것은 무의식이며, 무의식에 의지하는 법을 터득할 수 있다면 더욱 훌륭하고 확실한 결실을 거두게 되리라. 그러려면 무의식의 활동에 간섭해선 안 된다. 다시 말해 소설 기법 책을 읽었거나 출간된 작품들을 오랫동안 연구하면서 힘들게 깨우친 그 개념을 무의식에 강요하지 말아야 한다.

예술적 혼수상태와 작가의 '비법'

천재작가는 자신이 어떻게 일하는지 미처 깨닫지 못한 채 평생을 살아간다. 꿈꿀 때나 앉아서 빈둥댈 때도 천재작가는 그저 혼자 남겨져야 할 때가 있다는 것만 알 뿐이다. 거의 모든 천재작가들은 자신의 마음이 새하얀 종이처럼 텅 비어 있다고 믿는다. 때로 우리는 '불모의' 시기를 겪고 있다고 믿으며 절망의 늪에서 허우적거리는 천재작가 이야기를 듣는다. 하지만 침묵 시기는 언제 그랬냐는 듯 곧 지나가기 마련이고, 글을 써야 하는 시점은 그를 찾아온다.

천재 작가의 게으름이 잠시 보여지는 침묵일 뿐임을 알아채버린 관찰자들은, 이 낯설고도 고립된 시기를 '예술적 혼수상태'라고 불러왔다. 너무 깊숙이 가라앉아 있으므로 생각을 구체화할 준비를 갖추기 전까지는 활동의 조짐이 거의 보이지 않는다. 천재 작가에게 쏟아지는 괴팍하다느니 무례하다느니 이런 비난 뒤에는 사실 고독 속에, 한가로운 여가 속에, 오랜 침묵 속에 푹 잠기고 싶어하는 예술가의 절실한 욕구가 숨어 있다. 이따금 일에서 벗어나 초탈의 시간을 갖는 것이 예술가의 특징이다.

한 발 뒤로 물러나 무덤덤하게 지내다 보면 이름 없는 기능이 저절로 모습을 드러내기 마련이지만, 자기 스스로 그 시기를 어느 정도 앞당길 수는 있다. 그러려면 더 높은 수준의 상상력을, 직관을, 무의식의 예술적 측면을 지유자재로 다룰 수 있는 능력을 길러야만 한다. 작가의 비법은 바로 거기서 나오며, 그런 능력이야말로 작가의 유일하고도 진정한 '비책'이리라. 살아 있는 모든 것, 그것이 바로 '비책'이다.

[16] 재능의 해방

작가는 이중 인격이 아니라 삼중 인격이다

그렇다면 작가의 본성은 이중이 아니라 삼중이라는 결론에 자연스레 이르게 된다. 희미하든 뚜렷하든, 지속적이든 산발적이든 삼중 인격 가운데 이 세 번째는 바로 저마다 타고난 재능이다. 번득이는 통찰력과 날카로운 직관 그리고 상상력은 서로 협력해 평범한 경험을 '더 고귀한 현실이라는 환상'으로 바꾸어 놓는다. 그런 점에서 이 세 번째는 예술의 필수 요소이다.

이 요소는 우리가 통제할 수 있는 영역 밖에 위치한다. 일상적인 목적인 경우에는 우리 마음을 의식과 무의식으로 대충 분리하는 것만으로도 충분하다. 예술가도 마음의 복잡성을 온전히 이해하지 못한 채 평생을 살아간다. 하지만 작가 본성의 이 세 번째 요소를 인식하고 이 요소가 글쓰기에서 차지하는 중요성을 이해한다면, 자기 작업 안으로 자유롭게 흘러들도록 하는 법을 터득하면 작가로서 크게 성공할 수 있다.

신비로운 능력

이제 "재능은 배운다고 해서 트이는 것이 아니다" 이 모호한 말 속에 숨은 진실이 보이기 시작할 것이다. 물론 어떤 의미에서 이 말은 옳다. 의식적으로 노력한다고 해서 재능이 느는 것은 아니며, 그 재능이 늘어나기를 바랄 필요도 없다. 왜냐면 재능이라는 자원은 평생을 가도 다 쓸 수 없을 만큼 충만하다. 우리에게 필요한 것은 타고난 재능을 더 늘리는 게 아니라 활용하는 법을 배우는 것이다.

시대와 인종을 뛰어넘은 그 위대한 천재 작가들은, 처음부터 불순물이 섞이지 않은 그야말로 순수한 재능을 타고난 것 같지만 사실은 너무 위대해서 삶과 예술 작업에서 다른 인간들보다 그러한 기능을 좀더 자유롭게 발휘했을 뿐이다.

천재작가에 대한 케케묵은 정의들이 있다. 그러나 '영감이 노력'이 아니듯이 재능 또한 '노력한다 해도 가질 수 있는 무한한 능력'이 아니다. 재능을 둘러싼 잘못된 정의들은 사람들의 착각일 뿐이다. 직관력과 통찰력을 만족스럽게 전달하는 과정은 무척 힘들다. 한순간의 깨달음을 표현할 말을 찾는 데 몇 년이 걸릴 수도 있다. 하지만 노력과 재능은 엄연히 다르다. 서툴게나마 재능을 풀어놓는 법을 터득한다면, 뜻밖에도 재능이 저절로 모습을 드러내어 힘들게 고생하지 않아도 창의적인 생각이 마구 흘러넘치는 기적 같은 경험을 하게 되리라.

재능의 해방

눈부신 재능의 해방은 우연히 일어나지 않는다. 많은 시행착오가 있을 수 있다. 예술가는 재능에서 뿜어져 나오는 활력에 의지해 책, 이야기, 그림을 내놓지만 이 점을 알아차리지는 못한다. 그는 '재능'이라는 것이 과연 문제가 되는지조차 부정할지 모른다. 아마도 그는 자신의 경험을 내세워 '본궤도에 오르는 것'이 중요하다고 말하리라. 하지만 그는 본궤도에 올랐을 때의 수준을 훨씬 뛰어넘어 명료하고 아름다운 글을 막힘없이 술술 쓰는 행복한 상태에 이르러서도 그것이 무엇을 의미하는지조차 모를 수도 있다.

거의 모든 성공한 작가들은 수많은 시행착오 과정을 거쳐 이러한 기능을 해방하는 자기만의 방법을 가지고 있다. 하지만 그 방법이라는 게 너무 모호하고 어림짐작일 뿐이라 비법을 찾는 초보자에게는 거의 도움이 되지 않는다. 글을 쓰는 습관을 둘러싼 성공한 작가들 경험담을 들어보면 저마다 너무 달라서 때로 햇병아리 작가는 선배들이 무리를 지어 실제 작업 과정을 속이려 함이 분명하리라 생각하기 쉽다.

주기, 단조로움, 침묵

속임수는 없다. 다만 작가들 사이에 질투나 부러움이 있을 따름이다. 성공한 작가들은 그저 무의식적으로 일할 뿐이지 자기 작업 방식을 분석하지는 않는다. 수많은 물음 끝에, 성공한 작가들의 기록을 빠짐없이 훑은 햇병아리 작가가 마침내 얻는 것은 설명이 아니라 개인의 경험담일 뿐이다.

성공한 작가들은 책이나 이야기에 대한 생각이 어느 순간 섬광처럼 번쩍 떠오른다고 입을 모아 말한다. 그 순간 등장인물이, 상황이, 이야기의 결과가 희미하게나마 아니면 선명하게든 모습을 미리 드러낸다. 그리고 집중력을 끌어올려 그 생각들을 가다듬는 동안 몇몇 작가들은 매우 흥분한다. 그들은 마치 자신의 마음 앞에 펼쳐진 가능성에 도취한 듯 보인다. 그러고 나면 침묵의 시기가 찾아온다.

하지만 작가마다 매우 특이한 방식으로 그런 막간극에 몰입하기 때문에 그 공통점을 찾아내기란 매우 어렵다. 그 막간극은 승마, 뜨개질, 카드놀이, 산책, 조각 등 아주 다양하다. 물론 세 가지 형태의 공통점이 있다고 말할 수 있을지도 모르겠다. 즉 이 기간은 주기성을 띠고, 단조로우며, 말이 없다. 그것이 천재 작가들이 지닌 비밀의 열쇠이리라.

북북 문질러 닦아야 하는 마루

자신만의 그런 주기를 예측할 수 있다면 반복해서 나타나는 습관 속에서 유익한 결과를 끌어낼 수 있다. 하지만 우연한 기회에 발견하게 되는 이런 시간 때우기 활동은 거의 예측할 수 없다는 단점이 있다. 자신의 습관을 알았을 때는 이미 거기에 푹 젖어 있어서 빠져나오기가 어렵다. 또한 많은 작가들이 작업 방식에 관련해 이런 미신을 가지고 있다.

"북북 문질러 닦아야 하는 마루가 있는 한 나는 괜찮다." 글쓰기 주기가 불확실한 것에 대한 낙관적인 생각이다.

나의 학생 가운데 한 명이 위의 말을 했다. 교수 부인인 그 학생은 대가족을 뒤치다꺼리하는 틈틈이 글을 썼는데, 부엌 바닥을 닦다가 쓴 이야기가 뜻하지 않게 최고의 대열에 끼게 됐다. 이 자그마한 성공이 그녀에게 도시에 가서 공부할 기회를 안겨주었다. 그런데 솔로 바닥을 북북 문지르는 단조로운 행동으로 다시 돌아갈 때까지 그녀는 두 번 다시 글을 쓰지 못했다. 하지만 유명 작가 가운데에도 방금 말한 중서부의 주부처럼 '마루 바닥의' 미신을 굳게 믿는 이들이 많다.

'생각을 품는 시기'를 짧게 줄여 더 좋은 작품을 내놓을 수 있는 방법은 분명히 있다. 그 방법이야말로 참된 작가로 나아가는 비법이리라.

[17] 작가의 비법

X와 마음의 관계는 마음과 몸의 관계와 같다

우리 모두에게 있는 재능을 따로 분리해 분석하고 연구한 결과 마음과 몸의 관계처럼 재능 또한 마음과 깊이 관련되어 있다는 사실이 밝혀졌다고 해보자. '재능'이라는 말이 아무래도 너무 거창하게 들리거나 교활한 겉모습 아래 우리를 당혹스럽게 만드는 정신적 특징을 숨기고 있다는 의심이 든다면, 한 걸음 양보해 재능을 그냥 X라고 부르자. 즉 'X : 마음=마음 : 몸'이라고. 집중해서 생각하려면 몸을 움직여선 안 된다. 사람들은 생각을 집중할 때 그저 가볍고 기계적인 일만 한다. 그다음에 X를 행동에 들어가게 하려면 움직임을 멈추고 마음을 차분히 가라앉혀야만 하리라.

곧 알게 되겠지만 주기성을 띠면서 단조롭고 말 없는 활동이 바로 여기에 해당한다. 그런 활동은 더 높거나 더 깊은 기능이 작용하는 동안 몸과 마음을 어느 정지 상태에 붙잡아 둔다. 그런 활동이 효과가 있다면 반복해서 사용하라. 하지만 그와 같은 활동들은 괴롭거나 마음에 차지 않을뿐더러 결과가 늘 일정하지도 않다. 게다가 제 기능을 완전히 발휘하려면 시간도 만만치 않게 걸린다. 따라서 이제 이야기가 나올만한 시기와 관련해 아직 이렇다 할 공식을 발견하지 못했다면 다음의 방법을 따라라.

마음을 가만히 놔두어라

간단히 말하면 이렇다. 몸을 가만히 놔두듯 마음을 가만히 놔두는 법을 익혀라. 몇몇 사람에게는 이 충고가 너무 쉬워서 실제로 그렇게 하는 사람이 있을까 싶을 것이다. 그렇게 행복한 고민을 하고 있다면 다음에 소개하는 집중 훈련을 할 필요가 없다. 하지만 이 책을 여기까지 읽었다면 책을 덮고 눈을 감은 상태로 잠시만 마음을 가만히 놔두어라.

몇 초만이라도 쉽게 성공했는가? 전에 한 번도 해본 적이 없다면 마음이 얼마나 쉴 새 없이 바쁘게 움직이는지 매우 놀랄 것이다. 인도의 옛 현인은 자신의 마음을 반은 스스로를 한심해하는 투로 반은 변명투로 '재잘재잘 떠들어대는 원숭이'에 비유했다. 성 프란체스코 다시즈(1182~1226, 이탈리아의 수도사)는 자기 몸을 가리켜 '나의 바보 형제'라 일컬었다. 어느 실험자는 이렇게 한탄했다.

"마음이 소금쟁이처럼 물 위를 내달린다."

하지만 조금만 훈련하면 마음의 부산스런 움직임은 차츰차츰 가라앉게 된다. 그대는 비로소 자신의 목적에 알맞은 방향으로 마음을 다스릴 수 있으리라.

조절 훈련

며칠에 하루는 이러한 과정을 거듭 훈련하는 편이 좋다. 두 눈을 감고 한 치의 흔들림도 없이 마음을 굳건히 붙잡아 두려고 애쓰되 급하게 서둘러서도 긴장을 느껴서도 안 된다. 며칠에 한 번이면 충분하다. 억지로 밀어붙이려고 하지 마라. 성과가 나타나기 시작하면 훈련 시간을 조금씩 늘리되 무리하지는 말라.

그렇게 하기가 힘들다면 이런 방법을 사용해 보라. 아이들이 가지고 노는 회색 고무공처럼 단순한 물체를 선택하라. 밝은 색깔의 물체나 눈에 확 띄는 물체는 선택하지 않는 게 좋다. 그 공을 잡고 가만히 들여다보라. 공에 집중하고 마음이 어지럽게 돌아다닐 때마다 차분히 진정시켜라. 한동안 그 물체에만 집중할 수 있다면 다음 단계로 나아가라. 눈을 감고 계속 공만 생각하라. 그러고 나서는 그 단순한 생각마저 마음에서 빠져나가게 해야 한다.

마지막으로 마음이 가는 대로 그저 지켜보면서 거침없이 질주하도록 내버려 두어라. 머지않아 마음이 차분해지리라. 서두르지 말라. 완전히 차분해지지는 않더라도 충분히 고요한 상태에 이를 것이다.

목표는 이야기 구상

조금이라도 성공했다면 줄거리나 등장인물을 염두에 두면서 거기에 집중하라. 곧 거의 믿기 힘든 결과에 다다르게 되리라. 얼마쯤 학구적이고 불분명했던 생각이 색깔과 형체를 드러내고, 꼭두각시에 지나지 않았던 등장인물들이 꿈틀꿈틀 살아 움직일 것이다. 의식하든 의식 못하든 성공한 작가들은 이러한 능력을 이끌어내 자신의 창조물에 끊임없는 생명의 숨결을 불어넣는다. 이제 그 과정을 좀더 확연한 형태로 발전시킬 차례이다.

효과 만점인 비법

이는 순전히 습관의 문제이기 때문에 처음에는 기계적으로 접근해도 좋다. 아무 이야기나 하나 골라라. 널리 알려진 책의 등장인물을 자신이 잘 아는 인물로 바꾸어라. 생각이 아무리 애매모호하든, 딱딱하든, 불완전하든 그런 것은 하나도 중요치 않다. 우리의 목적에 비추어 당장은 만족스럽지 않겠지만 그럴수록 이 방법의 효과는 분명히 나타나게 되어 있다.

이야기의 틀을 대충 잡아보라. 주요 등장인물에 이어 2차 등장인물을 결정하라. 이야기에 끼워넣고 싶은 중요한 상황을 가능한 간결하게 그려나가면서 어떻게 마무리하는 게 좋을지 생각하라. 등장인물들이 헤매거나 말거나 신경 쓰지 마라. 가만히 지켜보면서 걸어가는 모습을 지켜보라. 여기서는 그저 결말을 그려보는 것만으로도 충분했다는 점이 중요하다. 즐겁고 너그러운 마음으로 이야기를 곰곰이 되짚어 보라. 실수를 바로잡고 자연스럽게 넣을 수 있다면 어떤 항목을 더 집어넣고 싶은지 생각해 보라.

이제 이야기 초고를 꺼내 들고 산책에 나서라. 걷다가 웬만큼 피곤해지면 다시 출발점으로 돌아가라. 운동하듯이 너무 힘차게 걷지 말고 여유롭고 느긋하게 몸을 움직여라. 물론 나중에는 속도가 빨라지겠지만 처음에는 느긋한 기분으로 천천히 걷는 게 좋다. 이제 자신의 이야기에 대해 생각하라. 하지만 이야기를 어떤 방향으로 쓸지, 또는 이런저런 효과를 내려면 어떤 수단을 사용할지 신경 쓰지 말고 이야기를 그 자체로 생각하라.

외부 자극에 주의를 빼앗기지 마라. 출발점으로 돌아오는 길에 마치 읽고 나서 한쪽으로 치워두었던 책을 대하듯 이야기 결말만을 그려보라.

'예술적 혼수상태' 불러내기

이제 이야기를 계속 그대로 놔두면서 목욕을 한 다음 어두운 방으로 들어가 등을 대고 똑바로 누워라. 그런 자세가 너무 졸리다 싶으면 나지막하고 큼직한 의자에 앉아 적당히 긴장을 풀어라. 편안하게 자세를 취했으면 몸을 가만히 놔두어라. 그런 다음 마음을 차분히 가라앉혀라. 완전히 잠든 상태도, 그렇다고 완전히 깨어 있는 상태도 아닌 채로 그저 누워 있어라.

잠시 뒤, 20분이나 1시간이면 일어나고픈 욕구가 일면서 활력이 마구 샘솟을 것이다. 그런 욕구를 재빨리 받아들여라. 세상 어느 것에도 관심이 가지 않는 가벼운 몽유병 상태에 폭 빠지리라. 상상의 세계만 생생하게 와닿을 뿐 바깥세상은 그저 따분하게만 느껴질 것이다. 자리에서 일어나 종이나 컴퓨터 앞으로 다가가 글을 쓰기 시작하라. 그 순간 그대는 예술가가 작업할 때 빠져드는 상태가 된다.

작별 인사

얼마나 좋은 작품이 탄생하느냐는 오로지 그대에게 달려 있다. 다시 말해 그대의 감수성이 얼마나 예민한지, 분별력이 얼마나 날카로운지, 그대 경험이 독자들의 경험과 얼마나 일치하는지, 훌륭한 글쓰기 요소를 얼마나 철저하게 익혔는지, 말의 가락을 가려 짚는 귀가 얼마나 발달해 있는지에 따라 판가름 날 것이다. 그동안 성실히 훈련했다면 일관성 있고 균형 잡힌 작품을 언제든지 내놓을 수 있을 것이다. 이런 훈련을 통해 그대는 이제 자신의 재능을 마음껏 활용할 수 있는 훌륭한 작가로 탈바꿈했다. 이제 그대는 굳건하며 단단하며 예술가로서 작업한다는 것이 어떤 느낌인지 잘 알고 있다.

이제 소설 기법을 다룬 책들을 마음 놓고 읽어도 된다. 그대는 마침내 그런 책들을 통해 유익함을 얻을 수 있는 경지에 이르렀다.

[18] 몇 가지 잔소리

문방구

문구점에 뛰어들어가라. 어디나 색깔들이 갖가지인 연필들이 수도 없이 많이 나와 있다. 종류별로 모두 써보고 가장 적합한 연필을 골라라. 거의 모든 작가들에게는 중간 정도 무른 연필심이 가장 좋다. 종이는 흑연 가루가 번지지 않는 것이 좋지만 글을 쓸 때 긁히지 않아야 깔끔하니 이 점 또한 명심하도록.

낱장, 다양한 크기의 종이철, 공책을 번갈아 사용해 글쓰는 훈련을 하라. 짧은 여행에 가져갈 수 있는 새 공책을 늘 준비해 두어라. 긴 여행에는 노트북을 가지고 가는 게 좋다.

커피 중독

아침에 일어나 커피를 한 잔 마실 때까지 모든 것을 뒤로 미루는 습관이 깊게 배어 있다면 보온병을 하나 구입해 밤에 향긋한 커피를 가득 채워두어라. 그러면 요리조리 피해다니는 무의식을 얌전하게 길들일 수 있으리라. 커피를 뽑는다며 일을 뒤로 미룰 핑계거리가 없어질 것이다.

커피 대 차

글을 쓸 때 커피를 너무 많이 마시는 경향이 있다면 그 가운데 반은 마테차로 바꿔보라. 남아메리카 사람들이 즐겨 마시는 이 차는 정신에 자극을 주면서 중독성은 거의 없다. 마트에 가면 살 수 있고, 준비하기도 아주 쉽다.

독서

쓰고 있는 원고를 끝낼 때까지 책을 멀리하는 것이 매우 힘들다면 가능한 자기 작품과 성격이 다른 책을 골라야 한다. 전문서나 역사서 또는 외국어로 쓰인 책이 좋다.

책과 잡지 구입

정기적으로 책과 잡지를 즐겨 읽어라. 그래서 그 책과 잡지 편집자가 요구할 만한 조건을 자신과 맞추어 보라. 또 소설 시장에 대한 좋은 안내서를 한 권 구입하라. 만약 자신의 취향에 맞을 것 같은 원고를 부탁해 오는 편집자가 나타나거든 그 출판사의 잡지를 한 권 보내달라고 말하라. 그 잡지를 집 근처에서 살 수 없을 때에만 말이다.

문장부호

끊음부호

부호	이름	용례
.	마침표/종지부/고리마침표	
,	쉼표/휴지부	
:	쌍점(colon)	①예시·설명—때 : '97. 9. 1. ②저자·저서—조정래 : 《태백산맥》 ③시간·분 : pm 7 : 00 ④장·절—마태 1 : 16 ⑤대비—7 : 9(7 대 9)
;	쌍반점(semicolon)	①동아리—ㄱ·ㄲ·ㅋ ; ㄷ·ㄸ·ㅌ ②저서·필자—최현배 ; 《우리 말본》 ③풀이—그 원인은 ; a의 허술함, b의 안이함, c의 무능함에 있다.
?	물음표/의문부호	①직접적 질문—"어디서 왔는가?" ②수사적 의문—하나로 통일이 되면 얼마나 좋을까? ③의심되는 어휘—문학은 인생의 하나의 아편(?)일까.
!	느낌표/감탄부호	①감탄—오! 아름다운 자연이여. ②명령이나 강한 항의—내가 왜 빌어야 해!
?!	물느낌표/의감탄부호	아니, 그럴 수가?!

부호	이름	용례
/	빗금/빗줄표	짝을 보임–막다/먹다, 이/히
//	쌍빗금/쌍빗줄표	시를 줄글로 벌일 때의 연 표시 나 보기가 역겨워/가실 때에는/말없이 고이 보내 드리우리다//영변에 약산/진달래꽃/아름 따다 가실 길에 뿌리오리다//(이하 생략)

연결부호

부호	이름	용례
―	줄표/대시	그 신들은 네 살에―보통 아이 같으면 천자문도 모를 나이에―벌써 시를 지었다.
–	붙임표/하이픈	①합성어–겨울–나그네/손–발 ②접사–휘–날리다/슬기–롭다
-	맞댐표/맞섬표/ 대칭표	①단어의 맞댐–잔치-연회-파티/빙빙-뼁뼁-펑펑 ②문자의 맞댐–A-B-C/1-2-3-4

묶음부호

부호	이름	용례
" "	큰따옴표 게발톱점	①인용어–예부터 "민심은 천심이다"라고 했다. ①작품명·잡지명·신문명–대하소설 "토지", "아리랑", "장길산" 등.
' '	작은따옴표 새발톱점	①이중인용–"여러분! '하늘이 무너져도 솟아날 구멍이 있다'고 했습니다." ②혼잣말–'그가 한 말들이 사실일까?' ③두드러짐·강조–모든 예술은 항상 '음악의 상태'를 부러워한다.

부호	이름	용례
( )	소괄호/손톱묶음 /반달묶음	①주석·설명—커피(coffee)는 기호 식품이다. ②기호·번호—(1)설명과 묘사 (2)설명의 기법
「 」	낫묶음/낫묶음	①인용—「드디어 결말이 났다」라고 말했다. ②강조·두드러짐—「사람이 산다」는 것은. ③책명·잡지명—「문장」과 「인문평론」은 일제 암흑기 순문예지였다. ※가로쓰기의 경우 「」보다 ' '로 함이 쓰기 쉽고 보기 좋다.
『 』	겹낫표	①인용 속의 인용—「그는 말하기를 『절대로 가겠소』라고는 하지 않았소」라고 하더군요. ②책명·잡지명—『현대문학』, 『시조문학』
〔 〕	대괄호/반꺾쇠	한자말—손발〔手足〕/낱말〔單語〕
〔〔 〕〕	겹반꺾쇠	〔〔그리스신화〕〕오리온 〔〔천문〕〕오리온자리
〈 〉	갈매기묶음	작품명·견명—김소월 시 〈진달래꽃〉
《 》	겹갈매기	책명—김소월 시집 《진달래꽃》

줄임부호

부호	이름	용례
……	말없음표/줄임표	"빨리 말해!" "……."
~	물결표/내지표	①동안—1월 1일~12월 31일 서울~부산 ②잇달음—새마을 : ~운동, ~노래 —가(家) : 음악~ 미술~
'	어깨점/아포	①생략— '97(←1997년) ②복수— '3's M.D. 's
.	줄임점/생략점	①연월일—2000. 12. 10. ②약호—A.M. a.m.

드러냄표

부호	이름	용례
□□□	홀로이름표/ 고유명사표	이육사·이상화 두 저항 시인. 주시경 선생의 국어 사랑.
□□□ □□□	밑줄 물결줄	①특시부―다음 중에서 형용사가 아닌 것은? ②강조부―중요한 것은 왜 사느냐가 아니라 어떻게 사 느냐 하는 문제이다.
°°° □□□	윗덧점/덧점표	강조부―한글은 금이요. 로마자는 은이요, 일본 가나 는 동이요, 한자는 떡쇠다.
••• □□□	까막덧점/ 위까막점	사랑에는 계산서가 필요 없다.

숨김표

부호	이름	용례
○○○	공숨김표/ 오숨김표	김○○ 의원은 상임위원회에까지 출석하지 않았다.
×××	가위숨김표/ 엑스숨김표	배운 사람의 입에서 어찌 ×××란 말이 나올까?
□□□	빠짐표	①지워짐표―大師爲法主□□賴之大□薦(옛 비문) ②글넣기표―4대 서술양식은 논설·설명·묘사·□□이다 (답 : '서사' 혹은 '기사')

돌아봄표

부호	이름	용례
*	눈별표	①각주-"간결체의 짧은 표현은 많은 지혜를 머금는다." (*소포클레스의 《단상》에서 한 말).
※	쌀미표/참고표	①참고표-※눈별표 대신으로, 우리나라에선 별표(★)나 흰별표(☆)를 많이 쓴다. ②중요표-※이 문장의 내용만은 재독하기 바란다.
§	장절표	장·절·항-§10(제10장)

김이석(金利錫)

평양에서 태어나 평양 광성중학교 졸업 연희전문학교 문과 수학. 1938년 《부어(腐魚)》가 〈동아일보〉에 당선. 전위적인 성격 순문예동인지 〈단층〉 창간 멤버. 1·4 후퇴 때 월남해 1953년 〈문학예술〉 창간 편집위원, 1956년 《실비명》으로 아세아 자유문학상. 1958년 박순녀와 결혼. 〈한국일보〉에 역사소설 《난세비화》 《민국일보》 《검은 강》을 연재 사회적 인기를 얻었다. 문학적 업적으로 서울시 문화상에 추서되었다.

김이석전집

시 소설 수필 논문 논술

글 잘 쓰는 방법

김이석 지음

박순녀 편집

1판 1쇄 발행/2018. 7. 7

발행인 고정일

발행처 동서문화사

창업 1956. 12. 12. 등록 16-3799

서울 중구 다산로 12길 6(신당동 4층)

☎ 546-0331~6 Fax. 545-0331

www.dongsuhbook.com

＊

사업자등록번호 211-87-75330

ISBN 978-89-497-1688-6 04810

ISBN 978-89-497-1687-9 (세트)